Kinderkriminalität

Siegfried Müller
Hilmar Peter (Hrsg.)

Kinderkriminalität

Empirische Befunde, öffentliche Wahrnehmung, Lösungsvorschläge

Leske + Budrich, Opladen 1998

Gedruckt auf säurefreiem und altersbeständigem Papier.

ISBN 3-8100-2030-3

Druck: Druck Partner Rübelmann, Hemsbach
Printed in Germany

Inhalt

Straße, Kaufhaus und Schule: Gefährliche und gefährdende Orte oder nur Arenen?

Die mühsame und notwendige Suche nach „den" Ursachen

Vorwort der Herausgeber

Die Idee zu diesem Buch ist im Anschluß an eine Tagung vom Februar 1997 im Jugendhof Vlotho, der Bildungsstätte des Landschaftsverbandes Westfalen-Lippe, dem überörtlichen Träger der Jugendhilfe, entstanden. An der Tagung zum Thema „Kinderkriminalität" nahmen über 80 Fachleute aus Jugendhilfe, Politik, Schule, Polizei und Justiz teil, obwohl für diese Tagung nur im Raum Westfalen-Lippe, also im Einzugsbereich des Landesjugendamtes Westfalen-Lippe, geworben wurde. Die Herausgeber dieses Buches waren Kooperationspartner bei der Vorbereitung und Durchführung der Tagung.

Die Absicht der Tagung war es, sich so unspektakulär wie möglich mit dem vorhandenen Wissen zum Thema zu befassen und dieses Wissen vorsichtig zu bewerten sowie Schlußfolgerungen zu ziehen. Das ist auch erklärte Absicht der Herausgeber dieses Buches. Wichtig ist es, die Zusammenhänge zunächst einmal verstehen zu lernen.

Den Herausgebern ist deutlich, daß es angesichts einer gewissen öffentlichen Hysterie, die mit dieser Thematik verbunden ist, schwer sein wird, zurückhaltend mit „Antworten", das heißt Lösungsvorschlägen, umzugehen. Solche „Lösungen" geraten sehr schnell zur Suche nach dem vermeintlich „Schuldigen": Mal sind es die Medien mit ihren Gewaltdarstellungen, mal die Familien, die ihrem Erziehungsauftrag nicht gerecht werden, mal die soziale Lage mit Arbeitslosigkeit und Spaltung der Gesellschaft, mal das angebliche Versagen von Polizei und Justiz, mal die fehlende Moralerziehung in Schule und Elternhaus, sicherlich auch eine Jugendhilfe, die gar nicht, zu spät, oder mit den falschen Mitteln „eingreift", und natürlich „die Politik", die sowieso an allem Schuld ist. Dementsprechend schlicht fallen die entsprechenden Antworten aus: weniger Gewalt in den Medien, Stärkung des Erziehungsauftrages der Familien, Verbesserung der sozialen Lage, schnelleres und konsequenteres Handeln der Instanzen sozialer Kontrolle, mehr Werteerziehung, eine konsequenter durchgreifende Jugendhilfe und eine Politik, die dies alles ermöglichen soll.

Nun ist es richtig, daß alle diese „Antworten" auch möglicherweise einen sinnvollen Beitrag zur Prävention oder Verhinderung von „Kriminalität" von Kindern und Jugendlichen leisten könnten. Wir sollten aber aufhören, den Sinn solcher Maßnahmen über Argumente zur Kriminalprävention zu begründen. Es ist natürlich sinnvoll - um ein Beispiel aufzugreifen -, die Spaltung der Gesellschaft in Arme und Reiche zu verhindern, auch wenn dies keinerlei präventive Wirkung hätte. So geraten möglicherweise sinnvolle institutionelle und politische Handlungsweisen unter den Begründungszwang der Kriminalprävention, wo sie absolut nicht hingehören. Besonders in Zeiten knapper Kassen ist dies eine beliebte Argumentationsfigur der finanziellen Ressourcenmobilisierung. Sinnvolles wird mit der Verhinderung des Bösen begründet. Das ist ein gefährlicher Begründungszusammenhang, da der „Eigensinn" vernünftiger Politik, effektiven institutionellen Handelns, wirkungsvoller Pädagogik, dem Aufrechterhalten einer öffentlichen und privaten Moral, dadurch immer mehr in den Hintergrund gedrängt wird.

Die Herausgeber sind bereits im Vorfeld der Veröffentlichung zuweilen heftig attackiert worden, warum sie den Begriff „Kinderkriminalität" gewählt hätten. Dieser sei sozialwissenschaftlich unzulässig, da Kinder strafrechtlich nicht belangt werden könnten, also auch nicht im eigentlichen Sinne „kriminell" werden könnten. Außerdem sei er stigmatisierend. Die Herausgeber stimmen dieser Kritik zu - und verwenden den Begriff trotzdem: Er wird auch nicht als sozialwissenschaftlicher Begriff verstanden, sondern als Begriff, der in der öffentlichen Darstellung ohnehin verbreitet ist und entsprechend wirkt. Da hilft es nicht, den Begriff aufgrund wissenschftlicher Reinlichkeitsvorstellungen zu vermeiden, sondern es hilft, ihn angemessen zu hinterfragen und zu kritisieren. Zudem ist dieses Buch nicht als ein ausschließlich wissenschaftliches Buch konzipiert. Es wendet sich auch und besonders an PraktikerInnen aus Jugendhilfe, Justiz, Polizei und Schule sowie an Jugendhilfe-PolitikerInnen. Deshalb ist die Mixtur aus wissenschaftlicher Reflexion und Analyse einerseits und Sichtweisen aufgrund praxisnahen Erlebens andererseits bewußt gewählt: Es sind unterschiedliche Perspektiven auf eine geteilte soziale Wirklichkeit.

Das Thema „Kinderkriminalität" ist - betrachtet man als Kinder alle unter 14-jährigen - nicht lupenrein durchzuhalten. Das wird auch in den Beiträgen deutlich, die teilweise auch Jugendliche in ihre Betrachtungen und Analysen einbeziehen. Ältere Kinder und jüngere Jugendliche unterliegen schließlich den gleichen Sozialisationsbedingungen und es ist oft nur eine Frage der Gelegenheit, ob jemand mit 10, 11 oder 12 Jahren „delinquent", oder mit 14, 15 oder 16 Jahren „kriminell" wird. Die Übergänge von Kindheit zur Jugend sind zwar juristisch getrennt, aber sozialisatorisch fließend. Deshalb ist es nur logisch, wenn solche „Unschärfen“ auch in einzelnen Beiträgen auftauchen.

Nicht zuletzt möchten wir uns bei allen bedanken, ohne die das Buch nicht zustandegekommen wäre: den Autorinnen und Autoren für ihre Originalbeiträge, dem Verlag für seine Geduld, Axel Eisenbraun, Wolfram Joos und Sabine Schneider für ihr detektivisches Gespür, mit dem sie die Literaturangaben durchforstet, ergänzt und vereinheitlicht haben - und (gemeinsam mit Ellen Hagmann) für ihr Engagement, bei der Fertigstellung der Manuskripte.

Tübingen/Vlotho, im August 1998 Siegfried Müller/Hilmar Peter

Siegfried Müller und Hilmar Peter

Zur Konstruktion des bösen Kindes und über die Schwierigkeiten im Umgang mit schwierigen Kindern

Es vergeht kaum eine Woche, wo nicht in den Medien über Kinder berichtet wird, die klauen, schlagen, rauben und randalieren. Wenn man das immer wieder liest und hört, kann man den Eindruck gewinnen, daß es von Jahr zu Jahr schlimmer wird: Die Taten nehmen zu, die Täter werden immer jünger, dreister und hemmungsloser. Manche Kinder - so kann man lesen - schrecken auch vor gar nichts mehr zurück, weil sie (angeblich) wissen, daß sie noch nicht strafrechtlich belangt werden können und das Jugendamt inzwischen ein zahnloser Tiger ist, dessen gelegentliches Fauchen weder sie noch ihre Eltern beeindruckt. Wir werden mit Bildern konfrontiert, die erschrecken und aufschrecken sollen und von denen man nichts weiß, was sie denn mit der Wirklichkeit zu tun haben.

Der Topos der immer jünger und brutaler werdenden Schreckenskinder ist nicht neu. Er erscheint immer mal wieder - und das seit über 30 Jahren - in den Medien, um das öffentliche Unbehagen gegenüber gesellschaftlichen Entwicklungen zu artikulieren. Steigende Kriminalitätsraten werden stets als Bedrohung der inneren Sicherheit und des friedlichen Zusammenlebens registriert und interpretiert (vgl. Cremer-Schäfer in diesem Band). Sie beunruhigen die am meisten, die am wenigsten gefährdet sind, Opfer zu werden. Die Kinderkriminalität wird vor allem dann zur bedrohlichen *Neuigkeit* hochstilisiert, wenn die Statistiken zur Jugend- und Erwachsenenkriminalität nicht ausreichen, um zu dramatisieren und eine neue Sicherheitspolitik einzuklagen. So werden wir Jahr für Jahr mit der gleichen Frage konfrontiert: steigt die Kinderkriminalität nun oder nicht (vgl. Weitekamp/Meier in diesem Band)? Die stets in Zusammenhang mit steigenden Kriminalitätsraten - präziser: Tatverdächtigenzahlen - verbundene Forderung, daß jetzt endlich etwas getan werden muß, was immer man sich darunter auch vorstellen mag, verweist auf ein grundlegendes Problem: nämlich das der Akzeptanz eines gewissen Ausmaßes von Delinquenz.

Anders formuliert: Wenn das, was wir - mit allen Vorbehalten - Kinderkriminalität nennen, etwas Unerwünschtes, Störendes ist, das sich mit der

Zeit nicht vollständig von selbst auswächst, warum muß dann *erst* etwas getan werden, wenn es von Jahr zu Jahr wächst? Wer so argumentiert, müßte eigentlich Entwarnung geben, wenn die Tatverdächtigenbelastungszahlen sinken oder gar nicht erst einen bestimmten Schwellenwert erreichen. Doch wer bestimmt diesen Schwellenwert unter Berücksichtigung der sozialisationstheoretisch fundierten kriminologischen Befunde, die die Kinder- und Jugenddelinquenz als ein ubiquitäres, episodenhaftes und passageres Phänomen ausweisen? Es ist entwicklungspsychologisch normal, daß Kinder und Jugendliche im Prozeß des Erwachsenwerdens delinquieren. Die einen mehr, die anderen weniger, die meisten nur ein- bis zweimal und ganz wenige - etwa 6% fallen mehr als viermal auf. Das Problem sind - sozialpädagogisch wie kriminalpolitisch - die letztgenannten Mehrfachauffälligen, die sogenannten Intensivtäter, auf die zusammengenommen mehr als rund 60% aller polizeilich registrierten Straftaten entfallen. Dabei ist allerdings zu berücksichtigen, daß auch die von ihnen begangenen Delikte sich fast ausschließlich im sogenannten Bagatellbereich bewegen. Die spektakulären Taten von Kindern sind eine seltene Ausnahme und taugen allenfalls dazu, das mediale Konstrukt der „kleinen Monster" abschreckend in Szene zu setzen und damit davon abzulenken, daß sich die Delinquenz von Kindern fast ausschließlich im Bereich von Eigentumsdelikten abspielt.

Auch wenn es statistisch und entwicklungspsychologisch normal ist, daß Kinder in der Phase des Heranwachsens gegen Strafrechtsnormen verstoßen, so wäre es doch kriminalpolitisch fatal und sozialpädagogisch ein Fehler, so zu tun, als ob nichts geschehen sei und sich darauf zu verlassen, daß bei rund 95% der Kinder delinquentes Verhalten ein passageres und episodenhaftes Phänomen ist, das sich - weitgehend unabhängig von irgendwelchen Sanktionen - mit der Zeit von selbst erledigt. Bei ganz wenigen Kindern und Jugendlichen erledigt es sich eben nicht von selbst und wirft damit Fragen auf, die sich zum einen auf den verantwortlichen Umgang mit schwierigen Kindern (vgl. Redl 1971) beziehen und die zum anderen die Bedingungen der delinquenten Sozialisation von Kindern zum Thema machen (vgl. dazu Brumlik in diesem Band). Auf einige Probleme soll hier eingegangen werden. Daß dabei mehr Fragen gestellt als Antworten gegeben werden, ist der Vielschichtigkeit des Themas und der defizitären Forschungslage zur Kinderdelinquenz geschuldet.

1. Zur Problematik des Begriffs Intensivtäter

Die Focussierung der gegenwärtigen Diskussion auf die sogenannten Intensivtäter beziehungsweise Mehrfachauffälligen verhindert einen sachlichen Diskurs über den angemessenen und verantwortlichen Umgang mit delinquenten Kindern. Es wird dabei unterstellt, daß es einen - auch prognostisch validen - Schwellenwert gibt, der es erlaubt, die Intensivtäter von den passageren Episodentätern zu unterscheiden. Einen solchen Schwellenwert gibt es nicht. Die summarische Aggregierung polizeilich registrierter Auffälligkeiten ist denkbar ungeeignet für eine derartige konsequenzenreiche Sortierung und höchst unzuverläßlich hinsichtlich ihres Prognosewertes für den Beginn krimineller Karrieren Jugendlicher - und dies aus mehreren Gründen. Zum einen handelt es sich bei den polizeilich registierten Straftaten von Kindern nur um eine Teilmenge der von Kindern begangenen Verstöße gegen Strafrechtsnormen. (Vermutlich ist hier das Dunkelfeld - aufgrund einer zurückhaltenden Anzeigebereitschaft gegenüber Kindern - größer als bei den Jugendlichen und Heranwachsenden.) Zum anderen gibt es bei dem Straftats*verdacht* gegenüber Kindern keine justizielle Evaluierung. So kann - trotz einer hohen Geständnisrate von Kindern - hier allenfalls von Intensivtat*verdächtigen* (und nicht von Intensivtätern) gesprochen werden.

Der Begriff des Intensivtäters beziehungsweise Mehrfachauffälligen ist - drittens - deliktunspezifisch, zeitlos, kontextungebunden, reaktionsindifferent, personenfixiert, vergangensheitsorientiert und zukunftslos. Er ist deliktunspezifisch, weil hier die Delikte unabhängig von ihrer Schwere und Verschiedenheit einfach summiert werden. Er ist zeitlos, weil hier weder die Anzahl der Delikte in einer bestimmten Zeiteinheit - z.B. pro Jahr - noch die Kumulation von Delikten berücksichtigt wird. Er ist kontextungebunden, weil er die Situationen strafrechtlich relevanten Verhalten vernachlässigt. Er ist reaktionsindifferent, weil er keinen Hinweis auf Sanktionen (z.B. durch die Eltern) enthält. Er ist personenfixiert, weil durch ihn der Eindruck erweckt wird, daß die Taten ausschließlich Ausdruck einer defekten Persönlichkeitsstruktur sind. Auf diese Weise geraten prekäre Lebenssituationen und defizitäre Lebenslagen gar nicht erst in den Blick. Er ist vergangenheitsorientiert und zukunftslos, weil auf diese Weise ein Tätertypus präsentiert wird, dessen Biografie lediglich aus der Summe von Delikten besteht und dessen Zukunftsprognose sich in der Fortschreibung dieser homunkuloiden Vergangenheitsrekonstruktion erschöpft. Auf diese

Weise entstehen dann tatsächlich „kleine Monster", die angeblich durch nichts mehr zu beeindrucken sind und die - wenigstens erst einmal - geschlossen untergebracht werden müssen, weil sie auf andere Weise nicht zur Normtreue erzogen werden können *und* weil sie ein Sicherheitsrisiko darstellen.

2. Geschlossene Unterbringung?

Die gegenwärtige Diskussion in den Medien über die geschlossene Unterbringung als ultima ratio für mehrfach auffällige Kinder und als Alternative zur Untersuchungshaft für jugendliche Intensivtäter ist in einem hohen Maße ideologisiert. In einem differenzierungsfeindlichen Pro- und Contra-Klima werden Bekenntnisse abgegeben, Zugeständnisse eingeklagt und pauschale Abrechnungen mit einer als Schmusepädagogik diffamierten Sozialen Arbeit vorgenommen. Während die Politiker fast aller Parteien sich darauf geeinigt haben, die geschlossene Unterbringung wieder flächendeckend zu etablieren, lehnen die Fachleute nahezu einhellig dieses Ansinnen ab und verweisen auf ein differenziertes Hilfeangebot auch für mehrfach auffällige Kinder (vgl. „Gegen die geschlossene Unterbringung von Kindern und Jugendlichen" 1998).

Zunächst: Das Argument, daß mit der geschlossenen Unterbringung das Tabu der öffentlichen Zwangserziehung gebrochen und die Tür zum Kinderknast einer schwarzen Pädagogik wieder geöffnet wird, greift zu kurz. Zum einen gibt es - wenigstens in vier Bundesländern - geschlossene Heime beziehungsweise Heime mit geschlossenen Abteilungen und es gibt keine Belege dafür, die es rechtfertigen, sie als Kinderknast zu bezeichnen. Die „Nachfrage" nach solchen Plätzen übersteigt die gegenwärtige Kapazität - etwa 120-140 bundesweit - offensichtlich bei weitem. Nicht wenige der dort untergebrachten Kinder und Jugendlichen stammen aus Bundesländern, in denen es solche Einrichtungen nicht gibt, und in denen die Repräsentanten der Kinder- und Jugendhilfe sie als Relikt einer repressiven Pädagogik anprangern. Dies ist ebenso irritierend wie die Tatsache, daß manche Jugendämter - nicht nur aus Kostengründen - das Problem der geschlossenen Unterbringung delinquenter Kinder an die Kinder- und Jugendpsychiatrie weiterreichen.

Zum anderen vermischen sich in der Diskussion über die geschlossene Unterbringung sicherheits- und kriminalpolitische Interessen mit sozialpädagogischen Problemstellungen. Es kann und darf nicht geleugnet werden, daß es eine - wenn auch nur sehr kleine - Gruppe von Kindern gibt, die trotz intensiver sozialpädagogischer Bemühungen weiterhin massiv gegen Strafrechtsnormen verstoßen und damit zum Problem werden. Aber sie sind weder ein verallgemeinerbares Sicherheitsrisiko noch sind sie geeignet, die Angebote der Kinder- und Jugendhilfe pauschal zu diskreditieren.

Mehmet, Patrick und Frank, wie sie auch heißen mögen: es gibt sie variantenreich in jeder größeren Stadt und es gibt sie nicht erst seit gestern oder heute. Die Medien präsentieren sie als Aggregationen von Delikten und als weitgehend erziehungsresistente Subjekte ohne Biografie und reduzieren damit die Frage nach dem Umgang mit diesen Kindern auf die Strategie der Ausschließung durch Einschließung. Die auf diese Weise erst herbeigeredete Gefährdung der inneren Sicherheit kann so nicht gewährleistet werden. Die geschlossene Unterbringung kann nicht - und konnte nie - verhindern, daß sich die dort Untergebrachten dieser freiheitsentziehenden beziehungsweise freiheitsberaubenden Maßnahme durch „Entweichung" entziehen (vgl. Pankhofer 1998). Wer raus will, kommt raus. Und wer dies verhindern will, plädiert in letzter Konsequenz für einen Kinderknast, den - bisher jedenfalls - keiner der Protagonisten der geschlossenen Unterbringung will.

So bleibt denn die Frage, ob die geschlossenen Heime jenseits des bloßen Wegsperrens sich als ultima ratio der intensiven Betreuung strafrechtlich besonders belasteter Kinder *pädagogisch* rechtfertigen lassen. Es gibt kein überzeugendes Argument für ein prinzipielles und bedingungsloses Nein. Erziehung ist - mit Schleiermacher geredet - Behüten, Unterstützen und Gegenwirken. Behüten meint nicht nur, Kindern Erlebnisse zu ersparen, die sie überfordern, sondern auch die Sicherung und Schaffung von Lebensräumen, die es ihnen ermöglichen, sich zu einer mündigen und für ihr Handeln verantwortlichen Person zu *entwickeln*. Unterstützen heißt, etwas zu fördern, was ohnehin geschieht. Die wichtigste Voraussetzung der Unterstützung ist das Verstehen der Kinder und die wechselseitige Verständigung mit ihnen. Der problematischste Teil der Erziehung ist das Gegenwirken, also der Widerstand der Erzieher gegen Handlungen, Neigungen und Einstellungen der Kinder, die *sie* für schädlich und schlecht halten - und das Ziehen von Grenzen. Das umstrittenste Mittel der Gegenwirkung ist die Strafe in allen ihren Varianten. Natürlich werden im Umgang mit und im Aufwachsen von Kindern permanent

Grenzen gezogen und Grenzverletzungen sanktioniert: Zum Beispiel durch den dezenten Hinweis, daß man eine Grenzverletzung bemerkt hat, über die Ermahnung bis hin zur Strafe, dem heikelsten wie zumeist auch wirkungslosesten Versuch der Verhaltenssteuerung. Strafen sind pädagogisch nur gerechtfertigt, wenn sie „eine aufbauende Komponente haben, mit der sich die Verletzung der Grenze und die Verletzung der Beziehung überwinden läßt. Sie müssen auf das Wiedergutmachen, Wieder-in-Ordnung-bringen der Situation verweisen" (Flitner 1982: 86). Strafen haben einen Ort in der Erziehung nur, wenn sie erstens in die *Beziehung* von Erwachsenen und Kindern integriert sind, wenn sie zweitens die Grundlagen dieser Beziehung nicht destruieren beziehungsweise gar nicht erst ermöglichen und wenn sie drittens die Chance der Auseinandersetzung mit der Verfehlung nicht blockieren.

Ob sich derart tragfähige Beziehungen in der geschlossenen Unterbringung herstellen lassen, hängt ganz wesentlich von der pädagogischen Infrastruktur solcher Einrichtungen und einem auf die individuellen Bedürfnisse jedes einzelnen Kindes abgestimmten Hilfeplan ab. Dies gilt aber in gleichem Maße auch für die offenen Einrichtungen der Heimerziehung und alle anderen intensiv-pädagogischen Arrangements. Inwieweit der - mit dem Begriff der geschlossenen Unterbringung untrennbar verbundene - Zwang per se die Binnenstruktur erzieherischer, helfender und unterstützender Beziehungen belastet oder gar destruiert, ist keine empirische Frage. Einem solchen Test sind dann aber auch andere Maßnahmen der Kinder- und Jugendhilfe - z.B. die sozialpädagogischen Segeltörns - unterworfen. Daß nicht jede dieser Maßnahmen stets die in sie gesetzten Erwartungen erfüllt, darf nicht dazu führen, sie pauschal als ineffektiv zu deklarieren. Oft helfen sie das Problem zu lösen, mitunter aber auch nicht. Dies ist nicht nur der Kontingenz erzieherischen Handelns geschuldet, sondern manchmal auch Folge einer unspezifischen, wenig differenzierten Indikation und völlig überzogener Erwartungen hinsichtlich der Problemlösungskompetenz Sozialer Arbeit. Das Ziel der Sozialen Arbeit im Umgang mit schwierigen und delinquenten Kindern ist deren soziale Integration. Normtreue ist dabei nur eine - wenn auch wichtige - Dimension. Gelegentliche weitere Normverstöße sind kein Beweis dafür, daß ihre Bemühungen nicht gefruchtet haben.

3. Neudefinition der Verantwortung

Die Frage nach einem angemessenen Umgang mit schwierigen Kindern ist nicht allein an die Soziale Arbeit adressiert: Sie betrifft die Eltern, die Gemeinschaft, die Schule und den Staat gleichermaßen - wenn auch in einer je spezifische Weite *und* nicht erst dann, wenn die Grenzverletzungen sich strafrechtlich zuordnen lassen. (Strafrechtsnormen sind - nebenbei bemerkt - ohnehin nur *eine* Folie der Interpretation der Grenzverletzungen von Kindern und aufgrund der ihr inhärenten Logik der Komplexitätsreduktion zudem denkbar ungeeignet für biographisch-differenzierende Interventionen wie für eine lebenslagenorientierte Prävention.)

Die Kinder und Jugendlichen sollen für ihr Handeln, die Eltern für ihre Erziehungsfehler und der Staat für seine Versäumnisse verantwortlich gemacht werden, fordert Alun Michael vom Londoner Innenministerium und hat damit die Eckpunkte einer Diskussion skizziert, in der es nicht nur um Schuldzuweisungen, Versäumnisbilanzierungen und Verantwortungszumutungen geht. Bei der Neudefinition der Verantwortung der Kinder und Jugendlichen für ihr Handeln geht es im Kern um die Frage nach der Mündigkeit und den Kriterien ihrer nicht nur rechtlichen Fixierung. Rechtlich ist die Strafmündigkeit der Kinder allein durch die Altersgrenze definiert. Danach sind alle jungen Menschen unter 14 Jahren prinzipiell und unabhängig von ihrer Entwicklung strafunmündig. Jugendliche dagegen sind - was in der Diskussion über die Herabsetzung der Strafmündigkeitsgrenze oft übersehen wird - strafrechtlich nur dann verantwortlich, wenn sie zur Zeit der Tat nach ihrer sittlichen und geistigen Entwicklung reif genug sind, das Unrecht der Tat einzusehen *und* nach dieser Einsicht zu handeln. Die Fixierung der Strafmündigkeit allein durch Altersgrenzen ist ambivalent.

Einerseits gewährt sie einen eindeutig definierten Schutz vor dem Strafrecht; andererseits wirft sie die Frage auf, wo dieser Limes gezogen werden soll: schon bei 7 Jahren (wie in Irland und der Schweiz) oder erst bei 18 Jahren (wie in Belgien und Luxemburg)? Die enorme Bandbreite der über Altersgrenzen definierten Strafmündigkeit macht deutlich, daß es sich hierbei um - historisch und kulturell variable - Konventionen handelt, bei denen entwicklungspsychologische Befunde keine Rolle spielen, obwohl sie von den Protagonisten der Herabsetzung der Strafmündigkeit auf 12 Jahre gelegentlich ins Spiel gebracht werden. Die Diskussion über die Herabsetzung der Strafmündigkeitsgrenze ist nicht neu; die bekannten

Begründungen werden durch neue ergänzt und die Absicht ist immer die gleiche: Es geht um die partielle Schließung einer Kontroll-Lücke qua Repression. Delinquent hochbelastete Kinder - wie immer sie auch definiert sind - sollen durch die Bestrafung für ihr Handeln zur Verantwortung gezogen werden und zur Verantwortlichkeit erzogen werden. Und: Gefährdete Kinder sollen durch die Androhung von Strafen - vor allem Jugendarrest und Jugendstrafe - davon abgehalten werden zu delinquieren. Auf diese Weise sitzen die Protagonisten der geschlossenen Unterbringung und die Befürworter der Herabsetzung des Strafmündigkeitsalters im gleichen Boot und rudern kriminalpolitisch wie sozialpädagogisch in die falsche Richtung. Sie setzen auf Zwang und mißtrauen der Hilfe; sie benützen Einzelfälle, um an ihnen die Erfolglosigkeit der Sozialen Arbeit exemplarisch zu demonstrieren und sie negieren die Tatsache, daß mit dem Instrumentarium des Strafrechts das Verhalten von Kindern und Jugendlichen kaum beeinflußt werden kann (vgl. Peters 1993). Strafen erzeugen Angst vor Bestrafung und steuern damit - wenn überhaupt - das Verhalten auf der untersten Stufe der Moralität, zumal wenn sie, wie die staatlichen Strafen, nicht integriert sind in eine trag- und belastungsfähige *Beziehung* von Erwachsenen und Kindern beziehungsweise Jugendlichen. Die punitiven Sanktionen des Jugendstrafrechts sind ungeeignet und kontraproduktiv, wenn es darum geht, die Verantwortung der Kinder für ihr Handeln neu zu definieren.

Kinder müssen auf andere Weise altersgerecht und entwicklungsspezifisch für ihr Handeln verantwortlich gemacht werden. Kinder müssen lernen, Regeln einzuhalten (vgl. dazu Thiersch in diesem Band). Sie können dies aber nur, wenn Regelverstöße in der gebotenen Ernsthaftigkeit unmittelbar thematisiert und nicht einfach übersehen werden; mitunter genügt es ja, den Kindern deutlich zu machen, daß man einen Regelverstoß bemerkt hat und ihn mißbilligt, ohne ihn gleich zu dramatisieren. Dies ist nicht ausschließlich eine Aufgabe und Verpflichtung der Eltern. Was spricht eigentlich dagegen, wenn - wie in Dänemark - SozialarbeiterInnen spätestens eine Woche nach einer polizeilich registrierten Auffälligkeit eines Kindes die Eltern aufsuchen, um mit ihnen ins Gespräch zu kommen, ohne sie zu nötigen, die Hilfen zur Erziehung des KJHG in Anspruch zu nehmen? Was spricht eigentlich dagegen, das Konzept der Mediation schon im Kindergarten auszuprobieren und in der Schule zu institutionalisieren? Was spricht schließlich dagegen, mit dem Konzept der Restitution kindgerecht zu experimentieren? Die Frage nach einem verantwortlichen

Umgang mit schwierigen Kindern darf sich nicht darauf beschränken, nur mehr vom selben einzuklagen.

Kinder haben ein Recht auf Erziehung und Bildung. Dafür haben zuvörderst die Eltern zu sorgen; das ist nicht nur ihr Recht, sondern auch ihre Pflicht (vgl. Plewig in diesem Band). Wenn sie dazu nicht in der Lage beziehungsweise nicht bereit sind, kann ihnen dieses Recht entzogen und vormundschaftlich anderen übertragen werden. Können Eltern darüberhinaus auch dafür bestraft werden, wenn ihre Kinder delinquent werden? Zum Beispiel dadurch, daß man sie - wie im Fall des in Deutschland geborenen Türken Mehmet, der als Strafunmündiger mehr als „50 Delikte" begangen hat - gemeinsam mit ihrem Kind in ihr Herkunftsland ausweist, weil sie (angeblich) ihrer Fürsorgepflicht und Erziehungsverantwortung nicht nachgekommen sind? Sollte man Eltern, deren Kinder stehlen oder die trotz Aufforderung der Lehrer nicht zum Elternabend kommen, das Kindergeld streichen? Sollte man Eltern delinquenter Kinder dadurch zur Verantwortung ziehen, daß man ihnen auferlegt, einen Erziehungskurs zu belegen, eine Therapie oder eine Entziehungskur zu machen - und die Nichterfüllung solcher Auflagen (z.B. durch Geldbußen) sanktioniert? Die Vorschläge zur Neudefinition der Verantwortung der Eltern sind u.a. auch Ausdruck eines ausgeprägt technokratischen Erziehungsverständnisses und einer die komplexe Erziehungswirklichkeit negierenden einseitigen Verantwortungszuschreibung.

Brave Mädchen und böse Buben wachsen nicht selten in der gleichen Familie auf und haben Eltern, ob nun alleinerziehend oder doppelt vorhanden, die es sich wünschen, daß sie wohlgeraten (vgl. Seus in diesem Band). Nur wie macht man das? Es läßt sich nicht *machen*. Die Machbarkeit einer gewünschten Persönlichkeit ist eine Illusion der Erwachsenen. Was machbar ist, also was pädagogisch geplant werden kann, „ist immer nur ein mehr oder weniger notwendiger Rahmen, gleichsam eine Bedingung der Möglichkeit dafür, daß sich etwas für die Entwicklung der Persönlichkeit ereignen *kann* (Giesecke 1984: 66). Nicht mehr und nicht weniger: So ist das nun mal mit einem so kontingenten Phänomen wie dem Erziehen. Autonom handlungsfähige und verantwortlich handelnde Subjekte können nicht technologisch hergestellt werden; sie *bilden* sich allenfalls heraus. Garantien dafür, daß dies gelingt, gibt es so wenig wie verläßliche Techniken, die dies gewährleisten. Wer das unterstellt, verwechselt Erziehung mit Dressur. Eltern können „lediglich" Bedingungen schaffen, die diese Hervorbringung (auto-poiesis) unterstützen und nicht dem Zufall überlassen. Dafür sind sie verantwortlich und darauf haben die Kinder einen Anspruch - nicht nur gegenüber den Eltern (die ihrerseits einen Anspruch darauf haben, in ihren Bemühungen unterstützt zu werden), sondern auch gegenüber anderen Sozialisationsinstanzen (z.B. Kindergarten, Schule) und dem Staat.

Die Verantwortung des States geht über die Unterstützung der Eltern bei der Erziehung ihrer Kinder und der subsidiären Wahrnehmung der elterlichen Sorge hinaus. Das Aufwachsen von Kindern und Jugendlichen ist heute mehr denn je wohlfahrtsstaatlich organisiert und abhängig von einer Zukunftsperspektiven vermittelnden Bildungs- und Sozialpolitik. Die gesellschaftliche Integration der nachwachsenden Generation ist belastet durch zunehmende Verarmung vor allem von Kindern und Jugendlichen (vgl. dazu Otto 1997) und durch eine Unterversorgung an Ausbildungs- und Arbeitsplätzen für junge Menschen, sie wird nur unzureichend unterstützt von Schulen, die sich vorwiegend auf die Vermittlung von Wissensbeständen beschränken und damit weit davon entfernt sind, auch ein Lebensraum zu sein, in dem soziale Verhaltensweisen gelernt, Konflikte (z.B. durch eine Schüler-Mediation) geschlichtet und nicht an die Polizei oder die Soziale Arbeit weitergereicht werden; sie wird nicht ausreichend flankiert durch normalisierende, lebensweltorientierte, gemeinwesenbezogene und miteinander vernetzte sozialpädagogische Dienstleistungen, auf die Kinder und Jugendliche nicht erst und vor allem nicht deswegen ein Anspruch haben, wenn sie beziehungsweise weil sie gegen Strafrechtsnormen verstoßen haben.

Das von den Kritikern einer repressiven Kriminalpolitik vorgebrachte Argument, „daß eine gute Sozialpolitik die beste Kriminalprävention darstellt" („Gegen die geschlossene Unterbringung von Kindern und Jugendlichen" 1998: 116) verkürzt die Frage nach den Ursachen delinquenten Verhaltens und schreibt der Sozialpolitik Funktionen zu, die sie nicht erfüllen kann. Zum einen: Kinderdelinquenz kann weder als Problem eines (angeblichen) Werteverfalls interpretiert werden (vgl. dazu Oelerich in diesem Band) noch umstandslos sozialstrukturell erklärt werden.

Auch wenn es statistische Zusammenhänge zwischen Armut und Kriminalität gibt (vgl. Krüger in diesem Band), ist damit die (kausale) Frage nicht beantwortet, warum Kinder in materiell gesicherten und von Marginalisierung nicht bedrohten Lebensverhältnissen ebenfalls delinquent werden. Die Ursachen gerade der Kinderdelinquenz sind zu vielschichtig, um sie eindimensional sozialpolitisch gestalten beziehungsweise konfigurierten Lebenslagen zuzurechnen (vgl. Allert in diesem Band). Nicht selten steht die Kinderdelinquenz, zumal wenn sie sich frühzeitig verdichtet und verhärtet, im Zusammenhang mit komplex-problematischen Sozialisationserfahrungen (vgl. Böhnisch in diesem Band), die man zwar biographisch rekonstruieren kann, die aber - wenn man die sehr differente psycho-soziale Vulnerabilität gerade von Kindern berücksichtigt - keine konkreten und prognostisch validen Kriterien für eine auch kriminalpräventiv wirksame Sozialpolitik bietet[1]. Zum anderen: Es wäre fatal, sozialpolitische Maßnahmen, bildungspolitische Programme und sozialpädagogische Dienstleistungen in Abhängigkeit von Delinquenzraten zu konzipieren, ihre Effektivität an ihnen zu messen und die Anspruchsberechtigung lediglich über Auffälligkeiten zu definieren. Auf diese sozialstaatlichen Leistungen haben alle Kinder und Jugendliche einen Anspruch - und zwar unabhängig davon, ob sie Probleme machen oder „nur" Probleme haben.

4. Das „böse Kind" und die verunsicherte Gesellschaft: was tun?

Die als böse typisierten schwierigen Kinder scheinen, wenn es auch nur sehr wenige sind, mittlerweile eine erstaunliche Macht bekommen zu haben. Sie erregen die mediale Öffentlichkeit und machen denen am meisten Angst, die am wenigsten von ihnen zu befürchten haben. Die Polizei ist hier nicht nur überfordert (vgl. Feltes in diesem Band), sondern in ihrer Aufgabe *auch* vorbeugend wirksam zu werden, weitgehend alleingelassen (vgl. Lutz/Holecek in diesem Band). Die als böse typisierten schwierigen Kinder evozieren auf politischer Ebene reaktive Strategien, die sich hinsichtlich ihres Repressionsniveaus nur noch graduell unterscheiden und die allesamt von der Fiktion ausgehen, daß die innere Sicherheit durch diese Kinder gefährdet ist. Sie ist es nicht und die so konzipierten Präven-

---

1 Was sich in der Rekonstruktion von kriminellen Karrieren Jugendlicher an frühen Auffälligkeiten, problematischen Beziehungskonstellationen und belasteten Lebenslagen eruieren läßt, hat keinen verläßlichen prognostischen Wert. Fast alle Jugendlichen mit einer kriminellen Karriere sind schon als Kinder auffällig geworden; doch nur wenige Kinder, die auffallen, beginnen damit auch eine kriminelle Karriere (vgl. Weitekamp u.a. 1996). Auch das in der Sozialen Arbeit häufig genannte broken-home-Konstrukt erlaubt keine zuverlässigen Vorhersagen. Kinder- und Jugenddelinquenz und broken-home korrelieren zwar konsistent, aber auf einem sehr niedrigen Niveau (vgl. Lösel 1982).

tionskonzepte erzeugen bestenfalls ein *Gefühl* von Sicherheit - vor allem an Orten, die zuvor als risikoreich und delinquentfördernd klassifiziert worden sind: die Straße, das Kaufhaus und die Schule (vgl. dazu Fischer, Meier, Krupp/Brinke in diesem Band). Ob diese Orte tatsächlich gefährdend sind oder lediglich Arena der Inszenierungswünsche in der Adoloszenz (so Allert in diesem Band), der Erprobung von Grenzerfahrungen durch Regelverletzungen und der demonstrativen Kompensation von Unterlegenheitsgefühlen, wird dabei kaum noch diskutiert.

Die Rationalität bei der Beurteilung der Phänomene hat weitgehend abgedankt und war nie sehr ausgeprägt. Aber genau das ist eine gefährliche Realität, der mit einer forschungsgestützten redlichen Argumentation nur mühsam und geduldig beizukommen ist. Das Konstrukt des „bösen Kindes" erzeugt eine öffentliche Aufmerksamkeit, die dem schwierigen Kind verschlossen bleibt, zumal wenn es „nur" Probleme hat und keine macht. Das „böse Kind" wird so schnell verschwinden, wie es aufgetaucht ist. Die Probleme der schwierigen Kinder, vor allem ihre problematischen Sozialisationserfahrungen und ihre belasteten Lebensverhältnisse bleiben davon unberührt. Die öffentliche Inszenierung des „bösen Kindes" entfaltet eine Aufmerksamkeit, der sich - wenn auch nur für einen Moment - kaum jemand entziehen kann und zu der sich auch die Kinder- und Jugendhilfe professionell und kreativ verhalten muß (vgl. Lüders in diesem Band). Ihre Verantwortung ist eindeutig definiert und muß nicht erst neu bestimmt werden. In der Schwierigkeit des Umgangs mit schwierigen Kindern ist sie, mehr als alle anderen Instanzen herausgefordert, ihre bisherigen Antworten selbstkritisch zu überprüfen und die Angebotspalette ihrer Dienstleistungen spezieller an den sehr differentiellen Bedürfnissen von Kindern auszurichten, die Probleme haben und Probleme machen.

Literatur

Flitner, A. 1982: Konrad, sprach die Frau Mama ...., Berlin

Giesecke, H. 1984: Skeptische und engagierte Notizen über Pädagogik, in: Winkel, R. (Hg.): Deutsche Pädagogen der Gegenwart. Band 1, Düsseldorf, S. 65-86

Lösel, F. 1982: Prognose und Prävention von Delinquenzproblemen, in: Brandstädter, J./Eye, A.v. (Hg.): Psychologische Prävention. Bern u.a., S. 197-239

Otto, U. (Hg.) 1997: Aufwachsen in Armut, Opladen

Pankofer, S. 1998: Brave Bürger suchen Schutz vor kriminellen Jungen und Mädchen, in: Frankfurter Rundschau vom 10.07.1998

„Gegen die geschlossene Unterbringung von Kindern und Jugendlichen". Aufruf 1998, in: Der pädagogische Blick, 6. Jg., S. 116-118

Peters, H. (Hg.) 1993: Muß Strafe sein?, Opladen

Redl, F. 1971: Erziehung schwieriger Kinder, München

Weitekamp, E.G.M./Kerner, H.-J./Schubert A./Schindler, V. 1996: Multiple and Habitual Offending among Young Males: Criminology and Criminal Policy Lessions from a Reanalysis of the Philadelphia Birth Cohort Studies, in: International Annals of Criminology 34, No. 1-2, 1996, 9-53

Hans Thiersch

Kinderkriminalität

Zur Frage nach Normen und Abweichungen

1. Die Rede von der Kinderkriminalität

Die Rede von der Kinderkriminalität, die zur Zeit dramatisierend und ausufernd die öffentlichen Diskurse beherrscht, erfüllt gesellschaftliche Funktionen.

- Kinderkriminalität, dieser vom Wortsinn Kriminalität her unsinnige Titel, verweist in Klischees auf einen widersinnigen Tatbestand: Kinder, die „eigentlich" klein, unschuldig und freundlich sind und auf Unterstützung und Hilfe der Erwachsenen verwiesen wären, agieren als Verbrecher: ein beängstigender Notstand; denn Verbrecher sind bedrohlich.
- Kinderkriminalität verweist als Notstand auf diejenigen, die für Kinder zuständig sein sollten, auf Eltern und ErzieherInnen; im Reden von Kinderkriminalität ist immer auch gemeint, daß diese offenkundig versagen.
- Der Begriff Kinderkriminalität zeigt schließlich auf einen so unmittelbaren, bedrängenden und skandalösen Mißstand, daß unmittelbare und rasche Hilfe notwendig zu sein scheint. Die Zeit des Redens, des Abwägens und Prüfens scheint vorbei zu sein. Es braucht deutliche, harte, entschiedene Gegenwehr.
- Indem der Begriff auf unmittelbare, drastische, konkrete Mißstände verweist, lenkt er ab von jenen gesellschaftlichen Verhältnissen, in denen Kinder und Erwachsene leben und in offenkundige Schwierigkeiten geraten. Die Drastik von Kinderkriminalität bindet die Diskussion im Konkreten und verdeckt damit Strukturprobleme.

- Damit bietet sie sich für die Darstellung in den Medien an, die dann ihrerseits die Stimmung aufladen und die Anstrengung um Argumentationen, Fakten, Gründe und Gegengründe schwächend, eine zusätzliche bedrohliche und bedrohlich-suggestive Wirklichkeit erzeugen.
- Die Diskussion um Kinderkriminalität pointiert in ihrer Drastik die Funktionen, die das Reden von Kriminalität - und von unserer durch Kriminalität bedrohten Gesellschaft - im derzeitigen politischen Feld haben. Allgemeine gesellschaftliche Ängste, wie sie sich aus der Umstrukturierung in politischen und ökonomischen Aufgaben, aus der Arbeitslosigkeit, aus der Unfähigkeit der Politik, mit diesen so zentralen Fragen produktiv umzugehen, ergeben, müssen gebunden werden. Hier eröffnet sich ein Feld des effektiven Handelns, hier läßt sich jene entschiedene Stärke demonstrieren, deren Fehlen in anderen Feldern verdrängt werden soll; deshalb, so scheint mir, ist Kriminalität und darin Kinderkriminalität im Wahlkampf so attraktiv.

Die Rede von der Kinderkriminalität aber hat nicht nur öffentliche Funktionen; sie ist auch funktional im engeren Kreis der Pädagogik. Die Verunsicherungen in Familie, Schule und Jugendarbeit sind groß; Überforderungen und Belastungen sind evident. Das Plädoyer für eine Wiederkehr traditioneller Verbindlichkeiten, für Autorität und Grenzen wird gestützt durch das Reden von Kinderkriminalität; es bindet im Diskurs Kräfte ans Konkrete und verdrängt die mühsame Analyse der Situation.

So offenkundig aber diese Funktionalisierung des Redens von Kinderkriminalität ist, so ist mit der Kritik an dieser Funktionalisierung das Problem nicht erledigt. Jenseits aller Dramatisierungen gibt es schwieriges, mühsames, verelendetes, elendes Verhalten von Kindern - Verhalten also, das als Kinderkriminalität bezeichnet wird. Hierzu zählen z.B. Diebstahl, Betrug, Überfall, Gewalttätigkeit - ein Verhalten also, das Normen nicht einhält, das Normen unterläuft und das gesellschaftliche Leben provoziert und bedroht. Dieses Verhalten aber muß verstanden werden im weiteren Kontext des Verhaltens von Kindern und Heranwachsenden überhaupt und vor allem der Funktion des schwierigen, abweichenden Verhaltens. - Und: Jenseits der dramatisierenden Schuldzuweisung von Eltern und ErzieherInnen gibt es Probleme und Schwierigkeiten von Erwachsenen im Umgang mit Kindern, Probleme, die als Indiz von Verunsicherung und Versagen gelesen werden können, Probleme, die auf Neuorientierung drängen. Ich möchte mich im folgenden in diesem weiten Zusammenhang auf einen Fragenstrang beschränken, auf:

- Fragen nach der Bedeutung von Normen in der Gesellschaft und für die Entstehung abweichenden Verhaltens,
- Fragen nach Normen und abweichendem Verhalten in der Konstellation der heutigen Gesellschaft und, darin mich weiter einschränkend, auf
- Fragen nach den Aufgaben der Erwachsenen, diese Normen vor Kindern und Heranwachsenden zu vertreten und sie in diese einzuführen. Ich will dies - mich noch einmal einengend – fokussieren auf
- Fragen im Kontext der Erziehung, also im pädagogischen Setting, vor allem der Jugendhilfe.

Diese Einschränkungen bedeuten, daß ich nicht primär nach dem Verhalten und der Entwicklung des Verhaltens von Kindern und Heranwachsenden frage, daß ich auch nicht primär nach den verschiedenen Formen der Normenrepräsentation in der Gesellschaft und ihren unterschiedlichen Funktionen frage, also z.B. in der Öffentlichkeit, in der Konsum- und Produktionswelt, in der Zuständigkeit von Polizei, Justiz oder Medien. - Wenn ich so aber auf die Aufgaben der Normenrepräsentation und die Aufgaben der Erwachsenen im pädagogischen Setting fokussiere, stehen die folgenden Überlegungen gleichsam im Schatten der gerade skizzierten öffentlichen Funktionalisierung von Kriminalität. Mißverständnisse sind naheliegend; diese Fragen aber nicht aufzugreifen und zu verhandeln hieße nur, sie eben diesem kritisierten funktionalisierten Diskurs zu überlassen.

2. Eine Fallgeschichte

Zunächst eine Geschichte. In der MitarbeiterInnenbesprechung einer Wohngruppe im Erziehungsheim wird verhandelt: Ein Junge, seit einiger Zeit in der Gruppe, bisher eher still, undurchsichtig, geduckt, wird endlich munter. Er sei öfters unterwegs, treffe sich mit Freunden und benutze - da er bis in die Vororte hinaus müsse - dazu Fahrräder, so wie sie herumstehen; er lasse sie dann, wenn er sie gebraucht habe, wieder stehen. Man diskutiert zunächst die pfiffige Unternehmenslust des Jungen, beredet natürlich, daß es keinen öffentlichen Nahverkehr in die Vororte hinaus gibt, was ja endlich einmal eingerichtet werden müßte, erzählt von Fahrradverleih-Modellen, die es in anderen, progressiveren Landstrichen gibt, ... bis schließlich einer der MitarbeiterInnen, der selbst Fahrrad fährt, sich traut einzuwenden, daß er diese Leihpraxis problematisch findet. Er jedenfalls sei sauer, wenn er sein Fahrrad nicht da wiederfände, wo er es hingestellt habe, - zumal er es meistens eilig habe. Er wurde im Kreis ermahnt, nicht so kleinlich zu sein; er aber insistierte gereizt und frug dagegen, was denn die KollegInnen täten, wenn es um ihre eigenen Kinder ginge, wenn Nachbarn oder Polizei sie zur Rede stellen würden. Daraufhin wurde die Unterhaltung unsicher. Man diskutierte noch einmal die besonderen Lebensumstände des Jungen, fragte sich aber auch, ob man nicht die Probleme des Jungen - also den besonderen Status des Heimkinds mit seinen Erziehungsschwierigkeiten - allzu großzügig auch der Öffentlichkeit zumute, also dazu neige, die Ansprüche der Öffentlichkeit, die man bei eigenen Kindern durchaus ernst nehme, hier zu sehr zu vernachlässigen. Man verabredete sich, den Jungen zu ermahnen. Der Junge verstand es nicht; er benutzte virtuos gerade die Argumente zur eigenen Verteidigung, die im PädagogInnenkreis schon vorgebracht worden waren, - in dieser Stadt ginge es nicht anders, er sei arm, ob er denn auf Freunde verzichten solle. Die ErzieherInnengruppe ging in sich und organisierte für den Jungen ein gebrauchtes, billiges Fahrrad. Damit aber war das Problem nicht erledigt. Dies Fahrrad nämlich entsprach den Ansprüchen des Jungen nicht, er benützte - verführt durch den Reiz attraktiver, rascher Gefährte - weiterhin fremde Fahrräder. Man wurde ärgerlich, streng; man kontrollierte die Unternehmungen und verhängte Ausgehverbot.

Natürlich verführt eine solche Geschichte danach zu fragen, was gut und schwierig gelaufen ist, sie also kasuistisch detailliert zu verhandeln. Dies aber soll hier nicht geschehen. Ich nehme die Geschichte nur als Aufhänger, um Aspekte der Frage nach Normen und Normenrepräsentanz und dadurch bedingte Verhaltensprobleme der Kinder und Heranwachsenden zu skizzieren. - Ist die Geschichte dazu aber geeignet? Sie ist ja offenkundig im Kontext der heutigen so dramatischen Diskussion provozierend harmlos. Gerade darin aber scheint sie mir ergiebig; sie verweist nämlich auf die Allgemeinheit heutiger Probleme, sie nimmt die Dramatik der heutigen Situation in die notwendig zu verhandelnde allgemeine Diskussion zurück.

3. Gesellschaft, Norm, Abweichung

Die Geschichte hat allgemeine Voraussetzungen wie wir sie, heute gleichsam ganz okkupiert von unseren so problematischen Konstellationen, zu selten ausdrücklich erinnern. Sie sind aber der Horizont unserer heutigen Probleme und - so scheint mir wenigstens - ein möglicher Ausgang für eine kritische, weiterführende Diskussion unserer Situation. Allgemeine Voraussetzungen der erzählten Geschichte sind,

- daß Normen im Zusammenhang mit gesellschaftlichen Strukturen und Ressourcen gesehen, also nur im Kontext des Gefüges von Gesellschaft verstanden werden können,
- daß Menschen sich in Normen vorfinden,
- daß Normen sich in der Gesellschaft in unterschiedlichen Formen repräsentieren,
- daß Normen immer vermittelt werden müssen mit individuellen Gestaltungsmöglichkeiten und Optionen,
- daß diese Vermittlung als Lebensbewältigung gelingen und nicht gelingen kann und
- daß nicht gelingendes, abweichendes Verhalten sich in unterschiedlichen Funktionen zeigt und im Prozeß eines sich allmählich verhärtenden Verhaltens ausbildet.

Normen sind ein Moment im gesellschaftlichen Gefüge von Strukturen, Ressourcen und Machtverhältnissen. Normen sind immer bezogen auf die Verfügbarkeit von Ressourcen - beziehungsweise zumindest auf die plausible Bestimmung in auch eingeschränkter Verfügbarkeit von Ressourcen - und auf die, wie auch immer, begründete Gültigkeit von Machtstrukturen. Das damit angesprochene Verhältnis von Struktur und Norm kann hier nicht weiter verfolgt werden; hier muß es genügen festzuhalten, daß Anspruch und Gestaltungskraft von Normen nicht nur und nicht primär aus sich selbst heraus verstanden und erfahren werden können.

Normen bestimmen den Umgang mit Institutionen und Zulässigkeit und Grenzen im Selbstverständnis. Normen strukturieren Interaktionen; sie bestimmen wechselseitige Erwartungen des einen an den anderen; Normen repräsentieren sich immer im Doppelspiel von Anspruch und Reaktion, von Erwartung und Handeln. Normen werden in unterschiedlicher Ausdrücklichkeit artikuliert: Es gibt - auf der einen Seite - deutliche Definitionen, es gibt dazu Vorbildgeschichten und Beispiele und die Ausdrücklichkeit von Abgrenzung, Ermahnungen und Strafen. Vielfältige Normen aber bleiben - auf der anderen Seite - unausgesprochen; ihre Einhaltung aber wird selbstverständlich erwartet.

In diesen unterschiedlichen Artikulationen repräsentieren sich unterschiedliche Grade von Verbindlichkeit: Es gibt Muß-Normen und Kann-Normen mit Toleranzräumen. Manche Normen, und oft gerade die allgemeineren und abstrakten, werden eher nur proklamiert: Sie bestimmen gleichsam den Horizont unseres gesellschaftlichen Selbstverständnisses; andere als elementar geltende Normen müssen dagegen strikt befolgt werden. Normen haben unterschiedliche Geltungsräume; sie gelten unterschiedlich in verschiedenen „Lebenssphären", z.B. denen des Privaten und des Öffentlichen, des Konsums und der Produktion; sie gelten aber ebenso unterschiedlich in verschiedenen Traditionen, Lebenslagen und Szenen. Normen repräsentieren sich als offenes, poröses, abgestuftes und nicht selten widersprüchliches Gefüge unterschiedlicher Verbindlichkeiten. In diesem Gefüge gibt es Verschiebungen; Machtkonstellationen verändern sich ebenso wie Situationen; eingebürgerte Normen verlieren an Relevanz, neue profilieren sich.

In Normen finden Menschen sich immer schon vor; im Normengefüge finden Menschen Vorgaben, in denen sie ihr Leben gestalten; sie finden Artikulationsmöglichkeiten, Entlastungen, Beschränkungen; in diesem Gefüge aber finden sie auch Gestaltungsräume, sie verhalten sich zu Normen - interpretierend, modifizierend und verändernd. (Die These der Sozialisationstheorie vom Verhalten des Menschen in Verhältnissen konkretisiert sich hier.) - Die Gestaltung des Lebens im Normengefüge bedeutet also Vermittlung der immer auch widerborstig-eigensinnigen Bedürfnisse, Kompetenzen und Möglichkeiten der Menschen mit den vorgegebenen normativen Mustern, Vermittlung also gesellschaftlicher Erwartungen mit einem Gestaltungsüberschuß. - Solche Gestaltung ist im so offenen und widersprüchlichen Normengefüge prekär; sie ist immer auch ein Orientierungs- und Suchprozeß; sie ist dies besonders für Menschen, die neu in den Geltungsbereich von Normen eintreten - die Rolle des Fremden ist definiert als ein solcher Suchprozeß; schwierig ist es, natürlich, ebenso für diejenigen, die - als „Neulinge der Kultur" - also als Kinder und Heranwachsende in das Normengefüge erst hineinwachsen.

Die Vermittlung der Normenvorgaben und des Gestaltungsüberschusses als zentrales Moment von Lebensbewältigung kann gelingen und mißlingen. Verhalten, ob gelingend oder mißlingend, ist immer Ergebnis eines Kampfes und nur aus den Intentionen der Anstrengung um Lebensbewältigung heraus zu verstehen.

Die Vermittlung von Normvorgaben und Lebensgestaltung gelingt, wenn gesellschaftliche Mittel und Ressourcen verfügbar oder in ihrer Zugänglichkeit so weit plausibel sind, daß die Normvorgaben glaubwürdig erscheinen, wenn Normen in ihrem Anspruch erkennbar sind, wenn Menschen im Normengefüge ihren Platz und darin für sich Anerkennung finden. Die Vermittlung mißlingt - in der Umkehr - wenn die Mittel und Ressourcen nicht ausreichen oder nicht plausibel zugänglich sind, wenn Normen undeutlich sind und wenn Menschen keine Gestaltungsmöglichkeiten und Anerkennung im Normgefüge finden, - und wenn sie statt dessen, frustriert, gekränkt, überfordert, Anerkennung in der Nichtbefolgung der generellen Normen finden, also z.B. in Bestätigungen durch alternative Gruppen oder in Strategien des Krankheitsgewinns.

Solches abweichendes Verhalten ergibt sich - wenn es sich nicht, wie es nicht selten vorkommt, in gleichsam plötzlichen Explosionen zeigt - in der Regel in einem Prozeß, in dem sich Unregelmäßigkeiten und tastende Unsicherheiten zwischen normentsprechendem und normverletzendem Verhalten allmählich und in der zunehmenden Bestätigung des Erfolgs in abweichendem Verhalten verfestigen. Aus - wie man sagt - primären Auffälligkeiten (Devianzen) im Alltag ergeben sich im Prozeß einer allmählichen Verhärtung Tatbestände, die als sekundäre Abweichungen (Devianzen) verstanden und geahndet werden.

Abweichendes Verhalten ist Verhalten, das den allgemeinen Erwartungen nicht entspricht und damit für die Gesellschaft provokativ, irritierend, ineffektiv und oft für den Einzelnen unglücklich ist. - Abweichendes Verhalten zeigt sich in sehr unterschiedlichen Intentionen: Es kann Indiz des Versagens an Forderungen, Ausdruck also von Unzulänglichkeiten sein. Es kann - ebenso - Indiz von Ausweichstrategien sein, Ausdruck einer Flucht z.B. in Rigidität oder in realitätsferne und -vermeidende Nebenwelten oder in destruktiv-aggressives Verhalten; es kann darin eine eigene Logik und einen Sinn in sich selbst finden, abweichendes Verhalten z.B. als Gewalttätigkeit in der Lust am Schrecken, an Angst und Bedrohung Schwächerer und um der Gewalttätigkeit willen. Abweichendes Verhalten kann schließlich Indiz bewußter Verweigerung sein, also angesichts gegebener Macht- und Ressourcenstrukturen alternativer, provokativer Ausdruck von Neuerung und Revolte.

4. Ungleichheit, Unübersichtlichkiet und der Verlust von Normenplausibilität

Diese - so nur allgemein angedeuteten - Bestimmungen von Normen und abweichendem Verhalten komplizieren sich in unserer Zeit, wie es ja auch in der Eingangsgeschichte angedeutet wurde. Heute geht es:

- um die offenkundige Diskrepanz von Strukturen, Ressourcen und Normen,
- um die Unüberschaubarkeit im Gefüge von Normen,
- um die Undeutlichkeit in der Repräsentation von Normen, und
- um die notwendige Anstrengung, Normen im offenen Aushandlungsprozeß zu bestimmen.

Normen repräsentieren sich in unserer Gesellschaft in spezifischer Weise widersprüchlich und unübersichtlich, verlieren also Plausibilität. Dies ist Ergebnis gesellschaftlicher Entwicklungen in Bezug auf Strukturen, Ressourcen und Deutungsmuster, wie sie neben- und gegeneinander die heutige Situation bestimmen, also - und ganz abgekürzt - der zunehmenden Tendenz zur Demokratisierung mit der Skandalisierung von Ungleichheiten und dem Bewußtsein neuer Ungleichheiten, der Tendenz zur Unübersichtlichkeit und Entstrukturierung und der Tendenz zur zunehmenden Dominanz konkurrenz- und leistungsbestimmter Verteilungs- und Erwartungsmuster.

Die Ungleichheiten - der direkten Armut und der vorenthaltenen Partizipationsmöglichkeiten im Zusammenhang von Geschlecht, Generation, Ethnie und Region - machen deutlich, wie sehr Ressourcen fehlen und wie sehr tradierte Normen dazu dienten, gegebene Herrschaftsstrukturen durch Anpassungserwartung und moralischen Druck zu verfestigen; (die Normen der Herrschenden sind die herrschenden Normen, formulierte man mit Marx). Im Zeichen von Freiheit als Ausbruch und Befreiung werden gegebene Normen fragwürdig und werden - dazu komplementär - Abweichungen als verständlich, ja im Zeichen eines protestativen Moments als notwendig verstanden.

Solche Ideologiekritik an Normen überlagert und verbindet sich seit den späten 60er Jahren mit zunehmenden Unübersichtlichkeiten. Der Zusammenhang von Ressourcen und Normen lockert sich, z.B. im Bezug zwischen Schule, Ausbildung und Arbeit, im Bezug zwischen Arbeitsmöglichkeiten und Lebensansprüchen, im Bezug zwischen sozialen Erwartungen und individuellen Lebensformen, zwischen öffentlichen Verbindlichkeiten und privaten Lebensstrategien. Neue Ressourcen z.B. im sexuell-privaten Leben, in der Mobilität, in der Kommunikation eröffnen neue Gestaltungsmöglichkeiten. Normvorstellungen geraten in rasche Beschleunigung; tradierte Normen werden gleichsam überwachsen, werden blaß und obsolet und verlieren Verbindlichkeit. Damit verlieren notwendigerweise vor allem zunächst die normativen Vorgaben von Anpassung und Einfügung an Gewicht; Aufgaben der Selbstorganisation des Lebens, Kompetenzen der Wahl und Entscheidung werden gewichtig; Selbstbestimmung, Phantasie, Kreativität und Authentizität werden Leiterwartungen.

Dies verbindet sich schließlich im gegebenen gesellschaftlichen Kontext mit dem zunehmend massiver werdenden Primat von Konkurrenz und Leistung in der Produktion, der Komsumption und in den Medien. Der Mensch erfährt sich herausgefordert zu Entscheidung und Wahl in harten Konkurrenzverhältnissen; er muß die eigenen Interessen durchsetzen, er lebt in der Angst, aus Arbeit und Konsum herauszufallen. Das Engagement für eigene Möglichkeiten realisiert sich als Ausnutzen von Vorteilen, in Rücksichtslosigkeit und Korruptionen, in denen der eigene Vorteil auf Kosten der anderen gesucht wird. Normen werden in diesem Kontext funktionalisiert für die Selbstbehauptung.

So verlieren die geltenden Normen - im Spiel von Ideologiekritik, Unübersichtlichkeit und neuen Selbstbehauptungsinteressen - an Geltung und Plausibilität. Was gelten soll, muß verhandelt werden; Verhandeln wird das Medium, in dem Normen Verbindlichkeit finden und sich repräsentieren. - Dieser Modus des Verhandelns aber darf nicht als Beliebigkeit mißverstanden werden. Die neuen Offenheiten lagern auf Selbstverständlichkeiten auf, vor allem in Bezug auf elementare Verbindlichkeiten und Erwartungen (siehe dazu auch Giddens 1996; Lash 1996). Zum anderen stehen die heutigen offeneren Verhandlungen über das, was als verbindlich gewählt und geklärt werden soll, im Horizont normativer Traditionen, z.B. der christlichen, der bürgerlichen, der sozialstaatlichen Tradition, die gleichsam als Regulativ Entscheidungen im einzelnen orientieren (siehe dazu meine Überlegungen zum Konzept einer moralisch inspirierten Kasuistik; Thiersch 1995b).- Solche Relativierungen heutiger Offenheiten aber heben nicht auf, daß Normen heute ihre Verbindlichkeit im Medium des Verhandelns haben, eines Verhandelns also zwischen vorgegebenen

Verbindlichkeiten und offenen Gestaltungsmöglichkeiten, eines Verhandelns, das in den gegebenen Brüchen und Offenheiten oft den Charakter mühsamer Anstrengung um Kompromisse zeigt. In diesem neuen Status der Verhandlung von Normen ergeben sich neue Freiheiten; Zygmunt Baumann (1995) pointiert sie, wenn er konstatiert, daß erst in unserer Situation jener prinzipiell moralische Charakter der menschlichen Existenz deutlich werde, der zur Freiheit angelegt ist. In diesem neuen Status der Begründung von Normen aber entsteht auch eine widersprüchliche und diffuse Situation; es bildet sich eine Szene, die Lothar Böhnisch (1994) unter dem Titel einer „neuen Anomie“ analysiert hat; die immer schon schwierigen Übergänge zwischen primärer und sekundärer Abweichung werden undeutlich. Grenzen verwischen sich; dies erzeugt Verunsicherungen, Überforderungen, Verängstigungen; aus Verunsicherung und Verängstigung kann abweichendes Verhalten wachsen.

5. Normenrepräsentanz als Aufgabe der Pädagogik

Die Schwierigkeiten der gesellschaftlichen Situation bestimmen die Schwierigkeiten in den pädagogischen Szenen. Sie werden - so könnte man pointieren - in ihnen angesichts des Geschäfts der Pädagogik sogar besonders deutlich. Pädagogik - hier als Überbegriff genommen für Aufgaben der Bildung, Erziehung, Beratung, Hilfe und Ressourcenarbeit (also bezogen auch auf Soziale Arbeit) - hat die Aufgabe, Normen vor den Heranwachsenden so zu repräsentieren, daß sie mit ihren Möglichkeiten in sie hineinwachsen können. Erziehung soll, mit Schleiermacher geredet, „so eingerichtet sein, (...) daß die Jugend tüchtig werde einzutreten in das, was sie vorfindet, aber auch tüchtig in die sich darbietenden Verbesserungen mit Kraft einzugehen“ (Schleiermacher). Erziehung realisiert diese Aufgabe im methodischen Handlungsrepertoire des Förderns, Behütens und Gegenwirkens (vgl. Flitner 1985). - Dieses pädagogische Arrangement ist strukturell durch zwei Momente bestimmt. Zum einen ist es prinzipiell asymmetrisch; die Erwachsenen (Helfer und Berater) agieren als Repräsentanten der Normen, gestützt durch den Vorschuß an Informationen, Erfahrungen, Zuständigkeit; sie agieren - wie auch immer relativiert durch die Konstellationen in konkreten Situationen - in „stellvertretender Verantwortung“. In diesem Agieren aber sind sie - und dies ist das zweite bestimmende Moment - engagiert an den Entwicklungs-, Bildungs- und

Lerninteressen der Kinder und Heranwachsenden (oder der auf Unterstützung und Hilfe Verwiesenen); sie sind - mit Nohl geredet - parteilich für die Probleme, die die Menschen mit sich selbst haben; Probleme, die die Gesellschaft mit ihnen hat, sind demgegenüber nachrangig. Pädagogik also - so läßt sich pointieren - vertritt in der Vermittlung von Normen und Gestaltungsmöglichkeiten die letzteren. Daß sie das Geschäft der Vermittlung aus den Interessen der Menschen betreibt, die mit ihrer Hilfe fähig werden sollen, sich als Subjekte in ihren Verhältnissen (in ihrer Lebenspraxis) zu erfahren, kann aber die Notwendigkeit der Vermittlung - also der Repräsentation der Normerwartungen - nicht aufheben.

Dieses pädagogische Arrangement gerät in die Schwierigkeiten unserer gesellschaftlichen Situation. Die Erwachsenen durchschauen zunehmend - und mit Schrecken und Angst - wie sehr sie in früheren Zeiten im Namen von pädagogischer Verantwortung Geschäfte der Anpassung und Sozialdisziplinierung betrieben haben. Sie sehen die zunehmende Diskrepanz von Ressourcen und Normen, sie spüren vor allem den raschen Wechsel in Verhältnissen und Normen und erfahren sich den Kindern und Heranwachsenden gegenüber als fremd. So lernen sie, an ihrer Aufgabe der Repräsentation von Normen zu zweifeln. - Dieser Zweifel kann - zum einen - einen Grund darin haben, daß die Erwachsenen in den Kindern und Heranwachsenden zunehmend die Kompetenz der Eigensinnigkeit und Selbständigkeit eines kreativen, phantasievollen und selbstbestimmten Lebens erkennen, und dies als Auslegung der für die PädagogInnen so zentralen Parteilichkeit für die Interessen und Möglichkeiten der Kinder und als neuen Freiheitsraum verstehen. Dieser Zweifel aber kann auch - schlichter und problematischer - Ergebnis von Resignation und Kapitulation sein; die Verhältnisse sind schwierig, Auseinandersetzungen sind mühsam, man läßt es laufen. Das führt dann auch im pädagogischen Setting zu jener Gleichgültigkeit des Nebeneinander-Herlaufens, deren Fatalität Zygmunt Baumann (1995) für unsere Gesellschaft analysiert und angeprangert hat. In dieser so zurückgenommenen, verunsicherten pädagogischen Situation ergeben sich für Kinder und Heranwachsende neue Freiheiten, aber ebenso neue Verunsicherungen. Sie sind - im Status des Neulings in der Gesellschaft, wie es oben hieß - auf Suchbewegungen im normativen Gefüge verwiesen, um ihren Ort zu finden. Sie brauchen riskante, provokative Offenheiten, bewegen sich in der schwierigen Zone zwischen Normalität, primärer und bisweilen sekundärer Abweichung. Wenn sich diese Suchbewegungen mit den Offenheiten der Gesellschaft verbinden, ergeben sich Desorientierungen; Angst kann ebenso die Konsequenz sein, wie nach einer langen Zeit im offenen Gelände von Desorientierung, harte, kaum oder nicht mehr verhandlungsfähige Konflikte.

In dieser schwierigen Situation kommt es darauf an, neu zu klären, was es bedeutet, Normen zu repräsentieren, wie die pädagogische Notwendigkeit der Normenrepräsentation in den Chancen und Möglichkeiten von Verhandlung praktiziert werden kann. Daß sich in solcher Neuorientierung Schwierigkeiten, Ungekonntheiten, Extrempositionen und Vereinfachungen ergeben, ist evident; diese dürfen aber nicht - ebensowenig wie die Diffusität der allgemeinen gesellschaftlichen Situation - überdramatisiert werden. Gegenwärtige Schwierigkeiten sind Ausdruck von Lern- und Suchbewegungen; sie scheinen mir „verständlich" angesichts des Gewichts der Traditionen, die nicht mehr tragen und die es - mit guten Gründen - zu überwinden gilt. Solche Traditionen gingen einher mit Unterdrückung, Leid, ja Ruin der Lebensmöglichkeiten der Kinder und Heranwachsenden (und sehr oft auch der Frauen, die in der Erziehung mit ihnen engagiert waren), von den vielfältigen sado-masochistischen Repräsentationen eines autoritären Lebensstils ganz abgesehen. „Wer lernt, der leidet", heißt es schon im Alten Testament.

Also: Modalitäten des Verhandelns über das, was verbindlich sein wird, müssen bestimmt werden. Diesem Bedürfnis entspricht eine zunehmend an Boden gewinnende Praxis- und Ratgeberliteratur, die - so hilfreich sie im einzelnen sicher ist - doch häufig jener Tendenz zur Moralisierung entspricht, die die gesellschaftlichen Strukturen und die daraus resultierenden Komplikationen eher zudeckt: Sie suggeriert, daß die Probleme eindeutig seien, daß man sie energisch und konsistent angehen müsse, um Erfolg zu haben, daß Mißerfolge Indiz eigentlich nur dafür sind, daß man - als Erwachsener - sich nicht ordentlich und verantwortlich engagiert habe.

Ich will im folgenden aus den vorgetragenen Überlegungen heraus allgemeine Maximen zum Modus des Verhandelns in drei Durchgängen skizzieren:

- In allgemeinen Hinweisen zum Modus des Verhandelns,
- des Verhandelns als Streit und
- in Hinweisen zu Bedingungen und Möglichkeiten des Verhandelns angesichts unterschiedlich strukturierter pädagogischer Settings und im Horizont der Frage nach Prävention und Intervention.

6. Normenrepräsentation als Verhandlung und Deutlichkeit

Normen im Medium der Verhandlung zu repräsentieren bedeutet Vermittlung zwischen elementaren Verbindlichkeiten, Gestaltungskompetenzen und Kompromissen. Dies verlangt vom Pädagogen - als Repräsentant der Normen - daß er zugleich in seiner Position deutlich und offen für die Eigensinnigkeiten der Kinder und Heranwachsenden agiert.

Der Erwachsene muß deutlich sein, in dieser Deutlichkeit verläßlich, also kalkulierbar in der Unterschiedlichkeit von Situationen und Anlässen. Diese Deutlichkeit aber ist nur dann überzeugend, wenn sie begründet, zumindest begründbar ist, wenn sie transparent ist in Bezug auf die Gründe, in Bezug auf den Grad der Verbindlichkeit, in Bezug auf die Chancen und Schwierigkeiten, die mit den Erfüllungen einhergehen. Diese Deutlichkeit muß in den heutigen, so unübersichtlich widersprüchlichen Verhältnissen bewußt gewollt werden, - sie muß es vor allem auch gegenüber den Verführungen, sich in der so offenen und widersprüchlichen Situation zurückzuhalten oder im Unentschiedenen zu verstecken. Diese Deutlichkeit muß ausgewiesen sein in den heutigen Schwierigkeiten, also im Widerspiel von Ansprüchen, Relativierungen, Kompromissen, wie sie die Mühseligkeit heutiger Bewältigungsstrategien charakterisieren. Diese Deutlichkeit in der pädagogischen Repräsentation von Normen muß unter zwei Aspekten näher bestimmt werden.

Sie ist - das ist das eine - im Verhandlungsprozeß zunächst nur eine Position. So hat der Erwachsene gegenüber allen Verführungen, aus dem Vorsprung von Erfahrung und Zuständigkeit heraus zugleich für sich und das Kind mitzuagieren, also gleichsam das Ganze der Interaktion zu vertreten, nur eine spezifische Position. Er muß sich als Partner eines Partners verstehen, der eine Position anbietet, an der der andere sich orientieren, sich abarbeiten kann, mit der er sich auseinandersetzt; im Spiel der Verhandlungsinteraktion hat somit der Erwachsene einen Part neben dem anderen, neben dem des Kindes. Dies ist eine prinzipielle Regel. Natürlich muß sie modifiziert werden angesichts unterschiedlicher Aufgaben und unterschiedlicher Konstellationen. Diese Modifikationen aber dürfen - so Brumlik (1992) im Konzept der advokatorischen Ethik - nicht das Prinzip des Verhandelns zwischen Positionen prinzipiell außer Kraft setzen.

Diese Zurücknahme der Position aber - das ist das zweite - darf die für alle pädagogischen Arrangements geltende prinzipielle Asymmetrie nicht aufheben. Gerade die neuere Diskussion (B. Müller 1995; Böhnisch 1997) macht deutlich, wie sehr in den Offenheiten und Widersprüchlichkeiten unserer Situation Orientierungen, Vorgaben, auch Vorbilder erwartet werden. Wenn Schleiermacher formulierte, daß die Pädagogik klären müsse, was die ältere Generation von der jüngeren erwarte, so gilt zunehmend auch die komplementäre Frage danach, was die jüngere Generation von der älteren erwartet. Daß dies kein Rückfall in alt-autoritäre Positionen ist, sondern nur im Kontext einer Verhandlung zwischen Partnern praktiziert werden kann, ist evident. Das Postulat ist deutlich; es muß - so in der Weiterführung von Überlegungen Sennetts (1998) - um der Erwartungen der Kinder und Heranwachsenden willen erfüllt werden auch da, wo die eigene Position in den Offenheiten und Schwierigkeiten der gegebenen Verhältnisse nicht eindeutig bestimmt und oft in Widrigkeiten und Kompromissen der Situation nur bedingt markiert werden kann.

In seiner Deutlichkeit - das ist schließlich das dritte - muß der Erwachsene als Mensch erkennbar sein, wenn ich dies so altmodisch und ungeschützt formulieren darf. In der Offenheit und Vielfältigkeit heutiger Situationen kann er nur in seiner Person jene Glaubwürdigkeit präsentieren, die andere zur Auseinandersetzung nötigt. In der Offenheit der Situation trägt die Person das Gewicht des Arguments.

Deutlichkeit ist das eine Moment in Verhandlungen um Verbindlichkeit, das andere ist das Verständnis der Position des jeweils anderen, hier also das Verständnis der Position der Kinder und Heranwachsenden. In der heutigen Situation weiß der Erwachsene um die Gefahren von Projektion und Überforderung, denen gegenüber er die Eigensinnigkeit der anderen Positionen respektiert. Brisant aber sind neue Formen der Überforderung: Das Prinzip der Verhandlung als Austausch von Gründen und Gegengründen kann dazu verführen, im geklärten, rationalen Diskurs eine Suggestion von Gleichheit zu praktizieren, die die Realität gegebener Unterschiedlichkeiten überspielt. Kinder und Heranwachsende agieren in den Möglichkeiten ihres Alters; sie agieren vor allem aus ihrer nachgeordneten Position, indem sie die eigenen Optionen überpointieren oder auch - um sich zu retten - der Verhandlung verweigern; Wohmanns Karikatur: „Paulinchen bleibt allein zu Haus“ ist eine bis heute nicht überholte und zur Unkenntlichkeit entstellende Karikatur einer rationalisierenden Handlungsstrategie, die im Zeichen von Emanzipation und Partnerschaftlichkeit nur Macht praktiziert.

7. Verhandlung als Konflikt

Die Rede von der Repräsentation von Normen im Medium der Verhandlung könnte dazu verführen, die Härte und Begrenztheit, die bisweilen in der Anstrengung um Verbindlichkeiten nötig würde, zu unterschlagen. Verhandeln ist immer auch Konflikt und Streit. Die prinzipielle Anerkennung der Person geht einher mit der Entgegensetzung der unterschiedlichen Positionen. Das Sowohl-als-auch soll überführt werden in ein Entweder-Oder (Hirschmann 1994). Anstrengungen, da hinein zu kommen, realisieren sich in vielfältigen Strategien. In der Distanz zur unmittelbaren Auseinandersetzung, in der Erweiterung des Kreises derer, die verhandeln; Freunde, Geschwister, z.B. aber auch Großeltern können ebenso hilfreich sein wie die Möglichkeiten professioneller PädagogInnen, die aus ihrer spezifischen Rolle heraus über abständig-erfahrene Möglichkeiten der Einschätzung der Situation und der Verhandlungsstrategien verfügen. Solche Anstrengungen in der Verhandlung aber können nicht überspielen, daß Verhandlung immer auch an Grenzen kommen kann, daß es notwendig werden kann, das gegebene Verhandlungsarrangement aufzulösen und neue, andere Konstellationen zu suchen.

Streit, so als Dramatik der Verhandlung verstanden, ist aber nur ein sehr allgemeiner Hinweis auf die Probleme, die sich ergeben, wenn die Verhandlung von Normen mißlingt, wenn sich Auffälligkeiten, Schwierigkeiten, kriminelle Aktivitäten und kriminelle „Karrieren“ von Mehrfachtätern ergeben. Die Modalitäten in einem solchen Streit müssen genauer bestimmt werden.

Die Dramatik der Auseinandersetzung verführt zu Verkürzungen, die das Ziel der Verhandlung, die Vermittlung zwischen Normvorgaben und Gestaltungsmöglichkeiten gefährden. Schwieriges, abweichendes, kriminelles Verhalten entwickelt sich in der Skala primärer und sekundärer Devianz, also in allmählichen Pointierungen und Verhärtungen. Aus diesem Faktum wird immer wieder gefolgert, daß man vor allem dem Kleinen, unauffällig Abweichenden, den Anfängen wehren müsse. Gewiß: In der heutigen so undeutlichen Situation ist die Gefahr groß, daß Kinder und Heranwachsende gleichsam in einem breiten Niemandsland agieren, in dem sie das Risiko ihres Verhaltens nicht erkennen; wo Grenzen liegen und ob es überhaupt Grenzen gibt, wird unklar. Gegen solche verführerische Offenheit braucht es Deutlichkeit. Diese aber ist wiederum mißverstanden, wenn sie in der Angst vor möglichen Verhärtungen und gleichsam aus symbolischen Gründen nicht ausgehandelt ist gegen die Notwendigkeit von Suchbewegungen des Sich-Findens, Sich-Abgrenzens, dem Mit-sich-im-sozialen-Feld-Experimentierens, und wenn sie - schließlich - aus Angst vor möglichen Konsequenzen - die Kinder und Heranwachsenden, die sich mißverstanden fühlen und trotzig reagieren - in genau jenes Verhalten stigmatisierend hineintreibt, das sie verhindern will. Verkürzung ist es auch, wenn angesichts verhärteten, provozierenden Verhaltens Verständnis und Anerkennung gekündigt werden. Auf einen groben Klotz - so heißt es - gehört ein grober Keil; es sei nötig, zunächst die Normen deutlich zu markieren; Abgrenzung, Kontrolle, Strafe sind angezeigt. Angesichts grob abweichenden Verhaltens - darüber sollte nicht diskutiert werden - und angesichts vor allem auch jener verfestigten Interpretation, die solches Verhalten herunterspielen, rationalisieren, nicht in seinen sozialen Konsequenzen sehen will, ist es notwendig, Normen auch im Gegenwirken (und Behüten) deutlich zu markieren. Um ihre Unumstößlichkeit deutlich zu machen, sind Strafen hilfreich; hilfreich sind auch jene Strategien des Täter-Opfer-Ausgleichs, die die Täter mit denjenigen, die an ihren Taten zu leiden hatten, konfrontieren und ihnen so im direkten Umgang die Bedeutung ihrer Tat als Interaktion im sozialen Kontext erfahrbar machten; hilfreich sind auch Auflagen, die am Maß der geforderten Anstrengung das Gewicht der Tat verdeutlichen. Diese Konfrontation mit der Gültigkeit von Normen aber muß einhergehen mit der Entzifferung des abweichenden Verhaltens selbst, also der Klärung der Motive und Hintergründe, die zu ihm geführt haben, der Interpretation des abweichenden Verhaltens im Kontext von Lebensressourcen und Lebensgeschichte. Evident ist, daß sich eine solche Entzifferung in der weiten Skala zwischen gleichsam normalen jugendspezifischen Abweichungen und besonderen Verhärtungen, die nur biographisch aufgearbeitet werden können, bewegen muß.

Entzifferung - dies ist das nächste - muß einhergehen mit Anstrengungen, Vertrauen in die Normen und Vertrauen in die Erwachsenen, die sie zu repräsentieren haben, herzustellen; dies ist bei Heranwachsenden, die aus ihrer Geschichte heraus solches Vertrauen auch verloren haben, besonders aufwendig und mühsam. Wie schwierig die notwendige Balance zwischen der konfrontativen Markierung von Normen und Verständnis und Vertrauen ist, wird in der sozialpädagogischen Praxis z.B. mit Straßencliquen deutlich. Diese Schwierigkeiten aber sind kein Einwand gegen die Aufgabe. Bettelheim hat, um es im Slogan verkürzt zu formulieren, verlangt, daß der Helfer in jenen Brunnen, in dem der andere sitzt, hinabsteigen muß, um dort, am Grund des Brunnens, sein Vertrauen zu gewinnen, damit er sich mit ihm herauszusteigen trauen kann. Verständnis und Vertrauen aber bleiben ineffektiv, wenn sie nicht einhergehen mit der Öffnung von Optionen, in denen ein normentsprechendes Verhalten Anerkennung bringt. Angesichts von Verhärtungen im abweichenden Verhalten braucht es auch hier besonderen Aufwand; Angebote z.B. von Erlebnis- und Abenteuerpädagogik haben hier ihren Ort ebenso wie die Diskussionen um die notwendigen spannenden - z.B. sportlichen - und die Perspektiven eröffnenden „echten" Lern- und Arbeitsangebote. (Zu den Möglichkeiten, vor allem aber auch den Schwierigkeiten und Unzulänglichkeiten der Praxis in solchen Projekten siehe u.a. Thiersch 1995c.) - Schließlich: Profilierung von Normen darf nicht Gegenwirkungen der Verhärtung, des Trotzes und der Verweigerung erzeugen, die die Vermittlungen zwischen Normen und Lebensplänen unmöglich machen. (Schon Pestalozzi mahnte, daß nicht die Gefangenen an ihrer Strafe verwildern dürften.) Der immer wieder aufbrandende und nach wie vor nicht erledigte Streit um die geschlossene Unterbringung hat hier sein eigentliches Thema. Untersuchungen (vgl. Wolffersdorff/Sprau-Kuhlen/Kersten 1996; Pankofer 1997) nämlich machen deutlich, daß die Nebenwirkungen einer Reaktion auf das Faktum, in einer geschlossenen Institution untergebracht zu sein, die pädagogische Nutzung partieller, individuell begründeter Einschränkungen und vor allem des intensiven pädagogischen Umgangs (wie er ja als primär pädagogische Begründung solcher Einrichtungen dient) zunichte machen. Der Trotz eingesperrt zu sein, die Phantasien draußen leben zu können, die Anstrengungen um den Ausbruch okkupieren die Energien.

8. Prävention und Intervention

Solche allgemeinen Maxime des Verhandelns - des Verhandelns auch in Konflikten - sind das eine; ein anderes sind Fragen nach unterschiedlichen pädagogischen Settings und unterschiedlichen Aufgaben im Horizont von Prävention und Intervention. Wenn ich nun dazu noch einige Überlegungen vorbringe, muß ich einiges aus dem Vorangegangenen noch einmal aufgreifen.

Maxime des Verhandelns realisieren sich im pädagogischen Feld unterschiedlich, je nachdem, ob es private und öffentliche, also institutionalisierte und professionelle Settings sind. Der private Raum, also die heutige Familie, hat eigene Regeln sowohl der Toleranz als auch der Verdrängung und Tabuisierung; der vielbesprochene Klaps hat - vor aller pädagogischer Interpretation - in der Familie eine ganz andere Bedeutung als z.B. in der Öffentlichkeit der Schule; ein Interesse der Familie, sich vor sich selbst und anderen als funktionierend zu erweisen, erzeugt spezifische Formen des Abwartens, Herunterspielens und Verdrängens von Konflikten; die Unmittelbarkeit im Zusammenleben kann Affektbesetzungen und Dramatisierungen entstehen lassen, die Konflikte unlösbar machen. Privatheit aber ist nicht nur die Unmittelbarkeit des engen, kleinen, familialen Zusammenlebens; sie ist auch ein Gefüge unterschiedlicher Konstellationen von Nähe und Distanz: Verwandte, Tanten, Onkel, Großeltern, ebenso aber auch Freundinnen und Freunde der Familie, haben eigene Möglichkeiten des Zugangs zu Konflikten. Konstellationen im Verhältnis von Nähe und Distanz prägen auch das Gefüge von privaten und offiziellen Handlungsmöglichkeiten. In der Schule oder im Jugendhaus zeigen sich andere Konflikte als zu Hause. LehrerInnen, TrainerInnen im Sportverein, SozialpädagogInnen im Jugendhaus haben eigene - und bisweilen freiere - Zugänge zu Heranwachsenden. Dies aber will und kann ich hier nicht weiter verfolgen; ich beschränke mich im folgenden auf Bemerkungen zur Jugendhilfe und zur Sozialen Arbeit, da ihnen die Aufgabe zufällt, da, wo im Normalgefüge von Familie, Schule, Ausbildung und Öffentlichkeit Probleme auftauchen, korrigierend und kompensierend zu agieren. Ich will - dem derzeitigen pädagogischen und öffentlichen Diskurs folgend - Bemerkungen zur professionell-institutionellen Prävention und zu professionell-institutionellen Interventionen machen.

Daß das Faktum, daß abweichendes Verhalten sich im Regelfall allmählich ausbildet, nicht zur Überreaktion demonstrativer Härte führen darf, habe ich gerade skizziert; solche Überreaktion aber war nur eine falsche Konsequenz aus dem unbestreitbaren Tatbestand der allmählichen Entwicklung von Verhaltensauffälligkeiten. Ihm entspricht das pädagogische Handlungskonzept von Prävention. Prävention muß - allgemein gesehen - als Konzept unterschiedlicher Stufen verstanden werden, als:

- generelle (primäre) Prävention, also als Herstellung und Stabilisierung von Verhältnissen, die die Ausbildung schwierigen Verhaltens verhindern,
- als spezielle (sekundäre) Prävention, die in spezifisch belasteten Verhältnissen, in Risikolagen, vorbeugende spezifische Unterstützungen anbietet, und
- als tertiäre Prävention oder Intervention, also als pädagogische und soziale Maßnahmen, die auf eingetretene, verhärtete Verhaltensschwierigkeiten bezogen sind.

Allgemeine (primäre) Prävention entspricht in ihrer Programmatik dem, was ich als gelungene Verhandlung von Normen skizziert habe. Zweierlei aber soll noch besonders betont werden.

Normen, so hieß es, dürfen nur im Gefüge der Gesellschaft insgesamt gesehen werden; die Gestaltungskraft von Normen ist abhängig von der Zugänglichkeit, zumindest von der Plausibilität in unterschiedlichen Zugängen von Ressourcen. Die Frage nach Ressourcen und die (sozial)politische und pädagogische Aufgabe der Ressourcenorganisation sind das primäre Thema von Prävention. Der Zusammenhang von Arbeitslosigkeit, Perspektivlosigkeit und abweichendem Verhalten ist ebenso deutlich wie - um ein engeres sozialpädagogisches Beispiel zu nehmen - der Zusammenhang von beengten Wohnverhältnissen, Sozialhilfebedürftigkeit und Verhaltensauffälligkeiten, die zur Heimeinweisung führen (Bürger/Ames 1998; Thiersch 1998; Baur u.a. 1998). Abweichendes Verhalten entwikkelt sich auch, wenn im engeren Lebensfeld der Kinder - z.B. in der Familie - Gleichgültigkeit, Zerstrittenheit und Mißachtung so sehr dominieren, daß sich Selbst- und Lebensvertrauen nicht ausbilden können oder, wenn überfordernde, aus Ehrgeiz und eigenen Frustrationen stammende Lern- und Karriereerwartungen in Kinder und Heranwachsende projiziert werden. Überfällig also sind allgemeinpolitische Diskussionen, z.B. zur Familien-, Arbeitsmarkt-, Ausbildungs- und Sozialpolitik.

Prävention als Organisation von Ressourcen ist aber auch ein soziales und pädagogisches Problem im engeren Sinn. Auch in beschränkten gesellschaftlichen Rahmenbedingungen - und gerade in ihnen - kommt es darauf an, im pädagogischen Setting Ressourcen so zu organisieren, daß Verhandlungen über Lebensorientierungen zumutbar, realisierbar und perspektivreich sind. Es scheint mir fatal, daß die gegenwärtig herrschende Diskussion über Grenzen der Erziehung, also über die notwendige

Deutlichkeit und Verbindlichkeit von Normansprüchen, nicht in diesem Zusammenhang geführt wird: Nur die Verbindung nämlich von Ressourcen und Normen, von Optionen und Erwartungen, von Gestaltungsräumen und Ansprüchen ergeben den Raum, in dem die Verhandlung von Normen sinnvoll sein kann.

Allgemeine Prävention im pädagogischen und sozialen Zusammenhang kann aber nicht nur auf die Organisation von Ressourcen zielen, sie zielt - komplementär dazu - auch auf jene allgemeine Handlungskompetenz, die, als Kompetenz zur Lebensbewältigung, die Voraussetzung dazu ist, daß Menschen in offenen, widersprüchlichen und schwierigen Situationen zurecht kommen, ohne in Ressentiment, Resignation, Flucht und Gewalttätigkeit auszuweichen. Die verschiedenen Konzepte, wie sie auch im Zusammenhang mit sekundärer, spezieller Prävention entwickelt werden, Konzepte bezogen also auf erkennbare, besondere Risiken und Belastungen machen deutlich, daß neben und vor allem in speziellen Hilfen diese allgemeine Kompetenz Voraussetzung dazu ist, daß Menschen in dem, was ihnen zugemutet wird, nicht überwältigt werden und untergehen. Allgemeine Handlungskompetenz als Fähigkeit zur Verhandlung auch in herausfordernden, bedrückenden, kränkenden Belastungen meint die Sicherheit in der eigenen Position vor anderen und vor sich selbst, meint die Fähigkeit, auch nein zu sagen, meint die Fähigkeit, die eigenen Probleme in Korrespondenz mit den Erwartungen und Möglichkeiten anderer zu sehen und anzugehen. Diese allgemeine Kompetenz der Lebensbewältigung entspricht - so scheint mir - dem, was in der Tradition als Allgemeinbildung gemeint war und was nun, bezogen auf die heutigen dramatisch offenen Verhältnisse, im Horizont der allgemeineren Aufgaben der Lebensbewältigung neu ausgelegt werden muß. Die Aufgaben der allgemeinen Prävention auch innerhalb der pädagogischen Settings werden zwar viel beschworen, einstweilen aber zu wenig realisiert. Es fehlen Programme, (die Programmatik der Schule z.B. läßt für überfällige Aktivitäten einstweilen zu wenig Raum), es fehlen vor allem Ressourcen. Die derzeitigen finanziellen Grenzen in der Sozialen Arbeit führen dazu, daß eher traditionell eingefahrene Aufgaben wahrgenommen werden und neue, präventiv-offene Programme eingeschränkt oder nicht ausgebaut werden.

Die pädagogischen Aufgaben der Prävention, - der primären ebenso wie die der sekundären und tertiären Prävention und Intervention - werden in der Sozialen Arbeit realisiert im Verbundsystem unterschiedlicher Arrangements, im Verbundsystem der Skala beratender, begleitender, kompensierender und das gegebene Lebensfeld ersetzender Angebote: Sie stellen sich dar in der Vielfältigkeit und Unterschiedlichkeit z.B. von Kindertagesstätten, Jugendarbeit, Beratungsangeboten, Erziehungshilfen (in den unterschiedlichen Settings der Fremdunterbrindung), Familienhilfen und -bildungsmöglichkeiten, von gemeinwesenorientierten Netzwerken - und jenseits des gegebenen Angebotskatalogs zunehmend dringlicher - von offenen und phantasievollen, flexiblen Arrangements in Einzelhilfen, Gruppen(Cliquen)-Aktivitäten und in der sozialen Infrastruktur. In diesen unterschiedlichen Settings ergeben sich unterschiedliche Zugänge auch zu unterschiedlichen Formen abweichenden Verhaltens. Diese im einzelnen darzustellen, ist hier nicht der Ort. Notwendig aber scheint es mir, darauf zu insistieren, daß das Konzept des Verbundsystems Abstimmung, Koordination und Kooperation voraussetzt. Dies umso mehr, da es dieser Intention oftmals nicht gerecht wird. Unterschiedliche Institutionen und Interventionen agieren unabgestimmt nebeneinander und gegeneinander. Statt des geplanten und notwendigen Synergieeffekts ergeben sich Lähmungen und Ineffektivitäten, in denen Hilfen verpuffen und abweichende Karrieren sich ausbilden. Besonders fatal ist es, wenn das Faktum der unterschiedlichen Institutionen dazu benützt wird, Probleme von der einen zur anderen Institution zu verschieben oder, im Wissen darum, daß es ja auch noch andere, intensivere, spezialisiertere Angebote gibt (von der Beratung her gesehen Heimerziehung oder innerhalb der Heimerziehung geschlossene Unterbringung), die Probleme im eigenen Arrangement nicht anzugehen und auf andere Zuständigkeiten abzuschieben. Die Diskussion der letzten Jahre hat jenes gefährliche Spiel der Entlastung und Ausgrenzung in unterschiedlichen Ebenen immer wieder deutlich machen müssen. Innerhalb der Erziehungshilfen liegt hier die strukturelle Gefahr, die mit der Existenz der Institution geschlossener Unterbringung gegeben ist; es sind Effekte, wie sie - wenn ich dies noch beifügen darf - innerhalb der Integrationsdebatte im Umgang mit behinderten Menschen für das Verhältnis von allgemeiner Zuständigkeit und Sondereinrichtungen seit langem diskutiert werden.

9. Resümee

Ich belasse es bei diesen Hinweisen und versuche knapp zu bilanzieren: Meine Überlegungen zielten auf die Frage nach der Repräsentation von Normen in heutigen pädagogischen Settings. Die Frage erwies sich als Einfallstor für politisch-ideologische und pädagogisch-restaurative Verkürzungen; dies aber erledigt, so schien es, nicht die Notwendigkeit, sie zu verhandeln.

Solche Verhandlungen sind in der gegenwärtigen Diskussion eher rar; das hat seine Gründe nicht nur in den gesellschaftspolitischen Funktionalisierungen der restaurativen Verkürzungen, sondern in gesellschaftspolitischen und pädagogischen Entwicklungen der letzten Jahrzehnte. Normen und Normvorgaben wurden problematisch, im Zug gesellschaftlicher Verwerfungen, die ebenso im Zeichen von Ideologiekritik, Emanzipation und Demokratisierung standen wie im Zeichen von Unübersichtlichkeit und Diffusität und neuen Konkurrenz- und Selbstbehauptungswillen. Die Widersprüchlichkeit und Unübersichtlichkeit dieser Situation aber erledigt nicht das gesellschaftliche und pädagogische Problem, Normen zu repräsentieren. Sie muß in der heutigen schwierigen Situation kompliziert bewältigt werden:

- Gegen eine isolierende Diskussion von Normen gilt der Zusammenhang von Strukturen, Ressourcen, Machtverhältnissen und Normen.
- Abweichendes Verhalten muß, wie jedes Verhalten, als Lebensbewältigung verstanden werden, als Ausdruck also, im Gefüge von Erwartungen, Ressourcen und eigenen Möglichkeiten einen Weg zur Gestaltung des eigenen Lebens und zur Anerkennung zu finden.
- Angesichts der unhintergehbaren widersprüchlichen und offenen Situationen können Normen nur im Medium der Verhandlung ausgewiesen und praktiziert werden. Verhandlung meint die Vermittlung von elementaren Verbindlichkeiten und Gestaltungskompetenzen.
- Gegen die Verführung zu Relativierung und Zurückhaltung in der Repräsentation von Normen gilt es, sie deutlich und authentisch zu repräsentieren, - gerade auch in Schwierigkeiten und Kompromissen, wie sie sich aus gesellschaftlichen Verwerfungen ergeben.

- Gegen die Verführung, Verhandlung als friedliches und offenes Aushandeln zu verstehen, gilt die Anstrengung einer Vermittlung zwischen Gegenwirken, Behüten und Fördern, die Anstrengung auch des harten Streits zwischen Positionen - eines Streits allerdings, in dem Verständnis und Achtung der Person nicht gefährdet sein dürfen.
- Gegen die okkupierende Faszination durch grob auffällige Handlungen steht die Notwendigkeit präventiver Anstrengungen. Pädagogische Möglichkeiten müssen in ihren vielfältigen und unterschiedlichen Zugängen genutzt werden und darin abgesichert werden gegenüber fatalen Versäulungen und Tendenzen zur wechselseitigen Entlastung und zur Abschiebung und Verdrängung von Problemen.

Ein solches Konzept, das auf pädagogischer Sicht insistiert und sie ausweist in heutigen Brechungen, Spannungen und Herausforderungen, ist – so scheint mir - die Voraussetzung dafür, daß Soziale Arbeit die ihr zufallenden Aufgaben bewältigen kann. Nur ein solches, in allen Spannungen und Härten ausgelegtes Konzept, gibt die Möglichkeit, jene Diskussionen zurückzuweisen, die pädagogische Zuständigkeit - z.B. in Bezug auf Strafmündigkeit oder auf justitiell-polizeiliche und psychiatrische Zuständigkeiten - zurücknehmen und einschränken.

So auf pädagogische Zuständigkeit zu insistieren ist das eine; das andere aber ist, daß Pädagogik und Soziale Arbeit natürlich nur im Kontext zu anderen Zuständigkeiten im Feld der Repräsentation von Normen gesehen werden kann. Diese - z.B. die polizeilich-justitielle und die psychiatrische - stehen hier nicht zur Diskussion, - eingangs habe ich darauf eindrücklich verwiesen. Festzuhalten aber scheint mir, daß die notwendige Kooperation zwischen unterschiedlichen Zuständigkeiten zur Zeit durchaus nicht selbstverständlich ist. Die Verschiebungen und Entlastungsmechanismen, wie ich sie gerade innerhalb der Sozialen Arbeit skizziert habe, gelten auch zwischen den Bereichen, also zwischen Sozialer Arbeit, Polizei oder Psychiatrie. Diese Mechanismen sind zudem belastet durch Fremdbilder und Vorurteile. Jenen gegenüber gilt es, die vielfältigen Erfahrungen z.B. aus der Arbeit mit Jugendcliquen in der Kooperation zur Polizei oder aus der Kooperation zwischen Erziehungshilfen und Psychiatrie deutlich und offensiv zu vertreten.

Literatur

Baumann, Z. 1992: Dialektik der Ordnung. Die Moderne und der Holocaust, Ffm
Baumann, Z. 1995: Moderne und Ambivalenz. Das Ende der Eindeutigkeit, Ffm
Baur u.a. 1998: Was leisten stationäre und teilstationäre Erziehungshilfen, in: EREV-Schriftenreihe (1998: 23-63)
Beck, U./Giddens, A./Lash, S. 1996: Reflexive Modernisierung, Ffm
Bettelheim, B. 1970: Liebe allein genügt nicht. Die Erziehung emotional gestörter Kinder, Stgt
Böhnisch, L. 1997: Sozialpädagogik der Lebensalter, Weinheim
Böhnisch, L. 1994: Gespaltene Normalität, Weinheim
Brumlik, M. 1992: Advokatorische Ethik. Zur Legitimation pädagogischer Eingriffe, Bielefeld
Bürger,U./Ames, A. 1998: Untersuchung der unterschiedlichen Inanspruchnahme vollstationärer Heimerziehung im Verbandsgebiet Württemberg-Hohenzollern, Teilbericht II.. Herausgegeben vom Landeswohlfahrtsverband Württemberg-Hohenzollern, Stgt
EREV-Schriftenreihe 1998: Leistung und Qualität von Hilfen zur Erziehung im Spiegel einer wissenschaftlichen Untersuchung, 39. Jg., Heft 2
Flitner, A. 1985: Konrad, sprach die Frau Mama ... Über Erziehung und Nicht-Erziehung, München
Giddens, A. 1996: Leben in einer posttraditionalen Gesellschaft, in: Beck/Giddens/Lash (1996: 113-194)
Hirschmann, A. O. 1994: Wieviel Gemeinsinn braucht die liberale Gesellschaft? in: Leviathan, 22.Jg., Heft 2, S. 293-304
Lash, S. 1996: Reflexivität und ihre Doppelungen: Struktur, Ästhetik und Gemeinschaft, in: Beck/Giddens/Lash (1996: 195-286)
Müller, B. 1995: Wozu brauchen Jugendliche Erwachsene?, in: Deutsche Jugend, 43.Jg., Heft 4, S. 160-168
Pankofer, S. 1997: Freiheit hinter Mauern. Mädchen in geschlossenen Heimen, Weinheim
Sennett, R. 1998: Der flexible Mensch, Berlin
Thiersch, H. 1995a: Lebenswelt und Moral. Beiträge zur moralischen Orientierung Sozialer Arbeit, Weinheim/München
Thiersch, H. 1995b: Moral, Gesellschaft, Sozialpolitik – Überlegungen zu einer moralisch inspirierten Kasuistik, in: ders. (1995a: 11-24)
Thiersch, H. 1995c: Zur Aktualität der Abenteuerpädagogik, in: ders. (1995a: 92-118)
Thiersch, H. 1998: Die Praxisrealität der Jugendhilfe, in: EREV-Schriftenreihe (1998: 12-22)
Wohmann, G. 1997: Paulinchen war allein zu Haus. Roman, 2.Aufl., Darmstadt/Neuwied
Wolffersdorff, C. v./Sprau-Kuhlen, V./Kersten, J. 1996: Geschlossene Unterbringung in Heimen. Kapitulation der Jugendhilfe? 2. Aufl., München

Christian Lüders

Kinderdelinquenz - noch eine Herausforderung für die Kinder- und Jugendhilfe?[1]

Es scheint fast so, als ob beim Thema Kinderdelinquenz[2] die Kinder- und Jugendhilfe in die Defensive geraten sei. Nicht nur, daß ihre Stimme kaum zu hören ist; noch folgenreicher wirkt sich aus, daß ihr vor allem von seiten der Öffentlichkeit, der Politik, aber auch weiterer Bereiche der Polizei und der Justiz nicht (mehr) viel zugetraut wird. Sie verschließe zu lange die Augen vor der Realität, greife zu spät ein und verweigere sich immer wieder bei der Lösung von Problemen. Die Praxis der Kinder- und Jugendhilfe erscheint aus dieser Sicht als professionelle Bedenkenträgerin und Abwieglerin, die selbst dann nicht handeln würde, wenn bereits das Feuer unter dem Dach ausgebrochen sei.

Man mag derartige Einschätzungen einerseits den jeweiligen unterschiedlichen professionellen Sichtweisen und Funktionen zuschreiben und andererseits als Ausdruck so mancher Frustration im Einzelfall deuten; problematisch werden sie jedoch, wenn daraus nicht nur ein mittlerweile manchenorts tiefsitzendes Mißtrauen gegenüber der Praxis der Kinder- und Jugendhilfe wird, sondern es auch immer schwieriger wird, die eigene fachliche Perspektive differenziert darzustellen, zu begründen und durchzusetzen - z.B. weil andere jenseits der Kinder- und Jugendhilfe auf „Selbsthilfe“ zu sinnen beginnen.

Nun könnte man, gleichsam entschuldigend, darauf hinweisen, daß angesichts der massenhaften medialen Dramatisierungen Sachargumente in

1 Der folgende Beitrag faßt in überarbeiteter und zum Teil erheblich ergänzter Form Überlegungen zusammen, die ich in einer Reihe von Vorträgen, Statements und Beiträgen in den letzten Monaten vorgetragen habe. Mehr als ich im einzelnen ausweisen kann, verdankt sich dieser Text zahlreichen Diskussionen und gemeinsamen Arbeiten mit Gabriele Gabriel, Ute Karig, Hanna Permien, Gabi Zink, Bernd Holthusen, Peter Rieker und Heiner Schäfer, die im Rahmen des Forschungsprojektes »Delinquenz von Kindern - eine Herausforderung für Politik, Familie und Jugendhilfe und der Arbeitsstelle Kinder- und Jugendkriminalitätsprävention am Deutschen Jugendinstitut in München und Leipzig tätig sind.

2 Als „Kinder“ werden hier analog den Altersgruppen der Polizeilichen Kriminalstatistik (PKS) die 8 bis unter 14-jährigen bezeichnet. Da Kinder in diesem Sinne nach geltendem Recht strafunmündig sind, das heißt, kein Gericht sie schuldig beziehungsweise unschuldig sprechen kann, wird hier auf den Begriff „Kinderkriminalität“ verzichtet.

der gegenwärtigen Situation ohnehin kein Gehör finden würden und daß gegen die populistischen Argumente die differenzierte Betrachtung chancenlos bleibt. Hinzu mag kommen, daß das allgemeine Vorzeichen „innere Sicherheit" unter dem zur Zeit von Kinderdelinquenz die Rede ist, sicherlich eine für den Fachdiskurs der Kinder- und Jugendhilfe ungewohnte, sperrige Tonart darstellt. Pädagogisches Denken und Handeln und das Ringen um innere Sicherheit erweisen sich hier einmal mehr als eben doch zwei sehr heterogene, institutionell und konzeptionell wenig kompatible Welten.

Ein weiterer Grund mag sein, daß die Kinder- und Jugendhilfe auf den aktuellen Boom des Themas Kinder- und Jugendkriminalität nicht besonders gut vorbereitet ist. Kinder- und Jugendkriminalität war für die Sozialarbeit und Sozialpädagogik, für die Kinder- und Jugendhilfe in den letzten 15 Jahren de facto kein Thema - läßt man einmal die Jugendgerichtshilfe unberücksichtigt, die jedoch bis vor kurzem ein weitgehend in sich abgeschlossenes Praxisfeld darstellte. So wurden die vielfältigen Entwicklungen in der und im Umfeld der Jugendgerichtshilfe, z.B. innerhalb der Deutschen Vereinigung für Jugendgerichte und Jugendgerichtshilfen e.V. (DVJJ), außerhalb kaum wahrgenommen - was umgekehrt auch gilt. Der Achte Jugendbericht verwendet gerade mal zwei Seiten für das Thema Jugendkriminalität und müht sich redlich ab, die Relevanz des Themas trotz sinkender Tatverdächtigenzahlen bis Mitte der 80er Jahre aufrechtzuerhalten. Kinderdelinquenz beziehungsweise Kinderkriminalität tauchen als eigenes Thema überhaupt nicht auf; die zitierten Daten aus der Kriminalstatistik beziehen sich allein auf Jugendliche und Heranwachsende (Deutscher Bundestag 1990: 70 ff.). In den sozialarbeiterischen und sozialpädagogischen Fachzeitschriften lassen sich die einschlägigen Veröffentlichungen während der 80er Jahre an ein paar Fingern abzählen. Immerhin war die Kinder- und Jugendhilfe nicht allein: Mittlerweile gibt selbst der Bundesminister der Justiz zu, daß man auf staatlicher Seite „durch die jetzt so deutlich werdende Entwicklung, Steigerung der Jugend- und Heranwachsendenkriminalität, einigermaßen überrascht worden" sei (Schmidt-Jortzig 1997).

Schließlich mag das Zögern der Kinder- und Jugendhilfe auch mit der Schwierigkeit zusammenhängen, angesichts der gegenwärtigen öffentlichen Diskussion einerseits und einer wenig hilfreichen Theorielage, noch immer im deutschsprachigen weitgehend verharrend zwischen ätiologischem und interpretativem Paradigma (vgl. zuletzt Janssen/Peters 1997), zwischen Fakten und Sachverhalten beziehungsweise ernstzunehmenden Entwicklungen einerseits und - aus welchen Gründen auch immer - abenteuerlichen Interpretationen der Kriminalstatistik, neuen Gespenstern und verzerrten Darstellungen andererseits zu unterscheiden - zumal in einer ganzen Reihe von Detailfragen eigentlich alle Beteiligten zugeben müßten, daß sie die Zusammenhänge und Hintergründe nicht so genau kennen. Aber: Wer gibt das schon öffentlich zu?

Obwohl es also nachvollziehbare Gründe für die Kinder- und Jugendhilfe geben mag, gegenüber dem Thema Kinderdelinquenz Distanz zu wahren, soll im folgenden begründet werden, daß diese Position auf Dauer nicht durchhaltbar sein dürfte und die Kinder- und Jugendhilfe gut beraten wäre, sich der Problematik offensiv, und das heißt auch selbstkritisch zuzuwenden. Um es ein wenig zugespitzt zu formulieren: Die öffentliche und vor allem politische Diskussion um Kinderdelinquenz nimmt meines Erachtens unter der Hand die Qualität einer professionspolitisch äußerst folgenreichen Gretchenfrage an: Wie hältst Du es mit den gesellschaftlichen Herausforderungen - mit der Folge, daß das Nichtbestehen dieses „Tests„ die Rolle der Kinder- und Jugendhilfe erheblich beeinflussen dürfte. Das Thema Kinderdelinquenz ist für diese Testfrage insofern in besonderer Weise geeignet, weil es der Sache nach nicht nur eine Reihe fachlicher Herausforderungen enthält sondern weil es Anlaß bietet, einige „wunde Punkte“ und Tabus der Kinder- und Jugendhilfe auf die Tagesordnung zu setzen: Aufgewühlt wird mit der Diskussion um Kinderdelinquenz erstens die Frage nach dem Stellenwert geschlossener Unterbringung; zweitens wird sehr nachdrücklich die Klärung des Problems provoziert, was die Kinder- und Jugendhilfe eigentlich meint, wenn sie von Prävention spricht, und drittens rückt unausweichlich ein lange Zeit fast schon tabuisiertes Thema in das Zentrum der Diskussion: das Verhältnis der Kinder- und Jugendhilfe zur Polizei und Psychiatrie.[3]

Vor diesem Hintergrund soll im folgenden zunächst begründet werden, warum aus meiner Sicht das Thema Kinderdelinquenz sich zu einem professionspolitisch äußerst virulenten Thema entwickelt hat (1). In einem zweiten Schritt wird die immer wieder gestellte Frage nach den Ursachen von Kinderdelinquenz aufgegriffen. Dabei soll vor allem deutlich werden, daß die Kinder- und Jugendhilfe von dieser Diskussion bislang kaum pro-

3 Im Kontext der Diskussion zur Jugendkriminalität wäre hier noch zusätzlich die Justiz zu nennen.

fitieren kann (2). Im dritten Abschnitt wird versucht, einige aus meiner Sicht zentrale Herausforderungen an die Praxis und Fachdiskussion der Kinder- und Jugendhilfe zu beschreiben (3). Besonderes Augenmerk wird dabei auf das strategisch in mehrfacher Hinsicht zentrale Problem der strafunmündigen, sogenannten Mehrfach- und Intensivtäter gelenkt (4). Vor diesem Hintergrund soll im fünften Kapitel zumindest ansatzweise an die familien- und medienpolitischen Dimensionen des Problems erinnert werden, ohne die die Bemühungen der Kinder- und Jugendhilfe weitgehend wirkungslos bleiben dürften (5). Im letzten Abschnitt schließlich soll wenigstens ein theoretisches Problem noch benannt werden, nämlich die Frage, was eigentlich mit dem Begriff „Kriminalprävention“ gemeint sein könnte (6).

1. Kinderdelinquenz: Ein professionspolitisch virulentes Thema

Betrachtet man die Diskussionen bis Mitte des Jahres 1998 um gesetzliche Neuregelungen hinsichtlich der Bekämpfung von Kinderdelinquenz, dann scheint vorsichtiger Optimismus insofern berechtigt zu sein, als alle Versuche einer Absenkung des Strafmündigkeitsalters von 14 auf 12 Jahre zur Zeit kaum eine Mehrheit finden dürften[4]. So hat die Bundesministerin für Familie, Senioren, Frauen und Jugend, Claudia Nolte, in der letzten Zeit mehrmals bekräftigt, daß eine Absenkung für sie nicht in Frage kommt (vgl. Deutscher Bundestag 1997b: 18304). Daneben hat z.B. im Juni 1997 die Jugendministerkonferenz der Länder beschlossen, daß „der Kinder- und Jugenddelinquenz weder durch Herabsetzung des Strafmündigkeitsalters, noch durch eine allgemeine Strafverschärfung wirkungsvoll begegnet werden kann“ (Jugendminister-Konferenz 1997). In ähnlicher Weise sieht auch die Bundesregierung in ihrer Antwort auf die Große Anfrage der SPD-Bundestagsfraktion zum Thema Jugendstrafrecht und Präventionsstrategien keinen Anlaß, entsprechende Forderungen zu erheben und setzt stattdessen deutlich auf den Vorrang von Prävention (vgl. Deutscher Bundestag 1997a). Und in einem Expertengespräch der Arbeitsgruppe

4 Der Text wurde im Juli 1998 abgeschlossen; welche längerfristigen Auswirkungen auf die Diskussionslage einzelne Ereignisse, wie z.B. der Mord an einem Lebensmittelhändler durch zwei Jugendliche in Hamburg Anfang Juli 1998, oder das Aufbauschen des Themas Innere Sicherheit im Rahmen der Landtags- und Bundestagswahlkämpfe haben werden, ist kaum abzusehen.

Recht der CDU/CSU-Bundestagsfraktion und des Arbeitskreises IV der F.D.P.-Bundestagsfraktion zum Thema Jugendkriminalität sprach sich allein der Vertreter der Deutschen Polizeigewerkschaft im Deutschen Beamtenbund für eine Absenkung des Strafmündigkeitsalters aus. Bemerkenswerterweise fügte er aber hinzu: „Die Herabsetzung des Strafmündigkeitsalters verfolgt nur ein Ziel, nämlich künftig schon früher die lange Liste erzieherischer und therapeutischer Maßnahmen nach dem Jugendgerichtsgesetz ergreifen zu können, die heute eben erst mit 14 Jahren möglich sind. Ich betone hier erneut und ausdrücklich, meinetwegen zum 798sten Male, daß 12-jährige auch nach Herabsetzung der Strafmündigkeitsgrenze nicht in die Jugendstrafanstalt gehören" (Vogler 1997) - eine Position, die im übrigen auch vom Kanzlerkandidaten der SPD, Gerhard Schröder, in der Debatte des Bundesrates zur Stärkung der Inneren Sicherheit vertreten wurde (vgl. Bundesrat 1997: 342).

So begrüßenswert dieser vorläufige Konsens aufs Ganze gesehen auch ist, so kann man nicht sicher sein, wie lange er hält[5]. Darüber hinaus ist er aber in zweifacher Weise folgenreich. Zunächst lenkt er den Blick gerade im Kontext der Diskussion zur Kinderdelinquenz, das deutete sich schon in dem Statement von Gerhard Vogler an, auf die *Personensorgeberechtigten*, also vornehmlich auf die Eltern (vgl. hierzu Abs. 4). Argumentiert wird, daß viele der delinquent gewordenen und von der Polizei registrierten Kinder aus Familien stammen, bei denen die Personensorgeberechtigten sich nicht im notwendigen Umfang um die Erziehung ihres Nachwuchses kümmern würden und daß deshalb diese Eltern verstärkt an ihre Verantwortung erinnert beziehungsweise gegebenenfalls auch zur Verantwortung gezogen werden müßten.

Neben dieser Verschiebung des Aufmerksamkeitsfokus auf die Eltern hat der vorläufige Verzicht auf repressive gesetzliche Maßnahmen im Bereich Kinderdelinquenz zur Folge, daß damit die *Erwartungen an die Kinder- und Jugendhilfe und an Prävention erheblich steigen*. Die Kinder- und Jugendhilfe gerät damit unter massiven Legitimationsdruck. Würden in dieser Situation die entsprechenden Zahlen in der Kriminalstatistik weiterhin steigen oder nur einige wenige „skandalöse" Einzelfälle, wie

5 Immerhin stimmten bei einer Infratest-Umfrage anläßlich einer ARD-Sendung zum Thema „Innere Sicherheit" am 8.6.1998 57% der Befragten der Aussage „Das Strafmündigkeitsalter sollte von 14 auf 12 Jahre herabgesetzt werden, um die Jugendkriminalität einzudämmen" „voll und ganz" (38%) beziehungsweise „eher" (19%) zu (Infratest 1998).

z.B. die Fälle in Hamburg und München im Juli 1998, hinzukommen, würde dies unweigerlich als Versagen der Kinder- und Jugendhilfe und der durch sie repräsentierten fachlichen Positionen interpretiert werden. Mit anderen Worten: In gewisser Weise steht die Kinder- und Jugendhilfe zusammen mit der Polizei und der Politik im Wort, das Problem Kinderdelinquenz „in den Griff zu bekommen" - was immer dies im Detail auch heißen mag[6]. Auch wenn von vornherein fest steht, daß sie dies keineswegs allein schaffen kann, und daß vielleicht auch das Ziel selbst durchaus diskussionswürdig ist, so sind doch auch eine ganze Reihe von Herausforderungen beschreibbar, die zumindest bestehende Schwächen beseitigen helfen könnten.

2. Was bringt die Frage nach den Ursachen von Kinderdelinquenz für die Kinder- und Jugendhilfe?

Will man vor diesem Hintergrund die sich abzeichnenden Herausforderungen für die Kinder- und Jugendhilfe näher beschreiben, läge es zunächst nahe, den „Ursachen" im ätiologischen wie auch interpretativen Sinne - für Kinderdelinquenz und den gesellschaftlichen Zusammenhängen nachzugehen. Denn, so ein vertrautes Argument, will man verhindern, daß nur wieder an der Oberfläche kuriert wird, muß man die Probleme an der Wurzel anfassen. Bedauerlicherweise führt dieser Weg im vorliegenden Fall schnell in die Sackgasse. Zwar bietet die kriminologische, soziologische und psychologische Fachliteratur eine Fülle von mehr oder weniger empirisch gesicherten Hinweisen und Erklärungsansätzen für Ursachenkomplexe von Kinderdelinquenz (vgl. Rieker/Permien 1998); doch, ohne dies hier im Detail ausführen zu können, erweist sich keiner dieser Ansätze gerade in Bezug auf die Altersgruppe der Kinder und der

---

6 Damit keine Mißverständnisse entstehen: Es scheint mir durchaus diskussionswürdig, ob und inwiefern wir es zur Zeit „tatsächlich" mit einem schwerwiegenden sozialen Problem Kinderdelinquenz zu tun haben (vgl. Weitekamp und Meier in diesem Band; Bay. LKA 1998; Deutscher Bundestag 1997a; ebneso die Debatte zum Anstieg der Jugendkriminalität innerhalb der DVJJ, wie sie sich z.B. in den Beiträgen von Walter 1996a/b; Pfeiffer 1996; Heinz 1996 u.a. widerspiegelt). In der öffentlichen und politischen Diskussion, zum Teil auch bei Polizei, Justiz und Schule wird es jedoch als ein solches thematisiert, und dies provoziert unweigerlich eigene Positionsbestimmungen – wobei die Option, den anderen Beteiligten das Problem gleichsam ausreden und es als reine Stellvertreterdebatte beziehungsweise ideologischen Diskurs darstellen zu wollen, was es zweifellos auch ist (vgl. Cremer-Schäfer in diesem Band), meines Erachtens gegenwärtig kaum eine erfolgversprechende Strategie sein dürfte.

Vielfalt der Phänomene als wirklich überzeugend und empirisch ausreichend gesichert.

Schlimmer noch: Auch in Bezug auf die Phänomenbeschreibung fehlt es an ausreichend differenziertem Wissen. Denn hinter den Zahlen der Statistik verbergen sich höchst unterschiedliche (Problem-)Konstellationen, Potentiale, Ereignisse, Karrieren und Bewältigungs- und Auseinandersetzungsstrategien von Kindern. In diesem Sinne wäre z.B. zu bedenken, daß bei einem mehrfach auffälligen Gewalttäter mit langer Heimkarriere und desolaten familialen Hintergrund andere Ursachen verantwortlich zu machen sind, als bei einem Kind mit etablierten familialen Hintergrund, das aus Abenteuerlust und um sich vor seinen gleichaltrigen Freunden und Freundinnen zu bewähren, dreimal in zwei Jahren einen Kaufhausdiebstahl begeht. Für Jungen dürften andere Motive und Faktoren bei delinquentem Handeln eine Rolle spielen als bei Mädchen; soziale Benachteiligung, öffentliche Stigmatisierung, ethnische Ausgrenzung, Vernachlässigung ebenso wie entwicklungsbedingte Probleme, unterschiedliche familiale Biographien, spezifische Erfahrungen in der Schule und im persönlichen Umfeld beziehungsweise in der Gleichaltrigengruppe, dies alles und eine ganze Reihe weiterer Aspekte sind als Faktoren wirksam und führen zu ganz unterschiedlichen Formen von Kinderdelinquenz, wobei die polizeiliche Kriminalstatistik nur einen Teilbereich, das sogenannte Hellfeld, widerspiegelt.

Diese Diskussionslage führt dazu, daß immer wieder mögliche Erklärungsansätze für Kinderdelinquenz entwickelt und mehr oder wenig gut begründet werden, ohne daß in den meisten Fällen deren Reichweite, also die Frage geklärt wird, für welche Formen und - unter Umständen - Karrieren von Kinderdelinquenz sie Geltung beanspruchen. Um es etwas zugespitzt zu beschreiben: Während beispielsweise die einen auf den Zusammenhang von Kinderdelinquenz und Armut verweisen (vgl. Pfeiffer/Wetzels 1998), betonen andere die Ubiquität und Episodenhaftigkeit der Phänomene, indem sie sie als vorübergehende entwicklungsbedingte Ereignisse und Besonderheiten der Jugendphase, die sich im Prozeß des Aufwachsens auch wieder erledigen, beschreiben (siehe dazu auch unten).

Hinsichtlich der absehbaren Herausforderungen für die Kinder- und Jugendhilfe kann man sich also nur bedingt auf die kriminologische, soziologische und psychologische Fachdiskussion verlassen. Unvermeidlich ist man auf mehr oder weniger plausible Annahmen verwiesen und muß gleichsam auf eigene Faust seine pragmatischen Schlüsse ziehen.

Immerhin kann aber aus der unübersichtlichen Diskussionslage zu den Ursachen der Schluß gezogen werden, daß es wenig Sinn macht, der Vielfalt der Phänomene und deren Ursachen, die sich hinter dem Begriff Kinderdelinquenz verbergen, mit ein paar einfachen Antworten begegnen zu wollen. Für die Diskussion der Herausforderungen an die Kinder- und Jugendhilfe bedeutet dies, von Beginn an differenzieren zu müssen. Es geht nicht um eine Antwort auf Kinderdelinquenz, sondern um Antworten auf unterschiedliche Formen von Kinderdelinquenz. So macht es beispielsweise einen gravierenden Unterschied aus, ob man - die oben genannten Beispiele noch einmal aufnehmend - nach Antworten auf das Problem der strafunmündigen sogenannten Mehrfach- und Intensivtäter sucht, ob man etwas gegen die Zunahme von Eigentumsdelikten bei Kindern als Ausdruck wachsender Armut unternehmen möchte oder man an die Verhinderung von Bagatelldelikten im Kontext von entwicklungs- und alterstypischen Grenzverletzungen denkt.

Die folgenden Überlegungen zu den aus meiner Sicht derzeit absehbaren Herausforderungen der Kinder- und Jugendhilfe im Kontext von Kinderdelinquenz versuchen in dem angedeuteten Sinne pragmatisch differenziert zu argumentieren. Weil es hier vorrangig um die an die Kinder- und Jugendhilfe adressierten Herausforderungen geht, sollen zunächst die in engerem Sinne „hausinternen" Ansatzpunkte in den Mittelpunkt gerückt werden.

3. Herausforderungen an die Praxis und Fachdiskussion der Kinder- und Jugendhilfe

Bevor man sich den sich abzeichnenden Aufgaben zuwendet, muß zunächst festgehalten werden, daß es aus meiner Sicht im Großen und Ganzen keinen Grund gibt, an dem vorhandenen Instrumentarium der Kinder- und Jugendhilfe zu zweifeln. Aufs Ganze gesehen besitzt die Kinder- und Jugendhilfe ein im Prinzip ausreichend wirkungsvolles *Instrumentarium* an Erziehungshilfen für gefährdete beziehungsweise delinquente Kinder.

Sichtbar wird allerdings wieder einmal, daß es nach wie vor an einer flächendeckenden, im Sinne einer ausreichend ortsnahen Versorgung und einem überall ausreichend differenzierten und qualifizierten Angebot an Erziehungshilfen fehlt. Man kann nicht von der Kinder- und Jugendhilfe erwarten, daß sie früher und gezielter auf Erziehungsschwierigkeiten in den Familien zu reagieren habe, wenn zugleich in einer Repräsentativuntersuchung von Jugendämtern sichtbar wird, daß in 14% der befragten Jugendamtsbezirke keine Erziehungsbeistandschaft und Betreuungshilfe angeboten wird (Seckinger u.a. 1998: 192). Und man kann nicht erwarten, daß Kinder- und Jugendhilfe auch in schwierigen Fällen nachhaltig wirksam ist, wenn vorhandene Hilfeformen (z.B. Intensive Sozialpädagogische Einzelbetreuung gemäß § 35 KJHG und Sozialpädagogische Familienhilfe gemäß § 31 KJHG) aus Kostengründen gar nicht erst oder nur punktuell angeboten werden.

Ein weiteres allgemeines Problem der Kinder- und Jugendhilfe, das aber in der öffentlichen Diskussion zur Kinderdelinquenz die eigene Position erheblich schwächt, ist das Fehlen von verläßlichen Daten über die Leistungsfähigkeit des eigenen Angebotes. Abgesehen von einigen wenigen Modellprojekten fehlt es an aussagekräftigen Informationen, welche Strategien angesichts welcher Konstellationen sich als hilfreich erwiesen haben. Was benötigt wird, sind sachgerechte Evaluationen der Regelpraxis der Kinder- und Jugendhilfe.[7]

Und schließlich ist nach wie vor die Praxis der Kinder- und Jugendhilfe von einer Reihe von internen Strukturproblemen durchzogen (z.B. die an vielen Orten noch immer bestehende Konkurrenz zwischen dem Allgemeinen Sozialdienst (ASD) und den Fachdiensten, die internen Kommunikationsprobleme der Fachdienste untereinander, die Versäulung der Hilfeangebote, die fehlende Flexibilität auf Grund rigider Finanzierungsbedingungen etc.). Empirische Analysen gerade bei problematischen Kindern mit längeren Karrieren zeigen, daß die Strukturen der Kinder- und Jugendhilfe, so gut sie im Einzelfall gemeint waren, nicht selten problemverschärfend wirken (vgl. Permien/Zink 1998). Hier bedarf es der Weiterentwicklung und des Ausbaus einzelfallbezogener, flexibler, die einzelnen Hilfeformen koordinierender Strukturen, die den biographischen Besonderheiten und den jeweiligen Fallstrukturen besser als bisher gerecht werden können.

Neben diesen generellen Problemen, die in der aktuellen Diskussion um Kinderdelinquenz nur erneut schmerzhaft sichtbar werden, lassen sich aus

7 Es mag trösten, daß dies auch für andere gesellschaftliche Teilbereiche gilt. Wie groß das Informationsdefizit nicht nur der Kinder- und Jugendhilfe ist, wird daran deutlich, daß auch die Justiz keine tragfähigen Daten über ihre „Erfolge" hat. So gibt es bis heute keine wirklich verläßlichen Zahlen hinsichtlich der Rückfallquoten nach Jugendstrafen.

meiner Perspektive folgende zukünftige, auf den engeren Problemkontext Kinderdelinquenz bezogene Aufgaben ausmachen:

- An Hand der PKS wird deutlich, daß Kinderdelinquenz, wie in allen anderen Altersgruppen (wenn auch statistisch nicht so deutlich ausgeprägt), vor allem ein Jungenphänomen darstellt. Sieht man einmal von Konzepten und Ansätzen im Umgang mit gewaltbereiten Jugendlichen ab (vgl. Koch/Behn 1997), fehlt es an Projekten und Konzepten, die auf dieses Phänomen eine altersgemäße Antwort geben.
- Man kann davon ausgehen, daß ein Großteil der Delikte ihren Ursprung mittelbar oder unmittelbar in der Gleichaltrigengruppe haben[8]. Die Diskussion um Kinder- und Jugendkriminalität beziehungsweise -delinquenz hat jedoch meist den Einzeltäter, seltener die Einzeltäterin vor Augen, nicht jedoch sein/ihr etwa gleichaltriges Umfeld. Dies zu betonen ist wichtig, weil es gerade unter kriminalpräventiven Gesichtspunkten aus meiner Sicht zu wenige Konzepte und Projekte gibt, die die jeweiligen Gruppen und Szenen im Blick haben.
- Ungeachtet der Einschätzung, daß das vorhandene Instrumentarium der Kinder- und Jugendhilfe im Prinzip ausreicht, erscheint es mir sinnvoll, darüber nachzudenken, ob die Kinder- und Jugendhilfe nicht für die strafunmündigen Tatverdächtigen Angebote entwickeln sollte, die die Einsicht in die Folgen einer Tat fördern. Begleitete Krankenhausbesuche, unter Umständen Mitwirkung an der Pflege und längerfristige Konfrontation mit den Folgen könnten probate Mittel sein, die Folgen des eigenen Handels besser einschätzen zu lernen. Analoges könnte für die Bereiche Eigentumsdelikte und Sachbeschädigungen gelten. Ich könnte mir kindgerechte Arbeitsformen vorstellen, z.B. im Fall von Sachbeschädigungen, die das Problem nicht nur an anonyme Versicherungen delegieren, sondern Kindern die Zusammenhänge nachvollziehbar werden lassen[9]. Wichtig dabei ist aller-

---

8 Informativ hierzu vor allem die englischsprachige Diskussion, in der die Analyse von jugendlichen Banden und Gangs und ihre Rolle im Rahmen delinquenten Handels eine bewährte Forschungstradition darstellt (vgl. Trasher 1927; Yablonsky 1962; Huff 1990; Jankowski 1991; Sanders 1994); zusammenfassend: Regoli/Hewitt (1994: 273 ff.); Emler/Reicher (1995: 172ff.).

9 Von hier aus könnte sich im übrigen auch ein Weg zu einer Auseinandersetzung mit einem in der Sozialen Arbeit und der Diskussion um Kinder- und Jugenddelinquenz noch immer weitgehend außer Acht gelassenen Aspekt öffnen: dem Opfer. Sowohl in praktischer Hinsicht be-

dings, daß es sich bei diesen Angeboten *nicht* um eine mehr oder weniger freiwillige Teilnahme an vorgezogenen Maßnahmen des Jugendgerichtsgesetz (JGG), z.B. Täter-Opfer-Ausgleich o.ä., handeln darf. Stattdessen wären derartige Angebote begrifflich und inhaltlich im strikten Sinne als Hilfen zur Erziehung zu konzipieren. Dazu bedarf es keiner Änderung des Gesetzes, sondern mehr Phantasie auf seiten der Praxis und entsprechender finanzieller Rahmenbedingungen. Zu bedenken ist allerdings, daß nach geltendem Recht solchen Angeboten die Eltern zustimmen müssen.

- Ein weiterer, die öffentliche Diskussion immer wieder herausfordernder Aspekt ist die Diskussion um die Delinquenz von nicht-deutschen Kindern. Alle vorliegenden Daten indizieren, daß selbst unter Absehung der ausländerspezifischen Delikte (wie z.B. Vergehen gegen das Ausländergesetz) ausländische Kinder und Jugendliche in einigen Deliktbereichen deutlich höher belastet sind[10]. Auch hier bedarf es zunächst eines differenzierteren Blicks. So hat beispielsweise jüngst das Bayerische Landeskriminalamt (LKA) im Rahmen einer Sonderauswertung von Daten und Akten von straffällig gewordenen Kindern und Jugendlichen in München herausgefunden, daß „beinahe die Hälfte (44,9%) aller 1996 als Tatverdächtige ermittelten ausländischen Kinder (...) erst in den Jahren 1990-1996 in München melderechtlich erfaßt (wurden). Sie waren bei ihrer Anmeldung in der Regel zwischen fünf und elf Jahre alt" (Bay.LKA 1998: 89). 56,5% dieser Kinder stammten aus dem ehemaligen Jugoslawien; aus der Türkei kamen 14,3% und aus dem ehemaligen Ostblock 11,8% (vgl. ebd.: 88). Mit anderen Worten: Ein erheblicher Teil der in München registrierten Tatverdächtigen unter 14 Jahre sind als Folge des Bürgerkrieges in Jugoslawien nach Deutschland gekommen. Dies widerspricht einerseits Thesen, daß es vorrangig die Kinder der zweiten und dritten Generation der Türken sind, die hier auffällig werden, und fordert andererseits Sozialpolitik und Kinder- und Jugendhilfe, gezielte Strategien und Angebote zu entwickeln.

---

darf es der Entwicklung altersgemäßer pädagogischer Antworten, wie auch auf theoretischer und forschungspolitischer Ebene die Perspektive des Opfers stärker als bisher systematisch zu berücksichtigen wäre (vgl. allgemein: Kaiser/Jehle 1995; ebenso Kirchhoff 1997, allerdings ohne auf die Implikationen für die Soziale Arbeit einzugehen).

10 Der in der ersten Jahreshälfte 1998 bundesweit bekannt gewordenen Fall „Mehmet" aus München zeigt, daß sich hinter diesen Zahlen nicht nur ein pädagogisches Problem, sondern vor allem ausländerpolitischer Sprengstoff verbirgt.

- Nicht minder virulent ist das Problem der Delinquenz von Kindern aus Aussiedlerfamilien. Zwar werden diese nicht eigens in der Statistik ausgewiesen, weil sie formal als Deutsche gelten; wer jedoch Praktikerinnen und Praktiker - z.B. der Polizei - aus Regionen befragt, in denen Aussiedler geballt zusammenleben, kann immer wieder von der deutlich höheren Kriminalitätsbelastung hören (vgl. Pfeiffer/Brettfeld/Delzer 1997: 33ff.; als Gegenposition: Bay.LKA 1998: 91f.). In der Fachdiskussion zur Integration von jungen Aussiedlern spielt die Frage der Delinquenz bislang nur eine marginale Rolle.

Neben diesen eher konkreten Herausforderungen, die sich derzeit aus einer differenzierten Betrachtung der Struktur der tatverdächtigen Kinder ergeben, kann man bei diesem Thema nicht umhin, drei weitere Fragenkomplexe zumindest anzusprechen:

Erstens: Wie kaum ein anderes Thema, vielleicht abgesehen von der Debatte um die sogenannte „neue Steuerung" haben derzeit die Diskussionen zur Kinder- und Jugendelinquenz zur Folge, daß Kooperation an Bedeutung gewinnt. Was noch vor wenigen Jahren kaum vorstellbar erschien: Heute sprießen überall Konzepte, Ansätze und Projekte zur Kooperation zwischen Kinder- und Jugendhilfe einerseits und Polizei beziehungsweise Justiz andererseits. In den meisten Fällen handelt es sich dabei um runde Tische, kriminalpräventive Räte oder ähnliche Gremien auf kommunaler Ebene, in deren Zentrum das ganze Spektrum der kommunalen Kriminalprävention steht. Kinderdelinquenz und Jugendkriminalität sind in der Arbeit dieser Gremien ein wichtiges Thema. Daneben gibt es mittlerweile eine Reihe von - überwiegend in Form von Modellprojekten organisierten - Aktivitäten, die sich explizit auf die Altersgruppe der Kinder und Jugendlichen konzentrieren.[11]

Für die meisten derzeit laufenden Gremien und Projekte in diesem Feld ist kennzeichnend, daß ihnen längere Phasen der gegenseitigen Annäherung, Gewöhnung und Information vorausgehen. Zu tief waren die gegenseitigen Vorurteile verankert, zu lange wurde die Unterschiedlichkeit der

---

11 Hierzu gehört neben einer Reihe von kommunalen Projekten z.B. ein von den Ländern und vom Bundesministerium für Familie, Senioren, Frauen und Jugend geförderter Projektverbund mit derzeit drei Modellprojekten in Mecklenburg-Vorpommern, Thüringen und Berlin (vgl. BMFSFJ 1998).

Aufgaben und die Bedeutung der eigenen Tätigkeit in Abhebung der anderen betont, zu wenig weiß man übereinander, zu heterogen sind die jeweiligen Semantiken. Doch während noch vor zehn Jahren die Polizei aus der Sicht der Kinder- und Jugendhilfe der repressive Konkurrent, um nicht zu sagen: der Gegner war, mehren sich gegenwärtig allerorten die Projekte und Workshops, in denen die Zusammenarbeit mit der Polizei entkrampft und in vielfältiger Weise ausgelotet und erprobt wird. Erste Erfahrungen zeigen, daß unter gegenseitiger Anerkennung der unterschiedlichen Aufgaben und Funktionen eine Zusammenarbeit und das gemeinsame Gespräch durchaus zum Wohl der betroffenen Kinder möglich ist.

Allerdings muß festgehalten werden, daß - soweit zu sehen - die Projekte sich entweder explizit auf die 14 bis 25-jährigen konzentrieren oder aber von Kinder- und Jugendkriminalität beziehungsweise -prävention sprechen und dabei unter der Hand den Schwerpunkt auf die Jugendlichen und Heranwachsenden legen - mit dem Effekt, daß aufs Ganze gesehen - die jugendspezifischen Fragestellungen dominieren. Ausschließlich auf Kinder bezogene Praxisprojekte sind mir mit Ausnahme des Versuches, soziale Trainingskurse für Kinder anzubieten, in diesem Zusammenhang bislang nicht bekannt. Angesichts der in der PKS dokumentierten Größenordnungen und der öffentlichen Aufmerksamkeiten rund um die Diskussion über eine Verschärfung des Jugendgerichtsgesetzes beziehungsweise der entsprechenden Spruchpraxis macht dies in gewisser Weise Sinn, auch wenn es unter präventionstheoretischen Gesichtspunkten nur bedingt einleuchtet. Problematisch ist allerdings, daß die Konzentration auf die über 13-jährigen auch zur Folge hat, daß in diesen Projekten und Gremien meistens zwar die Jugendgerichte und Jugendgerichtshilfe vertreten sind, selten jedoch die im Zusammenhang mit Kinderdelinquenz relevanteren *Familiengerichte* und die *Kinderpsychiatrie*. Letztere scheint in nicht wenigen Fällen als Abschiebebahnhof für jene - im Einzelfall durchaus schwierigen - Kinder mißbraucht zu werden, für die das zuständige Jugendamt keine Antworten mehr weiß und die, wären sie älter, vermutlich in einer Jugendstrafanstalt landen würden. Analog zu den vorsichtigen Öffnungsprozessen gegenüber den Jugendgerichten und der Polizei bedarf es aus meiner Sicht mittelfristig auch in Bezug auf diese beiden Institutionen eines Abbaus der professionellen Ignoranz und einer Intensivierung der Zusammenarbeit.[12]

Als ein weiteres leidiges Problem in diesem Zusammenhang erweist sich die Zusammenarbeit mit den Schulen. Obwohl es in einigen Kommunen, meistens auf der Basis persönlichen Engagements der Beteiligten, hoffnungsvoll stimmende Ansätze gibt, ist es doch irritierend, daß auch das Thema Kinderdelinquenz für die Schulen kein Anlaß zu einer intensiveren Zusammenarbeit auf Stadtteilebene zu sein scheint. Aus der Sicht der Kinder- und Jugendhilfe erzeugt dies insofern Unsicherheit, weil die Schule nicht nur ein unverzichtbarer Partner für die Kriminalprävention wäre, sondern weil auch unweigerlich das Gefühl der Intransparenz aufkommen muß. Was soll man davon halten, daß auf der einen Seite die Klagen der Lehrerinnen und Lehrer z.B. über die zunehmende Gewalt an Schulen nicht abreißen wollen, andererseits aber die Schulen sich nach wie vor als äußerst zurückhaltend gegenüber der Polizei erweisen (vgl. Bay.LKA 1998: 154ff.)?

Unabhängig davon dürfte es nicht wenigen im Bereich der Schulsozialarbeit seit langem Engagierten wie Hohn vorkommen, daß ausgerechnet das Thema Kinder- und Jugendkriminalität die Praxis und Kooperationen in diesem Feld von - durchaus unerwarteter - staatlicher Seite anzuregen beginnt. Denn während es in den neuen Bundesländern schon seit längerem eine vergleichsweise intensive Diskussion, verbunden mit einer ganzen Reihe von neuen Konzepten und Praxisformen in der Zusammenarbeit von Kinder- und Jugendhilfe und Schule gibt (vgl. z.B. Elsner/Rademacker 1997), dümpelte die Diskussion in den alten Bundesländern lange Jahre ohne erkennbare Fortschritte vor sich hin. Nun hat z.B. die bayerische Staatsregierung im Rahmen einer „Initiative Bayern Sicherheit“ beschlossen, zur Bekämpfung von Kinder- und Jugendkriminalität vor allem Tagesbetreuungskonzepte an Schulen in sozialen Brennpunkten zu fördern und die Verstärkung der Jugendsozialarbeit an Schulen durch sozialpädagogische Fachkräfte voranzutreiben.

Zweitens: Man kann - vor allem im Zusammenhang mit dem Thema Kinderdelinquenz - nicht umhin, näher auf die Rolle und Funktion der Eltern

12 Allerdings bleibt abzuwarten, ob die vorgesehene neue Auskunftspflicht von Sozialbehörden gegenüber der Polizei nicht insofern kontraproduktiv wirkt, als damit alte Befürchtungen, die Kinder- und Jugendhilfe könnte zum verlängerten Arm der Polizei werden, neuen Auftrieb erhalten.

- genauer: der Personensorgeberechtigten - einzugehen. Nachdem in letzter Zeit die Einsicht gewachsen ist, daß mit einer Verschärfung des Jugendgerichtsgesetzes die Probleme kaum zu lösen sein dürften, rückten sowohl in der öffentlichen wie auch in der politischen und fachlichen Diskussion die Personensorgeberechtigten in den Mittelpunkt des Interesses. Vor allem im Horizont der sogenannten Mehrfach- und Intensivtäter wurde und wird öffentlich über mögliche Formen des In-die-Verantwortung-Nehmens von Eltern diskutiert (siehe dazu unten Abs. 4).

Diese zum Teil auch mit abstrusen Vorschlägen garnierte Diskussion[13] hat mittlerweile dazu geführt, daß der elterliche „Normalfall„ in diesem Zusammenhang, also der erstmalige und sich unter Umständen ein-, zweimal sich wiederholende Kontakt mit der Polizei vor dem Hintergrund von Bagatelldelikten weitgehend aus dem Blick geraten ist. Das ist insofern erstaunlich, als man noch immer davon ausgehen kann, daß der Telephonanruf der Polizei im Durchschnitt der Fälle zunächst doch zu erheblichen Irritationen, mitunter auch Krisen führen dürfte. Zugleich aber wird von seiten der Politik, der Öffentlichkeit wie auch der Polizei und Kinder- und Jugendhilfe wie selbstverständlich mit der Fähigkeit und den Ressourcen der Eltern beziehungsweise Personensorgeberechtigten und ihrer Kinder gerechnet, mit den daraus resultierenden Schwierigkeiten weitgehend selbständig und nachhaltig fertig zu werden.

Das Bild von Eltern, deren Kinder delinquent geworden sind, ist also derzeit primär durch Widersprüche gekennzeichnet. Auf der einen Seite stehen sie im Verdacht, ihren Erziehungsaufgaben nur unzureichend nachzukommen; auf der anderen Seite wird damit gerechnet, daß sie alle Probleme allein und nachhaltig bewältigen. Seinen konzeptionellen Widerhall findet dieses Wechselbild innerhalb der Kinder- und Jugendhilfe in dem Hin- und Herschwanken zwischen Defizitzuschreibung und Ressourcenorientierung, wobei zugleich anzumerken ist, daß das empirische Wissen über die betroffenen Familien, die dort jeweils vorhandenen Ressourcen und Bewältigungsstrategien sowohl in der Forschung als auch in der Praxis der Kinder- und Jugendhilfe ausgesprochen dünn ist. Alle Beteiligten, allen voran die Kinder- und Jugendhilfe, wissen bislang sehr wenig über die Familien, vor allem über die Eltern, deren Kinder delinquent geworden sind. Zwar gibt es im Kontext der Praxis von ASD, Sozi-

---

13 Hierzu gehört z.B. auch der wohl ernstgemeinte Vorschlag, Eltern, deren Kinder mehrfach auffällig wurden, das Kindergeld zu kürzen.

alpädagogischer Familienhilfe und anderen Fachdiensten lokales Erfahrungswissen. Doch erstaunlicherweise wird dieses kaum kommuniziert und publiziert. Hier gibt es noch erheblichen Aufklärungsbedarf.[14]

Unabhängig davon evoziert der Blick auf die Personensorgeberechtigten deliquenter Kinder noch einen weiteren wichtigen Fragenkomplex: dem „Zusammenspiel“ von Polizei, Kinder- und Jugendhilfe und Eltern. Aus der Sicht der Kinder- und Jugendhilfe lassen sich hierzu zwei Problemkontexte ausmachen. Zum einen gibt es zwar die Polizeidienstvorschrift Nr. 382 (vgl. PDV 1997), in der der Umgang mit strafunmündigen Kindern und ihren Eltern geregelt ist. Die Praxis zeigt jedoch, daß diese Verordnung keineswegs überall ihrem Geiste nach umgesetzt wird. Nicht nur, daß es allerorten an entsprechend geschulten Beamten fehlt; ebenso lassen sich große Unterschiede (z.B. hinsichtlich der Schnelligkeit und der Vollständigkeit) sowohl bei der Benachrichtigung der Kinder- und Jugendhilfe als auch im Umgang mit den Eltern beobachten. Als nicht minder heterogen erweist der zweite Problemkontext, die entsprechende Praxis der Kinder- und Jugendhilfe. Es gibt erhebliche Unterschiede, wie mit den Meldungen umgegangen wird, an wen sie innerhalb der Kinder- und Jugendhilfe weitergegeben werden (z.B. an einzelne Fachdienste, ASD) und wer, wie und vor allem wann und in welcher Form sich bei den Eltern meldet. Zugleich darf man wohl davon ausgehen, daß nicht nur die Form der Benachrichtigung selbst, sondern auch die in diesem Zusammenhang für die betroffenen Eltern aufscheinenden Handlungsstrategien der Polizei und Sozialarbeit, irgendwo angesiedelt im Spannungsfeld zwischen Hilfe und Kontrolle, zwischen Unterstützung und Stigmatisierung, wesentlichen Einfluß auf den weiteren Verlauf der innerfamilialen Auseinandersetzungen haben dürften.

Drittens: Eines der beliebtesten Argumente in der Diskussion um Kinder- und Jugendkriminalität ist der Verweis auf die Ubiquität und Episodenhaftigkeit der Phänomene. Empirisch vergleichsweise gut abgesichert -

---

14 Die sich hier abzeichnende dürftige Wissensbasis wird auch daran deutlich, daß man große Mühen hat, Fachleute - z.B. für Workshops oder ExpertInnenhearings - zu finden, die aus dem Kontext der praktischen Arbeit mit Familien über die familialen Hintergründe und innerfamilialen Auseinandersetzungs- beziehungsweise Bewältigungsstrategien von Kinderdelinquenz berichten können. Zugleich war diese Sachlage der Anlaß, am DJI das Forschungsprojekt „Delinquenz von Kindern - eine Herausforderung für Politik, Familie und Jugendhilfe“ zu starten, in dessen Mittelpunkt Familien mit polizeilich registrierten strafunmündigen Kindern stehen.

u.a. auch mit Hilfe der PKS - soll dieses Argument einen Beitrag zur öffentlichen Entdramatisierung des Problems Kinderdelinquenz leisten. In diesem Sinne werden die vorliegenden Studien (vgl. Matt 1995) und Zahlen als Hinweise darauf interpretiert, daß hinter dem weit überwiegenden Teil der in der PKS erfaßten Tatverdächtigen entwicklungs- und sozialisationsbedingte Ereignisse stehen, die sich gleichsam von selbst erledigen. Ausprobieren von Grenzen in einer normativ diffus gewordenen Umwelt, Grenzerfahrungen als wichtiges Element der Identitätsfindung, Bewährung vor der Gleichaltrigengruppe, die Suche nach Abenteuer als alterstypisches Phänomen u.ä. werden als Besonderheiten der Jugendphase, als typische Begleitphänomene des Aufwachsens in einer modernen Gesellschaft beschrieben.

So plausibel das Argument für eine Entdramatisierung der Tatverdächtigenstatistik auf den ersten Blick auch ist, so muß auch gesehen werden, daß damit vor dem Hintergrund der aktuellen Diskussion nicht nur um „zero tolerance" eine Lunte gelegt wird, die zwar bislang noch nicht gezündet wurde, die aber, sollte sie einmal brennen, die Kinder- und Jugendhilfe in argen Erklärungsnotstand bringen würde. De facto wird mit dem Ubiquitätsargument nichts anderes gesagt, als daß das Ausmaß der Kinder- und Jugendkriminalität erheblich größer ist als die Zahlen der PKS es ausweisen. Obwohl für diese Annahme viel spricht, ergibt sich aus ihr auch zwangsläufig die Rückfrage an die Kinder- und Jugendhilfe, wie sie mit dieser Einsicht umgeht. Denn aus dieser Perspektive würde es wenig Sinn machen, die Zahlen der PKS als Anlaß für Aktivitäten zu nehmen: Das Problem würde nur auf jene verkürzt, die - aus welchen Gründen auch immer - erwischt und angezeigt wurden. Zugleich kann die Kinder- und Jugendhilfe nicht daran interessiert sein, Kinder pauschal unter Verdacht zu stellen, um entsprechend weitreichende Kontrollstrategien durchsetzen zu können. In diesem Sinne argumentiert sie riskant, wenn sie einerseits Ubiquität und Episodenhaftigkeit als Erklärung in Anspruch nimmt, zugleich aber nicht sagt, was ihre Antworten darauf sein könnten. Es bedarf also einer erneuten Diskussion in der Kinder- und Jugendhilfe über die Regeln und Rahmenbedingungen, nach denen zur Zeit „Kinderdelinquenz" definiert wird, über die mit der Definition kindlicher und jugendlicher Delinquenz und Abweichung verbundenen Probleme, die Effekte der Kriminalisierung von registrierten Kindern und Jugendlichen und die darauf angemessenen Antworten *in einem verränderten gesellschaftlichen Kontext* (vgl. z.B. die Themenhefte der Zeitschrift Widersprüche Nr. 63 und Soziale Probleme 2/95; ebenso z.B. zur gewandelten Bedeutung von Prävention: Ewald 1998).

4. Zum Problem der strafunmündigen Mehrfach- und Intensivtäter

Die zuvor beschriebenen, vergleichsweise konkreten Herausforderungen an die Kinder- und Jugendhilfe bezogen sich zunächst auf die Breite des Phänomens Kinderdelinquenz, also die große Zahl von Bagatelldelikten und die vielen Kinder und Jugendlichen, die nur einmal oder zweimal, maximal drei oder viermal über einen längeren Zeitraum von der Polizei registriert werden[15]. Dieser Blick muß ergänzt werden, wenn man spezifische Problemgruppen in den Blick nimmt. In der öffentlichen Diskussion sind hierbei vor allem die sogenannten Mehrfach- und Intensivtäter zu nennen[16]. Diese Gruppe stellt die Kinder- und Jugendhilfe insofern vor besondere Herausforderungen, weil die Auseinandersetzung gerade um diese Gruppe sich zunehmend zu dem schon oben erwähnten Realitätstest der Kinder- und Jugendhilfe entwickelt. Warum das so ist, wird beispielhaft an den folgenden Äußerungen deutlich:

„Erstaunlicherweise machen jedoch diejenigen, die sich ganz besonders auf das Wohl der Kinder berufen, an dieser Stelle halt. Sie ignorieren die besonderen Probleme gerade der Kinder, um die es hier geht, die unser bestehendes Instrumentarium an Erziehungshilfen eben nicht mehr erreicht. Wenn nichts anderes mehr ausreicht, möchte ich für diese Kinder auch die zwangsweise Einweisung in eine Heimerziehung vorsehen, die unser Recht bislang nur bei kompletten Entzug der elterlichen Sorge erlaubt“

---

15 In der Studie des Bayerischen Landeskriminalamtes „war für ein Drittel der 1992 polizeilich als tatverdächtig ermittelten Jugendlichen (33,7%, 305 TV) (...) der Kontakt mit der Polizei ein „einmaliger Ausrutscher“ sie traten in den folgenden fünf Jahren nicht mehr in Erscheinung. Ein weiteres Drittel (33,8%; 306 TV) wurde im Untersuchungszeitraum mit 2-4 Straftaten bereits mehrfach polizeilich als TV erfaßt. Fünf und mehr Straftaten speicherte die Münchner Polizei für das letzte Drittel (32,6%; 295 TV) im Datenbestand“ (Bay.LKA 1998: 108).

16 Es ist ein Signum der aktuellen Diskussion, daß der Begriff „Mehrfach- und Intensivtäter“ beziehungsweise deren Verwandte mittlerweile sehr leichtsinnig verwendet werden. Abgesehen davon, daß niemand so genau weiß, was eigentlich ein „Mehrfach-“ beziehungsweise „Intensivtäter“ ist (siehe dazu unten), muß wieder einmal daran erinnert werden, daß es sich bei strafunmündigen Kindern bestenfalls um mehrfach registrierte Tatverdächtige handeln kann, also um Kinder, die nach Abschluß der polizeilichen Ermittlungen verdächtig werden, mehr oder weniger schwere Straftaten begangen zu haben.

(Schmidt-Jortzig 1998 b: 58). „Es geht um Einrichtungen, in denen bestimmte Grundwerte, soziale Regeln und Rücksichten - wenn Sie wollen: die ganz zu Unrecht verleumdeten ‚Sekundärtugenden' - vermittelt und eben auch mit Druck durchgesetzt werden, wenn es nicht anders geht" (Schmidt-Jortzig 1998a: 18).

„Die Gesellschaft muß vor solchen Tätern geschützt werden. Sie stellen eine Gefahr für ihre Altersgenossen dar, aber auch für Ältere. Man muß sie außerdem vor sich selbst schützen. Wenn man die nicht mehr einfängt und sie immer aggressiver werden, begehen sie womöglich eines Tages eine Straftat, für die sie nicht mehr aus dem Gefängnis herauskommen. Trotzdem müssen auch in einem geschlossenen Heim Erziehung und Resozialisierung im Vordergrund stehen." Aber, gleich danach: „Manche Jugendliche können durch eine Heimunterbringung nicht mehr verdorben werden. Da gibt es 13-jährige, die schon über fünfzig Straftaten begangen haben. Wie wollen Sie die wieder resozialisieren? An die kommt man nicht mehr ran, und die können auch nichts mehr dazulernen" (Püchel 1998).

Mit anderen Worten: Mehrfach- und Intensivtäter werden hier als für pädagogische Angebote, für das bewährte Set an Hilfen zur Erziehung als unzugänglich beschrieben. Da entsprechend der Gesetzeslage eine gerichtliche Verurteilung und Jugendgefängnis für diese Kinder nicht in Frage kommt, entsteht scheinbar so etwas wie eine „Versorgungslücke". Derartige Argumentationen liefern die Vorlage für den Ausbau der geschlossenen Unterbringungen und eine Reform des § 1666 BGB (Gefährdung des Kindeswohls).

Die Kinder- und Jugendhilfe reagiert auf derartige Forderungen üblicherweise mit Empörung, Aufrufen (zuletzt „Gegen geschlossene Unterbringung von Kindern und Jugendlichen", 1998), der Wiederholung der bekannten und nach wie vor zutreffenden, empirisch gut belegten Argumente gegen geschlossene Unterbringung (zuletzt z.B. Wolffersdorff 1998; Wolffersdorff/Sprau-Kuhlen/Kersten 1996; Pankofer 1997) und den Verweis auf die Erfolge der ambulanten Angebote.

Unter der gegenwärtigen Konstellationen erweist sich allerdings diese Reaktionsform zunehmend als zu kurz gegriffen, weil unweigerlich der Eindruck entsteht, daß die Kinder- und Jugendhilfe sich weigert, das Problem selbst, also die sogenannten Mehrfach- und Intensivtäter und die Frage des angemessenen Umgangs mit ihnen, zur Kenntnis zu nehmen. Die Kinder- und Jugendhilfe erscheint naiv, weil sie sich mit aller Vehemenz gegen die geschlossene Unterbringung wendet, ohne zugleich zu sagen, wie denn auf die sogenannten Mehrfach- und Intensivtäter reagiert werden soll. Noch schlimmer: Vor allem die theoretische und programmatische Diskussion in der Kinder- und Jugendhilfe wirkt doppelbödig und unglaubwürdig, weil sie sich in der großen Mehrheit gegen geschlossene Unterbringung wendet, zugleich aber die Augen vor den konkreten Praxisproblemen in den Heimen verschließt und nicht bereit ist anzuerkennen, daß es durchaus einen nicht zu vernachlässigenden Problemexport quer über die Bundesländer in Heimen mit geschlossenen Abteilungen und die problematische Abschiebung in die Kinder- und Jugendpsychiatrie gibt. Will die Kinder- und Jugendhilfe aus dieser mißlichen Lage herauskommen, muß sie beginnen, aus einer fachlichen Perspektive eigene Antworten auf das Problem der sogenannten Mehrfach- und Intensivtäter zu formulieren.[17]

Das ist leichter gesagt, als getan, weil schon bei der Definition des Problems die Unklarheiten beginnen. Zum einen gibt es keine verbindliche Definition, was ein Mehr- und Intensivtäter eigentlich ist. Abgesehen von den paar bundesweit bekannten Fällen, bei denen man sich im Einzelfall vermutlich schnell einigen könnte, daß - vorausgesetzt die immer wieder kolportierten Fakten treffen zu - die Bezeichnung angemessen wäre, gibt es selbst bei der Polizei keine klare Definitionsbasis. Wer nachfragt, wird schnell sehen, daß in den Ländern und in den Polizeidirektionen ein breites Spektrum von Definitionen existiert[18]. Zum Beispiel werden in Berlin Tatverdächtige als Intensivtäter bezeichnet, die mindestens 10 Straftaten in einem Jahr begangen haben, wobei für mindestens ein Delikt eine Mindeststrafandrohung von 3 Monaten oder mehr vorgesehen sein muß. Ein Mehrfachtäter ist in Berlin jemand, der verdächtigt wird, mindestens 3 Straftaten in einem halben Jahr begangen zu haben, wobei auch wieder für ein Delikt eine Mindeststrafandrohung von 3 Monaten oder mehr vorgesehen sein muß. In Brandenburg wird von mehrfachauffälligen Kindern gesprochen, wenn diese verdächtigt werden, innerhalb eines Jahres mehr

---

17 Genau das war das Anliegen einer Expertinnen- und Expertenanhörung, die das Bundesjugendkuratorium und das Deutsche Jugendinstitut im Juni 1998 zu diesem Themenkomplex in Bonn durchgeführt haben. Die Ergebnisse werden voraussichtlich im Herbst 1998 veröffentlicht.

18 Die folgenden Beispiele basieren auf Recherchen des DJI. Das BKA in Wiesbaden führt zur Zeit ein Projekt durch, das sich ebenfalls mit diesen Fragen beschäftigt. Die ersten Rückmeldungen bestätigen, daß es bislang eine sehr uneinheitliche polizeiliche Praxis im Umgang mit den Begriffen Mehrfach- und Intensivtäter gibt.

als fünf Straftaten begangen zu haben, während Sachsen den gleichen Begriff verwendet, wenn im gleichen Zeitraum mindestens zwei Ermittlungsverfahren registriert worden sind. In anderen Bundesländern - z.B. Thüringen - wird nicht weiter unterschieden beziehungsweise es existieren in den Polizeidirektionen jeweils unterschiedliche Definitionen. Zum Teil wird auch explizit darauf verzichtet, die Begriffe zu definieren.

Dies macht jedoch auch die Bestimmung von Größenordnungen schwierig. Die Bundesregierung geht in ihrer schon erwähnten Antwort auf die Große Anfrage der SPD bei den Jugendlichen in einzelnen Deliktbereichen von 5% aus[19]. Das Bayerische Landeskriminalamt kam bei einer Analyse der Daten der Münchner Polizei zu dem Ergebnis, daß über den ganzen Untersuchungszeitraum von 1991 bis 1996 9,6% der jugendlichen Tatverdächtigen für über 50% (51,5%) der insgesamt bei Jugendlichen erfaßten Delikte verdächtigt werden (Bay.LKA 1998: 115). Die Zahl der Kinder scheint dabei aber keine erwähnenswerte Größenordnung zu spielen. Recherchen des DJI kommen zu dem Ergebnis, daß die Polizei in den Großstädten von ca. 20-40 Mehrfach- und Intensivtätern ausgeht, wobei die Kinder wiederum eine verschwindende Minderheit ausmachen.

Es handelt sich also offenbar um eine quantitativ sehr kleine Gruppe, wobei die Größenordnungen entsprechend den zugrundeliegenden Definitionen schwanken. Zugleich muß betont werden, daß die Rede von den sogenannten Mehrfach- und Intensivtätern insofern irreführend ist, als sie unterstellt, daß für diese Kinder, Jugendlichen oder Heranwachsenden, vorrangig eine mehr oder weniger umfängliche Liste von Eintragungen in den Akten der Polizei und - bei Jugendlichen und Heranwachsenden - von Verurteilungen charakteristisch sei. Dabei zeigt schon die kriminologische Forschung, daß diese Charakterisierung unzureichend ist. So kam z.B. die Studie des Bayerischen Landeskriminalamtes zu dem Ergebnis, daß „Mehrfachauffälligkeit (...) in erster Linie ein Problem männlicher Jugendlicher mit geringer schulischer Bildung (ist), wobei die Jugendlichen mit ausländischer Staatsangehörigkeit im Untersuchungszeitraum von fünf Jahren meist häufiger, über einen längeren Zeitraum und mit schwerwiegenderen Delikten polizeilich registriert wurden als die mit deutscher Staatsangehörigkeit. Je mehr Straftaten pro Tatverdächtigen

---

19 „Sonderauswertungen in einzelnen Ländern deuten (...) darauf hin, daß auf ca. 5% der ermittelten Jugendlichen - als Mehrfach- und Intensivtäter rund ein Viertel der Delikte bei Straßenraub und Kraftwagendiebstahl und fast die Hälfte der Wohnungseinbrüche und der Diebstahlsdelikte aus Kraftfahrzeugen entfallen" (Deutscher Bundestag 1997a: 2).

erfaßt werden, desto häufiger kamen auch Rauschgiftdelikte dazu" (Bay.LKA 1998: 131).

Was an dieser Stelle für die Jugendlichen empirisch belegt ist, scheint in noch viel stärkerem Maße für die sogenannten strafunmündigen Mehrfach- und Intensivtäter zu gelten. Auch wenn hierzu noch keine empirisch systematisch erhobenen Ergebnisse vorliegen, so betonen Expertinnen und Experten, die mit diesen Kindern und ihren Familien arbeiten, immer wieder, daß in allen ihnen bekannten Fällen immer auch erhebliche psychosoziale Defizite, nicht selten massive Drogenprobleme, langandauernde familiäre Probleme, Schwierigkeiten in der Schule, also Phänomene gesellschaftlicher Desintegration, und fast immer längere Kinder- und Jugendhilfekarrieren mit im Spiel sind.[20]

Fragt man vor diesem Hintergrund nach den praktischen Antworten der Kinder- und Jugendhilfe, so muß zunächst konstatiert werden, daß diese Kinder und ihr soziales Umfeld die bewährten Strategien und Konzepte der Kinder- und Jugendhilfe offenbar schnell an ihre Grenzen bringen. Das gilt zum einen hinsichtlich der Kosten, wenn z.B. Intensive Sozialpädagogische Einzelfallhilfe aus finanziellen Gründen zu spät, nur punktuell oder gar nicht gewährt werden kann. Zum anderen muß die Praxis der sozialen Arbeit immer wieder die Erfahrung machen, daß diese Kinder und ihr soziales Umfeld mit dem traditionellen Repertoire an Angeboten kaum erreicht werden können. In der öffentlichen Diskussion werden diese Kinder deshalb leichtsinnigerweise als im hohen Maße resistent gegen Erziehungsversuche dargestellt. In nicht wenigen Formulierungen (siehe oben) tauchen dann plötzlich wieder die schwererziehbaren und die pädagogisch unerreichbaren Kinder und Jugendlichen auf - mit der logischen Konsequenz, daß man diese eigentlich nur dauerhaft wegsperren kann.

Demgegenüber wäre aus ersten Erfahrungen aus laufenden Modellprojekten (z.B. das Projekt „Fallschirm" in Berlin) zunächst der Schluß zu ziehen, daß es pädagogisch unerreichbare Kinder nicht gibt. Was es gibt, sind Kinder und Jugendliche, die in die Mühlen der Zuständigkeiten zwischen Eltern, Jugendamt, Justiz und Schule beziehungsweise innerhalb der Kinder- und Jugendhilfe geraten, die an die Grenzen der derzeit fi-

---

20 Neben eigenen Recherchen des DJI basiert diese These auf den Ergebnissen des schon erwähnten Hearings des Bundesjugendkuratoriums und zweier Workshops, die im Frühsommer 1998 im Rahmen des DJI-Projektes „Kinderdelinquenz" durchgeführt wurden. Auch diese Ergebnisse werden im Herbst 1998 in Form einer Dokumentation veröffentlicht.

nanzierbaren beziehungsweise politisch durchsetzbaren Hilfeformen stoßen und die Opfer von Lebensbedingungen sind, die ihnen und ihren Familien genau genommen keine echte Chance lassen. Dort, wo entsprechende Ressourcen und unkonventionelle Wege erschlossen werden können, gibt es vielversprechende Ansätze.

Darüber hinaus gibt es aber auch situativ verhärtete Fälle, aufgestaute Karrieren und mit den vorhandenen Mitteln scheinbar und auf die Schnelle kaum entwirrbare Verhältnisse, oft verbunden mit einer erheblichen Aggressionsbereitschaft gegenüber anderen, aber auch sich selbst. Fast immer haben sie bereits lange Karrieren, auch mit vielfältigen Kontakten zur Kinder- und Jugendhilfe, hinter sich. Insofern ist ihre Existenz fast immer auch ein Indikator für fehlgelaufene oder gescheiterte Hilfsangebote beziehungsweise für ungelöste Strukturprobleme der Kinder- und Jugendhilfe.

Neben der Anerkennung dieser Tatsache, der Bereitschaft, aus gescheiterten Hilfsangeboten zu lernen und der Stärkung und Professionalisierung der offenen Angebote, scheint es mir darüber hinaus aus fachlichen, aber auch Glaubwürdigkeitsgründen allerdings notwendig, an dieser Stelle die Diskussion um die geschlossene Unterbringung differenzierter als bisher zu führen. Dabei kann es weder um einen massenhaften und flächendeckenden Ausbau noch um die Infragestellung der Leistungen der offenen und ambulanten Angebote gehen. Die Kinder- und Jugendhilfe ist aber - wie Wolffersdorff meines Erachtens richtig feststellt - bei diesem Thema in einer „Bringschuld“: „Sie darf nicht die Augen davor verschließen, daß sie bei der Entstehung des „Bedarfs“ an geschlossenen Heimen vielfach selbst eine ambivalente Rolle spielt. (...) Statt sich bei der Diskussion über Erziehung und Zwang hinter der bequemen Routine zu verschanzen, erst einmal ihr ganzes Arsenal an Hilfeformen „durchzuprobieren“ (auch darin kann eine subtile Form von Abschiebung und Ausgrenzung liegen) muß sie ihre eigenen Positionen im Umgang mit unbequemen, schwierigen Jugendlichen deutlicher als bisher offen legen“ (Wollfersdorff 1998: 17). Dazu gehört erstens, daß sie beginnt, die Ablehnungs- und Verschiebepraxis von offenen und ambulanten Maßnahmen, die teilweise monatelangen Wartezeiten, die heimlichen Delegationen an Psychiatrie und Justiz, und die Diskontinuität und den häufig zu späten Zeitpunkt des Anbietens der etwas teureren Hilfeformen zu thematisieren. Daneben wäre zweitens offen die Frage zu diskutieren, ob es nicht doch Kinder und Jugendliche beziehungsweise biographische und soziale Konstellationen gibt, für die unter bestimmten Bedingungen die zeitlich befristete geschlossene Unterbringung mit intensiv-pädagogischer Betreuung die fachlich vertretbare und gegenüber Psychiatrie und Justiz auch angemessenere Maßnahme ist. Mit anderen Worten: Statt einer prinzipiellen Tabuisierung inklusive den damit verbundenen Ausblendungen bedarf es einer fachlich fundierten Klärung, unter welchen Bedingungen geschlossene Unterbringung eine - trotz der bekannten Paradoxien - pädagogisch vertretbare zeitlich befristete Maßnahme sein kann. Es geht mit anderen Worten - etwas technisch formuliert - um das *Problem der Indikation*. Erst wenn darauf eine wie auch immer geartete Antwort gefunden worden ist, macht es Sinn, über den Bedarf und die pädagogische Relevanz geschlossener Unterbringung im Vergleich zu anderen Angeboten bei strafunmündigen Mehrfach- und Intensivtätern zu sprechen.

Es kann allerdings schon heute davon ausgegangen werden, daß auch die häufige polizeiliche Registrierung als tatverdächtiges Kind kein fachlich hinreichender Indikator für geschlossene Unterbringung sein kann. Insofern erscheint der Verdacht berechtigt, daß hinter der Forderung nach geschlossener Unterbringung für strafunmündige Mehrfach- und Intensivtäter häufig entweder Ahnungslosigkeit oder de facto doch der Wunsch nach einer Art Kindergefängnis steht - einem Ansinnen, dem sich die Kinder- und Jugendhilfe auch in Zukunft entschieden widersetzen muß.

Die Diskussion um die sogenannten Mehrfach- und Intensivtäter fordert die Kinder- und Jugendhilfe aber nicht nur hinsichtlich der geschlossenen Unterbringung, sondern auch in Bezug auf die schon erwähnte Diskussion zur Erziehungsverantwortung der Eltern. Es gehört zu den Charakteristika der gegenwärtigen Debatte um Kinderdelinquenz und Jugendkriminalität, daß vor allem von seiten der Politik und der Öffentlichkeit weniger die gesellschaftlichen Verhältnisse betont werden als zunehmend die Eltern als primär Verantwortliche in den Blick genommen werden. Seinen juristischen Ausdruck findet dieser Perspektivenwechsel in den Vorschlägen zur Ergänzung des § 1666 BGB (Gefährdung des Kindeswohls). Vereinzelt wird auch an den § 170 d StGB (Verletzung der Fürsorge- beziehungsweise Erziehungspflicht) erinnert.

Vor dem Hintergrund der aktuellen Diskussion ist allerdings zunächst darauf hinzuweisen, daß der Familienrichter schon heute bei der Gefährdung des Kindeswohls „die zur Abwendung der Gefahr erforderlichen Maßnahmen zu treffen (hat)“ (§ 1666.1 BGB). Theoretisch könnten also Familienrichter heute durchaus schon Eltern Ermahnungen aussprechen,

Weisungen erteilen, Vereinbarungen festlegen etc., wenn deren Kinder z.B. durch häufiges Stehlen oder Gewalttätigkeit auffällig werden. Die Praxis zeigt jedoch, daß dies vergleichsweise selten geschieht. In der überwiegenden Zahl der Fälle geht es um den teilweisen (z.B. durch Entzug des Aufenthaltsbestimmungsrechts) oder vollständigen Entzug des elterlichen Sorgerechts. Die Hürden hierfür sind - meines Erachtens übrigens zu Recht - sehr hoch gehängt. Aktuell führt dies jedoch nur zu gegenseitigen Vorwürfen. Die Justiz wirft den Jugendämtern vor, sich erst dann an das Familiengericht zu wenden, wenn die Fälle verhärtet sind und nichts anderes mehr als Sorgerechtsentzug in Frage kommt. Dem begegnet die Kinder- und Jugendhilfe durch den Hinweis, daß die Justiz sich für Fälle unter dieser Schwelle nicht interessiere und regelmäßig die Anträge der Jugendämter ablehne.

Es ist es eine rechtspolitische Frage, wie man Familienrichter dazu bringt, stärker das ganze vom Gesetz implizit mögliche Spektrum an Entscheidungen zu nutzen. Inwieweit die explizite Aufnahme von möglichen Zwischenstufen vor dem Sorgerechtsentzug (also z.B. Ladungen, Erziehungsgespräche, Weisungen etc.) in das Gesetz hilfreich ist, muß derzeit offenbleiben.

Auch die Aufnahme einer Vermutung in dem Sinne, daß mehrmalige Auffälligkeit bei der Polizei durchaus als ein Indikator für die Gefährdung des Kindeswohls zu interpretieren sei, bedeutet nur, daß in jedem Einzelfall entschieden werden muß[21]. Hierbei kommt dem Jugendamt als eine mögliche antragstellende Instanz eine zentrale strategische Funktion zu - schon deshalb muß sich die Kinder- und Jugendhilfe mit dem zuvor beschriebenen Definitionsproblem auseinandersetzen. Zugleich bedarf es dazu jedoch eines erheblichen Ausbaus der Familiengerichte.

Unabhängig davon ist jedoch vor allem zu fragen, ob es denn zutrifft, daß ein bemerkenswerter Teil von tatverdächtigen Kindern aus Familien stammen, in denen die Personensorgeberechtigten mehr oder weniger großzügig ihrer Erziehungsverantwortung nicht nachkommen. Trifft denn die These von der elterlichen Nichtübernahme von Erziehungsverantwortung, der man nur mit ein paar juristischen Finessen auf die Beine helfen

---

21 Spätestens an dieser Stelle wird sichtbar, daß die oben erwähnten Definitionsprobleme nicht nur aus statistischen Gründen von Interesse sind. Wenn erwägt wird, die bisherigen Formulierungen durch eine Vermutung in dem Sinne zu ergänzen, daß polizeiliche Mehrfachauffälligkeit als Gefährdung des Kindeswohls zu begreifen sei, müssen, weil damit unter Umständen erhebliche Eingriffe in das elterliche Personensorgerecht verbunden sind, die Familienrichter entscheiden, wer als Mehrfachtäter zu gelten habe.

muß, die Realität oder muß nicht damit gerechnet werden, daß in einer Vielzahl von Fällen Eltern entgegen ihren ureigenen Wünschen aus je unterschiedlichen Gründen ihrer Erziehungsverantwortung nicht gerecht werden können? Genau in diesem Sinne betonen Praktikerinnen und Praktiker, die mit diesen Kindern und ihren Familien arbeiten, immer wieder, daß es gerade für die sogenannten Mehrfach- und Intensivtäter charakteristisch sei, daß sie überwiegend aus sehr desolaten, häufig diskontinuierlichen und psychosozial belasteten Familienkonstellationen stammen. Diese Eltern brauchen Unterstützung, Beratung, Entlastung (möglicherweise auch bei Erziehungsproblemen), aber keine neuen Zwänge.

Neben diesen Fällen gibt es sicherlich auch noch Eltern, die, aus welchen Gründen auch immer, ihrer Erziehungsverantwortung nicht nachkommen wollen, obwohl sie es vielleicht könnten. Für diese sollte die richterliche Praxis differenzierter und die familienpädagogische Arbeit kontinuierlicher sein. Allerdings müßten sie dafür auch personell besser ausgestattet sein. Zugleich kann man jedoch Zweifel hegen, ob Zwangsmaßnahmen hilfreich sind. Letztendlich kann man meines Erachtens niemand zwingen, Verantwortung zu übernehmen.

5. Familien-, sozial- und medienpolitische Dimensionen

Die Beschreibung der Herausforderungen an die Kinder- und Jugendhilfe im Kontext der öffentlichen Debatte um Kinderdelinquenz wäre unvollständig, wenn man sich nur auf die Kinder- und Jugendhilfe konzentrieren würde. Hinzu kommen müssen, ausgehend von der Einsicht, daß die Bekämpfung, Bewältigung und Auseinandersetzung von und mit Kinderdelinquenz eine „gesamtgesellschaftliche Aufgabe“ (Deutscher Bundestag 1997a: 42) ist, die Beschreibung all jener Aufgaben, die nur in Zusammenarbeit mit anderen gesellschaftlichen Teilbereichen und Akteuren erfüllt werden können.

Neben den schon erwähnten Herausforderungen im Zusammenhang mit einer verbesserten Kooperation zwischen Kinder- und Jugendhilfe und Familie, Schule, Polizei, Psychiatrie und den anderen beteiligten Institutionen stellen sich meines Erachtens derzeit vorrangig zwei weitere Aufgaben:

- Sozial- und Familienpolitik: Man macht es sich zu einfach, wenn man nur auf die elterliche Verantwortung hinweist, wenn Erziehung „scheitert". Wenn man es ernst meint, Eltern bei der wirkungsvollen Wahrnehmung ihrer Erziehungsverantwortung zu unterstützen, dann bedarf es einer Familienpolitik, die in jeder Hinsicht Eltern stärker als bisher entlastet; einer Kinder- und Jugendhilfepraxis und Justiz, die besser ausgestattet sind, und sensibel angelegter Angebote zur Entlastung und Beratung von Eltern in heiklen Erziehungssituationen. Und schließlich benötigen wir auf allen Ebenen ein anderes Verständnis von familialer Erziehung: Statt in Erziehungsfragen mit den Fingern auf Eltern zu zeigen, wäre es an der Zeit, Erziehung als eine gemeinsame Aufgabe von Eltern, Schule, Arbeitsmarkt, Kinder- und Jugendhilfe, Medien, kinder- und jugendbezogener Industrie und Öffentlichkeit zu verstehen. Die in England jüngst diskutierten Ideen hinsichtlich einer „redefining responsibility", also einer Neudefinition der Verantwortlichkeiten, weisen in die richtige Richtung, *wenn* dabei nicht nur an die jungen Tatverdächtigen beziehungsweise Täter, die Eltern und den Staat gedacht wird, sondern auch an die Medien, die glitzernde Welt des jugendbezogenen Kommerz und an die zukunftseröffnenden beziehungsweise -verschließenden Chancen auf dem Arbeitsmarkt.
- Versachlichung der Diskussion: Wer wirksam gegen Kinderdelinquenz und Jugendkriminalität in dieser Gesellschaft vorgehen möchte, muß an einer Versachlichung der Debatte interessiert sein. Und dazu gehört auch eine Kritik an der Berichterstattung in den Medien. Wenn trotz der bekannten Zahlen, trotz des Wissens um die Tatsache, daß Kinderdelinquenz und Jugendkriminalität immer auch und mehrheitlich eine vorübergehende Form des Ausprobierens von Grenzen ist (ohne dies verharmlosen zu wollen), Kinder und Jugendliche in Magazinbeiträgen und auf Titelseiten als „kleine Monster", „Brutalo-Kids", „Klau-Kinder", „Horror-Kids" u.ä. tituliert und beschrieben werden, dann werden alle Bemühungen um sachgerechte Präventionsstrategien mittelfristig hilflos, weil in der Öffentlichkeit um des Verkaufserfolges willen der Eindruck erweckt wird und entsteht, daß die innere Sicherheit der Bundesrepublik Deutschland von marodierenden Horden stehlender, raubender und gewalttätiger Kinder und Jugendlicher bedroht ist.

6. „Kriminalprävention“ als Aufgabe der Kinder- und Jugendhilfe?

Faßt man diese Überlegungen zusammen, läßt sich folgendes festhalten: Kinder- und Jugendhilfe ist aufgefordert, will sie vermeiden, daß Kinderdelinquenz ausschließlich ein Thema der Rechts- und der Sicherheitspolitik wird, sich ein eigenes fachliches Bild von der Lage und den aus ihrer Sicht vertretbaren Antworten zu machen. Sie muß dies in Auseinandersetzung und Kooperation mit den anderen beteiligten Institutionen auf der Basis eines eigenständigen fachlichen Selbstverständnisses leisten. Neben der schrittweisen Überwindung der schon erwähnten Mängel - z.B. hinsichtlich der Evaluation der eigenen Angebote - erfordert diese Aufgabenbeschreibung auch konzeptionelle, theoretische und empirische Fortschritte, vor allem hinsichtlich der Frage, was eigentlich gemeint ist, wenn von Kriminalprävention die Rede ist. Zwar gehört in der Kinder- und Jugendhilfe der Präventionsbegriff zu den zentralen Kategorien (vgl. Lüders 1995). So sehr es zu begrüßen ist, daß gegenwärtig fast alle wichtigen gesellschaftlichen Kräfte auf Prävention setzen, so sehr müssen jedoch die theoretischen und empirischen Lücken hierbei aufgedeckt werden.

Zunächst wäre, durchaus im Anschluß an die Einschätzung der Bundesregierung (vgl. Deutscher Bundestag 1997a: 42ff.) zu betonen, daß Kriminalprävention kein primäres Ziel der Kinder- und Jugendhilfe ist und sein kann. Indem die Kinder- und Jugendhilfe ihre gesetzlichen Aufgaben im Sinne der Sicherung des Rechts eines jeden jungen Menschen auf Förderung seiner Entwicklung und auf Erziehung zu einer eigenverantwortlichen und gemeinschaftsfähigen Persönlichkeit entsprechend § 1 KJHG erfüllt, übernimmt sie zweifellos *auch* kriminalpräventive Aufgaben; doch wäre es falsch, die Praxis der Kinder- und Jugendhilfe und die Funktion des KJHG auf den Aspekt der Kriminalprävention zu reduzieren.

Allerdings scheint es mir des Nachdenkens wert zu sein, was die Kinder- und Jugendhilfe eigentlich meint, wenn sie von Kriminalprävention spricht. Die übliche Unterscheidung zwischen primärer, sekundärer und tertiärer Prävention ist bestenfalls hinsichtlich der Strategien und Zielgruppen bei der sekundären und tertiären Prävention überzeugend. Wie sich primäre Kriminalprävention von Erziehung und Förderung, von gesellschaftlicher Integration, von Sozialisation und Sozialpolitik unterscheidet, was primäre Kriminalprävention gleichsam „mehr“ beziehungsweise weniger ist dies alles, wäre erst noch zu klären. Dieser Klärungsbedarf dient allerdings weniger akademischen Interessen, als vielmehr der praktischen Frage, wer denn alles „Objekt“ kriminalpräventiver Bemühungen wird. Es bedarf also unterschiedlicher Kriterien, die Auskunft darüber geben, in welchen Fällen und unter welchen Bedingungen kriminalpräventive Strategien angemessen erscheinen, wenn man vermeiden möchte, daß die Kinder beziehungsweise *die* Jugend einem stigmatisierenden Generalverdacht ausgeliefert werden. Darüber hinaus müßten viel intensiver als bisher delinquente Karrieren hinsichtlich ihrer Weichenstellungen und vor allem hinsichtlich der Rolle der Kinder- und Jugendhilfe empirisch rekonstruiert werden (vgl. Permien/Zink 1998). Derartige empirische Analysen könnten Aufschluß geben über fehlgeleitete Strategien, Ursachenzusammenhänge und - wenn es gut geht - über wirkungsvollere Ansätze für eine erfolgreiche Prävention. Erst auf dieser Basis könnte dann auch verhindert werden, daß wieder einmal mit dem Etikett Kriminalprävention alter Wein in neuen Schläuchen verkauft wird und neue Schläuche für alten Wein gesucht werden.

Literatur

Bayerisches Landeskriminalamt (Bay.LKA) 1998: Kinder- und Jugendkriminalität in München. Untersuchung von Ausmaß und Ursachen des Anstiegs der Deliktzahlen im Bereich der Kinder- und Jugendkriminalität am Beispiel eines Großstadtpräsidiums, München

Polizeiliche Kriminalstatistik (PKS) 1995 der Bundesrepublik Deutschland, Wiesbaden 1996

Bundesministerium für Familie, Senioren, Frauen und Jugend 1998: Kabi-Informationsdienst: Themenheft Zur Prävention von Kinder- und Jugendkriminalität, Heft 41, Bonn

Bundesrat 1997: Stenographischer Bericht, 715. Sitzung, 5.9.1998, Bonn

Deutscher Bundestag 1990: Bericht über Bestrebungen und Leistungen der Jugendhilfe - Achter Jugendbericht, Bonn

Deutscher Bundestag 1997a: Jugendstrafrecht und Präventionsstrategien. Antwort der Bundesregierung auf die Große Anfrage der Fraktion der SPD, Deutscher Bundestag Drucksache 13/8284, Bonn

Deutscher Bundestag 1997b: Stenographischer Bericht, 203. Sitzung, 13.11.1998, Bonn

Elsner, G./Rademacker, H. 1997: Soziale Differenzierung als neue Herausforderung für die Schule. Erfahrungen aus einem Modellversuch zur Schulsozialarbeit in Sachsen, in: Tenorth, H.-E. (Hg.): Kindheit, Jugend und Bildungsarbeit im Wandel. Ergebnisse der Transformationsforschung (37. Beiheft der Zeitschrift für Pädagogik), Weinheim/Basel, S. 183-202

Emler, N./Reicher, S. 1995: Adolescence and Delinquency, Oxford

Ewald, F. 1998: Die Rückkehr des genius malignus: Entwurf zu einer Philosophie der Vorbeugung, in: Soziale Welt, 49. Jg., S. 5-24

„Gegen die geschlossene Unterbringung von Kindern und Jugendlichen“. Aufruf 1998, in: Der pädagogische Blick, 6. Jg., S. 116-118

Heinz, W. 1996: Anstieg der Jugendkriminalität? Die Grenzen des Jugendstrafrechts, die Möglichkeiten der Prävention, in: DVJJ-Journal, H. 7, S. 344-360

Huff, C. R. (Hg.) 1990: Gangs in America. Newbury Park, New Dehli

Infratest 1998: SDR-Studie zur inneren Sicherheit, in: http://www.sdr.de/tv/wahl98/umfrage.htm vom 9.6.1998

Janssen, H./Peters, F. (Hg.): Kriminologie für Soziale Arbeit, Münster

Jankowski, M. S. 1991: Islands in the Street. Gangs and American Urban Society, Berkeley/Los Angeles/Oxford

Jugendminister-Konferenz 1997: Kinder- und Jugenddelinquenz - eine Herausforderung auch für die Jugendhilfepolitk. Beschluß der Jugendminister-Konferenz am 19./20.6.1997 in Magdeburg, in: Forum Erziehungshilfen, 3. Jg., S. 182-186

Kaiser, G./Jehle, J.-M. (Hg.) 1995: Kriminologische Opferforschung. Neue Perspektiven und Erkenntnisse, 2 Bde., Heidelberg

Kirchhoff, G. F. 1997: Das Verbrechensopfer - die lange vergessene Perspektiven, in: Janssen, H./Peters, F. (Hg.): Kriminologie für Soziale Arbeit, Münster, S. 139-167

Koch, R./Behn, S. 1997: Gewaltbereite Jugendkulturen. Theorie und Praxis sozialpädagogischer Gewaltarbeit. Weinheim/Basel

Lüders, C. 1995: Prävention in der Jugendhilfe. Alte Probleme und neue Herausforderungen., in: Diskurs, H. 1, S. 42-49

Matt, Eduard 1995: Episode und „Doppel-Leben". Zur Delinquenz Jugendlicher, in: Monatsschrift für Kriminologie und Strafrechtsreform, H. 78, S. 153-164

Pankofer, S. 1997: Freiheit hinter Mauern. Mädchen in geschlossenen Heimen, Weinheim/München

Permien, H./Zink, G. 1998: Endstation Straße? Straßenkarrieren aus der Sicht von Jugendlichen, München

Pfeiffer, C. 1996: Steigt die Jugendkriminalität? Zugleich eine Erwiderung auf Michael Walters Beitrag in diesem Heft, in: DVJJ-Journal, 7. Jg., S. 215-229

Pfeiffer, C./Wetzels, P. 1997: Kinder als Täter und Opfer. Eine Analyse auf der Basis der PKS und einer repräsentativen Opferbefragung, in: DVJJ-Journal, Rundbrief Nr. 158, 8. Jg., S. 346-366

Pfeiffer, C./Brettfeld, K./Delzer, I. 1997: Kriminalität in der Niedersachsen 1985 - 1996. Eine Analyse auf der Basis der Polizeilichen Kriminalstatistik. Kriminologisches Forschungsinstitut Niedersachsen, Forschungsberichte Nr. 60, Hannover

Polizeidienstvorschrift (PDV) 382 „Bearbeitung von Jugendsachen" 1997, in: DVJJ-Journal Nr 155, 8. Jg., S. 5-23

Püchel, M. 1998: „Eine Gefahr für Altersgenossen", Manfred Püchel (SPD), Innenminister Sachsen-Anhalt, über die Unterbringung auffälliger Mehrfachtäter in geschlossenen Heimen, in: taz 26.2.98

Regoli, R. M./Hewitt, J. D. (Hg.) 1994: Delinquency in Society. A Child-Centered Approach, 2. Aufl., NY u.a.

Rieker, P./Permien, H. 1998: Delinquenz von Kindern - Ausmaß und Hintergründe. Erscheint, in: Geiling, U. (Hg.): Pädagogik auch für Kinder in Not, Opladen, (im Erscheinen)

Sanders, W. B. 1994: Gangbangs and Drivebys. Grounded culture and juvenile violence, Berlin/NY

Schmidt-Jortzig, E. 1997: Statement auf dem öffentlichen Expertengespräch der Arbeitsgruppe Recht der CDU/CSU-Bundestagsfraktion und des Arbeitskreises IV der F.D.P.-Bundestagsfraktion zum Thema „Jugendkriminalität", 27.8.1997 in Bonn

Schmidt-Jortzig, E. 1998a: „Hartgesottene Bürschchen". Interview, in: Der Spiegel Heft 7, S. 18

Schmidt-Jortzig, E. 1998b: Kriminelle Kinder ohne Zustimmung der Eltern ins Heim?, in: FOCUS Heft 10, S. 58

Seckinger, M. u.a. 1998: Situation und Perspektiven der Jugendhilfe. Eine empirische Zwischenbilanz, München

Soziale Probleme 1995, Themenheft: Wandel von Abweichung und Kontrolle im vereinigten Deutschland, 6. Jg., H. 2

Trasher, F. 1927: The Gang, Chicago

Vogler, G. 1997: Statement auf dem öffentlichen Expertengespräch der Arbeitsgruppe Recht der CDU/CSU-Bundestagsfraktion und des Arbeitskreises IV der F.D.P.-Bundestagsfraktion zum Thema „Jugendkriminalität", 27.8.1997 in Bonn

Walter, M. 1996a: Kriminalpolitik mit der polizeilichen Kriminalstatistik? Artikulation eines Unbehagens über den derzeitigen Kurs der Deutschen Jugendgerichtsvereinigung, in: DVJJ-Journal, 7. Jg., S. 209-214

Walter, M. 1996b: Die Vorstellung von einem Anstieg der Jugendkriminalität als (kriminal) politisch dienstbare Denkform, in: DVJJ-Journal, 7. Jg., S. 335-343

Widersprüche 1997: Themenheft: Management des Kriminellen. Soziale Kontrolle als unternehmerische Dienstleistung, Heft 63, Bielefeld

Wolffersdorff, C. v. 1998: Der neue Ruf nach geschlossenen Heimen. Anmerkungen zur Wiederkehr eines leidigen Themas, in: AFET-Mitglieder-Rundbrief Nr. 1, S. 19-13

Wolffersdorff, C. v./Sprau-Kuhlen, V./Kersten, J. 1996: Geschlossene Unterbringung in Heimen. Kapitulation der Jugendhilfe? 2. Aufl., München

Yablonsky, L. 1962: The Violent Gang, NY

Elmar G.M. Weitekamp und Ulrike Meier

Werden unsere Kinder immer krimineller?

Kinderkriminalität im Zerrbild der Kriminalstatistik

„Drastisch gestiegene Kinderkriminalität" titelte FOCUS (21/1997: 28) unlängst. „Kriminelle Kinder - Was tun mit ihnen?" fragte der STERN (15/1996: 56) „Immer mehr Kinder geraten auf die schiefe Bahn" befand das SCHWÄBISCHE TAGBLATT (13.6.1997). Solche und ähnliche Schlagzeilen begegnen uns fast täglich in den Medien. Zur Bestätigung dieses Zustandes wird fleißig die Polizeiliche Kriminalstatistik (PKS) wieder und wieder zitiert. Verunsicherte Polizisten und Politiker fordern die Herabsetzung des Strafmündigkeitsalters von 14 auf 12 Jahre, eine Verschärfung des Jugendstrafrechts sowie die geschlossene Heimunterbringung für mehrfach delinquente Kinder, wie Bayerns CSU-Innenminister Beckstein (FOCUS 4/1998: 44). Werden unsere Kinder wirklich immer krimineller, aggressiver und gewalttätiger? Ist die Lage tatsächlich so besorgniserregend?

1. Einleitung

„Sie klauen. Sie rauben. Sie morden. Die Zahl der Straftaten von Minderjährigen steigt an. Ursachen: Wachsende Armut, soziale Verwahrlosung und Frust, der in Gewalt umschlägt. Eltern sind ratlos" (STERN, 15/1996: 56f.). Die Zeitungen sprechen von einer drastischen Zunahme der Kriminalität, aber auch von wachsender Brutalität sowie erschreckender Gewaltbereitschaft der kleinen Kriminellen (FOCUS 21/1997: 28).

Angesichts der Hysterie, die sich bezüglich dieses Themas in unserem Land breit macht, drängt sich tatsächlich die Frage auf: Ist unsere Gesellschaft ernsthaft durch diese Jugend bedroht? Im Hinblick auf die Zahlenspielerei mit den durch die PKS ausgeworfenen Zahlen, gilt es zunächst zu untersuchen, ob man bei der Analyse dieses Problems eine solche Statistik hinzuziehen kann, welche Aussagekraft sie hat, und ob sie diese „Horrormeldungen" bestätigen kann.

2. Bedeutung der PKS in diesem Zusammenhang

Die Autoren der Artikel in der Boulevardpresse, aber auch die Politiker, Wissenschaftler und die Polizei beziehen sich bei ihren Befunden über den angeblichen Anstieg der Kinderkriminalität ausschließlich auf die Aussagen der PKS. Die Hinzuziehung der Strafverfolgungsstatistik zu diesem Zweck ist schon deshalb nicht möglich, weil Kinder aufgrund ihrer Strafunmündigkeit nicht verurteilt werden können. Die PKS ist somit für die Untersuchung der Kinderkriminalität die einzige verwertbare Statistik. Aber was ist die PKS? Welche Aussagekraft hat sie?

Zunächst war die Kriminalstatistik im 18. Jahrhundert dafür vorgesehen, der Regierung die Kontrolle über die Organe der Strafrechtspflege zu ermöglichen. Erst später wandelten sich die Anliegen an die PKS. So betrachtete man sie ab dem 19. Jahrhundert zunehmend als Indikator für den „moralischen Zustand" des Volkes und erhoffte sich Aufschluß über die Zusammensetzung der Täterkreise beziehungsweise den Stand der Kriminalität und deren Struktur (Heinz 1990: 82). Allerdings zweifelte man schon sehr früh daran, ob die Kriminalstatistik tatsächlich die wirkliche Kriminalität abbildet. Diese Zweifel bestehen bis heute. So hat man eine Unmenge von Faktoren herausgearbeitet, die geeignet sein können, die durch die PKS dargestellte „Wirklichkeit des Verbrechens" zu verzerren (vgl. Kerner 1973). Man muß sich darüber im Klaren sein, daß die PKS nur einen kleinen Teil der tatsächlich begangenen Kriminalität darstellt. Nicht bekannt gewordene, nicht angezeigte, nicht verfolgte und nicht bestrafte Delikte wurden und werden nicht erfaßt.

In Kenntnis dieser Tatsache stellte man sich später die Frage, ob man nicht von einem konstanten Verzerrungsverhältnis, daß stets und ständig gleichbleibend ist, ausgehen kann, und so den kleinen Ausschnitt der „Verbrechenswirklichkeit" einerseits als verzerrtes, nicht aussagekräftiges Gebilde oder andererseits als Indiz für die Beurteilung der Kriminalitätsentwicklung heranziehen kann (Heinz 1972: 15ff.). Man begnügte sich somit lange Zeit mit diesem „Ausschnitt", den die Kriminalstatistik bietet. Es kursierte der Glaube, daß dieses „Gesetz der konstanten Verhältnisse" alle Schwankungen der Kriminalität genauso wahrnehme und in der Statistik als kleinen Ausschnitt abbilde, wie es sich tatsächlich in der Gesellschaft abspielt. So wertet man bis heute diesen kleinen Ausschnitt, den die PKS preisgibt, als verkleinertes Abbild der wahren Kriminalität.

Der Anstieg der Kinderkriminalität, der durch die PKS ausgewiesen wird, der so tatsächlich nicht für alle Delikte zutrifft, kann durch sehr unterschiedliche Faktoren und Entstehungszusammenhänge von Kriminalität verursacht werden:

- Der erste und naheliegenste Entstehungszusammenhang für die Öffentlichkeit wie auch für die Wissenschaft ist die Annahme einer tatsächlichen Zunahme der Kriminalität.
- Ein zweiter könnte eine Veränderung im Anzeigeverhalten der Opfer, Geschädigten oder unbeteiligter Beobachter sein.
- Ein weiterer Zusammenhang kann in Veränderungen bei Ermittlungs- und Verfolgungsstrategien der Polizei gefunden werden.
- Letztlich können auch Änderungen statistischer Erfassungsmodalitäten eine Veränderung in der Statistik herbeiführen.

3. Anzeigeverhalten

Zur Verdeutlichung dieser Entstehungszusammenhänge muß man sich vor Augen führen, daß über 90% der in der PKS offiziell registrierten Straftaten über private Anzeigen zur Polizei gelangen. Es ist daher zu vermuten, daß die Veränderungen der statistisch aufgeführten Fallzahlen auf eine mögliche Änderung im Anzeigeverhalten der Bevölkerung zurückzuführen sind. Empirisch läßt sich dies freilich nicht belegen.

Die in der PKS aufgeführten Straftaten werden in der Regel durch Opfer, Geschädigte oder Dritte, die Zeugen einer Straftat wurden, bei der Polizei angezeigt. Dennoch werden weitaus weniger Straftaten angezeigt als tatsächlich begangen werden, da es eine Vielzahl von Delikten, wie Steuerhinterziehung, Versicherungsbetrug und Subventionsschwindel gibt, bei denen der Staat oder anonyme Gesellschaften und Vereine die Opfer sind. Auch Delikte ohne Opfer, wie beispielsweise Abtreibungen oder Straftaten im gegenseitigen Einverständnis, wie Glücksspiel und der Konsum von Rauschgiften, fallen ganz oder teilweise aus der Erfassung der Kriminalstatistik heraus (vgl. Kerner 1973: 27). Ferner gibt es eine Reihe von Gründen, warum Opfer, Geschädigte oder Dritte eine Anzeige bei der Polizei unterlassen. Die Liste der Gründe erscheint endlos, und daher führen wir hier nur einige der von Kerner (1973: 28ff.) ausgewählten Beispiele auf:

- Geringer Sachschaden (vor allem bei Vermögensdelikten),
- Ineffektivität der Strafverfolgung,
- Betroffene werten das Geschehene nicht als Straftat,
- Gleichgültigkeit, Bequemlichkeit,
- Betroffene befürchten, durch die Anzeige als Denunzianten verachtet zu werden,
- Mitleid mit dem Täter (vom allem aus religiösen Gründen und politischer Solidarität),
- Abneigung gegen Behörden,
- Rufbeeinträchtigung des Betriebes durch Anzeige (beispielsweise bei Hotels),
- Schamgefühl und Angst vor Unglaubwürdigkeit bei Sittlichkeitsdelikten,
- Angst vor Kompromittierung,
- Gefahr öffentlicher Bloßstellung durch Bekanntwerden eigener verheimlichter Neigungen des Opfers,
- eigene Straftaten des Opfers kommen ans Licht,
- Angst vor Rache (vor allem in einschlägigen Milieus).

Bei genauer Betrachtung dieser Motive ist fraglich, ob sich in den letzten Jahren, in denen ein dramatischer Anstieg der Kinder- und Jugendkriminalität proklamiert wird, eine Veränderung in der Einstellung der Bevölkerung zu diesen Faktoren entwickelt hat. In den Zeiten wirtschaftlicher Rezession, wo weder beim Staat, der Bevölkerung, noch bei Industrie- und Wirtschaftsuntemehmen das Geld locker sitzt, liegt es nahe, daß die zu verkraftenden Schadenshöhe durch eine erlittene Straftat niedriger liegt und daher mehr Straftaten angezeigt werden. Auch kann das Schamgefühl beim Anzeigen von Sittlichkeitsdelikten in der heutigen, wohl recht aufgeklärten Gesellschaft an Stellenwert verloren haben, was dann auch zur Folge hat, daß Opfer und Zeugen häufiger bereit sind, eine Anzeige bei der Polizei zu erstatten.

Als weiterer Punkt ist die Veränderung des Anzeigeverhaltens der ehemaligen DDR-Bürger in den letzten Jahren anzuführen. Durch den unüberschaubaren Anzeige- und Ermittlungsapparat von Stasi und Volkspolizei und den Vorrang belangloser, politischer Veranstaltungen vor Ermittlungs- und Verfolgungsarbeiten, war das Vertrauen der Bevölkerung in diese Institutionen oftmals schwer erschüttert und existierte kaum. Unmittelbar nach der Wende hatte sich an diesem Vertrauensmangel der

Bürger nichts geändert: einerseits standen sie einer neuen „Polizeimacht" mit anderen Strukturen, Befugnissen und Staatsverständnis gegenüber, die das Vertrauen der westlichen Bundesländer hatte; andererseits bestand diese „neue" Polizei personell oftmals aus den gleichen Mitarbeitern wie vor der Wende. Das Vertrauen mußte sich dort erst neu bilden. Ein sich tatsächlich abgespielter Vertrauenszuwachs hätte wiederum zur Folge, daß die Zahl der Anzeigen durch eine erhöhte Anzeigebereitschaft seitens der Bevölkerung in die Höhe geht.

Letztlich könnte die ständige Repräsentation des Themas in allen nur erdenklichen Medien, wodurch der Bevölkerung ein ständiges „Ansteigen der Kriminalität" suggeriert wird, zu einer erhöhten Aufmerksamkeit einerseits, andererseits aber auch zu einem erhöhten Strafbedürfnis der Bevölkerung geführt haben. Aufgrund dieser Überlegungen ist es nicht ganz von der Hand zu weisen, daß beim Anstieg der Kinderkriminalität laut PKS durchaus auch andere Faktoren, wie zum Beispiel die Veränderung des Klimas in unserer Gesellschaft, ein Wandel im Anzeigeverhalten der Bevölkerung als mögliche Ursachen in Betracht kommen und nicht auf einen tatsächlichen Anstieg der Kinderkriminalität zurückgeführt werden kann. Denn die maßgeblich vom Anzeigeverhalten der Bürger abhängige PKS spiegelt nämlich das Abbild der informellen und formellen Sozialkontrolle wieder (vgl. Steffen 1993: 24) und führt, auf wie unsere Gesellschaft formell mit Kriminalität umgeht.

Diese genannten Faktoren, die das Kriminalitätsbild der PKS entscheidend verändern können, erreichen in Bezug auf die Kinderdelinquenz besondere Ausprägungen. So wird angenommen, daß gegenüber Kindern eine sehr niedrige Anzeigebereitschaft seitens der Bevölkerung besteht (vgl. Pfeiffer 1995: 33). Diese wird allerdings durch die hohe Beteiligung der Kinder an Delikten wie Fahrraddiebstahl, Zweiraddiebstahl und Sachbeschädigung und dem mit diesen Straftaten verbundenen „Anzeigezwang" seitens der Versicherung wieder relativiert. Ferner sind Kinder bei Ladendiebstählen sozusagen eine „leichte Beute" für Kaufhausdetektive. Außerdem sind Kinder bei der Begehung von Straftaten durch eher dilettantisches Verhalten einem höherem Entdeckungs- und Überführungsrisiko ausgesetzt.

4. Polizeiarbeit und Datenerfassung

Zur Erfassung von Kriminalität in der PKS genügt jedoch nicht nur die Anzeige aus der Bevölkerung, es kommt auch darauf an, wie die Polizei damit umgeht. Die Erfassungs- und Ermittlungsarbeit durch die Polizei wird jedoch weder durch die PKS noch durch andere Medien detailliert beschrieben. Etwas Licht ins Dunkel bringen bei unseren Betrachtungen die von Gundlach und Menzel (1991) durchgeführten Analysen von Fehlerquellen bei der Erfassung der Daten für die PKS in Hamburg. Dabei wurden die der PKS 1989 zugrunde liegenden Akten analysiert, eine neue Statistik erstellt und mit der vorhandenen verglichen. Außerdem wurden während dieses Untersuchungszeitraumes alle Vorgänge, die bei den Polizeidirektionen in Hamburg eingingen, bezüglich ihrer Erfassung durch die PKS überprüft. Die Ergebnisse ihrer Analysen und Überprüfung erwiesen sich besorgniserregend:

- Nur 52% der Fallerfassungen waren fehlerfrei; 33% wiesen einen Fehler, 12% zwei Fehler, 2% drei Fehler und 0,2% sogar fünf Fehler auf.
- Hohe Fehlerquoten zeigten sich bei der strafrechtlichen Qualifikation der Straftat, der Deliktszuordnung und der Bezeichnung der Tatorte und Täterwohnsitze.
- Unsicherheiten ergaben sich weiter bei der Erfassung von Tatzeit, Schadenshöhe, Nationalität, Aufenthaltsgründen (nichtdeutscher Tatverdächtiger) und Opfern.

Insgesamt bewerteten Gundlach und Menzel die Ergebnisse als ungenügend und bescheinigten der Polizei bei der Datenerfassung für die PKS erhebliche Ungenauigkeiten, die zu gravierenden Verzerrungen in der Kriminalstatistik führen.

5. Aktuelle Zahlen und Entwicklungen von Kinderkriminalität in der PKS

In Abbildung 1 wird die Entwicklung der Kinderkriminalität der deutschen Kinder anhand der Tatverdächtigenbelastungzahl (TVBZ, bis 1994 Kriminalitätsbelastungszahl, KBZ) der polizeilichen Kriminalstatistik für den Zeitraum 1985 bis 1996 dargestellt. Es ist ein deutlicher Anstieg von krimineller Auffälligkeit bei der Altersgruppe der 12- und 13-jährigen und ein geringer Anstieg bei den 10- und 11-jährigen zu verzeichnen, wohingegen die TVBZ der 8- und 9-jährigen relativ konstant geblieben ist. In den Jahren von 1985 bis 1990 hat sich das Bild der Kinderkriminalität für alle Altersgruppen nicht groß verändert.

Abbildung 1: Die Entwicklung der Kinderkriminalität vor und nach der Wiedervereinigung Deutschlands

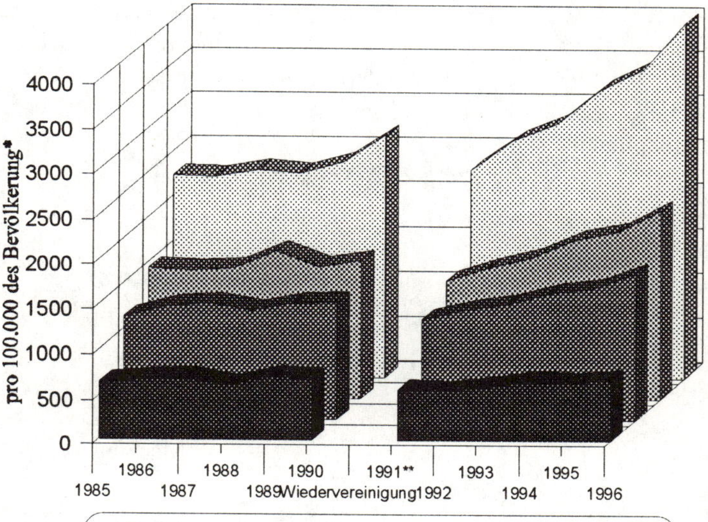

Quelle: PKS 1985 bis 1996

* Entspricht Tatverdächtigenbelastungszahl (TVBZ), bezieht sich nur auf Bevölkerungszahlen von Kindern ab 8 bis unter 14 Jahren, da Kinder unter 8 Jahren selten polizeilich auffällig werden.

** Ab 1991 Zahlen für das gesamte Bundesgebiet einschließlich der neuen Bundesländer.

Zu einer Zunahme und hier insbesondere für die Altersgruppe der 12- und 13-jährigen ist es erst seit 1991 gekommen. Allerdings läßt sich eine zunehmende kriminelle Aktivität immer jüngerer Kinder, wie sie in den Medien angeprangert wird, aus diesen Entwicklungen nicht bestätigen. Der deutliche Anstieg der TVBZ von 1993 bis 1996 wird maßgeblich durch die erhöhte Delinquenz der Altersgruppe der 12- und 13-jährigen bestimmt und daher kann von einem Anstieg der Kinderkriminalität allgemein nicht gesprochen werden.

Um eine differenziertere Analyse durchzuführen, wurde in Abbildung 2 für jedes Bundesland und für die BRD die mitgeteilten absoluten Zahlen der tatverdächtigen Kinder für das Jahr 1991 einheitlich mit einem Indexwert von 100 gleichgesetzt. Dies bedeutet jedoch nicht, daß für alle Bundesländer und die BRD im Jahre 1991 eine identische, absolute Zahl bekanntgewordener Fälle von Kinderkriminalität registriert wurde. Diese Darstellungsweise erlaubt uns jedoch, die Entwicklung seit 1991 besser zu veranschaulichen.

Abbildung 2: Tatverdächtige Kinder

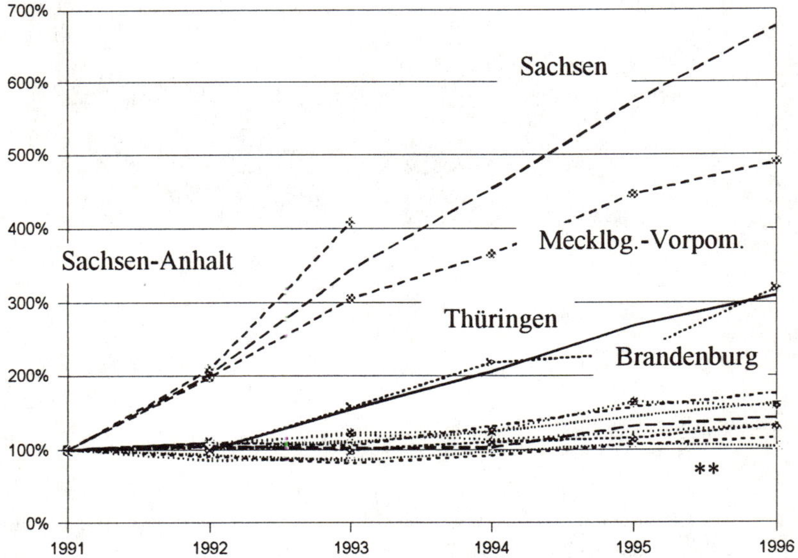

Quelle: PKS der Bundesländer 1991-1996*

* Absolute Zahlen des Jahres 1991 (beziehungsweise 1992 für Brandenburg und Thüringen) werden zu 100% gesetzt.

** Die unteren Linien stellen die Bundesländer (die Zählweise in den Länderstatistiken entspricht die der PKS ab 1992) Baden-Württemberg; Bayern; Berlin; Bremen; Hamburg; Hessen; Niedersachsen; Nordrhein-Westfalen; Rheinland-Pfalz; Saarland und Schleswig-Holstein, beziehungsweise BRD-Gesamt dar. Die absolute Zahl der tatverdächtigen Kinder kann erst ab 1992 mit den folgenden Jahren verglichen werden, aufgrund verschiedener Erhebungsmodalitäten: 1991 erfolgte die Feststellung der absoluten Zahl tatverdächtiger Kinder von 0 bis unter 14 Jahren nur für die alten Bundesländer und Gesamt-Berlin, daneben für das gesamte Bundesgebiet einschließlich die neuen Bundesländer nur für Kinder von 8 bis unter 14 Jahren.

In Abbildung 2 ist erkennbar, daß der Anstieg der absoluten Zahl der bekanntgewordenen Fälle von Kinderkriminalität eindeutig in den neuen Bundesländern zu verzeichnen war, wohingegen in den alten Bundesländern nur ein moderater Anstieg zu verzeichnen war, der im Vergleich zu den neuen Bundesländern allerdings relativ gering ausfiel. Die Ursache für die so erheblich divergierenden TVBZ in den alten und den neuen Ländern liegt nach der Auffassung des Bundeskriminalamtes (BKA) in den problematischen Auswirkungen eines sehr raschen sozialen Wandels (vgl. PKS 1996: 81). Dafür spricht, daß gerade bei Delikten, wie Diebstahl, und hier vor allem bei Ladendiebstahl (PKS 1996: 176), und bei Gewaltdelikten, wie Raub (PKS 1996: 151) oder Körperverletzung (PKS 1996: 158) in den neuen Bundesländern höhere Häufigkeitszahlen als in den alten Bundesländern zu verzeichnen sind, welche als Indikatoren einer sich rasch verändernden Umwelt und den damit verbundenen Unsicherheiten betrachtet werden können. Ferner reflektieren diese Delikte auch, daß Kinder und Jugendliche an den Früchten der freien Marktwirtschaft partizipieren wollen, ihnen aber legitime Mittel dazu fehlen. Die oben aufgeführte Häufigkeitszahl bezieht sich auf die Zahl der bekanntgewordenen Fälle eines bestimmten Delikts oder einer bestimmten Deliktsart pro 100.000 Einwohner.

Doch ob diese Zahlen die „wirkliche" Kriminalitätsentwicklung in den neuen Bundesländern richtig darstellen, muß bezweifelt werden, da ein Vergleich der Zahlen in den neuen Bundesländern für den Zeitraum 1990 bis 1996 mit denen der übrigen Bundesländer nur bedingt möglich ist. So weist dann auch das BKA in den Einführungsworten zur PKS der Ausgaben 1990 - 1993 daraufhin, daß es durch gravierende Anlaufschwierigkeiten bei der Aufbereitung der durch die Polizei ermittelten Daten in den neuen Bundesländern zu einer erheblichen Mindererfassung kam. Das bedeutet, daß die Zahlen der PKS für die Jahrgänge 1990, 1991, 1992 und eventuell 1993 erheblich weniger, als die tatsächlich bekanntgewordenen Fälle, ausweisen. Das würde auch erklären, daß die absoluten Zahlen für bekanntgewordene Fälle der Kinderkriminalität ab 1993 wesentlich höher ausfielen. Damit läßt sich dann auch zum Beispiel der immense Anstieg der Zahl der polizeilich bekanntgewordenen Fälle für den Freistaat Sachsen im Jahr 1996 im Vergleich zum Berichtsjahr 1991 erklären, der sagenhafte 677% betrug.

Leider ist der Vergleich der TVBZ von Kindern für die einzelnen Bundesländer nur bedingt möglich, da in der PKS bei der Ermittlung der absoluten Zahl tatverdächtiger Kinder alle Kinder von 0 bis unter 14 Jahren berücksichtigt werden, für die TVBZ jedoch nur tatverdächtige Kinder von 8 bis 14 Jahren. Letztere Datenerfassung ist zwar auch in den einzelnen Bundesländern durch eine entsprechende Richtlinie erwünscht, jedoch gibt es Hinweise darauf, daß diese dort nicht entsprechend angewendet wird (vgl. Jehle/Dessecker 1994: 5). Es ist somit davon auszugehen, daß in manchen Bundesländern für die Ermittlung der TVBZ alle Kinder unter 14 Jahren anstatt der Kinder von 8 bis 14 Jahren berücksichtigt werden. Daher erscheint uns eine Darstellung der TVBZ für die einzelnen Bundesländer nicht für sinnvoll, da sie zu große Verzerrungen darstellen würde, die eine sinnvolle Interpretation unmöglich machen würde. Ein ähnliches Bild vermittelt auch Tabelle 1 und 2 für die Jahre 1993 - 1996.

Tabelle 1: Die Entwicklung der tatverdächtigen Kinder in den alten Bundesländern einschließlich Berlin

Jahr	Deutsche tatverdächtige Kinder	Veränderung in % im Vergleich zum Vorjahr	Anteil der tatverdächtigen Kinder an der Gesamttatverdächtigenzahl in Prozent	Tatverdächtige Kinder im Alter von 8 bis 13 Jahren pro 100.000 des Bevölkerungsanteils der Kinder	Veränderung in % im Vergleich zum Vorjahr
1993	47 763		4,5 %	1 274	
1994	55 872	**+ 16,9 %**	5,0 %	1 470	+ 15,5 %
1995	65 564	**+ 17,3 %**	5,7 %	1 705	**+ 16 %**
1996	73 728	**+ 12,5%**	6,1 %	1 889	**+ 10,8 %**

Die Darstellung läßt sowohl in den alten als auch in den neuen Bundesländern einen erheblichen Anstieg der Tatverdächtigenbelastungszahl (TVBZ), die sich auf den Bevölkerungsanteil der Kinder bezieht, von Jahr zu Jahr erkennen. Ein Anstieg ist somit überall zu verzeichnen, in den neuen Bundesländern allerdings stärker, wobei er sich von 1993 bis 1996 fast verdoppelte. Bemerkenswert ist in diesem Zusammenhang allerdings, daß sich in den alten Bundesländern einschließlich Berlin nach einem Anstieg von 15,5% und 16% zwischen den Jahren 1993 und 1994 und 1994 und 1995 dieser Trend zwischen 1995 und 1996 nicht fortsetzte und der Anstieg „nur" noch 10,8% betrug. Noch deutlicher wird diese Entwicklung, wenn wir uns die Zahlen für die neuen Bundesländer ansehen.

Tabelle 2: Die Entwicklung der tatverdächtigen Kinder in den neuen Bundesländern

Jahr	Deutsche tatverdächtige Kinder	Veränderung in % im Vergleich zum Vorjahr	Anteil der tatverdächtigen Kinder an der Gesamttatverdächtigenzahl in Prozent	Tatverdächtige Kinder im Alter von 8 bis 13 Jahren pro 100.000 des Bevölkerungsanteils der Kinder	Veränderung in % im Vergleich zum Vorjahr
1993	18 716		6,5 %	1 476	
1994	23 521	**+ 25,7 %**	7,4 %	1 877	**+ 27,2 %**
1995	28 610	**+ 21,6 %**	8,0 %	2 325	**+ 23,9 %**
1996	33 357	**+ 16,6 %**	7,1 %	ca.2 760	**+ 18,7 %**

Quelle (für Tabelle 1 und 2): PKS 1993 - 1996

So betrug der Anstieg der Kinderkriminalität zwischen 1993 und 1994 27,2%, ging dann zwischen 1994 und 1995 auf 23, 9% zurück und verlor weitere 5,2 Prozentpunkte zwischen 1995 und 1996. Bei vorsichtiger Interpretation dieser Ergebnisse können wir davon sprechen, daß wir das Schlimmste schon hinter uns haben, da der Anstieg der Kinderkriminalität von Jahr zu Jahr geringer wird.

6. Wesen und Struktur der Kinderdelinquenz

Um Analysen zum Thema Kinderkriminalität anzufertigen, ist es zunächst einmal wichtig, sich Wesens- und Strukturmerkmale der kindlichen Delinquenz vor Augen zu führen. Bei genauerer Betrachtungsweise fällt auf, daß sich das kriminelle Verhalten und die Motivationen der Kinder grundlegend von denen der Erwachsenen unterscheidet (vgl. Traulsen 1997, Schneider 1991, Wollenweber 1980):

- Kinder werden fast ausschließlich in ihrer Freizeit delinquent. Die Straftaten konzentrieren sich demnach auf Freiräume, die den Kindern zugestanden werden und in denen sie unbeaufsichtigt „spielen" können.
- Juristische Definitionen von krimineller Energie oder besonderer Motivation passen auf die Vorstellungen des Kindes während des delinquenten Verhaltens nicht. Besonders verdeutlicht dies der eigene „Wortschatz" der Kinder für dieses Verhalten: Klauen, Mopsen, Zündeln, Kokeln, „Räuber und Gendarm" spielen. Aus dieser Vorstellungs- und Erlebniswelt der Kinder sind die Motivationen für strafbares Verhalten eher in verschiedenen Spielvarianten zu suchen, die auf einer besonderen Abenteuerlust, Übermut oder Ausgelassenheit basieren. Kinderdelinquenz ist somit in weiten Bereichen als normales kindliches Verhalten anzusehen, welches gelegentlich die Grenzen zu strafbarem Verhalten überschreitet.
- Damit wird auch schon die nächste Besonderheit angezeigt, die Begehung von strafbaren Handlungen in Gruppen. Der Gruppenzwang ist in diesem Alter eines der spezifischen Merkmale der Kinderkriminalität schlechthin. „Dazu gehören wollen, mitreden können, Auffallen um jeden Preis...". Aus diesen Intentionen ergibt sich fast ausschließlich delinquentes Verhalten vieler Kinder, ohne kriminell motiviert zu sein. In diesem Zusammenhang kann man also von kindheitstypischen Charakteristika und sozialen Lernprozessen bei der Verwirklichung krimineller Handlungen durch Kinder sprechen.
- Kinderkriminalität bewegt sich vor allem in Deliktarten wie Ladendiebstähle, Fahrraddiebstähle, Sachbeschädigungen und leichten Körperverletzungsdelikten bei denen die materielle Schadenshöhe noch keine schwindelerregenden Größenordnungen erreicht hat; körperliche Kontakte mit den Opfern höchst selten und nur bei einem Bruch-

teil der Straftaten Gewaltmotivationen zu entdecken sind. Ein typisches Delikt für Kinder stellt die Brandstiftung dar, bei der der Schaden beträchtlich sein kann, wobei typischerweise Großbrände durch unvorsichtiges Handeln und der sogenannten „Zündelei“ entstehen.

Durch die Neuordnung der PKS zum 1.1.1983 erhielt die sogenannte „Echttäterzählung“ Einzug. Dadurch werden seither Tatverdächtige, die wegen ein und demselben Delikt mehrfach ermittelt wurden, nur einmal gezählt, und nicht wie vorher mehrfach, nach Anzahl der Begehung des Delikts. Werden einem Tatverdächtigen im Berichtszeitraum mehrere Fälle verschiedener Straftaten zugeordnet, so wird er für jede Gruppe gesondert und für die entsprechenden übergeordneten Straftatengruppen beziehungsweise für die Gesamtzahl nur einmal gezählt. Seither haben wir demnach eine realistischere Statistik, was jedoch im Hinblick auf die Kinderkriminalität eher unerheblich ist, da Kinder oftmals lediglich nur eine einzige Straftat begehen und danach dann zu völlig normalen Verhaltensweisen zurückkehren. Sicherlich gibt es auch schwieriger gelagerte Fälle von kriminell auffälligen Kindern, die häufig in Erscheinung treten und mit denen sich vor allem die Printmedien beschäftigen, wie zum Beispiel mit den sogenannten Crashkids. Aber Fälle, wo strafunmündige Kinder von ihren Eltern oder anderen Erwachsenen losgeschickt werden, um Diebstähle zu begehen, im Bewußtsein, daß das Kind nicht bestraft werden kann, und wie es zum Beispiel im Zusammenhang mit rumänischen Kinderbanden berichtet wurde, sind eher die Seltenheit. Verdeutlicht wird dieses Phänomen in Abbildung 3.

Es zeigt anhand der PKS des Landes Nordrhein-Westfalen für das Jahr 1996, daß von 26.950 polizeilich auffälligen Kindern 86% nur eine einzige Straftat begingen. Kinder werden eher selten kriminell aktiv und wenn, dann treten sie nur mit einer Straftat in Erscheinung. Der alte und der in der Öffentlichkeit von den Medien suggerierte Eindruck von hochbelasteten, kriminellen Kinder, die sich ihre Freizeit fast ausschließlich mit kriminellen Aktivitäten ausgestalten und somit eine angeblich erhebliche Gefahr für die Gesellschaft darstellen, kann durch die nordrhein-westfälische Statistik nicht bestätigt werden. Ganz im Gegenteil beträgt der Anteil der Kinder, die mit mehr als zehn registrierten Straftaten höchst auffällig sind, in dem bevölkerungsreichsten Bundesland der BRD gerade einmal 368 Kinder.

Abbildung 3: Anzahl der Straftaten

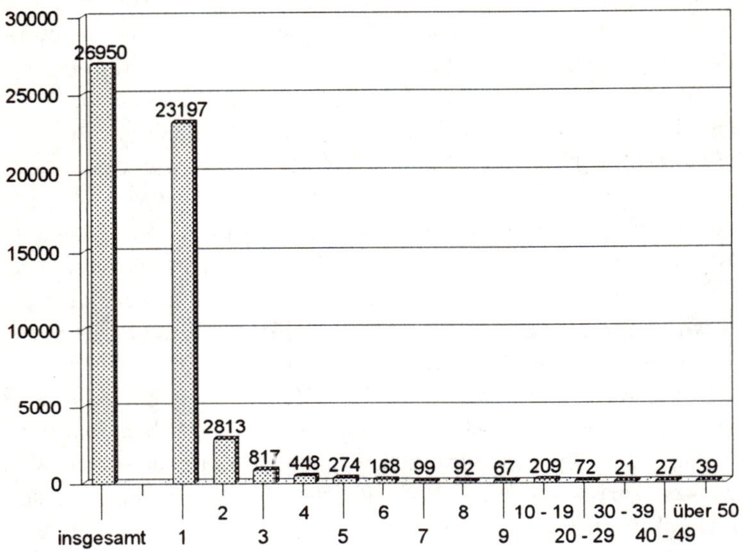

Quelle: PKS Nordrhein-Westfalen (1996: 54).

7. Verändert sich die Alterskurve bei Kinderkriminalität?

Die Medien berichten seit Monaten von immer jünger werdenden Tätern und davon, daß die jüngeren Kinder immer brutaler werden und daß sie in schwerwiegender Kriminalität verstrickt seien. Des weiteren berichtet Traulsen (1997) davon, daß für die Zukunft nichts Gutes zu erwarten sei, da die Vorstellung in der Bevölkerung verbreitet sei, daß kindliche Täter später zu schwerkriminellen Jugendlichen und Erwachsenen heranwachsen würden. Wie wir schon in Abbildung 1 gezeigt haben, läßt sich lediglich für die Altersgruppe der 12 und 13-jährigen ein Anstieg der Kinderkriminalität feststellen. Um zu sehen, ob dieser Trend neuartig ist und welchen Anteil die Kinderkriminalität auch in früheren Jahren hatte, vergleichen wir die Altersverteilung von Kriminalität in den Jahren 1979, 1984 und 1996. Wir gehen davon aus, daß es zwischen diesen Jahren zu geringfügigen Schwankungen in der Altersverteilung gekommen sein kann, welche aber vernachlässigbar sind. In Abbildung 4 zeigen wir die Altersverteilung für die Jahre 1979, 1984 und 1996.

Abbildung 4: Entwicklung der Alterskurve

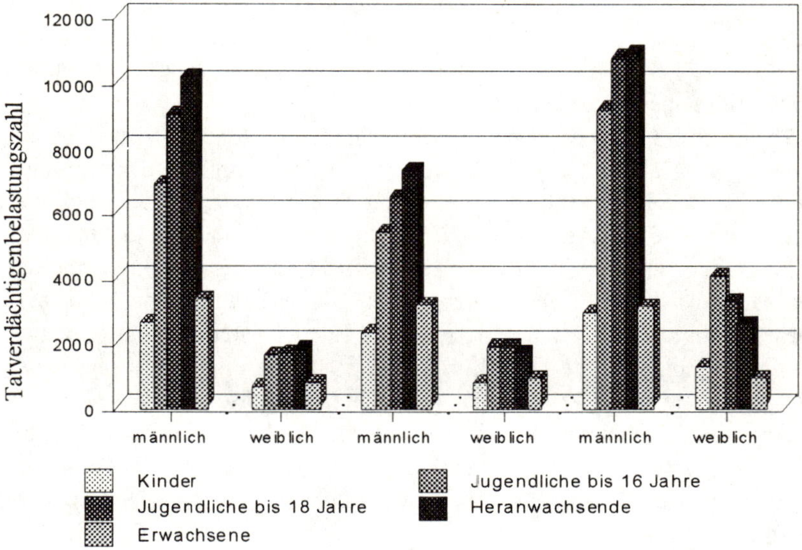

Quelle: PKS der Jahre 1979, 1984, 1996.

Dafür wurden die in der PKS ausgewiesene TVBZ für die einzelnen Altersgruppen herangezogen. Die Abbildung ergibt, daß die TVBZ der männlichen Kinder in jedem dieser Jahre mehr oder minder gleich geblieben ist. Diese Ergebnisse zeigen sehr deutlich, daß die These von den immer jünger werdenden straffälligen Kindern nicht aufrecht erhalten werden kann, da die stichprobenartig gezogenen Altersverteilungen über einen Zeitraum von fast zwanzig Jahren immer dieselben Ergebnisse zu Tage fördern. Der einzige geringfügige Anstieg kann lediglich für die Mädchen im Jahr 1996 gefunden werden, der unter Umständen auf die zunehmende Emanzipation zurückgeführt werden kann.

Auch die TVBZ der Erwachsenen ist in diesem Zeitraum weitgehend auf der gleichen Höhe geblieben. Allerdings stieg die Kriminalitätsbelastung der Jugendlichen und auch der Heranwachsenden 1996 beachtlich. Die Ursachen für diese Entwicklung wurden in den letzten Jahren immer wieder diskutiert. So begründet das BKA beispielsweise diesen Anstieg mit Integrationsproblemen von jungen Aussiedlern, die in den letzten 7 Jahren verstärkt nach Deutschland gekommen sind und üblicherweise bei der Zählung der PKS Einfluß auf die Zahlen der deutschen Kinder, Jugendlichen und Heranwachsenden haben (PKS 1995: 81). Eine andere Ursache wird in dem sozialen Umbruch in den neuen Bundesländern gesehen (vgl. Kerner/Weitekamp 1997). Jedoch ist diese Entwicklung in der PKS nicht überzubewerten, da diese Zahlen, wie oben schon angemerkt, nur bedingt aussagefähig sind.

Resümierend kann man aus der Betrachtung der Alterskurven folgende Ergebnisse ableiten: Die Alterskurven sind in der Rangfolge der Kriminalitätsbelastung gleich geblieben. So ist die Belastung der Kinder nach wie vor gering und ein Anstieg von Kinderkriminalität über die Jahre nicht festzustellen. Obwohl 1979 die Kriminalitätsbelastung der Jugendlichen und Heranwachsenden im Gegensatz zu 1984 deutlich höher war, hat sich dieses nicht auf die Kriminalitätsbelastung der Erwachsenen ausgewirkt. Dieses Ergebnis deutet daraufhin, daß Jugendliche und Heranwachsende sozusagen aus ihrer kriminellen Phase herauswachsen und daher auch Befürchtungen über das Heranwachsen von kindlichen Serientätern, die über den Status von schwerstkriminellen Jugendlichen und Heranwachsenden zu Berufskriminellen im Erwachsenenalter heranreifen, zu verwerfen sind.

8. Kinderkriminalität im Zeitverlauf

Darüber hinaus verliert die derzeitige Debatte an Brisanz, wenn man Zeitschriftenartikel und wissenschaftliche Abhandlungen zu diesem Thema aus den sechziger und 70er Jahren zu Rate zieht (vgl. Cremer-Schäfer in diesem Band). Schon damals wurde auf die drastische und dramatische Zunahme der Kinderdelinquenz vor allem im Bereich von Gewaltverbrechen hingewiesen. Eine zunehmende Gewaltbereitschaft wurde auch damals schon den Kindern attestiert. Dabei sprach man damals wie auch heute von der „Ratlosigkeit von Polizisten, Politikern und Pädagogen“, der „Hilflosigkeit der Eltern“ und dem „Ruf nach härteren Sanktionen“. Die folgenden, plakativ dargestellten Phrasen entstammen immerhin einem Sammelband, der schon im Jahr 1980 veröffentlicht wurde, die aber auch 1997 oder 1998 so in den Medien zu finden waren:

- Der Anteil der Kinder an der Gesamtkriminalität steigt ständig an.
- Immer jüngere Jahrgänge kommen mit dem Gesetz in Konflikt.
- Die Kinderdelinquenz nimmt insgesamt kontinuierlich zu, dramatisch aber bei Mädchen.
- Das Schwergewicht verlagert sich von einfachen zu schwerwiegenden Delikten; eine Zunahme kindlicher Mörder ist zu verzeichnen (vgl. Weber/Meier-Stier 1980: 9).

Aus dieser Entwicklung kann man ersehen, daß sich die Bestürzung über die Entwicklung von Kriminalitätsbelastungszahlen bestimmter Altersgruppen anscheinend zyklusartig entwickelt, und zwar in einem Zeitraum von ca. 20 - 25 Jahren. So ist die Hysterie in den 70er Jahren über den angeblich gravierenden Anstieg der Kinder- und Jugendkriminalität dann in den 80er Jahren nicht mehr zu finden, obwohl auf den Anstieg der Kinder- und Jugenddelinquenz in den 70er Jahren nahezu ohne massive Interventionen von seiten der Politik und des Gesetzgebers reagiert wurde und er sozusagen „wie von selbst“ abgeklungen ist. Anscheinend war es Mitte der 90er Jahre an der Zeit, sich diesem Thema panikartig wieder einmal zuwenden zu müssen.

9. Delinquenz der deutschen Kinder - einzelne Delikte

Der Diebstahl ist das typischste Delikt der Kinderdelinquenz und stellt den Hauptanteil delinquenten Verhaltens von Kindern dar. Auch andere, vergleichbare Industrienationen, wie beispielsweise die USA, weisen besonders hohe Zahlen von einfachen Eigentumsdelikten bei Kindern auf, wobei mit zunehmendem Alter die Bedeutung von einfachen Diebstählen, wie der Ladendiebstahl konstant abnimmt.

Eine deutliche Zunahme der absoluten Zahlen bekanntgewordenen Fälle von Diebstahl durch Kinder kann Abbildung 5 verdeutlichen. Jedoch ist ein Anstieg der absoluten Zahlen nach der Wiedervereinigung nicht verwunderlich, da ab diesem Zeitpunkt auch eine größere Anzahl von Kindern in der Bundesrepublik lebte und den Berechnungen zugrunde liegt. Die Anzahl der Kinder von 8 bis 14 Jahren stieg seit 1991 um circa 1,4 Millionen (vgl. Statistische Jahrbücher 1993 - 1996).

Abbildung 5: Diebstahl (insgesamt) - Geschlechtsspezifische Aufgliederung

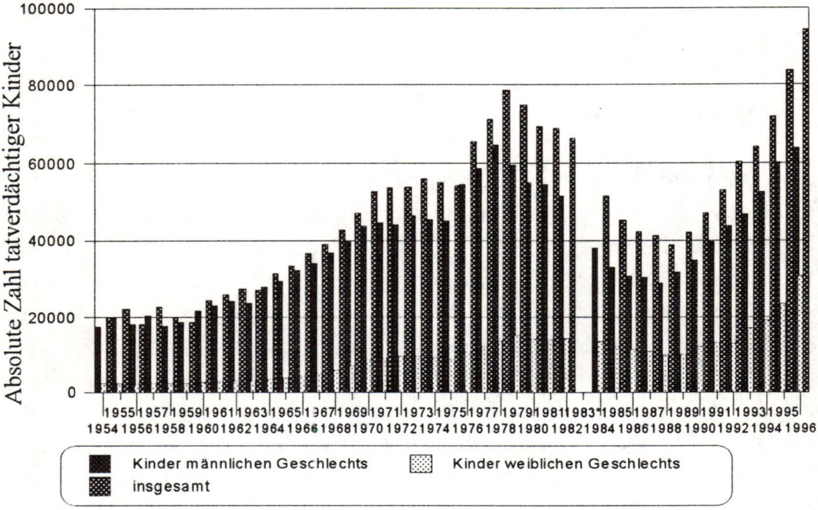

Quelle: PKS 1954-1996

* Mangels Ausweisung der Tabelle 20 in der PKS 1983 fehlen entsprechende Daten für dieses Berichtsjahr (vermutlich bedingt durch die Umstellung der Zählweise auf die Echttäterzählung in dem betreffenden Jahr)

Auch beim Ladendiebstahl, der typischsten Art der Kinderdelinquenz, ist von 1984 bis 1993 kein eindeutiger Trend nach oben festzustellen. Allerdings ist, wie erwartet, von 1993 an jährlich ein deutlicher Anstieg der Tatverdächtigenbelastungszahl pro 100.000 der Kinder von 8 bis unter 14 Jahren bei den 12- und 13-jährigen Kinder zu verzeichnen. Bei der Altersgruppe der 10- und 11-jährigen findet ein ähnlicher Trend statt, allerdings ist er weitaus schwächer als für die Gruppe der 12- und 13-jährigen. Bei der Altersgruppe der 9- und 10-jährigen ist über einen Zeitraum von 12 Jahren kein eindeutiger Anstieg bei Ladendiebstählen festzustellen. Im Vergleich zu ihnen begehen die 6- und 7-jährigen und dann erst recht die unter 6-jährigen Kinder so gut wie keine Ladendiebstahlsdelikte wie man es eindeutig aus Abbildung 6 ablesen kann.

Abbildung 6: Ladendiebstahl - Kriminalitätsbelastung deutscher Kinder

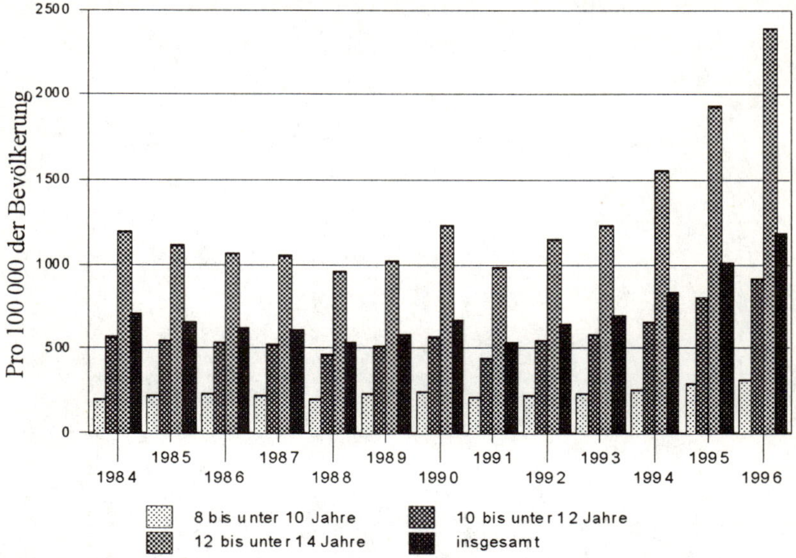

Quelle: PKS 1984-1996

Darüber hinaus ist beim Ladendiebstahl weiterhin zu berücksichtigen, daß die polizeiliche Auffälligkeit bezüglich dieses Deliktes in einem erheblichen Abhängigkeitsverhältnis zu dem Anzeigeverhalten der Laden- und Warenhausmitarbeiter steht. Veränderungen in diesem Verhalten können erhebliche Unterschiede produzieren und Kinder bieten sich sozusagen als „leichte Beute" für Kaufhausdetektive an (vgl. dazu Krupp/Brinke in diesem Band). Letztlich ist noch darauf hinzuweisen, daß beim Ladendiebstahl - im Gegensatz zu der sonst fast nur von Kindern männlichen Geschlechts dominierten Kinderkriminalität - ein relativ großer Anteil von Mädchen, die polizeilich auffällig geworden sind, zu verzeichnen ist. Zwar ist auch dieser Anteil in den letzten Jahren angestiegen, von einer häufigeren kriminellen Auffälligkeit der Mädchen im Gegensatz zu den Jungen kann jedoch nicht gesprochen werden, denn das Verhältnis zwischen diesen beiden Gruppen ist über den gesamten Zeitraum konstant geblieben. (PKS 1984 bis 1996).

Ähnliche Ergebnisse finden wir auch für das Delikt der Sachbeschädigung wie Abbildung 7 zeigt. Die Trends, die wir für die verschiedenen

Altersgruppen beim Ladendiebstahl gefunden haben, bestätigen sich auch bei der Sachbeschädigung nahezu identisch. Auch hier ist kein besorgniserregender Anstieg der Kriminalitätsbelastung der jüngsten Kinder zu verzeichnen.

Abbildung 7: Sachbeschädigung - Kriminalitätsbelastung deutsche Kinder

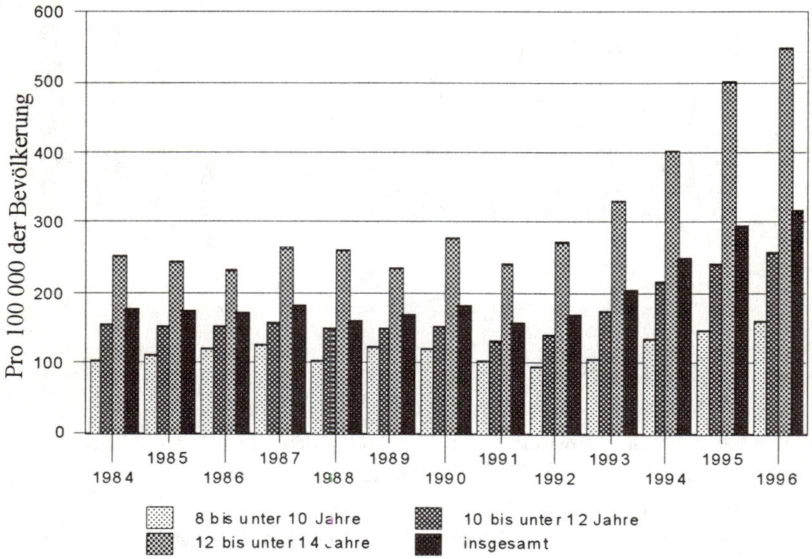

Quelle: PKS 1984-1996

10. Steigt die Gewaltkriminalität ?

In der Öffentlichkeit wird, wie oben bereits angeführt, ein stetiges Ansteigen der Gewaltkriminalität bei Kindern und immer brutaleres Verhalten dieser Bevölkerungsgruppe angeprangert. Verwiesen wird dabei auf den deutlichen Anstieg der TVBZ für Kinder bei Delikten, wie zum Beispiel Körperverletzung und Raub.

Bei der Körperverletzung und auch bei Raubtaten wird durch die PKS ein erheblicher Anstieg der TVBZ der Kinder ausgewiesen. Ein beunruhigendes Anwachsen der polizeilichen Auffälligkeit bei diesen Delikten ist nicht zu leugnen, wobei auch hier kein Anstieg bei den jüngsten Altersgruppen zu verzeichnen ist. Beim Raub und Handtaschenraub sind die Zahlen für die jüngsten Altersgruppen sogar so gering, daß sie sich statistisch in einem Diagramm gar nicht mehr vernünftig darstellen lassen.

Abbildung 8: Körperverletzung - Kriminalitätsbelastung deutsche Kinder

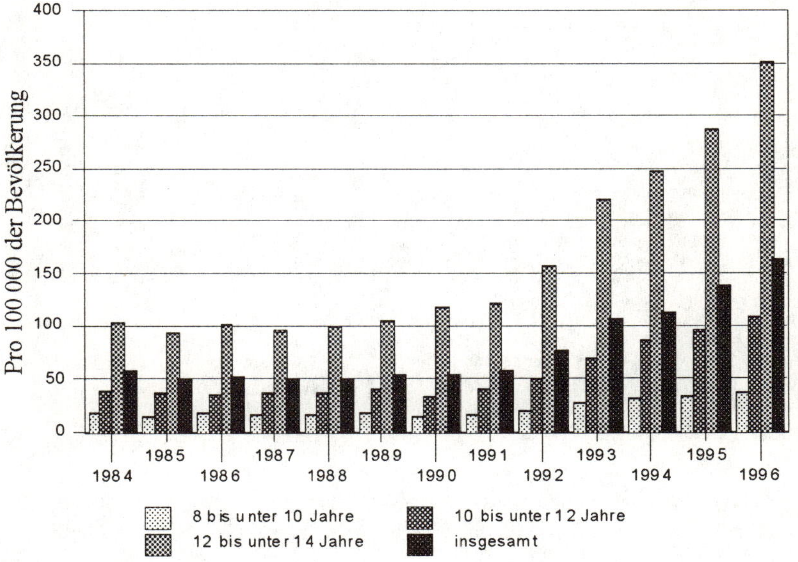

Quelle: PKS 1984-1996

Wie Abbildung 8 ergibt, setzt ein dramatischer Anstieg, und hier vor allen Dingen für die Gruppe der 12- und 13-jährigen im Jahr 1991 ein. Bei den 10- und 11-jährigen setzt zum gleichen Zeitpunkt dieser Trend ein, wenngleich auch viel schwächer.

Ähnliche Trends ergeben sich aus Abbildung 9 für Raubdelikte, allerdings verläuft der Anstieg bei den 12- und 13-jährigen im Vergleich zu den Körperverletzungsdelikten weitaus steiler von 1991 bis 1996. Dies gilt auch für die 10- und 11-jährigen, wenngleich auch wiederum in abgeschwächtem Maße.

Abbildung 9: Raub; räuberische Erpressung

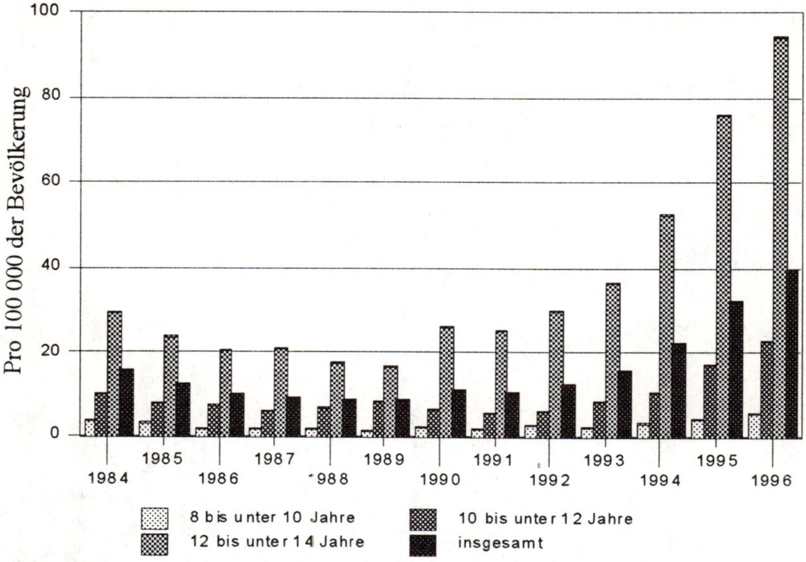

Quelle: PKS 1984-1996*

* Zahlen bis 1991 beziehen sich auf die ehemalige BRD beziehungsweise die alten Bundesländer einschließlich Berlin, ab 1991 auf Gesamtdeutschland.

Bezüglich des Handtaschenraubes (Abbildung 10) ist darüberhinaus ein deutlicher Rückgang der Kriminalitätsbelastung der Kinder allgemein von 1985 bis 1996 zu verzeichnen. Dieser Umstand ist besonders bemerkenswert, da dieses Delikt bei alten Leuten, die ja bekanntlich die höchste Kriminalitätsfurcht haben, als besonders schlimmes Indiz für einen Verfall der Gesellschaft angesehen wird und eine immense Bedrohung für sie darstellt. Auch wird dieses Delikt gerade von den Medien für eine besonders plakative Darstellung der „Verrohung" der Kinder und einem dramatischen Anstieg von Kinderkriminalität herangezogen. Sarkastisch betrachtet kann man die in Abbildung 10 dargestellten Ergebnisse dahin deuten, daß die Gewaltkriminalität von Kindern schon lange zurückgeht und zu Panikmache kein Anlaß besteht. Die unter Umständen besorgniserregenden Anstiege bei Körperverletzungsdelikten und Raubdelikten können zum Teil auch damit erklärt werde, daß sie sich auf Schulhöfen unter

Mitschülern abspielen und mittlerweile die Schulen aus versicherungstechnischen Gründen dazu gezwungen werden, kleinere Streitereien der Polizei zu melden, um den Versicherungsschutz nicht zu verlieren. Streitereien dieser Güte, die dann als Körperverletzungsdelikte oder Raubdelikte definiert werden, fanden schon immer auf Schulhöfen statt und wurden früher mehr oder minder ad hoc und ohne Polizei gelöst.

Abbildung 10: Handtaschenraub; Kriminalitätsbelastung deutsche Kinder

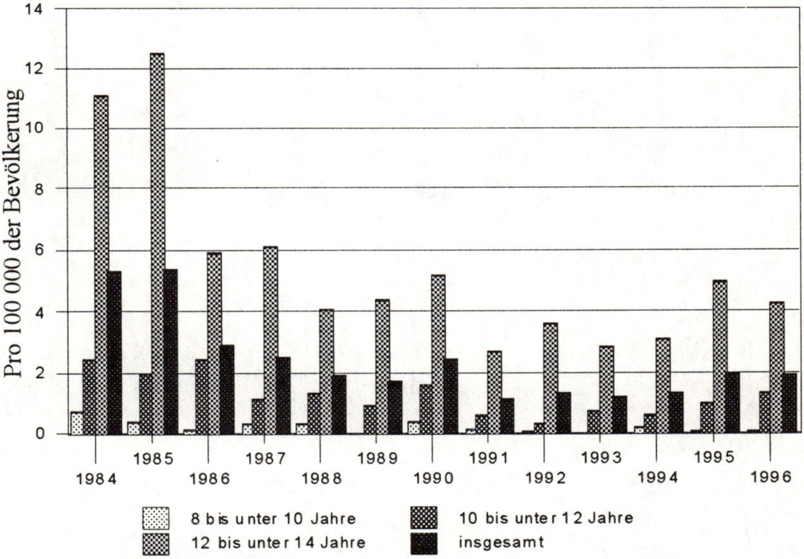

Quelle: PKS 1984-1996*

* Zahlen bis 1991 beziehen sich auf die ehemalige BRD beziehungsweise die alten Bundesländer einschl. Berlin, ab 1991 auf Gesamtdeutschland.

Eine Aussage darüber, welchen Stellenwert die Gewaltkriminalität von Kindern tatsächlich einnimmt, kann jedoch nur über eine Bestimmung des Anteils solcher Delikte an der gesamten Kinderdelinquenz ermöglicht werden. In Abbildung 11 und Tabelle 3 haben wir die Anteile bestimmter Delikte an der Gesamtkriminalität der Kinder berechnet (das beinhaltet in diesem Zusammenhang deutsche und nichtdeutsche in Deutschland lebende Kinder) und für den Zeitraum 1954 bis 1996 aufgezeichnet.

Abbildung 11: Entwicklung der Kinderkriminalität

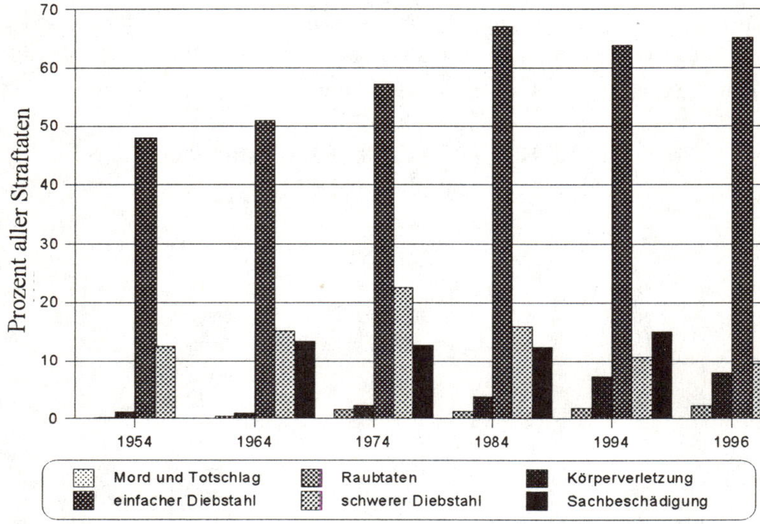

Quelle: PKS 1954, 1964, 1974, 1984, 1994, 1996-, für das Berichtsjahr 1954 werden keine Daten bezüglich der Sachbeschädigung durch Kinder ausgewiesen.

Aus dem Diagramm und Tabelle 3 kann man entnehmen, daß über diesen langen Zeitraum der einfache Diebstahl mit einem gewaltigen Vorsprung den Hauptanteil der Delinquenz von Kindern ausmacht. Im Gegensatz zum Diebstahl erscheinen die typischen Gewaltdelikte, wie Körperverletzung, Raub, Mord und Totschlag eher unterrepräsentiert und das sollte man dann auch als positives Ergebnis so werten. Bei der Betrachtung der Zahlen in der Tabelle 3 kann man jedoch einen leichten Anstieg des Anteils der Körperverletzung und des Raubes an der Gesamtkriminalität nicht verleugnen. Von einer dramatischen Entwicklung kann allerdings auch hier nicht die Rede sein und zu panikartigen Forderungen nach einer härteren Bestrafung ist kein Anlaß gegeben.

Tabelle 3: Entwicklung der Kinderkriminalität

Deliktsart	1954	1964	1974	1984	1994	1996
Straftaten insgesamt						
N	32.830	47.420	71.011	66.309	100.077	131.010
%	**100**	**100**	**100**	**100**	**100**	**100**
Mord und Totschlag						
N	0	4	8	5	13	9
%	**0**	**0,01**	**0,01**	**0,01**	**0,01**	**0,01**
Raubtaten						
N	53	206	1.098	821	1.697	2.874
%	**0,16**	**0,43**	**1,55**	**1,24**	**1,7**	**2,19**
Körperverletzung						
N	378	406	1.594	2.452	7.296	10.327
%	**1,15**	**0,86**	**2,24**	**3,7**	**7,29**	**7,88**
einfacher Diebstahl						
N	15.749	24.131	40.522	44.520	63.892	85.329
%	**47,97**	**50,89**	**57,06**	**67,14**	**63,84**	**65,13**
schwerer Diebstahl						
N	4.105	7.199	15.964	10.598	10.694	12.381
%	**12,5**	**15,18**	**22,48**	**15,98**	**10,69**	**9,45**
Sachbeschädigung	*					
N		6.361	9.090	8.190	15.097	19.362
%		**13,41**	**12,8**	**12,35**	**15,09**	**14,78**

Quelle: (ebd.)

* Im Jahr 1954 weißt die PKS keine Zahlen für die polizeiliche Auffälligkeit von Kindern bezüglich der Sachbeschädigung auf.

11. Nichtdeutsche tatverdächtige Kinder

Ein interessanter und nicht unumstrittener Aspekt der Kinderkriminalität ist die Delinquenz nichtdeutscher Kinder. Wie deren Entwicklung aussieht und welche Differenzen und Gemeinsamkeiten es zwischen dieser in Deutschland lebenden Gruppe und den deutschen Kindern gibt kann nicht eindeutig festgestellt werden. Eine Tatverdächtigenbelastungszahl für nichtdeutsche Kinder wird vom BKA nicht mehr ermittelt, da es nahezu unmöglich sei, die genaue Zahl der in Deutschland lebenden ausländischen Kinder pro Jahr zu berechnen. In dem Bulletin der Bundesregierung (Nr.54 vom 29.5.1992) äußert man sich dazu wie folgt: Ein Vergleich der

Kriminalitätsbelastung der deutschen und der nichtdeutschen Wohnbevölkerung sei schon wegen dem doppelten Dunkelfeld in der PKS und in der Bevölkerungsstatistik nicht möglich. Darüberhinaus ergibt sich eine fehlende Vergleichbarkeit aus der unterschiedlichen Alters-, Sozial- und Geschlechterstruktur sowie dem beachtlichen Anteil an ausländerspezifischen Delikten, wo eine Strafbarkeit für deutsche Staatsangehörigen überhaupt nicht in Betracht kommt. Äußerst zweifelhaft erscheint aber, ob man eine fehlende Vergleichbarkeit wegen der vorgebrachten Kriterien auch für die nichtdeutschen Kinder annehmen kann. Die Existenz eines Dunkelfeldes bezüglich der PKS läßt sich bei keiner Art von Kriminalität verneinen, somit handelt es sich hierbei nicht um einen ausländerspezifischen Nachteil. Ein Dunkelfeld im Hinblick auf die Bevölkerungsstatistik läßt sich freilich nicht völlig ausschließen, jedoch ist davon auszugehen, daß dieses infolge der Schulpflicht, die auch für ausländische Kinder in Deutschland gilt, und der damit verbundenen zwangsweisen Meldepflicht eher klein ist. Allgemein wird daher von einem geringeren Dunkelfeld bei Kindern als bei erwachsenen Ausländern ausgegangen (vgl. Albrecht/Pfeiffer/Zapka 1978: 270). Ebenso ist eine erhebliche Verfälschung der Kriminalitätsbelastung der nichtdeutschen Kinder durch ausländertypische Delikte, wie beispielsweise § 47 AuslG, auszuschließen. Ausländer, die in Deutschland leben, müssen erst ab dem Alter von 16 Jahren (§ 2 AuslG) eine Aufenthaltserlaubnis haben.

Vor diesem Hintergrund wurde nun versucht, durch eigene Berechnungen unter Verwendung von abgerufenen Daten des BKA und des Statistischen Bundesamtes eine Art Tatverdächtigenbelastungszahl für ausländische Kinder zu erstellen. Dabei wurde die Verfahrensweise der PKS berücksichtigt, die in ihre Berechnungen nur Kinder ab dem Alter von 8 Jahren miteinbezieht.

Der Vergleich in Abbildung 12 von Delinquenz deutscher und nichtdeutscher Kinder, der freilich nur unter den oben genannten Vorbehalten zu bewerten ist, eröffnet ein interessantes Bild. Die absolute Zahl tatverdächtiger nichtdeutscher Kinder blieb während des Zeitraums von 1984 bis 1996 weitgehend konstant, hingegen stieg die der deutschen Kinder seit 1990 stark an, was, wenn es denn so stimmen würde, sich sehr beruhigend auswirken mußte.

Abbildung 12: Absolute Zahl tatverdächtiger Kinder - deutsche und nichtdeutsche im Vergleich

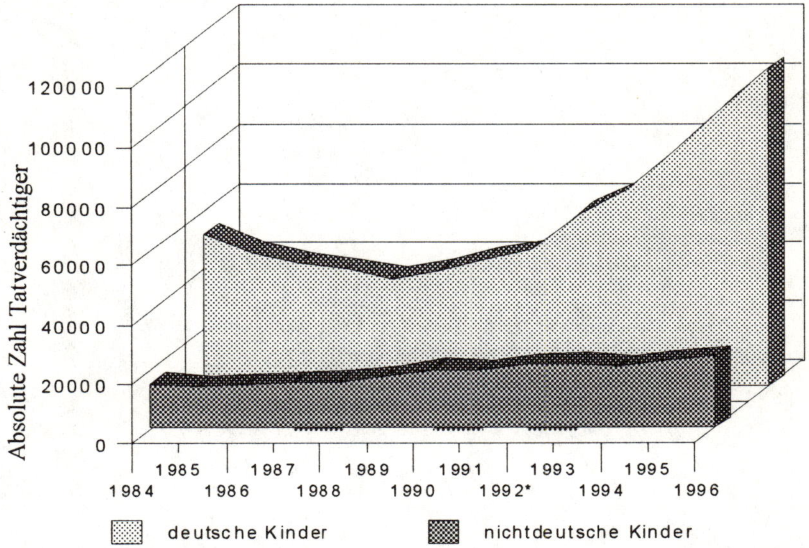

Quelle: Daten wurden beim BKA und beim Statistischen Bundesamt abgefragt, i.ü. eigene Berechnungen.

* Angaben ab 1992 für die gesamte Bundesrepublik, einschließlich der neuen Bundesländer

Andererseits dreht sich das Bild, wie Abbildung 13 sehr anschaulich zeigt, um fast 180 Grad, wenn man die TVBZ der deutschen und ausländischen Kinder pro 100.000 des Bevölkerungsanteils der Kinder betrachtet. Aber auch bei dieser Betrachtungsweise ergibt sich, daß die TVBZ der nichtdeutschen Kinder ab 1986 mal wellenförmig auf und ab geht, in der Tendenz allerdings nicht stark steigt und auf diesem Level eingependelt hat. Auch bei den deutschen Kindern hatte sich die Kriminalitätsbelastung von 1984 bis 1993 auf einem mehr oder weniger gleichen Level eingependelt, stieg dann allerdings Jahr für Jahr recht beträchtlich.

Abbildung 13: Kriminalitätsbelastung bei Kindern – deutsche und nichtdeutsche Kinder

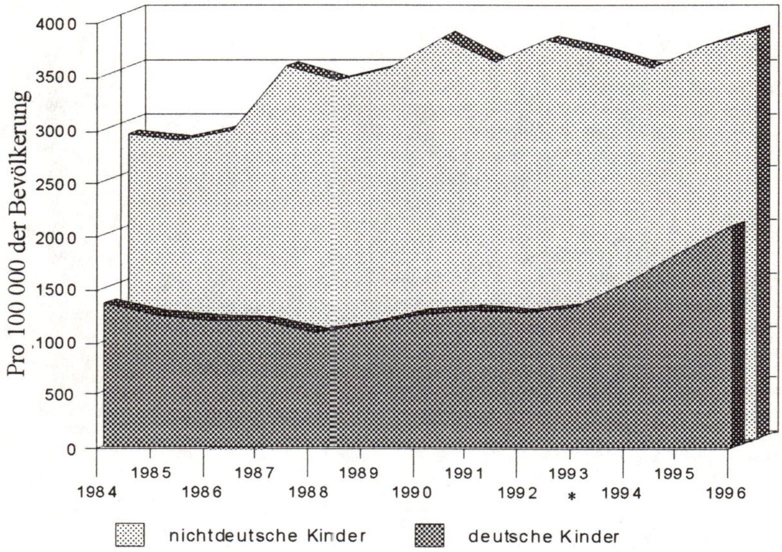

Quelle: Daten wurden beim BKA und beim Statistischen Bundesamt abgefragt, i.ü. eigene Berechnungen.

* Zahlen bis 1993 beziehen sich auf die ehemalige BRD; Zahlen ab 1993 beziehen sich auf Gesamtdeutschland, einschließlich der neuen Bundesländer.

Die oben angeführten Ergebnisse über deutsche und nichtdeutsche Kinderkriminalität geben auch keinen Anlaß zur, in der Öffentlichkeit oft und vorschnell vorgenommenen Argumentation, daß ein Anstieg der Kinderkriminalität in Deutschland vor allem auf einer angestiegenen Ausländerkriminalität basiere. Zwar wurde auch bei unseren Berechnungen eine erhöhte Delinquenz ausländischer Kinder in Deutschland festgestellt, allerdings hat sie sich auf hohem Niveau im Vergleich zu den deutschen Kindern eingependelt und von einem allgemeinen Anstieg in den 90er Jahren kann keine Rede sein. Dem steht seit 1993 bei den deutschen Kindern ein recht deutlicher Anstieg der Kriminalitätsbelastung gegenüber.

12. Schlußbemerkung und Fazit

Bei der Betrachtung der aktuellen Zahlen der PKS in Bezug auf die Entwicklungen der Kinderkriminalität ist bei vielen Delikten tatsächlich ein Anstieg, teilweise sogar ein starker Anstieg der Belastungszahlen zu verzeichnen. Darin jedoch einen direkt proportionalen Zusammenhang zwischen der Tatverdächtigenbelastungzahl der polizeilichen Kriminalstatistik und der tatsächlichen Kriminalität einer Gesellschaft zu sehen, ist verfehlt. Die polizeiliche Kriminalstatistik kann aufgrund ihrer Erfassungsmodalitäten und ihrer Abhängigkeit von äußeren Faktoren, wie Anzeigeverhalten und Verbrechensbekämpfungsstrategien der Polizei, sowie durch Umstellungen in der Art und Weise der Aufbereitung der Daten nur ein stark verzerrtes Bild der Situation bezüglich delinquenten Verhaltens in einer Gesellschaft wiedergeben. Hinzu kommt, daß die Statistik in den letzten Jahren seit der Wiedervereinigung in noch viel größerem Maß von der Unsicherheit der ostdeutschen Bevölkerung und der ostdeutschen Polizei im Umgang mit der Anzeige und der statistischen Erfassung von Kriminalität geprägt ist.

Unsere Analysen ergaben im Ergebnis einen deutlichen Anstieg der Kriminalitätsbelastung vor allem bei der Gruppe der 12- und 13-jährigen deutschen Kinder. Es besteht allerdings zu Panikmache kein Anlaß, da unsere kriminellen Kinder nicht immer jünger werden und auch nicht immer gewalttätiger. Dies ergaben unsere deliktsbezogenen Analysen und auch die Entwicklung von Kinderdelinquenz im Längsschnitt. Wir fanden vielmehr eine durch die Medien hervorgerufene Hysterie, die sich in bestimmten Zyklen wiederholt und daher war es wohl zum jetzigen Zeitpunkt mal wieder an der Zeit. Es bleibt festzustellen, daß die gleichen Argumente wieder hervorgeholt werden und diese bedrohlichen Ausmaße von Kinderkriminalität nach einem gewissen Grad an Medienrummel ohne gravierende Interventionen sozusagen wie von selbst verschwinden. Es sollte hier aber keine Verharmlosung oder Bagatellisierung von Kinderdelinquenz vorgenommen werden, jedoch ist im Hinblick auf die derzeitigen Entwicklungen in der Politik, insbesondere im Hinblick auf die Forderung nach der Herabsetzung des Strafmündigkeitsalters von 14 auf 12 Jahre und nach härteren Bestrafungen, Vorsicht geboten.

In Bezug auf die Kriminalitätsbelastung der ausländischen Kinder in Deutschland läßt sich feststellen, daß ihre Entwicklung sich bei den Gewaltdelikten auf einem höheren Niveau bewegt als bei deutschen Kindern.

Bei Körperverletzungsdelikten ist ein beträchtlicher Anstieg für deutsche und nichtdeutsche Kinder festzustellen. Bei Raubdelikten geht sie allerdings in den 90er Jahren zunächst rauf und runter und stieg erst zwischen 1993 und 1996 beträchtlich an. Einen Lichtblick sowohl bei deutschen wie auch bei ausländischen Kindern ist der allseits gefürchtete Handtaschenraub, der seit 1984 kontinuierlich abnahm. Jedoch ist die Entwicklung beim Ladendiebstahl und beim einfachen Diebstahl im Gegensatz zu den deutschen Kindern, bei denen die Belastungszahlen relativ deutlich steigen, auf höherem Niveau weitgehend konstant geblieben.

Literatur

Albrecht, P.-A./Pfeiffer, C./Zapka, K. 1978: Reaktionen sozialer Kontrollinstanzen auf Kriminalität junger Ausländer in der Bundesrepublik; in: MschrKrim, 61. Jg., S. 268-296

Gundlach, T./ Menzel, T. 1991: Fehlerquellen der Polizeilichen Kriminalstatistik und ihre Auswirkungen am Beispiel Hamburgs, Münster

Heinz, W. 1972: Bestimmungsgründe und Anzeigebereitschaft des Opfers, Freiburg

Heinz, W. 1990: Kriminalstatistik, Wiesbaden

Jehle, J.-M./Dessecker, A. 1994: Entwicklung der Kinder- und Jugendkriminalität, Wiesbaden

Kerner, H..-J. 1973: Verbrechenswirklichkeit und Strafverfolgung, München

Kerner, H.-J./Weitekamp, E.G.M. 1997: Entwicklungen in der Jugendkriminalität und im Jugendstarfrecht, in: Neue Praxis, 27. Jg., Heft 6, S. 486-503

Pfeiffer, C. 1995: Kriminalität junger Menschen im vereinigten Deutschland. Eine Analyse auf der Basis der PKS 1984 - 1994; Kriminologisches Forschungsinstitut Niedersachsen

Schneider, H. J. 1991: Ausgewählte besondere Probleme der Kinder- und Jugenddelinquenz und ihrer Kontrolle, in: Jura, Heft 11, S. 570-575

Steffen, W. 1993: Kriminalitätsanalyse II, Kriminalitätsstatistiken, Hilden

Traulsen, M. 1988: Die Kriminalität der jungen Ausländer nach der PKS, in: MschrKrim, 71. Jg., S. 28.- 41

Traulsen, M. 1997: Werden die Täter immer jünger? Zur Altersstruktur der Tatverdächtigen, in: MschrKrim, 80 Jg., S. 430-441

Weber, G./Meier-Stier, E. 1980: Kinderdelinquenz in Wandel - kriminalsoziologische und sozialpädagogische Aspekte, in: Wollenweber, H. (Hg.): Kinderdelinquenz und Jugendkriminalität, Paderbom, S. 9-47

Helga Cremer-Schäfer

Sie klauen, schlagen, rauben

Wie in Massenmedien „Kinderkriminalität“ zu einer Bedrohung gemacht wird und wer weshalb und mit welchen Folgen daran mitarbeitet

In Massenmedien werden Geschichten erzählt. Ein Teil der Geschichten bezieht sich auf „Neuigkeiten“ über „wirkliche Ereignisse“. Massenmedien gleichen einem Markt, auf dem verschiedene Akteure konfliktreich oder im Konzert die Bedeutung solcher Ereignisse verhandeln und konstruieren, was „gesellschaftliche Wirklichkeit“ ist. Individuelle oder kollektive Akteure geben Diagnosen über gesellschaftliche Verhältnisse ab und sie klären, „wer daran schuld ist“. Sie definieren für sich und andere, was Probleme sind, wer Schwierigkeiten hat, wer welche macht und stört. Gelegentlich empören sie sich über Zumutungen oder Ungerechtigkeiten. Doch meist fällt es leichter, sich über Personen zu entrüsten. Das alles dient vorwiegend der Unterhaltung, gelegentlich der Information. Medien fungieren immer auch als eine „moralische Anstalt“. Mit Neuigkeiten und den Geschichten darum wird unter anderem dargestellt, was „herrschende Moral“ sein soll, welche Pflichten den anderen und welche Freiheiten einem selbst zustehen. In Medien stellen gesellschaftliche Gruppen sich und anderen die Rolle dar, die sie einnehmen möchten. Sie legitimieren ihre Ansprüche, verteidigen Privilegien, demonstrieren ihr Können, die Gesellschaft in Ordnung zu bringen. Zusammen mit dem eigenen Interesse der Medien (zu dem gehört, daß das Produkt gekauft wird, die Arbeit sich lohnt und das investierte Kapital sich rentiert), entsteht durch öffentliches Reden „öffentliche Meinung“, es bilden sich „Kultur“ und „Moral“ und „Ideologien“ heraus. Das Reden und Schreiben über „Kriminalität“ und gefährliche Situationen erfüllt viele Unterhaltungs- und Darstellungsaufgaben. Darüber sollte nicht in Vergessenheit geraten, daß Kriminalitätsdiskurse stets bestimmte Gruppen als ein „Problem“, als „Risiko“ und „Gefahr“ für alle bestimmen. Damit erhalten sie einen Status, der eine „besondere Reaktion“ rechtfertigt. Im Extremfall werden „Feindbilder“ erzeugt und damit Formen sozialer Ausschließung legitimiert. Über die ideologischen Funktionen von Kriminalitätsdiskursen gibt es in den Sozialwissenschaften ein fundiertes Wissen. Man kann es nutzen, um zu klären, welches Reden und Schreiben unter welchen Bedingungen kriminalpolitisches Handeln beeinflußt und zu punitiven Reaktionen führt.

Wenn ich einen Rat geben sollte, was zu tun wäre, um „Kinderkriminalität“ als Bedrohung für die Gesellschaft zu bestimmen, dann würde er lauten: Es genügt, einfach zu behaupten, es gäbe heute mehr Kinder-Täter als früher. Wenn sowieso eine Debatte um Kriminalität, Gewalt und die Herstellung von Sicherheit geführt wird, braucht es keiner mühevollen Belege dafür. Man benötigt nur eine PR-Abteilung, um die Diagnose zu verbreiten. Mit einer neuen Entwicklung haben wir es bei der „Kinderkriminalität“ in den 90er Jahren nicht zu tun. Die Klage darüber (sogar in den Medien) gibt es bereits seit einem Viertel Jahrhundert und sie folgt regelrechten Konjunkturen. Doch alle Meldungen vermitteln den Eindruck, wir hätten es mit einem neuen, alarmierend sich entwickelnden Problem zu tun. Das ist selbst ein Moment der Technik, etwas als Bedrohung zu definieren. Diesen Eindruck zu erwecken ist leicht, denn wer liest schon die Zeitungen, Illustrierten und Magazine des vergangenen Tages, der letzen Wochen oder gar Jahre? Das tun nur gelegentlich WissenschaftlerInnen und es sind dazu Forschungsprojekte und Ressourcen notwendig. Meine Ausführungen über das Bild der „Kinderkriminalität“ in den Medien beruhen auf einem Forschungsprojekt und einer anschließenden kontrollierten Dauerbeobachtung des Kriminalitätsdiskurses in Printmedien der vergangenen 40 Jahre[1]. Zu zeigen, daß „Kinderkriminalität“

1 In einem von der Deutschen Forschungsgemeinschaft finanzierten Forschungsprojekt mit dem Namen „Sanktionieren als Moralisieren. Über Formen und Funktionen der öffentlichen moralischen Verurteilung“ haben Roswitha Hancke-Stehr, Johannes Stehr, Heinz Steinert und ich eine qualitative Inhaltsanlyse von Printmedien der Jahre 1957 bis 1987 durchgeführt. Ausgewählt und analysiert haben wir Artikel der drei auflagenstärksten Illustrierten dieser Jahre (Stern, Quick und Bunte) und die Titelgeschichten des Spiegel. Ausgewählt haben wir für jede dritte Woche eine Illustrierte und innerhalb der Texte Artikel, die über „Soziale Probleme“ oder „Soziale Kontrolle“ geschrieben wurden, und solche, die diskutierten oder verkündeten, was „herrschende Moral“ und handlungsleitende „Werte und Normen“ sein sollen. Ein kleinerer Teil der über 1500 Artikel und 546 Spiegel-Titel bezog sich auf „Kriminalität“ und „Kriminalitätskontrolle“. Im Zeitraum dieser 30 Jahre waren es 401 Artikel und 67 Titelgeschichten des Spiegel. Für die Jahre nach 1987 habe ich dieses Material um Spiegel-Titel ergänzt. Für die Jahre 1991/92 habe ich die Kriminalberichterstattung des Lokalteils der Frankfurter Rundschau als Material gesammelt. Bis heute sammle ich die Berichterstattung von zwei Tageszeitungen, Illustrierten, dem Spiegel und Wochenzeitungen über „Kriminalitätswellen“. Das hat zusammen ein kleines Archiv über den Kriminalitätsdiskurs seit den 50er Jahren ergeben. Dieses Archivs habe ich mich für die Analyse der „Kinderkriminalität“ be-

einer sozialen Konstruktion bedarf, bedeutet nicht einfach zu entdramatisieren („ganz so schlimm ist es nicht") oder zu dementieren („da gibt es nichts"). Es soll vielmehr einen Weg eröffnen, gesellschaftliche Konflikte und Problem-Situationen, die mit diesem Thema zur Sprache gebracht werden, anders zu definieren und anders auf sie zu reagieren als dies im Rahmen von Kriminalitätsdiskursen möglich ist.

1. Die Konjunkturen des Themas „Die Täter werden immer jünger. Und brutaler."

Ganz allgemein wurde seit Beginn der 70er Jahre in den Medien „Kinderkriminalität" dann zur bedrohlichen Neuigkeit erklärt, wenn in einer Phase Sicherheitspolitik gefordert wurde und allgemeine Kriminalitätsmeldungen beziehungsweise die „steigende Jugendkriminalität" oder die „Ausländerkriminalität" nicht ausreichten, um zu dramatisieren. Beim Thema „Kinderkriminalität" ging und geht es immer wieder um einen spezifischen Topos: „Die Täter werden immer jünger. Und brutaler." Zum ersten Mal haben wir in unserer Untersuchung des Kriminalitätsdiskurses in den Medien diesen Topos 1972 gefunden. In keiner der folgenden Konjunkturen des Themas stand die in der Öffentlichkeit erzeugte Lage des Bedrohtseins in einem Verhältnis zu den Handlungen, für die Kinder bei der Polizei angezeigt und als „Straftäter" registriert wurden. Immerhin galt bisher: Im Vergleich zu den Wellen der Entrüstung oder auch der Klage über die „steigende Jugendkriminalität" ist das Thema „Kinderkriminalität" stets relativ schnell und ohne weitere Folgen abgeklungen. Neu kommt heute eine kriminalpolitische Überlegung hinzu: Soll die Strafmündigkeitsgrenze herabgesetzt werden, sollen Hilfe und Erziehung die Grenzen für junge Menschen enger ziehen? Muß nicht „Kleinkriminalität" und die „Kriminalität der kleinen Täter" energisch bekämpft werden, um Mord und Totschlag zu verhindern?

Ein Medienthema taucht selten „ganz plötzlich" auf, „Kriminalitätswellen" werden vorbereitet. Die Konjunktur eines Themas hat einen Kontext und erfordert Mitarbeit aus dem Publikum der Medien. Dabei geht es

---

dient. Vergleichbare Analysen liegen zur Geschichte des Gewalt-Diskurses (Cremer-Schäfer/Stehr 1990, Cremer-Schäfer 1992) und zum Diskurs über „Frauenkriminalität" vor (Cremer-Schäfer 1995). Zur Konzeption des Forschungsprojektes vgl. Cremer-Schäfer/Stehr (1990); zu den theoretischen Grundlagen der Interpretation und Veränderungen auf der Ebene von Ideologie und Kriminalitätsdiskursen vgl. Cremer-Schäfer/Steinert (1993).

nicht um „den Leser“ und das sensationssüchtige „Volk“, sondern um Institutionen und ihre Apparate. Medien erfinden nichts, sie beziehen sich auf „primäre Definierer“ von Wirklichkeit. Printmedien hatten das Problem der „kriminellen Kinder“ bereits ab und zu thematisiert, als 1994 und 1995 in der Polizeilichen Kriminalstatistik ein besonderer Anstieg von Strafanzeigen festgestellt wurde, bei denen Kinder als die Verantwortlichen bestimmt wurden. Wie daraus eine drohende Welle von „Kinderkriminalität“ gemacht wurde, werde ich im Folgenden mit „Headlines“[2] aus Illustrierten, Magazinen, Tages- und Wochenzeitungen nachinszenieren. Es geht dabei um die öffentliche Einführung der Vorstellung: Gewalt und Kriminalität geht von Kindern aus.

Die Familienillustrierte BUNTE schaltete sich z.B. 1992 mit einer Bildreportage über „Kids“ in den Gewalt- und Jugendkriminalitätsdiskurs ein.

> „Diebe, Schläger, Autoknacker.
> Kids ohne Gnade.
> Eine Welle sinnloser Gewalt rast durch Deutschland. Die Täter: acht- bis sechszehnjährige Kinder. Knochenbrechen aus schierem Vergnügen. Überfälle aus Langeweile. Diebstahl als Nervenkitzel. Ehre und Fairneß? Darüber lachen sie nur. Und schlagen zu. Eltern sind fassungslos. Bunte sprach mit drei Brutalo-Kids. Eindeutige Aussagen zum Nachdenken.“
> (BUNTE, Heft 34, 1992)

Das Magazin DER SPIEGEL wählte 1993 als eine Titelgeschichte „Kinder, die töten“ und erläuterte das Thema:

> „‘Kältetod‘ der Menschlichkeit
> Sie töten, quälen und rauben: Greueltaten wie der Kindermord in Liverpool geschehen auch in Deutschland - Alarmsignal einer wachsenden Verrohung der Gesellschaft. Werteverwirrung, zerfallene Familien und die Fernsehwirklichkeit lassen Kinder in einem Orientierungsdschungel aufwachsen. Die Täter sind auch Opfer.“
> (DER SPIEGEL, Nr. 9, 1993)

Im Zusammenhang mit der bereits länger anhaltenden Debatte über „Jugendgewalt“ und „Gewalt an der Schule“[3], die sich Mitte der 90er etwas erschöpfte, wurde interessant, was die Polizeiliche Kriminalstatistik über Kinder registriert. Seit Mitte der 90er Jahre finden Leserinnen und Leser

---

2 Unter Headlines fasse ich die Überschriften der Artikel und den aus einem oder mehreren Sätzen bestehenden Anlesetext zusammen. Beides hebt sich formell von dem anderen Text ab. Dabei ist es eher unwichtig, daß Headlines besonders viele Stereotype enthalten, sie enthalten die „Leseanleitung“ für den weiteren Text, selbst wenn im Text die Abstraktionen der Headlines wieder konkretisiert und differenziert werden.

3 Zur Geschichte dieser Debatten vgl. Cremer-Schäfer/Stehr (1990), Cremer-Schäfer (1992).

von Printmedien zunehmend (Kurz-)Meldungen, Nachrichten, Reportagen, Dossiers oder Essays über „Kinderkriminalität“ - vom Boulevard-Blatt über die Illustrierte bis zum Magazin und zur Wochenzeitung. Es sind nicht nur „Eigenberichte“ der Medien, die an spektakulären Fällen ansetzen. Die Medien werden zunehmend von Organisationen, die mit Kindern zu tun haben, mit Berichten über „die Kinder“ versorgt. Erst damit beginnt die „Hochkonjunktur“. Sogar bevor die Polizeiliche Kriminalstatistik veröffentlicht wird, erhalten (inoffizielle) Zahlen einen Nachrichtenwert. Kinder rücken stärker ins Zentrum des Kriminalitätsdiskurses und sind dann stets dabei. Man kann in einer Tageszeitung lesen:

„Gewalt beunruhigt Polizeigewerkschaft
Steigerung in der Kriminalitätsstatistik
Immer häufiger Kinder und Jugendliche Täter“
(FRANKFURTER RUNDSCHAU vom 5. 3. 96)

An die Meldung in der Tageszeitung schließt sich unter Bezug auf einige Statistiken der Bundesländer eine wöchtlich erscheinende Illustrierte an:

„Kriminelle Kinder
Sie klauen. Sie rauben. Sie morden. Die Zahl der Straftaten von Minderjährigen steigt arlamierend an. Ursachen: wachsende Armut, soziale Verwahrlosung und Frust, der in Gewalt umschlägt. Eltern sind ratlos, Jugendrichter und Erzieher setzen manchesmal auf Knast, mal auf Erlebnispädagogik“
(STERN, Heft 15, 1996)

Wenn das Thema auf die Tagesordnung gesetzt ist, wird es wieder von sozialen Organisationen aufgegriffen, es werden Tagungen organisiert und durchgeführt. Alle, die sich als soziale Anwälte verstehen, meinen sich dieses Themas annehmen zu müssen, auch weil Medien sie dann zu Wort kommen lassen. Aus einem Interview, das die NEUE OSNABRÜCKER ZEITUNG in Berlin mit dem Präsidenten des Kinderhilfswerkes gemacht hat, wird so z.B. eine Meldung auf der letzten Seite der Tageszeitung, „Aus aller Welt“ nennt sich diese Rubrik:

„Immer mehr Kinder kommen mit dem Gesetz in Konflikt
Kinderhilfswerk sieht Not und Konsumdruck als Ursache“
(FRANKFURTER RUNDSCHAU vom 10. 3. 97)

Wenn die jährliche Polizeiliche Kriminalstatistik offiziell vom Bundesinnenminister vorgestellt wird und tatsächlich wieder mehr Kinder angezeigt wurden als im Vorjahr, findet man nicht nur in den Tageszeitungen Meldungen und Kommentare, die das herausheben. Nach wenigen Wochen wird das Thema in fast allen Typen von Medien und in verschiedenen Genres behandelt. Ein Wochenblatt läßt z.B. „Leser, Fachleute und Journalisten" darüber diskutieren, was gelegentlich in „Law-and-Order-Debatten" schon mal eingebracht wurde:

„Strafmündig schon mit zwölf?
Kinder verüben immer häufiger Straftaten. Sollte deshalb die Strafmündigkeit schon unter 14 Jahren einsetzen? Oder ist dies der falsche Weg, um Jugendkriminalität vorzubeugen?"
(DAS SONNTAGSBLATT, Nr. 22, 1997)

1997 könnte man für die Medien im übrigen als ein Jahr der „steigenden Kinderkriminalität" bezeichnen. Sie haben Kinder unter besonderer Beteiligung von Polizei, von Kriminologen und von Vertretern der sozialen Professionen zu einer „Risikogruppe" gemacht. Wenn der Anteil der Kinder an der Zahl der Angezeigten steigt, ist es klar, daß „Jugendliche und Kinder immer öfter straffällig werden" (ZEIT Nr. 27, 1997, in einem Artikel über Schule und Gewalt) und das Kriminalitätsproblem eben doch „früh" anfängt. Und zusätzlich wird auf der gleichen Seite des Blattes gefragt:

„Kriminelle Kinder
Was tun, wenn schon Zwölfjährige
brutale Verbrechen begehen?"
(ZEIT, Nr. 27, 1997)

In der gleichen Woche findet man im STERN eine Verdichtung von Kindern und Jugendlichen und Heranwachsenden:

„Jugendkriminalität
Wenn Kinder zu Tätern werden (...)
13jähriger erschlägt Mädchen - Kinder erpressen Gleichaltrige - Heranwachsender zündet Kirche an: kein Tag ohne Schlagzeilen wie diese. Ist Jugendkriminalität eine Folge wachsender Armut? Versagen die Eltern?"
(STERN, Heft 27, 1997)

In der üblichen Verwischung von Altersgrenzen und einer Unterstellung, daß Kinder und Jugendliche bei jedem und vor allem den „schweren" Delikten dabei seien, finden solche Bilder ihren Weg in die Medien, die junge Leute für sich selbst machen (hier die „Zeitung in der Schule", eine regelmäßige Rubrik der FRANKFURTER RUNDSCHAU):

„Zur Sache
Die Täter werden immer jünger
Immer wieder hört und liest man, daß ein sehr großer Zuwachs an Straftaten, die von Jugendlichen begangen werden, zu verzeichnen ist. Das Erschreckende dabei ist, daß die Täter immer jünger und brutaler werden.

Das zeigt auch das jüngste Verbrechen, das in Deutschland Schlagzeilen machte: Ein 13jähriger tötete eine Achtjährige. Die Zuwachsrate wird auch durch die Statistik der Heilbronner Kriminalpolizei belegt. (...)"
(FRANKFURTER RUNDSCHAU vom 23. 7. 1997)

Man kann aber auch in die Fernseh-Illustrierte schauen. Unter der Headline „Gewalt und Sicherheit. Die große Diskussion im Sommer 97" hebt ein Blatt in der folgenden Woche die Kriminalität von Kindern besonders hervor:

„Das Drama in nüchternen Zahlen: Alle 85 Minuten wird eine Frau vergewaltigt, alle 6,5 Stunden ein Mensch ermordet, alle 8 Minuten ein Raubüberfall und alle 2 Minuten ein Einbruch begangen. (...) Denn: Obwohl die Gesamtzahl der Straftaten 1996 sogar geringfügig (um 0,3 Prozent) auf 6 647 598 Fälle zurückging, stieg die Gewaltbereitschaft und Kriminalität von Kindern und Jugendlichen unter 14 Jahren erheblich (um 14 391 Fälle auf 131 010). Und die Taten werden immer erbarmungsloser, brutaler. In Seeburg (Brandenburg) erschlägt ein 13-Jähriger Junge ein achtjähriges Mädchen, „weil sie ihn geärgert hatte." (TV-NEU, Nr. 31, 1997)

Wenn Medien über Ereignisse berichten beziehungsweise gesellschaftliche Entwicklungen interpretieren, sind ihre bevorzugten Quellen andere Medien. Das gehört zum Arbeitsalltag und dem Schreibdruck, das ist Resultat von Konkurrenz. An den Beispielen kann man auch sehen, daß Berichte über „Kinderkriminalität" auf weitere Informations-"Quellen" verweisen: primär auf die Polizei (die scheint die Fakten und Zahlen zu liefern) und dann auf die Diagnosen von interessierten Akteuren, der Politik, dem Sozialwesen, der Kontrollapparate und der Wissenschaft. Der Kriminalitätsdiskurs basiert stets auf einem Verbund von Medien, Polizei, sozialen Professionen, Wissenschaft und Politik[4]. Insofern ist keine „Medienschelte" angebracht, wohl aber Klarsichtigkeit in Bezug auf das Bild von Kindern, das dieser Verbund erzeugt.

4 Scheerer hat 1975 am Beispiel der Legitimierung der Drogenpolitik auf den „politisch-publizistischen Verstärkerkreislauf" hingewiesen, inzwischen beteiligen sich stets mehr Akteure an diesem Verstärkerkreislauf.

2. Kinder sind keine gefährliche Risikogruppe, Kinder sind nicht strafmündig - wie unter erschwerten Bedingungen „steigende Kinderkriminalität" gemacht wird

Übliche Praxis ist es, die Polizeiliche Kriminalstatistik heranzuziehen. Es ist bekannt, daß sie nichts über Konflikte oder Probleme aussagt, sondern nur etwas über die Art und Weise, wie sie bearbeitet werden. Über die Polizeiliche Kriminalstatistik weiß man, daß sie Ereignisse zusammenfaßt, die nichts miteinander zu tun haben (wie das Sprayen von Graffiti, das Abbrechen eines Kfz-Spiegels, Schwarzfahren, Zündeln, Schlägereien und Todesfälle). Die Polizeiliche Kriminalstatistik abstrahiert von konkreten Ereignissen. Man sollte sie als das interpretieren, was sie ist, eine meist genaue Zählung der *Tätigkeiten* der Polizei[5]. Wer von „Kinderkriminalität" reden will, muß die Aufklärung über den Wert der Polizeilichen Kriminalstatistik vergessen. Keine „Kinderkriminalität" ohne PKS als *Kriminalität*sstatistik. Allerdings reicht die Zählung der Anzeigen von Schadensfällen und Konflikten bei der Polizei nicht aus, „Kinderkriminalität" zu einem Problem und später zu einer Bedrohung zu machen. Wer sich ernsthaft mit der Polizeilichen Kriminalstatistik beschäftigte, würde sich eher wundern, weshalb bei so vielen Bagatellen und einzelnen tragischen Ereignissen die Polizei in Anspruch genommen wird. Und weshalb zählt sie ihre Inanspruchnahme bei Ereignissen, in die Kinder verwickelt sind, eigentlich als Intervention in einem Fall von „Kriminalität"? Um „Kinderkriminalität" zu einer Bedrohung zu erklären, braucht es die Verbindung von PKS und von Meldungen über „Schreckenskinder".

---

5 In Bezug auf die Interpretation von Statistiken, die von Organisationen und Bürokratien veröffentlicht werden, hatte sich in den 70er Jahren zunächst ein Perspektivenwechsel angekündigt. Statistiken wurden als „prozeßproduzierte Daten" verstanden; als solche zeigen sie etwas über den Prozeß (und den Apparat, die Akteure) an, der sie erzeugt; vgl. dazu für die Kriminalstatistiken die Arbeiten von Pilgram 1980, 1982. Diese durch den Etikettierungsansatz begründete Interpretation, die auch viel mit historischer Quellenkritik zu tun hat, konnte sich aber nicht durchsetzen. Statistiken als Maßzahl für „Kriminalität" wurden für so unverzichtbar gehalten, daß das Wissen über ihr Zustandekommen in der Folgezeit von Kriminologen benutzt wurde, um „Verzerrungseffekte" herauszurechnen. Es hat sich inzwischen ein ganzes kriminologisches Genre dazu herausgebildet; zum Beginn vgl. Kerner (1973), zur Jugendkriminalität z.B. in den 70ern Albrecht/Lamnek (1979), ein Beispiel für Inhalt und Struktur des Diskurses z. B. über „registrierte Jugendkriminalität" findet sich in dem Lehrbuch von Walter (1995). Die öffentliche Statistikinterpretation hat heute zum großen Teil das Kriminologische Forschungsinstitut Niedersachsen übernommen; vgl. Pfeiffer (1997), Pfeiffer u.a. (1996), Wetzels/Pfeiffer (1997).

Unter „Schreckenskinder“ fasse ich solche Kinder, die eine grausame und erschreckende Handlung begangen haben; sie haben ein Geschwisterkind erschlagen, ein anderes Kind ertränkt, Steine von Autobahnbrücken geworfen, einen alten Menschen erstochen, sie trauen sich als 13jährige ein Auto zu lenken und verunglücken. Die konkreten Ereignisse stehen wahrscheinlich in einer Beziehung zur Lebensgeschichte der Kinder; und - vor allem - stehen sie in einer situativen Dynamik. Ereignisse, über die Medien als „brutale Straftaten“ berichten, ließen sich konkret als tragische, unglückliche oder grausame Ereignisse verstehen. Doch es gibt keinen Grund, daraus ein Urteil über eine Generation abzuleiten oder das Zerkratzen des Lackes an einem Automobil damit in Verbindung zu bringen. Insbesondere Grausamkeiten von Kindern sind nicht nur im Alltag, sondern auch im Rahmen der professionellen Routinen nur schwer erklärbar. Sie erschrecken. Wenn sie nicht als Unglücksfall oder ein tragisches Ereignis normalisiert werden können, dann gelten sie als „unverständlich“. Das heißt nicht, daß dabei kein Motiv angenommen wird. Weil diese Kinder dem Mythos des „unschuldigen Kindes“ nicht entsprechen, werden a-normale, eigentlich „nicht-menschliche“ Motive angenommen[6]. Und das bringt das Ereignis und die Kinder in die Nähe der Kategorisierung „Verbrechen“ und „Verbrecher“. Das macht es einfach, „Schreckenskinder“ und schwer zu verstehende Kinder für andere Zwecke zu benutzen.

Medien berichten immer wieder über „Schreckenskinder“. Wenn es zu unseren oder den Routinen der Medienproduzenten gehörte, das Gedruckte von gestern zu lesen, könnte man schon daran merken, daß hier nichts zu- oder abnimmt. Problematisch wird es vor allem, wenn Sensationen und Diagnosen von Gesellschaftskrisen sich vermischen. Genau das findet bei dem Thema „Kinderkriminalität“ immer wieder statt. Ich werde diesen Vorgang wieder mit „Headlines“ aus den vergangen 20 Jahren nachinszenieren.

„Zwei Kinder spielten Killer“, (STERN, 7, 1974)

„Die schrecklichen Kinder. Ihre Eltern sind ordentliche Bürger (wie Millionen andere). Sie haben ihre Kinder mit Liebe erzogen (wie andere Eltern auch). Und doch begehen diese Kinder Verbrechen. Warum?“, (QUICK, 40, 1975)

---

6 Zur Geschichte von Kinderbildern, insbesondere dem Verschwinden des „bösen Kindes“ durch Aufklärung und pädagogischen Optimismus vgl. Richter (1993).

„Zwei Jungen prügelten diesen Mann zu Tode. Und sie sagen: „Gefühl? Wir haben uns nichts dabei gedacht", (STERN, 7, 1977)

„Wenn Kinder töten (...) Alarmierende Zahlen beweisen: Unsere Kinder werden immer brutaler", (QUICK, 31, 1978)

„Jetzt erpressen schon die Kinder", (QUICK, 22, 1980)

„Sie haben ihn wie ein Tier ersäuft. Zwei 14jährige Mädchen töten einen zehnjährigen Jungen, den sie zuvor gequält und geschlagen hatten", (STERN, 43, 1982)

„Problem Kriminelle Kinder. Erpressung, Raub und Mord nehmen ständig zu", (QUICK, 40, 1983)

„‚Was haben wir da für ein Ungeheuer?' Kinder und Jugendliche drehen den Spieß um - Eltern werden zu Prügelknaben. In immer mehr Familien, so beobachten Jugendpsychologen, kommt es zu Psychoterror, Aggressionen und Tätlichkeiten der Kinder gegen ihre Eltern. Schuld daran, so vermuten die Wissenschaftler seien die aggressiven Vorbilder einer Ellenbogen-Gesellschaft - aber auch die allzu permissiven Erziehungsmodelle der zurückliegenden Jahre", (DER SPIEGEL, 29, 1983)

„Der Junge mit dem Teufel im Leib", (QUICK, 16, 1984)

„Kinder die töten", (DER SPIEGEL, 9, 1993)

Das Gefühl der Leser, durch eine steigende „Kinderkriminalität" bedroht zu sein, wurde bei allen Konjunkturen durch eine Verdichtung von „Ärgernissen und Lebenskatastrophen"[7] erzeugt, die gleichzeitig zur Kriminalität umdefiniert wurden: die Sachbeschädigung, das Zündeln, der Ladendiebstahl, das riskante Spiel, das Töten. Den entsprechenden Topos formulierte die Illustrierte QUICK schon in den 70er Jahren:

„Wir brechen ein. Wir schlagen zu. Wir töten auch.
(...) Die Hauptsymptome dieser Kriminalität: Die Täter werden immer jünger. Und brutaler. Der Anteil Minderjähriger hat sich in den letzten fünf Jahren von 25 auf 32 Prozent gesteigert. In einem einzigen Jahr wurden sogar 78 000 Kinder unter vierzehn Jahren bei Straftaten überrascht."
(QUICK, Heft 33, 1972)

Wundert uns, daß es auch noch heute so ist? Die Illustrierte STERN bleibt der Traditionsslinie treu, selbst wenn sie nur über Jugendliche und junge Erwachsene berichten kann:

---

7 Ich beziehe mich hier auf ein Konzept, das Hanak/Stehr/Steinert (1989) eingeführt haben, um Ereignisse, die als „Kriminalität" definiert werden können, alltagsnäher zu beschreiben. In ihrer empirischen Untersuchung ging es um eine Ethnographie des alltäglichen und pragmatischen Umgangs mit Konflikten und problematischen Situationen.

„Kriminelle Kinder. Sie klauen. Sie rauben. Sie morden“.
(STERN, Heft 15, 1996)

Wir wissen nicht, wie Leserinnen und Leser die Rhetorik, die in den Headlines und den Geschichten steckt, bearbeiten. Ob sie das mit „der Wirklichkeit“ verwechseln? Ob sie es nur benutzen, um öffentlich im Allgemeinen über ein allgemeines Problem zu klatschen? Festhalten kann man, daß die Zulieferer und die Produzenten der Texte Kinder als eine potentielle Gefahr darstellen. Das Bedrohliche der „Kinderkriminalität“ wird gemacht und das Muster blieb seit vielen Jahren gleich. Um die Technik des Verdichtens an den Artikeln zu belegen, greife ich auf eine Titelgeschichte des SPIEGEL zurück, die 1993 zu Beginn dieser letzten Debatte über „Kinderkriminalität“ veröffentlicht wurde. Die Wahl ist auf diesen etwas älteren Text gefallen, weil in ihm fast alle Techniken versammelt sind. Die Muster sind in jedem Artikel der 90er Jahre wieder erkennbar. Schon der Anlaß des Titels „Kinder, die töten“ war importiert, er nimmt den „Bulger-Fall“ in Liverpool auf: Zwei zehnjährige Jungen entführten einen Zweijährigen, quälten und mißhandelten ihn und legten ihn auf ein Bahngleis, wo er von einem Zug überrollt wurde; er starb an seinen Verletzungen.

Den Ausgangspunkt für die „steigende Kinderkriminalität“ bilden einzelne leidvolle Ereignisse, die auch den distanzierten Leser und Zuschauer erschrecken. Wenn die Frage angeschlossen werden soll, „Was wächst da bei uns für eine Generation heran?“, braucht es aber eine gewisse (zunehmende) Häufigkeit solcher Ereignisse. In der Regel stehen aber gerade ein oder zwei Ereignisse zur Verfügung, an denen auch Kinder (unter 14 Jahren) beteiligt sind. Das wird so ausgeglichen:

„Im Keller eines Neubaublocks im Brandenburgischen Schwedt fesselten vier Kinder und Jugendliche die 13jährige Melanie mit Fahrradketten. Sie schlugen die Kleine, sie traten sie und zwangen sie zur Masturbation.
Auf den nackten Oberkörper ihres Opfers preßten sie immer wieder brennende Zigaretten, um zu testen, ob sie noch lebte. Zum Schluß versuchten sie Melanie die Pulsadern aufzuschneiden. Acht Tage später starb das Mädchen an den Folgen der grausamen Tortur.
Zwei 15jährige Schüler ermordeten im November 1992 einen 28jährigen Arbeitslosen auf einem Parkplatz im mecklenburgischen Ankershagen. Erst schlugen sie ihn zusammen und durchsuchten ihn nach Geld. Dann brachten sie ihr Opfer mit drei Stichen in den Unterleib um.
Erst 14 Jahre war ein Lehrling, der im August 1992 seinen 11jährigen Halbbruder auf einem Münchner Bolzplatz mit einem Stromkabel erdrosselte. Dessen „Geschwätz über Geld und Computer“, sagt der kleine Täter, habe ihn „genervt“. Er

haßte den Bruder, weil der beliebter war als er selber.
Ein 15jähriger Schüler aus Bayreuth würgte eine Rentnerin in ihrer Wohnung, schüttete ihr kochendes Wasser über den Kopf und rammt ihr anschließend dreimal das Küchenmesser in den Rücken. Als die Klinge brach, schlug der Junge der 79jährigen Frau mit einem Hammer ebenfalls dreimal auf den Schädel. Er hatte ihr das Portemonnaie gestohlen, und sie hatte den Diebstahl entdeckt.
‚Fuzzy, wo hast du dein Geld?' fragte in Augsburg ein 16jähriger Malerlehrling einen 55jährigen Behinderten und stieß ihm sein Schmetterlings-Messer in den Rücken. Immer wieder fragte der Lehrling nach dem Versteck des Geldes, immer wieder stach er dabei zu. 21 Wunden zählte der Gerichtsmediziner später an der Leiche."
(DER SPIEGEL, Nr. 3, 1993)

Selbst DER SPIEGEL mit seinem Archiv hat nur Informationen über ein vergleichbares Ereignis, an dem wohl zwei Kinder beteiligt waren. Alle anderen „Täter" sind Jugendliche. Aber obwohl „Kinderkriminalität" eine andere Qualität haben soll als „Jugendkriminalität", so genau wird es mit dem Alter nicht genommen. Ereignisse, an denen Jugendliche und junge Erwachsene beteiligt sind, genügen. Es sind ja „unsere Kinder".

Die spektakulären und erschreckenden Ereignisse werden in einem weiteren Schritt dann mit den Zahlen der PKS verknüpft. Erst dadurch entsteht eine „Masse" oder „Welle" : „Jeder siebte Tatverdächtige (...)", „4,5 Prozent (...)". Manchesmal machen sich absolute Zahlen noch besser: „131.010". Dabei kann man feststellen, daß der Umgang mit den Statistiken in den Artikeln hochgradig naiv bleibt. In der PKS steht, Prozentanteile bestimmter Gruppen an den ermittelten Tätern dürfe man nicht so interpretieren, daß diese Gruppe „krimineller" als andere sei oder „krimineller" würde. Die Benutzer der Statistik legen sich diese Grenze nicht auf. Aber da ist den Medien kein Vorwurf zu machen. Polizeigewerkschaft, Lehrerverband, Sozialarbeiter, Kriminologen oder Kinderhilfswerk tun das auch nicht. Für sie zeigen die Zahlen der PKS das Faktum der „steigenden Kinderkriminalität". Eine gewisse Aufklärung im Gebrauch von Statistiken, wie sie nach jahrzehntelanger Diskussion bei der „Ausländerkriminalität" durchgesetzt werden konnte, gilt in Bezug auf Kinder nicht.

Daß die bagatellhaften Ereignisse, für die Kinder angezeigt werden, eine Vorform oder ein Indikator für eine wachsende Grausamkeit und Brutalität von Kindern seien, läßt sich durch nichts belegen. Die Zusammenhänge liegen nicht in der Natur der Sache, sie werden meist auf die einfachste Weise hergestellt, durch Assoziation: „Kinder töten und rauben, vergewaltigen und foltern"; „sie klauen, sie rauben, sie morden". Die Kette wird geglaubt, weil sie in Alltagstheorien paßt, sie wird als Theorie weitererzählt und das kann reale Folgen haben.

3. Die Funktionen des öffentlichen Schreibens und Redens über „steigende Kinderkriminalität"

Meldungen über „Kinderkriminalität" dienen inzwischen nicht mehr dazu, Kinder als „schwierig" oder „schwer erziehbar" zu charakterisieren. Sie werden als „grausam" und „brutalisiert" beschrieben, als „Schreckenskinder" und „Störenfriede". Wenn das auch manchesmal als „Brutalo-Kids" banalisiert wird, es geht um Kinder als ein Gefahrenpotential. Den Prozeß der Erzeugung eines solchen Bildes und die Funktionen hat vor mehr als 20 Jahren Stanley Cohen mit dem Konzept der „Moral-Panik" gefaßt. Zur Einleitung seiner Analyse der Jugenddebatte der 60er Jahre in England schrieb Cohen: „Gesellschaften scheinen von Zeit zu Zeit Perioden einer Moral-Panik ausgesetzt. Ein Zustand, eine Episode, eine Person oder eine Gruppe taucht auf, um als Bedrohung gesellschaftlicher Werte und Interessen definiert zu werden. Die Natur des Ereignisses wird von Medien geformt und stereotypisiert, die moralischen Barrikaden durch Redakteure, Bischöfe, Politiker und rechtschaffen denkende Bürger besetzt. Experten für das Soziale und das Abweichende geben ihre Diagnosen ab und machen ihre Lösungsvorschläge. Reaktionen auf die Vorgänge werden entwickelt und angewendet; daraufhin verschwinden die Zustände, sie werden erstickt oder sie verschlimmern sich und werden noch sichtbarer. Manchesmal sind die Objekte der Panik relativ neu, manchesmal schon alte Bekannte, die neu aus- und beleuchtet werden. Manchesmal geht die Panik vorüber und wird vergessen, ausgenommen als Teil von Folklore und kollektivem Gedächtnis; zu anderen Zeiten gibt es ein ernsthafteres Nachspiel und sie kann Veränderungen in der (Straf-)-Rechts und Sozialpolitik auslösen oder sogar das Selbstverständnis von Gesellschaft verändern" (Cohen 1987: 9; Übersetzung H. C.-S.).

Nach seiner empirischen Analyse der Moral-Paniken in England über die Mods und die Rocker als Vertreter der Jugendkuktur der 60er Jahre schließt er mit dem Satz: „Es werden mehr Moral-Paniken erzeugt werden und unsere Gesellschaft, so wie sie gegenwärtig strukturiert ist, wird weiterhin für einige ihrer Mitglieder - wie die Jugendlichen der Arbeiterklasse - Probleme erzeugen und wird verdammen, was immer diese Gruppen an Bearbeitungsstrategien für diese Probleme finden wird" (ebd.: 204).

Die „steigende Kinderkriminalität" interpretiere ich als eine dieser prognostizierten Moral-Paniken. Kriminalitätsdiskurse dienen weder nur der Legitimation von „Law and Order"-Politik noch zielen sie auf eine politische und pragmatische Regulierung von Konflikten und problematischen Lebenssituationen. 1980, als es gerade eine der häufigeren Konjunkturen des Themas „steigende Jugendkriminalität" gab, sammelte Stephan Quensel einige Erklärungen dafür, „warum die Jugendkriminalität steigen muß": Jede steigende Kriminalität hat einen gewissen Nutzen für die Polizei, das verleiht Forderungen nach mehr oder anderem Personal oder Kompetenzausbau Berechtigung, es legitimiert die Institution. Die Debatte kann für materielle Interessen genutzt werden; damals waren das z.B. die des Einzelhandels an der Kategorisierung des Ladendiebstahls als eine Handlung, der eine Strafe folgen kann; das spart Kosten bei der Warenpräsentation. Mit dem Topos „die Täter werden immer jünger" wurden in den späten 70er Jahren die Gefahren- und Feindbilder des Drogendiskurses verstärkt. Für die Kriminologie mußte die Jugendkriminalität steigen, weil sie sich damit einen Gegenstand erhielt, für den das Lehrbuchwissen schon vorhanden war, sie legitimierte ihre theoretische Trägheit und Täterorientierung. Die Vorstellung von Jugendkriminalität als „Einstiegskriminalität" ist zudem politisch bequem. Wenn die Ursachen für „schwere Kriminalität" in Kindheit und Erziehung liegen und bei den Anfängern schon die Anzeichen dafür festgestellt werden können, dann braucht man sich nur auf die jungen Täter und ihre (Familien-)Verhältnisse zu konzentrieren. Gesellschaftliche Strukturen und die Intoleranz, die sich mit einer disziplinierten Lebensweise verbindet, bleiben im Schutz des Nicht-Wissens und der Nicht-Intervention. „Steigende Jugendkriminalität" erzeuge am Ende (wieder einmal) das Bild von der „gefährlichen Jugend", von der sich die funktionierenden Erwachsenen abgrenzen können. In der einen oder anderen Form wiederholen sich solche Nützlichkeiten und Funktionen in Kriminalitätdiskursen. Da sich die historischen und die gesellschaftlichen Kontexte unterscheiden, hat jeder Diskurs auch seine Besonderheiten. Mit der „steigenden Kinderkriminalität" verbinden sich in den 90er Jahren die in den folgenden Kapiteln ausgeführten Nützlichkeiten und Funktionen:

3.1 Die Artikulation von Unbehagen und sozialer Angst

„Kinderkriminalität" dient vor allem dazu, öffentlich Unbehagen und Angst über ökonomische und gesellschaftliche Entwicklungen zu artikulieren. Indem dies am Thema „Kriminalität" aufgehängt wird, findet eine „Verschiebung" der Diskussion statt. Man braucht nicht direkt über das zu sprechen, *was* an gesellschaftlichen Verhältnissen Unbehagen verursacht, sondern kann darüber schreiben, *wer* Angst macht. Daß „Kinderkriminalität" die Funktion einer Stellvertreterdebatte hat, die von wichtigeren politischen Konflikten und Problemen ablenkt, das geben Medien gelegentlich sogar zu. Aber sie leiten trotzdem die Moral-Panik ein. In dem exemplarischen Spiegel-Titel über den Bulger-Fall heißt es:

> „Eine Schocksekunde lang war die Öffentlichkeit fassungslos, schienen auch in Deutschland die Top-Themen der Woche – Stahlkrise und Solidarpakt, Asylproblematik und Amigo-Affäre – nicht mehr so wichtig. Wenn Kinder, Symbole der Unschuld, die schwerste Tat begehen, zu der Menschen fähig sind, dann läuft wohl etwas schief in der Gesellschaft."
> (DER SPIEGEL, Nr. 3, 1993)

Der französische Philosoph Roland Barthes (1964) sprach bei solchen Aussagen von einem „Mythos". Die Bedeutung eines Ereignisses festzulegen, ist ein gesellschaftlicher und kein technisch-neutraler Prozess. Die Aussagen, die verwendeten Begriffe, die hergestellen Zusammenhänge, die Geschichten und die Bilder, die damit erzeugt werden, benennen und erklären nicht einfach. Ein Mythos formt Ereignisse. Mythische Aussagen sind stets doppeldeutig: Eine Nachricht und eine Feststellung, eine Benennung, die etwas öffentlich macht, und eine Entnennung, weil sie andere Be-Deutungsmöglichkeiten verschweigt[8]. In dem vorliegenden Text wird das Wissen darum, daß Kriminalitätsdebatten „Stellvertreterdebatten" sind und ablenken, durch den Gebrauch eines alten Mythos („Kinder, Symbole der Unschuld)" aufgehoben, um einen neuen „Mythos" („steigende Kinderkriminalität") zu etablieren. Daß soziale Wirklichkeit stets auf einem gesellschaftlichen Konstruktionsvorgang beruht, in den Interessen und Definitionsmacht von Organisationen und Akteuren eingehen, das wird durch Mythen und mythische Aussagen zensiert. Derselbe Sachverhalt ist gemeint, wenn in den Sozialwissenschaften von „Ideologien" oder

8 Bei Medien wird gerne auf „Verzerrungen" verwiesen. Das setzt immer eine Instanz voraus, die „objektiv" alles sieht und benennt; als diese Instanz definiert sich die kriminologische Statistikinterpretation.

„ideologischen Diskursen“ die Rede ist. Mythische beziehungsweise ideologische Aussagen treten nach Barthes dann verstärkt auf, wenn nicht direkt über die technischen, ökonomischen und gesellschaftlichen Veränderungen gesprochen werden soll, weil damit z.B. der Widerspruch zwischen einem imaginären Bild einer Gesellschaft von sich selbst (alle Menschen sind gleich) und Erfahrungen (von sozialer Diskriminierung) in dieser Gesellschaft deutlich würde. Über Kapitalismus, Ausschließung aus dem Arbeitsmarkt, über Konflikte um Teilhabe an gesellschaftlichen Ressourcen oder über politische Korruption, wirtschaftliche Konkurrenz und Ausbeutung wird nicht direkt gesprochen, sondern sie werden im Zusammenhang mit der Konstruktion einer bedrohlichen Generation von Kindern „besungen“. Ideologien und Mythen brauchen insbesondere solche gesellschaftlichen Gruppen, die sich mit ihrem Anteil an diesen Prozessen auseinandersetzen müssen, sei es ihre Beteiligung an Diskriminierung oder ihre relative Bedeutungslosigkeit und Ohnmacht in Bezug auf Veränderungen. Soweit die „Kinderkriminalität“ als ein lösbares Problem erscheint, kann schon das Reden darüber die Funktion eines Beruhigungsrituals haben. Leichter als gesellschaftliche Strukturen verändern sich einzelne Menschen. Insofern ist der Kriminalitätsdiskurs für dieses Ritual praktisch, denn Kriminalität hat immer etwas mit „Tätern“ zu tun, bei denen man in einer langen Geschichte oder einem komplexen Zusammenhang „einen Punkt machen“ kann.

3.2 Die Personalisierung und Familialisierung gesellschaftlicher Konflikte

Eine Denk- und Schreibform, Personen als Problem und Gefahr, als Verantwortliche und Schuldige zu bestimmen, ist der Vergleich der Gewissensbildung und individueller Tugenden nach einem abstrakten „früher und heute“.

> „Wo früher unangefochtene Normen den Ausbruch destruktiver Impulse zähmten – oder die Energien selbstzerstörerisch nach innen lenkten, läßt sich heute Gewalt ausleben. (...) Die jüngere Generation muß mit einer Werteverwirrung zurechtkommen, deren Ausmaß kaum abzuschätzen ist. Klare Maßstäbe für Recht und Unrecht, Gut und Böse, wie sie noch in den 50er und 60er Jahren von Eltern und Schulen, Kirchen und manchmal von Politikern vermittelt wurden, sind für sie kaum noch erkennbar“
> (DER SPIEGEL, Nr. 3, 1993).

Über den Vergleich „früher und heute“ wird nicht nur „früher“ mystifiziert und verklärt, es wird ein ganz bestimmtes Bild des Verhältnisses von Individuum und Gesellschaft erzeugt und auf das Generationenverhältnis übertragen. Dieses Bild bestimmt das Individuum/ das Kind als „wilde Natur“: ungezähmt-bestialisch, unzivilisiert-egoistisch, wenn ihm nicht machtvoll Grenzen gesetzt werden[9]. Das Kind wird nicht als Mensch und gesellschaftliches Wesen mit sozialen und politischen Rechten begriffen, sondern als ein defizitäres Objekt, das erst durch „Gesellschaft“, sprich die Älteren, die Eltern, die Erzieher zu einem menschlichen Wesen und „gesellschaftsfähig“ gemacht werden muß. Über dieses Bild von einem „natürlichen“ Unterordnungsverhältnis von Individuum und Gesellschaft, Kind und Familie, Zögling und Erzieher lassen sich Grenzziehungen durch Autoritäten und auch Punitivität gut legitimieren, insofern kann man von einer „Ideologie“ sprechen.

Eine andere Technik der Personalisierung ist die „Ursachensuche“ (wer erzeugt diese Täter-Kinder?). Es mag paradox klingen, gerade durch die Darstellung von Theorien der „sozialen Ursachen“ der Kriminalität bleibt die Aufmerksamkeit zuerst und wieder zuletzt an Personen hängen: an hilflos schlagenden Eltern, den Scheidungsdramen, Alleinerziehenden, an Eltern, die es nach der Ratgeberliteratur besonders gut machen wollen. Da Kinder meist in der Gesellschaft ihrer Eltern leben, gerät die Ursachensuche zu „Familialisierung“. Sie bewahrt Kinder von „Schuldzuschreibungen“ und gibt Verantwortlichkeit an andere Personen, an die Eltern als Erzieher weiter. Durch Familialisierung kann man z.B. strukturelle und politische Zusammenhänge zur Sprache bringen und sie gleichzeitig ausblenden, wie etwa den Einfluß von sozialer Ungleichheit.

„Dabei spielt es keine Rolle, welcher sozialen Schicht die Eltern angehören, ein Aufwachsen ohne Grenzen hat fast immer unerwünschte Folgen. Das pädagogische Laisser-faire ist ein ‚resignativer Erziehungsstil‘, wie der Bochumer Kriminologe Hans-Dieter Schwind sagt. Eltern lassen ihre Kinder allein.
Und sie schieben den Kindern unbewältigte Konflikte zu, was die Sprößlinge noch orientierungsloser macht. Nicht wenige dieser ‚unbegrenzten Kinder‘ überspielen - typische Narzißten - ihre Unsicherheit mit Grandiosität. Wenn sie als Unterschichtskinder in der Schule nicht glänzen können, holen sie sich auf der Straße Glanz: notfalls mit Gewalt. (...)
An der Wiege von Horrorkindern stand oft die Absicht, ein Superkind heranwach-

9 Die Vorstellung vom „wilden Kind“ widerspricht nicht der vom „unschuldigen Kind“, sondern paßt zur säkularisierten, pädagogisch optimistischen Version dieses Bildes, in dem „Menschsein“ Erziehung und Vervollkommung der Natur voraussetzt.

sen zu lassen. (...) Doch trotz dieses Bombardements mit Zuwendungseinheiten entwickelt sich der Wonnepropen sehr schnell zum Schreckenskind. Im Abarbeiten des vollgepackten täglichen Stundensolls, zwischen Nachhilfeunterricht und Judokurs, spürt der Sprößling, daß er den Lebensplänen seiner wohlmeinenden Eltern hinterherjagdt - und dreht durch:
Aus ‚guten Elternhäusern', so die Polizei stammten der 17jährige Tobias und sein Freund Sascha, 18. ‚Schiere Lust am Töten, vermuten die Ermittler sei ihr Motiv gewesen'."
(DER SPIEGEL, Nr. 3, 1993)

Die Familialisierung führt zur Person zurück, weil Erziehung stets auf „Wert & Moral"-Erziehung reduziert wird. Werte & Moral fungieren nur als Kitt der Gesellschaft, wenn sie als „Gewissen" verinnerlicht sind, „Orientierung" geben und „Grenzen" setzen.

„Immer schwieriger wird es für Eltern ihrem Nachwuchs ein stabilisierendes Wertekorsett zu vermitteln, das Kinder verstehen und glauben können. Denn die Normen, die für die Elterngeneration galten, haben dramatisch an Wert verloren".
(DER SPIEGEL, Nr. 3, 1993)

Eltern werden durch die Familialisierung und den „früher-heute"-Vergleich verantwortlich gemacht und ein wenig entschuldigt. Man sollte nicht fragen, ob die Kriminalitätstheorie empirisch begründet ist. Wenn überhaupt ein solches Generationen- und Korsettmodell von Vergesellschaftung eine angemessene Erklärung wäre, dann würde sie in den 90er Jahren nicht stimmen. Die Kriminalität hätte viel früher, nämlich bei den Eltern der „Kinder, die töten" auftreten müssen. Wenn man das generative Verhalten berücksichtigt, dann waren die Eltern der kriminellen Kinder bereits als Kinder dem „Werteverfall" ausgesetzt gewesen. Wer in den 70ern geboren wurde, wuchs nach damaligen medialen und kulturkritisch-konservativen Diagnosen bereits mit einem „Werteverfall" auf. Was ist an der „Werteverwirrung" schlimmer? Und was wird mit diesem Modell eigentlich an Zusammenhängen ausgeblendet? Gesellschaftsfähig wären nach dieser Wert-Moral-Gewissen-Rechnung die Generationen, die in der Zeit des Faschismus gelebt haben, die in jener Zeit aufgewachsen sind und die in den doppelmoralischen 50er Jahren großgezogen wurden. Allen späteren Generationen fehlt es an „Gesellschaftsfähigkeit". Zeigt das nicht eher, daß die Befreiung vom „Wertekorsett" und von gesellschaftlich verordneter Moral eine notwendige Voraussetzung wäre, soziale Nähe herzustellen?

Die Personalisierung und Familialisierung der Ursachen stellt sich vor allem durch die öffentliche Verbreitung kriminologischer und professioneller Ideologien ein. Das Problem sind die „unbegrenzten Kinder“ (Personalisierung). Die Ursache der Unbegrenztheit sind vor allem die Eltern, die nicht mehr erziehen können. Die Institution ist defekt (Familialisierung). Im Gegensatz zu anderen Institutionen wie Schule, Arbeitsmarkt, Bürokratien etc., wo man „Strukturen“ ändern müßte, fällt „Familienreform“ mit Elternerziehung zusammen (Personalisierung). Wenn man die Eltern verbessert, dann wäre das Problem zu lösen. Eltern verbessern, das können die Professionellen: Und das sind die professionellen Erzieher, Beraterinnen, Pädagogen, Therapeutinnen und die Wissenschaftler. Sie sagen, wie Eltern es richtig machen können und dabei nichts über- oder untertreiben. Die Familialisierung der Kriminalitätserklärung ist beileibe nicht neu. Seit der Jahrhundertwende tritt sie immer wieder in etwas modernisierter Form auf. Familialisierung dient dazu, das moralisierende Erklärungsschema vom „bösen und schuldigen Verbrecher“ zu verlassen und es durch das personalisierende und sozial degradierende Bild des „gefährlichen Delinquenten“ und „defizitären Menschen“ zu ersetzen. Es wurde mit der Unterstützung wissenschaftlicher Theorien ein moderner „Alltagsmythos“. Die implizite Theorie lautet, daß Kriminalität und Gewalt entsteht, wenn erzieherische Autorität fehlt. Die Erklärung impliziert eine Legitimation der Praktiken derer, die sich als erzieherische Autoritäten definieren können. Gleichzeitig lassen sich damit moralische und Vernunft-Appelle formulieren: „die Verantwortung liegt bei jedem Einzelnen (...)“. Und es lassen sich Interventionen legitimieren, von denen angenommen wird, daß sie ein Mittel zum Zweck der Kriminalitätsbekämpfung sind, das kann dann auch Strafe und Punitivität sein.

Wenn im Zusammenhang von „Kinderkriminalität“ über gesellschaftliche Verhältnisse (Arbeitslosigkeit, Armut, verschärfte Konkurrenz) oder über die Zumutungen durch Institutionen (Schule, Markt, Medien) geklagt wird, ist nicht wirklich eine „Politisierung“, das heißt Demokratisierung von Organisationen oder Reform von Strukturen gemeint. Daß „etwas schief läuft in der Gesellschaft“ führt nur über eine Argumentationsschlaufe zur Personalisierung des Problems:

„In einer darwinistisch funktionierenden Gesellschaft triumphiert in allen Lebenslagen der Nahkampf über die Nächstenliebe. Selbstlosigkeit, Fürsorge, Sensibilität – damit, das ist die Botschaft an die nächste Generation, kann hier doch keiner mehr was werden.
Wer den Sprung aufs Gymnasium schaffen will, darf Schwächere nicht abgucken lassen. Wer einen Lehr- oder Arbeitsplatz sucht, muß Mitbewerber ausbooten. Wer ein Held der Schlagzeilen werden will, muß Killerinstinkt haben - ob auf

dem Tennisplatz oder vor dem Asylantenheim. Wer an die Spitze von Wirtschaft und Politik drängt, muß sich und seine Interessen eiskalt durchbarscheln. Das lernen Kinder schnell."
(DER SPIEGEL, Nr. 3, 1993)

Kinder erscheinen hier als „Reaktionsdeppen": Wenn sie von Vorbildern schnell lernen, können sie auch wieder umlernen, aber von Personen, die sich zusammennehmen und Vorbilder werden. In dem Bild verkörpern Kinder genau die Eigenschaften, die Erwachsene sich aneignen müssen, wollen sie zu den „Gewinnern" der Konkurrenz gehören. Ihr Unbehagen darüber, andere Menschen von der Teilhabe an den gesellschaftlich erzeugten Ressourcen und einem guten Leben auszuschließen zu müssen und ihre Angst, durch die „Fitteren" selbst ausgeschlossen zu werden, projezieren sie auf die „kriminellen Kinder": Sie agieren das aus. Über das gespiegelte Bild vom „Erwachsensein heute" können Unbehagen und Angst der Erwachsenen artikuliert werden. Das „Spiegeln" als eine gesellschaftliche Praxis bedeutet aber nicht, sich zu erkennen. Verschieben, Projizieren und Spiegeln als eine gesellschaftliche Praxis zielt auf Verkennen der Mitarbeit an einer „darwinstisch funktionierenden Gesellschaft"; es kann auch über die drohende Bedeutungslosigkeit und Machtlosigkeit beruhigen.

3.3 Legitimation und Artikulation professioneller und politischer Interessen

Die Akteure der Moral-Panik verbinden mit der „Kinderkriminalität" organisatorische Interessen. Deutlich wird dies vor allem über die „Lösungen", die sie anbieten. In der aktuellen Debatte stehen im Vordergrund:

- Der Polizei geht es in diesem Diskurs weniger um mehr Personal und Kompetenzen, sie ist darauf bedacht, unbequeme „Sozialfälle" anderen Instanzen zu übereignen. Der Umgang mit schwierigen Kindern gehöre nicht zu den „eigentlichen Aufgaben" der Polizei, stört die Routinen und deshalb fordern einige Akteure eine Senkung der Strafmündigkeitsgrenze auf 12 Jahre. Allerdings geht es hier nicht nur um eine Neuregelung von Arbeitsteilung. Kindern soll „offiziell" die Grenze gezeigt werden: vom Jugendrichter, vom Jugendamt, von der Jugendhilfe (aber nicht vom Jugendgefängnis). Mit der Klage, was kriminelle Kinder alles anstellen können, weil die Helfer nicht kontrollieren, können zudem diese Instanzen mühelos diskreditiert werden.

- Die „Kinderkriminalität“ verleiht den Forderungen nach einer Ersatzanstalt für die geschlossenen Heime und die Untersuchungshaft für Jugendliche einigen Nachdruck. Daran sind sowohl Akteure aus der Justiz wie solche aus der Jugendhilfe interessiert. Generell geht es darum, daß Erziehung mehr Wert auf „Grenzziehung“ legen soll.
- Wissenschaftler und insbesondere Kriminologen erhalten durch die „Kinderkriminalität“ eine weitere Gelegenheit, Öffentlichkeit und Politik daran zu erinnern, daß „sanfte Kontrolle“ und Integration durch eine kluge soziale Technologie langfristig für ihre Interessen nützlicher sei als Sozialabbau und Law-and-Order-Kampagnen. Sie haben bei diesem Thema eine Chance, sich ihre Bedeutsamkeit bestätigen zu lassen.
- Die sozialen Professionen haben ein weiteres Thema, um ihre Arbeitsplätze zu legitimieren und Ressourcen für Kinder- und Jugendhilfe einzuklagen.

Die Maßnahmen, die gegen „Kinderkriminalität“ helfen sollen, sind aus anderen Kriminalitätsdiskursen bekannt. Mehr Schulsozialarbeit, mehr Freizeiteinrichtungen, Streetwork, Jugendverbände und Vereine stützen, Armut der Eltern lindern, ihre Erziehungskraft fördern, Ausbildungs- und Arbeitsplätze schaffen, Perspektiven geben etc. Bei dem Thema „Kinder, die töten“, wies sogar der Polizei-Gewerkschafter darauf hin:

„Beschäftigungsprogramme sind Investitionen in die innere Sicherheit.“
(DER SPIEGEL, Nr. 3, 1993)

Die Forderungen implizieren keine strukturellen Reformen, im besten Fall geht es um Kompensationen. Aber selbst das muß über eine Drohung „erpreßt“ werden. Wer die Notwendigkeit von Reformen, „die soziale Gegensätze ausgleichen“, dadurch begründet, daß damit Disziplinlosigkeiten, Abweichungen und Gewalttätigkeiten verhindert würde, der praktiziert den „Pessimismus als pädagogische Triebkraft“ (Katharina Rutschky). Die Argumentationsweise degradiert eine Gruppe von Menschen in Bezug auf ihre sozialen und moralischen Kompetenzen, um für sie etwas Gutes zu tun. Die Mahnung, mehr Gerechtigkeit, mehr Sozialarbeit und Sozialpolitik würden verhindern, daß die Täter „immer jünger und brutaler“ werden, hat einen rationalen Kern. Die Vermutung ist nicht unbegründet, daß Diskriminierung und Ausschließung von der Teilhabe an gesellschaftlich produziertem Reichtum zu Protestbewegungen oder zu einem individuellen „Gegenschlag“ führen könnten. Der Ratschlag, (potentielle) Delinquente durch Reformen zu „bekämpfen", richtet sich dementsprechend an die Mächtigen und den Herrschaftsapparat, sie sollten in ihrem eigenen Interesse die Zumutungen an Verzichtsleistungen und Ungleichheit nicht übertreiben. Die Drohnung, eine „gefährlichen Klasse" beziehungsweise eine „gefährliche Generation" könnte entstehen, bringt gelegentlich Politik in Gang. Aber der Preis dieser Art von Sozialanwaltschaft ist hoch. Soziale Ausschließung wird damit erleichtert.

4. Öffentlichkeitsarbeit und Soziale Ausschließung

Im Vergleich zu anderen Kriminalitätsdiskursen („Ausländerkriminalität", „Dealer", „Gewalttäter", „Terroristen") lassen sich über „Kinderkriminalität" nur recht schwer „Feindbilder" konstruieren. Das Bild vom „defizitären Erwachsenen" und verformten, aber formbaren Menschen stellt Kinder in eine autoritäre Hierarchie. Als gesamte Kategorie können „unsere" Kinder- und Jugendlichen nicht als „Feinde" konstruiert werden. Insofern ist dieser Diskurs auch nicht gut geeignet, extreme Formen von Ausschließung zu legitimieren[10]. Aber es gibt keinen „automatischen" Schutz davor. Kriminalitätsdiskurse, wie der über „Kinderkriminalität", präsentieren recht einfältige Erklärungen. Und selbst wenn die einschlägigen Wissenschaften und z.T. aufwendigen Forschungsarbeiten zitiert werden, gehen öffentlich verbreitete Erklärungen nicht über Sprichwortweisheiten hinaus. Umgekehrt werden durch die Logik des Kriminalitätsdiskurses die wissenschaftlichen und professionellen Erklärungsversuche noch stereotyper. Als besonders sprichwörtlich und selbstverständlich wird mit dem Kriminalitätsthema heute von Kriminologie und Jugendforschung, von Polizei und sozialer Arbeit über die Theorie von den sozialen Ursachen von Kriminalität das Bild von jungen Menschen als „gefährliche Jugend" kombiniert mit einem Argument, daß sie selbst „auch Opfer seien", weil „nicht integriert", „ohne Perspektiven" oder schlicht „arm". Neu ist diese Theorie nicht. Armut und Diskriminierung als „kriminogene Faktoren" anzuführen ist nur eine freundliche Version der Lehre von den „gefährlichen Klassen". Zu bedenken gibt höchstens, mit welchem Nachdruck Täter als „auch Opfer" bezeichnet werden. In der Kriminologie gibt

10 Ich will mit der verallgemeinernden Aussage nicht negieren, daß inzwischen sogar über Todesstrafe für 12jährige öffentlich verhandelt wird beziehungsweise darüber, sie lebenslang einzusperren.

es schon Begriffe wie „kriminogene Viktimisierungen"[11]. Wie auch immer abgemildert, die Lehre von einer neuen „gefährlichen Klasse" läßt sich gut in populistischen Kampagnen neutralisieren und nutzen. Die Drohung mit „gefährlichen Leuten" ist gut gemeint. Sie mahnt, ihnen etwas mehr Teilhabe an gesellschaftlich erzeugten Ressourcen zu gewähren, um sie zu befrieden. Doch wenn Sozialpolitik, Sozialarbeit und Sozialpädagogik dadurch legitimiert werden, daß sie ein Übel verhindern, dann steht im Fordergrund ihre Wirksamkeit und Funktionalität für eine Ordnung, die zuerst einmal mit dem status quo identisch ist. Das Versprechenen lautet: wir verhindern wirklich präventiv und kompensierend, daß es Kinder-Täter gibt. Als Legitimation für eine systemfunktionale Dienstleistung („Kriminalitätsbekämpfung") kann die fürsorglich-erzieherische Argumentation leicht umgedreht werden. Wenn es dem Kindeswohl dient (eine kriminelle Karriere verhindert), wenn geglaubt wird, daß mehr Punitivität der Allgemeinheit nutzt und wenn geglaubt wird, daß Strafe und Sanktion wirken, dann muß zuerst etwas *gegen* Kinder-Täter getan werden. Was „wirkt" und „notwendig" ist, wird durch Definitionsmacht bestimmt, nicht über den Austausch von Erfahrungen. Daß Strafe „nichts nützen wird", das glauben nur die Professionen, deren Arbeit und Verdienst im Erziehen und Helfen liegt. Gleichzeitig schwindet ihre Definitionsmacht nicht nur, die Akteure untergraben sie selbst durch den Mythos von der „gefährlichen Klasse". „Gefährlichkeit" entlegitimiert und diskriminiert Gruppen, von denen sie ausgeht. Es gibt genügend Erfahrungen, daß Kriminalitätsdiskurse nicht zu mehr Sozialstaatlichkeit und einem besseren Leben für alle führen. Kriminalitätsdiskurse entgrenzen Punitivität und Strafe. Gerade dafür ist die USA ein Beispiel. Ausschließung und massenhafte Einsperrung von „gefährlichen Klassen" gehört dort zur selbstverständlichen Praxis, weil ihr eine Wirksamkeit zugeschrieben wird und „Verbrecher das verdienen"[12]. In welche Richtung Politik geht, wird nicht durch Argumente bestimmt. Es hängt vom ideologischen Klima ab, vom Grad der

---

11 Vgl. zu dieser Debatte Walter (1995); der dritte Abschnitt seines Lehrbuchs zur Jugendkriminalität heißt: „Jugendliche als Opfer; Opfer-Täter-Abfolgen".

12 Derzeit wird uns „New York" als ein erfolgreiches Kriminalitätsbekämpfungsmodell vorgestellt; in den Medien wird der Erfolg einem „Säuberungs- und polizeilichen Kontrollmodell" zugeschrieben, das die Raten für „schwere Kriminalität" gesenkt habe. Es komme auf das „frühe Durchgreifen" an, das kann sich auf Verslumung („Broken Windows") ebenso beziehen wie auf „Herumlungern", „Kleinkriminelle" oder „Kinder". Aber die „Unwirtlichkeit" von Städten zu beenden und „Kinder aus dem Verkehr ziehen" sind verschiedene Interventionsformen - um es milde auszudrücken. Eine Beschreibung der „Strafkultur" der USA findet sich bei Christie (1995) und bei Wacquant (1997).

Bürokratisierung der Justiz, von der Finanzkrise des Staates, sogar von kurzfristigen Law-and-Order-Kampagnen und von politischen Kalkülen. Die soziale Degradierung und Diskreditierung von Kindern als „potentielle Kriminelle" wirkte vielleicht in Zeiten der Prosperität als eine reformerische Triebkraft. Wenn für die Teilhabe an sozialstaatlichen Einrichtungen die Grenzen enger gezogen werden, kann die Diskreditierung der Klienten als „gefährlich" zu ihrer Vernachlässigung und sogar zur Ausschließung führen. Sozialarbeit und Sozialpädagogik sollte da historisch belehrt sein und ihre Öffentlichkeitsarbeit nicht darauf aufbauen, daß sie die besseren Sozialtechnologen sind und Integration bewerkstelligen.

Wenn Menschen als „potentiell gefährlich", gar als „sozialer Sprengsatz" bestimmt werden, dann erhalten sie dadurch den Status eines Objektes. Mit „gefährlichen Problemgruppen" und „Risikopopulationen" verhandelt man nicht. Im besten Fall wird aus eigenem Interesse etwas für sie getan. Aber selbst das hat Grenzen. Eine „Risikogruppe" auf eine sozialtechnisch kluge Weise in „richtige" Menschen zu verwandeln, setzt voraus, daß diejenigen, die die Ressourcen dafür zur Verfügung zu stellen haben, damit einen Vorteil oder ein gemeinsames Interesse verbinden. Mit dem Gewalt- und Kriminalitätsthema versuchen wohlfahrtsstaatlichen Institutionen und die Professionen der sozialen Arbeit zwar, sich die „Krisenbearbeitung" einer vielfach fraktionierten Gesellschaft anzueignen. Die Zuständigkeit für Kriminalität und Gewalt wird ihnen verbal nicht bestritten. Über „Erziehung in Ermangelung sozialer Reformen" kann gesprochen werden. Auch eine Bewilligung eines Modell-Projektes oder die Etablierung einer Sachverständigenkommission kostet wenig. Mit allem kann man „Integrationsbereitschaft" demonstrieren. Doch der autoritäre Populismus in der Politik, die Rationalisierungen im Sozialwesen, der Wohlstandschauvinismus und die Wahrnehmung der Konkurrenz- und Konfliktsituation als ein Nullsummenspiel (was „sie" bekommen, geht „uns" verloren) definieren es als rational und intelligent, nur dort zu investieren, wo es sich lohnt und (noch vorhandene) Privilegien nicht zu verallgemeinern. Auf die Bestimmung von „Risikogruppen", die „anfällig" für Kriminalität und Gewalt sind, wird gerne zurückgegriffen. Der Innenminister nimmt die Rede von der „steigenden Kinderkriminalität" bereitwillig an, aber er „warnt, sie auf Armut und Arbeitslosigkeit" zurückzuführen. Für rechtlose und diskriminierte Gruppen dadurch etwas Gutes zu tun, in dem man damit droht, daß sie gefährliche Opfer werden können, kann für sie gefährlich werden. Es ist eine herrschaftssoziologische und sozialpsychologische Trivialität, daß fremde, rechtlose, als Arbeitskraft überflüssige soziale Kategorien bevorzugt Objekte symbolischer und faktischer Ausschließung werden. Die Instrumentalisierung der Kinder-, der Ausländer-, der Jugend-, der neue-Bundesländer- und der sonstigen Kriminalitäten, um „Ungerechtigkeit" zu skandalisieren, kann Punitivität und Ausschließung ermöglichen, weil sie stets mit Gefährlichkeitsdiagnosen und Angsterzeugung verbunden ist. Dadurch werden Ambivalenzen und Skrupel eingeklammert und (noch mehr) soziale Distanz geschaffen. Im Kontext des herrschenden punitiven Klimas genügt inbesondere bei den Anwendern des Strafrechts eine geringe Veränderung der sozialen Distanz zu „Problemgruppen", um institutionalisierte und legitimierte Ausschliessungspraxen vorzunehmen und hinzunehmen.

Meine Empfehlung in Bezug auf Öffentlichkeitsarbeit lautet: Positiv wäre, die Mechanismen der Kriminalitätsdiskurse genau zu analysieren und zu kritisieren. Das gilt für die „Jugendkriminalität" wie für die „Kinderkriminalität" oder die „Ausländerkriminalität" oder die „Bandenkriminalität" und die „Jugendgewalt". Keinesweg sollte man weiter naiv mitmachen an den Diskursen, sondern Mitarbeit an Bedingungen knüpfen: Gewalt und Kriminalitäts-Debatten sollten zum Ende kommen und über die Verhältnisse und Situationen gesprochen und geschrieben werden, die Unbehagen und Angst erzeugen. Sicher werden daraus keine Neuigkeiten und „Stories". Es kann sein, daß man damit auf dem Medien-Markt erst einmal nicht gehört wird. Wenn Moral-Paniken sich so nicht „präventiv" eingrenzen lassen, dann sollten sich Professionen für ihr öffentliches Reden ersatzweise die Kompetenzen der „moralischen Empörung" über „Ungerechtigkeit" wieder aneignen und konsequent über Situationen und nicht über Personen reden.

Literatur:

Barthes, R. 1964: Mythen des Alltags, Ffm

Christie, N. 1995: Kriminalitätskontrolle als Industrie. Auf dem Weg zu Gulags westlicher Art, Pfaffenweiler

Cohen, S. 1987: The Creation of the Mods and Rockers, Oxford

Cremer-Schäfer, H. 1992: Skandalisierungsfallen. Einige Anmerkungen dazu, welche Folgen es hat, wenn wir das Vokabular „der Gewalt" benutzen, um auf gesellschaftliche Probleme und Konflikte aufmerksam zu machen, in: KrimJ, 24. Jg., S. 23-36

Cremer-Schäfer, H. 1995: Kriminalität als ein ideologischer Diskurs und der Moral-Status der Geschlechter, in: Althoff, M./Kappel, S. (Hg.): Kriminologie und Geschlechterverhältnis, 5. Beiheft des Kriminologischen Journals, Weinheim, S. 120-142

Cremer-Schäfer, H./Stehr, J. 1990: Der Normen & Werte-Verbund: Strafrecht, Medien und herrschende Moral, in: KrimJ, 22. Jg., S. 82-104

Cremer-Schäfer, H./Steinert, H. 1991: Herrschaftsverhältnisse, Politik mit der Moral und moralisch legitimierter Ausschluß, in: KrimJ, 23. Jg., S. 173 - 188

Hafeneger, B. 1994: Jugend-Gewalt. Zwischen Erziehung, Kontrolle und Repression. Ein historischer Abriß, Opladen

Hanak, G./Stehr, J./Steinert, H. 1989: Ärgernisse und Lebenskatastrophen. Über den alltäglichen Umgang mit Kriminalität, Bielefeld

Kerner, H.-J. 1973: Verbrechenswirklichkeit und Strafverfolgung, München

Pfeiffer, C. u.a. 1996: Steigt die Jugendkriminalität wirklich?, in: Pfeiffer, C./Greve, W. (Hg.): Forschungsthema „Kriminalität". Festschrift für Heinz Barth, Baden-Baden

Pfeiffer, C. 1997: Wo die Gewalt wächst, in: Die Zeit, 52. Jg., Nr. 23

Pilgram, A. 1980: Kriminalität in Österreich. Studien zur Soziologie der Kriminalitätsentwicklung, Wien

Pilgram, A. 1982: Was es mit Kriminalitätsentwicklungen auf sich hat. Zur kriminalpolitikwissenschaftlichen Analyse von Kriminalstatistiken, in: Kriminalsoziologische Bibliografie, 9. Jg., H. 36/37, S. 93 - 116

Quensel, S. 1980: Warum die Jugendkriminalität steigen muß. Anmerkungen zu einer Diskussion, in: Monatsschrift für Kriminologie und Strafrechtsreform, 28. Jg., S. 413 - 418

Richter, D. 1993: Hexen, kleine Teufel, Schwererziehbare. Zur Kulturgeschichte des »bösen Kindes«, in: Deutsches Jugendinstitut (Hg.), Was für Kinder, München, S. 195 – 202

Scheerer, S. 1978: Der politisch-publizistische Verstärkerkreislauf. Zur Beeinflussung der Massenmedien im Prozeß strafrechtlicher Normgenese, in: KrimJ, 3. Jg., S. 223-227

Wacquant, L.J.D. 1997: Vom wohltätigen zum strafenden Staat, in: Neue Kriminalpolitik, 10. Jg., H. 2, S. 16 - 23

Walter, M. 1995: Jugendkriminalität, Stgt u.a.

Wetzels, P./Pfeiffer, C. 1997: Kindheit und Gewalt: Täter- und Opferperspektivem aus der Sicht der Kriminologie, in: Praxis der Kinderpsychiatrie, 46. Jg., S. 143-152

Lydia Seus

Böse Jungen - brave Mädchen?
Abweichendes Verhalten und die soziale Konstruktion von Geschlecht

1. Einführung

In der gegenwärtigen Thematisierung von Jugend dominiert der Problemdiskurs den Normalisierungsdiskurs; Schlagworte sind Jugendkriminalität und Jugendgewalt. Dies ist nicht neu. Zu allen Zeiten überwogen die Besorgnis und das Erschrecken über die Zunahme und die Brutalität der „kriminellen" Handlungen von jungen Menschen, insbesondere von jungen Männern. Es gelang und gelingt hingegen kaum, weibliche Jugendliche als gefährliche Gruppe zu konstruieren. Neu oder gerade wieder aktuell ist dagegen die Metapher des „bösen" Kindes. Noch 1993 kommt Richter in seinem Beitrag „Hexen, kleine Teufel, Schwererziehbare" zu dem Schluß: „Böse Kinder sind heute keine ‚Botschaft' mehr für die Gesellschaft. (...) In der Öffentlichkeit scheinen sie (...) zu verschwinden. Berichte über Kinder, die verschmutzt und verlümmelt auf den Straßen Unfug treiben, öffentliche Einrichtungen attackieren oder sich mit Autoritätspersonen anlegen - früher an der Tagesordnung - sind heute Rarität. Selbst von ‚Tierquälereien', ‚Kinderstreichen' oder ‚Schülerunfug' hört man selten" (Richter 1993: 201).

Das stimmt: Statt sie als Kinder- und Jugendstreiche zu betrachten, werden die beschriebenen Phänomene inzwischen unter dem Begriff „Kinderkriminalität" subsumiert; man hat die „Täter", die „kleinen Verbrecher" entdeckt.

Es stellt sich die Frage, ob man in diesen Diskurs einsteigen sollte. Vor einiger Zeit hatte ich das Vergnügen, den bekannten Philosophen und Psychotherapeuten Paul Watzlawick mit einem Vortrag zu hören, der den Titel „Wenn die Lösung das Problem ist" trug. Ein wenig geht es mir mit meinem Beitrag zum Thema „Kinderkriminalität" auch so. Ich frage mich, ob die in bester Absicht gefundene Lösung, das Phänomen „Kinderkriminalität“ zu konstruieren und zu diskutieren, nicht eher ein Problem schafft. Wird man den unterschiedlichen konkreten Phänomenen, die sich hinter diesem Terminus verbergen, gerecht, indem man sie so rahmt, trägt man nicht eher zu einer Problemverschärfung bei, indem man die sozialen Konflikte als „Kriminalität“ bezeichnet und sie damit in einem strafrechtlichen Kontext behandelt? Die Problemdefinition selbst wird uns in den Massenmedien, in der Öffentlichkeit, vor allem im Wahlkampf schon vorgegeben. Da steht dann längst fest, daß „Kinderkriminalität“ existiert und ein „echtes“ soziales Problem darstellt.

Im Bereich von Kriminalität und Kriminalpolitik ist die Thematisierung selbst oft das Problem oder schafft es mit. Öffentliche Mobilisierung ist gerade nicht die Maßnahme, die Besserung bringt, sondern sie kann das Problem erst verschärfen. Ich schließe mich dem an, was der österreichische Kriminologe, Arno Pilgram, für die „Ausländerkriminalität“ formuliert hat: „In der Tat muß man sich um die Lösung der Probleme, die politisch forsch mit strafrechtlichen Mitteln angegangen werden und um die Chancen jener Gruppen, von denen überdurchschnittliche Kriminalitätsgefahren befürchtet werden, manchmal gehörig Sorgen machen“ (Pilgram 1997).

2. Jungen sind bei kriminalisierbarem Verhalten überrepräsentiert - das ist erklärungsbedürftig

Handelt es sich bei abweichendem Verhalten von Kindern überhaupt um ein soziales Phänomen, um deren Bewältigung wir uns alle kümmern müssen? Ein erster Blick in die Tatverdächtigenstatistik, wo, meiner Meinung nach, Kinder überhaupt nichts zu suchen haben, bestätigt die Skepsis: so fiel z.B. 1996 über die Hälfte aller tatverdächtigen Kinder wegen Ladendiebstahl auf (DVJJ-Journal 1997: 317). Nun aber zu meinem eigentlichen Thema: Ist die „Kriminalität“ auch bei Kindern männlich? Laut Statistik, ja! 1996 gab es 131 010 tatverdächtige Kinder, davon waren 94 067 (= 71,8%) männlich und 36 943 (=28,2%) weiblich. Den höchsten Anteil von weiblichen Tatverdächtigen mit 31,2% gab es bei den 12- unter 14-jährigen (PKS 1996: 76). „Die aufgeklärte Delinquenz von Mädchen unter 14 Jahren blieb weitgehend auf den Diebstahl ohne erschwerende Umstände beschränkt“ (PKS 1996: 104).

Wäre das Thema also abweichendes Verhalten bei Mädchen, würde es voraussichtlich keine Konstruktion eines sozialen Problems geben. Aber nicht nur die Zahlen der Polizeilichen Kriminalstatistik, die man ja mit sehr viel Skepsis betrachten muß, verweisen auf die unterschiedliche Belastung mit kriminalisierbarem Verhalten bei Jungen und Mädchen, auch ein Blick auf Ergebnisse von Studien zur selbstberichteten Delinquenz bestätigen diesen Befund. Maureen Cain faßt dies folgendermaßen zusammen: „Die Resultate lassen sich durch das Statement zusammenfassen, daß Mädchen schlimmer sind, als wir dachten, aber immer noch nicht so schlimm wie Jungen" (Cain 1990: 3; Übersetzung L.S.).

Damit findet sich in dieser Altersgruppe das gleiche Phänomen wie bei allen anderen Altersgruppen auch. Daß die Delikte überwiegend von Jungen begangen werden, und daß es gravierende geschlechtsspezifische Unterschiede in der Art der Delikte gibt, ist ein erklärungsbedürftiges Phänomen. Wenn wir nicht einfach akzeptieren wollen, daß Mädchen einfach doch die besseren Menschen sind, müssen wir nach Annahmen Ausschau halten, die uns diesen Befund verstehen helfen. Wenn allgemein immer wieder zunehmende Perspektivenlosigkeit aufgrund hoher Arbeitslosigkeit bei Jugendlichen, wachsende Armut vor allem bei Kindern (vgl. Klocke/ Hurrelmann 1997; Walper 1997) und ein allgemeiner Werteverfall als Gründe für die Zunahme von Kinder- und Jugendkriminalität genannt werden, geht dieser Aspekt verloren. Mädchen sind gleichermaßen von diesen Gründen betroffen. Es stellt sich also die Frage, ob sie anders auf Konflikte reagieren als Jungen und warum ihre Konfliktbewältigung seltener kriminalisierbares Verhalten annimmt.

Ich werde im folgenden bewußt auf den Begriff „Kinderkriminalität" verzichten, da ich glaube, damit in erster Linie Schaden anzurichten. „Kriminalität" ist eine sozial konstruierte Kategorie, die die Vielfalt menschlicher Konflikte und Überschreitungen unter einem Begriff zusammenfaßt und daher eine gewaltsame Kategorisierung darstellt.

Bei den konkreten Phänomenen, mit denen wir es zu tun haben, handelt es sich überwiegend um Bagatelldelikte. Hinter den Kategorien Raub oder Brandstiftung verbergen sich oft Handlungen, die man genausogut als kindertypisches, „normales" Verhalten oder als soziale Konflikte, fassen könnte; Rahmungen, die andere Reaktionen als im Strafrecht vorgegebene nahelegen. Bei Jugendlichen wurde ganz bewußt der Begriff Delinquenz eingeführt, um auf die Bagatellhaftigkeit der Handlungen hinzuweisen und sie von den schwerwiegenderen Delikten Erwachsener abzugrenzen.

Da ist es ja wohl schon eine Ironie, die „Kriminalität“ ausgerechnet bei Kindern wieder einzuführen. Wenn ich es ablehne, im Zusammenhang mit Kindern den Begriff „Kriminalität“ zu gebrauchen, meint das nicht, daß Schmerz und Verletzung, die anderen von Kindern zugefügt werden, imaginär sind; die Opfer von „Kinderkriminalität“ sind in erster Linie wiederum Kinder, deren Recht auf Selbstentfaltung eingeschränkt wurde. Das nehme ich ernst. Eine weitere Kategorie, die der Präzisierung bedarf, ist die der „Kinder“: Wenn ich im folgenden von Kindern rede, beziehe ich mich auf die Gruppe der 11 bis 14-jährigen, der „kids“, wie Böhnisch (1997: 119) sie nennt, nicht mehr Kinder, noch nicht Jugendliche.

3. Abweichendes Verhalten nimmt bei Mädchen und Jungen unterschiedliche Formen an

Ergebnisse der kriminologischen Forschung belegen übereinstimmend, daß sich abweichendes Verhalten von Mädchen stark von dem der Jungen unterscheidet. Das Team um den Bielefelder Jugendforscher Klaus Hurrelmann führte über einen Zeitraum von 4 Jahren Befragungen bei 1700 Jungen und Mädchen zwischen 12 und 17 Jahren durch. Die Resultate zeigen, daß es geschlechtstypische Unterschiede in der Verarbeitung von Alltagsbelastungen in Familie, Schule, Freizeit und Freundesgruppe gibt:

- Mädchen zwischen 12 und 17 sind mit ihrem eigenen Gesundheitszustand deutlich unzufriedener als Jungen. Die Wissenschaftler werten dieses Ergebnis als Signal für die äußerst sensible und kritische Selbstbeobachtung, die Mädchen gegenüber Jungen auszeichnet. Jungen ignorieren viel eher die Signale von Körper und Seele und registrieren später, wenn überhaupt, daß sie sich in einer Überforderungssituation befinden.
- Mädchen haben ein vergleichsweise geringeres Gefühl von Selbstwert und Selbstbewußtsein als Jungen.
- Mädchen reagieren viel stärker als Jungen mit psychosomatischen und psycho-physiologischen Beeinträchtigungen auf Alltagsstreß. Die Ergebnisse zeigen, wie sehr sie im Vergleich zu Jungen Alltagsprobleme in sich "hineinfressen” und mit sich selbst und ihrem Körper abmachen.

- Jungen reagieren dagegen viel stärker mit extrovertierten Handlungen. Sie tragen Anspannungen und Überforderungen aus sich heraus und signalisieren durch Aggressivität und Körperaktivität ihre innere Unruhe. In der Bielefelder Untersuchung traten Zerstörungen und Beschädigungen, Prügeleien, Angriffe gegen andere und auch Diebstähle bei Jungen dreimal so häufig auf wie bei Mädchen (vgl. Hurrelmann 1995: 59f.).

Mädchen scheinen eher passive Konfliktlösungsstrategien zu haben. Sie wählen weniger nach außen gerichtete Aktivitäten, wenn sie mit Problemen konfrontiert sind, sondern versuchen stattdessen, ihre Schwierigkeiten innerhalb ihres persönlichen Bereichs eher individuell verweigernd, resignierend zu bewältigen. Die Folgen davon sind häufig physische oder psychische Selbstschädigung z.B. durch Medikamentenkonsum oder Eßstörungen (vgl. Engel/Hurrelmann 1989; Mansel/Hurrelmann 1991). Die Somatisierung von Konflikten stellt für Mädchen wohl die angepaßteste Form der Reaktion auf Probleme dar (vgl. Gipser/Stein-Hilbers 1987; Eisenbach-Stangl 1979). Die erste Erklärung würde also lauten: Mädchen verhalten sich durchaus abweichend, aber seltener in strafrechtlich relevanter Hinsicht.

Daß Mädchen weniger Probleme machen, heißt aber nicht, daß sie weniger Probleme hätten. Es könnte sein, daß ihnen ihre Bravheit andere Probleme bereitet, wie die theoretischen Annahmen der „power-control-theory of gender and delinquency" von John Hagan (1988) und seinen Mitarbeitern nahelegen. Sie gehen davon aus, daß das Etikett „kriminell" für Jungen und Männer reserviert sei, da es gelinge, Mädchen durch informelle Kontrolle zur Konformität zu bewegen.

Die spezifische Lebenssituation von Mädchen hat nicht nur Auswirkungen auf ihre Chancenstruktur in Bezug auf gesellschaftliche Teilhabe sondern auch auf die Art der sozialen Kontrollen, der sie unterliegen. Die These lautet, daß es die gleichen sozialen Mechanismen sind, die sowohl die Chancenstruktur der Mädchen einengen als auch zu ihrer höheren Konformität beitragen (vgl. Hagan u.a. 1988).

Hagan und seine Kollegen argumentieren weiter, daß Jungen durch eine geschlechtsspezifische Sozialisation, Risikoverhalten positiv bewerten. Risikoverhalten (risk-taking) - und dies gilt auch für Delinquenz - beinhaltet ein Gefühl von Freiheit, die Gelegenheit, Abenteuer zu erleben, etwas auszuprobieren, was den männlichen Status symbolisiert und gleichzeitig

Fähigkeiten ausbildet, die Männern in der späteren Produktionssphäre zu Erfolg verhilft. Ihre empirischen Studien kamen zu dem Ergebnis, daß die höhere Konformität der Mädchen durch die hohe familiale Kontrolle zu erklären sei. „(...) if our findings are generalizable, then there may be reason to assume that women are oversocialized, more specifically, overcontrolled“ (Hagan u.a. 1979: 34).

Die Töchter orientieren sich am Modell der Mutter, was sie davon abhält, riskantes Verhalten inklusive Delinquenz positiv zu bewerten oder zu praktizieren. So wiederholt sich im Bereich des delinquenten Verhaltens das, was auch auf den Arbeitsbereich zutrifft: den Mädchen wird die volle Teilhabe an der öffentlichen Sphäre verwehrt.

4. Soziale Konstruktionen von Geschlecht

Innerhalb der feministischen Diskussion erfuhren sozialisationstheoretische Annahmen - wie die gerade vorgestellte - und ihre Rollenmodelle eine zunehmende Kritik, die bemängelte, daß die Geschlechtsrollentheorie über keine geeignete Begrifflichkeit verfüge, um Macht- Herrschafts- und Ungleichheitsverhältnisse analysieren zu können. Dem stehe die Idee der Komplementarität der weiblichen und der männlichen Rolle entgegen. KritikerInnen verlangen, die „weibliche Rolle“ gleichermaßen als erklärungsbedürftig anzusehen, da sie historisch entstanden und sozial bedingt sei (vgl. Bilden 1991: 280). Rollentheoretische Annahmen führen im Bereich der Soziologie abweichenden Verhaltens zu einer problematischen Sicht von zwischenmenschlichen Konfrontationen, da sie allzu schnell Männer als (aggressive) Täter und Frauen als (passive) Opfer verortet; soziale und situative Determinanten für die Bewerkstelligung von sozialem Geschlecht werden nicht brücksichtigt (vgl. Connell 1987; 1995; Messerschmidt 1993).

Bei den zentralen Begriffen „Delinquenz“ oder „Konformität“ handelt es sich ebenso wie bei „Männlichkeit“ oder „Weiblichkeit“ um Konstruktionen. Es gibt keine natürlichen Grenzen zwischen Normalität und Abweichung, zwischen Männern und Frauen als quasi ontologische Differenz. Die Zuschreibungen „delinquent“ oder „kriminell“ sind Ergebnis eines gesellschaftlichen Interpretationsprozesses.

Auch die Geschlechterdifferenz als Basis für ein Geschlechterverhältnis existiert so nicht; diese Differenz wird immer wieder neu und interaktiv hergestellt, immer wieder neu sozial konstruiert. Diese Sichtweise wurde seit den 60er Jahren unter dem Begriff *doing gender* zunehmend populär; sie beschäftigt sich mit der Frage, wie das Geschlecht überhaupt zu einer sozialen Kategorie wird beziehungsweise wie Geschlecht in der Interaktion erzeugt wird. Im Gegensatz zu den Sozialisationstheorien, die einen fixen geschlechtsspezifischen Sozialcharakter implizieren, wird in den neueren Ansätzen die fortlaufende Praxis der Herstellung von Geschlecht zum Thema gemacht. Verkürzt gesagt ist Geschlecht nicht etwas, was man „ist" oder „hat" sondern etwas, was man „tut". *Doing gender* bedeutet, den Vollzug von Geschlechterdifferenz nicht im Individuum zu suchen sondern in seiner Interaktion.

Die Konzentration auf die interaktive Herstellung von Geschlecht birgt die Gefahr einer interaktionistischen Verkürzung; die Inszenierung des Geschlechts findet nicht im luftleeren Raum statt. Wir werden bereits in bestimmte kulturelle Verhältnisse hineingeboren, die wir uns wiederum interaktiv aneignen. Eva Munz verweist auf die poststrukturalistische Diskurstheorie, die ihrer Meinung nach dieses Problem lösen kann: „Die poststrukturalistische Diskurstheorie ermöglicht es, Geschlecht als soziale Konstruktion zu verstehen, sich vom Essentialismus abzuwenden und dabei dem Individuum weder absolute Handlungsfreiheit in der Geschlechteraufführung zuzuschreiben noch es passiv den strukturellen Zwängen der Geschlechterrolle zu unterwerfen. Sie erlaubt die historische Analyse von Geschlecht und die Analyse der Machtmechanismen im Geschlechterverhältnis, und sie ist in der Lage, die tiefe Verankerung des Geschlechts in der Selbstwahrnehmung des Menschen anzuerkennen" (Munz 1996: 11).

Dies gilt für die Konstruktion von Weiblichkeit und Männlichkeit gleichermaßen. Diese Erkenntnisse haben auch im Bereich der Soziologie des abweichenden Verhaltens zu neuen, fruchtbaren Erkenntnissen geführt. Die feministische Wissenschaftskritik und die kritische Kriminologie haben als Gemeinsamkeit den Konstruktionsansatz, der die jeweils seinem Gegenstand zugeschriebene Naturhaftigkeit (die Andersartigkeit der „Natur der Frau" gegenüber der „Natur des Mannes"; die Andersartigkeit des „Kriminellen/Abweichenden" gegenüber dem „Normalen") leugnet und sein Augenmerk auf die soziale beziehungsweise historisch kulturelle Konstruktion der Frau beziehungsweise des Kriminellen im Kontext gesellschaftlicher Verhältnisse richtet (vgl. Gransee/Stammermann 1992: 30).

Konstrukte wie Weiblichkeit oder Männlichkeit haben neben den erklärungsstiftenden immer auch einen normsetzenden, affirmativen Charakter. In Kriminalisierungsprozessen werden auch immer Deutungsmuster vermittelt, die auf symbolischer Ebene eine geschlechtsspezifische Konstruktion von „Normalität" (re)produzieren. Die Schlüsselbegriffe sind dabei „Arbeitsmoral" bei Jungen und Männern, und „Sexualität" bei Mädchen und Frauen. Unter *doing gender* oder *accomplishing gender* wird eine situations- und kontextbezogene Vielfalt von Interaktionen verstanden, in denen Individuen und Gruppen ihre Geschlechtskonstruktionen und ihre soziale Wirklichkeit andauernd neu „bewerkstelligen". Abweichung und Delinquenz sind als Formen sozialer Praktiken zu verstehen, in denen und mit denen Geschlecht dargestellt wird.

4.1 Konstruktion von Weiblichkeit und Delinquenz

Macht man sich diese sozialkonstruktivistische Sichtweise zu eigen, erscheint einem die geringe Delinquenzbelastung von Mädchen und Frauen nicht mehr so befremdlich. Dieser Befund macht Sinn, wenn man den spezifischen Vergesellschaftungsmodus von Mädchen und Frauen betrachtet. Sie sind, wie Regina Becker-Schmidt es nennt, einer doppelten Vergesellschaftung unterworfen (vgl. Becker-Schmidt 1987). Sie sind Hauptakteurinnen der privaten Reproduktion und partizipieren an den marktvermittelten gesellschaftlichen Sphären, sprich Erwerbsarbeit. Die Besonderheit ihrer Lebenswirklichkeit liegt darin, daß sie für zwei Arbeitsbereiche, den Privat- und den Erwerbsarbeitsbereich qualifiziert werden beziehungsweise sich für beide qualifizieren sollen. Einerseits ist für junge Frauen eine Berufsausbildung selbstverständlich, zur Norm, geworden, andererseits sind sie gleichzeitig weiterhin hauptsächlich zuständig für die Haus- und Familienarbeit. Der Privatbereich ist durch patriarchale Verhältnisse, durch persönliche Beziehungen zwischen Familienangehörigen, zum Teil durch Liebesbeziehungen geprägt; der Erwerbsbereich dagegen ist charakterisiert durch verrechtlichte, sachliche Formen im Verhältnis von Arbeitgebern und ArbeitnehmerInnen. Während in der Reproduktionssphäre persönliche, emotionale Beziehungsmuster verlangt werden, sind im Produktionsbereich Leistungen gefragt, die sich an Kriterien wie Konkurrenz, Effektivität und Rationalität festmachen. Für Frauen, die zunehmend beiden Sphären zugeordnet sind, bedeutet dies folglich nicht nur eine zweifache, sondern vor allem eine widersprüchliche Einbindung, da die Anforderungsstrukturen zum Teil unvereinbar sind. Die Vereinbarkeitsproblematik dieser widersprüchlichen Anforderungen stellt sich viel stärker für Frauen als für Männer. Franziska Lamott beschreibt den Vergesellschaftungsmodus von Frauen folgendermaßen: „Er zielt neben der geschlechtsspezifischen Arbeitsteilung auf ihre reproduktive Kraft, ihre Sexualität, Liebes- und Beziehungsfähigkeit. So ist das Alltagsleben der Frau, ihr Ort, außerhalb der Kultur, im Privaten der Familie zu finden" (Lamott 1995: 30).

Lebensschwierigkeiten und abweichendes Verhalten von Mädchen sind weniger öffentlich, sind privatisiert. Aus der besonderen gesellschaftlichen Verortung von Mädchen und Frauen ergibt sich u.a. eine besondere Struktur der sozialen Kontrolle. Mädchen unterliegen insgesamt weniger oft der Kontrolle von formalen Institutionen wie Polizei und Justiz. Goessler-Leirer/Steinert argumentieren, daß umso weniger staatliche, sichtbare Kontrolle angewendet wird, je stärker die Kontrolle ins Private verlegt werden kann (vgl. Goessler-Leirer/Steinert 1975: 51ff.). Ein Netzwerk von informellen sozialen Kontrollen, soll im weitestens Sinne eine Absicherung des traditionellen Geschlechterverhältnisses bewirken (vgl. Heidensohn 1986; Smaus 1990). „Training women to know their place" (Chesney-Lind 1977: 121) funktioniert vor allem über den Privatbereich. Sie wirkt über alle Mechanismen zur Aufrechterhaltung geschlechtsspezifischer Arbeitsteilung (Sozialisation, Benachteiligung in Ausbildung und Beruf, starke Bindung an häusliche Sphäre), durch ihre ständige Orientierung auf den männlichen Partner und den Zwang zur Attraktivität.

Wie unsere eigene Untersuchung in Bremen eindrucksvoll zeigt, liegt die unmittelbarste Auswirkung informeller Disziplinierung in der Einengung der Handlungsmöglichkeiten der Mädchen durch die Familie. Erreicht wird dies konkret über den Einbezug der Töchter für Pflichten im Haushalt und Verantwortung für jüngere Geschwister und über die Kontrolle von Freizeit und den Umgang mit Freunden beziehungsweise Freundinnen. Die Jungen blieben weitestgehend von solchen häuslichen Verpflichtungen verschont. Sie erlebten die Familie in erster Linie als Versorgungsinstanz, während die Mädchen sie oft als Kontrollinstanz erlebten. Entsprechend häufiger berichteten sie von Konflikten mit den Eltern. Aus Angst um ihre körperliche und sexuelle Unversehrtheit werden Töchter sehr viel stärker unter die Aufsicht ihrer Eltern gestellt, ihr Spielraum damit stark eingeschränkt. Ihnen wird eine Gefährlichkeit der "Welt draußen" vermittelt, die ihnen eine vollständige Teilhabe am öffentlichen Leben verwehrt (vgl. Seus 1993).

Die der Geschlechterhierarchie entspringende Konstellation macht Mädchen anfällig dafür, ihr Selbstwertgefühl von der Beurteilung und Anerkennung des „überlegenen" Geschlechts abhängig zu machen. Dies gilt in besonderem Maß für den Bereich der Sexualität. Folgt ein Mädchen dem eigenen Begehren, verletzt damit die Konvention der weiblichen Zurückhaltung und muß es mit entsprechenden Sanktionen rechnen. Die Gratwanderung zwischen „Sinnlichkeit" und „Sittlichkeit" ist sehr diffizil. Die Einteilung der jungen Frauen in „good girls" und „bad girls" ist nach wie vor eine Zuschreibung, die als Mechanismus der sozialen Kontrolle wirkt.

In der Bremer Studie von HauptschülerInnen[1] waren sich die Mädchen darin einig, daß ihr „guter Ruf" über die Kategorie Sexualität vermittelt ist; ihr sexuelles Verhalten oder das Gerede darüber entschied, ob sie als anständige Mädchen anerkannt oder als „Schlampe" diffamiert wurden. Die jungen Männer bezogen den Begriff sehr viel eher auf ihre Arbeitsleistungen. Ihre sexuellen Abenteuer oder das Protzen damit bewirkten keine Schmälerung ihres Ansehens, im Gegenteil: sie verstärkten noch die Reputation der männlichen Jugendlichen (Seus 1993: 201).

4.2 Die Konstruktion von Männlichkeit und Delinquenz

Wenn in der Kriminologie Geschlecht überhaupt als Analysekategorie Anwendung findet, dann im Zusammenhang mit der Frage nach der geringen weiblichen Kriminalitätsbelastung. Warum sehen wir die geringere Beteiligung von Frauen an Delinquenz als erklärungsbedürftig an? Vielleicht sind sie ja der „Normalfall" und es ist erklärungsbedürftig, weshalb Jungen und Männer dort stärker beteiligt sind. Oder anders gefragt: Was hat die Konstruktion von Männlichkeit mit Delinquenz zu tun? Was bedeutet es, wenn delinquente Handlungen bei Kindern ganz überwiegend von Jungen begangen werden? Ganz sicher nicht, daß Delinquenz im allgemeinen oder Aggressionsbereitschaft im besonderen tautologisch mit Männlichkeit gleichgesetzt und auf biologische oder sozialisatorische Zwänge zurückgeführt werden kann. Wäre das so, gäbe es keine Erklärung dafür, daß die überwiegende Mehrheit der Jungen sich konform ver-

1 Es handelt sich um das Teilprojekt „Ausbildung, Beruf und Devianz" im Sonderforschungsbereich „Statuspassagen und Risikolagen im Lebensverlauf" an der Universität Bremen.

hält. So wie wir diese ontologische Sichtweise bei Mädchen abgelehnt haben, so wenig wollen wir sie nun auf Jungen beziehen.

Es war ein Bemühen der Frauenforschung zu zeigen, in welcher Weise Weiblichkeit als ein vieldimensionales Phänomen zu begreifen ist, auf die Vielfalt weiblicher Lebenslagen und weiblicher Lebensentwürfe hinzuweisen. Für die „Männerforschung“ zeigt Connell mit seinem Konzept der hegemonialen Männlichkeit neue, vielversprechende Wege auf (vgl. Conell 1987). Hinsichtlich der Fokussierung von Männerwelten und Maskulinitäten hat das zur Folge, daß Orte, an denen die Konstruktion von Männlichkeit geschieht, zum Gegenstand der Forschung gemacht werden; Delinquenz ist ein solcher Ort.

In Abgrenzung sowohl von voluntaristischen als auch von deterministischen Ansätzen betont Connell (1987: 61ff.) die Notwendigkeit einer Theorie der Praxis („practice-based theory“). Er verortet seinen Ansatz der soziologischen Theoriediskussion über das Verhältnis von Handlung und Struktur in Anthony Giddens Konzept der Strukturierung. Zu berücksichtigen seien sowohl die konstituierenden Leistungen der handelnden Subjekte als auch die Strukturen sozialer Beziehungen, die eine Bedingung einer jeden Praxis seien (vgl. Conell 1987: 62). Connell unterscheidet drei fundamentale Strukturen, in denen Geschlechterverhältnisse organisiert sind: Arbeit beziehungsweise Produktion (the division of labour), Macht (the structure of power) und emotionale Anziehung (the structure of cathexis) (vgl. Conell 1995: 73ff.)[2]. Anders als bei Frauen verweist die geschlechtsspezifische Arbeitsteilung die Männer in erster Linie auf außerhäusliche Erwerbsarbeit und befreit sie weitgehend von Haus- und Erziehungsarbeit. Die besondere gesellschaftliche Verortung zieht aber auch besondere Anforderungen und normative Erwartungen an Männer nach sich, so z. B. die Ernährer und Beschützer zu sein, sein zu müssen.

Innerhalb dieser Strukturen differenziert Connell verschiedene Männlichkeiten, die hierarchisch strukturiert sind und nur als Handlungsmuster in Abhängigkeit von den bestehenden Geschlechterverhältnissen verstanden werden können. „Männlichkeit ist eine Anordnung von Praxis (configuration of practice), die sich um die Position von Männern innerhalb der Struktur von Geschlechterverhältnissen aufbaut. Ich benutze den Plural

---

2 In Anlehnung an Connell unterscheidet Messerschmidt in seinem Konzept der „Structured Action and Gendered Crime“ (Messerschmidt 1993: S.61ff.) :the gender division of labor, gender relations of power and sexuality als die drei relevanten Sozialstrukturen, in denen sich das Geschlechterverhältnis reproduziert und manifestiert.

'Männlichkeiten', um darauf hinzuweisen, daß es normalerweise mehr als eine solche Anordnung in jeder geschlechtlichen Gesellschaftsordnung gibt" (Connell 1994: 3; zit. nach Männerforschungskolloquium 1995: 48).

Den Kern seiner Maskulinitätstheorie bildet der Begriff von Hegemonie, der Machtverhältnisse in zwei Dimensionen untersucht. Die Hauptachse der Machtstruktur ist die Verknüpfung von Autorität mit Maskulinität. In diesem Sinn ist Maskulinität im Verhältnis von Mann zu Frau bestimmt, sprich der Unterordnung von Mädchen und Frauen. Männlichkeit erfährt ihre Bestimmung jedoch nicht nur aus der Relation der Geschlechter zueinander sondern auch aus den Beziehungen, die Männer zu anderen Männern haben. Insofern wird die Hauptachse durch eine zweite überlagert, von einer Hierarchie innerhalb der dominanten Geschlechterkategorie. Das manifestiert sich in Gestalt von Ausgrenzungen und Abwertungen anderer Formen von Männlichkeit (am stärksten Homosexualität) sowie in Subordinationsverhältnissen. „Ältere Männer haben mehr Macht als junge; weiße mehr Macht als farbige, wohlhabende mehr Macht als besitzlose, Arbeiter mehr Macht als Arbeitslose, uniformierte mehr als zivile, Männer in weißen Kitteln (Ärzte, Chemiker, Ingenieure), in schwarzen Kitteln (Juristen, Kirchenvertreter) und im teuren Anzug (Politiker, Manager, Banker, Professoren) haben mehr Macht als solche im Blaumann, heterosexuelle Männer mehr Macht als Homosexuelle etc. Die Auseinandersetzung um 'Männlichkeit' ist immer eine Auseinandersetzung, die durch Hierarchien bestimmt ist" (zitiert nach Kersten 1995: 23f.).

Die doppelte Relation, in der die Männlichkeit ihre Kontur gewinnt - zum anderen und zum eigenen Geschlecht - faßt Connell mit dem Begriff der Hegemonialen Männlichkeit. Damit ist eine Konfiguration von Geschlechtspraktiken gemeint, welche insgesamt die dominante Position des Mannes im Geschlechterverhältnis garantieren (vgl. Conell 1987: 109). „'Hegemonic masculinity' is always constructed in relation to various subordinated masculinities as well as in relation to women" (ebd.: 183).

Hegemoniale Maskulinität als erfolgreiche Darstellung von patriarchalen Vorgaben wie Schutz oder Versorgung stellt ein kulturelles Ideal dar; es ist ein Orientierungsmuster, das nur von den wenigsten Jungen und Männern in vollem Umfang realisiert werden kann. Innerhalb des Connellschen Ansatzes lassen sich unterschiedliche Formen männlich dominierter Abweichung und Kontrolle - auch das Strafrecht sowie Polizei und Justiz sind männlich dominierte Institutionen - als sozial und historisch eingebettete Bewerkstelligungen von Geschlechtszugehörigkeit begreifen.

Männlichkeit muß ständig wiederhergestellt werden und abweichendes, kriminalisierbares Verhalten ist ein Mechanismus, dies zu tun. Dieser Blick auf „kriminelle" Handlungen lassen diese als sinnvoll erscheinen, wenn man sie als eine Ressource zur Bewerkstelligung von Geschlecht, als eine Strategie von Maskulinität interpretiert. Dies ist ganz offensichtlich in Delikten wie dem sogenannten gay-bashing oder in Akten sexueller Gewalt gegen Mädchen und Frauen, wo die eigene Heterosexualität oder die Dominanz über das weibliche Geschlecht bestätigt werden; die Verbindungen können im Grunde genommen aber in allen strafbaren Handlungen gefunden werden. James Messerschmidt argumentiert in seinem Buch „Masculinities and Crime" daß Jungen und Männer dann kriminalisierbare Verhaltensweisen zeigen, wenn ihnen andere, legale Ressourcen zur Herstellung von hegemonialer Männlichkeit verweigert werden. Wenn Jungen keine Möglichkeiten haben, Formen von akzeptierter Männlichkeit mit legalen Mitteln zu leben, weichen sie auf andere Felder aus, die unter Umständen delinquentes Verhalten beinhalten (vgl. Messerschmidt 1993: 24).

So stecken nach Kersten abweichende Männlichkeiten das Gegenüber der erwarteten Gemeinschaftsfunktionen (Beschützen, Versorgen, Sicherstellung von Nachwuchs) ab und sins so ein „Negativabzug von hegemonialer Männlichkeit" (Kersten 1995: 24). Dabei bestimmt die Position von Männlichkeiten innerhalb der hegemonialen Hierarchie welche Formen von Delinquenz ausgeübt werden (können). So können junge Arbeiterjugendliche, denen es nicht gelingt, sich durch eine verbesserte Ausbildung aus ihrem sozialen Milieu zu lösen, ihre Männlichkeit leben, indem sie gegen Autoritäten kämpfen, indem sie die Schule verweigern, delinquent werden. Die Betonung und öffentliche Darstellung von Mut, Härte, Kampfbereitschaft sowie die Darstellung von Kompetenzen und Fertigkeiten im Umgang mit Motorrädern und Autos - dazu gehört auch deren Diebstahl - können nach Kersten bei marginalisierten und arbeitslosen Jungen den Mangel an legitimen Mitteln zur „Ernährermännlichkeit" (ebd..: 25) kompensieren. Aber auch Männer, die über einen hohen gesellschaftlichen Status verfügen und hervorragende Ressourcen für das Ausleben einer hegemonialen Männlichkeit haben, beteiligen sich an kriminellen Aktivitäten (Wirtschaftskriminalität, Umweltkriminalität).

Messerschmidt zieht die Aufmerksamkeit auf den kollektiven Prozeß, die Gruppendynamik von Gleichaltrigengruppen, was auf den Aspekt verweist, daß eine große Zahl von Straftaten bei männlichen Jugendlichen in Gruppen begangen werden (vgl. Messerschmidt 1993). Der Wettbewerb um Prestige, die soziale Unterstützung für illegale Aktivitäten sind Schlüsselmerkmale der Situation. Die öffentliche Bewerkstelligung von Männlichkeiten in der Clique ist mit Risiken für die eigene Person, für andere Kinder und Jugendliche, auch Unbeteiligte, verbunden.

Die Bedeutung und die Funktion von Gleichaltrigengruppen für Jugendliche ist gut erforscht. Nach Hagemann-Whitebenutzen Jungen schon ab drei Jahren peers zur inhaltlichen Ausgestaltung von Männlichkeit; wenn sie sich über Ge- und Verbote hinwegsetzen, finden sie in der Gruppe Unterstützung für ihre Selbständigkeitsbestrebungen (vgl. Hagemann-White 1984: 92). Die Gruppen der Mädchen funktionieren eher auf der Basis von Gleichheit, innerhalb der Cliquen entstehen enge Freundschaften, in denen das Gespräch und kooperative Spiele eine wichtige Rolle spielen und wenig Raum für Dominanz und Konflikte bleibt (vgl. Bilden 1991: 287). Böhnisch (interpretiert die Befunde zur peer-group Sozialistion so, daß Mädchen zwar ebenso wie die Jungen in der Gleichaltrigenkultur präsent sind, daß sie aber unter dem Aspekt der Findung ihrer Geschlechteridentität nicht so „angewiesen" sind auf die Cliquen wie die Jungen (vgl. Böhnisch 1997: 141).

Cliquen sind in dem Sinn vergleichbar anderen homosozialen, männerbündischen Zusammenschlüssen wie Burschenschaften oder Stammtischen. In diesen sozialen Räumen können sich Jungen wechselseitig der Normalität und vor allem auch der Angemessenheit der eigenen Überzeugungen und Alltagspraktiken vergewissern. Dies geschieht u.a. durch solidarisches Kämpfen gegen Herausforderungen, durch Machtspiele mit den Kontrollinstanzen, Rivalitäten und Mutproben. In der Clique geht es aber vor allem darum, Spaß zu haben, der Langeweile zu entgehen, sich von Erwachsenen abzugrenzen. Das Ausleben von Bedürfnissen nach spannenden, Abwechslung bietenden Erlebnissen in Form von Grenzüberschreitungen und Bewährungsproben überschreitet schnell die Grenze zu kriminalisierbarem Verhalten. Auch die Sichtbarkeit von Cliquen an öffentlichen Plätzen, Kneipe, Fußballplatz, zu der auch der öffentliche Alkoholkonsum gehört, macht Jungen anfälliger für polizeiliche Kontrollen und damit für Kriminalisierungsprozesse.

5. Adoleszenzkonzepte

Die beschriebenen Vergesellschaftungsprozesse von Frauen und Männern gestalten sich sowohl als gesellschaftliche Integration der Individuen von außen als auch im Inneren. „Neben den äußeren Strukturen, den zugeschriebenen Geschlechtsrollen und den gesellschaftlich konstruierten Bildern von Mann und Frau, ist die Frage nach den inneren Strukturen entscheidend für das, was die weibliche Erfahrungswelt (und das gilt analog für die männliche, L.S.), ihren Lebenszusammenhang hervorbringt" (Lamott 1995: 30). Es stellt sich die Frage, ob die von außen an sie herangetragenen Geschlechterkonstruktionen von den AkteurInnen übernommen werden und welchen Eigenanteil Männer und Frauen an der Tradierung dieser Bilder haben.

Mit der Beantwortung dieser Frage kommen wir wieder zurück auf die uns interessierende Altersgruppe der 10 bis 14-jährigen, den Kindern oder besser gesagt, den kids. Die Selbstkonstruktion als Junge oder Mädchen, als Mann oder Frau, beginnt spätestens mit der Geburt und begleitet sie ihr Leben lang. In ihrem sozialen Handeln und in all ihren Lebenstätigkeiten stellen sie ihre Geschlechtszugehörigkeit symbolisch dar. Auch wenn Konzepte von „Männlichkeit" und „Weiblichkeit" als nicht essentialistische, als kontextgebundene, veränderbare Konstruktionen entlarvt worden sind, erscheint eine Identitätsbildung ohne deren Zuordnung kaum möglich.

So zeigen Untersuchungen aus der Sozialisationsforschung, daß bereits 3 bis 6-jährige Kinder ein Bewußtsein dafür ausbilden, daß in ihrer Umwelt zwischen Jungen und Mädchen, zwischen Frauen und Männern Unterschiede gemacht werden. Sie lernen sehr früh zu antizipieren, was später im Erwachsenenalter von ihnen als Zugehörige zu einer Geschlechtergruppe erwartet wird (vgl. Bilden 1991). Die jeweilige Ausgestaltung dieser hochkomplizierten Prozesse hängt nicht nur vom Geschlecht ab, sondern auch vom Alter, der Ethnie, der Zugehörigkeit zu einem bestimmten sozialen Milieu, von institutionellen Zusammenhängen und vom situativen Kontext.

In der Phase des Übergangs zwischen Kindheit und Erwachsensein, Adoleszenz genannt, spielen sich jene psychischen und sozialen Prozesse ab, die die biologischen Veränderungen, auf die sich der Begriff der Pubertät bezieht, begleiten und durch sie ausgelöst werden. Die Adoleszenz wird als eine Phase relativer Freiheit gedeutet, in der Jugendliche nicht mehr der rigiden elterlichen Kontrolle der Kindheit und noch nicht den Anforderungen des Erwachsenenlebens ausgesetzt sind. Den Jugendlichen wird zugestanden, sich auszuprobieren, mit Lebensentwürfen zu experimentieren, sich zu orientieren. Dabei wird mit Konflikten, mit agressivem und provokantem Verhalten gerechnet; die Rebellion gegen geltende Normen wird in gewißem Rahmen als gesund und notwendig erachtet. Das heißt die Adoleszenz könnte von den kids als Chance begriffen werden, neue, innovative, korrigierende Erfahrungen zu machen. Nach Lamott aber „wird die frühkindlich erfahrene Machtverteilung zwischen Jungen und Mädchen in dieser biographischen Phase kulturell neu belebt und für das Erwachsenenleben fixiert. Dabei wird die fehlende symbolische Repräsentanz für aktive, selbstbewußte Weiblichkeit erneut zum Problem“ (Lamott 1995: 31).

Dichotome Geschlechterstereotype verschärfen die dargestellten Konflikte in den Vergesellschaftungsprozessen. Die Bilder von „Weiblichkeit“ und „Männlichkeit“ sind zwar kulturelle Setzungen bleiben aber wirksam und überdauernd, weil sie kognitiv und emotional in einem lebenslangen Sozialisationsprozeß angeeignet werden. Männer und Frauen werden auf spezifische Eigenschaften, Rollen, Denk- und Handlungsweisen festgelegt. Von Männern wird erwartet, daß sie vernünftig, stark, durchsetzungsfähig, logisch und emotional unempfindlich sein sollen; Frauen sollen keine körperlichen Aggressionen zeigen, emotional, fürsorglich, rücksichtsvoll, nachgiebig und anpassungsfähig sein. Da ihre doppelte Vergesellschaftung aber auch eine doppelte Sozialisation nach sich zieht, müssen sie den Widerspruch aushalten, daß sie in ihrer Aneignung von Grundqualifikationen als Arbeitskraft auch andere als „weibliche“ Qualifikationen erwerben müssen. Die Wahrnehmung und Verarbeitung dieser Widersprüche kann auf unterschiedliche Weise erfolgen.

Auch dieser Prozeß der „inneren Vergesellschaftung“ ist ein doppelter, da in ihm „Anpassung und Renitenz“ gleichermaßen produziert werden (Becker-Schmidt 1990: 387). Flaake/King konstatieren, daß alle drei theoretischen Richtungen, die sich mit der Adoleszenz auseinandersetzen (Psychoanalyse, Entwicklungspsychologie, Jugendsoziologie), deutliche Tendenzen zeigen, ein am Modell männlicher Entwicklung orientiertes Konzept von Adoleszenz zum normativen Bezugspunkt zu erheben und für junge Frauen Spezifisches lediglich als Abweichung von diesem Bezugspunkt zu sehen (vgl. Flaake/King 1992: 8). Dies betrifft z.B. die Wichtigkeit der Ablösung oder Trennung der Jugendlichen von der Herkunftsfamilie in der Entwicklung hin zu einem autonomen Menschen. Carol Gilligan kritisiert diese Sichtweise als einer normativ an männlicher Entwicklung orientierte Entwicklungspsychologie. Sie betont demgegenüber eine eigenständige Logik weiblicher Entwicklung im Bereich des moralischen Bewußtseins. In ihrem Ansatz der weiblichen Adoleszenz wird die zentrale Bedeutung der Beziehung herausgearbeitet. Nicht die autonome Person geht Beziehungen ein, sondern innerhalb von Bindungen entwickelt sich Unabhängigkeit; entsprechend geht es bei Mädchen nicht in erster Linie darum, sich zu trennen oder loszulösen sondern darum, ihre Beziehungen neu auszuhandeln und auf eine neue Grundlage zu stellen. Ich möchte an dieser Stelle nicht näher auf diesen Ansatz, der auch wegen seiner Weiblichkeit idealisierenden Tendenzen stark kritisiert wurde, eingehen. Er reiht sich jedoch ein in eine Reihe von Ansätzen, die die Widersprüchlichkeit und den Selbstverlust für Mädchen in der Adoleszenz betonen. Laut Gilligan leitet der Übergang zur Adoleszenz - mit 10 bis 13 Jahren - einen Prozeß ein, in dem sich das Mädchen von ihrem Wissen, ihren Kompetenzen und ihrer Auffassung der sozialen Realität entfremdet, in dem - in Gilligan's Terminologie - ihre Stimme verstummt. Das Mädchen sieht sich gezwungen, ihre authentischen Beziehungen zugunsten idealisierter Beziehungen, die in Übereinstimmung mit gesellschaftlich erwünschten Weiblichkeitsmustern stehen, aufzugeben (delinquente Clique gegenüber Mädchenfreundschaften; vgl. Gilligan 1993).

Mädchen fällt es schwerer als Jungen, sich klar mit dem nötigen Maß an Aggressivität und Bestimmtheit abzugrenzen. Häufig wenden sie statt dessen Aggressionen gegen sich selbst und leiden. „Weshalb es gerade Frauen so schwer fällt ‚nein' zu sagen - ihre Wut, ihren Zorn, ihre Haßgefühle zu leben und sich durchzusetzen," - so Margrit Brückner - „liegt daran, daß es zentraler Bestandteil weiblicher Sozialisationsprozesse ist, den Mädchen die eigene Aggressivität als direkte Ausdrucksform zu verwehren, so daß Frauen die eigenen aggressiven Impulse fremd und bedrohlich bleiben und sie sich diese nicht für sich selbst handhabbar machen können" (Brückner 1984: 157). Und das gilt in besonderem Maße für Mädchen und Frauen der Mittelschicht.

Die weiblichen, „weichen" Fähigkeiten sind also auch Ausdruck eines kulturell sanktionierten Aggressionsverbots, tragen aber natürlich auch zu einer höheren Konformität bei.

Adoleszenz und Pubertät nehmen für Mädchen und Jungen also einen unterschiedlichen Verlauf: Die Freiräume, die das Jugendkonzept bietet, werden männlichen Jugendlichen in weit größerem Maße zugebilligt als Mädchen, die gerade mit Beginn der Pubertät einer schärferen elterlichen Kontrolle ausgesetzt sind.

In der Einstellung zu Sexualität offenbart sich deutlich, daß sich hinter den stereotypen Annahmen über „Weiblichkeit" und „Männlichkeit" eine Doppelmoral verbirgt, die die Handlungsspielräume einengt beziehungsweise ausdehnt. So werden junge Männer eher dazu ermutigt, sexuelle Erfahrungen zu sammeln, während das gleiche Verhalten bei jungen Frauen als abweichend definiert und sich schädigend auf ihr Ansehen auswirkt. Der Bekräftigung von Weiblichkeit dienen gerade die gegensätzlichen Verhaltensweisen wie Einfühlungsvermögen, Kompromißbereitschaft und Zurückhaltung, vor allem aber sexuelle Attraktivität. Für viele Mädchen ist als Resultat der Anpassung an das Konzept der Weiblichkeit die Pubertät eher von einem Souveränitätsverlust, denn einem Souveränitätsgewinn begleitet. Vorrang hat die Sorge um Beliebtheit. Dazu Carol Hagemann-White: „Das selbstbewußte, eigene Kompetenzen erlebende Mädchen verliert mit dem Beginn der Adoleszenz ihr Selbst und verbringt die Jugendphase damit, dem Wunschbild ihres sozialen Umfelds entsprechen zu wollen. Eine überkritische Beziehung zum eigenen Körper verstärkt die Bereitschaft, sich der Außenbewertung zu unterwerfen" (Hagemann-White 1992: 71).

Das Konzept der Adoleszenz hat zum Konzept der Männlichkeit ein anderes Verhältnis als zu dem der Weiblichkeit. Die Konzepte „Adoleszenz" und „Männlichkeit" sind optimal aufeinander abgestimmt. Das gesellschaftlich vorherrschende Bild von Jugend beinhaltet Durchsetzungsfähigkeit, Leistungsfähigkeit, Souveränität, einen gesunden Egoismus, alles, was es braucht, um als Erwachsener „seinen Mann zu stehen". Die Konzepte von „Weiblichkeit" und „Adoleszenz" sind sehr viel widersprüchlicher. Es wird heute auch von jungen Frauen erwartet, im Beruf erfolgreich zu sein, doch nicht um den Preis der Aufgabe ihrer Weiblichkeit.

Verhält sich ein Mädchen adoleszent im dargestellten Sinn, gerät es leicht in Gefahr, als „unweiblich" diskriminiert zu werden. Mädchen, die aus der Rolle fallen, werden leicht als Bedrohung erlebt und müssen dann diffamiert werden, „keine richtige Frau zu sein". Die Versuche der Mädchen entsprechend akzeptierte Formen der Weiblichkeit zu leben, tragen zur Konformität bei.

Konflikte treten auf, da die subjektiven Erfahrungen der Mädchen nicht mit dem übereinstimmen, was das durch Geschlechterstereotype aufrechterhaltene Konstrukt „weibliche Identität", das, „was eine Frau ist", ihnen suggeriert. In ihren Erfahrungen von Nicht-Übereinstimmung mit dem für Mädchen gesellschaftlich Gültigen kann sich in ihnen - laut Becker-Schmidt/Knapp - eine Stärke zum Widerstand bilden. Aber: „Es gibt auch die entgegengesetzte Möglichkeit: Nicht-Identität kann ängstigen und verunsichern, wenn sie mit Anpassungs- und Konformitätsbedürfnissen kollidiert. Der Wunsch nach Anerkennung und Geliebtwerden führt dann zur Erfüllung und Übererfüllung des Solls (Becker-Schmidt/Knapp 1989: 150).

Die Beobachtung, daß Mädchen durchaus auch abweichendes Verhalten zeigen, läßt andererseits aber auch darauf schließen, daß der Widerspruch zwischen Adoleszenz und Weiblichkeit nicht immer mit einem Totalverzicht des ersteren bewältigt wird. Mädchen verfügen über ein Handlungspotential, welches es ihnen ermöglicht, je nach Situation „weibliches" oder „adoleszent-männliches" Verhalten zu zeigen, wobei letzteres auch kriminalisierbares Verhalten einschließt.

6. Fazit

Es ist die unterschiedliche gesellschaftliche Verortung von Jungen und Mädchen, die unterschiedliche soziale Konstruktion von Geschlecht und die Vorgaben von akzeptierter Weiblichkeit und Männlichkeit, die die unterschiedliche Belastung mit Delinquenz erklären.

Mädchen sind nicht die besseren Menschen, sie sind nicht von Natur aus friedfertiger so wie Jungen nicht qua ihres Geschlechts böser, beziehungsweise aggressiver sind. So wie „abweichendes Verhalten" und „Kriminalität" sind auch „weibliche" und „männliche" Normalität und Abweichung gesellschaftlich produziert.

Böhnisch beschreibt die Lebenswelt der kids folgendermaßen: „Vor allem aber suchen sie einen Platz für sich, den sie sich zeitweise erobern können, den sie mit ihrer Bewegung, Phantasie, aber auch Aggressivität selber ausgestalten. Das ist (...) nichts anderes als Alltagsbewältigung, der Versuch, die spezifische Lebenskonstellation - noch eindeutiger Familienstatus, Schülerseinund zunehmend entwicklungsnotwendige Suche nach eigenen außerfamilialen Sozialräumen - in einen lebbaren Zusammenhang zu bringen" (Böhnisch 1997: 119).

Ein zentraler Begriff ist der der Aneignung von öffentlichen Räumen; Aneignug charakterisiert einen aktiven selbstbestimmten Prozeß von Kindern, die so ihre gesellschaftliche Rollen, auch die geschlechtsbezogene einüben. Die Aneignung und Erweiterung von Lebensräumen schließt auch dissoziales, kriminalisierbares Verhalten mit ein. Für Mädchen geht es häufig darum, Räume erst zu eröffnen oder zu ermöglichen. Geschlechtsbezogene Muster von Delinquenz sind nicht statisch, sondern variieren situationsabhängig. Mädchen und Jungen beteiligen sich an „geschlechtsentsprechenden" Formen der Delinquenz, begehen mitunter aber auch ähnliche oder gleiche Vergehen. Man denke an Mädchen in gangs, an die sogenannten „riot girls", die eine selbstbewußte Weiblichkeit leben und durch ihr „Anderssein" die engen Grenzen einer traditionell definierten Weiblichkeit für sich erweitern.

Wenn wir von Delinquenz bei Kindern reden - egal ob bei Jungen oder Mädchen - sollten wir die Sichtweise der Kinder nicht vergessen. Die Deutungsweisen der Erwachsenen oder Instanzen ist oft dadurch geprägt, daß sie den Handlungen der Kinder einen subjektiv gemeinten Sinn absprechen. Das Verstecken hinter strafrechtlichen Kategorien behindert das Verständnis sowohl dafür, daß Verhaltensweisen, die wir als dissozial bezeichnen, Kindern einfach Spaß machen, als auch dafür, daß abweichendes Verhalten bei Kindern Konfliktbewältigungsstrategien darstellen. Wenn man den Begriff „Kriminalität" im Zusammenhang mit Problemen, die Kinder haben und unter Umständen auch machen, verwendet, so wird der Blickwinkel auf die gesamte Bandbreite der Konfliktsituationen verengt, die Sensibilisierung für das Dahinterliegende geht verloren und es werden automatisch Forderungen nach punitiven Maßnahmen laut.

Der Begriff „Kinderkriminalität" hat nicht nur keine Erklärungskraft, er trägt darüberhinaus zur Diskriminierung einer Gruppe bei, die unserer besonderen Fürsorge bedarf. Die Einbeziehung von Kindern in Verbindung mit negativen Etikettierungswirkungen ist nicht nur überflüssig sondern auch kontraproduktiv. „Kinderkriminalität" ist ein negativ fixierender Begriff, der schuldunfähige Minderjährige abstempelt und den Schutz der Kinder aufgibt. Daß Ausgrenzung und Strafen keine geeigneten Mittel sind, ist vielleicht die eindeutigste kriminologische Erkenntnis. Dort, wo Delinquenz Ausdruck von nicht gelungener Konfliktbewältigung ist, müssen Möglichkeiten geschaffen werden, daß Kindern eine gesellschaftliche Partizipation in akzeptierter Form ermöglicht wird. Um auf meine Einleitung zurückzukommen: Wir sollten uns vielleicht nicht so sehr mit den

Gründen für „Kinderkriminalität" beschäftigen, sondern mit den Gründen dafür, warum das Thema „Kinderkriminalität" von Medien und Politikern so gepuscht wird. Ich glaube eine Funktion liegt darin, von „echten" sozialen Probleme wie Armut bei Kindern und berufliche Perspektivenlosigkeit abzulenken. Das heißt die Analyse sollte eher den Mechanismen und Institutionen gelten, die die Definitionsmacht haben, bestimmte Verhaltensweisen von Kindern mit dem Etikett „kriminell" zu belegen und dieser Definition andere, sinnvollere entgegensetzen.

Literatur:

Becker-Schmidt, R. 1987: Die doppelte Vergesellschaftung - die doppelte Unterdrückung: Besonderheiten der Frauenforschung in den Sozialwissenschaften, in: Unterkircher, L./Wagner, I.: Die andere Hälfte der Gesellschaft. Österreichischer Soziologentag, Wien S. 10-25

Becker-Schmidt, R. 1990: Individuum, Klasse und Geschlecht aus der Perspektive der Kritischen Theorie, in: Zapf, W. (Hg.): Die Modernisierung moderner Gesellschaften (25. Deutscher Soziologentag), Ffm/N.Y, S. 383-394

Becker-Schmidt, R./Knapp, G.-A. 1989: Geschlechtertrennung - Geschlechterdifferenz. Suchbewegungen sozialen Lernens, 2. Aufl., Bonn

Bilden, H. 1991: Geschlechtsspezifische Sozialisation, in: Hurrelmann, K./Ulich, D. (Hg.): Handbuch der Sozialisationsforschung, Weinheim, S. 279-301

Böhnisch, L.1997: Sozialpädagogik der Lebensalter, Weinheim/München

Brückner, M. 1984: Wendepunkte - Frauen auf dem Weg der Subjektwerdung, in: Schaeffer-Hegel, B. : Frauen und Macht, Berlin, S. 150-160

Cain, M. 1990: Towards Transgression: New Directions in Feminist Criminology, in: International Journal of the Sociology of Law, Nr. 18, S. 1-18

Chesney-Lind, M. 1977: Judical Paternalism and the Female Status Offender - Training Women to Know their Place, in: Crime and Delinquency 23, S. 121-130

Connell, R. W. 1995: Masculinities, Cambridge/Oxforf

Connell, R. W. 1987: Gender and Power, Cambridge/Oxford

DVJJ-Journal 1997, 8. Jg., Heft 3

Eisenbach-Stangl, I. 1979: Weiblicher Körper und männliche Vernunft. Abweichung und Kontrolle von Frauen, in: Kriminalsoziologische Bibliografie, 6. Jg, Heft 23-24, S.4-38

Engel,U./Hurrelmann, K. 1989: Psychosoziale Belastungen im Jugendalter, Berlin/N.Y.

Flaake, K./King, V. (Hg.) 1992: Weibliche Adoleszenz. Zur Sozialisation junger Frauen, Ffm/N.Y.

Flaake, K./King, V. 1992: Vorwort der Herausgeberinnen, in: Flaake/King (1992: 7-13)

Gilligan, C.1993: Die andere Stimme. Lebenskonflikte und Moral der Frau, 6. Aufl., München/Zürich

Gipser, D./Stein-Hilbers, M. 1987: Soziale Grundlagen weiblicher Konflikte und Konfliktbewältigungen, in: dies. (Hg.): Wenn Frauen aus der Rolle fallen. Alltägliches Leiden und abweichendes Verhalten von Frauen, 2. Aufl., Weinheim, S. 11-43

Goessler-Leirer, I./Steinert, H. 1975: Die Kriminalität der Frau in Österreich, Wien

Gransee, C./Stammermann, U. 1992: Kriminalität als Konstruktion von Wirklichkeit und die Kategorie Geschlecht, Pfaffenweiler

Hagan, J./Simpson, J./Gillis, A.R. 1988: Feminist Scholarship, Relational and Instrumental Control, and a Power-Control Theory of Gender and Delinquency, in: The British Journal of Sociology, Vol. 39, No. 3, S. 301-336

Hagan, J./Simpson, J./Gillis, A.R. 1979: The Sexual Stratification of Social Control: A Gender-Based Perspective on Crime and Delinquency, in: The British Journal of Sociology, Vol. 30, 25-38

Hagemann-White, C. 1992: Berufsfindung und Lebensperspektive in der weiblichen Adoleszenz, in: Flaake/King (1992: 64-84)

Hagemann-White, C. 1984: Sozialisation: weiblich-männlich? Opladen

Heidensohn, F. 1986: Women and Crime, , 2. Aufl., Houndmills u.a.

Hurrelmann, K. 1991: Junge Frauen: Sensibler und selbstkritischer als junge Männer, in: Pädagogik, H. 7-8, S. 58-62

Hurrelmann, K./Klocke, A. (Hg.): 1997: Kinder und Jugendliche in Armut, Opladen/Wiesbaden

Kersten, J. 1995: Junge Männer und Gewalt, in: Neue Kriminalpolitik, 8. Jg., S. 22-27

Lamott, F. 1995: Konstruktionen von Weiblichkeit und die "male stream" Kriminologie, in: Neue Kriminalpolitik, 8. Jg, S. 29-32

Mansel, J./Hurrelmann, K. 1991: Alltagsstreß bei Jugendlichen, Weinheim/München

Männerforschungskolloquium Tübingen 1995: Die patriarchale Dividende: Profit ohne Ende, in: Widersprüche, Zeitschrift für sozialistische Politik im Bildungs-, Gesundheits- und Sozialbereich. Männlichkeiten, Heft 56/57, S. 23-47

Messerschmidt, J. W. 1997: Crime as Structured Action. Gender, Race, Class, and Crime in the Making, Thousand Oaks/ London/ New Delhi

Messerschmidt, J. W. 1993: Masculinities and Crime; Lanham: Rowman and Littlefield Publishers

Munz, E. 1996: Mädchenpopkultur der neunziger Jahre. Geschlechterpolitische Strategien von Riot Girls und Girlies. unv. Diplomarbeit, Bremen

Pilgram, A. 1997: „Jugendliche im Diskurs über Ausländerkriminalität und Ausländer im Diskurs über Jugendkriminalität“, Vortrag gehalten auf dem 1. Bremer Jugendgerichtstag, vom 25.-26.04. 1997 in Bremen

Polizeiliche Kriminalstatistik (PKS) 1996 der Bundesrepublik Deutschland, Wiesbaden 1997

Richter, D. 1993: Hexen, kleine Teufel, Schwerererziehbare. Zur Kulturgeschichte des „bösen Kindes“, in: Deutsches Jugendinstitut (Hg.): Was für Kinder. Aufwachsen in Deutschland, München, S. 195-202

Seus, L. 1993: Soziale Kontrolle von Arbeitertöchtern, Pfaffenweiler

Smaus, G. 1990: Das Strafrecht und die Frauenkriminalität, in: KrimJ, 20. Jg., Heft 4, S. 266-284

Walper, S. 1997: Wenn Kinder arm sind – Familienarmut und ihre Betroffenen,, in: Böhnisch, L./Lenz, K.: Familien. Eine interdisziplinäre Einführung, München/Weinheim, S. 265-281

Tilman Allert

Die Straße als Bühne
Inszenierungswünsche und Inszenierungsorte in der Adoleszenz

1. Einleitung

In der öffentlichen Diskussion um Voraussetzungen und Folgen der Jugenddelinquenz lassen sich zwei Perspektiven unterscheiden. Sie reagieren auf die massenmedial skandalisierten Daten zur Gewaltbereitschaft Jugendlicher, zum drohenden Identifikationsverlust oder zur abnehmenden Wertverinnerlichung. Während zum einen um die Jugendhilfe und Jugendpolitik gestritten wird, die Rationalitätsdefizite oder Rationalitätspotentiale gegenwärtiger erzieherischer Einrichtungen in die Debatte gebracht werden, beschränkt sich die Resonanz im zweiten Fall auf Überlegungen zur Verschärfung des Sanktionsdrucks. Gestaltung und Öffnung jugendspezifischer Sozialräume versus restriktiver Handhabung bilden die komplementären argumentativen Muster, die in verschiedenen Arenen und Publika mehr oder weniger dramatisch bemüht werden. Diskussionen dieser Art begleiten die Erscheinungsformen der Adoleszenz zumindest in modernen Gesellschaften, deren Sozialgefüge und Entwicklungsdynamik systematisch ein psychosoziales Moratorium bereitstellt, im Prinzip die Handlungsfolgen einer in der Adoleszenz wirksamen Regelverletzung toleriert und darüber hinaus in der Abweichung ein Innovationspotential für die Bewältigung von Anpassungskrisen sieht. Die Aufmerksamkeit auf Konformität und Nonkonformität Jugendlicher zu den sittlichen Standards der Erwachsenengesellschaft geht darauf zurück, daß man hierin die zukünftige Gestaltungsgeneration vor sich sieht und entsprechend sensibel reagiert. Zum politischen Diskurs über Jugenddelinquenz gehört, daß er über einen zumeist anlaßbedingten Handlungsdruck entsteht und von der Struktur der thematischen Optionen her für die Selbstinszenierung der Politik in der Dauerkonkurrenz zwischen Regierung und Opposition wie geschaffen ist, wenn man bedenkt, daß die Akteure im politischen Handlungsraum unter dem notorischen Zwang stehen, Streitgegenstände zu konstituieren, die systematisch im Hinblick auf die Chancen der Erfolgszurechnung beziehungsweise Mißerfolgszurechnung überprüft werden. Die Thematik der Jugenddelinquenz eignet sich für dieses Spiel deshalb, weil die Frage nach den erzieherischen Gestaltungsaufgaben eine Folie für die Selbstartikulation der erwachsenen Generation als der moralisch und erzieherisch kompetenten Generation bietet. Sie erscheint somit als Fokus im Generationenstreit, sie ist selbst ein „Problem der Generationen", ihrer Wahrnehmungsmuster und Selbstverständnisse.[1]

Von der öffentlichen Debatte läßt sich der wissenschaftliche Diskurs unterscheiden, er ist handlungsdruckentlastet, konzentriert sich auf die Analyse der Voraussetzungen und rational kalkulierbaren Planungsalternativen im Horizont der pädagogischen Professionen. Sein Ziel liegt in der Komplexitätserhöhung und nicht in der politisch motivierten Reduktion von Komplexität. Hierbei beschäftigen sich verschiedene wissenschaftliche Ansätze mit der Suche nach Motivierungslinien, gesellschaftsspezifischen und altersspezifischen Voraussetzungen von Jugenddelinquenz wie mit den Möglichkeiten erzieherischer Begleitung einer psychosozial komplizierten Phase des Bildungsprozesses. Der folgende Vorschlag nimmt die Erfahrungen aus einer Fallstudie zur Jugenddelinquenz im Großstadtmilieu zum Anlaß, Selbstdarstellungsorte und Selbstdarstellungswünsche Jugendlicher zu skizzieren. Damit verbinde ich ein Plädoyer dafür, die theoretische Komplexität in der Aufschlüsselung jugendspezifischen Verhaltens zu erhöhen, die Ursachenschichtung sichtbar zu machen und der Sequenz beziehungsweise Interdependenz verschiedener Kontexte eine erhöhte Aufmerksamkeit zu schenken (vgl. Allert 1997 und 1998).

Es geht um die Straße als einem Ort der Inszenierung von Selbstdarstellungswünschen, die über das Risiko als Lebensform motiviert sind. Nicht jeder Handlungsraum gestattet die maximale Exposition einer Personalität, moderne Berufsrollenprofile muten infolge ihrer hohen funktionalen Spezifizität die Kontrolle körperlicher Ausdrucksformen zu. Die Straße hingegen, darauf macht schon der Bedeutungsraum des Wortes aufmerksam, gestattet die Begegnung von ansonsten institutionell und organisatorisch getrennten Personengruppen, sie wird Forum für „Men-

---

1 Mit dem Verweis auf Karl Mannheims grundlegende Studie (Mannheim 1964) soll ein systematischer Zusammenhang angedeutet werden, über den die Debatten über Sinn und Unsinn von Jugendhilfe kognitiv und moralisch bestimmt werden. Es geht immer um das spezifische Profil von Problemdeutungen, die über die Unterschiedlichkeit der Generationserfahrungen mit divergenten und häufig widersprechenden Schwerpunkten und Schlußfolgerungen versehen sind.

schenvielheiten“ in einer eigentümlichen soziologischen Struktur[2]. Ihre Attraktivität bezieht sie gerade aus dem Umstand, daß die Kommunikation sich im Medium des Körpers vollzieht. Das soziologische Thema beginnt an dieser Stelle: Nicht die Belastbarkeit der Straße als Verkehrssystem, nicht die Frage ihrer ökonomischen Substituierbarkeit, sondern die Mikrostruktur eines Begegnungsraums ist im folgenden in das Zentrum der Aufmerksamkeit zu rücken[3]. Mit Inszenierung spiele ich auf einen besonderen Modus der Partizipation an. Folgt man der Semantik des Wortes, so stößt man auf zwei Dimensionen. Von Inszenierung sprechen wir im Horizont des Theaterspiels und meinen damit nicht etwa die textliche Grundlage eines Stücks, deren Produktion einem Autor zugeschrieben wird, sondern die Rahmung, die der Text durch einen gezielten strategischen Eingriff des Regisseurs erfahren hat. Hier meint Inszenierung das gezielte Unterstreichen einer Textlesart. Sie soll dem Publikum Verständnishinweise geben, Akzente setzen und Fährten legen für die ästhetische Rezeption. In einer zweiten Bedeutung bezieht sich Inszenierung dagegen auf eine Qualität der Selbstdarstellung, die jemand zum Ausdruck bringt, auch und gerade ohne daß er es beabsichtigt hat oder daß dies in seiner Eigenwahrnehmung auftaucht. Das Unbewußte, Sigmund Freuds Thema, bezeichnen wir als den privilegierten Ort einer Inszenierung, der nur ein Beobachter teilhaftig wird, von der ein Handelnder erfaßt wird oder die sie befällt. Inszenierung spielt somit auf die Dimension eines einstudierten und auf die Dimension eines unbewußt aktualisierten Handlungsablaufs an. Die beiden Motivierungsquellen spielen systematisch in der soziologischen Analyse eine wichtige Rolle, sie gehören darüber hinaus zu den normalen Zuschreibungsalternativen, die Menschen im Alltag zur Selbstverständigung bemühen. Für unseren Zusammenhang ist nun wichtig, daß sie sowohl situationsspezifisch als auch lebensphasenspezifisch aneinanderrücken oder sich im raschen Wechsel ablösen können. Der Wechsel der Motivierungen macht das Handeln Jugendlicher auf eine besondere Weise riskant und in dieser Risikobereitschaft kommen soziopsychische Vorgän-

---

2 Diese Formulierung spielt auf eine soziologische Konzeptualisierung von Handlungsimplikationen der Straße an, die auf Theodor Geiger (1926) zurückgeht. Für Geiger ist die Straße einer der Orte der „Masse und ihre(r) Aktion“. Das Gestaltungspotential räumlicher Strukturen für menschliche Beziehungen hat - lange vor Erving Goffman - Georg Simmel in verschiedenen Arbeiten zu einem Thema gemacht.

3 Der komplexen kommunikativen Funktion der Straße ist der von Hohm herausgegebene Sammelband gewidmet (Hohm 1998). Zum Straßenverkehr als einem Sozialsystem eigener Art siehe auch Allert (1985).

ge zur Wirkung, die mit dem Schwebezustand zwischen Kindheit und Erwachsenenalter systematisch zusammenhängen.

Die Adoleszenz stellt eine spezifische Voraussetzung für den Eintritt in eine riskante Lebensführung dar, deren harmloser Ausdruck die artistische Aktivität auf dem Skate-Board oder mit Inlinern sein kann, deren greller und folgenreicher Ausdruck hoch riskante Manöver mit Fahrzeugen, aber auch das Ausreizen von Normen zivilen Umgangs oder das Durchbrechen von sozial konsenten sittlichen Standards sein kann. Nach meiner Ausgangsthese gehört die Risikobereitschaft zur Signatur der modernen Gesellschaft. Als eine Handlungszumutung an die Person bezeichnet sie abkürzend die Bereitschaft, mit unvorhersehbaren Lagen umgehen zu können und sogar bewußt bisher unbekannte Lösungen auszuprobieren[4]. Mit Risikofreude erfährt der gesellschaftliche Zwang zur erhöhten beruflichen wie technologischen Anpassungsflexibilität und Innovation sein psychisches Unterfutter. Nun verhält es sich hingegen so, daß die Risikobereitschaft die Menschen der modernen Gesellschaft nicht ohne weiteres bestimmt und dies vermutlich in keiner Gesellschaft je der Fall war. Der Bildungsprozeß des Menschen setzt nicht nur eine vergleichsweise stabile und konstante psychosoziale Rahmung voraus, sondern läuft darauf hinaus, daß verläßliche Rahmen, eine minimale Vertrautheit, für die Ausgestaltung eines Lebens unterstellt werden. Von ihrer psychosozialen Verfaßtheit her ist der Zumutungspielraum eng begrenzt. Normalerweise sind Menschen auf ein risikoarmes Umfeld angewiesen, in dem sie einen authentischen Entwurf ihrer eigenen Einzigartigkeit artikulieren können und zwar so, daß er von anderen bestätigt werden kann. Mit dem alten Theodor-Fontane-Helden Stechlin formuliert, ist „Heldentum Ausnahmezustand und meist Produkt einer Zwangslage“. Auf das Thema bezogen umformuliert: Risiko ist eigentlich Ausnahmezustand und meist Produkt einer Zwangslage - Risiko bezeichnet eine ungewöhnliche Handlungszumutung und gleichermaßen eine ungewöhnliche Handlungsbereitschaft. Beides läßt sich auf seine sozialen Voraussetzungen hin befragen.

Zur Hinführung zur Frage nach der Bedeutung riskanten Verhaltens im Leben Jugendlicher möchte ich kurz andeuten, mit welchen Aspekten wir

---

4 Auf Risikobereitschaft und nicht allein auf Risikozumutungen spielt der Ausdruck „Risikogesellschaft“ an, der zu den Semantiken gehört, die zur Selbstbeschreibung der modernen Gesellschaft in die Debatte gebracht wurden (Luhmann 1991). Es geht dabei nicht einfach um die Diagnose, daß die Risikosteuerungsmöglichkeiten abnehmen und vorher nicht gekannte Haftungsprobleme entstehen, sondern um die Deutung des Risikos als einer Innovationschance.

es zu tun haben. Nach meiner Wahrnehmung haben wir es mit einer Zunahme von Tendenzen der Selbstgefährdung zu tun, die durch ihre Todesnähe faszinieren. Die Todesnähe suggeriert eine Karikatur von Mut, die in ihrer ernsthaften Version nur Personen in sozialen Sondersituationen wie einem Krieg, Naturkatastrophen u.ä. zugemutet wird. Gegenüber den Helden in Uniform, den Helden des Kriegsschauplatzes oder den Helden des Erdbebeneinsatzes riskieren die jugendlichen Helden des Auto-Crashing oder der Autoraserei ihr Leben jedoch nicht aus Konformität gegenüber einer überpersonalen moralischen Instanz, z.B. der Nation, dem König oder generalisierten Prinzipien der Sittlichkeit, sondern aus Konformität gegenüber einem hochinternalisierten Kriterium personaler Einzigartigkeit und charakterlicher Größe. Dieses Kriterium von Einzigartigkeit entsteht in der frühen Kindheit, wird in der Gruppe der Gleichaltrigen gepflegt und bekräftigt und findet in den Strukturen des öffentlichen Raumes eine herausragende Bühne für Bestätigung und Selbstbestätigung.

In vielen Fällen haben wir es mit einer adoleszenzspezifischen, also ausdrücklich jugendspezifischen Neigung zu tun, Extremsituationen aufzusuchen. Für diese Altersstufe dürfen wir eine Wirklichkeitswahrnehmung unterstellen, bei der die objektiven Folgen und Voraussetzungen des eigenen Tuns nicht angemessen eingeschätzt werden können. Ich betrachte diese Form jugendlichen Verhaltens auch als ein Inszenieren innerer Realität von Wunschphantasien, Tagträumereien und anderen psychischen Dispositionen. Der seelische Haushalt der Person wird dann bestimmt von dem, was wir als Alltagsmenschen an Künstlern, Schauspielern, Gauklern und am Glanz zirzensischer Flitterwelt bewundern. Für die Beteiligten ist daran das hohe Maß an Selbstillusionierung charakteristisch. Was wir hier beobachten, gründet sich auf eine spezifische Übertreibung auf dem Wege der Ausformung erwachsener psychosozialer Identität. Ich gehe davon aus, daß diese Übertreibung sich mit anomischen Tendenzen der sozialen Ordnung und dem Zerfall normativ regulativer Werthorizonte verzahnt, die für die Jugendlichen von abnehmender Bedeutung sind.

Andererseits enthalten die großstadtspezifischen Szenen, in denen die Jugendlichen sich bewegen, ihrerseits durch peer groups verstärkt, Regulative mit einer eigenen Verbindlichkeit, die an die Jugendlichen gerichtet werden[5]. Mein Vorschlag geht darauf hinaus, sich die vielfache Motivschichtung dieses jugendlichen Verhaltens genauer anzuschauen. Dabei möchte ich mich auf zwei Motivkomplexe konzentrieren, die hierbei eine Rolle spielen, zweifellos die Adoleszenz und ihre Besonderheit sowie die Strukturen des öffentlichen Raumes, also die Handlungsmöglichkeiten, denen die Jugendlichen begegnen, wenn sie ihr Elternhaus verlassen. Ich gehe im folgenden nicht von einer monokausalen Betrachtung aus, sondern von einer Kontextschichtung, von einer Aggregation verschiedener motivierender Kontexte, die in ihrer systematischen Wirkung noch weitgehend unerforscht sind. Es hat demnach wenig Sinn, nach Gründen in der Sozialisaton zu suchen, die Kausalzurechnung auf die pädagogischen Einrichtungen zu verschieben oder den Massenmedien und ihrer Verbreitungssucht den schwarzen Peter zuzuschieben. Die Wechselwirkung derartiger Faktoren gilt es genauer herauszuarbeiten. Der Beitrag behandelt die Thematik in drei Abschnitten: Zunächst geht es um die Deutung verschiedener Formen der Risikobereitschaft und Risikoverarbeitung. Ein zweiter Abschnitt skizziert die Adoleszenzkrise und die in diesem Lebensabschnitt typischerweise auftretenden Inszenierungswünsche. Daraufhin gilt es die Struktureigentümlichkeit der Straße als einem Handlungsraum eigener Art zu bestimmen. Abschließend gehe ich auf eine Reihe von Akteuren ein, die für den Umgang mit den dynamischen und häufig eskalativen Prozessen im Bezugsfeld von Straße und Jugendlichen von Bedeutung sind.

2. Risiko als Lebensform

Was verstehen wir unter Risiko als einer Lebensform? Wenn man davon ausgeht, daß die Lebensphase der Adoleszenz sich durch ein besonderes Verhältnis zu Handlungsregeln auszeichnet und zwar dergestalt, daß Regeln wesentlich in ihrer Zumutungsqualität und nicht in ihrer Entlastungsqualität gesehen werden, dann liegt eine Widerständigkeit gegen die normative Konstruktion der Sozialordnung sowie gegen Institutionen ihrer Inanspruchnahme nahe. Aber wie läßt sich unterscheiden, ob die Risikobereitschaft ein passageres Phänomen darstellt oder alles andere als harmlos ist und demnach eine reproduktive Karriere der Delinquenz ein-

5 Das schildert eindrucksvoll Whyte in seiner Studie über die Solidaritätsbeziehungen einer Ekkenstehergemeinschaft (Whyte 1996).

leitet? Wir benötigen eine Folie für die Interpretation von riskantem Verhalten. Sie soll einer skizzenartigen Vorab-Konstruktion eines Möglichkeitsraumes entnommen werden.

Ich unterscheide drei Formen der Risikobereitschaft und des riskanten Verhaltens. Die *erste* ist bei Personen zu beobachten, die beispielsweise Freizeitparks besuchen, Achterbahn fahren, Bungee-jumping ausüben oder sich in außergewöhnliche psychophysisch belastende Situationen begeben. Dies geschieht dann, wenn wir in den Kontext Achterbahn oder Bungee-jumping eintreten und das Risiko zum Zwecke der „thrill"-Erfahrung aufsuchen. Das Motiv derartiger Aktivitäten liegt in dem Wunsch, das Wahrnehmungsspektrum dadurch zu erweitern, daß man die sensorischen wie motorischen Orientierungsmedien des Körpers besonderen Belastungen aussetzt, auf die normalen Mechanismen der Situationskontrolle verzichtet und sich in „philobatischen" Abenteuern in regressive Empfindungen der Angstlust beobachtet[6]. In diesem Fall kann man davon sprechen, daß Risiko in den Lebensentwurf der Person integriert ist.

Davon unterscheide ich *zweitens* die ästhetische Sublimierung des Risikos, die sich auf eine weitere Form der Integration in die personale Identität bezieht. Dabei handelt es sich um Menschen, die es geschafft haben, ihre Risikobereitschaft durch eine Konzentration auf eine Sache, auf ein Werk, auf ein Erarbeitetes zu sublimieren. Das prominenteste Beispiel für die ästhetische Sublimierung von Risikobereitschaft begegnet uns im künstlerischen Handeln, beispielhaft etwa im Werk von Franz Schubert. Schuberts notorisches Kompositionsproblem findet darin seinen Ausdruck, daß er ein Ende nicht finden kann und daß er in seiner Musik an Abgründen wandert, wie Th. W. Adorno seine Musik charakterisiert hat: „Der exzentrische Bau jener Landschaft, darin jeder Punkt dem Mittelpunkt gleich nah liegt, offenbart sich dem Wanderer, der sie durchkreist, ohne fortzuschreiten: alle Entwicklung ist ihr vollkommenes Widerspiel, der erste Schritt liegt so nahe beim Tod wie der letzte, (...). Nicht Geschichte kennen sie (Schuberts Themen – T.A.), sondern perspektivische Umgehung: aller Wechsel an ihnen ist Wechsel des Lichtes" (Adorno 1982: 25). Darin hat seine Musik einen außerordentlichen Reiz bis auf den heutigen Tag, man denke an die nur bei Schubert zu hörende außerordentlich raffinierte Modulation von Dur nach Moll oder die Tonartensprünge, für die

---

6 Im Horizont der psychoanalytischen Theorie bezeichnet M. Balint mit Philobatismus eine besondere Form der Annäherung an Objekte, für die das Ausblenden der Realitätsprüfung grundlegend ist (Balint 1972: 23 ff.).

die Schubertsche Musik bekannt geworden ist. Verglichen mit der strengen Architektonik der Beethovenschen Musik verrät Schuberts Musik etwas außerordentlich Schwebendes, seiltänzerisch Riskantes. Er komponiert als ein Wanderer, beinahe könnte man mit Blick auf unser Thema sagen, er sei ein Jugendlicher, der durch die Welt rast, dabei die Grenzen, die von den Formgesetzen des musikalischen Ausdrucks verkörpert werden, ständig verletzend beziehungsweise umspielend. Schubert erwähne ich, weil man hieran sieht, daß das Risiko als eine Disposition auch anders verarbeitet werden kann und darauf kommt es mir hier in diesem zweiten Typus an. Es kann ästhetisch sublimiert werden.[7]

Die *dritte* Form der Risikobereitschaft und der Motivation zu riskantem Verhalten, liegt bei Menschen vor, die das Risiko zu einem Habitus ausgebildet haben. Was haben nun Schubert, Auto-Crashing oder Autoraserei und der „Thrill" auf der Achterbahn im Freizeitpark miteinander gemein? In meiner Wahrnehmung liegen hier drei verschiedene Formen von Abenteuer mit jeweils unterschiedlichen Graden der Sublimation und der Integration in den Persönlichkeitsentwurf vor. Im einen Fall ist das Abenteuer mühelos in den Alltag inkorporiert und eingebaut, im anderen Fall ist es künstlerisch sublimiert und im dritten Fall, der uns hier eigentlich zu beschäftigen hat, begegnet es uns als eine Charakter gewordene Struktur oder als ein Habitus, der situationsübergreifend wirksam ist. An diese Unterscheidungen schließe ich einen weiteren Gedanken an. Die Risikobereitschaft hat im dritten Fall etwas mit dem Verhältnis der Menschen zur Zeitlichkeit, genauer, mit dem Verhältnis der Menschen zur Endlichkeit ihrer eigenen Existenz zu tun. In allen biografischen Phasen setzen sich die Menschen auf je unterschiedliche Weise mit der Vergangenheit und der Zukünftigkeit ihres eigenen Lebens auseinander. Im Horizont der pragmatistischen Sozialtheorie G.H. Meads wird das Argument, nach dem das gegenwärtige Erleben der Menschen in die beiden Zeitperspektiven Vergangenheit und Zukunft systematisch eingespannt ist, zur Begründung einer im problemlösenden Handeln fundierten Bildungsgeschichte eingesetzt. Das, was wir gegenwärtig tun und erleben, wird durch nichts anderes dimensioniert als durch die Vergangenheit und durch eine der Vergangenheit entnommene Projektion in die Zukunft. Diese für die Soziologie menschlicher Identität unverrückbare Einbettung in ein span-

7 In diesem Zusammenhang überrascht nicht, daß in musiktherapeutischen Ansätzen zur Behandlung von autistischen oder auch sogenannten hyperaktiven Kindern Schuberts Werke bevorzugt werden.

nungsreiches Verhältnis von Endlichkeit und Unendlichkeit kann ich an dieser Stelle nicht weiter ausführen, für unser Thema ergibt sich folgende Konsequenz.[8]

Beim Abenteurer, mit dem ich mich im folgenden beschäftigen will, finden wir ein dramatisch zugespitztes Verhältnis zur Zeit. Denn der Abenteurer lehnt streng genommen die Kontinuität des Lebens ab, die oben mit dem Hinweis auf Vergangenheit und Zukunftsperspektive angedeutet war. Er verkörpert, so kann man zur Struktur seiner Daseinsgestaltung formulieren, die stärkste Ausprägung des unhistorischen Menschen. Der Abenteurer ist extrem gegenwartsorientiert und, in den Worten Georg Simmels, das Unberechenbare des Lebens so behandelt, wie wir das Berechenbare behandeln; von daher die Nachbarschaft zum Spieler: „(...) gerade auf die schwebende Chance, auf das Schicksal und das Ungefähr hin setzen wir alles ein, brechen die Brücken hinter uns ab, treten in den Nebel, als müßte der Weg uns unter allen Umständen tragen. Dies ist der typische 'Fatalismus' des Abenteurers (...). Die eigentümliche Gewagtheit, mit der er sich immerzu aus den Festigkeiten des Lebens herausbegibt, baut sich gewissermaßen zu ihrer eigenen Rechtfertigung ein Gefühl von Sicherheit und Gelingenmüssen unter, das sonst nur der Durchsichtigkeit berechenbarer Ereignisse zukommt“ (Simmel 1986: 32f.). Der Abenteurer verhält sich sozusagen spiegelbildlich zur normalen Einstellung des Menschen gegenüber der Zeitlichkeit und der Zeitstruktur des Lebens. Er stellt gerade keine Überlegungen hinsichtlich der Verortung seines Tuns in einer Zeitdimension Vergangenheit und Zukunft an, sondern der Abenteurer verkörpert einen Verhaltenstypus mit einer extremen Gegenwartsorientierung. Das Abenteuer bildet für ihn eine Form des Erlebens und eine Form des In-der-Welt-seins.

Nun gehe ich davon aus, daß es mit der Adoleszenz eine Phase im Leben des Menschen gibt, in der eine Form der Abenteuerdisposition psychosozial vorgesehen ist. Eine der Hauptschwierigkeiten der Adoleszenz liegt darin, daß hier die Heranwachsenden in eine Entwicklungsphase geraten, in der sie sich paradoxerweise der Wahrnehmung der Geschichtlichkeit ihres eigenen Lebens dadurch nähern, daß sie sich von ihren bisherigen Zugehörigkeitsbezügen distanzieren und auf die Präsenz konzentrieren, auf die Anschaulichkeit einer gegenwärtigen Existenzweise. In

8 Vgl. Mead (1995), erläuternd dazu Joas (1989). Zur grundlegenden Positionierung der menschlichen Lebenspraxis in die Spannung zwischen Endlichkeit und Unendlichkeit siehe die Ausführungen von Oevermann (1995).

diesem Kontext rücken Jugendliche qua Bildungsprozeß an Handlungsmuster und Wahrnehmungstypik des Abenteurers heran, der seine Gratifikationen, seine Belohnungen, die Gütekriterien seiner eigenen Existenz bevorzugt der Gegenwart und der aktuellen Situation entnimmt, in der er sich befindet.[9]

3. Inszenierungswünsche in der Adoleszenz

Damit komme ich zum nächsten Punkt. Der Typus des Abenteurers, den wir gelegentlich auch in anderen Alters- und Generationsgruppen finden, ist eine Ausdrucksform jugendlicher Selbstdarstellung. Aus diesem Grund gilt es im folgenden an die besondere Dramatik und spezifische Gestalt der Adoleszenzkrise zu erinnern.

Die Adoleszenz bildet die Spanne im Leben, in der den Jugendlichen eine extreme Handlungsautonomie bei gleichzeitigem Verhaftetsein im Elternhaus oder in ihren primären Beziehungen angesonnen wird. Aus der Perspektive der Familiensoziologie haben wir es bei der Adoleszenz mit einer Neuauflage des Generationenkonfliktes zu tun. Der Bildungsprozeß des Menschen bewegt sich bekanntlich in der nie erlöschenden Spannung zweier großer Generationenkonflikte. Der erste vollzieht sich beinahe unbemerkt. Er tritt im Alter zwischen vier und sechs Jahren, wo zum erstenmal eine Generationenauseinandersetzung im Elternhaus aktiviert wird auf - Sigmund Freuds zentrales Thema. Der zweite Generationenkonflikt bestimmt Ausdrucksgestalt und Verlauf der Adoleszenz. Der Konflikt unterscheidet sich im übrigen von dem ersten dadurch, daß er als ein moralischer Konflikt ausgetragen wird[10]. Demgegenüber spielt sich der erste Generationenkonflikt primär auf der affektiven Ebene ab. Es geht vor allen Dingen um die Qualität der Zuwendung des Kindes zu seinen Eltern und umgekehrt. In der Adoleszenzkrise wird dieser Konflikt mit

---

9 Hierbei beziehe ich mich im Anschluß an die Entwicklungstheorien von Freud und Piaget auf anthropologische Überlegungen bei Todorov (1996).

10 Diese Verschiebung im thematischen Fokus berechtigt zu der Unterscheidung von Pubertät und Adoleszenz. Beide Begriffe beziehen sich auf den Vorgang einer Neudefinition des Identitätsentwurfs und betonen einerseits die psychosexuelle, andererseits die moralische Dimension. Bei Freud heißt es: „Mit dem Eintritt in die Pubertät setzen die Wandlungen ein, welche das infantile Sexualleben in seine endgültige normale Gestaltung überführen sollen. Der Sexualtrieb war bisher vorwiegend autoerotisch, er findet nun das Sexualobjekt (...). Nun wird ein neues Sexualziel gegeben, zu dessen Erreichung alle Partialtriebe zusammenwirken, während die erogenen Zonen sich dem Primat der Genitalzone unterordnen“ (Freud 1972: 112).

den Eltern reaktiviert, aber er bekommt eine neue Sprache und das ist die Sprache der Kriterien guten Lebens nach den Standards der Sittlichkeit, die das Kind als normative Vorgaben im eigenen Elternhaus kennengelernt hat. Es geht vornehmlich um die Frage der moralischen Angemessenheit des elterlichen Vorbildes, um die Frage: Ist das elterliche Vorbild ein für die eigene Lebensführung akzeptables Modell?

Die Adoleszenzprobleme lassen Familiensysteme in erhebliche Anpassungskrisen geraten. Es erscheint vereinfacht, wenn behauptet wird, die Adoleszenzkrise sei ein isoliertes Phänomen der Jugendlichen; vielmehr handelt es sich um eine dramatische Anpassungskrise des Binnengefüges einer Familie, deren Träger vielleicht die Jugendlichen mit ihren scharfsinnigen und in der Regel hochsensiblen Fragen an die Eltern sind, aber in dem doch die Konventionalität, das Arrangiertsein mit den Verhältnissen, zur Disposition stehen. Im Zentrum der Krise geht es um die Ablösung vom Elternhaus. Die Ablösung findet einen Ausdruck in der Anerkennung des Gebundenseins an die eigenen Eltern. Wir können von einer gelungenen Lösung der Adoleszenzkrise sprechen, wenn die Jugendlichen in der Lage sind, ihr Gebundensein an das eigene Elternhaus anzuerkennen und nicht ständig gegen diese Bindung zu opponieren versuchen. Nur wenn sie das anerkennen, sind sie ihrerseits in der Lage, neu in denselben Sozialmechanismus von Bindung und Ablösung einzutreten und eigene Intimbeziehungen aufzubauen, entweder mit der Folge, daß sie eine eigene Familie gründen oder auch in der Wahl einer Lebenspraxis, bei der sie auf die Gründung einer Familie verzichten. In der Adoleszenzkrise werden die Jugendlichen vor allen Dingen mit der relativen Unzulänglichkeit der elterlichen Vorbilder konfrontiert. Ihr Infragestellen der Kompromißstruktur der Lebenspraxis, der ja kehrseitig ein gebrochenes Arrangement mit dem universalistisch entworfenen Werthorizont des guten Lebens entspricht, führt Jugendliche zu einem extremen moralischen Rigorismus des Urteils. Systematisch sind die Orientierungen schon früh beschrieben worden, so etwa von Talcott Parsons: „Generell ist der auffallendste Zug der jugendlichen 'peer group' die Dualität der Orientierung. Einerseits besteht die Tendenz zu zwanghafter Unabhängigkeit von gewissen Erwartungen der Erwachsenen, eine reizbare Empfindlichkeit gegenüber Kontrolle, die sich in manchen Fällen in offener Herausforderung ausdrückt. Auf der anderen Seite besteht innerhalb der Gruppe die Tendenz zu extrem zwanghafter Konformität, strenger Loyalität, Insistieren auf der wörtlichen Befolgung der Normen und Bestrafung der Abweichung. Damit verbunden ist ein stark romantischer Zug“ (Parsons 1968: 218). Der Rigorismus kann sensible Urteile hervorbringen, was beispielsweise den moralischen Zustand der Erwachsenenwelt angeht, das wird in der Beschäftigung mit ökologischen Fragen sichtbar, es kommt auch in pazifistischen Orientierungen zum Ausdruck, die bekanntlich unter Jugendlichen weit verbreitet sind. Worauf kommt es bei der Bewältigung der Krise für die Jugendlichen an? Sie werden zunehmend freigesetzt von den Sanktionszuständigkeiten ihrer Elternhäuser. Und in dem Maße, in dem das geschieht, werden die Gleichaltrigen zu einer entscheidenden Gruppe, in der die Gütekriterien des eigenen Tuns und der eigenen Selbstdarstellung kontrolliert werden. Welches sind unter den Jugendlichen die Gütekriterien, nach denen sie sich wechselseitig beurteilen?

4. Körper- und Sprachartistik als Ausdrucksformen der Adoleszenz

Die Gütekriterien richten sich erstens auf die Gestaltung der Intimbeziehung, auf die Gestaltung der erotischen Erscheinung der eigenen Person und auf die ästhetische Präsenz der eigenen Person. Zweitens spielt die körperliche Selbstdarstellung, und das steht im Zusammenhang mit dem ersten Punkt, eine große Rolle, die körperliche Artistik und der Entwurf des eigenen Körpers in der Auseinandersetzung und in der Beziehung vor allen Dingen zum anderen Geschlecht. Das Dritte, was in der jugendlichen Kultur bedeutsam wird, ist eine sprachliche Artistik. Man kann sagen, die einzige Sprachinnovationsinstanz unserer Gesellschaft bildet die Jugend. Nichts scheint den Jugendlichen so bedeutsam wie die Raffiniertheit im sprachlichen Ausdruck, wie die Wortgewandtheit, wie der spontan formulierte Wortwitz, das Wortspiel, der kluge Spruch, die witzige Bemerkung. Nicht lange Extemporation und Argumentation stehen in der Jugendkultur hoch im Kurs, sondern eine extreme Wortgewandtheit und Sprachartistik. Dies steht in einem engen Zusammenhang mit der hohen Aufmerksamkeit auf die Artistik des Körpers, auf die körperliche Ausdrucksfähigkeit. Das heißt, auf das Tanzen, auf die Kleidung, auf den äußeren Habit, das Schminken. Die Bewegung des eigenen Körpers im sozialen Raum - durch den Gebrauch der Sprache - wie im physikalischen Raum - durch die Geschmeidigkeit der Gliedmaßen - wird außerordentlich wichtig. So kann der rasante Zuwachs an Skate-Boardern und Inline-

Skatern erklärt werden. Es ist erstaunlich, in welcher Vielgestaltigkeit im körperlichen Ausdrucksverhalten Jugendliche den öffentlichen Raum zu einem Ort der Inszenierung ihrer Welterfahrung machen. Dazu zählt das heutzutage beinah schon obligatorische Jonglieren mit mindestens drei Bällen, dazu gehören alle möglichen Erscheinungsformen, in denen wir dasselbe beobachten: es kommt auf eine besondere Wendigkeit auch im körperlichen Ausdruck an.

5. Die Straße als Bühne der Selbstdarstellung

Es stellt sich nun die Frage: wo befindet sich die Bühne für eine solche Kunst der Selbstdarstellung und für eine solche Akzentuierung der Artistik des eigenen Körpers? Die Bühne bietet der öffentliche Raum. Dabei differenziere ich vorerst nicht zwischen dem Bürgersteig und der Straße, obwohl diese Differenzierung für die Deutung jugendlichen Verhaltens außerordentlich folgenreich ist. Denn vieles von dem, was wir bei jugendlichem Verkehrsverhalten beobachten können, ist darauf zurückzuführen, daß die genannten Kontexte in der Wahrnehmung vermischt werden.

Wodurch ist der Aktionsraum Straße gekennzeichnet? Soziologisch betrachtet bildet die Straße einen Interaktionsraum eigener Art, für den entscheidend ist, daß die Eintritts- und Austrittsbedingungen unstrukturiert sind und durch keinerlei vorgängige soziale Selektionen, Mitgliedschaftsbedingungen oder dergleichen gestaltet sind. Es scheint eine Trivialität, aber trotzdem wichtig: wir können in diesen Raum eintreten ohne Ausweis, ohne Ticket, ohne Diplom, ohne irgendeinen Nachweis einer entsprechenden Kompetenz. Die Straße als Sozialraum bietet einen unstrukturierten Raum für die Beteiligung an Aktivitäten. Infolgedessen haben wir es mit einer Maximierung von Begegnungen zu tun. Mit einer Maximierung von kleinen Sozialsystemen, für die eine hohe Offenheit und eine hohe Umweltsensibilität charakteristisch ist. Die Kontinuität der Themenführung, wie sie etwa für berufsrollengebundene kommunikative Prozesse typisch ist, läßt sich in diesem Handlungsraum nur schwer herstellen. Interaktionen haben etwas Episodenhaftes. Unbekannte treffen sich und gehen wieder auseinander. Die typische Sozialform für die institutionalisierte Flüchtigkeit der Begegnung ist der Markt. Märkte sind Kristallisationsorte für flüchtige Begegnungen. Die Unbestimmtheit in der Entstehung und die Schnelligkeit, in der die Begegnung wieder verschwindet, macht die Sozialsituation schwer kontrollierbar. Attraktiv sind sie deshalb, weil die traditionellen Mechanismen des Bekanntwerdens, der persönlichen Einladung in Handlungsräume gerade nicht benötigt werden. Die Straße und der öffentliche Platz sind mit anderen Worten der Raum, in dem etwas geschieht und in dem das, was geschieht, immer flüchtig ist.

Unter diesen Bedingungen kommt es auf der Straße und im öffentlichen Raum leicht zu einer Inszenierung von Wettkampfspielen, bei denen die Demonstration von Risikobereitschaft das Entscheidende ist. Die Spiele werden verkürzt auf diesen Handlungsraum, aber werden mit hohem Einsatz gespielt. Für die Spiele ist charakteristisch, daß die Orte, an denen gespielt wird, schnell wechseln. Warum ist das aufschlußreich für das Urteil über Jugendliche? Weil der öffentliche Raum so betrachtet eine maximale Chance zur Selbstdarstellung eines jugendlichen Entwurfs von Einzigartigkeit bietet. Er ist es gerade in dem Maße, in dem auf dieser 'Bühne' der soziale Statusgewinn noch nicht über Erfolgsnachweise in Berufsbeziehungen geregelt wird. Der öffentliche Raum fasziniert die Jugendlichen als eine Bühne für die Selbstdarstellung.

Allerdings kommt es auf eine weitere Differenzierung an. Vom relativ unstrukturierten Raum ist die in unmittelbarer Nachbarschaft befindliche Straße mit dem Autoverkehr in ihren Regelsystemen scharf abgegrenzt (Allert 1985; Hohm 1998). Und die Straße mit den Verkehrsregeln, die für die Regulierung des Verkehrsverhaltens notwendig sind, enthält gleichsam das Kontrastmilieu in unmittelbarer Nachbarschaft des zirzensischen Selbstentfaltungsraumes. Von dieser Möglichkeit her können Jugendliche leicht in Situationen geraten, in denen der Kontextwechsel nicht gelingt. Sie sind demnach in der Gefahr, die beiden Aktionsräume zu verwechseln. Man könnte auch sagen, daß sie aus dem Rausch des öffentlichen Platzes, in dem sie allerlei Bewegungen zeigen können oder eben aus dem Rausch der Diskothek, in der ihnen die Artistik geradezu abverlangt wird, in den Raum der Straße eintreten, wo sie Handlungsregeln und Wahrnehmungsmuster übertragen, die kontextunangemessen sind. Am sinnfälligsten wird dieser Zusammenhang in der Kontrolle der Geschwindigkeit - die überhöhte Geschwindigkeit zählt zu den häufigsten Unfallursachen, die für die Altersgruppe der Jugendlichen genannt werden.

6. Die Rolle von Eltern und von Pädagogen

Auf zwei weitere Faktoren, die für das Verhalten von Jugendlichen eine Rolle spielen, möchte ich kurz eingehen. Zunächst einige knappe Bemerkungen zum Strukturwandel der Elternhäuser. Die Jugendlichen mit hoher Risikobereitschaft lassen sich in zwei große Gruppen ausdifferenzieren. Damit ist nicht mehr als eine grobe typologische Unterscheidung gemeint, die im Hinblick auf die Zugehörigkeit zu Sozialmilieu und Region genauer zu bestimmen wäre. Jugendliche, die in die Identitätsstruktur des Abenteurers geraten, kommen aus anomischen Familienbeziehungen, die man grob typologisch unterscheiden kann nach einer Anomie im Überfluß und einer Anomie in Armut[11]. In dem einen Fall ist das Sozialisationsklima getrübt durch zu hohe Aufmerksamkeit für die Kinder, zu hohe Zuwendung und Überversorgung, und in dem anderen Fall, in der Anomie aus Armut, durch zu geringe Aufmerksamkeit für die Kinder. Ein sozialisatorisches Gefüge, in dem die Kinder wenig authentische Beziehungen mit den eigenen Eltern eingehen können, läßt die Bereitschaft wachsen, vorrangig in der gleichaltrigen Gruppe eine Gratifikation für die eigene Lebensführung zu erwarten. Zwei Gruppen sind dabei zu unterscheiden: Kinder, die in relativer Prosperität aufgewachsen sind, sowie Kinder, die auf der Straße im Grunde eine Ersatzsozialwelt vorfinden und sich dauerhaft in straßennahen Sozialmilieus aufhalten.

Eine weitere Gruppierung, die bei der Diskussion von Ursachen und Gründen für die Faszination am Risiko berücksichtigt werden muß, bilden in diesem Zusammenhang die pädagogischen Berufe. Nach meiner Einschätzung wirkt es sich gerade bei den Jugendlichen, von denen hier die Rede ist, verhängnisvoll aus, wenn sie im Schulunterricht auf eine Wahrnehmung stoßen, nach der Kinder nichts anderes als Domestikationsobjekte darstellen. Wenn sie - was häufig genug der Fall zu sein scheint - auf der Grundlage eines Trichtermodells der Pädagogik arbeiten, das von der Unterstellung ausgeht, Jugendliche seien denkfaul, nicht motiviert, nicht neugierig. Dem Selbstbild vieler Pädagogen sowie ihrer pädagogischen Praxis unterliegt die Auffassung, man müsse sich als Lehrer der Anstrengung unterziehen, lernunwilligen jungen Leuten irgend etwas beizubrin-

11 Nach einer Unterscheidung von Clignet, die sich auf Wandlungen in familialen Lebensstilen bezieht und Mertons Anomiekonzept bemüht: „Tatsächlich kann das Anomiekonzept die Grenzen scheinbarer Konvergenzen und Divergenzen in den Reaktionen verschiedenartiger sozialer Gruppen auf das Entstehen neuer Zwänge und Chancen illustrieren" (Clignet 1988: 116).

gen. Diese Form von pädagogischer Selbstauffassung stößt sich an den für Jugendliche besonders wichtigen Authentizitätskriterien für die Darstellung einer Person. Schließlich haben Erwachsene nur dann eine Chance anerkannt zu werden, wenn sie als authentische Personen ihre Überzeugungen artikulieren. Verstellung oder jede Form künstlicher Darstellung der eigenen Personalität findet in keiner Altersgruppe eine so starke Ablehnung wie in der Altersgruppe der Jugendlichen. Sie nehmen Erwachsenen nur dann etwas ab, wenn das, was erzählt wird, mit der eigenen Personalität authentisch verknüpft ist. Diese hohe Relevanz von Authentizität in den Augen von Jugendlichen hängt mit der lebensgeschichtlich einzigartigen besonderen Aufmerksamkeit für Erfahrung und Überzeugungskraft einer Person zusammen.

7. Die Rolle der Massenmedien

Die Massenmedien liegen auf der Lauer. Am Beispiel der sogenannten Crash-Kids läßt sich zeigen, daß es eine außerordentlich schnell eskalierende Wechselwirkung von jugendlichem Risikoverhalten und Berichterstattung in den Massenmedien gibt, allerdings mit erheblich asymmetrischer Verteilung der Folgen dieses Zirkels von gewünschter und entliehener Bedeutsamkeit. Ein Faktor in diesem Zusammenhang liegt darin, daß Berichte in den Massenmedien für eine kurzfristige Reputation der Jugendlichen sorgen. Die Massenmedien ziehen die Kinder, wenn ihre Aktionen verbreitet werden, auf eine kurzfristig aufgebaute Bühne, in manchen Fällen sogar mit nationaler Bedeutsamkeit. An derartigen Aktivitäten kommt die für den Journalismus berufstypische Eigenart zum Vorschein, nämlich die Skandalverpflichtetheit seines eigenen Tuns, wenn „Stern" und „Spiegel" und in deren Gefolge weitere Magazine eine Woche über Eskapaden berichten, wobei die Jugendlichen nicht selten mit ein paar Mark honoriert werden. Die systematisch zeitlich begrenzte Aufmerksamkeit erzwingt das ebenso vollständige Verlassen des Themas[12].

---

12 Im Hinblick auf den Dramatisierungszwang hat Bourdieu das System des Journalismus jüngstens einer bissigen Kritik unterzogen: „Um als erster etwas zu sehen und zu zeigen, ist man zu fast allem bereit, und da alle sich gegenseitig in die Karten schauen, um einander zuvorzukommen, vor den anderen da zu sein oder es anders als die anderen zu zeigen, machen alle am Ende dasselbe, und das Ringen um Exklusivität, das andernorts, in anderen Berufsfeldern Originalität, Einzigartigkeit hervorbringt, endet hier in Uniformierung und Banalisierung. (...). Diese interessierte, unablässige Jagd nach dem Ungewöhnlichen kann ebenso politische Auswirkungen zeitigen wie direkt politische Anweisungen oder von Furcht diktierte Selbst-

Es gehört gleichsam zur Logik des professionellen Handelns eines Journalisten, alle Ereignisse im Hinblick auf ihre Skandalisierbarkeit zu thematisieren. „Konformität und Einvernehmen, Wiederholung immer derselben Erfahrungen und Konstanz der Rahmenbedingungen bleiben entsprechend unterbelichtet. Unruhe wird gegenüber Ruhe aus Gründen des professionellen Könnens der Mediengestalter bevorzugt. Daß überhaupt diese Achse für die Selbstbeschreibung der Gesellschaft gewählt wird und nicht irgendeine andere, ist bedenkenswert, und wenn sie gewählt wird, ist kaum eine andere Option möglich als für die Seite, 'where the action is' „ (Luhmann 1996: 141). Aus diesem Grund sind die rasanten Autojagden für die Journalisten ein gefundenes Fressen.

Der Ablauf müßte nicht sonderlich irritieren, wenn nicht über die Berichterstattung in den Massenmedien wiederum die Jugendpolitik und Jugendhilfe unter einen letztlich politisch dramatisierten Handlungsdruck geraten würde. In derartigen Sekundäreffekten sehe ich die problematische Funktion umfassender Berichterstattung. Durch die Skandalisierung der Massenmedien geraten die Akteure im System der Jugendhilfe, die Pädagogen, die Betreuer und erzieherischen Einrichtungen in Situationen, die ihre Handlungschancen zusätzlich einengen, da es - wie an dem Hamburger Beispiel deutlich gezeigt werden kann - nur noch um ein Entweder - Oder geht. Notwendige Differenzierungen sind dann kaum noch durchzuhalten. In Hamburg hat man verfolgen können, wie der Skandal um den Jugendlichen bis in das Parlament hochaggregiert wurde und in der Debatte zu der nicht untypischen Zuspitzung führte: geschlossene Heime oder nicht geschlossene Heime. Das war die politisch diktierte Alternative, in die dann der hier in Rede stehende Fall gebracht wurde und die die professionellen Differenzierungen, die die pädagogische Alltagsarbeit erreicht hatte, schnell zu Fall bringt. Infolgedessen kann durch derartige journalistische Aktivitäten der Handlungsspielraum für eine gelassene souveräne Jugendarbeit erheblich schrumpfen, zumindest dann, wenn - wie im beruflichen Kräftefeld öffentlicher Erziehung - derartige Zurechnungen auf die blank liegenden Nerven eines brüchigen Professionalitätsprofils treffen.

---

zensur. Über die außerordentliche Macht des vom Fernsehen ausgestrahlten Bildes können die Journalisten Wirkungen ohnegleichen hervorrufen. Der Anblick, den eine Vorstadt täglich bietet, ihre Monotonie, ihre Tristesse sagt niemandem etwas, interessiert niemanden, und am wenigsten die Journalisten" (Bourdieu 1998: 26 f.).

Der Junge wurde, wie eine Mitarbeiterin der Jugendbehörde formulierte, *aus dem Verkehr gezogen* und in eine sozialpädagogische Kommune in Skandinavien verschickt. Das ist deswegen bemerkenswert, weil er hierdurch in eine charismatisch strukturierte Gemeinschaft einrückt. Charismatisch heißt in unserem Zusammenhang nicht mehr als eine Gemeinschaft mit klaren Führerstrukturen, mit Leadern, die für die gestrandeten Jugendlichen angeben, wo es lang geht. Charismatische Strukturen, das kann ich im vorliegenden Zusammenhang nur andeuten, bringen unausweichlich ein Problem mit sich, sie können sich nur auf Dauer stellen und sich als charismatische Gemeinschaft nur dann fortsetzen, wenn eine Bewährung ständig erfolgt. Das geschieht in unserem Fall dadurch, daß man sich auf Expeditionen begibt, also tatsächlich um die Welt segelt, die gesamte jugendliche Gruppe ständig zu neuen Ortswechseln veranlaßt und somit die Folgeprobleme des Alltags immer weiter aufschiebt. Das ist deswegen von besonderem Interesse, weil der Ortswechsel, das Sichbewegen in Räumen, in denen man nicht fest verortet ist, der Struktur dieser Jugendlichen immanent ist und sie deshalb derartigen Aktivitäten, gegenüber denen ich meine Skepsis nicht verbergen möchte, sehr aufgeschlossen sind und diese hochattraktiv finden.

Abschließend seien zwei Hinweise zur möglichen Bewältigung erlaubt. Es scheint außer Zweifel zu liegen, daß die Qualifikationen des pädagogischen Personals, dem die Betreuung Jugendlicher obliegt, verbessert werden sollten. Ich plädiere für eine langfristige Interventionsstrategie. Kurzfristige Interventionen stehen in der Gefahr zu scheitern, weil sie die Authentizitätsschranke, die die Jugendlichen sehr hoch legen, kaum überwinden können.

Literatur

Adorno, Th.W. 1982: Gesammelte Schriften 17, Musikalische Schriften IV, Ffm

Allert, T. 1988: Autoaufkleber - Zu einer Soziologie des Straßenverkehrs, in: Soeffner, H.G. (Hg.): Kultur und Alltag, Sonderheft 6 der Zeitschrift Soziale Welt, S. 385-397

Allert, T. 1997: Kumulativer Anerkennungszerfall. Perspektiven für die Analyse von Jugenddeliquenz im Großstadtmilieu, in: Hradil, S. (Hg.): Differenz und Integration. Die Zukunft moderner Gesellschaften, Verhandlungen des 28. Kongresses der Deutschen Gesellschaft für Soziologie in Dresden 1996, Ffm/N.Y., S. 952-970

Allert, T. 1998: Auf der Suche nach der Familie: Zum mobilen Immobilismus eines jugendlichen Autocrashers, in: ders.: Die Familie. Fallstudien zur Unverwüstlichkeit einer Lebensform, Berlin/N.Y., S. 162-203

Balint, M. 1972: Angstlust und Regression. Beitrag zur psychologischen Typenlehre, Reinbek

Bette, K.-H. 1998: Asphaltkultur. Zur Versportlichung und Festivalisierung urbaner Räume, in: Hohm (Hg.): Straße und Straßenkultur. Interdisziplinäre Beobachtungen eines öffentlichen Sozialraumes in der fortgeschrittenen Moderne, Konstanz, S. 305-330

Bourdieu, P. 1998: Über das Fernsehen, Ffm

Clignet, R. 1988: Wandlungen in familialen Lebensstilen: Anomie durch Knappheit und Anomie durch Überfluß, in: Lüscher, K. u.a. (Hg.), Die „Postmoderne" Familie, familiale Strategien und Familienpolitik in einer Übergangszeit, Konstanz, S. 116-130

Dubet, F./Lapeyronnie, D. 1994: Im Aus der Vorstädte. Der Zerfall der demokratischen Gesellschaft, Stgt

Freud, S. 1972: Sexualleben, Studienausgabe Bd.V., Ffm

Geiger, Th. 1987 (1926): Die Masse und ihre Aktion. Ein Beitrag zur Soziologie der Revolutionen, Stgt

Goffman, E. 1971: Interaktionsrituale. Über Verhalten in direkter Kommunikation, Ffm

Hohm, H.J. (Hg.) 1998: Straße und Straßenkultur. Interdisziplinäre Beobachtungen eines öffentlichen Sozialraumes in der fortgeschrittenen Moderne, Konstanz

Joas, H. 1989: Praktische Intersubjektivität, Ffm

Luhmann, N. 1996: Die Realität der Massenmedien, Opladen

Mannheim, K., 1964: Das Problem der Generationen, in: ders.: Wissenssoziologie, Soziologische Texte 28, Berlin/Neuwied, S. 509-565

Matthes, J.K. 1985: Mannheims „Das Problem der Generationen", neu gelesen, in: Zeitschrift für Soziologie, Jg. 14, H. 5, s. 363-372

Mead, G.H. 1995: Geist, Identität und Gesellschaft, Ffm

Oevermann, U. 1995: Ein Modell der Struktur von Religiosität. Zugleich ein Strukturmodell von Lebenspraxis und sozialer Zeit, in: Wohlrab-Sahr, M. (Hg.): Biographie und Religion. Zwischen Ritual und Selbstsuche, Ffm/N.Y., S. 27-102

Parsons, T. 1968: Jugend im Gefüge der amerikanischen Gesellschaft, in: ders.: Sozialstruktur und Persönlichkeit, Ffm, S. 194-229

Simmel, G. 1986: Philosophische Kultur, Berlin

Simmel, G. 1996: Soziologie, GW Band 6, Ffm

Soeffner, H.G. 1992: Stil und Stilisierung. Punk oder die Überhöhung des Alltags, in: ders., Die Ordnung der Rituale. Die Auslegung des Alltags 2, Ffm, S. 76-101

Todorov, T. 1996: Abenteuer des Zusammenlebens. Versuch einer allgemeinen Anthropologie, Berlin

Whyte, W.F. 1996: Die Street Corner Society. Die Sozialstruktur eines Italienerviertels, Berlin/N.Y.

Jürgen Fischer

Die „gefährliche" Straße

Fallbeispiel 1[1]: Martinstag, 18.00 Uhr – durch die Straßen der Stadtrandsiedlung ziehen Gruppen von Kindern mit Laternen in den Händen. Sie pilgern von Haus zu Haus, klingeln die Bewohner heraus und singen, wenn ihnen geöffnet wird. Nach dem Lied oder der Strophe halten die Kinder Beutel, Tüten oder Taschen auf und die darauf vorbereiteten Hausbewohner belohnen die Sänger mit Süßigkeiten, Nüssen und Ost, hier und da auch mit etwas Hartgeld. Eine der Gruppen, die ohne Begleitung von Erwachsenen unterwegs ist, wird von drei anderen Kindern auf der anderen Straßenseite beobachtet und verfolgt. Es handelt sich bei den dreien, die die Lichtkegel der Straßenlaternen meiden, um den 14-jährigen Thorsten, die 13 Jahre alte Annika und ihren Zwillingsbruder Alexander. Sie haben keine Laternen und Taschen bei sich und sie singen auch nicht. 18.45 Uhr – die Kerzen in den Laternen sind heruntergebrannt. Die sechs Kinder sind sehr zufrieden, die Taschen und Beutel sind gut gefüllt, das Geld ist gezählt. Für jeden sind ein paar Mark zusammengekommen. Die meisten von ihnen müssen um 19.00 Uhr zu Hause sein. Von den Süßigkeiten wird das eine oder andere schon mal probiert.

Kurz nachdem sich zwei der Kinder von der Gruppe getrennt haben, weil sie einen anderen Heimweg haben, werden die anderen vier von Thorsten und den Zwillingen angehalten. Die drei nehmen den jüngeren Kindern wortlos die Beutel und Tragetaschen weg und verschwinden, nachdem Annika noch zwei der hölzernen Laternenstäbe durchgebrochen hat. Der Überfall dauert nur einige Sekunden. Die beraubten Kinder laufen wütend und enttäuscht nach Hause, wo sie von ihren Eltern zunächst einmal beruhigt und getröstet werden. Zwei der Eltern erstatten noch am selben Abend Anzeige bei der Polizei. Hierbei kommt auch zur Sprache, daß ein Zwillingspaar an dem Raub beteiligt war. Bereits am nächsten Tag können Annika und Alexander ermittelt werden. Sie waren am Mar-

---

1 Die Fallbeispiele sind das Ergebnis einer Auswertung von Vermittlungsakten der Polizei Bielefeld. Aus datenschutzrechtlichen Gründen sind bei den Fallschilderungen Sachverhaltenssegmente verschiedener Fälle vermischt und Namen geändert worden.

tinstag des Vorjahres wegen eines ähnlichen Überfalls in ihrem eigenen Wohnbereich am anderen Ende der Stadt als Täter aufgefallen und die sachbearbeitende Kriminalbeamtin erinnerte sich an die damals überführten Zwillinge. Über Alexander wird auch Thorsten, der ja bereits Jugendlicher ist und deshalb nicht mit der Einstellung des eingeleiteten Strafverfahrens rechnen kann, ermittelt. Annika weigert sich, ihren Freund zu „verraten".

In allen Städten und Gemeinden, in denen am Martinstag Kinder singend durch die Straßen ziehen, häufen sich Raubüberfälle der oben geschilderten Art. Wie ist zu erklären, daß gerade an einem Tag der kirchlichen Traditionen und religiösen Überlieferungen die Statistik von Raubstraftaten, an denen Kinder beteiligt sind, nach oben schnellt? Was treibt Kinder dazu, gewalttätig gegen andere oder gegen Sachen vorzugehen?

Nicht nur, aber gerade Kinder (und Jugendliche), die noch nach ihrer Rolle in der Gesellschaft suchen, sind in besonderem Maße abhängig vom Verhalten und von den Reaktionen in dieser Gesellschaft, in der sie versuchen, ihren Platz zu finden. Dieses Erkunden, Probieren und Abtasten findet in der Familie, in der Gruppe der Freunde, im Kindergarten und in der Schule auch außerhalb dieser Bezüge statt. Je nach Alter und Herkunft des einzelnen Kindes sind die Schwerpunkte des Auslotens und die Einflüsse der jeweiligen Beziehungskreise von unterschiedlichem Gewicht.

Bei Kinder, die unter ungünstigen Sozialisationsbedingungen aufwachsen und durch Gewaltbereitschaft und durch Ausübung von Gewalt auffallen, liegen die Gründe dafür meines Erachtens in erster Linie in:

- Mangelnder Zuwendung und Wärme (sie fühlen sich ausgeschlossen und nicht erwünscht),
- Handlungsunsicherheit (zu wenig Anleitung, kein Lob, keine Erfolgserlebnisse) und
- Ohnmachtsgefühlen (kein Mitspracherecht, keine angemessenen Entscheidungsbefugnisse).

Zurück zu Thorsten und den Zwillingen. Ob einer oder alle der genannten Gründe bei ihrer Tat eine Rolle gespielt hat, läßt sich nur vermuten. Bei solchen Fällen, über die die Polizei natürlich Jugend- und Sozialbehörden informiert, werden vielfach Bedingungen und Zusammenhänge erst viel später bekannt, vor allem durch die Arbeit der letztgenannten Institutionen.

Annika und Alexander waren der Grund für die Heirat ihrer Eltern. Die Zwillinge haben noch zwei jüngere Geschwister. Gegen die Eltern wurde vor zwei Jahren wegen Mißhandlung des jüngsten Kindes ermittelt. Sie sind offenbar mit der Eltern- und Erzieherrolle überfordert. Die Kinder aus der Nachbarschaft dürfen nicht mit Annika und Alexander spielen. Thorsten haben die beiden in der Computerabteilung eines Kaufhauses kennengelernt. Er wohnt vor den Toren der Stadt in einem Wohngebiet der gehobenen Klasse. Seine Eltern haben ein Maklerbüro und verwöhnen ihren einzigen Sohn, wo sie nur können. Sie haben allerdings nie Zeit für ihn. Deshalb beschäftigt sich der Junge überwiegend mit seinem Computer. Er hat einen eigenen Internet-Anschluß. Mit Annika und Alexander konnte Thorsten endlich auch reale Abenteuer erleben.

Annika war während des Überfalls die aktivste. Sie viel durch das unnötige Zerbrechen der Laternenstäbe besonders auf. Auch ihr Verhalten nach der Tat - sie hat sich geweigert, ihren Freund zu „verraten" – mag überraschen, ist aber nicht ungewöhnlich. Mädchen wachsen immer mehr aus ihrer Mitläuferrolle heraus, übernehmen zunehmend (An-) Führerpositionen und erscheinen häufiger in den Tatverdächtigenstatistiken als noch vor einer Generation.

1. Begriffsbestimmung

Kinderkriminalität ist mit Strafe bedrohtes, abweichendes Verhalten der unter 14-jährigen, noch nicht strafmündigen Personen. In der Polizeilichen Kriminalstatistik (PKS) werden sie dann erfaßt, wenn sie als Tatverdächtige einer angezeigten Straftat ermittelt wurden.

Verhaltensweisen unterhalb der Strafrechtsgrenze bleiben dabei unberücksichtigt. Bei den Tatverdächtigen geht es in erster Linie um die 8 bis 14-jährigen Kinder. Die Bereitschaft von Geschädigten, eine Straftat anzuzeigen, wächst offensichtlich mit zunehmendem Alter des tatverdächtigen Kindes. Es ist nicht uninteressant, sich die Frage zu stellen, was denn das Abweichende im Verhalten von Kindern ausmacht. Der Begriff ist sicher nicht wertneutral und kann nur ein Versuch sein, problematisches, normverletzendes, erwartungswidriges, störendes Verhalten von Personen oder Personengruppen zu beschreiben. Abweichendes Verhalten meint

Verhaltensweisen, welche von Normen, vom Normalen, abweichen. Spätestens hier stellt sich die Anschlußfrage: Für wen weicht ein Verhalten von was ab?

Macht man den Versuch, Kinderkriminalität im Vergleich zur Kriminalität der Jugendlichen oder auch Erwachsenen zu analysieren, wird man zumindest dabei kaum Abweichungen feststellen. Beklagt man z.B. die Zunahme von Aggressivität und Gewalttätigkeit bei Kindern, darf man nicht verschweigen, daß gleiche Entwicklungen auch im Bereich der Kriminalität von Strafmündigen festzustellen sind.

2. Daten und Ursachen

Bei der Suche nach Ursachen und Erscheinungsformen sollte man sich zunächst fragen, ob denn die Daten der PKS tatsächlich einen angemessenen Indikator für die Kinderkriminalität und deren Entwicklung darstellen. Das Anzeigeverhalten ändert sich mit der Einstellung der Bevölkerung gegenüber Delinquenzverhalten ebenso wie z.B. die Art und Weise des polizeilichen Einschreitens. Je konsequenter, rigoroser und kleinlicher die „Aufrechterhaltung der öffentlichen Sicherheit und Ordnung" durchgesetzt wird (wie beispielsweise in New York), desto stärker unterliegen auch polizeiliche Statistiken Veränderungen. Vergleiche zwischen der PKS, der Strafverfolgungs- und der Verurteiltenstatistik sind darüberhinaus bei Kindern nicht möglich. Der Wert der PKS ist also fragwürdig, insbesondere dann, wenn sehr kleine absolute Zahlen in Prozentanteilen dargestellt werden.

Jahr für Jahr tauchen bis zu 98% aller Kinder in keiner Polizeilichen Kriminalstatistik auf. In Bielefeld wurden im vergangen Jahr 454 Kinder als Tatverdächtige ermittelt, einige von ihnen mehrfach (vgl. PKS 1996). Das ist etwa derselbe Stand wie vor 10 Jahren. Von 1990 bis 1995 war ein leichter aber stetiger Anstieg zu verzeichnen, im direkten Vergleich zum Vorjahr betrug der Rückgang 1996 jedoch fast 17%. Der Diebstahl machte 88% aus, davon entfielen wiederum fast 88% auf Ladendiebstähle (vgl. ebd.). Die kriminologische Forschung ist vielen Hypothesen nachgegangen. Trotz zahlreicher und vielfältiger Untersuchungen bleibt die Frage nach den Ursachen der Kinderkriminalität und ihrer Entwicklung offen. Nach heutigem Entwicklungsstand ist davon auszugehen, daß die Kinderkriminalität nicht eine oder einige wenige Ursachen hat, sondern daß viele Faktoren und Bedingungen eine Rolle spielen, wie zum Beispiel:

- Ungünstige Sozialisationsbedingungen,
- Anonymisierung in Folge der Verstädterung,
- Räumliche Mobilität,
- Anzeige durch kommerzielle Werbung,
- Finanzielle Abhängigkeit,
- Fehlende Erfolgserlebnisse in Schule und Freizeit und
- Orientierung an falschen Vorbildern oder Medieneinflüssen.

Das Bedingungsgefüge für straffälliges Verhalten als Massenerscheinung ist im Einzelfall für alle Altersgruppen, also auch für Kinder, bis heute nicht geklärt.

3. Die Straße – gefährlicher Ort?

3.1 Funktionen der Straße

Die Straßen, Wege und Plätze einer Stadt, insbesondere einer Großstadt, haben als Erkundungs- und Erlebnisräume für Kinder ihre Funktionen erheblich eingebüßt. Öffentliche, wohnungsnahe Bereiche haben für Kinder weniger Spiel-Wert und eine geringere kommunikative Bedeutung, als noch vor 30 oder 40 Jahren. Dies trifft insbesondere auf Mädchen zu. Aufgrund elterlicher aber auch eigener Ängste vor sexueller Belästigung und Gewalt, meiden Mädchen sehr viel häufiger als Jungen die Straße als Treffpunkt oder Spiel-Raum (vgl. Bienemann/ Hasebrink/ Nikles 1995).

Das Freizeitverhalten von Kindern beiderlei Geschlechts hat sich während der letzten ein, zwei Generationen immer weiter „verhäuslicht" und „verinselt". Sportvereine, Musikschulen, Kinderzimmer (auch die anderer Kinder) stellen solche Inseln dar, die den Aufenthalt und das Spiel auf der Straße fast gänzlich ersetzt haben. Falls die Eltern – meistens sind es die Mütter – als Transporteure zur Verfügung stehen, gelingt es Kindern, diese Erlebnisinseln beziehungsweise Inselerlebnisse miteinander zu verbinden. Formelle Szenen und (vielfach erwachsenenabhängige) Freizeitaktivitäten haben spontanes Spielen auf der Straße mit relativ großen Kindergruppen unterschiedlichen Alters und Geschlechts inzwischen weitgehend abgelöst. Die Frage nach der Bedeutung des Straßenverkehrs als Gefahr für beziehungsweise als Gesundheits- oder Lebensrisiko von Kindern wird weniger im Rahmen des Kinder- und Jugendschutzes, sondern mehr im Kontext mit Verkehrspolitik diskutiert. Deshalb soll auf die Gefahren des Straßenverkehrs hier nicht näher eingegangen werden.

Jüngere Kinder benutzen Straßen, Wege und Plätze kaum unbeaufsichtigt. In erster Linie wegen der Gefahren durch den (motorisierten) Straßenverkehr werden sie spätestens zum Zeitpunkt der Einschulung trainiert, diese Gefahren zu erkennen und sich entsprechend zu verhalten. Lotsen sind dabei behilflich. Autofahrer werden jedes Jahr ermahnt, auf die Anfänger Rücksicht zu nehmen.

Kinder lernen recht schnell, daß die Straße neben verkehrstechnischen auch soziale Funktionen hat. Auf den zum Teil langen und im Laufe der Zeit länger werdenden Schulwegen kann man sich als Kind der sozialen Kontrolle des Elternhaus und der Schule entziehen. Kinder kommen mit anderen Kindern und mit anderen Erwachsenen zusammen. Die Straße ist außerhalb von Elternhaus und Schule ein Ort, wo Erfahrungen gemacht werden, gute und schlechte. Außerhalb der Schule auf der Straße werden immer wieder im Vergleich Rangfolgen festgelegt und Gruppenerlebnisse gemacht. Hier können die wahren Abenteuer erlebt werden. Die Straße ist wie Elternhaus und Schule ein Ort des Lernens, wie bereits erwähnt allerdings ohne nennenswerte soziale Kontrolle.

Fallbeispiel 2: Die beiden 10- und 11-jährigen Felix und Mario, sind in derselben Siedlung aufgewachsen und besuchen dieselbe Schule, allerdings unterschiedliche Klassen. An einem Samstagnachmittag haben sie Langeweile und treffen auf dem Weg zum Spielplatz auf drei weitere Kinder, die sie nicht näher kennen. Die drei jüngeren Kinder sind zwischen 7 und 9 Jahren alt. Felix will die jüngeren nur gegen Zahlung eines „Eintrittsgeldes" auf den Spielplatz lassen. Als er droht, sie zu schlagen, fangen sie an zu weinen. Zwei von ihnen geben Felix ihr Taschengeld in Höhe von 2 beziehungsweise 3 DM. Das dritte Kinde hat kein Geld bei sich. Mario zwingt den 9-jährigen unter Androhung von Ohrfeigen, ihm seine Armbanduhr zu geben.

Die Opfer dürfen anschließend auf den Spielplatz. Felix und Mario kaufen sich von dem erbeuteten Geld Eis, trennen sich und gehen nach Hause. Hier nimmt Mario die Armbanduhr auseinander, wirft das Gehäuse mit Armband weg und behält nur das Uhrwerk, das sein Vater bei ihm noch am selben Tag entdeckt. Auf die Herkunft angesprochen, verstrickt sich Mario immer mehr in Widersprüche und erzählt schließlich nach und nach das Geschehene. Als Begründung gibt er an, die jüngeren hätten ihn und Felix geärgert. Die Eltern eines der Opfer haben inzwischen Anzeige erstattet. Die Beschreibung der Tatverdächtigen ist so gut, daß Felix und Mario ermittelt werden. Bei der Vorladung zur Polizei zwecks Anhörung werden die beiden tatverdächtigen Kinder von ihren Eltern begleitet. Der ermittelnde Kriminalbeamte erklärt ihnen, daß ihre Kinder ein Raubdelikt begangen hätten, aber noch nicht strafmündig sind, und daß in den nächsten Wochen mit Einstellungsbescheiden der Staatsanwaltschaft zu rechnen ist. Beiden Eltern ist das zu wenig. Der Beamte macht sie daraufhin auf den Täter-Opfer-Ausgleich aufmerksam, der in Jugendsachen Anwendung finden kann. Die Eltern von Felix und Mario nehmen Kontakt zu den Eltern der geschädigten Kinder auf und vereinbaren mit ihnen und allen beteiligten Kindern die Rückzahlung des Geldes und das Ersetzen der Uhr. Felix und Mario entschuldigen sich bei den Opfern und bekommen das Taschengeld so lange gekürzt, bis der materielle Schaden behoben ist.

In diesem Fall sind ähnliche Erklärungsansätze vorhanden wie im Fallbeispiel 1. Obwohl auch hier die Opfergruppe den Tätern zahlenmäßig überlegen scheint, werden die drei Kinder von Felix und Mario *instinktiv* als schwächer (jünger) beurteilt. Bei der Androhung oder Anwendung von Gewalt spielt stets die Ausübung von Macht, vor allem der Mißbrauch von Stärke und körperlicher Überlegenheit (zur Kompensation von vermeintlicher oder tatsächlicher Ohnmacht) eine Rolle. Dies ist natürlich nicht nur bei Kindern so.

Die Erklärung von Mario gegenüber seinem Vater, die anderen Kinder hätten ihn und Felix geärgert, klingt zunächst nach Ausrede, nach Rechtfertigung und nach dem Versuch, die Schuld von sich auf andere zu verlagern. In anderen Fällen wird von älteren Kindern oder von Jugendlichen als Tatgrund auch schon mal angegeben: „Der guckte so blöd" oder „Der hatte die Mütze falsch auf". Für viele Erwachsene sind solche Einlassungen völlig unverständlich. Wahrscheinlich haben sich Mario und Felix tatsächlich geärgert, und zwar *über* die anderen Kinder, die anscheinend wußten, was sie auf dem Spielplatz wollten.

3.2 Gefahren der Straße

Nicht nur die Straße selbst kann gefährlich und kinder- und jugendgefährdend sein. Auch rechts und links der Verkehrswege gibt es Orte, die als Gefahrenquelle angesehen werden müssen. Die Jugendschutzgesetze nennen nur einige: Alkoholverkaufsstellen, Spielhallen, Videotheken, Kinos, Gaststätten. Man kann hinzufügen: Bahnhöfe, Drogenszenen und vor allem Kaufhäuser (bundesweit sind über 70% der Kinderkriminalität Ladendiebstähle; vgl. dazu die PKS 1996).

Wirklich gefährlich ist die Straße meines Erachtens vor allem für Obdachlose, für Straßenkinder. Für sie ist die Straße Wohnung, Schule und Versorgungsort gleichzeitig. Für sie gilt im wahrsten Sinne des Wortes das Gesetz der Straße. Die Zahl der Straßenkinder hat sich in den letzten Jahren stark erhöht, Prognosen gehen von weiteren Steigerungsraten aus. Wahrscheinlich sind entsprechende Bilder, die wir bisher nur aus Mittel-, Südamerika und Osteuropa kennen, in absehbarer Zeit auch bei uns zu sehen.

Die Ursachen für Elend und Verwahrlosung von Kindern sind jedoch keine lateinamerikanischen oder osteuropäischen. Viele sind auch in Industrienationen zu finden – auch bei uns. Im allgemeinen Sprachgebrauch werden sie Obdachlose, Ausreißer, Trebegänger oder Schwererziehbare genannt, gemeint sind mit diesen Begriffen die Straßenkinder. In Deutschland reißen jedes Jahr an die 20.000 Kinder aus, viele mehrfach. Einige kehren nach Tagen zurück, andere bleiben auf der Straße (vgl. Zuber 1992)

Durch das Buch und den Film „Wir Kinder vom Bahnhof Zoo" wurde Anfang der 80er Jahre das Schicksal der minderjährigen, heroinabhängigen Christiane F. bekannt. Die Geschichte des Mädchens, das für die Beschaffung von Heroin auf den Strich ging und mit anderen Fixern und Pennern am Bahnhof lebte, löste ungläubiges Entsetzen aus. Heute kann man in vielen deutschen Großstädten ähnliche Szenarien feststellen. Beteiligt sind vielfach Jugendliche und auch Kinder.

Straßenkinder kommen auch in Deutschland am häufigsten aus heruntergekommenen Hochhaussiedlungen in Randlagen der Großstädte, wo es zu wenig Betreuung und kaum Möglichkeiten der Freizeitgestaltung gibt. Die Eltern sind nicht selten Sozialhilfeempfänger, oft arbeitslos und Migranten (vgl. ebd.).

Gegenüber solchen „Ghetto-Kids" sind staatliche Institutionen viel zu oft hilflos. Wenn diese Kinder als Täter bei der Polizei landen, ist es im Anschluß an die Ermittlungen und Anhörungen immer häufiger erforderlich, sie nach Hause zu begleiten, um sie vor allzu rigiden „Erziehungsmethoden" ihrer Eltern wenigstens kurzfristig zu schützen.

Fallbeispiel 3: Der 12-jährige, in Deutschland geborene Türke Cengiz wird beim Diebstahl einer CD in einem Kaufhaus vom Personal erwischt und der Polizei überstellt, weil er sich nicht ausweisen konnte. Der Polizeibeamte stellt fest, daß Cengiz bereits vor 4 Monaten wegen eines Ladendiebstahls in Erscheinung getreten ist. Der Junge gibt bei der Anhörung an, daß ihn sein Vater damals halb tot geschlagen habe. Außerdem kommt heraus, daß es in der Familie von Cengiz gar keinen CD-Player gibt. Der Junge wollte die CD einem deutschen Klassenkameraden schenken. Cengiz hat große Angst, nach Hause zu gehen.

Der Beamte begleitet ihn. In der elterlichen Wohnung erklärt er dem dort allein anwesenden Vater den Sachverhalt und hat anschließend große Mühe, den tatverdächtigen Jungen vor Prügel zu bewahren. Als der Polizeibeamte sich das Zimmer von Cengiz ansehen will, gibt der Vater an, dieser habe kein Zimmer mehr. Er schlafe seit dem ersten Diebstahl, durch den er die Ehre der Familie verletzt habe, auf dem Flur. Dabei deutet er auf eine auf dem Boden liegende Decke neben dem Schuhschrank. Dem Beamten kommt das Lager wie der Schlafplatz eines Hundes vor. Cengiz reißt zwei Wochen später von zu Hause aus.

Die Polizei darf Kinder nicht in Gewahrsam nehmen. Die Jugendschutzstellen der Jugendämter sind keine geschlossenen Unterbringungsplätze. Wenn Problem-Kinder von hier abhauen und sich den Erziehungsversuchen entziehen, sind die Behörden machtlos. Cengiz scheint Integrationsprobleme zu haben. Er weiß nicht, wohin er gehört. In seiner Familie fühlt er sich unverstanden. Offenbar hat er auch das Gefühl, in der Schule von seinen Klassenkameraden nicht akzeptiert zu werden, zumindest nicht von denen, deren Freundschaft er sucht. Es deutet vieles darauf hin, daß er sich ein Zugehörigkeitsgefühl, wenn schon nicht Freundschaft, mit dem geplanten CD-Geschenk erkaufen wollte. Daß Cengiz schließlich zu Hause wegläuft, darf nicht weiter verwundern. Letztlich hat er das vollzogen, was der Vater bereits Wochen vorher angeordnet hatte: die Verbannung.

Dazu kam vermutlich die Angst, zu seinen Großeltern nach Anatolien geschickt zu werden.

Bei diesem Fallbeispiel wird überdeutlich, wie konfliktbeladen das Zusammenleben der verschiedenen Generationen in Einwandererfamilien, insbesondere in denen aus dem islamischen Kulturkreis, zumal wenn die ältere Generation bäuerlicher Herkunft ist, sein kann. Im vorliegenden Fall stammt der Vater aus einem anatolischen Dorf, seine Kinder sind in Deutschland geboren und in einer mittleren Großstadt aufgewachsen. Cengiz ist das jüngste von fünf Kindern. Der Vater fühlt sich in Deutschland als Bürger 2. Klasse und spielt mit dem Gedanken, in seine Heimat zurückzugehen, wenn er Rente bekommt. Sein Sohn Cengiz wird in der Türkei als „Deutschländer" bezeichnet.

Das Ansehen, das ein türkischer Mann im Dorf hat, die Ehre, die ihm zugestanden wird, ist nicht unabhängig von der Achtung, die ihm im Bereich der Familie entgegengebracht wird. Die Stellung des Mannes im Gemeinwesen (in Deutschland sind das die hier lebenden Verwandten und Freunde, die türkischen Nachbarn und Arbeitskollegen) ist von den Beziehungen innerhalb seiner Familie abhängig. Wird ihm dort die geforderte Achtung erwiesen, so ist er auch im Gemeinwesen angesehen. Ein Mann, dem sie verweigert wird, gilt als schwach. Er wird nicht ernstgenommen, kann nicht mitsprechen, wird übervorteilt. Der Zusammenhang zwischen dem Verhalten innerhalb der Familie und der Stellung im Dorf läßt sich anhand des Begriffes *Schmutz* verdeutlichen. Wird die Ehre verletzt, so ist sie *beschmutzt* und muß wieder gereinigt werden. Eine saubere Familie ist eine, in der die Autoritätsbeziehungen und das Handeln der einzelnen Familienmitglieder den Normen der türkischen Kultur entsprechen. Wenn der Sohn einen Diebstahl begeht oder die Tochter mit einem Mann durchbrennt, so gilt die ganze Familie als *schmutzig*. Es fällt auf den Vater zurück. Mitleid mit ihm wegen des „mißratenen" Kindes gibt es nicht. Stattdessen beginnt das gesamte Dorf darüber zu reden, wie *schmutzig* die ganze Familie sei, und daß man das ja immer schon gewußt habe.

4. Maßnahmen der Polizei

Die Polizei hat bei der Einflußnahme (der häufig in diesem Zusammenhang verwendete Begriff *Bekämpfung* ist mir zu kriegerisch) auf die Straßenkriminalität von Kindern die Möglichkeiten, proaktiv und vorbeugend oder reaktiv vorzugehen. Mit anderen Worten: auch hier stehen die klassischen polizeilichen Instrumente, Gefahrenabwehr und Strafverfolgung zur Verfügung.

4.1 Vorbeugung

Kriminalprävention muß langfristig angelegt sein und vor allem kontinuierlich durchgeführt werden. Dies gilt insbesondere bei der Vorbeugungsarbeit mit Kindern und deren Eltern. Nebenbei bemerkt: Präventionsarbeit ist viel zu wichtig und komplex, um sie allein der Polizei zu überlassen. Eltern, Kindergarten, Schule, Erziehungs- und Jugendhilfe, Nachbarn – kurz: alle gesellschaftlichen Kräfte sind zu mobilisieren und gefordert. In diesem Kontext ist auch die Polizei verpflichtet, mitzuwirken. Die nachfolgend skizzierten Präventionsmöglichkeiten sollen exemplarisch und nicht abschließend verdeutlichen, um was es dabei geht.

Die in vielen Polizeibehörden in der Verkehrssicherheitsberatung und -erziehung eingesetzten Puppenspieler können über ihren eigentlichen Aufgabenbereich hinaus kindgerechte Stücke zur Gewaltprävention und zur Vorbeugung von Eigentumskriminalität entwickeln und in Kindergärten und Grundschulen aufführen. Dies geschieht auch bereits.

Die von der Polizei initiierten Präventionsprojekte zum Thema „Sexueller Mißbrauch" sind zwar themenbezogen konzipiert und haben neben dem Ziel, Informationen für Eltern Lehrer und Erzieher zu übermitteln, insbesondere auch den Anspruch, Kinder zu befähigen, ihren Gefühlen zu folgen, um situationsbezogen „nein" sagen zu können. Diese „Ich-Stärkung" und das Vertrauen in die eigenen Gefühle sind Grundbausteine, auf die auch Vorbeugung von Kinderkriminalität oder Suchtverhalten angewiesen ist. Polizeiliche Präventionsarbeit für Kinder darf sich nicht nur an Kinder wenden. Nicht nur aus ökonomischen Gesichtspunkten sind vor allem Multiplikatoren unbedingt mit einzubeziehen. Außerdem ist eine enge Vernetzung mit anderen Behörden und Institutionen zwingend erforderlich.

4.2 Strafverfolgung

Auch wenn Kinder noch nicht strafmündig sind, spielt der erzieherische Aspekt von Strafverfolgung (nicht zu verwechseln mit Bestrafung) eine nicht unerhebliche Rolle. Wegen einer Straftat auffällig gewordene Kinder werden von besonders geschulten Polizei- oder KriminalbeamtInnen angehört (vernommen), wobei erzieherische Aspekte bereits eine wichtige Rolle spielen sollten. Nach Möglichkeit wird auch mit den Sorgeberechtigten ein Gespräch geführt. Falls erforderlich, ist das Jugendamt einzuschalten.

Kinder- und Jugendkriminalität ist episodenhaft und als Bestandteil von Entwicklungs- und Reifeprozessen normal. Bei 80% der tatverdächtigen Kinder reichen die Erfahrungen aus, die sie in einem Ermittlungsverfahren machen und die natürlich auch mit Peinlichkeiten und unguten Gefühlen verbunden sind, um nicht wieder strafrechtlich in Erscheinung zu treten. Weitere 15% der Jungtäter brauchen etwas länger, um solche Erfahrungen zu sammeln. Sie belasten die Polizeilichen Kriminalstatistiken bis zu fünf Mal in diesem Lebensabschnitt, um danach ebenfalls nicht wieder aufzufallen. Die restlichen 5% der Minderjährigen begehen über ein Drittel aller Straftaten dieser Altersgruppe und haben häufig eine ausgesprochen schlechte Prognose. Polizei und Jugendhilfe müssen sich gerade mit diesen Kindern intensiv befassen.

Schon im Vorfeld von Strafverfolgung sollen die von ihr ausgehenden generalpräventiven Aspekte Wirkung zeigen. Dazu können vor allem mehr Bürgernähe, mehr Polizeipräsenz (Fußstreifen) und sogenannte Ordnungspartnerschaften zwischen Polizei, kommunalen (Ordnungs-) Behörden und den Bürgern beitragen. Diese Bemühungen sind nicht auf bestimmte Zielgruppen fokussiert, kommen aber auch den Anstrengungen entgegen, Straßenkriminalität von Kindern einzudämmen.

Auch hier nur einige Beispiele: Begleitung und Präsenz in Einrichtungen des ÖPNV durch Polizeibeamte dienen zum einen der Verbesserung des subjekiven Sicherheitsgefühls in weiten Kreisen der Bevölkerung, sind aber auch geeignet, Delikte wie Körperverletzung, Sachbeschädigung oder Schwarzfahren zu ermitteln und zu verhindern, bei Kindern insbesondere dann, wenn diese Maßnahmen zu entsprechenden Zeiten durchgeführt werden. Polizeiliche Streifen- und Kontrolltätigkeiten müssen also Anlaß- und tatgelegenheitsbezogen veranlaßt und durchgeführt werden. Straßenkriminalität von Kindern kann vermindert werden, wenn die polizeiliche Präsenz beim Martinssingen und auf Spielplätzen (um auf die Fallbeispiele zurückzukommen), in Freibädern, auf Eislaufbahnen und an Treffpunkten von Skatern oder Grafittimalern, zu entsprechenden Zeiten erhöht wird.

5. Schlußbetrachtung

Neben den gefährlichen und gefährdenden Aspekten der Straße mit ihren kriminogenen Faktoren bietet die Straße meines Erachtens auch eine Fülle von Möglichkeiten, soziale Kompetenzen zu erwerben. Kinder müssen sich auf der Straße behaupten und durchsetzen, aber auch lernen, auf andere Rücksicht zu nehmen. Die Straße ist daher auch ein „Trainingslager" für Konfliktlösung und -bewältigung.

Gefährlicher als die Straße ist für Kinder nach meinen Erfahrungen das Elternhaus. Hier werden Kinder mißhandelt, vernachlässigt, sexuell mißbraucht, überfordert, unterfordert, als lästig empfunden. Für viele Kinder ist die eigene Wohnung der einsamste Ort auf der Welt. Fernseher und Computer sind kein Ersatz für elterliche Zuwendung. Wenn Kinder kriminell werden oder von zu Hause weglaufen, dann häufig, um auf sich und ihre erbärmliche Situation aufmerksam zu machen. Kriminalität ist bei Kindern nicht selten auch als Hilferuf zu verstehen.

Literatur

Bienemann, G./Hasebrink, M./Nikles, B.W. (Hg.) 1995: Handbuch des Kinder- und Jugendschutzes, Münster

Polizeiliche Kriminalstatistik (PKS) 1996 der Bundesrepublik Deutschland, Wiesbaden 1997

Zuber, H. 1992: Straßenkinder – Ein Report, Hamburg

Ulrich Meier

Die Schule - ein Ort der Gewalt?

Empirische Ergebnisse und Anregungen für schulpädagogisches Handeln

1. Skandalisierungsfallen

Das Thema „Gewalt an Schulen" wird seit einigen Jahren in der Öffentlichkeit intensiv und kontrovers diskutiert. Begonnen hat diese Auseinandersetzung zu Anfang der 90er Jahre, als in rasant zunehmender Zahl Presseberichte zu dieser Thematik veröffentlicht wurden. Dabei scheint in der öffentlichen Diskussion der Gegenstandsbereich von Anfang an festgelegt zu sein: Gewalt wird vor allem als körperliche Aggression angesehen - als Schlagen, Bedrohen, Bedrängen - und die Gewalttäter sind Kinder und Jugendliche. Vor diesem Hintergrund wird die Einbindung des Schülerverhaltens in strukturelle und institutionelle Verhältnisse kaum thematisiert. Im Mittelpunkt steht eher die Gewalt, die von Schülern[1] ausgeht und sich gegen Sachen, gegen Mitschüler und gegen Lehrer richtet (vgl. Hamburger 1993). Die zumeist spektakulären Präsentationen einzelner Ereignisse im Kontext der Schule vermitteln den Eindruck, daß wir es mit einer völlig neuen Form der Gewaltanwendung zu tun haben, und daß schulische Gewalttätigkeiten in Qualität und Ausmaß einem unaufhörlichem Wachstum unterliegen.

Orientiert man sich an diesen Darstellungen, so kann der Eindruck entstehen, daß die Schule zu einem Ort der Gewalt geworden ist. Und das, obwohl die unabhängige Regierungskommission zur Verhinderung und Bekämpfung von Gewalt in ihrem Sondergutachten 1990 zu dem Ergebnis kommt, daß Gewalt in den meisten deutschen Schulen kein zentrales Thema zu sein scheint - entgegen gelegentlichen Darstellungen in den Medien (vgl. Schwind u.a. 1990). Dieser Hinweis zielt nun keineswegs

---

1 Wenn in diesem Beitrag von „dem Schüler" oder „dem Lehrer" die Rede ist, so ist auch immer die Schülerin oder die Lehrerin gemeint. Ich habe aus einem ganz einfachen Grund darauf verzichtet, jedesmal beide anzusprechen: die sprachlichen Verrenkungen wären unzumutbar.

darauf ab, vorhandene Probleme zu verharmlosen oder gar zu ignorieren. Ich möchte lediglich davor warnen, in sogenannte „Skandalisierungsfallen“ (vgl. Cremer-Schäfer 1992) zu tappen, bei denen die reißerisch-pointierte Aufmachung singulärer Problemfälle wichtiger ist als die differenzierte Auseinandersetzung mit dem thematisierten Problem. Soziale Strukturen und Interaktionsgeschehnisse, die Gewalthandeln ermöglichen oder begünstigen, werden so aus dem Blickfeld gerückt. Dadurch werden Gewaltphänomene isoliert und Konflikte individualisiert. Die „deformierte Persönlichkeitsstruktur“ des Kindes oder Jugendlichen wird als ursächlich für normverletzende Verhaltensweisen angesehen. Solcherart verkürzte Argumentationsketten dienen dann oft als Anlaß für Ordnungsdiskussionen mit der Forderung nach verstärkter Kontrolle und Disziplinierung.

Bei aller berechtigten Kritik an dieser Form der Berichterstattung (vgl. Schubarth 1995) gilt es festzuhalten, daß die Medien allein ein solches Thema nicht erschaffen und schon gar nicht über einen solchen Zeitraum in der Diskussion halten können. Es muß also eine gesellschaftliche Realität geben, die die Leser und an Schule Beteiligten mit dieser Thematik verbinden. Realität ist, daß viele Lehrer von zunehmender Brutalität der Kinder und Jugendlichen berichten, und daß sie sich angesichts der von ihnen wahrgenommenen Zunahme gewaltförmiger Handlungen hilflos fühlen. Die so artikulierte Problembelastung ist meines Erachtens Grund genug, sich auch innerhalb der Wissenschaft mit dem Phänomen der Gewalt an Schulen zu beschäftigen. Dazu braucht es keine weiteren Begründungen oder Rechtfertigungen und schon gar nicht dramatisierende Darstellungen und daraus abgeleitete vorschnelle Verallgemeinerungen. Diese sind ebenso wie die Verharmlosung oder Verdrängung unangemessen bei der Aufklärung tatsächlicher Bedingungen. Zu dieser Aufklärung gehört allerdings zu hinterfragen, ob die öffentlich verbreiteten Behauptungen über Gewalthandlungen von Kindern und Jugendlichen in der Schule auf Tatsachen basieren oder ob es sich um die Wiedergabe und fortgesetzte Herstellung sozialer Konstruktionen handelt (vgl. Specht 1995). Notwendig sind dazu Untersuchungen, die sich differenziert mit den Erscheinungsformen und Entstehungszusammenhängen gewaltsamen Verhaltens in der Schule auseinandersetzen. Dabei ist eine Forschung relevant, die Gewalt nicht als stabiles Persönlichkeitsmerkmal ansieht und nicht zuallererst und allein auf das Verhalten verweist. Gewalt ist vielmehr als Ausdruck sozialer Prozesse zu verstehen, in denen strukturelle Bedingungen und individuelles Handeln zusammenwirken. Da sich die in den 70er und

80er Jahren durchgeführten Untersuchungen zum abweichenden Verhalten (vgl. Brusten/Hurrelmann 1976; Fellsches 1978; Bach u.a. 1984; Holtappels 1987) und spezieller zum Vandalismus (vgl. Klockhaus/Habermann-Morbey 1986) nur punktuell mit Gewalt in der Schule beschäftigten, gab es zu Anfang der 90er Jahre kaum gesichertes Material zu den genannten Aspekten. In der Wissenschaft bestand weitgehend Konsens darüber, daß ein deutlicher Nachholbedarf hinsichtlich empirisch gesicherter Forschungsergebnisse zum Thema „Gewalt an Schulen" bestehe (vgl. Hurrelmann 1990; Tillmann 1993). Über das tatsächliche Ausmaß und eine mögliche Zunahme gewaltförmiger Verhaltensweisen in der Schule konnte somit nur spekuliert werden. Als Reaktion auf diese defizitäre Forschungssituation, die massenmediale Präsentation des Themas und die geäußerte Lehrerbelastung, sind seit 1992/93 eine Vielzahl entsprechender Forschungsprojekte realisiert worden (Niebel u.a. 1993; Dettenborn/Lautsch 1993; Meier/Tillmann 1994; Todt/Busch 1994; Greszik/Hering/Euler 1995; Funk 1995; Fuchs/Lamnek/Luedtke 1996; Schwind u.a. 1997).

2. Empirische Ergebnisse

In unserer Bielefelder Untersuchung[2] haben wir im Jahre 1994 mit einem dreistufigen Programm zur Analyse und Prävention von Gewalt an Schulen begonnen. Die zentrale Ausgangsannahme des DFG-Forschungsprojektes „Gewalt an Schulen" ist, daß Gewalt ein Merkmal von sozialen Situationen ist, zwischen Menschen oder zwischen Gruppen von Menschen. Gewalt geht auch biographisch gesehen auf soziale Situationen zurück, in denen Gewalt erfahrbar und gelernt wird beziehungsweise als Lösungsmöglichkeit von Konflikten begriffen wird. Ausgehend von dieser Annahme sind für unsere Untersuchung zwei Schwerpunkte forschungsleitend gewesen.

Zum einen wollten wir ermitteln, welche Formen von Gewalt an Schulen in welchem Ausmaß vorkommen. Der hierbei verwendete Gewaltbe-

---

2 Die Studie wird von der Deutschen Forschungsgemeinschaft gefördert und im Sonderforschungsbereich „Prävention und Intervention im Kindes- und Jugendalter" der Universität Bielefeld von einem interdisziplinär besetzten Team durchgeführt: Heinz Günter Holtappels, Klaus-Jürgen Tillmann (Leitung), Ulrich Meier (Koordination), Birgit Holler-Nowitzki, Ulrike Popp. Es besteht eine Kooperation mit einem Parallelprojekt an der TU Dresden (Leitung: Wolfgang Melzer).

griff ist bewußt eng definiert als zielgerichtete Schädigung, und die Analyse der Häufigkeiten und Intensitäten bezieht sich auf Gewalt gegen Sachen (Vandalismus), gegen Mitschüler (Erpressung, Nötigung, Körperverletzung, Bedrohung, sexuelle Belästigung), gegen Lehrpersonen, auf Waffenbesitz und auf verbale als auch non-verbale Aggressionen. Eine solch enge Definition scheint sinnvoll, um die Phänomene (Gewalthandlungen) relativ leicht empirisch erheben zu können. Zudem wird damit der Empfehlung entsprochen, für den sozialwissenschaftlichen Diskurs eine solch enge Begriffsbestimmung zu verwenden, um der Tendenz entgegenzuwirken, Gewalt zu einer „catch-all-Kategorie" zu machen, was einer sinnvollen Verständigung eher hinderlich ist und mehr zur Verwirrung als zur Klärung beiträgt.

Zum anderen sollte eine Analyse „gewaltfördernder" institutioneller und gesellschaftlicher Verhältnisse, die mit dem Begriff der strukturellen Gewalt angesprochen werden, in unserer Untersuchung vorgenommen werden. Gemeint ist damit die Analyse sozialer Bedingungsfaktoren im schulischen und außerschulischen Umfeld. Neben den individuellen Persönlichkeitsmerkmalen der Schüler und dem außerschulischen Sozialisationskontext stand der sozial-ökologische Schulkontext im Mittelpunkt der Analysen. Diese Bereiche sind insofern Gegenstand unserer Studie, da sie als sozialer Kontext und als Erklärungsfolie für Gewaltausübungen in Betracht kommen. Schließlich sollten auf Grundlage dieser Befunde empirisch abgesicherte Anhaltspunkte für die schulische Prävention von gewaltförmigen Verhaltensweisen abgeleitet werden.

Ergebnisse der ersten Stufe, einer vergleichenden Schulleitungsbefragung in Hessen und Sachsen, sind inzwischen veröffentlicht worden (Meier u.a. 1995). Es zeigte sich beispielsweise, daß zwischen der oftmals ungeprüft geäußerten Behauptung einer ständigen Zunahme von Gewalt an Schulen und der Einschätzung der befragten Schulleitungen eine enorme Diskrepanz besteht. Hinsichtlich der Frage nach besonderen Bedingungen im Umfeld ihrer Schule, die ihrer Meinung nach das Auftreten abweichenden Verhaltens begünstigen, werden am häufigsten familiäre Probleme genannt. Erhoben wurden ausschließlich Beobachtungen, Einschätzungen und Bewertungen von Schulleitern. Diese sind in der Regel über Probleme in ihrer Schule gut informiert, aber sie erfahren auch nicht alles. Und ob Schulleiter alles, was ihnen an Problemen an ihrer Schule bekannt ist, bei Befragungen auch mitteilen, ist ebenfalls fraglich. Insofern hat eine solche Schulleitungs-Befragung mit den methodischen Problemen der begrenzten Wahrnehmungsmöglichkeit und der Verzerrung aufgrund sozialer Erwünschtheit zu kämpfen (vgl. Meier/Tillmann 1994).

Deshalb wurde in einer zweiten Phase der Untersuchung dem Phänomen der Gewalt an Schulen differenzierter nachgegangen. In einer für das Land Hessen repräsentativen Untersuchung wurden im Herbst 1995 in verschiedenen Regionen des Landes insgesamt 3.540 Schüler/innen (jeweils ganze Schulklassen) im Alter von 11 bis 17 Jahren (Schuljahrgänge 6, 8, 9 und 10) und 448 Lehrer/innen aus 24 ausgewählten Schulen per Fragebögen befragt. Dabei wurden sämtliche Schulformen in der Sekundarstufe 1 entsprechend ihrem Schüleranteil im Land Hessen berücksichtigt. Gemäß unseres Forschungsdesigns haben wir danach gefragt, welche Erscheinungsformen von Gewalt in welcher Häufigkeit an Schulen vorkommen. In den folgenden Darstellungen werde ich mich auf Erscheinungsformen von Gewalt gegen Sachen (Vandalismus) und Gewalt gegen Mitschüler (Körperverletzung, Nötigung, Erpressung und sexueller Belästigung) konzentrieren. Unberücksichtigt bleiben verbale und nonverbale Aggressionen. Die Ergebnisse zu diesen Erscheinungsformen können an anderer Stelle nachgelesen werden (vgl. Holtappels/Meier/Tillmann 1996; vgl. Holtappels/Meier 1997). Schüler und Lehrer wurden um Einschätzungen zu Art und Häufigkeit der in den letzten 12 Monaten in der Schule wahrgenommenen beziehungsweise beobachteten Gewalthandlungen gebeten (vgl. Abb. 16). Die Schüler haben wir nach selbstausgeübten Gewalthandlungen im Zeitraum der letzten 12 Monate befragt (vgl. Abb. 7). Dazu wurden in differenzierten Listen Einzelfragen zu den einzelnen Gewalthandlungen gestellt, womit gültigere Antworten zu erwarten sind als mit Sammelbegriffen, weil für die Befragten konkrete Handlungsformen und Situationen vorstellbar wurden.

2.1 Die doppelte Wahrnehmung von Gewalt

Ernsthafte Prügeleien zwischen Jungen werden mit Abstand am häufigsten wahrgenommen. 71% der Schüler beobachteten dies im Verlauf der letzten 12 Monate, davon 28% mindestens „mehrmals monatlich" und 4% „fast täglich". Solche Auseinandersetzungen finden nach Wahrnehmung der Schüler zwischen Mädchen und Jungen weit seltener statt. Das Gleiche gilt für die ernste Prügelei zwischen Mädchen und die Gruppenschlägerei. Die geringste Beobachtungsfrequenz gibt es beim Angriff mit einer Waffe. Der Vergleich der angegebenen Häufigkeiten der Schüler (Abb. 1) mit den Angaben der Lehrer (Abb. 2) verdeutlicht, daß die Rangreihe der Häufigkeiten für die Deliktformen bei beiden Befragungsgruppen gleich ist.

Abbildung 1: Schülerwahrmehmung körperlicher Angriffe bei Mitschüler/innen

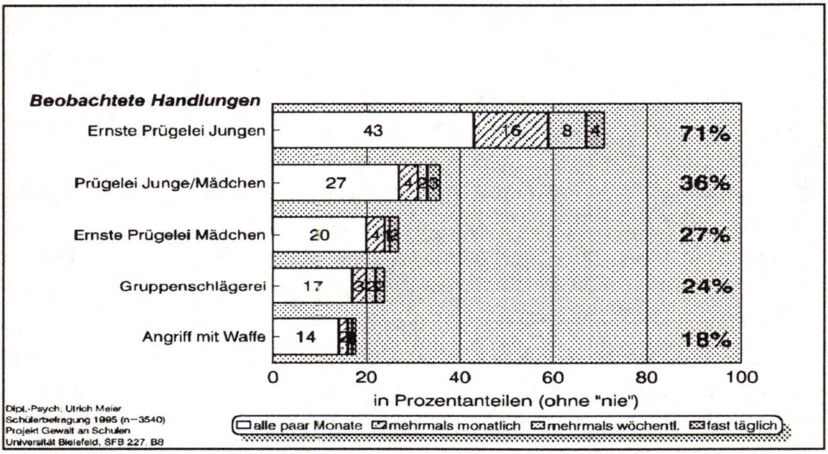

Abbildung 2: Lehrerwahrnehmung körperlicher Angriffe bei Schüler/innen

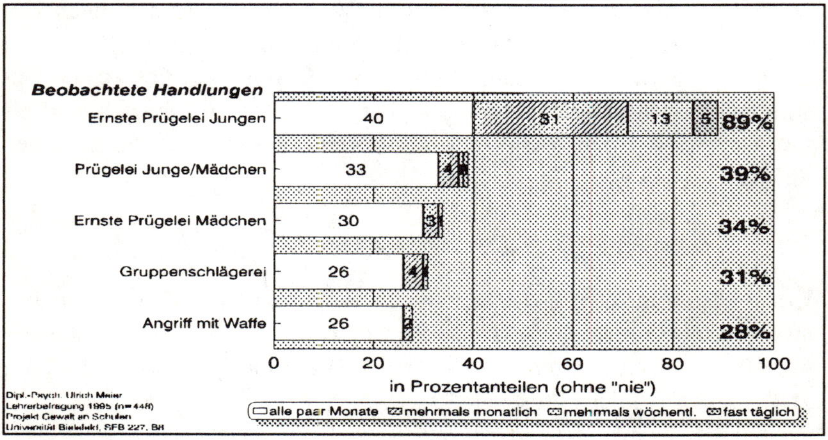

Die Anzahl derer, die die einzelnen Gewalthandlungen wahrgenommen haben, unterscheidet sich allerdings zum Teil beträchtlich. So ist der Anteil der Lehrer, die körperliche Angriffe unter Schülern im Zeitraum des

letzten Jahres mindestens alle paar Monate beobachtet haben, bei allen Erscheinungsformen größer als das Kontingent der Schüler. Diese Unterschiede verschwinden jedoch, mit Ausnahme der ernsten Prügelei zwischen Jungen, oder kehren sich sogar um, wenn nur die Angaben zu den Antwortkategorien „mehrmals im Monat“, „mehrmals wöchentlich“ und „fast täglich“ betrachtet werden.

Vandalistische Handlungen werden mit Ausnahme der ernsten Prügelei zwischen Jungen insgesamt häufiger erlebt als körperliche Angriffe unter Schülern. Dies trifft sowohl für die Schülerschaft (Abb. 3) als auch für die Lehrer (Abb. 4) zu.

Abbildung 3: Schülerwahrnehmung von Vandalismus bei Mitschüler/innen

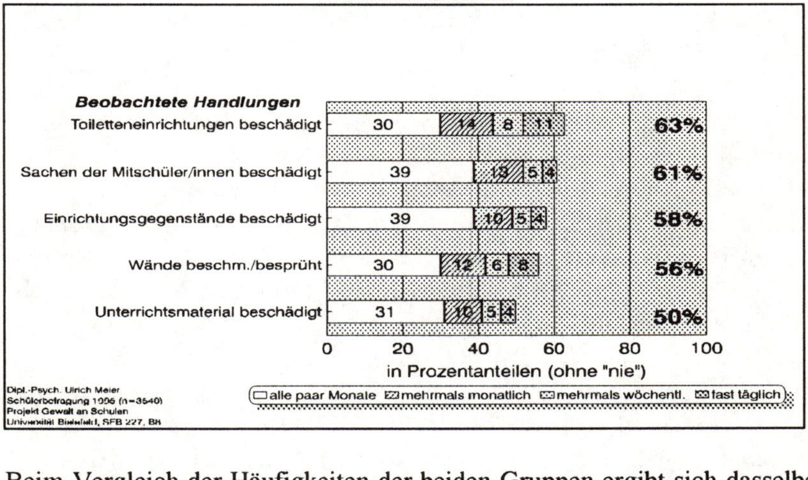

Beim Vergleich der Häufigkeiten der beiden Gruppen ergibt sich dasselbe Muster wie schon bei den körperlichen Angriffen. Bei der Wahrnehmung von Vandalismus bei Schülern, bezogen auf die letzten 12 Monate, liegen die Angaben der Lehrer bei allen fünf Erscheinungsformen etwa 30% über den Angaben der Schüler. Die größte Differenz ist bei der Beschädigung von Unterrichtsmaterial festzustellen. 50% der Schüler nahmen dies wahr (davon 19% mindestens „mehrmals monatlich“) gegenüber 82% der Lehrer (davon 28% mindestens „mehrmals monatlich“).

Abbildung 4: Lehrerwahrnehmung von Vandalismus bei Schüler/innen

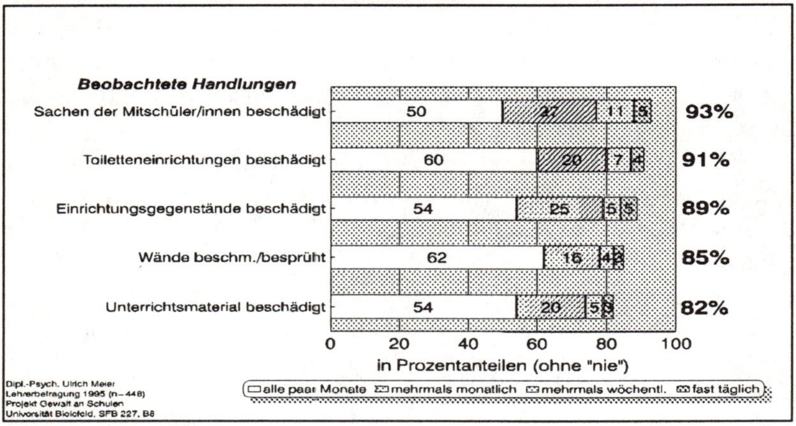

Der Anteil derer, die solche Delikte häufiger wahrnehmen (Antwortkategorien „mehrmals monatlich“, „mehrmals wöchentlich“ und „fast täglich“) ist bei den Schülern als auch den Lehrern etwa gleich groß.

Auch bei der Wahrnehmung von Erpressung und sexueller Belästigung liegen die Werte der Lehrer zum Teil deutlich über den Angaben der Schüler. So nehmen 59% der Lehrer (davon 6% mindestens „mehrmals im Monat“) wahr, daß Schüler Strafe androhen, wenn dem Lehrer etwas mitgeteilt wird. 41% der Schüler erlebten dies im letzten Jahr, davon 14% mindestens „mehrmals im Monat“. Die Forderung von Geld unter Androhung von Strafe (z.B. Prügel) wurde von 46% der Lehrpersonen (davon 6% mindestens „mehrmals im Monat“) und 18% der Schüler (davon 6% mindestens „mehrmals im Monat“) perzipiert (vgl. Abb. 5 und 6).

Der Vergleich der ermittelten Häufigkeiten zur Wahrnehmung von Erpressung beziehungsweise sexueller Belästigung zeigt wie schon bei den vorhergehenden Erscheinungsformen, daß der relative Anteil der Lehrer, die solche Gewalthandlungen im Zeitraum eines Jahres registriert haben, zum Teil deutlich höher ist als der der Schüler. Der Anteil derer, die häufiger solche Handlungen beobachten (Antwortkategorien „mehrmals monatlich“, „mehrmals wöchentlich“, „fast täglich“), ist bei den Schülern geringfügig größer. Dabei gilt es jedoch zu beachten, daß sich diese Erscheinungsformen oftmals der direkten Beobachtung innerhalb der Schule entziehen.

Abbildung 5: Schülerwahrnehmung von Erpressung/Sexueller Belästigung bei Mischüler/innen

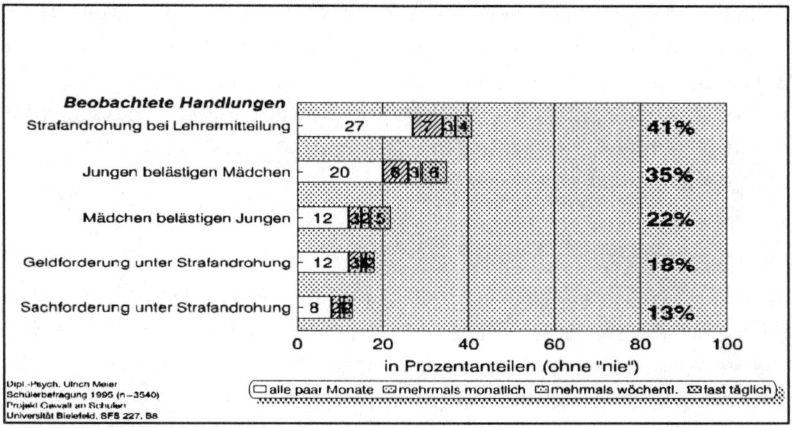

Abbildung 6: Lehrerwahrnehmung von Erpressung/Sexueller Belästigung bei Schüler/innen

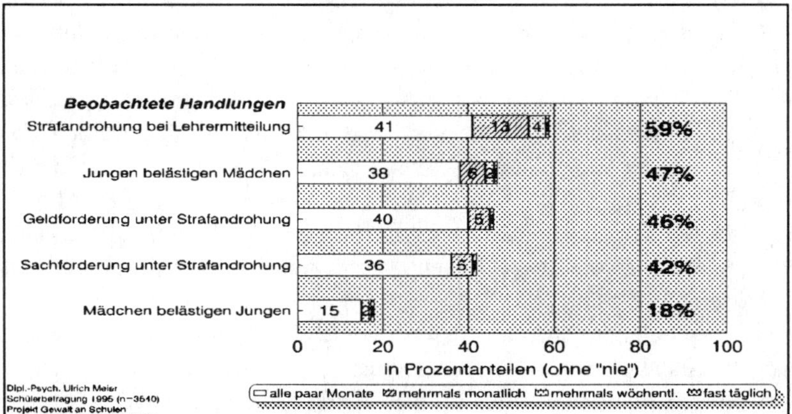

Im Gesamtergebnis ist feststellbar, daß Schüler und Lehrer einzelne Gewaltformen (Vandalismus, Körperliche Angriffe zwischen Jungen) in nicht unbeträchtlichem Umfang in der Schule wahrnehmen. Bei den anderen Gewalthandlungen (körperliche Angriffe, Nötigung, Erpressung, sexuelle Belästigung) liegen die Häufigkeitsangaben zum Teil deutlich niedriger. Dies bedeutet, daß einzelne Gewaltformen in Schulen nicht in dem

Ausmaß wahrgenommen werden, wie aufgrund dramatisierender Darstellungen in der Öffentlichkeit angenommen werden könnte. Zudem verdeutlichen die Schüler- und Lehrerangaben, daß Gewalthandlungen nur von einem zahlenmäßig kleinen Teil häufig beobachtet werden, wobei die Anteile der Lehrer und Schüler etwa gleich groß sind. Eine deutlich höhere Zahl von Schülern und vor allem von Lehrern registriert gelegentlich Gewalthandlungen. Hierbei liegen die Werte der Lehrer durchgängig über den Einschätzungen der Schüler.

2.2 Selbstberichtete Gewalt

Nun kann kritisch angemerkt werden, daß die Wahrnehmung von Schülergewalt aufgrund von Schüler- und Lehrerangaben lediglich globale Einschätzungen zum Gewaltvorkommen in der Schule zulassen. Aus diesem Grund haben wir in unserer Untersuchung die Schüler in einem Selbstreport zu Art und Häufigkeit selbst ausgeübter Gewalthandlungen befragt. Diese Anworten ermöglichen genauere Aufschlüsse über die tatsächlichen Gewalthäufigkeiten, als die Angaben zur Wahrnehmung von Schülergewalt aus der Sicht Dritter. Die Schüler sollten zu einer Liste von 20 Items angeben, wie häufig sie die genannten gewaltförmigen Handlungen in den letzten 12 Monaten selbst ausgeübt haben. Als Antwortmöglichkeiten konnte zwischen „nie“, „alle paar Monate“, „mehrmals im Monat“, „mehrmals wöchentlich“ und „fast täglich“ gewählt werden. Die Präsentation der Ergebnisse beschränkt sich auf sieben Items, welche die eher „harten“ Formen der Gewalthandlungen erfragt haben (vgl. Abb. 7). Die anderen dargebotenen Erscheinungsformen zum Selbstreport erfaßten die Dimensionen der psychischen Aggressionen und der Schuldevianz (vgl. Meier 1997b).

31% der Schüler geben an, sich im Laufe eines Jahres mit anderen geprügelt zu haben, davon 11% mindestens „mehrmals monatlich“. Bei den übrigen Gewalthandlungen liegen die Häufigkeiten niedriger und bewegen sich zwischen 21% („anderen gewaltsam etwas weggenommen“, davon 8% mindestens „mehrmals monatlich“) und 14% („mit anderen jemand verprügelt“, davon 6% mindestens „mehrmals monatlich“ beziehungsweise „Sachen anderer absichtlich kaputtgemacht“, davon 7% mindestens „mehrmals monatlich“). Die Betrachtung der Häufigkeiten zu den Antwortkategorien „mehrmals im Monat“, „mehrmals wöchentlich“ und „fast täglich“ verdeutlicht, daß der Anteil der Schüler, die solche Handlungen häufiger ausüben, recht gering ist.

Abbildung 7: Schülerselbstreport

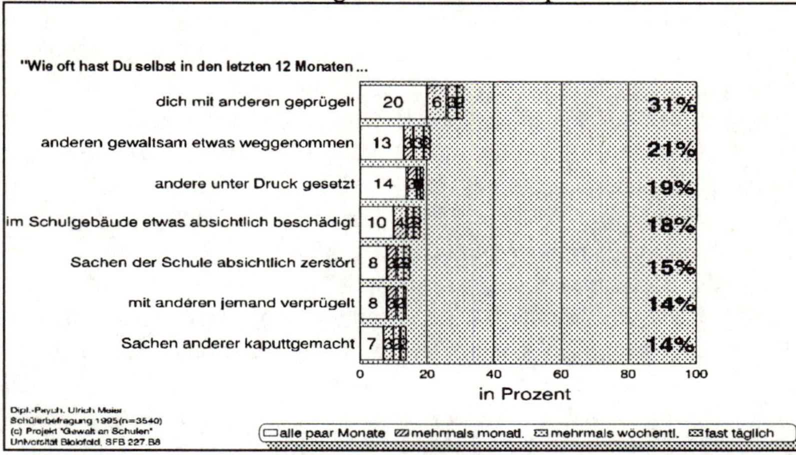

Ein Vergleich der Angaben zu den beobachteten Gewalthandlungen und den selbstausgeübten Tätigkeiten verweist darauf, daß zum Teil deutliche Diskrepanzen bestehen. Dies mag zum einen daraus resultieren, daß bei der Gewaltwahrnehmung alle Beobachter eines Geschehnisses ihre Perzeption angeben. So können beispielsweise 20 Schüler eine Prügelei registrieren und dies angeben, so daß *ein* beobachtetes Ereignis zu diesen Häufigkeiten führt. Beim Selbstreport sind es jedoch nur die vom Akteur selbst ausgeübten Handlungen, die in den Häufigkeiten abgebildet werden. Zum anderen kann die Furcht einzelner Schüler vor eventuellen Sanktionen bei Bekanntwerden der Angaben oder ein Antwortverhalten im Sinne sozialer Erwünschtheit die Angaben im Selbstreport beeinflußt haben. Dies haben wir versucht zu verhindern, indem absolute Anonymität zugesichert und realisiert wurde. Möglich ist auch, daß als Folge der öffentlichen Diskussion eine stärkere Sensibilisierung der Schüler und vor allem der Lehrer für Gewalt an Schulen, eine größere Aussagebereitschaft der Beteiligten oder eine Veränderung in der Deutung des Gewaltbegriffs diese Unterschiede mitbestimmen.

Insgesamt deuten die vorgestellten Ergebnisse darauf hin, daß Gewalthandlungen in Schulen nicht in dem Ausmaß vorkommen, wie es dramatisierte Darstellungen in der Öffentlichkeit nahelegen. Eine generelle Zunahme von Gewalt in Schulen kann nicht belegt werden. Dazu fehlt es an entsprechenden Längsschnittstudien. Es ist allenfalls eine leichte Zunahme körperlicher Gewalt im Zeitverlauf feststellbar, allerdings ein spürbarer Zuwachs verbaler und psychischer Aggressionen. Diese Feststellungen stehen im Einklang mit Befunden anderer Studien der 90er Jahre zur Gewalt in der Schule (vgl. Niebel u.a. 1993; Dettenborn/Lautsch 1993; Meier/Tillmann 1994; Todt/Busch 1994; Greszik/Hering/Euler 1995; Funk 1995; Fuchs/Lamnek/Luedtke 1996; Schwind u.a. 1997). Die Resultate unserer Untersuchung belegen, daß Gewalthandlungen nur von einem zahlenmäßig kleinen Anteil der Schüler und Lehrer häufig wahrgenommen und von Schülern ausgeübt werden. Differenziertere Analysen haben gezeigt, daß Gewalthandlungen vornehmlich von Jungen ausgeführt werden. Auch bei den gewaltaffinen Einstellungen (Gewaltbereitschaft, Gewaltbilligung) sind die Werte der Jungen höher. Aufgrund ihrer häufigeren Verwicklungen in gewaltförmige Konfliktsituationen, werden von den Jungen Gewalthandlungen in der Schule stärker wahrgenommen. Die höchsten Gewaltquoten zeigen sich im 8. und 9. Jahrgang. Hinsichtlich Vandalismus steigt mit zunehmendem Alter (Klasse 6 bis 10) offenbar die Sensibilität für Gewaltwahrnehmungen, während zugleich die Billigung von Gewalt abnimmt. Nach Schulformen differenziert sind Sonderschulen und Hauptschulen am stärksten betroffen. Während Real- und Gesamtschulen auch noch beträchtlich belastet sind, sind Gymnasien - zumindest was physische Gewalt anbelangt - deutlich weniger betroffen.

Ein Zusammenhang zwischen Schulgröße und Gewaltbelastung ist nicht nachweisbar. Auch bei der sozialen Schichtzugehörigkeit sind für Gewalthandlungen keine Unterschiede nachweisbar. Die Täter sind oftmals auch Opfer - und umgekehrt. Die Bedroher fühlen sich am meisten bedroht und sind deshalb häufig bewaffnet. Auf der Grundlage unserer Ergebnisse ist die Frage, ob die Schule ein Ort der Gewalt sei, zu verneinen. Es kann aus wissenschaftlicher Sicht nicht von einer generellen Belastung der Schulen durch Schülergewalt, somit durch aggressive und gewalttätige Kinder und Jugendliche, gesprochen werden. Dies schließt nicht aus, daß sich gewaltförmige Verhaltensweisen und Einstellungen in einzelnen Schulen und bestimmten Schülergruppen konzentrieren können und dort durchaus ein ernstzunehmendes Schulproblem darstellen können. Die empirisch fundierte Relativierung des öffentlich vermittelten Bildes des Gewaltortes Schule rechtfertigt nicht, nun in Beschwichtigung oder gar Gleichgültigkeit zu verfallen. Real vorkommende Gewalttätigkeiten von Kindern und Jugendlichen nicht zur Kenntnis zu nehmen, würde einer notwendigen Aufklärung von Zusammenhängen zuwiderlaufen.

2.3 Strafen hilft nicht

Erste Zusammenhangsanalysen unserer Studie verdeutlichen, daß nicht so sehr die Persönlichkeitseigenschaften der Jugendlichen, sondern daß vor allem soziale Einflußfaktoren eine Rolle spielen. Die Wert- und Normvorstellungen der Freundesgruppe haben einen Einfluß darauf, ob Kinder und Jugendliche Gewalt billigen und ausüben; insbesondere fällt der Zusammenhang zwischen gewaltbilligendem Klima der Gleichaltrigengruppe und Delinquenz von Jugendlichen auf. Von den Schülern erfahrene autoritäre und restriktive Erziehungsstile in Familie und Schule hängen besonders eng mit schulischem Gewaltverhalten zusammen. Im Kontext der Schule steht die Qualität des sozial-erzieherischen Klimas in ausgeprägter Weise mit gewaltförmigen Verhaltensmustern in Zusammenhang. Die Analysen weisen daraufhin, daß Jugendliche unter einem einschränkend-disziplinierendem Erziehungsverhalten und praktizierten Formen sozialer Etikettierung der Missetäter besonders stark zu physischer Gewalt wie zu psychischen Aggressionsformen neigen. Das, was manche Schulen mit autoritär-strafenden Maßnahmen abzustellen hoffen, kann offenbar eher ins Gegenteil umschlagen und zur Verschärfung beitragen. Weniger Gewalt zeigt sich vor allem in einem Schulklima, das durch ein förderndes Lehrerengagement und gute Sozialbeziehungen mit hoher Integrationskraft und von Gruppenzusammenhalt unter den Schülern geprägt ist. Eine Lernkultur, die durch lebensweltbezogenes und schülerorientiertes Lernen gekennzeichnet ist sowie Leistungsüberforderung vermeidet und prinzipielle Lernerfolgschancen gewährt, scheint geeignet, gewalttätiges Verhalten zu mindern.

Die Schule scheint demnach nicht einflußlos zu sein. Dies wird auch von der Mehrheit der Lehrkräfte bestätigt. In unserer Befragung votierten ca. 90% der Lehrer für ein grundsätzliches Einschreiten der Erwachsenen bei Gewaltkonflikten und dafür, sich dieser Konflikte mit pädagogischen Mitteln anzunehmen. Dieses zu realisieren verlangt meines Erachtens die Überwindung eindimensionaler Ursachenzuschreibungen und Schuldzuweisungen, bei denen existierende Schwierigkeiten an bestimmten Personen oder Gruppen festgemacht beziehungsweise gesellschaftlichen Veränderungen zugeschrieben werden. Vorschlägen zur Gewaltprävention beziehungsweise –intervention in Schulen wird oftmals mit dem Argument begegnet, daß Gewalt als Reaktion auf gesellschaftliche Lebensbedingungen und auf außerschulische Sozialisationsbedingungen von Kindern und Jugendlichen in die Schule importiert werden. Dieser durchaus berechtigte Hinweis befreit jedoch nicht davon, auch die bestehenden Probleme innerhalb der Schule zu sehen. Ohne damit die schulexternen Einflüsse minimieren oder gar ignorieren zu wollen, scheint es mir wichtig zu sein, den Bereich stärker in den Blick zu nehmen, in dem Lehrer und Schüler die direkteste Einwirkmöglichkeit besitzen: die Schule selbst. Die folgenden Anregungen sind eine Verknüpfung von in der Literatur vorfindbaren Vorschlägen (vgl. Hurrelmann 1993; Holtappels 1995; Tillmann 1995, Meier 1997a) und den Resultaten unserer Untersuchung.

3. Anregungen für Handlungsmöglichkeiten in der Schule

Empfehlungen zur Prävention beziehungsweise Intervention bei Gewalt in Schulen existieren in großer Zahl. Der Maßnahmenkatalog reicht von primärprä-ventiven Ansätzen, die im vorbeugenden Sinne gewaltförmige Interaktionen verhindern sollen, über sekundärpräventive Ansätze, die einer Ausweitung oder Stabilisierung von Gewaltphänomenen entgegenwirken sollen, bis zu tertiärpräventiven Ansätzen, die der Intervention bei massiven Problemen dienen (vgl. Dann 1997). Die im folgenden genannten Anregungen sind schwerpunktmäßig den primärpräventiven Ansätzen zuzuordenen, da sie Impulse zur Verbesserung des sozialen Gefüges der Schule vermitteln wollen. Die Anwendung einer speziellen „Anti-Gewalt-Pädagogik" ist dabei wohl nicht ausreichend. Die Absicht, Gewaltphänomene in der Schule zu verringern beziehungsweise nicht weiter zunehmen zu lassen, mündet meines Erachtens in dem gemeinsamen Nachdenken darüber, wie der soziale und emotionale Erfahrungsraum Schule qualitativ verbessert werden kann, damit Kinder, Jugendliche und Lehrer die an sie gestellten Aufgaben besser bewältigen können. Dazu folgende neun Vorschläge:

Erstens: Schulversagen verhindern. Angesichts des deutlichen Zusammenhangs von Schulversagen und dem Auftreten von gewaltförmigem Verhalten könnte die Förderung lernschwacher Schüler in bestimmten Fächern zu einer Verringerung dieses Risikofaktors beitragen. Wenn Leistungsanforderungen nicht in permanenter Überforderung münden, die von einzelnen Schülern in Form zu häufiger Leistungskontrollen, geringer Rücksicht bei Lernproblemen und nicht erfüllbaren Lernanforderungen erlebt werden, so sind wichtige Voraussetzungen dafür geschaffen, gewalttätigen Handlungen seitens der Schüler anhand pädagogischer Mittel entgegenwirken zu können.

Zweitens: Transparente und gerechte Chancenstruktur. In dem sensiblen Bereich der gerechten Behandlung ist es notwendig, daß die Regeln der Leistungsbeurteilung für die Schüler klar erkennbar sind und objektiv faire und berechenbare Umgangsformen existieren. Wenn Schüler die Erfahrung machen können, daß in ihrer Schule gerechte und transparente Bewertungsmaßstäbe verläßlich angewandt werden, so kann dem Auftreten gewalttätigen Verhaltens präventiv begegnet werden.

Drittens: Gezielte Geschlechtersozialisation betreiben. Befunde bisheriger Forschung belegen, daß die Ausübungen von Gewalthandlungen in der Schule vornehmlich ein Jungenphänomen sind. Diese Tatsache provoziert zu der Frage, wie Jugendliche eine männliche Rolle erwerben können, ohne in Aggressivität abzugleiten? Dazu ist es notwendig, Formen zu schaffen, in denen Jungen den konstruktiven Umgang mit Aggressionen erlernen können (vgl. Asbeck 1995). Gleichzeitig gilt es zu verhindern, daß Mädchen in die Opferrolle gelangen. Dies bedeutet zum einen, die Hand-lungskompetenz der Mädchen für das Bestehen in Konfliktsituationen zu stärken und zum anderen sich stärker den Problemen der Jungen anzunehmen.

Viertens: Etikettierung vermeiden, Zuwendung realisieren. Ergebnisse unserer Studie deuten daraufhin, daß die Behandlung von Schülern als Außenseiter sowie mangelnde Anerkennung für die eigene Person einhergehen mit Gewalt, speziell mit körperlicher Gewalt. Höhere Gewaltintensität zeigt sich überaus deutlich unter solchen Interaktionsformen gegenüber auffällig gewordenen Schülern, die von ihnen als sozial etikettierend empfunden werden. Um so wichtiger scheint es, gerade problembelasteten Schülern zu signalisieren, daß sie als Persönlichkeit - jenseits von Gewalthandlungen - ernstgenommen und akzeptiert werden. Lern- und Verhaltensprobleme in der Schule gehen oft einher mit Lebensproblemen der Kinder und Jugendlichen. Gerade problembeladene Schüler brauchen die Schule um so mehr als einen Ort, an dem soziale und emotionale Zuwendung stattfindet und sie trotz ihrer Verhaltensprobleme Verständnis erwarten können. Gewaltförmige Verhaltensweisen sollten Lehrpersonen nicht daran hindern, sich den Problemen der Schüler zu stellen, ihre Biographie und ihre Lebenszusammenhänge zu explorieren und psychosoziale Zuwendung zu ermöglichen.

Fünftens: Soziale Bindungen herstellen, Desintegration verhindern. Weniger Gewalt tritt in einem Schulklima auf, das vor allem durch gute Sozialbeziehungen zu Lehrpersonen und Mitschülern geprägt ist, wobei insbesondere das Akzeptiertwerden der Schüler durch ihre Lehrkräfte und eine hohe Integrationskraft der Lerngruppe gewaltmindernd wirken können. Schüler, die das Gefühl haben, im Klassenverband nicht akzeptiert zu werden, bei Gleichaltrigen und Lehrpersonen nichts zu gelten und Zurückweisung erleben, machen die Erfahrung der sozialen Desintegration. Ein wichtiges Mittel, um diesen Risikofaktor für die Genese von Aggressionen zu beseitigen, ist die Herstellung sozialer Bindungen. Schülerfreundschaften und ein positives Lehrer-Schüler-Verhältnis sind dabei sehr bedeutsam. Die soziale Gemeinschaft kann gefördert werden durch gezielte Schulfahrten und Schullandaufenthalt (Olweus 1995), durch gemeinschaftsstiftende Aktivitäten, wie Feste oder Projekte und durch die Förderung sozialer Verantwortung durch Partizipation an Entscheidungen und Gestaltungsvorhaben.

Sechstens: Soziales Lernen ermöglichen. Das Einüben sozialen Verhaltens soll Schüler befähigen, einen akzeptablen Umgang mit Konflikten zu realisieren. Die Erarbeitung von Grundlagen des sozialen Lernens sollte dabei nicht künstlich und theoretisch geschehen, sondern möglichst in natürlichen Schulsituationen stattfinden. Die Schüler sollen dabei Gruppenregeln erarbeiten, Rollenverhalten einüben und lernen, ihre Probleme und Konflikte mit gewaltfreien und sozial akzeptierten Mitteln zu bearbeiten und zu lösen. Dazu gehört beispielsweise der Umgang mit eigenen Frustrationen, die Lösung konkreter Konfliktsituationen, die Wahrnehmung eigener Gefühle und der Gefühle anderer, die Durchsetzung eigener Interessen, ohne andere zu verletzen. Diese und ähnliche Probleme und Fragen lassen sich durch vielfältige Übungs- und Trainingsformen in den Unterricht und in die Schule integrieren (vgl. Lerchenmüller 1987; Preuschoff/Preuschoff 1993). Eine notwendige Voraussetzung für die Entwicklung sozialer Kompetenzen bei Schülern ist das zur Nachahmung motivierende, vorbildhafte Verhalten ihrer Lehrer im Schulalltag.

Siebtens: Grenzen setzen, Regeln entwickeln, Restriktivität der Regelanwendung vermeiden. Das Bemühen um die Annahme und Akzeptanz der Schülerpersönlichkeit beinhaltet nicht, jedes Verhalten zu tolerieren.

Die klare Grenzsetzung bei körperlicher Gewalt, wie bei verbalen und nonverbalen Gewalthandlungen ist enorm wichtig (vgl. Olweus 1995). Lehrer, die in Gewaltsituationen - vielleicht aus Überforderung - wegschauen, tragen ebenso zur Verschärfung bei, wie ein Kollegium, das keinen Konsens über Verhaltensregeln erlangt. Der erforderliche schulangemessene und schülergerechte Regelkatalog sollte gemeinsam mit Schülern und Eltern entwickelt werden. Ebenso sollte Konsens darüber erlangt werden, welche Formen der Regelanwendung im Falle von Regelübertretungen wirksam werden. Wie unsere Ergebnisse zeigen, scheint die rigide Anwendung und Durchsetzung von Regeln und Konfliktlösungsformen aufgrund subjektiver Situationsdefinitionen der Lehrpersonen und die offen disziplinierenden Reaktionsformen auf Regelverstöße hierbei nicht das geeignete Mittel zu sein. Denn eine höhere Gewaltintensität zeigt sich überaus deutlich unter einem restriktiven Erziehungsverhalten der Lehrer. Der Versuch, durch restriktive Regelanwendung Gewaltverhalten abstellen zu wollen, kann demnach eher ins Gegenteil umschlagen und zur Verschärfung beitragen (vgl. Meier 1997b).

Achtens: Lernkultur (weiter)entwickeln. Frustration über mangelnde Erfolgserlebnisse, Schulunlust, Langeweile können Gewalttendenzen begünstigen (Meier 1997b, Holler-Nowitzki/Meier 1997). Lehrer, die es schaffen, einen Bezug der Lerninhalte zur Lebenswelt der Schüler herzustellen, interessante Lerninhalte zu vermitteln und Realitätsbezüge zu Erfahrungen und Interessen der Schüler herzustellen, so daß die vermittelten Inhalte mit aktuellen und zukünftigen Lebensanforderungen der Schüler assoziiert werden können, tragen zur Gewaltminderung in der Schule bei. Darüber hinaus sollte sich die inhaltliche Ausgestaltung des Unterrichts am Lernvermögen und den Interessen der Schüler orientieren. Die so ausgerichtete didaktisch-methodische Qualität der Unterrichtsgestaltung zeichnet sich durch Methodenvariabilität und einer für die Lernenden angemessenen Vermittlung von Lerninhalten aus, was Anschaulichkeit, Tempo und Motivation der Schüler betrifft.

Neuntens: Schule als Lebensraum und Lernumgebung gestalten. Hinter dieser Empfehlung steht der Gedanke, daß der Weg zu weniger Gewalt verknüpft ist mit dem Leben in der Schule. Die schulische Umwelt ist ein Lebensbereich, in dem Kinder und Jugendliche einen Großteil ihrer Zeit verbringen (müssen). So ist es verständlich und legitim, daß Schüler den schulischen Aufenthalts-, Freizeit- und Lebensraum ihren individuellen Interessen anpassen wollen. Schulische Räumlichkeiten, die diesen Bedürfnissen nicht Rechnung tragen, begünstigen Beziehungslosigkeit und Vandalismus. Die Schaffung einer anregungsreichen Lernumwelt beinhaltet den gemeinsamen, schulinternen Aushandlungsprozeß über die Gestaltung der Klassenräume, Flure, Treppenhäuser, über die Außengestaltung von Schulhof und Fassaden bis hin zu Lernecken und Aufenthaltsräumen sowie Möglichkeiten der Freizeitgestaltung. Diese inhaltliche und räumliche Gestaltung der Schule kann Anlässe für vernünftige Aktivitäten und die Partizipation von Schülern, Lehrkräften und Eltern bieten.

All die genannten Anregungen zielen darauf ab, daß sich die Schule mit ihren eigenen pädagogischen und psychologischen Mitteln der Gewaltproblematik annimmt. Im Bestreben eine „gute Schule" zu verwirklichen (vgl. Tillmann 1989), könnte die effizienteste Gewaltprävention darin bestehen, eine förderliche Schulkultur zu gestalten, in der sich Schüler angenommen fühlen. Es wird wohl immer wieder Gewalttätigkeiten in Schule und Gesellschaft geben. Die Folgen sind um so schädlicher, wenn Kinder und Jugendliche damit alleingelassen werden, wenn sie nicht die Möglichkeit haben, sich mit ihren Ängsten und Problemen anzuvertrauen und statt dessen ausgegrenzt werden.

Literatur

Asbeck, H. 1995: Winnetou darf nicht sterben! Jungen müssen Männlichkeit erleben, in: Schüler '95: Gewaltlösungen, Seelze, S. 98-100

Bach, H. u.a. 1984: Verhaltensauffälligkeiten in der Schule. Statistik, Hintergründe, Folgerungen, Mainz

Brusten, H./Hurrelmann, K. 1976: Abweichendes Verhalten in der Schule. Eine Untersuchung zu Prozessen der Stigmatisierung, München

Cremer-Schäfer, H. 1992: Skandalisierungsfallen, in: Krim. J, 24. Jg., H. 8, S. 23-36

Dann, H.-D. 1997: Aggressionsprävention im sozialen Kontext der Schule, in: Holtappels, H. G. u.a. (Hg.): Forschung über Gewalt an Schulen. Erscheinungsformen und Ursachen, Konzepte und Prävention, Weinheim, S. 351-366

Dettenbom, H./Lautsch, E. 1993: Aggression in der Schule aus der Schülerperspektive, in: Zeitschrift für Pädagogik, 39. Jg., S. 745-774

Fellsches, J. 1978: Disziplin, Konflikt und Gewalt in der Schule, Heidelberg

Freitag, M./Hurrelmann, K. 1993: Gewalt an Schulen. In erster Linie ein Jungen-Phänomen, in: Neue Deutsche Schule, 45. Jg., S. 24-25

Funk, W. (Hg.) 1995: Nürnberger Schülerstudie 1994: Gewalt an Schulen. Kurzzusammenfassung der Ergebnisse, Nürnberg

Fuchs, M./Lamnek, S./Luedtke, J. 1996: Schule und Gewalt: Wahrnehmung eines sozialen Problems, Opladen

Greszik, B./Hering, F./Euler, H. A. 1995: Gewalt in den Schulen. Ergebnisse einer Befragung in Kassel, in: Zeitschrift für Pädagogik, 41. Jg., S. 265-284

Hamburger, F. 1993: Gewaltdiskurs und Schule, in: Schubarth/Melzer (1993: 159-172)

Holler-Nowitzki, B./Meier, U. 1997: Langeweile - (k)ein Thema für die Unterrichtsforschung?, in: Pädagogik, 49. Jg., H. 9, S. 31-34

Holtappels, H. G. 1987: Schulprobleme und abweichendes Verhalten aus der Schülerperspektive. Empirische Studie zu Sozialisationseffekten im situationalen und interaktionellen Handlungskontext der Schulen, Bochum

Holtappels, H. G. 1995: Gewalt als Schulproblem? Problemanalyse und Prävention (unveröff. Manuskript, Universität Bielefeld)

Holtappels, H. G./Meier, U. 1997: Gewalt an Schulen - Erscheinungsformen von Schülergewalt und Einflüsse des Schulklimas, in: Die Deutsche Schule, 89. Jg., S. 50-62

Holtappels, H. G./Meier, U./Tillmann, K.-J. 1996: Auf dem Schulhof mangelt es an Zivilcourage. Gewaltsituationen an Schulen: Schüler und Lehrer zwischen Eingreifen und Gleichgültigkeit, in: Frankfurter Rundschau, 8. August 1996, S. 7

Hurrelmann, K. 1990: Gewalt in der Schule. in: Schwind u.a. (1990: 363-379)

Hurrelmann, K. 1993: Aggression und Gewalt in der Schule, in: Schubarth/Melzer (1993: 44-56)

Klockhaus, R./Habermann-Morbey, B, 1986: Psychologie des Schulvandalismus, Göttingen

Laging R./Matthey, I./Skischus, G. 1993: Beziehungslernen in Konfliktsituationen, in: Pädagogik, 45. Jg., H. 3, S. 10-13

Lerchenmüller, H. 1997: Soziales Lernen in der Schule. Zur Prävention Sozial-Auffälligen Verhaltens, Bochum

Meier, U. 1997a: Gewalt in der Schule - Problemanalyse und Handlungsmöglichkeiten, in: Praxis der Kinderpsychologie und Kinderpsychiatrie, 46. Jg., S. 169-181

Meier, U. 1997b: Gewalt im sozialökologischen Kontext der Schule, in: Holtappels, H. G. u.a. (Hg.) Forschung über Gewalt an Schulen. Erscheinungsformen und Ursachen, Konzepte und Prävention, Weinheim 8. 225-242

Meier, U./Tillmann, K.-J. 1994: Gewalt in der Schule: Die Perspektive der Schulleiter. Ergebnisse einer 1994 durchgeführten Befragung von Schulleitungen hessischer Sekundarschulen (Manuskript Universität Bielefeld: Sonderforschungsbereich „Prävention und Intervention im Kindes- und Jugendalter“)

Meier, U. u.a. 1995: Schule, Jugend und Gewalt. Ergebnisse einer Schulleiterbefragung in Ost- und Westdeutschland, in: Zeitschrift für Sozialisationsforschung und Erziehungssoziologie, 15. Jg., H. 2, S. 168-192

Niebel, G./Hanewinkel, R./Ferstl, R. 1993: Gewalt und Aggression in schleswig-holsteinischen Schulen, in: Zeitschrift für Pädagogik, 39. Jg., S. 775-798

Olweus, D. 1995: Gewalt in der Schule. Was Lehrer und Eltern wissen sollten - und tun können, Bern

Preuschoff, G./Preuschoff, A- 1993: Gewalt an Schulen. Und was dagegen zu tun ist, Köln

Schubarth W. 1995: Gewalt an Schulen als Medienereignis, in: Schubarth/Melzer (1993 104-111

Schubarth, W./Melzer, W. (Hg.) 1993: Schule, Gewalt und Rechtsextremismus, Opladen

Schwind H.-D. u. a. (Analysen und Vorschläge der Unabhängigen Regierungskommission zur Verhinderung und Bekämpfung von Gewalt) 1992: Ursachen, Prävention und Kontrolle von Gewalt Bd. 1, Berlin

Schwind, H.-D. u.a. 1992: Gewalt in der Schule - am Beispiel von Bochum, Mainz

Specht, F. 1995: Angreifen, Verteidigen, Kooperieren bei Kindern und Jugendlichen. Sonderdruck aus Georgia Augusta. Nachrichten aus der Universität, Göttingen

Tillmann, K.-J. (Hg.) 1989: Was ist eine gute Schule?, Hamburg

Tillmann, K.-J. 1995: Gewalt in der Schule - Situationsanalyse und Handlungsperspektiven, in: Neue Sammlung, 35. Jg., H. 2, S. 89-104

Todt, E./Busch, L. 1994: Aggression und Gewalt in Schulen, in: Recht der Jugend und des Bildungswesens, 27. Jg., H. 2, S. 174-186

Mario Krupp und Hans Brinke

Abenteuer Kaufhaus
Ladendiebstahl durch Kinder und Jugendliche aus detektivischer Sicht

1. Vorbemerkung

In dem vorliegenden Beitrag wird der Versuch unternommen, sich dieser Thematik aus der Sicht derer zu nähern, die unmittelbar und direkt mit der Bekämpfung von gegen den Handel gerichteten Kinder- und Jugendstraftaten beschäftigt sind. Die Auswahl auf die Deliktgruppe *Ladendiebstahl* fiel nicht zufällig, stellt sie doch das Hauptgefährdungspotential im Zusammenhang mit der Kinder- und Jugenddelinquenz dar. Über viele Jahre wurden zu diesem Thema im Rahmen der praktischen Tätigkeit als Kaufhausdetektiv umfangreiches Material und Erkenntnisse gesammelt, ausgewertet und verdichtet, so daß repräsentative und statistisch belegte Aussagen getroffen werden können, auch wenn sie nicht immer mit der offiziellen Lesart der Lehrmeinungen oder offiziellen Verlautbarungen übereinstimmen.

Dieser Beitrag soll als Herausforderung verstanden werden für all jene, die sich ernsthaft mit dieser Problematik beschäftigen und sich um die moralisch und rechtstreue Entwicklung der Kinder und Jugendlichen sorgen. Bei den meisten Kaufhausdetektiven hat sich die Erkenntnis vertieft, daß die straffällig gewordenen Kinder und Jugendlichen nicht aus Übermut stehlen, sondern ihr Handeln teilweise von einer, wenn auch noch nicht verfestigten negativen Grundeinstellung zu den gesellschaftlichen Normen gekennzeichnet ist, die genau so schlecht ist, wie die der straffällig gewordenen Erwachsenen auch. Wichtig erscheint, daß offen in der Gesellschaft darüber gesprochen wird, um über diesen Weg geeignete Schritte für eine Trendwende zu finden.

Viele Aussagen in diesem Beitrag erheben nicht den Anspruch auf Wissenschaftlichkeit und Vollkommenheit. Leider reichten dafür das vorhandene Material und die Zeit nicht aus. Es sind *einfach* nur gesammelte und ausgewertete persönliche Erkenntnisse und Erfahrungen, aus der praktischen Arbeit mit Ladendieben im Kinder- und Jugendalter.

Auch wurde in dem Beitrag bewußt auf jede Hervorhebung und gesonderte Darstellung der Kriminalitätsentwicklung bei den nichtdeutschen Kindern und Jugendlichen verzichtet, da sich diese, bezogen auf die Thematik des Beitrages, nicht wesentlich unterscheiden.

2. Ladendiebstahl - Dominanz der Kinder und Jugendlichen

2.1 Quantitative Bestandsaufnahme: Die Polizeiliche Kriminalstatistik (PKS)

Die nüchternen Zahlen der PKS[1] 1996 (vgl. S. 519-521) verdeutlichen sehr anschaulich: Die Kinder- und Jugendkriminalität hat im Vergleich mit dem Jahr 1993 deutlich zugenommen. Bei den Kindern zwischen 8 und 14 Jahren in den alten Bundesländern auf 161,1% und noch dramatischer in den neuen Bundesländern auf 178,2%. Gegenüber dem Vorjahr ist das eine Steigerungsrate von 12,3%. Obwohl die von Kindern verübten Gewaltstraftaten überproportional angestiegen sind, dominiert der Ladendiebstahl mit über 74.000 registrierten Einzelfällen, das sind 57,3% der insgesamt registrierten Straftaten dieser Altersgruppe in Deutschland. Bedenkt man bei diesen Zahlen, daß nach langjährigen Hochrechnungen und Experteneinschätzungen die Dunkelziffer beim Ladendiebstahl um etwa das 20-fache höher liegt, wird das ganze Ausmaß der Kinder- und Jugenddelinquenz bewußt. Ein ähnliches Bild ergibt sich in der Alterskategorie 14 bis 18 Jahre, von 1993 bis 1996 bedeutet das eine Steigerung von 144,9%. Nur bezogen auf Ladendiebstähle ergibt sich ein Anstieg zum Vorjahr: In den alten Bundesländern um 14,2%, in den neuen Bundesländern um 10,4%.

2.2 Schlußfolgerungen aus der PKS

In den Schlußbemerkungen zur PKS 1996 ist zu lesen: „Eine nach wie vor besonders besorgniserregende Entwicklungstendenz zeigte sich 1996 wie schon in den beiden Vorjahren bei den tatverdächtigten Minderjährigen.

1 Zum Allgemeinverständnis: als Ladendiebstahl wird laut Polizeilicher Kriminalstatistik jeder Diebstahlsfall von ausgelegter Ware durch Kunden während der Geschäftszeit erfaßt (vgl. Bulletin 1997: 534).

Die Bekämpfung dieses Phänomens muß ein Schwerpunkt staatlichen und gesellschaftlichen Handelns bleiben (...). Dieses könnte vor allem durch die Zunahme tatverdächtiger Kinder bei Ladendiebstahl insgesamt mit 17,2% - *möglicherweise von verstärkten Kontrollmaßnahmen des Handels beeinflußt* - zurückzuführen sein. Immerhin fielen über die Hälfte der tatverdächtigen Kinder wegen Ladendiebstahls auf" (ebd.: 541).

Sicherlich gibt es verschiedentlich die Erscheinung, daß sich einzelne Kaufhausdetektive und auch mancher Einzelhändler schwerpunktmäßig auf die Beobachtung von Kindern konzentrieren, besonders zu den sogenannten „schwachen Zeiten", das heißt, wenn zum Beispiel die Profi- und Gewohnheitstäter in den warmen Sommermonaten lieber zum Baden fahren oder Urlaub machen und die Kinder und Jugendlichen durch die Ferien mehr Zeit für den „Abenteuerspielplatz Handel" haben.

Darüber hinaus teilen wir auf Grund unserer Erfahrungen die in der PKS genannte Auffassung nicht. Viele Händler legen ein größeres Gewicht auf rein präventive Maßnahmen (elektronische Warensicherungsanlagen, Video-Kameras, Spiegel, Warnhinweise etc.), mit denen zwar potentielle Tatverdächtige abgeschreckt, aber nicht aktiv bekämpft werden. Die angestiegene Kinder- und Jugendkriminalität ist in erster Linie und ausschließlich in den gesellschaftlichen Ursachen, wie sie in der PKS 1996 selbst genannt werden, zu suchen. Dazu wird in der PKS festgestellt: „(...) Jugendkriminalität (hat) nicht eine oder einige wenige isolierte Ursachen, sondern (...) viele Faktoren und Bedingungen (...), wie zum Beispiel ungünstige Sozialisationsbedingungen, Arbeitslosigkeit auch der Erziehungsperson, eigene ungünstige Zukunftsperspektiven, ein die finanziellen Möglichkeiten übersteigender Lebensstil, Trend zu immer größerer Vereinzelung, Tolerierung von Gewalt zur Lösung von Konflikten, Alkoholmißbrauch oder negative Medieneinflüsse" (ebd.: 542). Allerdings erscheint die nachfolgende PKS-Aussage, „überwiegend hat Jugenddelinquenz einen episodenhaften Charakter und setzt sich meist nicht in der Erwachsenenkriminalität fort" (ebd.: 542) angesichts der dargestellten Kriminalitätsentwicklung als nicht nachvollziehbar.

Dieser gegenwärtige und sich weiterhin negativ gestaltende Kriminalitätsanstieg nimmt u. E. bei den Kindern und Jugendlichen eine Qualität an, die absolut nichts mehr mit einer altersbedingten Entwicklungsphase zu tun hat, sondern Ausdruck einer neuen gesellschaftlichen Dimension ist.

Selbstverständlich ist nicht davon auszugehen, daß die heutigen Ladendiebe im Kindesalter automatisch in einigen Jahren die Ladendiebe im Erwachsenenalter sein werden. Aber es spricht alles dafür (und speziell die Zahlen der Kriminalitätsentwicklung bei den Erwachsenen), daß die Kinder ihre „positiven" Erfahrungen im Zusammenhang mit dem Ladendiebstahl, wie jede andere anerzogene Eigenschaft auch, ein Leben lang in sich haben und auch zur Begehung anderer Straftaten anwenden werden. Bundesinnenminister Manfred Kanther spricht im Zusammenhang mit den möglichen Ursachen für diese Kriminalitätsentwicklung unter anderem von „Wertewandel, schwindendem Rechtsbewußtsein, der Zunahme von Egoismus und Rücksichtslosigkeit und dem schwindenden Einfluß stabilisierender und wertevermittelnder Institutionen. Dem schleichenden Werteverfall müsse über Kurskorrekturen in der Erziehung und eine Stärkung des Bewußtseins für Gut und Böse als Maßstab für Recht und Unrecht entgegengewirkt werden" (Braunschweiger Zeitung, 20.8.1997).

Diesem schleichenden Werteverfall muß die „positive Erfahrung" in doppelter Hinsicht genommen werden. Denn neben der Tatsache, daß jeder gelungene Ladendiebstahl unmittelbar zur materiellen und finanziellen Bereicherung beiträgt, vermittelt es auch immer noch eine positive Lebenserfahrung und hat somit erheblichen Einfluß auf die charakterliche Ausprägung des Einzelnen. Dieser „Erziehungseffekt" wird um ein Vielfaches verstärkt durch den Umstand, daß, selbst wenn der tatverdächtige Minderjährige einmal „erwischt worden ist", nichts für ihn Spürbares passiert.

Der öffentliche Makel und die öffentliche Schande sind schon lange kein Mittel mehr, um aus Angst vor dem Verlust des guten Rufes ehrlich zu sein. Im Gegenteil, es ist kein Einzelfall, daß diejenigen minderjährigen Straftäter, die gerade als Ladendieb überführt worden sind, in der Schule und in der engeren Gruppe nicht selten als Held angesehen werden. Hinzu kommt, daß die Diebe sehr oft auch noch die besten Markenartikel tragen und das meiste Geld besitzen.

2.3 Welchen Einfluß haben die Eltern auf die „kriminelle" Entwicklung ihrer Kinder?

Es gehört zur allgemeinen Binsenwahrheit, daß die Eltern in fast allen Fällen die wichtigsten Bezugspersonen für die heranwachsende Generation sind. So auch in Bezug auf den Ladendiebstahl. Um es gleich vorweg zu nehmen, die Kinder werden nur in ganz seltenen Fällen durch die Eltern zum Ladendiebstahl angehalten oder gar dazu erzogen.

Die negative Erziehung und somit Beeinflussung der Kinder erfolgt indirekt und hat vordergründig nichts mit dem Ladendiebstahl zu tun. Aber es ist eine hinreichend bekannte Tatsache, daß sich der Ladendiebstahl, abgesehen von den Profitätern, im unmittelbaren Lebensbereich „abspielt". Selbst in Großstädten mit ihrer dichten Infrastruktur, bleiben die meisten Ladendiebe in ihrem Stadtteil, in „ihrem" Supermarkt oder Kaufhaus. Sie nutzen bei ihrem kriminellen Tun das gewohnte Umfeld, sie handeln in der ihnen vertrauten und gewohnten Umgebung, sozusagen unter Ausnutzung des „Heimvorteils".

Es kommt nicht selten vor, daß Elternteile und Kinder bei einem gemeinsamen Einkauf, nach einer gewissen Phase des im Geschäft Getrenntgehens, zusammen die Kassenzone passieren, dann auch vom Kaufhaus-Detektiv angesprochen und ins Büro gebeten werden. Die Kinder haben unabhängig und ohne Wissen der Eltern „ihre" begehrenswerte Ware gestohlen. Groß ist dann die Überraschung und oft auch die empfundene Enttäuschung über die strafbare Handlung.

Häufig tritt auch der Umstand ein, daß ein Elternteil, während des gemeinsamen Einkaufs mit dem Kind, einen Ladendiebstahl begeht, ohne daß das Kind von der Tatdurchführung Kenntnis hat. Diese Eltern versuchen, ihre Tat auch während der Sachbearbeitung vor den Kindern zu verbergen, ohne zu bedenken, daß selbst die kleinen Kinder es als etwas Außergewöhnliches empfinden müssen, wenn plötzlich eine fremde Person mit der Mutter oder dem Vater spricht und diese dann mit dem Fremden mitgehen. Die älteren Kinder sind längst darüber aufgeklärt, was es bedeutet, wenn sich der Kaufhaus-Detektiv gegenüber den Eltern zu erkennen gibt und die Eltern bittet mitzukommen. So wundert es nicht, wenn diese Kinder wenig später im gleichen Stadtviertel, oftmals sogar in der gleichen Handelseinrichtung, als Ladendieb gestellt werden. Hier ist ein zwar nicht beweisbarer, aber offensichtlich vorhandener Zusammenhang zwischen der Vorbildwirkung der Eltern und dem Tun der Kinder zu erkennen. Dieser Zusammenhang muß nicht immer so direkt und eindeutig sein. In vielen Gesprächen mit den tatverdächtigen Minderjährigen antworten diese auf die Frage: „Was werden deine Eltern sagen?", „na, die haben es nötig, die sind doch selbst nicht besser".

Diese Antworten lassen zumindest den Schluß zu, daß die Eltern vergeblich versucht haben, eine Unregelmäßigkeit vor dem Kind zu verbergen. Aber welche Eltern verbergen denn heutzutage in der eigenen Wohnung, daß sie:

- sich Krankschreiben lassen, ohne wirklich krank zu sein, um dann zum Beispiel schwarzarbeiten zu können,
- Büromaterial aus dem Unternehmen mit nach Hause nehmen, ohnedies bezahlt zu haben,
- aus der Firma unentgeltlich Privatgespräche nach außerhalb führen
- bei der Einkommensteuererklärung etwas dazuschreiben oder abrechnen, was nicht rechtens ist,
- einfach mal Schwarzfahren (Erschleichung öffentlicher Beförderungsleistungen),
- keine Rundfunk- und Fernsehgebühren entrichten,
- die Miete nicht bezahlen oder unberechtigter Weise Sozialhilfe kassieren,
- beim Versicherungsschaden „schummeln",
- im Hotel oder Restaurant etwas „mitgehen" lassen u.s.w.?[2]

Glauben diese Eltern allen Ernstes, daß sie ihr Tun im luftleeren Raum vollziehen - unbemerkt von den wachsamen Augen ihrer Kinder, daß die Kinder dieses Treiben nicht auch als Bestandteil ihrer sonstigen allgemeinen Erziehung empfinden.

Auch wirken sich die kleinen „Unarten", die sich fast jeder Erwachsene, unabhängig, ob er mit einem Kind im Markt ist oder nicht, im Laufe des Einkaufs wie selbstverständlich „leistet", sehr nachhaltig erzieherisch aus. Dies beginnt damit, daß das Kind eben schnell mal allein in die Spielzeugabteilung geschickt wird, mit den aufmunternden Worten „geh mal spielen", denn schließlich möchte man ja ungestört seinen Einkauf erledigen. Manche Eltern wären erstaunt oder auch nicht, wie ihre Sprößlinge mit der dort zum Verkauf ausgestellten Ware umgehen und wieviel Sachbeschädigungen entstehen, die aber durch die meisten Handelseinrichtungen billigend in Kauf genommen werden, um keinen Kunden zu verlieren. Und dies endet zum Beispiel in der Obstabteilung, wo schnell einmal von den Weintrauben oder einer anderen Frucht gekostet wird, ohne daß eine

2 Nach einer Forsa-Umfrage gaben 29% der Deutschen zu, bei der Steuererklärung schon mal getrickst zu haben, 24% haben schon ihre Versicherung betrogen oder waren daran beteiligt (vgl. Magdeburger Volksstimme 1996).

Verkostung vorgesehen ist oder gewissermaßen im Vorbeigehen aus einer angebrochenen Pralinenpackung ein Stück entnommen wird (zur „Not“ wird auch selbst etwas beim „Anbrechen der Packung“ nachgeholfen). Es wird auch schon einmal, wenn der Durst am größten ist, eine Getränkeflasche geöffnet und vor dem Bezahlen angetrunken. Nicht selten landet diese Flasche oder Büchse dann in irgend einem Regal. Und das alles im Beisein des eigenen Kindes oder gewissermaßen unter „Aufsicht“ fremder Kinder, wo doch jeder Erwachsene genau weiß und sich oft genug in anderer Situation wünscht, daß die Nachahmung eine der wichtigsten Eigenschaften der Kinder ist.

Solche oder ähnliche Feststellungen kann jeder Kaufhaus-Detektiv täglich dutzendweise machen. Werden die Erwachsenen daraufhin angesprochen und um eine Erklärung gebeten, fallen die Argumente immer gleich aus, und die Kleinen lernen sehr schnell, daß es nicht so schlimm ist, etwas kaputt zu machen oder etwas zu essen, was einem nicht gehört, und daß sich derjenige, der aufpaßt, nicht so haben soll, wegen so einer Kleinigkeit und schließlich machen es doch alle so.

Dabei ist es auch nicht sonderlich förderlich, daß gerade im Fernsehen zu leicht der Eindruck ensteht, daß nur der ein Held ist, der ein größeres Ding dreht und fast schon Kultstatus erreicht, wie das Beispiel Dagobert gezeigt hat.

Auch die Werbung hat zum Teil negativen Einfluß, wie am deutlichsten die Fruchtzwerge-Werbung der Firma Danone zeigt. Bei aufmerksamer Betrachtung lernen hier die Kinder, daß jener, der besonders geschickt die Tatsachen entstellt, als besonders gewitzt gilt und persönliche Vorteile hat. Der gleiche Sachverhalt würde allerdings bei rechtlicher Würdigung im Strafgesetzbuch unter vollendetem Betrug zu finden sein und müßte zur Verurteilung führen.

Allzu oft entsteht dabei vorwiegend der Eindruck, man kann alles machen, man darf sich nur nicht erwischen lassen. Das sind auch später überwiegend die Erklärungen, die die Kindtäter abgeben, wenn sie auf frischer Tat beim Ladendiebstahl erwischt worden sind. Und daß fast jedes Kind Opfer dieser „Erziehung“ ist, belegt bereits 1985 eine in Bremen durchgeführte Umfrage unter Jugendlichen, wonach 84,9% der Befragten offen zugeben, schon einmal gestohlen zu haben (vgl. Informationsschrift zur politischen Bildung 1995: 8). Die eigenen Erkenntnisse aus vielen Einzelgesprächen bestätigten dieses Ergebnis. Die manchmal noch vorhandenen persönlichen, moralischen Skrupel werden durch „Eigenmotivation“ und Fremdbeeinflussung weggewischt.

Ein weiterer Aspekt der mangelhaften und teils sorglosen Eltern-Kind-Beziehung besteht in der nicht vorhandenen Kontrolle der Kinder durch die Eltern. In durchgeführten Elternseminaren zu diesem Thema sind die Eltern anfangs fast immer, wenn offen darüber gesprochen wird, dafür, den eigenen Kindern ein gesundes Mißtrauen entgegen zu bringen. So lassen sich zum Beispiel sehr wenige Eltern den Kassenbon vorlegen, wenn das Kind vereinbarungsgemäß selbst etwas gekauft hat. Die meisten Eltern machen es damit den Sprößlingen und sich selbst sehr einfach. Sie geben dem Kind zum Kauf hochwertiger Konsumartikel, wie Sportschuhe, Markenjeans, CD, Videos usw., einfach das erforderliche Geld und lassen das Kind allein den Einkauf tätigen. Schließlich ist man selbst vom Tagesgeschehen, von der Arbeit geschafft und möchte seine Ruhe haben. Außerdem, so betrügen sich manche selbst, reden sie sich ein, wird das Kind dadurch zur Selbständigkeit erzogen. Im Nachhinein wird sich auch gemeinsam mit der Tochter oder dem Sohn über das neue Stück gefreut, ohne auch nur im entferntesten daran zu denken, sich einmal den Kassenbon zeigen zu lassen. Bei dieser Sorglosigkeit kann sich der Nachwuchs leicht das eigene, immer zu geringe Taschengeld aufbessern. So eine CD ist schnell unter dem Pullover verschwunden oder ein Paar alte Sportschuhe gegen ein Paar neue ausgetauscht, oder die Markenjeans hat auch bequem unter der eigenen alten Jeans Platz, ohne daß es auffällt. Und das Geld wandert in den eigenen Geldbeutel zur Aufbesserung des Taschengeldes. Denn wie gesagt, das Taschengeld ist immer begrenzt und nach Schilderung der tatverdächtigen Kinder und Jugendlichen gibt es selbst im Leben eines Heranwachsenden Gelegenheiten, bei denen man schlecht stehlen oder betrügen kann, z.B. beim Eisessen oder Kinobesuch mit der Freundin oder ähnlichen Situationen.

Kaum eine Mutter wundert sich heute noch darüber, wenn die eigene heranwachsende Tochter ständig teures Parfüm, Lippenstifte usw. benutzt, obwohl die Preise vom eigenen Einkauf hinreichend bekannt sind und das Taschengeld auch nicht so üppig ausfällt. Ohne nachzufragen, wird dieser Umstand akzeptiert. Dies zeigt sich auch sehr deutlich in der direkten Begegnung zwischen Kaufhaus-Detektiv und Eltern, wenn diese ihre Kinder nach einem aufgedeckten Ladendiebstahl abholen können. Die wenigsten Eltern zeigen ein ernsthaftes Bemühen, gemeinsam nach Wegen zu suchen, um dem Kind oder Jugendlichen zu helfen. Dabei geht es dem

Kaufhaus-Detektiv nicht darum, den Eltern in die Erziehung hineinreden zu wollen, sondern nur, um im Gespräch auf mögliche Ursachen hinzuweisen. Auch sind nur sehr weniger Eltern bereit, sich im Beisein des Kindes offen für dessen Fehlverhalten zu entschuldigen, um dadurch zu dokumentieren - in erster Linie dem Kind gegenüber -, daß sie auch von der strafbaren Handlung zumindest moralisch mitbetroffen sind. Der größte Teil versucht, die kriminelle Handlung zu bagatellisieren oder andere dafür verantwortlich zu machen, nach dem Motto:

- es war eine einmalige Dummheit, mein Kind macht ansonsten so etwas nicht
- es handelte sich um eine Mutprobe
- das eigene Kind würde von allein so etwas nie machen, sicherlich wurde es von anderen angestiftet beziehungsweise verführt.

Einwände seitens des Detektivs, der durch seine Beobachtung sehr gut einschätzen kann, ob das Kind routiniert an die Tatdurchführung herangegangen ist und ob eine Fremdbeeinflussung vorlag, werden meistens gar nicht zur Kenntnis genommen beziehungsweise als Voreingenommenheit abgetan.

Am hartnäckigsten wird dabei als Tatmotiv die Pseudoentschuldigung von der Mutprobe, der Wette und der kindlichen Naivität von den Erwachsenenreaktion als Rechtfertigung angeführt. Nach den eigenen bereits aufgezeigten Erkenntnissen spielen diese Motive bei der überwiegenden Anzahl der minderjährigen Tatverdächtigen keine oder nur eine sehr untergeordnete Rolle. Dies deckt sich auch mit der Erfahrung, daß nur ca. 13% der erfaßten tatverdächtigen Kinder wahrscheinlich als wirkliche Ersttäter in Erscheinung getreten sind. 76% gaben offen zu, vorher schon mehrfach gestohlen zu haben (vgl. Informationsschrift zur politischen Bildung 1995: 8).

Auch erscheint es nicht korrekt zu sein, davon zu sprechen, daß die Kinder oft nur spontan, ungeplant und impulsiv die sich bietende Gelegenheit nutzen, um zu stehlen. Es ist eindeutig zu beobachten, daß die überwiegende Anzahl der tatverdächtigen Kinder mit Bedacht und Vorsatz handeln. Die meisten gehen schon ausdrücklich in das Geschäft, weil sie sich einen bestimmten Artikel „besorgen“ wollen. Die Kinder und Jugendlichen stehlen nicht wahllos, unvorsichtig und unbedacht, sondern handeln mit Umsicht und Raffinesse. Sicherlich gibt es vereinzelt noch

„kleine Kinder", die auch einmal den berühmten „Lutscher" oder „Zopfhalter" einstecken. Das Gros der Kindtäter läßt jedoch nur Dinge „mitgehen", die sie auch haben wollen und wirklich gebrauchen können. Nicht selten werden in der Schule oder in der Gruppe Adressen und Erfahrungen darüber ausgetauscht, in welchem Geschäft/Supermarkt welche Artikel am besten, sprich am leichtesten, zu stehlen sind. Auch direkte Beschreibungen von eingesetzten Kaufhaus-Detektiven sind schon bekanntgeworden.

Diese Tatsachen sind nach unserer Erfahrung eher eine Begründung dafür, wenn mitunter mehrere Tatverdächtige, die in ein und dieselbe Schule oder Klasse gehen, fast zeitgleich in einem Geschäft beim Ladendiebstahl gestellt werden, als der fadenscheinigen Erklärung, die der Jugendrichter Johannes Becker am 06.10.1995 gegenüber dem Reichenhaller Tagblatt abgab, wonach es sich seiner Meinung nach bei solchen Erscheinungen um vereinbarte Mutproben und Wetten handeln soll. Angesichts der enorm angestiegenen Kinder- und Jugenddelinquenz erscheint es schon sehr abenteuerlich, immer noch von Mutproben und einer sich wieder verwachsenden, episodenhaften Kindentwicklung zu sprechen.

3. Schlußbetrachtung und Zusammenfassung

Erstens: Nach unserer Erfahrung im direkten Umgang mit minderjährigen, jugendlichen und erwachsenen Tatverdächtigen hat die jugendliche Delinquenz keine soziologische oder gar kriminologische „Besonderheit" sondern sie ist ein Spiegelbild der gesamten Erwachsenenkriminalität. Und dies bezogen auf die Motivation, Tatbegehung und der dabei aufgewandten kriminellen Energie.

Zweitens: Je größer der Anteil jugendlicher Straftäter ist, desto größer ist die gesellschaftliche Relevanz; daher wird zur Zeit eine umfassende Diskussion über die Ursachen, Bedingungen, Motivationen und erforderlichen Sanktionen geführt.

Drittens: Die Kinder und Jugendlichen leben in einem permanenten sozialen Spannungsfeld, bestehend aus „Erwartung", „Anforderung", „Angebot" sowie „Bedürfnisbefriedigung". Dabei sind sie fast immer den erzieherischen Unzulänglichkeiten der Gemeinschaft hilflos ausgeliefert.

Viertens: Es zeigt sich, daß die daraus resultierende Ablehnung und Übertretung von Normen sich proportional zu den sozialen Spannungen in der Gesellschaft entwickelt. Die Kinder- und Jugenddelinquenz hat mittlerweile ein bedrohlich hohes Niveau in der gesamten Kriminalität erreicht, wobei der Ladendiebstahl eine dominierende Bedeutung hat.

Fünftens: Die allgemeine Tendenz der Jugend zu Gewaltstraftaten und Aggressionsausbrüchen zeigt sich zur Zeit noch nicht bei den Ladendiebstählen. Wahrscheinlich liegen wesentliche Ursachen dafür in den schwer kalkulierbaren Risiken der örtlichen und personellen Situation in den Geschäften, wobei die fast immer vorhandene Nähe zum Wohnort eine Rolle spielt.

Sechstens: Gruppentäterschaften spielen beim Ladendiebstahl eine geringe und untergeordnete Bedeutung. Nur vereinzelt handeln Kinder und Jugendliche planmäßig und arbeitsteilig. Zwar treten sie oft als Gruppe auf, sind aber fast nie organisiert und haben selten eine innere Struktur. Wenn aber solche Banden auftreten, verursachen sie fast immer extreme Schäden. Verschiedene Erscheinungsformen sind stark ortsabhängig.

Siebtens: Eine enge Verflechtung zwischen Ladendiebstählen und der Beschaffungskriminalität sind bei den Kinder- und Jugendstraftätern sehr selten und eher noch die Ausnahme. Aber auch diese Erscheinungsform ist gekennzeichnet von einer hohen Schadensverursachung.

Achtens: Zu den besonders angegriffenen Warengruppen gehören: Kosmetik, CD, Videos, Sportbekleidung, Sportschuhe, Batterien, elektronische Spielsachen, Süßwaren und Getränke.

Neuntens: Als Motive für die Straftatbegehung werden überwiegend angeführt:

- Aneignung von Artikeln, die man sich anders nicht leisten kann,
- Aufbesserung des Taschengeldes,
- Imagegewinnung in der Gruppe,
- Anstiftung durch andere,
- Nachahmungseffekt.

Sehr selten und kaum von Bedeutung sind die sogenannten Mutproben und abgeschlossenen Wetten sowie reine sozialen Zwänge.

Zehntens: Der Anteil von Kindern und Jugendlichen, die bereits mehrfach gestohlen haben, ist sehr hoch, auch wenn sie zum ersten Mal erwischt worden sind. Eine exakte Aussage zu Wiederholungstätern liegt in dieser Altersgruppe nicht vor.

Elftens: Die Erosion der Werte in der Lebenspraxis der Erwachsenen spiegelt sich in der angwachsenen Kinder- und Jugendkriminalität wider. Die Eltern, aber auch die Schule, könnten einen wesentlichen Beitrag, zur Zurückdrängung der Ladendiebstähle von Kindern und Jugendlichen leisten, in dem sie sich ihrer Vorbildwirkung bewußt sind und gleichzeitig die Aktivitäten ihrer Kinder stärker kontrollieren und progressiv beeinflussen.

Literatur

Braunschweiger Zeitung 1997: dpa-Meldung zur Erklärung des Bundesinnenministers Manfred Kanther (20.08.1997)
Bulletin 1997: hgg. vom Presse- und Informationsdienst der Bundesregierung, H. 48, Bonn
Magdeburger Volksstimme 1996: dcp-Meldung zur Forsa-Umfrage (11.11.1996)
Ostendorf, H. 1995: Lagebild der Kriminalität, in: Informationsschrift zur politischen Bildung (hgg. Bundeszentrale für politische Bildung), H. 248, Bonn, S. 8
Reichenhaller Tagblatt 1995: Beitrag über Jugendrichter Johannes Becker (11.11.1996)

Micha Brumlik

Kriminelle Sozialisation

Vorüberlegungen zu einer Entwicklungspathologie des moralischen Selbst

1. Vorbemerkung

Die Delinquenz von Kindern bietet sowohl bezüglich allgemein sozialisationstheoretischer als auch kriminologischer Fragestellungen besondere Erkenntnischancen. Da Kinder weder im moralischen Sinn für autonom gehalten werden, noch im juristischen Sinn als strafmündig gelten, ist das die kriminologische Debatte überlagernde Problem von primärer und sekundärer Devianz entschärft. Zwar läßt sich auch beim abweichenden Verhalten von Kindern in jedem Einzelfall feststellen, ob eine konkrete Strafrechtsnorm oder nur eine rechtlich nicht sanktionierte Verhaltenserwartung verletzt wurde. Da aber Kinder auch und gerade dann, wenn sie eine Strafrechtsnorm überschreiten, nicht angeklagt und für schuldig befunden werden können, treten sie öffentlich als der Idealtyp von Normbrechern im rein soziologischen Sinne in Erscheinung. Mit anderen Worten: Trotz des auch hier unklaren Aussagewerts der polizeilichen Kriminalstatistik scheint es bei kindlicher Delinquenz einzig um Phänomene primärer Devianz zu gehen. Methodisch eröffnet die Betrachtung kindlicher Delinquenz also die Möglichkeit, Phänomene sekundärer Devianz als Phänomene primärer Devianz zu bewerten und dabei unabhängig von einer Betrachtung des Sanktionsapparates jene Faktoren und Prozesse in den Blick zu nehmen, die im Sinne des ätiologischen Paradigmas kindliche Delinquenz verursachen. Damit werden weder das Gewicht strafrechtlichen Wissens in den Reaktionen möglicher Kontrollpersonen noch die verhaltensformenden Züge institutioneller Arrangements bestritten. Methodisch ist alleine von Bedeutung, daß der Bezugspunkt der Betrachtung nicht die Logik oder Funktion des Sanktionssystems, sondern eben seine Auswirkungen auf die Verhaltensdispositionen von Kindern und Heranwachsenden ist.

Bei der Frage nach „Krimineller Sozialisation“ geht es also darum, in welchem Ausmaß und in welcher Weise Sozialisationsfaktoren wie Erziehungsstile und Schichtzugehörigkeit der Eltern, soziales Geschlecht, Bezugsgruppenzugehörigkeit, die ökonomische und wohnliche Lage, Bildungsgang und Schulerfolg dazu beitragen, bestimmte Verhaltensweisen, die - gewollt oder ungewollt - den Bruch strafrechtlicher Normen zur Folge haben, in ihrem Auftreten wahrscheinlicher machen.

Kriminologische Untersuchungen folgen in aller Regel einem subsumtionslogischen Modell: Im Sinne der Korrelations- oder Faktorenstatistik werden mögliche Faktoren benannt und - ohne nähere Betrachung der Delinquenten - mit deren später festgestellten Kontakten mit den Sanktionsapparaten verrechnet. Die über zufällige Häufung bestimmter Merkmale darf dann als Ursache des Verhaltens gelten. Gegen diese Betrachtung hat der Etikettierungsansatz, das interpretative Paradigma eingewandt, daß damit naiver Weise jene Bedingungen, die abweichendes Verhalten sozial überhaupt erst zu solchem stempeln, ausgeblendet würden (vgl. Peters 1989 u. Rutter/Garmezy 1983: 823f.). Aber auch der Etikettierungsansatz ist in seinem Bestreben, den Sanktionsapparat alleine für Devianz verantwortlich zu machen, vor der Frage ausgewichen, wie die Individuen, die schließlich einer Normverletzung wegen belangt werden, dazu kommen, so zu handeln, daß die Aufmerksamkeit der Sanktionsapparate auf sie fällt. Dabei ist die Annahme, daß diese Aufmerksamkeit zufalls- und nicht programmgesteuert verläuft, nicht einmal von radikalen Vertretern des Etikettierungsansatzes vertreten worden. Im Gegenteil: Gerade die Vertreter des Etikettierungsansatzes haben stets behauptet, daß die Kontrollapparate innerhalb bestimmter Milieus bestimmte Verhaltensweisen selektiv beobachten. Somit geht es bei der Frage nach den sozialisatorischen Bedingungen delinquenten Verhaltens auch um die Frage nach den jeweiligen individuellen Verhaltensdispositionen und damit um die Frage, ob und in welchem Ausmaß die Individuen selbst die soziale Wirklichkeit, an der sie im Falle der Delinquenz dann scheitern, mitgestalten.

Daher sei im folgenden zunächst ein Modell des seine Wirklichkeit gestaltenden und aneignenden Individuums und seiner Sozialisation vorgestellt (2), um dann einige soziologische Befunde zur Kinderkriminalität näher zu betrachten (3). Endlich sollen soziologische Befunde und theoretisches Modell unter Bezugnahme auf entwicklungspsychologische Erkenntnisse so aufeinander abgebildet werden, daß deutlich wird, in welchem Ausmaß bestimmte Milieus bestimmte Handlungskompetenzen ausprägen oder in ihrer Ausprägung verhindern (4). Schließlich soll das aufgestellte Modell so modifiziert werden, daß eine Perspektive eröffnet wird, die der alltäglichen Intuition, daß Delinquenz etwas mit Moral zu tun hat, ebenso genügt wie der sozialwissenschaftlich aufgeklärten Intuition, daß die Individuen für ihre moralischen Fähigkeiten nur bedingt verantwortlich sind (5).

2. Konstruktivistische Sozialisationstheorie

Soziales Handeln steht - ebenso wie die Auseinandersetzung mit der natürlichen und sachlichen Umwelt - unter Regeln. Regeln unterscheiden sich von Regelmäßigkeiten dadurch, daß sie aus einer Perspektive von Teilnehmern mehr oder minder bewußt und willentlich, an Erwartungen anderer ausgerichtete Formen menschlichen Tuns erschlossen werden. Nicht alle antizipierten Verhaltenserwartungen stellen Regeln dar, aber alle Regeln gehen auf antizipierte Verhaltenserwartungen zurück. Regeln sind Anweisungen folgender Art: Immer, wenn diese oder jene Situation vorliegt, soll man sich so oder so verhalten (vgl. Geulen 1977).

Anweisungen dieser Art sind im Prinzip begründungspflichtig und können ggf. auch mißachtet werden. Diese Regeln - und darauf kommt es bei der konstruktivistischen Sozialisationstheorie an - entfalten sich weder naturwüchsig im Reifungsprozeß des Individuums noch werden sie so, wie sie gerade sozial vorfindlich sind, verinnerlicht. Vielmehr geht die konstruktivistische Sozialisationstheorie davon aus, daß die Individuen die Regeln, auf die sich ihr soziales Leben bezieht, gemeinsam kreieren. Entsprechend kann auch die Entwicklung der einschlägigen Theorie charakterisiert werden.

Piaget hat 1932 mit seiner Arbeit über das moralische Urteil beim Kinde (Piaget 1973) gegen die Moralsoziologie Emile Durkheims zeigen können, daß schon kleine Kinder ohne Beeinflussung erwachsener Lehrpersonen selbständig Regeln folgen können. Darüber hinaus gelang Piaget der typologische Nachweis, daß im kindlichen Spiel zwei Arten von Regeln auffindbar sind: heteronom von Eltern und Lehrern übernommene, als solche in ihrer Geltung vorfindliche und anerkannte Regeln sowie situativ in der peer-group kreierte, dennoch mit hoher Verbindlichkeit versehene Regeln. Im Anschluß und in Weiterentwicklung Piagets hat dann Lawrence Kohlberg (1995) in einem breit gefächerten Werk eine Entwicklungspsychologie des moralischen Urteilsvermögens begründet, die das Urteilsvermögen als eine sich in irreversiblen ganzheitlichen Stufen entfaltende kognitive Kompetenz darstellt, die einer rekonstruierbaren Entwicklungslogik folgt und durch gezielte Stimulation gefördert werden kann. Dabei unterscheidet sich Kohlbergs Ansatz von anderen Formen der Moralpsychologie dadurch, daß er das Hauptaugenmerk nicht auf die jeweiligen Inhalte des moralischen Urteils, sondern auf deren Begründungsmodi richtet. Zudem ist das Programm in Kenntnis des Umstandes vorangetrieben worden, daß moralisches Wissen und Urteilsvermögen keineswegs auf allen Stufen die gewichtigsten Faktoren moralischer Motivation sind.

Bekanntermaßen operieren Kohlberg und seine Schule typologisch mit drei übergreifenden Stufen des moralischen Urteilsvermögens bei der Klärung der Begriffe „gut“ oder „gerecht“, die sich alle an der jeweiligen Stellung des Urteilenden zu den normativen Üblichkeiten seiner Umgebung bemessen. Demnach begründet eine Person ihre Präferenzen präkonventionell, wenn sie mit Hinweis auf Abwehr individueller Schäden beziehungsweise Mehrung gemeinsamen Nutzens argumentiert; sie urteilt konventionell, wenn sie auf das verweist, was entweder in ihrem engeren Lebenszusammenhang oder nach Maßgabe gesetzter Normen in ihrer sozialen Gemeinschaft gilt, sie urteilt postkonventionell, wenn sie zum Maßstab ihres Urteilens komplexe Konzepte oder Intuitionen rechts- oder moralphilosophischer Art wie die Vertragstheorie, den Utilitarismus, die Bergpredigt oder den kategorischen Imperativ bemühen kann.

Dieser Theorieansatz ließ eine Reihe von Fragen offen, die die einschlägige Forschung und Theorieentwicklung in der Folge bis heute beschäftigt hat: Wie ist das Verhältnis von Urteilen und Handeln? Wie ist das Verhältnis von moralischem Wissen und moralischen Gefühlen? Wie ist das Verhältnis kognitiver und affektiver Faktoren beim Verstehen moralischer Sachverhalte? Und vor allem: Ist die Kompetenz zum moralischen Urteilen eine kognitive Kompetenz mit eigener Semantik, die letzten Endes der allgemeinen Entwicklung kognitiver Fähigkeiten im Sinne Piagets folgt oder ist sie der strukturierte und mit einer eigenen Semantik versehene Ausdruck von bestimmten Typen sozialer Beziehungen?

Im Sinne der letzten Vermutung hat der Entwicklungspsychologe R. S. Selmann (1984) eine ebenfalls kognitivistische Entwicklungspsychologie interpersonalen Verstehens vorgelegt, in der Schritt um Schritt immer reichere Konzepte von Individualität und Subjektivität erworben werden: von der Einsicht in die Differenz, von inneren Zuständen und äußeren Handlungen zur Einsicht in die Beobachtbarkeit der eigenen Handlungen und Einsicht in die Stabilität von Charakterzügen bis zur Erkenntnis der Wandelbarkeit dieser Eigenschaften bei sich selbst und anderen. Der Mechanismus um den es dabei geht, ist die soziale Perspektivenübernahme, also die Fähigkeit von Menschen, tentativ die Sichtweisen und Gefühle anderer bei sich zur realisieren (vgl. Keller 1994: 106f.; Haan 1991). Die von Kohlberg behaupteten Stufen des moralischen Urteils lassen sich als geronnene Haltungen darstellen, die vom schlichten Egozentrismus, der sich moralisch als Egoismus äußert, über den Gruppenkonformismus, der als Konventionalismus erscheint bis zu einer allseitigen Reziprozität, die ihren moralischen Ausdruck im Postkonventionalismus findet, reichen.

Damit wäre für die konstruktivistische Sozialisationstheorie die Fähigkeit der Individuen, sich auf die Perspektiven anderer in kognitiver und affektiver Hinsicht einzulassen, das heißt Empathie zu entwickeln, der entscheidende Faktor. Für eine Entwicklungspsychologie und -pathologie im Bereich normengeregelten Verhaltens sind freilich noch fünf weitere Fragen zu klären:

a) Welche Rolle kommt bei alledem den Affekten zu?
b) Wie ist das Verhältnis von Perspektivenübernahme und Selbstbild?
c) Welche Rolle spielen die Affekte gegenüber dem eigenen Selbstbild bei der Ausbildung sozialer Perspektivenübernahme?
d) Läßt sich die Kluft zwischen Urteils- und Handlungsfähigkeit mindestens theoretisch so beschreiben, daß weitere Faktoren, die entsprechendes Handeln in Situationen erklären können, auffindbar gemacht werden?
e) Läßt sich deviantes Verhalten im Rahmen dieses Modells als Defizit bestimmter Kompetenzen beschreiben oder folgt es am Ende einer eigenen Entwicklungslogik?

Zu a) Es ist offensichtlich - auch durch die Forschung erhärtet - so, daß moralische Gefühle wie Mitleid, Freundschaft, Wohlwollen, aber auch Schadenfreude, Feindschaft und Neid, die Wahrnehmung sozialer Situationen, schon im Kindesalter Handlungsbereitschaften und Handlungen prägen. Gefühle als holistische und kurzfristige Situationswahrnehmungen motivieren stärker als reflexive Überlegungsketten und stellen damit - anders als kognitive Urteilsfähigkeit - einen starken Faktor moralischer

Handlungsmotivation dar. Dabei scheint „Empathie“ als der wachsenden Fähigkeit, die möglichen Gefühle anderer angesichts bestimmter Situationen auch bei sich selbst zu empfinden und somit zu einer Art affektiver Perspektivenübernahme zu gelangen, eine herausragende Bedeutung für moralisches Verstehen und moralisches Handeln einzunehmen (Hoffmann 1991).

Zu b) Kurzfristige und holistische Wahrnehmungen seitens des Subjekts richten sich nicht nur auf Situationen in seiner Umgebung, sondern gleichermaßen selbstreflexiv auf das handelnde Subjekt in seinen Erwartungen und Erwartungserwartungen. Beim normenbezogenen sozialen Handeln spielt daher die Frage, wie die Mithandelnden Handlungen und zugeschriebene Motive des Aktors bewerten, eine entscheidende Rolle. Dabei ist zwischen der Bewertung von einmaligen und wiederholten Handlungen hier und langfristigen Handlungsbereitschaften dort zu unterscheiden: Bewertungen können sich auf beides richten. Die Ausprägung des Selbstbildes und die Übernahme der Perspektiven anderer stehen demnach in einem engen Zusammenhang: Das Selbstbild entsteht auch aus der Erfahrung der Reaktionen anderer, die Reaktionen anderer sind nicht zuletzt ein Ergebnis dessen, wie ein Aktor sich ihnen darstellt. Es ist denkbar, daß das Selbstbild als moralische Person die verstärkende und vermittelnde Instanz zwischen kognitivem Regelwissen und affektiver Motivation darstellt.

Zu c) Kurzfristige und holistische Stellungnahmen zur sozialen Haltung anderer und zum eigenen Selbstbild kumulieren im Selbstwertgefühl, das sich im wesentlichen in den Dimensionen körperlicher Integrität, der Anerkennung als handlungsfähiger Person und dem Respekt vor dem jeweiligen kulturellen Zusammenhang manifestiert. Selbstbild und Selbstwerterfahrung konstituieren gemeinsam das, was Individuen an sich und an anderen als „moralische Person“ erkennen.

Zu d) Moralisches Urteilen und moralisches Handeln läßt sich mit James Rest (1983) als ein in vier Elemente zerfallendes, sukzessives Kontinuum analysieren: Akteure haben zunächst a) Situationen überhaupt als moralisch bedeutsame zu erkennen, b) eine Übersicht über die möglichen begründbaren Handlungsalternativen in der Situation zu gewinnen, c) eine Entscheidung zu fällen, welche der begründeten Handlungsalternativen sie wählen würden und sich schließlich d) dazu zu entschließen, die so begründete Handlung auch tatsächlich auszuführen. Damit zerfiele ein moralischer Akt in die Abschnitte Erkennen, Beurteilen, Entscheiden und

Entschließen, wobei der Motivationsfrage ersichtlich bei der Entschlußfassung besonderes Gewicht zukommt.

Zu e) Deviantes Verhalten ist ein Verhalten, das entweder gegen gesetztes Recht oder alltägliche normative Intuitionen verstößt. Moralisches Verhalten äußert sich mindestens als normenkonformes Verhalten gegenüber allseitig anerkannten Maßstäben, überbietet gelegentlich auch billigerweise nicht mehr zumutbare Verhaltenserwartungen. Ob normenkonformes Verhalten indes das Prädikat „moralisch“ verdient, hängt von dem Bewußtsein ab, in dem normenkonforme oder normenübererfüllende Handlungen vollzogen werden. Ähnlich wie beim konformen Verhalten scheint auch für deviantes Verhalten zu gelten, daß sich sein Charakter an dem Bewußtsein bemißt, mit dem es an den Tag gelegt wird. Damit rückt bei der Frage nach den Eigenheiten devianten Verhaltens die Frage danach, ob Abweichungen im Bereich des Erkennens, des Beurteilens, des Entscheidens oder des Entschließens zum Tun oder Unterlassen einer Handlung liegen, in den Mittelpunkt der Analyse.

Was nun die Devianz von Kindern angeht, so haben Gertrud Nunner-Winkler (1996) und Beate Sodian durch eine Reihe experimenteller Untersuchungen zeigen können, daß Lawrence Kohlbergs Annahme, daß das moralische Bewußtsein von Kindern im wesentlichen durch ein krudes utilitaristisches instrumentelles Nutzenkalkül geprägt ist, falsch ist. Indem Nunner-Winkler und Sodian nicht nur mögliche Handlungsalternativen auch devianter Art experimentell anboten, sondern darüber hinaus mögliche Zuschreibungen moralischer Gefühle zu entsprechenden Handlungen erfragten, konnten sie zeigen, daß Elliott Turiels schon früh gegen Kohlberg erhobener Einwand, wonach schon sehr kleine Kinder ein umfassendes Wissen über den intrinsischen Wert prosozialen Verhaltens wie Teilen, Trösten und Helfen, beziehungsweise Nicht-Wehtun etc. besitzen, zu Recht erhoben wurde. Die Schwierigkeit löst sich auf, wenn man analytisch zwischen moralischem Wissen, das heißt der Kenntnis moralischer Regeln hier und moralrelevanter Motivation als der Bereitschaft entsprechend zu handeln dort, unterscheidet. Im oben aufgestellten vierstufigen Modell von James Rest (1983) könnte die Quelle devianten Verhaltens mithin sowohl in mangelnder moralischer Erkenntnisfähigkeit, mangelnder moralischer Beurteilungsfähigkeit als auch in mangelnder moralischer Entscheidungsfähigkeit oder mangelnder moralischer Entschlußkraft liegen. Was wissen wir über die Realität von Kinder- und Jugendkriminalität?

3. Sozialwissenschaftliche Befunde zur Kinderkriminalität

Polizeistatistisch erhobene Kriminalität von Kindern ist ein außerordentlich selten auftretendes Phänomen. 1990 betrug der Anteil aller Kinder an der angezeigten Gesamtkriminalität 4,3% bei insgesamt 62.500 tatverdächtigen Kindern. Der Löwenanteil dieser Tatverdächtigen fällt wiederum mit 3,4% der registrierten Gesamtkriminalität auf die 10-14 Jahre alten Knaben (Prim 1993: 643). Im Jahr 1993 registrierte die Polizei insgesamt etwa 83.000 Fälle, von denen 25% von Mädchen verübt wurden. Das sind etwas mehr als 4% der registrierten Kriminalität - nach Deliktgruppen nicht unterschieden (Walter 1995: 150). Während sich die registrierte Häufigkeit von Jugendkriminalität im gleichen Zeitraum deutlich erhöht hat, gilt dies für die registrierte Kriminalität von Kindern nicht. Allerdings hat sich innerhalb der Altersgruppe eine deutliche Verschiebung zuungunsten von Kindern ohne deutschen Pass verzeichnen lassen - jeder dritte Fall registrierter Kinderkriminalität bezieht sich auf ein Kind ohne deutschen Pass (Walter 1995: 189).

1996 - die Anzahl der tatverdächtigen Kinder ist insgesamt auf 130.00 gestiegen - haben sich als herausragende Risikofaktoren für Delinquenzbelastung besonders in den Bereichen von Aggressivität und Eigentum wiederum Zugehörigkeit zum männlichen Geschlecht, das Produkt aus gemessener Belastung (wie elterliche Erwerbsarbeit, Krankheit der Eltern, Scheidung) und früherem Pubertätseintritt erwiesen, wobei die eben genannten Belastungsfaktoren alleine nicht besonders in Gewicht fallen. Auch Kinder - die bei einem insgesamt sehr niedrigen Kriminalitätsbelastungsniveau - nicht durch kritische Lebensereignisse der Eltern belastet sind, neigen in einem etwas geringeren Ausmaß zur Delinquenz (Zinnekker/Silbereisen 1996: 383-396). Nicht im strafrechtlichen Sinne deviant aggressive Verhaltensweisen wie das Hänseln oder gar gewalttätiges Hänseln anderer Kinder in der Schule kommen unter zehn bis dreizehnjährigen bei 10% vor. Aggressives Verhalten scheint - im Unterschied zum Stehlen - kein wesentlicher Prädiktor späterer Delinquenz zu sein[1]. Als sich wechselseitig verstärkende Risikofaktoren werden für diese Verhaltensweisen familiale Interaktionsformen genannt, die von den Kindern als eher konflikthaltig, wenig kohärent aber ambitioniert angesehen werden[2]. In Kombination mit der Überzeugung von geringer Selbstwirksamkeit, ei-

1 Vgl. Rutter/Garmezy (1983: 816) und Durkin (1995: 396f.).
2 So auch Rutter/Garmezy (1983: 828).

ner Neigung zur Depressivität, der Mitgliedschaft in einer peer-group mit deviantem Sozialklima, sozialen Problemen mit Gleichaltrigen und selbst berichtetem abweichendem Verhalten steigt das Risiko, Gewalt auszuüben. Die insgesamt relativ niedrige kindliche Gewaltneigung ist hoch korreliert mit Formen abweichenden Verhaltens wie Schwarzfahren, Automatenmanipulation, Wechselgelderschwindeln, Hehlerei, Wegbleiben von zu Hause, Ladendiebstählen und Vandalismus (Zinnecker/Silbereisen 1996: 315-328).

Angesichts des Umstandes, daß in Deutschland jedes fünfte Kind in Armut aufwächst, und daß in Armut aufwachsende Kinder deutlich weniger Freunde haben als nicht arme Kinder[3], daß darüber hinaus - in Österreich - die räumlichen Ressourcen, unter denen Kinder aufwachsen in Verbindung mit einer Häufung kritischer Lebensereignisse und konfligierenden Interaktionsformen ihr subjektives Wohlbefinden wesentlich beeinträchtigen (Bacher 1996), erstaunt die geringe berichtete Devianz. Offensichtlich verfügen auch unter erschwerten Umständen aufwachsende Kinder - wobei die Vollständigkeit oder Unvollständigkeit der Familie isoliert keine große Rolle spielt - über erhebliche soziale Schutzfaktoren beziehungsweise entsprechend über eine geringe Vulnerabilität.

Verlängert man die Betrachtung auf Jugendliche, so erweist sich der Bildungsstand in jüngster Zeit bei selbstberichteter steigender Gewalt immer weniger als entscheidende Variable[4]. Gleichwohl gilt bezüglich der Delinquenzbelastung von Jugendlichen, das Produkt aus relativem schulischen Versagen, schul- oder klassenbezogener Statuskonkurrenz und hochgesteckten elterlichen Erwartungen an schulische Leistungen, die auf mögliches Versagen nicht solidarisch auffangend reagieren, als besonders risikoreich[5]. Das ist bei intrapunitiven, selbstschädigenden Verhaltensweisen wie erhöhtem Alkohol-, Nikotin- und Arzneimittelkonsum nicht anders.[6]

Zusammenfassend deutet sich an, daß insbesondere durch hohen Aufstiegs- beziehungsweise Abstiegsvermeidungsdruck motivierte, nicht solidarische Eltern- und Kinderhaushalte unterschiedlicher Familienform mit paradoxen oder gleichgültigen Erziehungsstilen besonders delinquenzfördernd wirken. Dabei scheint das den ganzen familialen Alltag durchzie-

---

3 Vgl. dazu Klocke (1996: 391, 399, 402) und Nauck/Joos (1996).

4 Vgl. Mansel (1995); zu dem nämlichen Befund für die USA (Durkin 1995: 568).

5 Vgl. Engel/Hurrelmann (1993: 233f.) und Durkin (1995: 572).

6 Vgl. Vordlohne (1992); aber auch Schmittchen (1989).

hende Wettbewerbsklima und -bewußtsein wohlbefindensmindern, streßfördernd und damit nachteilig auf die Wirkung vorhandener Schutzfaktoren zu wirken. Daß ein niedriger Bildungs- und Einkommensstatus der Elternhäuser all dies im Allgemeinen befördert, liegt auf der Hand. Entscheidend aber ist - in sozialisations- und erziehungstheoretischer Hinsicht - die Interaktionsweise zwischen Eltern und Kindern und damit - gemäß dem vorausgesetzten konstruktivistischen Paradigma - die Einübung in die Geltung sozialer Regeln.

4. Kriminalität und mangelnde Selbstkontrolle

Kriminologische Erklärungen zwischen ätiologischem und interpretativem Paradigma scheinen entweder naiv Straftatbestände akzeptieren oder auf eine Erläuterung des „Wesens" abweichenden Verhaltens verzichten zu müssen. Dieser Alternative haben sich 1990 die Kriminologen Gottfredson und Hirschi (1990) entzogen, indem sie eine nicht vom Strafrecht geprägte allgemeine Theorie kriminellen Verhaltens vorgelegt haben, die gleichermaßen für den Verstoß wider Strafrechtsnormen wie für das Brechen alltagsweltlicher Erwartungen gelten soll. Unter Bezug auf Parsons Theorem der „deferred gratification patterns" behaupten Gottfredson und Hirschi, daß sich all jene sozialen Verhaltensweisen als „kriminell" bezeichnen ließen, die folgende Merkmale aufwiesen: Es sind dies alle Handlungen, die sofortige und leichte Belohnungen versprechen und ein geringes Sanktionsrisiko aufzuweisen scheinen, in einem männlichen Milieu ausgeführt werden und tatsächlich nur einen geringen Langzeitnutzen haben. Sofern diese interaktiven Handlungen mit geringen kognitiven Anstrengungen und geringem manuellen Aufwand möglich sind und Menschen betreffen, denen dabei Schmerz oder Unbehagen zugefügt wird, lassen sie seitens der Vollzieher auf ein Defizit an „Selbstkontrolle" schließen. Hirschi und Gottfredson sehen „Selbstkontrolle" als ein Konstrukt mit folgenden Eigenschaften an: Sie entstehe durch ein Zusammenspiel von Anlage und Erziehung, sei ein stabiler Bestandteil der Persönlichkeit und erweise sich vor allem als die Fähigkeit, Langzeitfolgen in die Betrachtung möglicher Handlungsketten rational miteinzubeziehen. Als notwendige, aber nicht hinreichende Bedingung kriminellen Verhaltens erweist sie sich als die Überbetonung von Kurzzeitbefriedigung. In der Sprache der Kohlbergschen Theorie hätte wir es mit einer präkonventionellen Urteilskompetenz instrumentell-utilitaristischer Art zu tun, die mit einem erheblichen kognitiven Defizit und einem Defizit an moralischer Motivation, beziehungsweise an prosozialer Verhaltensbereitschaft gekoppelt ist. Die bisherigen Befunde, die als Hintergrund delinquenten Verhaltens vor allem kompetitive Orientierungen in Elternhaus und Schule, verbunden mit mangelnder Unterstützung, harten Sanktionen und dem daraus resultierenden Wunsch, mögliche Mißerfolge kurzfristig zu vermeiden, beschreiben, lassen sich in diesem Sinn deuten. Derartige Milieus fördern nicht nur keine Selbstkontrolle, sondern motivieren überdies zu kurzfristigen Bedürfnisbefriedigungen unabhängig von ihren Auswirkungen.

5. Mangelnde Selbstkontrolle, Regelkompetenz und ungenügend ausgebildetes moralisches Selbst

Hirschis und Gottfredsons Konzept der „Selbstkontrolle" ist seiner Ungenauigkeit wegen einer scharfen Kritik ebenso unterzogen worden[7], wie es seiner deskriptiven Inadäquatheit im Falle von Staatsverbrechen wegen zu kritisieren wäre. Dennoch sei im folgenden der Versuch unternommen, die meines Erachtens richtige Intuition von Gottfredson und Hirschi dadurch zu retten, daß das beanspruchte, an der Zweck-Mittel Rationalität ausgerichtete instrumentalistische Paradigma durch die kognitive Entwicklungspsychologie und ihre Anwendungen auf die Kriminologie ergänzt wird. Dabei sind die Ansätze zu einer psychosozialen Immunitätstheorie, die jene Faktoren angeben kann, die erhöhte Vulnerabilität zu vermeiden helfen, gleichermaßen zu berücksichtigen. Immerhin haben Jennings, Kohlberg sowie Hickey und Scharf[8] schon vor geraumer Zeit für die USA den Nachweis erbringen können, daß ein mindestens konventionelles Regelbewußtsein gleichsam als Immunitätsfaktor von Delinquenz wirkt - Insassen in U.S-amerikanischen Vollzugsanstalten weisen - ceteris paribus - eine deutlich geringere Urteilskompetenz auf als Nichtinsassen, die ansonsten über die gleichen sozialen Merkmale verfügen. Wie lassen sich „Selbstkontrollkonzept" und Theorie kognitiver Urteilskompetenz aufeinander beziehen? Dadurch, daß in einer starken Theorie der „moralischen Person" angegeben wird, in welchem Verhältnis für jeden unter-

7 So z.B. Lamnek (1994: 161-167).

schiedlichen Menschen jeweils unterschiedlich ausgeprägte kognitive Urteilsfähigkeit und affektive Motivationslage so von sich selbst anerkannt und erwartet wird, daß er in seinen Handlungen stets danach streben wird, diesem Selbstbild als moralischer Person zu genügen. Dieses Konzept der „moralischen Person" beinhaltet wesentliche Züge dessen, was Gottfredson und Hirschi für ihr Konstrukt beanspruchen, erweitert es aber und vermeidet einige Fehlschlüsse.

Als überbrückendes Konzept diene die von dem britischen Kriminologen Emler entwickelte „Reputation Management"-Theorie, die als Ergebnis einer Reihe von peer-group-Analysen delinquenter männlicher Jugendlicher im Schottland der 80er Jahre entstand. Diese Forschungen führten zu dem Ergebnis, daß delinquente Individuen bewußt zwischen Identitätsentwürfen wählen und eine kriminelle Identität im Unterschied zu einer Erfahrung des Scheiterns bewußt ergreifen. Damit wird die peer-group als Ort der Anerkennung dieses Selbstverständnisentwurfs zum entscheidenden Ort und damit zur entscheidenden Ursache delinquenten Verhaltens (Emler 1984: 222). Auf den ersten Blick scheint die Theorie mangelnder Selbstkontrolle und die Theorien des bewußten Erwerbs einer delinquenten Identität nicht zusammenzupassen. Auf den zweiten Blick zeigt sich, daß beide Ansätze von spezifischen Chraktereigenschaften ausgehen und damit das berühren, was oben als „moralisches Selbst" angesprochen wurde. Der Frage nach dem moralischen Selbst, so wurde gesagt, geht es darum, „welche Funktion moralische Urteile als handlungsleitende Motive für die Reflexion praktischer Entscheidungen gewinnen und ob es entwicklungsspezifische Beziehungen zwischen moralischem Urteil und praktischer Handlungsentscheidung" gibt (Keller 1994: 115). Damit ist das Verhältnis von Kognition und Identität angesprochen, das sich auch als die Frage nach dem Verhältnis von subjektiv egozentrischer Selbstbehauptung und autonom empathischem Selbstverständnis erläutern läßt (Davidson/Youniss 1991). Dem Begriff der „Empathie" kommt in diesem Zusammenhang eine besondere Rolle zu, da sich in ihm Selbstbehauptung und Eigeninteresse auf der einen Seite und Altruismus auf der anderen Seite verklammern lassen[9]. Die weitergehende Unterscheidung zwischen „Empathie" und „Sympathie"[10] interessiert im Fall delinquenter Personen nicht. Darüberhinaus wird das moralische Selbst durch zwei Zü-

8 Vgl. Jennings (1979) , Hickey/Scharf (1980) und Jennings/Kohlberg (1993).
9 Eisenberg u.a. (1991), Hoffman (1991: 295f.).
10 Eisenberg u.a. (1991: 65).

ge gekennzeichnet: die Fähigkeit, moralische Gefühle, vor allem Schuldgefühle[11] empfinden zu können sowie ein starkes Interesse an der Konsistenz von Handeln und Urteilen (Nisan 1993). Damit erscheint der Wunsch nach Aufrechterhaltung des eigenen Selbstverständnisses, verbunden mit der Fähigkeit, eigene Verantwortung zu attribuieren, als wesentliches Motiv zum Tun moralisch erwarteter und zum Unterlassen von als unmoralisch angesehenen Handlungen. Läßt sich der von Hirschi und Gottfredson ins Spiel gebrachte Begriff mangelnder Selbstkontrolle am Ende so umdeuten, daß Personen, denen diese Selbstkontrolle fehlt, am Ende entweder die Fähigkeit, Verantwortung wahrzunehmen beziehungsweise der Anspurch, ein konsistentes Leben zu führen, fehlt? Oder, wenn ihnen zwar die Fähigkeit zur Verantwortungsübernahme teilweise abgeht, sie ihrem Wunsch nach Konsistenz jedoch dadurch nachkommen, daß sie bewußt eine gruppengestützte kriminelle Identität übernehmen, um somit zumindest minimalen Ansprüchen nach kognitiver Konsonanz nachzukommen? Wäre der von Kohlberg und Jennings aufgestellte Gedanke, daß ein mindestens schwach entwickeltes konventionelles Moralbewußtsein als Immunfaktor gegen delinquentes Verhalten wirkt, so umzudeuten, daß es nicht alleine das moralische Wissen, sondern die Verbindung von konventionellem Urteilsvermögen und einem entsprechend ausgebildeten Interesse an einem moralischen Selbst sind, die immunisierend wirken? Wenn dem so wäre, ging es abschließend nur noch um die Frage, welche Sozialisationsbedingungen beides - konventionelles Bewußtsein sowie Interesse an persönlicher Konsistenz - fördern, beziehungsweise verhindern. Nun hat die neuere Forschung deutlich gezeigt, daß fast alle Kinder über Formen konventionellen moralischen Wissens verfügen - weswegen das Fehlen dieser Kenntnisse für die Erklärung delinquenten Verhaltens von Kindern kein spezielles Problem darstellt. Damit verschiebt sich die Frage auf die Bedingungen, unter denen der Wunsch nach Aufrechterhaltung eines konsistenten moralischen Selbst entsteht, beziehungsweise verhindert wird. Damit kann abschließend ein theoretischer Integrationsversuch unternommen werden.

An die Stelle des einseitig einem zweckrationalen Paradigma verhafteten Konstrukt der „mangelnden Selbstkontrolle" (Gottfredson/Hirschi 1990) tritt als ätiologischer Erklärungsfaktor kindlicher Delinquenz das im Anerkennungs- und Rollenparadigma angesiedelte Konstrukt der „so-

11 Keller/Edelstein (1993) und Montada (1993).

zialen Erwartungen der Gesellschaft nicht genügenden, vom handelnden Subjekt aktiv betriebenen Organisation individuellen Ansehens" (Emler 1984). Gegenstand dieses Reputationsmanagements ist das „moralische Selbst", das heißt ein vom Individuum in der Perspektive Dritter wahrgenommenes, affektiv stark besetztes Selbstbild, dessen Themen a) moralische Gefühle sowie b) die selbst erfahrene und von anderen gespiegelte Konsistenz zwischen moralischen Dispositionen und faktischen Handlungen ist.

Während die Entwicklung moralischer Gefühle von der Ausbildung der Empathie als der Klammer von Selbst- und Anderenbezug abhängt, hängt die Wahrnehmung von Konsistenzen oder eben Inkonsistenzen zwischen Regelwissen und Handlung von faktischen Lernprozessen (Regelkenntnis) sowie von kognitiven Strukturierungsprozessen ab (Geltungsbereich von Regeln und ihren Ausnahmen, das heißt Logik und Konstanzannahmen von Regeln als Regeln).

Für eine Entwicklungspathologie des moralischen Selbst kommen dann Devianzen in mindestens den folgenden Bereichen in Frage:

a) Unangemessene Lösungen bei der Suche nach Anerkennung - provoziert durch mangelnde Anerkennung in primären und sekundären Bezugsgruppen wie Schule und Familie,
b) Defizite bei der Ausbildung von Empahtie, provoziert durch mangelnde Valorisierung des frühkindlichen Selbst beziehungsweise durch mangelnde Gelegenheiten, Perspektiven zu übernehmen und Erwartungen als verlässlich zu erfahren,
c) Defizite bei der Information über und beim Praktizieren normativen Regelwissens, provoziert durch vom gesellschaftlichen Konsens abweichendes subkulturelles Regelwissen in der Primärgruppe,
d) Defizite bei der Ausbildung kognitver Schemata (Gibbs 1991) provoziert durch mangelnde Anregungen bei der Auseinandersetzung mit der sachlichen Umwelt.

Damit ist ein Vierfaktorenmodell gewonnen, das in folgenden Hinsichten zu präzisieren und zu überprüfen wäre:

Zunächst wäre für jeden Bereich (Suche nach Anerkennung, Ausbildung von Empathie, Erwerb von Regelwissen, Ausbildung von Regelkompetenz) eine eigene Entwicklungspathologie zu entwerfen, die Verfestigungen und Nicht-Weiterentwicklungen strukturell beschreibt und dynamisch erklärt sowie für jedes Individuum in einem gegebenen Alter den Spielraum von Entwicklungsmöglichkeiten abträgt beziehungsweise nicht erreichte Niveaus festhält. Als theoretische Modelle kommen in Frage:

- Für die misslungene Suche nach Anerkennung das Modell von Davidson/Youniss[12]: Folgen Kinder einer nur heteronomen oder auch bereits erwartbaren autonomen Moral? Gelingt es ihnen, die primäre Identität der Selbstbehauptung um eine ebenfalls in diesem Alter bereits erwartbare Identität der Orientierung an Perspektiven anderer aufzubauen?

- Für die gescheiterte Ausbildung von „Empathie“ im Allgemeinen die Überlegungen von Selman (1984), Eisenberg (1991) und Keller (1994) sowie speziell für den kleinkindlichen Bereich die Ansätze von Hoffman (1991), Killen (1991) und Emde (1991): Haben Kinder verstanden, daß andere Menschen eigene Interessen und Gefühle haben und es möglich ist, deren Perspektive tentativ einzunehmen? Verstehen sie, daß ihre eigenen affektiven Reaktionen auf die affektiven Reaktionen anderer folgen, und daß andere eigene affektive Reaktionen zeitigen? Haben Kinder verstanden, daß eigene Handlungen im Licht der Folgen für andere veurteilt werden können, und daß der Maßstab dieser Beurteilungen Regeln sind, die über individuelle Nutzenmaximierung hinausgehen?

- Für die misslungene Übernahme moralischen Wissens Überlegungen vor allem von Nunner-Winkler (1996): Sind Kinder überhaupt in kognitiv-informatorischer Hinsicht im Besitz der Kenntnis moralischer Regeln? Haben sie verstanden, daß moralische Regeln auch einen deontologischen Charakter haben können?

- Für die ungenügende Stimulation kognitiver Schemata nach wie vor die modifizierten Überlegungen von Piaget (1973): Sind Kinder in der Lage zu verstehen, daß Regeln situationsübergreifend gelten? Verstehen sie, daß Ansprüchen Pflichten entsprechen können und umgekehrt? Verstehen sie, daß Wünsche nicht mit Ansprüchen identisch sind? Daß Handlungen und ihre Folgen individuell zugeschrieben werden? Daß also Äquilibration und Konstanz nicht nur Struktureigenschaften der logisch-mathematischen Erfahrung, sondern gleichermaßen der natürlichen Ontologie der sozialen Welt sind?[13]

Auf dieser Basis könnte dann überprüft werden, ob sich bestimmten Deliktstrukturen[14] bestimmte Kombinationen von Entwicklungspathologien

12 Vgl. dazu auch Youniss (1994).

13 Piaget (1971), Mussen (1983: 103-128).

14 Für diese Problemstellung danke ich Stefan Weyers, M.A. (persönliche Mitteilung).

zuordnen lassen, womit sowohl für Prävention als auch Resozialisation ein differentialdiagnostisches und differentialpädagogisches Instrumentarium in den Horizont des Möglichen rückt. Eventuell lassen sich Delikte danach unterscheiden, ob sie die körperliche, die persönliche oder die in regelgeleiteten Strukturen verankerte soziale Integrität von Individuen verletzen.

Bei alledem zeigt sich freilich, daß - sofern die von der kognitivistischen Lernentwicklungspsychologie ebenso wie von der narzißmustheoretischen Psychoanalyse in der Folge Kohuts behauptete zentrale Rolle des „moralischen Selbst" beim Tun oder Unterlassen gesellschaftlich akzeptierter, moralischer Regeln zutrifft - die vom Alltagsverstand leichthin behauptete Redeweise von „guten" oder „schlechten" Menschen beziehungsweise von der Wirklichkeit und Gewichtigkeit moralischer Verfehlungen im Kern eine richtige Einsicht behauptet, die nur dadurch verdunkelt worden ist, daß den Individuen undifferenziert die völlige Verantwortung für die Ausbildung ihres Charakters zugeschrieben worden ist.

„Nun kann es keine Pflicht geben, ein moralisches Gefühl zu haben, oder sich ein solches zu erwerben; denn alles Bewußtsein der Verbindlichkeit legt dieses Gefühl zum Grunde, um sich der Nötigung, die im Pflichtbegriffe liegt, bewußt zu werden: Ein jeder Mensch (als ein moralisches Wesen) hat es ursprünglich in sich; die Verbindlichkeit aber kann nur darauf gehen, es zu kultivieren und, selbst durch die Bewunderung seines unerforschlichen Ursprungs, zu verstärken ..." (Kant 1956: 531).

Literatur:

Bacher, J. u.a. 1996: Familienstruktur, kindliches Wohlbefinden und Persönlichkeitsentwicklung. - Eine empirische Analyse am Beispiel zehnjähriger Kinder, in: Zeitschrift für Sozialisationsforschung und Erziehungssoziologie, 16. Jg., S. 246-269

Davidson, P./Youniss, J. 1991: Which Comes first, Morality or Identity, in: Kurtines/Gewirtz (1991: 105-120)

Durkin, K. 1995: Developmental Social Psychology, Cambridge

Edelstein, W. u.a. (Hg.) 1993: Moral und Person, Ffm

Eisenberg, N. u.a. 1991: Empathy-Related Responding and Cognition, in: Kurtines/Gewirtz (1991: 63-99)

Emde, R.N. 1991: Die endliche und die unendliche Entwicklung. Angeborene und motivationale Faktoren aus der frühen Kindheit, in: Psyche, 45. Jg., S. 745-779 u. S. 890-913

Emler, N. 1984: Differential Involvement in Delinquency: Toward an Interpretation in Terms of Reputation Management, in: Maher, B.A./Maher, W.B. (Eds.): Progress in Experimental Personality Research, Vol. 13, N.Y.

Engel, U./Hurrelmann, K. 1993: Was Jugendliche wagen. - Eine Längsschnittstudie über Drogenkonsum, Streßreaktionen und Delinquenz im Jugendalter, Weinheim/München

Geulen, D. 1977: Das vergesellschaftete Subjekt. - Zur Grundlegeung der Sozialisationstheorie, Ffm

Gibbs, J.C. 1991: Sociomoral Development Delay and Cognitive Distortion: Implications for the Treatment of Antisocial Youth, in: Kurtines/Gewirtz (1991: 95-110)

Gottfredson, M.R./Hirschi, T. 1990: A General Theory of Crime, Stanford

Haan, N. 1991: Moral Development and Action from a Social Constructivist Perspektive, in: Kurtines/Gewirtz (1991: 251-273)

Hickey, J./Scharf, P. 1980: Toward a Just Correctional System, San Francisco

Hoffmann, M.L. 1991: Empathy, Social Cognition and Moral Action, in: Kurtines/Gewirtz (1991: 275-301)

Jennings, W. 1979: The Juvenile Deliquent as a Moral Philosopher (Ph.D. - Dissertation), Harvard

Jennings, W./Kohlberg, L. 1983: Effects of just Communitiy Programs on the Moral Development of Youthful Offenders, in: Journal of moral education, Vol. 12, S. 33-50

Kant, I. 1956: Metaphysik der Sitten, in: ders. Werke Bd. 7, Darmstadt

Keller, M. 1994: Moral und Beziehung. Die Entwicklung sozialer und moralischer Sensibilität von der Kindheit bis zum Jugendalter (unveröffentlichte Habilitationsschrift, Max Planck Institut für Bildungsforschung), Berlin

Keller, M./Edelstein,W. 1993: Die Entwicklung eines moralischen Selbst von der Kindheit zur Adoleszenz, in: Edelstein (1993: 307-334)

Killen, M. 1991: Social and Moral Development in Early Childhood, in: Kurtines/Gewirtz (1991: 115-138)

Klocke, A. 1996: Aufwachsen in Armut. Auswirkungen und Bewältigungsformen der Armut im Kindesalter, in: Zeitschrift für Sozialisationsforschung und Erziehungssoziologie, 16. Jg., S. 390-409

Kohlberg, L. 1995: Die Psychologie der Moralentwicklung, Ffm

Kurtines, W.M./Gewirtz, J.L. (Eds.) 1991: Handbook of Moral Behaviour and Development, Hillsdale

Lamnek, S. 1994: Neue Theorien abweichenden Verhaltens, München

Mansel, J. 1995: Quantitative Entwicklung von Gewalthandlungen Jugendlicher und ihrer offiziellen Registrierung, in: Zeitschrift für Sozialisationsforschung und Erziehungssoziologie, 15. Jg., S. 101-121

Montada, L. 1993: Moralische Gefühle, in: Edelstein (1993: 259-277)

Mussen, P.H. (Ed.) 1983: Handbook of Child Psychology, Vol. I, N.Y.

Nauck, B./Joos, M. 1996: Kinderarmut in Deutschland, in: Buba, H.P./Schneider, N.F. (Hg.): Familie zwischen gesellschaftlicher Prägung und individuellem Design, Opladen, S. 164-181

Nisan, M. 1993: Bilanzierte Identität, in: Edelstein (1993: 232-256)

Nordlohne, E. 1992: Die Kosten jugendlicher Problembewältigung. Alkohol, Zigaretten und Arzneimittelkonsum im Jugendalter, Weinheim/München

Nunner-Winkler, G. 1996: Moralisches Wissen - Moralische Motivation - moralisches Handeln. Entwicklungen in der Kindheit, in: Honig, M.-S. u.a. (Hg.): Kinder und Kindheit. Soziokulturelle Muster - sozialisationstheoretische Perspektiven, Weinheim/München, S. 129-154

Peters, H. 1989: Kriminalität und Familie, in: Nave-Herz, R./Markefka, M. (Hg.): Handbuch der Familien- und Jugendforschung, Bd. I, Neuwied/Ffm, S. 577-593

Piaget, J. 1971: Biology and Knowledge, Chicago

Piaget, J. 1973: Das moralische Urteil beim Kinde, Ffm

Prim, R. 1993: Kinderkriminalität, in: Markefka, M./Nauck, B. (Hg.): Handbuch der Kindheitsforschung, Neuwied, S. 641-648

Rest, J. 1983: Morality, in: Mussen, P.H. (Eds.): Handbook of Child Psychology, Vol. III., Cognitive Development, N.Y., S. 556-629

Rutter, M./Garmezy N. 1983: Developmental Psychopathology, in: Mussen, P.H. (Ed.): Handbook of Child Psychology, Vol. IV., N.Y., S. 775-911

Schmidtchen, G. 1989: Schritte ins Nichts - Selbstschädigungstendenzen unter Jugendlichen, Opladen

Selman, R.L. 1984: Die Entwicklung des sozialen Verstehens, Ffm

Walter, M. 1995: Jugendkriminalität, Stgt

Youniss, J. 1994: Soziale Konstruktion und psychische Entwicklung, Ffm

Zinnecker, J./Silbereisen, R.K. 1996: Kindheit in Deutschland. Aktueller Survey über Kinder und ihre Eltern, Weinheim/München, S. 383-396

Lothar Böhnisch

Kindheit und Devianz

„Der listenreiche Säugling" - so faßt Tilman Moser (1993) in seiner Bilanz der modernen Säuglingsforschung die biopsychischen Entdeckungen zusammen, die in den letzten Jahrzehnten mit Hilfe mikromedialer Beobachtungsverfahren bei Kleinkindern gemacht wurden. Im Mittelpunkt steht dabei die nun empirisch gefestigte Erkenntnis, daß das Kleinkind auch dann schon, wenn sich die Gehirnfunktionen noch nicht voll eingestellt haben - nach wenigen Tagen sein emotionales Eigenleben entwikkelt, Wohlbefinden oder Unwohlsein verspürt und Signale, Botschaften, Wünsche nach Nähe und Distanz, Bewegung und Austausch, Selbstschutz und Bestätigung aussendet. Diese ersten Gefühle und vorläufigen Fähigkeiten konstituieren sich immer im Wechselbezug zu seiner Umwelt, zuerst vor allem zur Mutter und später auch zum Vater und anderen Bezugspersonen:

„Man könnte sogar sagen, daß in der erlebten Wechselseitigkeit die Wurzeln der Menschenwürde liegen. Ein Kind, das mit seinen Signalen nicht ankommt, das erleben muß, wie sie uminterpretiert werden je nach den Bedürfnissen nach den Ängsten der Eltern, baut kein gutes Selbstgefühl, kein gutes Selbstwertgefühl auf. Es lernt nicht seinen Reaktionen zu trauen. Es muß die Stimmungen der Eltern erschließen lernen, muß auf andere Wege sinnen, sie doch noch zu beeinflussen, wenn seine ursprünglichen Mittel nicht ausreichen" (Moser 1993: 92).

Im frühen emotionalen Erfühlen des Selbst, in der Wechselwirkung mit der Umwelt, im Formieren des Selbstschutzes, der körperlichen und seelischen Integrität bildet sich auch die *Aggressivität* heraus. Aggressive Gefühlsäußerungen zeigen das Unwohlsein, die erlebten Bedrohungen an. Es kommt nun darauf an, wie die Umwelt darauf reagiert, ob sie diese Signale aufnehmen und damit den Spannungszustand ausbalancieren, also zur „fördernden Umwelt" (Winnicott 1991) werden kann. „Erst wenn die subtilen Verletzungen, Verkennungen, Überfremdungen zunehmen und die aggressiven Reaktionen die Mutter (den Vater) nicht mehr erreichen, reagiert er (der Säugling) wütend, gekränkt, rache- und zerstörungslustig" (Moser 1993: 93).

Wir können hier direkt an den Befunden einer psychoanalytisch rückgebundenen Kindheitsforschung (vgl. dazu Gruen 1993; Winnicott 1991) anknüpfen. Kinder müssen anerkannt bekommen, daß sie aus sich selbst heraus etwas sind, sie müssen fühlen können, daß das, was aus ihnen kommt, nicht von vornherein abgewertet wird; sie brauchen die Erfahrung, daß ihre Gefühle aufgenommen werden und außen etwas bewirken, in dem auf sie eingegangen wird, wie sie sind. Rigide soziale Anpassung und Abwertung der kindlichen Gefühle erzeugt innere Hilflosigkeit, die abgespalten, von der abstrahiert werden muß und die sich dann als Haß auf das Schwache in sich selbst und Haß auf alles Hilflose, Schwache, Fremde in der Umwelt äußert (so das Modell nach Gruen). Winnicott sieht in ähnlicher Weise die frühe Spannung von Aggressivität und Kreativität: Wenn das Kind spürt, daß es seine Umwelt mit erschaffen kann, indem diese es versteht und seine Impulse aufnimmt und ihm neu (nun in der Interaktion sozial eingebunden) zurückgibt, dann entsteht eine kreative Gefühlsspannung, in der das Aggressive der selbstbezogenen, narzißtischen Äußerung aufgeht. Aggressivität muß ja immer als auf die Wahrung der psychophysischen Integrität des Selbst bezogene Aktivität verstanden werden.

Dieses Aggressionsmotiv durchzieht die gesamte Sozialisation des Kinder- und Jugendalters. Krappmann und Oswald (1995) sehen z.B. das Verhalten von Schulkindern untereinander und in Kindergruppen durch dieses Leit- seelische Integritätsprinzip gesteuert und deuten die Aggression in Kindergruppen untereinander in diesem Sinne als Versuche der gegenseitigen Wahrung von räumlichen Integritätszonen. Diese selbstbezogene Aggressivität prägt auch das Bewältigungsverhalten in kritischen Lebenssituationen (s.o.). So wird plausibel, wie eng das Problem der *Handlungsfähigkeit* in solchen Lebenssituationen rückgebunden ist an die triebstrukturell gespeiste Aggressivität als Verteidigung des Selbst und daß diese einem näher ist als die einzuhaltende Norm. Winnicott hat in diesem Sinne unser pädagogisches Gespür dafür geschärft, daß Aggressivität erst einmal als triebgebundene Aktivität zu verstehen ist und daß es auf die Umwelt ankommt, wie sie diese Aggressivität zuläßt und ob es ihr gelingt, mit zu helfen, Aggressivität in Kreativität umzuwandeln (übrigens *das* pädagogische Prinzip im außerfamilialen und außerschulischen Umgang mit Kindern).

1. Die antisoziale Tendenz

Hier setzt nun auch jenes Modell von Winnicott an, das mir zentral scheint für das Verstehen des Punktes, an dem aggressive Aktivität umschlagen kann in eine „antisoziale Tendenz" (und damit das Kind in die Zone des Abweichenden Verhaltens bringen kann). Aggressive Aktivitäten (als sozial gerichtete Triebimpulse) entwickeln sich dann kreativ, wenn das Kind die soziale Umwelt, auf die sich seine Aktivität richtet, als „unzerstörbar" erfährt. Das heißt, seine (nach außen „zerstörerischen") aggressiven Impulse werden für das Kind nicht gefährlich, schlagen nicht unvermittelt zurück, werden aufgenommen und in dieser, nun an die Umwelt gebundene, Aufnahme zurückgegeben. Das Kind kann also mit seinen Aggressionen experimentieren, erfährt dabei Möglichkeiten und Grenzen, entwickelt eine Gewißheit des Selbst, die nicht immer wieder neu aufgebaut werden muß, weil ja in ihm die Erfahrung des „begrenzten" Experimentierens gewachsen ist.

Antisoziale Tendenzen hingegen treten dann ein, wenn das Kind seine Umwelt als zerstörbar erfährt, das heißt, wenn seiner Aggression nichts entgegengesetzt wird, wenn die aggressiven Impulse für das Kind grenzenlos werden und irgendwann - aus einer nicht mehr überschaubaren Umwelt heraus auf ein nicht mehr beherrschbares Selbst - zurückschlagen. Dies ist im Kinder-Familien-Bezug vor allem dann zu erwarten, wenn das Kind die bisher als unzerstörbar erlebte Umwelt verliert: z.B. beim Auseinanderbrechen der Familie, bei extremer Entfremdung der Eltern aber auch bei stetig zunehmender Inkonsistenz und Unüberschaubarkeit der Familienabläufe und der dadurch für das Kind entstehenden alltäglichen Überforderungskonstellationen. So büßt das Kind eine familiale Umwelt ein, „die dem Kind die Erforschung zerstörerischer Aktivitäten im Bezug auf Trieberfahrungen ermöglichte" (Winnicott, zitiert nach Davis/Wallbridge 1983: 126).

Das Gefühl des Verlusts einer unzerstörbaren Umwelt kann bei Kindern vor allem dann aufkommen, wenn Ängste und Verwirrungen im Hinblick „auf Objektverluste" (Beziehungen zu Menschen, die einem nahe sind) entstehen. Sie werden belastet, weil sie nun selbst die Kontrolle übernehmen sollen, die für sie vorher in der unzerstörbaren Umwelt gegeben war. In dieser diffusen Oberforderung schlagen die Aggressivitätsantriebe auf das Kind zurück: sowohl als Ängste angesichts des Kontrollverlusts als auch als Erfahrung der schutzlosen Preisgabe des Selbst, da die Aggression von sich aus nicht mehr bewältigbar erscheint. Das so *vernachlässigte* (das heißt auf sich gestellte) Kind traut sich nichts mehr zu, es paßt sich der Umwelt an, es ist „hoffnungslos unglücklich und wird (erst einmal) nicht auffällig" (Winnicott). Verbessern sich die Umweltbedingungen, dann - so Winnicott - „gewinnt das Kind wieder Zuversicht und organisiert hoffnungsvoll antisoziale Handlungen". Durch Delikte wie vor allem das Stehlen (aus der Selbstbehauptung des Sich-auch-etwas-Nehmens heraus, oder durch Zerstörung als Akt der negativen Aneignung), sucht es die Anteilnahme anderer, will auf sich aufmerksam machen oder begeht destruktive Handlungen - Gewalt an Sachen, gegenüber anderen Kindern etc., um die Umwelt beziehungsweise ihr entschiedenes Handeln und ihre Stärke herauszufordern (um dadurch Zuneigung zu erlangen). Dieses scheinbare Paradox - hoffnungsvolles Auf-sich-aufmerksam-machen als Grundantrieb Abweichenden Verhaltens - löst sich wie folgt auf: Dem in seinem Selbst zurückgewiesenen und von einer überforderten familialen Umwelt nicht emphatisch begleiteten Kind scheinen die legitimen Zugänge sozialer Zuwendung verschlossen. Treten Personen auf, die sich ihm zuwenden - z.B. JugendpädagogInnen oder LehrerInnen - keimt in ihnen die Hoffnung auf, daß es doch noch angenommen wird, so wie es ist. Es greift nur nach Mitteln abweichenden Verhaltens, weil es ihm mit konformen Mitteln bisher nie gelungen ist (und im Wettbewerb zu anderen schlecht gelingen kann), auf sich aufmerksam zu machen. Dagegen hat es gelernt, sich aggressiv und antisozial in einer bedrohlichen, zerstörbaren (es weiß immer wieder nicht, ob es weiter geliebt wird) Umwelt zu behaupten. Verbreitetes Beispiel für solches Kinderverhalten findet man bei Kindern aus Alkoholikerfamilien (vgl. Gottenströter 1991; Wegscheider-Cruse 1988). Sie gehen in der auf den alkoholkranken Vater fixierten Co-Abhängigkeit in der Familie unter und machen außerhalb der Familie durch Abweichendes Verhalten auf sich aufmerksam. Sie laufen Gefahr, ebenfalls suchtabhängig zu werden, wenn diese Suche nach Anerkennung und Zuwendung nicht erkannt wird. Ähnliche Konflikt- und Ausgrenzungsstrukturen, die uns auch als „Sündenbockproblem" bekannt sind, können sich bei Jungen in Stiefvaterkonstellationen entwickeln.

Winnicott hat hier einen komplexen Grundzusammenhang aufgeschlossen, aus dem heraus sich vieles von der Ambivalenz und Brisanz des pädagogischen Umgangs mit delinquenten Kindern aufklären läßt, wobei sich aber auch immer zeigt, wie zwangsläufig (und in dieser fatalen Zwangsläufigkeit plausibel) solche Kinder negative Etikettierungsprozesse auf sich ziehen. SozialpädagogInnen aus der Kinder- und Kinderhausarbeit berichten in diesem Sinne auch von Kindern, die zu Hause als angepaßt, unauffällig erscheinen, im Umfeld des Kinderhauses oder des Jugendclubs sich aber destruktiv verhalten, gegen andere losgehen, zerstören, klauen. Die PädagogInnen spüren - das bekomme ich immer wieder berichtet -, daß die Kinder auf sich aufmerksam machen wollen, „mit Gewalt" Zuwendung suchen. Diese Konstellation führt oft dazu, daß das antisoziale Verhalten der Kinder nun der Kindereinrichtung angelastet wird (in der Familie und in der Schule fallen die doch gar nicht so auf), weil eben die dortigen Räume und PädagogInnen solche Kinder „hoffnungsvoll" anziehen und die Hoffnung, die die Kinder mit ihren antisozialen Taten verbinden, auch auf sie richten. Die Instanzen sozialer Kontrolle verständig machen zu können, überfordert viele PädagogInnen in der außerschulischen Arbeit mit Kindern. Die Kinder werden als delinquent etikettiert und damit wird ihre Dispositionslage verkannt. Wenn die Kinder dann, wenn sie gestellt oder ertappt werden, auch noch kein Schuldgefühl zeigen (sie haben ja damit ein positives Gefühl gesucht), ist der Kreisel der negativen Zuschreibungen meist geschlossen. Hier wird deutlich, in welcher Ausnahmesituation PädagogInnen in der außerschulischen Jugendarbeit tätig sind und welche Schwierigkeiten es alltäglich, bereitet, die Handlungen der Kinder nicht nur selbst zu verstehen, sondern auch in ihren Intentionen einer verständnislosen Umwelt begreiflich zu machen.

Wir können jetzt auch verstehen, was Kinder bewegt, Gelegenheiten und soziale Gruppierungen Abweichenden Verhaltens attraktiver zu finden als konforme Sozialbezüge. Das Konzept der differentiellen Gelegenheiten (vgl. dazu Lamnek 1993) kann diesen Umstand ja nur beschreiben und lerntheoretisch plausibilisieren. Aus der Kenntnis der tiefenpsychologischen Mechanismen heraus, wie sie im Konzept der „antisozialen Tendenz" aufgeschlossen werden, wird uns nun diese differentielle Attraktivität erklärlich. Den betreffenden Kindern erscheint die devianzträchtige Umgebung als „fördernde Umwelt", weil sie ihnen Signale aussendet, die eine neue, unzerstörbare Umwelt verheißen. Wenn die eigene Umwelt zerstört, das heißt die Familien in sich entfremdet und unübersichtlich geworden sind, ist es die abweichende Clique, welche daraus entstehende antisoziale Dispositionen und die damit verbundenen Signale aufnehmen und dem Kind das Gefühl geben kann, trotz des erlittenen Verlusts das eigene Selbst entfalten zu können: Antisoziales Verhalten wird von abweichenden Gruppen *direkt* - und nicht nur als ungewisses Signal wie bei den

PädagogInnen - aufgenommen und in Gruppenzusammenhalt und Anerkennung (allerdings bei Unterwerfung unter und Abgabe der überfordernden Selbstkontrolle an die Gruppe) umgesetzt. Hier zeigt sich auch die Sinnhaftigkeit des pädagogischen Konzepts der „funktionalen Äquivalente“: Es kommt darauf an, den Kindern in den angebotenen pädagogischen Arrangements das Gefühl zu vermitteln, daß ihre Signale erkannt werden, ihnen der (familiale) Verlust ersetzt wird, sie nicht domestiziert und stillgestellt werden, sondern sich ihnen ein überschaubarer Raum zum Experimentieren eröffnet. Es ist dann ein Experimentieren, daß ihnen selbst nicht mehr gefährlich werden oder Hilflosigkeit erzeugen kann, die dann wieder in ungerichtete Aggressivität umschlagen würde. Wenn JugendarbeiterInnen davon sprechen, daß sie sich oft als „Mutter-“ oder „Vater-“ Ersatz fühlen, dann ist das nicht wörtlich zu verstehen, sondern verweist auf diese Funktion der Wiedergutmachung familialer Verluste, die diese Kids erlitten haben. Dabei wird die Familie nicht für sich als Verursacher gesehen („broken home“), sondern als gesellschaftlich überforderte und darin sozialemotional belastete Konstellation (vgl. Böhnisch/Lenz 1996).

2. Aggressivität und Selbstbehauptung

Die Individualpsychologie im Gefolge Alfred Adlers hat diese Konstellation der kindlichen Triebdynamik der aggressiven Selbstbehauptung noch durch den Macht- und Überlegenheitsaspekt aufgeladen und pointiert. Einer ihrer engagiertesten Vertreter, Otto Rühle, leitete sein Buch „Die Seele des proletarischen Kindes“ (1925) in diesem Sinne gleichsam mit einem Axiom ein:

> *„Die Natur hat es so eingerichtet, daß der Mensch als kleines Kind zur Welt kommt (...). Groß sind die Erwachsenen, die das kleine Kind in Empfang nehmen (...). Zwar ist ihnen dieser Gegensatz noch nicht bewußt (...). Das Kind kommt mit einem Erbgut mehr oder weniger differenzierter Triebe auf die Welt, die alle den naturgegebenen Sinn haben, seine Existenz gegenüber den ihm drohenden mannigfaltigen Gefahren zu sichern. Eine dieser Gefahren besteht darin, von der Übermacht der Erwachsenen erdrückt zu werden. Auf sie reagiert der kindliche Instinkt“* (Rühle 1925: 26).

Diese frühe asymmetrische Konstellation läßt das Geltungsgefühl (Selbstwertgefühl) zum entscheidenden Antrieb der seelischen Entwicklung des Kindes werden. Findet der kindliche „Minderwertigkeitskomplex“ eine fördernde Umwelt, in der das „Geltungsgefühl nie unter ein gewisses erträgliches Maß herabgesetzt ist", dann ist jene Trieb-Umwelt-Balance möglich, die auch das Grundthema der bisher referierten tiefensozialisatorischen Zugänge zur Kindheitsentwicklung ist. „Ist dies jedoch nicht der Fall, so erzeugen die unbefriedigten Minderwertigkeitsgefühle Anspruch auf übersteigerte Befriedigung aus der Logik des Lebens heraus und enden in der Neurose" (Rühle 1925: 34). Das Kind reagiert mit neurotischer Abwehr, indem es - mit fortschreitender Entwicklung - seine Minderwertigkeit in der Höherbewertung des starken Gegenübers aufgehen läßt und in dieser autoritären Unterwerfung die emotionale Verteidigung und Sicherung des Selbst organisiert. Es ist verblüffend, wie klar die psychoanalytisch angeleiteten Kindheitsforscher der 20er Jahre pathogene Strukturen des kindlichen Aufwachsens schon damals strukturiert haben. Das neurotische Syndrom wird auch heute noch als ein zentrales Grundmodell des inneren Konflikts des kindlichen Selbst gesehen: Das „verbietende Über-Ich steht im ungelösten Konflikt mit verdrängten Triebansprüchen" (Moser 1974: 25). Die Balance zwischen Triebanspruch und Selbstkontrolle ist nachhaltig gestört.

Die neurotische Struktur kindlicher Aggressivität - als Konflikte zwischen Bedürfnissen des Individuums und Interessen seiner Außenobjekte (vgl. Bittner 1996) - muß aber nicht unbedingt zum sozial destruktiven Verhalten führen. Das neurotische Kind wird, wenn es versucht, mit kleinen, (symbolischen) delinquenten Handlungen die im rigiden Über-Ich wirksame Außenkontrolle zu unterlaufen, von Schuldgefühlen heimgesucht. Insofern ist seine aggressive Tendenz immer wieder zurückgehalten, die Chancen sind gegeben, die Spaltung später aufzuheben und auszubalancieren. Gelingt das nicht, wird das Kind von dieser Verhaltenskonstellation abhängig und handelt entsprechend *zwanghaft,* erleben wir das bekannte Phänomen, daß Abweichendes Verhalten in symbolischen Ersatzhandlungen und Ritualen, aber auch im Verborgenen geschieht oder bei Menschen aufbricht, bei denen man es - angesichts ihrer auf neurotische Schuldgefühle fixierten Selbstkontrolle - im Alltag nicht vermutet.

Neurotische Tendenzen, solange sie nicht zwanghaft werden und sich verselbständigen, gehören ganz allgemein zur Entwicklungsnormalität des Kindes- und Jugendalters. Denn diese ist ja immer wieder neu gekennzeichnet durch Triebschübe, die abrupt ausbrechen und - bevor sie psychosozial verarbeitet, umgewandelt und in einer neuen Entwicklungsstufe integriert werden können - rigide (durch innere Schuld und/oder äußere Unterwerfungsautorität) zurückgewiesen werden. Sie werden verdrängt und suchen sich ihre Ausbruchswege in symbolischen antisozialen Handlungen, wie wir sie von der Trotzphase bis zur Jugenddevianz in unterschiedlichsten Formen kennen. Das scheinbar Motivlose an delinquenten Handlungen von Kindern und Jugendlichen, die in äußerlich geordneten Verhältnissen leben, findet hier seine Erklärung. Auch die Tiefenstruktur der jugendtypischen Delinquenz und entsprechend das Episodenhafte von Jugendkriminalität (vgl. dazu ausführlich Moser 1974) kann hiermit plausibel gemacht werden.

Extrem antisoziale bis gewalttätige Kinder mit deutlichen Bindungsschwächen und extrem niedriger Selbstkontrolle, wie sie z.B. der Jugendhilfe oft von der Schule zugewiesen werden, entstammen dagegen aus Familienkonstellationen, aus denen psychotisch-aggressive Kinder hervorgehen können. Deren Verhaltensmerkmale werden wie folgt gekennzeichnet: „Die Unfähigkeit des Kindes (...) zu befriedigendem und dauerhaftem sozialen Kontakt, der völlige Mangel an adäquaten Handlungskontrollen und die mangelnde Toleranz gegenüber Bedürfnisversagungen sowie die erhebliche und scheinbar ziellose Aggressivität, die sich häufig in gewalttätig ausgeführten Delikten niederschlägt“ (Herriger 1987: 92). Es sind Kinder von Ich-schwachen Eltern, die selbst mit ihren Familienrollen nicht zurecht kommen, Bindungsschwäche und direkte Aggression in den Familienbeziehungen zeigen und das Kind immer wieder Ablehnung spüren lassen oder es zum „Sündenbock“ ihrer Konflikte machen. Sie strafen deshalb meist in eigener Aggressionsabfuhr. „Solche Kinder haben nie positive Erfahrungen mit den Eltern machen können, (und bleiben) auf die aggressiven, strafenden und bedrohlichen Aspekte des Elternbildes beschränkt“ (Herriger 1987: 100). Sie scheinen unfähig zur Liebe und bleiben auf einer infantil-narzistischen Entwicklungsstufe stehen, weil sie in ihrer Umwelt nie erfahren haben, daß es ein „Liebesobjekt“ gibt, für das es sich lohnen würde, Triebverzicht und -hemmungen auf sich zu nehmen.

Das in der kinder- und jugendpsychiatrischen Diskussion gebräuchliche neurotische und psychotische Modell der „Verwahrlosung“ (vgl. dazu ausführlich Blos 1992; Bittner 1996) verweist auf Familienstrukturen, wie sie Winnicott als Hintergrundstruktur antisozialer Tendenz bei Kindern beschrieben hat: Entweder sind die Erwartungen der Erwachsenen, die auf dem Kind lasten, zu rigide, werden zu nicht integrierbaren Belastungen, oder die Familie selbst ist in sich so destruiert, daß sie als unzerstörbare Umwelt ausfällt, die eigenen Affekte ungerichtet und damit für das Kind sehr bedrohlich werden und die familiale Umwelt zur feindlichen Umwelt gerät. In beiden pathologischen Modellen sind die intrafamiliären Ausgangsbedingungen für das Kind durch Inkonsistenz und Willkür gekennzeichnet. In beiden Fällen bekommt das Kind seine Gefühle nicht zurückgespiegelt, kann sich kein (sozial akzeptiertes) Bild von sich selbst machen, muß seine Hilflosigkeit entweder zwanghaft unterdrücken (oder in noch höheren Kompensationsanstrengungen sublimieren) oder abspalten und aggressiv auf andere projizieren (vgl. Gruen 1993). Aus solchen neurotischen oder psychotischen familialen Hintergrundkonstellationen erhalten auch die Störungen in der Balance von Selbst und Umwelt ihre Fixierung und Zwanghaftigkeit. Hier wird also erst recht deutlich, wie eng die Entwicklung des Selbst und familiale Bindungskonstellationen miteinander verwoben sind.

Das was in der familien- und kinderpsychiatrischen Literatur und der Jugendhilfediskussion als „Verwahrlosung" des Kindes erscheint, ist also nichts anderes als eine familienstrukturell bedingte *Vernachlässigung der Innenwelt des Kindes*: Es wird von vornherein der äußeren familialen Dynamik ohne Möglichkeiten zur inneren Gegenwehr und zur Ausbildung eigenen Selbstvertrauens ausgesetzt. Schon Otto Rühle schrieb in seinem 1929 erschienenen Aufsatz über „Kindliche Kriminalität":

„Das kriminelle Kind ist ein entmutigtes Kind. (...) Es fürchtet, zu spät zu kommen und die Gelegenheit zu verpassen. Es traut sich nicht, mit üblichen Mitteln sein Ziel zu erreichen" (Rühle 1929: 330). *„Es ist noch nie ein Kind entlaufen, zum Dieb geworden und der Kriminalität verfallen, um etwa die Wonnen des Verachtetseins, der Minderwertigkeit und der Demütigung zu genießen. Stets war die Kriminalität ein Mittel sich in Geltung zu setzen"* (ebd.: 329f.). *„Es besteht ein Mißverhältnis zwischen der individuellen und sozialen Wertung"* (ebd.: 331).

So, strukturell ähnlich, haben es später Winnicott und Gruen formuliert: Antisoziales Verhalten ist ein Mittel, um auf sich aufmerksam zu machen, Teilhabe an dem kindlichen Selbst zu erzwingen. Von dem „Mißverhältnis", von dem Rühle spricht, und das die Kinder durch kriminelles Verhalten - vor allem Stehlen, auch hier wieder die ähnliche Beobachtung wie später bei Winnicott - ausgleichen wollen, wissen vor allem die SozialpädagogInnen in der außerschulischen Kinder- und Jugendarbeit zu berichten. Meist bricht dieses Verhalten der Kinder aus, wenn die trotz aller neurotischen und psychotischen Störungen - vor denen ja keine Familie verschont ist - bestehende und von den Eltern nach außen hochgehaltene soziale Kontrolle des Familienzusammenhalts zusammenbricht und die Familienstruktur für das Kind nicht mehr überschaubar ist: Aggressive - offene oder versteckte - Entfremdung der Eltern voneinander, Zurücksetzung des Kindes durch neue Familienkonstellationen, Projektion von Familienkonflikten auf das Kind („Sündenbock"), Ablehnung des Kindes.

Ihren sozialen Ausbruch findet die so beim Kind geschürte antisoziale Tendenz vor allem im Freizeitbereich außerhalb von Familie und Schule. Sicher laufen vernachlässigte Kinder aus inkonsistenten Familienverhältnissen Gefahr, den Rollenanforderungen einer Bedürfnisaufschub fördernden und das Selbst weiter nicht zum Zuge kommen lassenden (aber es voraussetzenden) Schulorganisation nicht zu genügen. Da die Schule in ihrer institutionellen Rigidität aber nicht die emotionale Seite des Problems aufnimmt, können sich die Kinder entweder unterwerfen oder stören - beides ist im Rollensystem der Schule vorgesehen. Der „Problemschüler" wird für die Schule erst sozial auffällig, wenn sein außerschulisches Abweichendes Verhalten auch an die Schule zurückgemeldet wird - bis dato hat ihn die Schule im Griff (es sei denn, sie relegiert).

Ganz im Gegensatz dazu ist die Jugendarbeit ein offenes, sozialräumlich strukturiertes Feld ohne nennenswerte institutionalisierte soziale Kontrolle, in dem sich die emotionale Dynamik des Zurückgesetztseins und der Minderwertigkeit des Kindes entfalten und sich in seiner sozial destruktiven und bindungssuchenden Seite gleichermaßen und gleichzeitig ausdrücken kann. Praxisberichte von SozialarbeiterInnen über delinquente Kinder sprechen immer wieder von dieser Gleichzeitigkeit: Die Kids haben kaum Unrechtsbewußtsein; es hat wenig Wert, sie über ihre Delikte packen zu wollen; sie müssen dort angegangen werden, wo ihr Abweichendes Verhalten seinen Hintergrund hat: in der emotionalen Thematik von fehlender Bindung und erlittenem Selbstwertverlust.

Solche familialen Hypotheken werden also erst in den Räumen antisozial wirksam, die der manifesten (institutionalisierten) sozialen Kontrolle nicht unterworfen sind. Kein Wunder, daß „die Straße" in der Kriminologie und der Pädagogik lange Zeit (teilweise bis heute) als Inbegriff der Gefährdung für die Kinder, als „Lernort" für kriminelles Verhalten galt. Hier boten sich die differentiellen Gelegenheiten und konnten sich die subkulturellen Cliquen und Banden formen, hier galten andere Gesetze als in der Schule und anderen öffentlich geregelten Institutionen, hier war es möglich das auszuleben, was einem bisher immer verwehrt war und dadurch auch Anerkennung und Geltung zu erlangen. In der Winnicottschen

Sprache können wir sagen: Die offene Straße und ihre subkulturellen Möglichkeiten lassen Aggressionen für die Kinder sozial produktiv erscheinen, denn sie schlagen (vorerst) nicht auf sie zurück, sondern stärken den Selbstwert über die Gruppe. Die antisoziale Tendenz bekommt nun eine ambivalente subkulturelle Strukturierung: Sie kann sich ungehemmt nach außen richten; gleichzeitig aber bleibt die autoritäre Unterwerfung (von der Familie her gewohnt) in der Binnenstruktur der Gruppe erhalten, das Kind wird so auf der Straße heimisch. Zudem haben Kindercliquen keine festen Führungsstrukturen, die autoritären Konstellationen wechseln, die Aggressionshemmungen halten sich somit in Grenzen. Kindliche Aggressivität und Delinquenz sind deshalb wesentlich ungerichteter und unvermittelter als Jugenddelinquenz.

3. Die räumliche Dimension von Devianz und Kindesalter

Dies ist nun die Stelle, an der wir etwas näher auf die Bedeutung des Räumlichen eingehen müssen, denn im Raum ist für die Pädagogik beides enthalten: Zum einen ist er Ermöglichungsraum Abweichenden Verhaltens für Kinder und Jugendliche, zum anderen liegt im Räumlichen auch der pädagogische Schlüssel für Prävention und Korrektur Abweichenden Verhaltens.

Kinder entwickeln sich in ihrem Eigenleben vor allem sozialräumlich (vgl. dazu Deinet 1992). Der Begriff des „Eigenlebens" verweist auf die Spannung zwischen „Erziehung und Eigenleben" (vgl. dazu Böhnisch 1997), in der Kinder aufwachsen. Während die Erziehungsinstitutionen primär auf soziale Anpassung - und damit verbunden Triebunterdrückung und -sublimierung - aus sind, können sich im sozialen Raum die Kinder ohne institutionelle Zwänge emotional entfalten - sofern die Räume für sie verfügbar sind. Dies betrifft vor allem das räumliche Wohnumfeld und dessen Aneignungsmöglichkeiten. Unter „Aneignung" wird dabei die Möglichkeit verstanden, die eigenen Antriebe und Affekte - natürlich auch die aggressiven Anteile - in die räumliche Umwelt so einzubringen, daß man etwas verändern, sich wiedererkennen kann. Für Kinder sind offene und von ihnen selbst gestaltbare Räume Quellen der Selbstwertschöpfung und Orte des Experimentierens mit sich selbst. Krappmann und Oswald (1995) haben dieses Eigenleben der Kinder beobachtet und können zeigen, daß sie auch im Normverhalten eigene Akzente setzen. Manches, was wir

Erwachsene als abweichend und sanktionsbedürftig bewerten, wird von den Kindern nicht so empfunden und von ihnen - manchmal wie selbstverständlich - interaktiv geregelt. Das verweist wiederum darauf, daß die Kinder in ihrem Normverständnis noch nicht positionell gebunden sind (wie die Erwachsenen) und daß sie das räumlich Offene ihrer Entwicklungssituation eigensinnig für die Regulierung ihrer peer-Beziehungen nutzen.

Sind solche Räume aber einseitig funktionalisiert, der sozialen Kontrolle ausgesetzt, verbaut und verriegelt, können von ihnen gegenteilige Wirkungen ausgehen: Kinder erleben solche Verriegelungen und Blockierungen als *strukturelle Gewalt*, die auf sie zurückschlägt, und reagieren mit entsprechend ungerichteter und destruktiver Aggressivität. Indem die räumlichen Umwelten der Kinder gesellschaftliche Vergegenständlichung repräsentieren - man sieht auf den ersten Blick, welche Werte und Funktionen in einem Viertel vorherrschen und wer ausgeschlossen ist -, sind Kinder gerade in den Räumen außerhalb der Schule in ihrer Befindlichkeit und ihrem Selbstwert direkt berührt. Während man aus der Schülerrolle immer wieder schlüpfen, sich ihr entziehen oder sie gemäß (den äußeren) Erwartungen der Institution Schule managen kann, ist man im Raum direkt ergriffen und im emotionalen Selbst getroffen - hier bin ich mir und den anderen preisgegeben, hier muß und kann ich mich in Gleichaltrigenbeziehungen darstellen „so wie ich bin" und muß nicht sein, so wie mich andere sehen und einpassen möchten. Um so folgenreicher sind Verletzungen und Zurückweisungen in der sozialräumlichen Umgebung. Sie sind nicht selten der Hintergrund für nicht erwartete Einzeldelikte. In dieser Richtung sind meines Erachtens auch jene kriminalgeografischen Befunde zu interpretieren, die im Stadt-Land-Vergleich feststellen, daß das Verhältnis zwischen Stadt- und Landkriminalität bei den Nichterwachsenen sehr viel unausgeglichener ist als bei den Erwachsenen, das heißt „die Kriminalität der Jugendlichen steigt in den Städten (...) gegenüber dem Land höher an als die Kriminalität der Erwachsenen" (Helmer 1981: 59). Die räumlichen Aneignungsbarrieren und Erfahrungen räumlich-struktureller Gewalt sind in den Städten höher, die sozialräumlichen Reaktionsmuster der Kinder und Jugendlichen entsprechend gegenläufiger, das heißt sie werden eher in Abweichendes Territorialverhalten getrieben.

Wenn man sich das Bild einer großstädtischen Trabantenstadt vor Augen hält, kann man sich vorstellen, wie familiale Hintergrundkonstellation und räumliche Wohnumwelt devianzfördernd ineinandergreifen. Gerade die familial vernachlässigten Kinder suchen den Nahraum für das Ausleben ihrer zu Hause zurückgewiesenen Affekte und Gefühle, deren antisoziale Tendenz dadurch verstärkt wird, daß sie auch im Wohnumfeld auf rigide soziale Kontrolle (die Leute möchten ihre Ruhe im Privaten haben) und räumliche Zurückweisung (fast jeder Quadratmeter ist funktional zugeordnet) stoßen. Die Straßen sind von den hohen Wohnblocks her total einsehbar und damit „überwacht", es bleiben nur Ausflüge in andere Stadtteile oder Graffiti und Zerstörungen im Schutze der Dunkelheit. Einbrüche in Kaufhallen richten sich - nach Auskunft der SozialarbeiterInnen - gar nicht so sehr auf die Waren, sondern auf den „Wirbel", der damit verursacht wird und die Aufmerksamkeit des Viertels auf die Kids lenkt. Abenteuerspielplätze und Kinderhäuser haben hier die grundlegende Bedeutung von fördernden Umwelten, die Aggressionen zulassen, aber gleichzeitig auch kanalisieren, auf funktionale Äquivalente umleiten: Etwas selbständig aufbauen (z.B. Hütten), um einen eigenen Bezug zu den Wirkungen von sozialer Destruktion zu bekommen, Bindungen eingehen und zurückgespiegelt bekommen, daß man wer ist, auch wenn man manchmal durchdreht, daß man mit Erwachsenen zu tun hat, die einem Standpunkte entgegen bringen, Grenzen so setzen, daß man entlastet und nicht belastet ist. So wird die Kinderarbeit zur fördernden Umwelt, die Kindern zu Hause abgeht.

Im Räumlichen verlängert sich nicht nur das Geschlechtstypische des antisozialen Verhaltens, es erfährt hier auch seine geschlechtsspezifische Differenzierung und Strukturierung. Das Männliche tritt nun sozial hervor, raumgreifend und raumbesetzend. Die antisoziale Tendenz bekommt ihr räumliches Sozialmuster als geschlechtstypisches „Außen" und „Innen". Die familial vernachlässigten Jungen können nun ihre - in der anßerhäuslichen Distanz zum Vater - ungerichtete Aggression mit der gesellschaftlich sanktionierten Macht des Männlichen verbinden. Sozialräumlich inszenierte Männlichkeit, Stärke und Gewalt dienen gleichsam als „Identitätskrücken", an denen sich das selbst nicht sichere und instabile, bindungsschwache oder autoritär zurückgehaltene Selbst aufrichten kann. In den sexistischen Männlichkeitsritualen der Jungencliquen verbergen sich alle unerfüllten Sehnsüchte und Wünsche nach Bindung und konfliktloser Geborgenheit, auf die „ein Mann" - da es ihm in der frühkindlichen Beziehung ausgetrieben und verwehrt wurde - nun ein Recht hat. Die vernachlässigten Mädchen dagegen sind in ihrer Aggressivität auf das Innen verwiesen - bis hin zur krankmachenden Autoaggression - oder müssen die männlichen Aggressionsrituale „auf ihre Art" mitmachen. Dies spiegelt sich auch in den öffentlichen männlichen und versteckten weiblichen Deliktbildern wieder.

Selbstwert und Selbstbehauptung sind also die zentralen tiefenstrukturellen Mechanismen der Sozialisation, die sich - wenn sie nachhaltig gestört sind - geschlechtstypisch als antisoziale Motive in delinquentes Handeln bei Kindern verlängern können. In Deliquenz umgeschlagen werden sie im sozialen Raum, in dem sie geschlechtsspezifisch akzentuiert werden und in dem sich die differentiellen und subkulturellen Gelegenheiten der Kinder entwickeln. Hier liegt auch der Ansatzpunkt für die pädagogische Arbeit der selbstwertvermittelnden funktionalen Äquivalente (s.o.). Im Raum wird allerdings auch die soziale Benachteiligung der Kinder schonungslos bloßgelegt. Wenn die Familien arm sind, haben die Kinder wenig Chancen, ihr Selbstgefühl in der Konsum- und Ressourcenkonkurrenz mit anderen Kindern zu stärken. Früher, als die Armut noch milieudefiniert und milieubegrenzbar war, waren arme Kinder geschützt, weil sie meist unter ihresgleichen waren. Heute ist Armut biografisiert, nicht mehr strikt milieubegrenzt. Arme Kinder sind der Selbstwertkonkurrenz zu wohlversorgten Kindern ausgesetzt. Das schafft differentiellen und subkulturellen Druck für diese Kinder. Wenn wir bedenken, daß 1997 jedes fünfte Kind in Ostdeutschland aus einer armen Familie stammte, so wird deutlich, daß die Thematik des Zusammenhangs zwischen Kriminalität und Sozialstruktur, die in der Kriminalsoziologie gern als historisch vergangene abgetan wird, Ausgang des 20sten Jahrhunderts eine neue Brisanz erhalten hat.

Selbstwert und Selbstbehauptung werden wieder zu fragilen Bezügen, wenn das Kind aus der Familie und der familialen Nachwelt heraustritt und sich gleichermaßen seine „zweite" fördernde Umwelt schaffen muß. Gerade weil es als Kind im Alter von 10-14 Jahren schon früh beginnt, sich von der Herkunftsfamilie abzulösen - gleichzeitig aber auf sie immer noch angewiesen bleibt - gerät es in eine ambivalente Situation. Auch wenn in der Familie die Zuwendungsbalance klappt, kann es passieren, daß das Kind „draußen" keine emotionale Anerkennung findet. Es ist dann in Familie und Schule unauffällig, gerät aber im außerfamilialen und außerschulischen Bereich in Gefahr, Aufmerksamkeit auf sich durch antisoziales Verhalten und den Anschluß an Kindergruppen, die sich durch Abweichendes Verhalten strukturieren, lenken zu müssen. Bei Kindern aus Familien mit autoritär-neurotischen oder inkonsistent-psychotischen Strukturen wird die zweite Umwelt nun zur entscheidenden Identitätspassage. Finden sie keine, das verschüttete oder das entmutigte Selbst bestärkende und ermutigende soziale Bezüge, sind sie auf Wege angewiesen beziehungsweise von solchen Wegen angezogen, die abseits der sozial legitimen und konformen Zugänge liegen, da ihnen ja diese Wege verschlossen und versagt scheinen, um Aufmerksamkeit und soziale Zuwendung zu erreichen. In der in diesem Alter bereits ausgeprägten Gleichaltrigenkultur finden sich solche von der sozialen Umwelt (vor allem auch der Schule) enttäuschte und entmutigte Kinder dann oft in Cliquen, welche das psychosozial gesuchte Abweichende Verhalten organisieren und ermutigend zurückspielen können. Dies alles wird dadurch verstärkt, daß es sich hier um ein frühpubertäres Alter handelt, in dem der fragile Übergangszustand der körperlich-seelischen Entwicklung den Selbstbehauptungsdrang verstärkt und den biografisch bisher erworbenen Selbstwert schwächt. Der narzißtische Schub in der Pubertät in die Unwirklichkeit des Ich verfängt sich so in einer bereits aufgebauten antisozialen Tendenz, wodurch das antisoziale und Abweichende Verhalten für diese Kinder „unwirklich", das heißt den Realitätsprinzipien und Definitionen einer rationalen gesellschaftlichen Umwelt entzogen und daher wenig zugänglich wird. Um so fragwürdiger ist es, wenn sich Politiker neuerdings wieder für eine Vorverlegung der Strafinündigkeit ins Kindes-Alter stark machen. An Kindern muß das Realitätsprinzip der Strafe vorbeigehen, denn es wird ihnen die Umwelt noch bedrohlicher und liebloser erscheinen lassen, als sie für sie schon ist.

Literatur

Bittner, G. 1996: Problemkinder, 2. Aufl., Göttingen

Blos, P. 1992: Adoleszenz, 5. Aufl., Stgt.

Böhnisch, L. 1997: Sozialpädagogik der Lebensalter, Weinheim/München

Böhnisch, L./Lenz, K. (Hg.) 1996: Familien, Weinheim/München

Davis, M./Wallbridge, D. 1983: Eine Einführung in das Werk von D. W. Winnicott, Stgt

Deinet, U. 1992: Das Konzept „Aneignung" im Jugendhaus, Opladen

Gottenströter, K. 1991: Alkoholismus als Familienkrankheit: Die besondere Problematik der ‚Erwachsenen Kinder'. Fachhochschule für Sozialpädagogik und Sozialarbeit, Berlin

Gruen, A. 1993: Der Verrat am Selbst, 8. Aufl., München

Helmer, J, 1981: Regionale Unterschiede in der Jugendkriminalität, in: Helmer, J. (Hg.): Beiträge zur Kriminalgeographie, Berlin, S. 57-63

Herriger, N. 1987: Verwahrlosung, Weinheim/München

Krappmann, L./Oswald, H. 1995: Alltag der Schulkinder, Weinheim/München

Lamnek, S. 1993: Theorien Abweichenden Verhaltens, 5. Aufl., München
Moser, T. 1974: Jugendkriminalität und Gesellschaftsstruktur, Ffm
Moser, T. 1993: Der listenreiche Säugling. Psychoanalytische Überlegungen zur neueren Säuglingsforschung, in: Deutsches Jugendinstitut (Hg.): Was für Kinder, München, S. 91-94
Rühle, O. 1925: Die Seele des Proletarischen Kindes, Dresden
Rühle, O. 1929: Kindliche Kriminalität, in: Lazarsfeld, S. (Hg.): Technik der Erziehung, Leipzig, S. 329-336
Wegscheider-Cruse, S. 1988: Es gibt doch eine Chance: Hoffnung und Heilung für die Alkoholikerfamilie, Wildberg
Winnicott, D. 1991: Reifeprozesse und fördernde Umwelt, Ffm

Gertrud Oelerich

Entwertung der Werte?[1]

1. Einleitung

Als Werte werden, bei aller Diffusität des Wertbegriffs, im allgemeinen diejenigen Orientierungen bezeichnet, die als Ziel, Orientierungspunkt oder Maßstab im Hinblick auf das eigene Handeln wie auch auf das Handeln anderer Personen dienen. Sie stellen damit Bezugspunkte für Verhaltensge- und verbote (Normen) dar, sind die Grundlage zur Bewertung von Handlungen und dienen als Bezugsgröße hinsichtlich der Entscheidung, was als 'richtig' oder als 'falsch', was als 'gut' oder aber als 'böse' gelten soll. Als Werte in diesem Sinne können, je nach kulturellem Kontext, z.B. Freiheit, Selbstentfaltung, Gerechtigkeit, Solidarität, Wahrheit oder körperliches Wohlbefinden, aber auch Ehre, Treue, Opferbereitschaft, Gehorsam, Leistungsbereitschaft und dergleichen mehr gelten. An Werten soll sich das Handeln der einzelnen Subjekte ausrichten und auf diese Weise gesellschaftliche Ordnung hergestellt werden.

Von kulturkritischen Positionen, allerdings nicht nur konservativen, wird mit Regelmäßigkeit ein Verfall, ein Verlust, ein Rückgang der gesellschaftlichen Geltung von Werten konstatiert. Damit sind solche Orientierungen gemeint, die bisher als allgemein verbindlich und als konstitutiv für die gesellschaftliche Ordnung des Zusammenlebens unterstellt wurden. Hierbei wird davon ausgegangen, daß es historisch einen kulturellen Bestand an gesellschaftlich geteilten Werten gegeben hat, der sukzessive erodiert: Angesichts des „Verbrauchs vorhandener Wertressourcen“, des Wandels von „aquisitiven“ zu „postaquisitiven“ Werten (Inglehart) verbindet sich, so die konservative Argumentation, „die Abkehr vom 'bürgerlichen' Wertsystem mit den folgenden weitverbreiteten Einstellungsveränderungen (...): Arbeitsunlust, Ausweichen vor Anstrengung, auch vor der Anstrebung des Risikos; Suche nach unmittelbaren Befriedi-

1 Überarbeitete Fassung eines Arbeitsgruppenreferates der Tagung 'Kinderkriminalität' in Vlotho. Ich danke Hansjörg Sutter für konstruktive Kritik und weiterführende Hinweise.

gungen statt langfristiger Zielsetzungen, Egalitätsstreben, Zweifel an der Gerechtigkeit von Belohnungen schlechthin, Statusfatalität, das heißt Zweifel an der Möglichkeit, durch eigene Anstrengungen zur Verbesserung der gegebenen Lebenslage beitragen zu können" (Klages 1987: 97). Es sind nicht die ursächlichen gesellschaftlichen Prozesse, die thematisiert werden, sondern die Reaktionsweisen der Subjekte hierauf. Diese geraten nun in eine Situation, in der die Veränderungen ihrer Einstellungen und ihres Handelns legitimationsbedürftig erscheinen.

Aber auch aus dem Umfeld links-alternativer Gesellschaftsströmungen, so scheint es, läßt sich eine zunehmende Inanspruchnahme moralisierender Strategien, und damit von 'Werten' feststellen - sei es die Greenpeace-Kampagne gegen die Versenkung der Ölbohrplattform Brent Spar im Atlantik, sei es die auch hierzulande sich ausbreitende „political correctness" oder die Aktionen von SPD Vorstandsmitglieder"Innen" gegen die französische Atomtest-Politik vor Mururoa (vgl. Winkler 1996; Niroumand 1996; Sammet 1996).

Generell haben in gesellschaftlichen Krisenzeiten Werte, Moral und die sie reflektierende Ethik Hochkonjunktur: „Auch heute, in unserem Fin de siècle und nach dem Ende der ethischen Deutungsmacht des Sozialismus und inmitten eines hegemonialen Kapitalismus, fixiert auf Geld, Profit und Wachstum, werden wir Zeuge einer neuen Ethikwelle. Unisono, von Jürgen Habermas bis Marion Gräfin Dönhoff, wird eine eindeutige Werterziehung gefordert, die den Relativismus unserer liberalen Laisser-faire-Moral übersteigt und den Sinn fürs Gemeinwohl stärkt. Nicht nur Rechte in Anspruch zu nehmen, sondern auch Pflichten gehorchen, nicht nur Optionen zu ziehen, sondern auch Ligaturen einzugehen, nicht nur dem Individualismus zu frönen, sondern auch Solidarität zu üben - daran sollen die moralvergessenen, spätmodernen Menschen erinnert werden" (Müller 1996: 815f.).

Moral und Werte versprechen dabei, den gesellschaftlichen Integrationskitt gegen die zentrifugalen Kräfte beständig sich modernisierender und differenzierender Gesellschaften zu liefern. Zugleich stehen sie keinesfalls außerhalb der Gesellschaft und unterliegen ihrerseits gleichfalls den Prozessen der Modernisierung. „An die Stelle *der* Moral treten verschiedene Rationalitäten. (...) Die Moral verschwindet nicht einfach, sondern wird selbst arbeitsteilig aufgesplittert und diversifiziert" (ebd.: 816). Das bedeutet vor dem Hintergrund dieser Argumentation, daß es keine für alle verbindlichen, *inhaltlich* konkretisierbaren Werte mehr geben *kann*, sondern einen pragmatischen, gradualistischen, also 'wohldosierten' Umgang mit bereichsspezifischen Moralen (vgl. ebd.: 826).

Sind Moral und Werte nicht von außergesellschaftlicher Natur, so sind sie doch immer an hegemoniale Prozesse und damit an gesellschaftlich dominante Interessen und Verhältnisse gebunden. Aus diesem Grund *substituiert* der Diskurs über Moral und Werte den eigentlich zu führenden Diskurs über die damit verbundenen Interessenkonstellationen und damit über *Politik* (vgl. Sünker 1989: 21f.). Angesichts der Herausbildung des modernen Subjektes ist eine unhinterfragte Akzeptanz von „ursprünglichen" Werten als „in letzter Instanz unerklärlichen Größen" (Dux 1987: 140) nicht mehr möglich: „Die These ist, daß das neuzeitliche Subjekt gerade seine Stellung im Blick auf die bis dahin als vorgegeben geltenden ‚Werte' verändert hat. Es ist ihm unmöglich, sie länger noch als ‚vorgegeben' anzusehen. Werte nämlich, die ihm als von außen als vorgegeben entgegentreten, werden von ihm als das erfahren, was sie wirklich sind: eine Stein gewordene Welt vergangener Generationen, deren Lebensformen nicht die seinen sind und auch nicht sein können" (ebd.: 142). Es ist deshalb nicht sinnvoll, ‚Werte' als im Menschen angelegt zu betrachten, sondern „deutlich zu machen, daß das, was im soziologischen Begriffsarsenal als ‚Wert' gehandelt wird, sich als eine realistische Verarbeitung von historisch-konkreten Erfahrungen herstellt" (ebd.: 165). Und weiter: „Der soviel erörterte ‚Wertwandel' unserer Zeit erweist sich bei Lichte besehen als dieser Versuch einer Selbstbehauptung des Subjekts unter Bedingungen, die seine Identität und schließlich auch seine nackte Existenz bedrohen. Wenn der Werttheorie eines vorzuhalten ist, dann die Blindheit gegenüber den Zwängen, die in der als Wertwandel deklarierten Änderung der Lebenshaltung und Lebensplanung zum Ausdruck kommen" (ebd.).

Angesichts der Entwicklung von Subjektivität wird eine Begründung gesellschaftlicher Ordnung aus gesellschafts*externen* - etwa von durch Religion gestifteten oder in der Natur der Menschen angelegten - „Werten" unmöglich. Diese ist nur in den Praxen der Subjekte in der Auseinandersetzung mit der gesellschaftlichen „zweiten Natur" möglich. Die Werttheorie verdankt ihre Existenz daher zum einen ihrem „Defizit einer Theorie des Subjekts" (ebd. 151). Die These von der „Entwertung der Werte" kann andererseits als der Versuch gelten, die unhinterfragte Akzeptanz gesellschaftlicher Ordnungsprinzipien angesichts der Auflösung ihrer Wirksamkeit zu stabilisieren. In der Substitution von Politik durch

Moral wird die herrschaftliche Funktion des Moraldiskurses offensichtlich.

2. Entwertung der „Werte“ - Werteverlust - Werteverfall und die Wertvorstellungen von Jugendlichen

Angesichts der vorgetragenen Kritik an der theoretischen Begründbarkeit sowie gesellschaftlich-politischen Funktion von „Werten“ ist es wenig sinnvoll, weiterhin von Werten in einem theoretischen Sinn zu sprechen, sondern pragmatisch „Werte“ im Sinne von Orientierungen zu verstehen, daß also Menschen sich im Hinblick auf ihre Handlungen von dem leiten lassen, was ihnen jeweils „wert und wichtig“ erscheint. Dies schließt nicht aus, daß „Werte“ durchaus auch Resultate einer auf Partikularinteressen beruhenden gesellschaftlichen Durchsetzung eines bestimmten Wertekanons sein können.

Es ist in diesem Zusammenhang jedoch sinnvoll, „Werte“ von Normen abzugrenzen. Normen stellen Regeln und Regelsysteme des Verhaltens innerhalb einer Gesellschaft dar, wie z.B. „Du sollst nicht töten“ oder „Du sollst nicht stehlen“. Obwohl sie als solche keine „Werte“ sind, drücken sie in zumeist kodifizierter Form die Ge- und Verbote in konkreten Gesellschaften aus und beziehen sich somit auf ihnen zugrunde liegende „Werte“. Normen repräsentieren diejenigen Regeln und Vorschriften, die das Verhalten von Menschen unter Hinweis auf positive oder negative Sanktionen regulieren. Sie sind jeweils historisch konkret auszuformulieren und unterliegen der Möglichkeit der Veränderung.

„Werte“, das heißt, die von einer Mehrzahl der Mitglieder des jeweiligen kulturellen Kontextes geteilten Überzeugungen bezüglich der normativen Richtigkeit von Handlungen, müssen individuell erworben und internalisiert werden. In der individuellen Übernahme und Ausprägung eigener „Wert“orientierungen durchlaufen Menschen einen Entwicklungsprozeß, der im Kindesalter mit der Ausbildung einfach strukturierter, kognitiv wenig komplexer Bewertungsschemata des Handelns beginnt, und in dessen Verlauf - zumindest potentiell - Kinder und Jugendliche diejenigen Fähigkeiten ausbilden, die notwendig sind, um immer komplexere moralische Entscheidungen und Urteile zu treffen, und diese zudem auch in zunehmendem Maße gegenüber anderen und sich selbst begründen zu können. Von komplexen „Wert“orientierungen und ausgebildeter moralischer Urteilsfähigkeit des oder der Einzelnen kann erst im Jugendlichen- beziehungsweise im Erwachsenenalter gesprochen werden. Wird so wie hier auf Kinder und Jugendliche Bezug genommen, dann können konsequenterweise nur diejenigen moralischen Orientierungen betrachtet werden, die im Rahmen eines der Altersgruppe entsprechenden Entwicklungsspektrums oder -stadiums auch erwartbar sind.

Eine Fokussierung auf die Entwicklungsdimension findet jedoch in der Mehrzahl der Beiträge zur 'Wertedebatte' keine oder kaum Beachtung. Auch die hier vorgetragenen Überlegungen beziehen sich nicht ausschließlich auf die Altersgruppe der unter 14-jährigen und die damit entwicklungspychologisch implizierten Möglichkeiten. Vielmehr geht es im Folgenden primär um die allgemeine Erörterung der These von der „Entwertung der Werte" bei Kindern und Jugendlichen - hier verstanden im Sinne von Orientierungen - und den sich hieraus ergebenden Konsequenzen für das Erziehungsverhalten.

2.1 Die Wertvorstellungen von Jugendlichen

Zunächst soll nun der Blick auf die gegenwärtig aktuellen Wertvorstellungen von Kindern und Jugendlichen gerichtet werden, bevor in einem zweiten Schritt (vgl. 2.2) nach den Veränderungen in der Orientierung an „Werten" und Normen gefragt wird (vgl. im folgenden auch: Merten 1995). Die These vom 'Verfall der Werte' wird also nicht auf die Gesamtheit der Bevölkerung, sondern im Hinblick auf die spezifische Altersgruppe der Jugendlichen untersucht.Werden die zur Verfügung stehenden empirischen Daten herangezogen, so fällt es schwer, den unterstellten Verfall von „Werten" wiederzufinden. Zur Verdeutlichung seien hier lediglich zwei Studien herausgegriffen, die zu Beginn der 90er Jahre durchgeführt wurden (vgl. hierzu auch: 9. Jugendbericht der Bundesregierung 1994: 191).

In beiden Untersuchungen haben sowohl solche „Werte" eine größere Bedeutung, die sich auf ein solidarisches gesellschaftliches wie individuelles Zusammenleben beziehen, wie auch andererseits Berufs- und Familienorientierungen. Wenngleich zu berücksichtigen ist, daß es sich bei beiden Tabellen[2] nicht um solche Daten handelt, die geeignet sind, Verlaufsprozesse zu dokumentieren und beide Tabellen zudem nicht unmittelbar

2 In Bezug auf weitere methodische Hinweise zu beiden Tabellen sei auf die jeweiligen Studien verwiesen.

vergleichbar sind, so weisen sie dennoch eine Tendenz in den Wertorientierungen Jugendlicher aus, die es schwer macht, einen behaupteten Verfall von „Werten", die bisher als handlungsleitend gelten konnten, zu erkennen.

Tabelle 1:
Schüler-Studie '90: Lebenswerte Jugendlicher - „Auf was legst Du in Deinem Leben besonderen Wert?"

(in Prozent, 13 bis 17-jährige, Stichprobe alte Bundesländer).

	Darauf lege ich in meinem Leben sehr großen Wert	Darauf lege ich in meinem Leben sehr großen beziehungsweise großen Wert[3]
Gute Freunde haben	76	99
Erfolg im Beruf haben	60	95
Eine eigene Familie haben	49	82
Viel Freizeit haben	45	87
Unabhängig sein	44	85
Keinem Leistungsdruck ausgesetzt sein	41	78
Sich selbst verwirklichen	39	83
Erfüllung in der Arbeit finden	38	83
Ein hohes Einkommen haben	37	78
Ein aufregendes Leben führen	31	70
sich immer modisch kleiden	26	59

Quelle: Behnken u.a. (1991: 97)

3 Zusammengefaßte Kategorie; Angaben zu „großen" und „sehr großen Wert"; weitere Kategorien waren „geringen Wert" und „keinen Wert".

Tabelle 2:
Jugend '92: Hierarchie der Werte - „Äußerst wichtig für das eigene Leben"

(in Prozent, 13 bis 29-jährige)

	äußerst wichtig für das eigene Leben
Eine Welt in Frieden (frei von Krieg und Konflikt)	77
Wahre Freundschaft (enge unterstützende Freunde)	68
Freiheit (Freiheit des Handelns und des Denkens)	66
Familiäre Sicherheit (Sicherheit für die geliebten Personen)	57
Innere Harmonie	55
Ein abwechslungsreiches Leben (erfüllt mit Herausforderungen, Neuem, Veränderungen)	39

Quelle: Shell-Jugendstudie (1992: 233)

Diejenigen Werte, die von den Jugendlichen im Rahmen dieser Untersuchungen - und dies gilt auch für andere große Jugendstudien der frühen 90er Jahre - als handlungsleitend genannt wurden, können wohl kaum diejenigen sein, die durch neue Werte zu ersetzen sind.

2.2 Wandel von Wertvorstellungen

Es wäre nun allerdings nicht sinnvoll zu behaupten, daß sich im Rahmen gesellschaftlicher wie individueller Wertorientierungen keinerlei Veränderungen vollzogen hätten. Im Folgenden sollen drei Veränderungsprozesse betrachtet werden, die jedoch keinesfalls mit einem wie auch immer gearteten „Verfall von Werten" gleichzusetzen sind. Es handelt sich hierbei vielmehr um Veränderungen in Bezug auf einen *Bedeutungswandel* von

Normen (a), Veränderungen der *Begründungsstruktur* von Wertorientierungen (b) und die Veränderung von *Erziehungsvorstellungen* (c).

(a) Bedeutungswandel von Normen

Was die konkreten Ausformungen und Interpretationen der Normen des Handelns betrifft, so sind hier durchaus Wandlungsprozesse zu verzeichnen. Eine Veränderung von „Werten“ hat primär in ihrer historisch konkreten Ausdeutung und Uminterpretation im Rahmen der alltäglichen Handlungspraxis der Subjekte stattgefunden. So wird z.B. ‘Disziplin’ heute zunehmend als ‘Selbst-Disziplin’ zur Erreichung selbstgesteckter Lebensziele verstanden und weniger als ‘Disziplin in der Einhaltung fremdgesetzter Regeln’; die ‘Achtung vor dem Mitmenschen’ weniger im Sinne einer Respektsbeziehung gegenüber Autoritäten als vielmehr mit ‘Toleranz’ oder ‘Anerkennung von individuell unterschiedlichen Personen’ assoziiert (vgl. Gensicke 1994).

Es ist somit durchaus eine kontinuierlich sich vollziehende Entwicklung und Ausdifferenzierung unterschiedlicher normativer Orientierungen feststellbar. Dieser für dynamische Gesellschaften selbstverständliche Wandel entspricht jedoch kaum wie auch immer begründeten Verfallsprozessen, sondern hat seine Grundlage in den sozio-ökonomischen Entwicklungen, die die Modernisierung der Gesellschaft insgesamt vorantreiben. Ob nun diese, die Prozesse gesellschaftlicher Modernisierung kennzeichnenden, Entwicklungen wie etwa Individualisierung, Pluralisierung und Standardisierung (vgl. z.B. Beck 1986) als Desaster zu interpretieren sind, oder als die Erweiterung individueller Chancen, muß vor diesem Hintergrund offen bleiben. Auf der Ebene des Bedeutungswandels der Wertorientierungen Jugendlicher ist jedenfalls keine Entwicklung auszumachen, die als ein allgemeiner Verfallsprozeß interpretierbar wäre.

(b) Veränderung der Begründungsstruktur

Die Debatte um den gesellschaftlichen Wandel von Werten (vgl. insb. Inglehart 1977) hat sich zunächst nahezu ausschließlich mit dem Austausch inhaltlicher - z. B. „aquisitive“ gegen „post-aquisitive“ - Wertbestimmungen befaßt (vgl. Nunner-Winkler 1991). Was sich aber auch vor allem gewandelt hat - und darauf wurde mit Dux weiter oben schon hingewiesen - ist die *Begründungsstruktur der Geltung von „Werten“*: „Entscheidender aber ist das, was im soziologischen Diskurs Enttraditionalisierung genannt wird: die Veränderung der Begründungsstrukturen für die Geltung von Normen und Regeln. Diese gelten nicht mehr, weil Gott sie gesetzt hat, der Papst sie geboten oder die eigene Kultur sie überliefert hätte, sondern sie gelten, weil und insofern sich ihre Geltung begründen läßt" (ebd.: 73).

Mit dem Prozeß der Enttraditionalisierung ist ein Doppeltes verbunden: Durch die Herauslösung aus vorgegebenen Herrschafts- und Traditionszusammenhängen erweitert sich der Spielraum für eigene Entscheidungen. Für Kinder bedeutet dies z.B., daß sie - zumindest potentiell - zwischen Ballett und Karate, Jiu Jitsu und Alpenvereinsjugend, zwischen diesen und jenen Freunden, dieser und jener Jeansmarke, dieser und jener Schule oder Ausbildung, entscheiden können - und auch entscheiden müssen. Wenngleich auch diese Entscheidungen aufgrund gesellschaftlicher Ungleichheit häufig keinesfalls so offen sind, wie sie hier erscheinen.

Fällt die Selbstverständlichkeit der unbefragten Übernahme von Wertorientierungen zunehmend weg, dann steigt damit nicht nur die *Möglichkeit* zur Entscheidung, sondern auch die *Verpflichtung* auf eine Entscheidung und ein bestimmtes Verhalten. Für die von ihm oder ihr getroffenen Entscheidungen hat der oder die Einzelne die Verantwortung als Individuum zu übernehmen. Hieraus ergibt sich, daß *Begründungen* notwendig werden, die verdeutlichen und legitimieren, warum auf diese bestimmte Art und Weise und nicht anders, entschieden und gehandelt wurde. Kinder und Jugendliche lassen sich zwar weniger deutlich verpflichten als Erwachsene, tendenziell erhält die Begründungspflichtigkeit von Entscheidungen und Wertorientierungen aber auch hier ihre Bedeutung.

Mehr als es früher der Fall war, müssen Wertorientierungen, Normen und Regeln heute begründet werden, ansonsten wird ihre Geltung nicht akzeptiert. Eine Aussage wie 'das tut man nicht' - hat deutlich an handlungsleitender Gültigkeit verloren - und zwar keinesfalls nur bei Kindern und Jugendlichen sondern gleichfalls auch bei Erwachsenen. Der Forderung nach einer Begründung werden auch alle bisher gültigen Normierungen unterworfen. Während die Begründung bei Normen wie 'Du sollst nicht töten' für ein Zusammenleben noch unmittelbar offensichtlich erscheint, läßt sich eine Begründungsforderung bei vielen *konventionellen Regeln*, das heißt bei Regeln, die als aktuelle, gesellschaftliche Konventionen Gültigkeit beanspruchen - wie etwa 'Du sollst ehrlich sein, Autoritäten akzeptieren, fleißig und sparsam sein' etc., wenn überhaupt, doch weitaus schwieriger einlösen. Dies läßt sich besonders deutlich an der Sexualmoral und an den sogenannten 'Benimm-Regeln' aufzeigen (vgl. ebd.). Daß sich im Zuge einer zunehmenden Begründungsverpflichung Wandlungen in der gesellschaftlichen Gültigkeit einzelner Normen ergeben haben, steht außer Zweifel.

Vor diesem Hintergrund sollte deutlich geworden sein, daß diese Veränderungsprozesse von gesellschaftlichen wie individuellen „Werten" und Normen keineswegs nur auf Kinder und Jugendliche beschränkt sind. Vielmehr handelt es sich um Entwicklungen auf der Ebene der Gesamtgesellschaft und nicht um die Folgen verfehlter Erziehungspraktiken, wie die Protagonisten der These vom 'Werteverfall' argumentiert haben.

(c) Wandel der Erziehungsvorstellungen und ihre Konsequenzen

Ein dritter Bereich, in dem sich ein Wandel von Wertorientierungen vollzogen hat, ist der Wandel der Erziehungsvorstellungen und -ziele. In einer Umfrage, die seit 1951 kontinuierlich wiederholt wird, werden Erwachsene daraufhin befragt, welches der drei Erziehungsziele - 1. Gehorsam und Unterordnung, 2. Ordnungsliebe und Fleiß, 3. Selbständigkeit und freier Wille - für sie Priorität hat:

Bis zum Jahr 1964 stand bei knapp der Hälfte (46%) aller befragten Erwachsenen 'Ordnungsliebe und Fleiß' im Vordergrund ihrer Erziehungsbemühungen, und knapp ein Drittel beziehungsweise ein Viertel nannte 'Selbständigkeit und freier Wille' beziehungsweise 'Gehorsam und Unterordnung' an erster Stelle. Seit 1964 hat sich dieses Bild kontinuierlich gewandelt, so daß im Jahr 1995 zwei Drittel aller Befragten (65%) dem Erziehungsziel 'Selbständigkeit und freier Wille' Priorität einräumen, wohingegen Erziehung zu 'Gehorsam und Unterordnung' nur noch für 9 Prozent der Erwachsenen im Vordergrund steht. 'Ordnungsliebe und Fleiß' hat ebenfalls - allerdings weniger deutlich - an Bedeutung verloren und bildet bereits seit mehreren Jahren für knapp mehr als ein Drittel aller Befragten noch die zentrale Orientierung in der Erziehung der Kinder (Emnid 1995, zit. nach Gensicke 1996; vgl. auch Reuband 1997).

Auch wenn aus methodischer Perspektive diese Untersuchung kritisch betrachtet werden kann, so kann sie den überdeutlichen Trend hin zu einer Erziehung zu 'Selbständigkeit und freiem Willen' durchaus bestätigen. Die Veränderung der Erziehungsziele und -vorstellungen fügt sich somit in den Kontext des oben diskutierten Wandels von Wertorientierungen ein[4].

Der Wandel der Orientierungen von Eltern in der Erziehung von Kindern und Jugendlichen impliziert verschiedene Konsequenzen:

- Ist Selbständigkeit und freier Wille von Kindern und Jugendlichen das Ziel von Erziehung, dann bedeutet dies, daß in den Entscheidungen der Einzelnen Autonomie bereits während der Erziehung zugestanden werden muß, also nicht in ein fernes Erwachsenenleben aufgeschoben werden kann. Handeln Kinder und Jugendliche selbständiger, dann ist ein gewisser Spielraum für Fehlentscheidungen und 'abweichendes Verhalten' notwendig. Fehlverhalten muß nicht notwendigerweise faktisch auftreten, aber möglich sein.
- Eine Orientierung am Erziehungsziel 'Selbständigkeit und freier Wille' läßt kein Aufzwingen, Überstülpen oder Antrainieren von unhinterfragten Regeln und Normen mehr zu. Die dem Handeln zugrunde liegenden „Werte" müssen vielmehr expliziert und begründet werden. Sie verlieren damit ihre bisher unwidersprochene Gültigkeit, gelten nicht mehr aus dem Grund, daß eine Autorität sie gesetzt hätte oder sie im Rahmen der eigenen Kultur tradiert worden wäre. Sie werden als gültig und legitim akzeptiert, *weil* der oder die Einzelne davon überzeugt ist, und er oder sie die *Begründung akzeptiert.*

Was bedeutet dies für die Debatte über „Werteerziehung"? Wird das Erziehungsziel 'Selbständigkeit und freier Wille' präferiert, dann ergeben sich hieraus verschiedene Konsequenzen:

- Mit dem zugestandenen Entscheidungsspielraum muß zugleich ein *Spielraum für Fehlentscheidungen zugestanden* werden. Wird Autonomie zugestanden, dann muß auch - potentiell - Fehlverhalten möglich sein.
- Mit den zugestandenen Entscheidungsspielräumen verringert sich die Möglichkeit und die Wirksamkeit einer Erziehung zur Unterordnung unter inhaltlich vorgegebene Werte. Die Forderung, bestimmte festgelegte „Werte" zu übernehmen, kann systematisch hinterfragt wer-

---

4 Selbstverständlich darf hierbei nicht übersehen werden, daß sich alle drei genannten Prozesse gegenseitig verstärken und jeweils Aspekte der sie implizierenden Prozesse gesellschaftlicher Modernisierung sind.

den. Sie werden entweder als Orientierungen im Hinblick auf das eigene Handeln übernommen, oder aber verworfen. Die Aufforderung, ohne akzeptierte Begründung dieses zu tun und jenes zu lassen, kann von Personen, denen einmal Selbständigkeit zugestanden worden ist, nicht mehr unwidersprochen hingenommen werden. Der Wandel von Wertorientierungen in Richtung auf Eigenständigkeit, Selbständigkeit und freier Wille, wie er sich faktisch vollzogen hat und auch weiterhin vollzieht, steht einer autoritären Tugenderziehung im Rahmen vorgegebener „Werte" diametral entgegen. Insofern war und ist die Wertedebatte tatsächlich ein „Relikt einer abgestandenen Welt" (Dux 1987: 167) und nicht auf der Höhe ihrer Zeit.

- Hieraus ist aber nicht der Schluß zu ziehen, daß die Erziehung von Kindern und Jugendlichen keinerlei Orientierungen und Normen mehr folgen könne oder folgen sollte, wenn sie auf das Ziel der 'Selbständigkeit' ausgerichtet ist. Allerdings kann der Weg kaum noch über die Vermittlung konventioneller Normen und Werte führen, also über „Werte", die lediglich als Konventionen 'begründbar' sind. In den Mittelpunkt rückt statt dessen ein *Minimalkanon universalisierbarer, formaler Normen*. Solche universellen Normen sind z.B. die 'Unverletzlichkeit der Person', die 'Respektierung des jeweils anderen als gleichberechtigten Partner' usw.

3. Moralische Erziehung

In der Diskussion um Wertewandel und Werteerziehung wird häufig ein technokratisches Erziehungsverständnis ('Trichtermodell') unterstellt, das mit neueren Entwicklungen der Entwicklungspsychologie wenig kompatibel ist. Werterziehung erscheint in dieser Sicht lediglich eine Frage der Umsetzung von Zielen, also der Technik und der Erziehungsmethode zu sein. Ein Gegenmodell hierzu ist von Kohlberg (1995) entwickelt worden, der als Ziel der Erziehung die Entwicklung kognitiver und sozial-kognitiver Kompetenzen ausweist und sich hierbei auf Stufentheorien der kognitiven Entwicklungspsychologie bezieht. Wesentlich ist dabei, daß es ausdrücklich *nicht* um die *inhaltliche 'Richtigkeit'* von „Werten" geht - wie es die Klage über den Werteverfall impliziert, sondern um die *formale Begründungsstruktur* moralischer Urteile. „Die Entwicklung moralischer Urteilskompetenz hängt zudem *nicht* davon ab, was im Einzelfall für gut und richtig gehalten wird, sondern wie das, was als gut und richtig vorgebracht wird, begründet wird" (Brumlik 1989a: 38).

Im Kontext dieser Theorien werden drei Stufen *moralischer Urteilsfähigkeit* unterschieden, die sowohl in ihrer *Entwicklungslogik* als auch in ihrer *Entwicklungsdynamik* aufeinander aufbauen. Es wird angenommen, daß auf der Ebene der Entwicklungslogik bestimmte hierarchische Stufen aufeinander aufbauen, die nicht übersprungen werden können, und die höhere Stufe die ihr jeweils vorangehenden Stufen einschließt. Der Logik der Entwicklung entsprechen Phasen der Entwicklungsdynamik, die die Bedingungen und Faktoren umfaßt, unter denen im Prozeß der Sozialisation die jeweils nächsthöhere Stufe erreicht werden kann. Sowohl hinsichtlich Logik als auch Dynamik der Entwicklung handelt es sich um eine zunehmende Reziprozität in der Perspektivenübernahme (vgl. Brumlik 1989a; 1989b).

- Die Person handelt auf eine bestimmte Art und Weise, weil sie als Reaktion auf diese Handlung eine positive oder negative Sanktion erwartet. Die individuellen Interessen und die unmittelbaren Folgen persönlichen Handelns für die Person stehen hinsichtlich der *Begründung* der Handlungsweise im Vordergrund. Im Hinblick auf die personale *Entwicklung* ist das Handeln auf der als „präkonventionelle Stufe" bezeichneten Ebene vergleichsweise einfach zu erlernen. Aus einer egozentrischen Grundhaltung heraus können Kinder relativ früh in ihrer Entwicklung das eigene Handeln mit Belohnung oder Strafe, resp. mit deren Antzipation in Verbindung setzen und entsprechend handeln, beziehungsweise Handlungen unterlassen.
- Eine Person handelt so und nicht anders, weil dies den im jeweils relevanten sozialen Kontext geltenden Regeln entspricht, oder weil es die jeweiligen Interaktionspartner so erwarten. Die *Begründung* für ein bestimmtes Handeln erfolgt auf der Grundlage gegebener, akzeptierter und gesetzter Regeln, Erwartungen und Konventionen der jeweils signifikanten sozialen Bezugsgruppe. Diese als „konventionell" bezeichnete Stufe moralischer *Entwicklung* ist weitaus voraussetzungsvoller. Sie geht davon aus, daß allgemeine Regeln verstanden, im Hinblick auf konkrete Situationen antizipiert und übertragen werden, das heißt, eine Vielzahl konkreter Handlungssituationen unter eine abstrakte Regel subsumiert werden können. Sie geht zugleich davon aus, daß die Fähigkeit zur Perspektivenübernahme ausgebildet sein muß, um die von den Interaktionspartnern an die Person gerich-

teten Erwartungen zu antizipieren. Kognitive Fähigkeiten der Abstraktion zu Anwendung generalisierter Regeln auf verschiedenartige Handlungssituationen sowie soziale Kompetenzen zu Realisierung der Erwartungen der sozialen Bezugsgruppe stellen hierzu eine notwendige Voraussetzung dar. Diese Stufe beginnt bei einer Vielzahl von Kindern erst in der Schulzeit und entwickelt sich, unter entsprechenden Voraussetzungen aber nicht mit Notwendigkeit, weiter.

- Die Person richtet ihr Handeln an universalen Prinzipien aus. Das Handeln folgt weder der Antizipation positiver oder negativer Sanktionen, noch der bloßen Existenz von Regeln der sozialen Bezugsgruppe. Die *Begründung* des Handelns orientiert sich am (unterstellten) Wohl aller Menschen. Aus diesem Grund kann es unter Umständen auch gegen die geltenden konventionellen Regeln des sozialen Kontextes verstoßen. Im Kontext der personalen *Entwicklung* setzt das geforderte Begründungsniveau des Handelns ein Höchstmaß an Abstraktionsvermögen voraus, das eine Distanzierung von unmittelbaren Bedürfnissen, von auf den sozialen Nahraum bezogenen Kategorien des Wohlbefindens, von Kritikfähigkeit gegenüber den lediglich konventionellen Regeln sozialer Einheiten einschließt und in der Regel nur bei wenigen Menschen als durchgängig handlungsbestimmend beobachtbar ist.

Diese verschiedenen Stufen stellen verschiedene Ebenen der formalen Begründungsstruktur für moralisches Handeln dar. Dies bedeutet aber nicht, daß eine in der personalen Entwicklung einmal erreichte Stufe eine Regression auf vorangehende Stufen unmöglich machte. In der Realität des Alltagshandeln von Menschen mischen sich die verschiedenen Begründungsebenen: So kann ich eine „Rot“ signalisierende Fußgängerampel aus dem Grund nicht überschreiten, weil gerade ein Polizeibeamter in der Nähe ist, weil für mich die mit einer „Rot“ anzeigenden Ampel verbundenen Konventionen aufgrund der Unübersichtlichkeit der Verkehrslage akzeptabel erscheinen, oder gerade trotz der Abwesenheit anderer Fahrzeuge ein wartendes Schulkind meinem Beispiel folgen und ein für es gefährliches Verhalten lernen könnte. Gleichwohl stellt sich die Frage, wie im Hinblick auf das Erreichen von nicht lediglich an Sanktionen ausgerichteten Begründungen von individuellen Handlungsweisen, generalisierte Begründungen entwickelt - und ein souveräner und gegebenenfalls ein strategischer Umgang mit den verschiedenen Begründungsebenen erreicht - werden können. Bezogen auf die Werteerziehung heißt dies, daß die Entwicklung einer autonomen moralischen Urteilsfähigkeit zu befördern ist.

Diese Entwicklung wird nach Kohlberg zum einen durch die *Auseinandersetzung mit kognitiven Konflikten*, das heißt der Konfrontation mit konkurrierenden Ansichten und der daraus resultierenden Begründungspflicht eigener Überzeugungen und zum zweiten durch *Möglichkeiten der Rollenübernahme* in unterschiedlichen sozialen settings befördert. Beides, die konstruktive Auseinandersetzung mit erlebten kognitiven Konflikten als auch die aktive Auseinandersetzung mit variierenden Rollenanforderungen, setzt tragfähige soziale Beziehungen voraus – sei es im Elternhaus, in Freundschafts- und Gleichaltrigenbeziehungen und/oder in institutionellen Kontexten. Auf letztere zielt Kohlbergs „Just Community"-Ansatz (Oser/Althof 1992) beziehungsweise das daran orientierte Konzept 'Demokratischer Gemeinschaften' (Sutter/Baader/ Weyers 1998).

Zwei Grundsätze charakterisieren diesen Ansatz nach „(1.) die Förderung der aktiven und selbstverantwortlichen Auseinandersetzung der Jugendlichen untereinander und die Unterstützung von gemeinsamen Lernprozessen anstelle direktiver, verhaltenskontrollierender Maßnahmen von seiten der erwachsenen Betreuer; (2.) die institutionelle Verankerung von Prinzipien partizipatorischer Demokratie und die entsprechende Orientierung an diesen Prinzipien gerade auch bei der Bewältigung von Konflikten" (Sutter 1996: 174). Daß sich dies in familialen Kontexten, in Schulen, sozialpädagogischen Institutionen bis hin zum Jugendstrafvollzug nicht umstandslos realisieren läßt, liegt aufgrund von deren institutioneller Verfaßtheit auf der Hand (vgl. Edelstein 1986; Sutter 1996). Die vorliegenden Ergebnisse aus entsprechenden Modellversuchen lassen jedoch gleichwohl deutlich werden, daß die gesellschaftlich vermittelten Möglichkeiten sozialer Anerkennung wie auch der demokratischen Teilhabe am ehesten das zu gewährleisten versprechen, was sich Skeptiker wie Befürworter des faktisch sich vollziehenden Wertewandels in der Gesellschaft erhoffen.

Literatur

Beck, U. 1986: Risikogesellschaft. Auf dem Weg in eine andere Moderne Ffm

Behnken, I. u.a. 1991: Schülerstudie '90. Jugendliche im Prozeß der Vereinigung. Weinheim/München

Brumlik, M. 1989a: Bildung zur Gerechtigkeit. Über Moralpädagogik und Jugendarbeit. In: Widersprüche, 9.Jg., H.33, S. 31-42

Brumlik, M. 1989b: Kohlbergs „Just Community"-Ansatz als Grundlage einer Theorie der Sozialpädaogigk, in: Neue Praxis, 19.Jg., H.5, S. 374-383

BMFuS (Hg.) 1994: 9. Jugendbericht, Bonn

Dux, G. 1987: Das Ende aller Werte, in: Olk/Otto (1987: 139-169)

Edelstein, W. 1986: Moralische Intervention in der Schule. Skeptische Überlegungen, in: Oser, F./Fatke, R../Höffe, O. (Hg.): Transformation und Entwicklung. Grundlagen der Moralerziehung,, Ffm., S. .327-349

Gensicke, Th. 1994: Wertewandel und Erziehungsleitbilder., in: Pädagogik, H.7/8, S. 23-26

Gensicke, Th. 1996: Sozialer Wandel durch Modernisierung, Individualisierung und Wertewandel, in: Aus Politik und Zeitgeschichte, Bd. 42, S. 3-17

Inglehart, R. 1977: The Silent Revolution: Chancing Values und Political Styles among Western Publics, Princeton

Klages, H. 1987: Wertewandel und Modernisierung - Eine theoretische Exploration, in: Olk/Otto (1987: 97-120)

Kohlberg, L. 1995: Die Psychologie der Moralentwicklung, Ffm

Merten, R. 1995: Haben Kinder und Jugendlichen keine Werte mehr? In: Neue Sammlung, 34.Jg., H.3, S. 233-246

Müller, H. P. 1996: Die Fallhöhe der Moral, in: Merkur, 50.Jg., H. 9/10, S. 815-826

Niroumand, M. 1996: ... und ruft sogleich Alarm. Die Medien als Moralisierungsanstalten, in: Merkur, 50.Jg., H. 570/571, S. 840-850

Nunner-Winkler, G. 1992: Zur Moralischen Sozialisation., in: KZfSS 44.Jg., H.1, S. 252-272

Nunner-Winkler, G.: 1991: Das Konzept des Wertewandels, in: Kiesel, D./Volz, F.-R. (Hg.): „Wo soll's denn lang gehen?" Jugendliche und Pädagogen auf der Suche nach Lebensstilen und Konzeptionen, Ffm., S. 72 - 89

Olk, Th./Otto, H.-U. (Hg.) 1987: Soziale Dienste im Wandel 1. Helfen im Sozialstaat, Neuwied/Darmstadt

Oser, F./Althof, W. 1992: Moralische Selbstbestimmung. Modelle der Entwicklung und Erziehung im Wertebereich, Stgt

Reuband, K.-H. 1997: Aushandeln statt Gehorsam? Erziehungsziele und Erziehungspraktiken in den alten und neuen Bundesländern im Wandel, in: Böhnisch, L./Lenz, K. (Hg.): Familien. Eine interdisziplinäre Einführung, Weinheim/München, S. 129-153

Sammet, G. 1996: Alarm-Funktionäre. Von der Aufgabe der Volkssouveränität in direkter Demokratie, in: Merkur, 50.Jg., H. 9/10, S. 965-970

Shell-Jugendstudie 1992: Jugend 92, Opladen

Sünker, H. 1989: Politik und Moral - oder: Wider die Moralisierung des Politischen., in: Widersprüche, 9.Jg., H.33, S. 21-30

Sutter, H. 1996: Demokratieerziehung und Moralentwicklung - Kohlbergs Just-Community-Modell unter den Bedingungen des Jugendstrafvollzugs, in: Stark, W. u.a. (Hg.): Moralisches Lernen in Schule, Betrieb und Gesellschaft, Bad Boll, S. 168-183

Sutter, H./Baader, M./Weyers, St. 1998: Die 'Demokratische Gemeinschaft' als Ort sozialen und moralischen Lernens. Der Modellversuch in der Justizvollzugsanstalt Adelsheim - eine Zwischenbilanz, in: Neue Praxis, im Erscheinen

Winkler, W. 1996: Weltuntergang mit Zuschauerbeteiligung, in: Merkur, 50.Jg., H.570/571, S. 851-857

Hans-Joachim Plewig

Was braucht der kleine Willy?
Zum aktuellen Umgang mit dem Phänomen 'Kinder-Kriminalität'

Der Beitrag geht der Fragestellung nach, weshalb das Tabu gebrochen wurde, den Begriff „Kinder-Kriminalität" in der Fachdiskussion zu vermeiden. Insbesondere von Politikern wird die Forderung erhoben, die Eingriffe nach dem KJHG zu verschärfen (Stichwort geschlossene Heimerziehung), die Strafmündigkeit auf zwölf Jahre herab- und die Höchststrafe auf fünfzehn Jahre heraufzusetzen sowie das JGG auf Heranwachsende nur noch in Einzelfällen anzuwenden.

Hierzu wird die *These* vertreten: In Politik, Staat und Gesellschaft geht ein Konsens verloren, der sich über Arbeiterbewegung, Sozialpolitik und Wohlfahrtsprogramme entfalten konnte. Historisch handelt es sich in diesem Zusammenhang um die Entdeckung der Kindheit, die Erfindung des Jugendalters und die Erkenntnis, daß bloße Repression weder die erhofften Ziele der Anpassung erreicht noch dem Bedürfnis sich in der Entwicklung befindlicher Menschen gerecht wird. Hieraus erwuchs das Bewußtsein, auffälliges und abweichendes Verhalten der Minderjährigen soweit wie möglich aus dem Erwachsenen-Strafrecht herauszuhalten *und* zugleich dem Staat die Möglichkeit einzuräumen, sein 'Wächteramt' im Rahmen öffentlicher Erziehung auszubauen.

Der Konsens bestand also darin, die Verantwortung der Minderjährigen zu begrenzen und zugleich die Verantwortung der Erwachsenen zu präzisieren. Kindheit und Jugend standen als Synonym für Schonraum, für Schutz. Die Gefährdung ging aus dieser Sicht eher von außen aus. Diese 'herrschende Sichtweise' geht erkennbar zunehmend verloren und weicht einer wachsenden Ungeduld. Gleichzeitig macht (nicht nur) unsere Gesellschaft einen tiefgreifenden Wandel durch, der in der Regel nicht von Optimismus begleitet wird. Kernbegriff dafür ist die Entstaatlichung: Der sogenannte Nationalstaat ist im Schwinden begriffen. Das Kapital internationalisiert sich immer mehr. Die Verbindlichkeit von Normen und Werten schwindet ebenso wie die traditionelle (industrielle) Arbeitswelt.

Wenn Erwachsene - bewußt oder unbewußt - sich der Zukunft nicht mehr gewiß sind, dann - so die Fortsetzung der These - muß die Bedeutung von Kindheit und Jugend sich verändern. Denn das Bewußtwerden von Kindheit und Jugend als eigenständigem Entwicklungsraum war eng verbunden mit dem Bewußtsein, Zukunft gestalten zu können. Hierfür mußte das „körperliche, geistige und seelische Wohl des Kindes" (§ 1666 BGB) geschützt werden. Mit diesem Verlust an Integration - einem Merkmal, das längst aus materialistischer Perspektive mit Entfremdung umschrieben wurde - gehen die konkreten Probleme in der Pädagogik einher. Mindestens seit Rousseau wissen wir, daß die Aufwachsenden schädlichen Einflüssen von Seiten der Gesellschaft ausgesetzt sind. Erziehung soll demnach positive Einflüsse unterstützen und schädlichen entgegenwirken. Dafür bedarf es eines Miteinanders, gerade auch im Hinblick auf Gefährdungen durch die Erwachsenenwelt. Diese muß also bei aller Kontraproduktivität zumindest in Teilen (Systemen) bereit und willens sein, integrativ zu wirken und Schutz wirksam durchzusetzen. Wenn nun dieses pädagogisch motivierte Miteinander verlorengeht, weil wir weder aneinander noch an die Zukunft mehr so recht glauben, dann schwindet die Verantwortung.

Bei diesen Verteilungskämpfen und Rückzügen in unsicherer Zeit verlieren zwangsläufig die Schwachen. Zu ihnen zählt auch WILLY. Ein *hohes Strafmündigkeitsalter* stellt eine *Errungenschaft* dar, denn das Strafrecht ist ein unzureichendes Instrumentarium, das weder generalpräventiv noch spezialpräventiv die Verheißungen einlösen kann. Der Abschrekkungseffekt funktioniert allenfalls begrenzt; das beweisen vorliegende Untersuchungen (z.B. Schumann u.a. 1987) ebenso wie die Alltagserfahrungen. Ähnlich ist es mit der individuellen Sanktion: Entweder wächst sich das Problem 'abweichendes Verhalten' ohnehin aus (Normalitäts-These) oder Tat, Täter und Sanktion als Bezugspunkte für den 'großen Plan' Erziehung stellen ein Zufallsgemisch dar, das nur in der Phantasie (ratloser) Richter und Kriminalpädagogen 'funktioniert'.

Ausgehend von diesen Überlegungen sollen im folgenden: die gesetzlichen Grundlagen (1.), deren Hintergründe (2.), Indizien für den Tabu-Bruch (3.) sowie die pädagogischen Konzeptionen (4.) dargestellt und untersucht werden.

Im Ergebnis wird eine Position vertreten, die unter Einbeziehung einer materialistischen Perspektive grundrechtliche Maßstäbe mit erziehungswissenschaftlichen Standards verknüpft.

1. Gesetzliche Grundlagen

Für die Beurteilung der Frage, „was der junge - auffällige - WILLY braucht“, stehen eine Reihe von rechtlichen Regelungen und damit verbundenen Leitlinien zur Verfügung:

- Das Familienrecht betont - im Einklang mit Art. 6 GG - das Elternrecht und das ihnen zustehende Sorgerecht (§ 1626 BGB; vgl. auch § 1 Abs. 2 KJHG). Bei Gefährdung des Kindeswohls besitzt der Staat das Recht und die Pflicht, Maßnahmen zur Gefahrenabwehr zu treffen (§ 1666 BGB; § 1 Abs. 3 Zif. 3 KJHG).
- Bei Straffälligkeit stellt die Strafmündigkeit die untere Grenze für die Anwendung des Strafrechts dar. Allerdings relativiert § 3 JGG die formale Stufe von 14 Jahren, indem es die Gerichte dazu verpflichtet, die sogenannte Verantwortungsreife zu prüfen. Demnach ist Strafmündigkeit definiert durch „sittliche und geistige Entwicklung“, die zu einem Stadium der Reife geführt hat, das es dem Jugendlichen erlaubt, „das Unrecht der Tat einzusehen und nach dieser Einsicht zu handeln“. Der Gesetzgeber trug bereits bei der Schaffung des JGG 1923 damit der Erkenntnis Rechnung, daß erst eine bestimmte Stufe der Entwicklung erreicht werden muß, um zur strafrechtlichen Verantwortung gezogen zu werden. Deshalb erhöhte er das Alter der Strafmündigkeit von zwölf auf vierzehn Jahre. Das JGG (§ 3) erlaubt eine flexible Beurteilung des Einzelfalls. Unser Grundverständnis von Kindheit und dem damit verbundenen Schutz endet also nicht automatisch mit dem vierzehnten Lebensjahr.
- Zu diesen rechtlichen Regelungen gesellen sich noch weitere die Jugend betreffende Vorschriften. Das Gesetz über die Verbreitung von jugendgefährdenden Schriften und das Gesetz zum Schutze der Jugend in der Öffentlichkeit stellen die speziellen Ausführungen zum allgemeinen Kinder- und Jugendschutzgedanken dar.

Ziel ist es insgesamt unter Berücksichtigung von Art. 1 (Würde) und Art. 2 GG (Entfaltung der Persönlichkeit) gemäß § 1 KJHG die „Förderung der Entwicklung und Erziehung zu einer eigenverantwortlichen und gemeinschaftsfähigen Persönlichkeit“ zu unterstützen.

Zivil- und Öffentliches Recht betonen den Vorrang des Wohles und des Schutzes in Anbetracht von Gefährdungen, wobei der Staat sein *Wächteramt* subsidiär zur privaten Autonomie ausüben muß. Hier liegt ein grundsätzlicher Zielkonflikt: Der bürgerliche Staat betont den Vorrang der Familie. Freiheits-, zumal Grundrechte stärken den Abwehranspruch gegenüber den Eingriffen durch offizielle Institutionen (z.B. Jugendamt). Dieses Verständnis birgt das Risiko in sich, daß bei negativen Ereignissen (Kind verstirbt; massive Straffälligkeit) im Rückblick der Vorwurf erhoben wird, die Verantwortlichen seien nicht rechtzeitig eingeschritten.

Gefährdeten jungen Menschen bietet das KJHG im einzelnen gemäß § 13 Jugendsozialarbeit und gemäß § 14 Kinder- und Jugendschutz an. Insbesondere die Zielsetzung von § 14 Abs. 2 bringt zum Ausdruck, daß sowohl die jungen Menschen wie auch die für sie Verantwortlichen befähigt werden sollen, gefährdete Einflüsse abzuwehren. Damit ist *ein Modell von Verantwortung* skizziert.

In den §§ 27 ff. (Hilfen zur Erziehung) sowie §§ 42, 43 nennt das KJHG konkrete Maßnahmen und Eingriffsmöglichkeiten. Der Gesetzgeber hat sich darauf beschränkt, freiheitsentziehende Maßnahmen nur dann für zulässig zu erklären, „wenn und soweit sie erforderlich sind, um eine Gefahr für Leib und Leben des Kindes oder des Jugendlichen oder eine Gefahr für Leib oder Leben Dritter abzuwenden".

2. Hintergründe für die Sonderbehandlung von Kindern, Jugendlichen und Heranwachsenden

Den um die Jahrhundertwende geschaffenen Spezialgesetzen (Jugendwohlfahrtsgesetz; Jugendgerichtsgesetz; Jugendschutzgesetz, § 1666 BGB) liegen zwei Ereignisse zugrunde:

- Die Entdeckung der Kindheit als einer eigenständigen, sich vom Erwachsenenleben unterscheidenden Lebensphase. „Ahnherr" dieser Idee ist vor allem Rousseau, dessen Verständnis zufolge der Mensch von Natur aus gut sei, in seiner Natürlichkeit geschützt werden müsse und somit in ein Spannungsverhältnis zur (konkreten) Gesellschaft gerate. Das 20. Jahrhundert wurde sogar zum „Jahrhundert des Kindes" ausgerufen.

- Die Erfindung des Jugendalters führte dazu, daß ein Lebensabschnitt sich herausbildete, der sich zwischen Kindheit und Erwachsenenalter schob. Wem eine längere Ausbildung vergönnt war, blieb in einer Art Schonraum. Im übrigen gingen die noch nicht Volljährigen (sozialer) Rechte verlustig, die ihnen traditionell zugestanden hatten (vgl. Gillis 1980).

Mit dieser neuzeitlichen Sicht ist ein bestimmtes Verständnis vom *„besonderen Umgang“* der Erwachsenen mit dem Nachwuchs verbunden. Die Entwicklung pädagogischer und psychologischer Theorien war zwangsläufig, die Ausdehnung und Spezialisierung in Form von Sozial- und Kriminalpädagogik notwendig. Der eher passiven Konzeption des Schutzes steht die alles überragende *Leitformel der Erziehung* zur Seite. Mit ihrer Hilfe verschaffte sich der Staat die Legitimation, in den privatrechtlichen Bereich autonomen Sorgerechts einzugreifen und darüber hinaus ‘öffentliche Erziehung’ als Eingriffsform praktizieren zu können.

„Kriminaliät wurde nicht mehr als Attribut der Frühreife, sondern der Unreife betrachtet. Das Jugendalter selbst wurde als Ursache von Kriminalität identifiziert, und mithin wurden alle Kinder, ungeachtet ihrer sozialen Herkunft, für kriminalitätsanfällig gehalten, wenn man sie nicht sorgsam schützte“ (Gillis 1980: 176).

Hier liegt die Wurzel für die Unterscheidung zwischen Kriminalität und Delinquenz/Devianz (crime and delinquency). Abweichendes Verhalten im Jugendalter gilt seither als „normal“. Empirische Untersuchungen (vgl. z.B. Eisenberg, §§ 44 und 53) scheinen zudem zu belegen, daß „abweichendes Verhalten“ im Jugendalter statistisch normal und eine vorübergehende Erscheinung sei. So entsteht ein typisches pädagogisches Paradox: Mit der ‘Hilfe’ wird die Kontrolle ausgeweitet. Der Schonraum gilt nicht für diejenigen, die als nicht erziehbar, therapierbar oder erreichbar gelten.

Die idealistische Position des Kinder-Schutzes erfuhr also in den 60er Jahren Unterstützung, genauer eine ‘realpolitische Korrektur’, indem die sozialpädagogische und kriminalpolitische Praxis als mitverantwortlich für das Entstehen von Außenseiter-Karrieren entdeckt wurde. Diese Kritik basierte auf dem sogenannten Stigmatisierungsansatz. Er arbeitet mit dem Begriff Stigma (Goffman) und betont die Bedeutung der sekundären Devianz (Lemert). Danach *kann* die Zuschreibung negativer Merkmale (z.B. Heimkind, gefährlich, Straftäter) zu einer ‘kriminellen Karriere’, zumindest zu riskanter Ausgrenzung führen. Die traditionelle Heimerziehung, insbesondere die in geschlossenen Einrichtungen, stellte sich als bester Beweis für diese von Pädagogen und Juristen zu verantwortenden Vorgehensweise heraus. Die Akzeptanz dieser theoretischen Position hatte vielschichtige Folgen. So stürzte die öffentliche Erziehung in eine Krise und wandelte sich allmählich (im Jahre 1990) zu einem „leistungsorientierten" KJHG. Das JGG differenzierte sich aus in verfahrensrechtliche Abkürzungen von Verfahren und Ausbau sogenannter Ambulanter Maßnahmen (Leitgedanke der Diversion).

Mit seinem 1970 erschienenen Aufsatz „Wie wird man kriminell" hat Stephan Quensel eindrucksvoll demonstriert, wie solche Aufschaukelungsprozesse ablaufen - und jeweils unterbrochen! - werden können. Am Umgang mit den Begriffen Schutz, (Un-)Reife, (Un-)Mündigkeit usw., den Leitformeln Kindeswohl und Erziehung sowie jugend- und kriminalpolitischen Programmen wie „Menschen statt Mauern" ist das jeweilige *Ordnungs- und Toleranzpotential* zu messen. Dies drückt sich im praktischen Umgang wie auch in der Sprache aus. Gegenwärtig befinden wir uns offenbar in einer Übergangsphase, in der das Erschrecken vor möglicher Kriminalisierung schwindet und dafür die Bereitschaft zur kraftvollen Benennung („Vandalen", „gewaltbereit", „wegschließen", „Null-Toleranz" usw.) wächst.

3. Bruch eines Tabus

Die Probleme, die Kinder haben und die sie - zum Teil in nicht akzeptabler Form - zum Ausdruck bringen, veranlassen zunehmend Fachleute, Politiker und Medien dazu, drastische Veränderungen herbeizuführen beziehungsweise zu fordern. Die Inszenierung beginnt damit, daß „nicht länger geschwiegen wird" und endet bei der Feststellung, es müsse wieder energisch eingegriffen werden. Dazu einige Beispiele:

- Der 24. Deutsche Jugendgerichtstag im September 1998 findet unter dem Titel „Kinder und Jugendliche als Opfer und Täter" statt (einen Schwerpunkt 'Kinderkriminalität' gibt es gleichwohl nicht);
- das Deutsche Jugendinstitut hat jüngst das Forschungsprojekt „Delinquenz von Kindern - eine Herausforderung für Familie, Jugendhilfe und Politik" begonnen;

- das Deutsche Kinderhilfswerk alarmiert die Medien mit der Behauptung, es gebe eine dramatische Zuspitzung der Kriminalität bei Kindern;
- in Deutschland wird die zunehmende 'Gewaltanwendung' von Kindern und Jugendlichen beklagt. In den USA haben ein elf- und ein dreizehnjähriger Junge Schulkinder in eine Falle gelockt und mindestens vier von ihnen erschossen. Der Spiegel greift das Thema auf und spricht von „Monstern". Der frühere Hamburger Bürgermeister Voscherau versuchte, die letzten Bürgerschaftswahlen dadurch zu gewinnen, daß er in populistischer Manier das Thema (Jugend-) Kriminalität offensiv in den Vordergrund rückte.

Das Tabu scheint aufgehoben. Es besteht kein selbstverständliches Einvernehmen mehr darüber, daß Kinder erst Kraft entwickeln müssen, um mit den Zumutungen der Gesellschaft zurechtzukommen. Sozialisation ist ja gerade danach zu beurteilen, inwieweit - berechtigten - Erwartungen von seiten der Umwelt individuell überhaupt entsprochen werden kann. Empirische Daten und theoretische Auseinandersetzungen bestimmen aber nicht die Diskussion. Vielmehr korrespondieren die Forderungen nach schärferen Sanktionen bei Jugendlichen und Heranwachsenden mit der Ausdehnung der Eingriffe auf zur Zeit noch Strafunmündige.

Was ein derartiger 'Tabubruch' bewirken kann, ist zum Beispiel aus dem Strafrecht bekannt. Als die mit illegalen Drogen in Verbindung gebrachten Straftaten zunahmen, entschloß sich die Justiz zur Praxis drakonischer Strafen. Die seit Jahren erkennbaren Folgen belegen die Untauglichkeit der Annahme, Generalprävention könne hier eingrenzend wirken. Die volkswirtschaftlichen Folgen aber sind verheerend. Eines aber hat diese Politik bewirkt: Die Scham vor niedrigen Strafmaßen ist bei den Richtern zurückgegangen. Wer im Bereich der Drogen harte Sanktionen ausspricht, überträgt diese Haltung eher auch auf andere Delikte. So füllt sich der Strafvollzug nicht nur wegen der in den Mittelpunkt gerückten „Drogen-Kriminellen".

'Tabubruch' im Hinblick auf das Straftatbestände berührende Verhalten von Kindern wird genau die gleiche Wirkung hervorrufen: Die Gesellschaft wird repressiv vorgehen - die Wirkungen werden das Gemeinwesen beschädigen. Um so wichtiger ist es, die *wahren Motive* des sich abzeichnenden Perspektivenwechsels zu erkennen und zu bekämpfen. Denn sachliche Begründungen rechtfertigen das, was sich als „Feldzug gegen junge Menschen“ allgemein abzeichnet, nicht.

Die Grenzen effektiven Strafrechts sind noch mehr das Argument für ein hohes Strafmündigkeitsalter als die Argumentation mit den Konzepten Entwicklung und Reife. Der sogenannte Erziehungsgedanke, der als Strafzweck dem JGG zugrunde liegt, ist ebenso ein wissenschaftlich nicht hergeleitetes und unbegründetes Konstrukt wie die sogenannte Verantwortungsreife gemäß § 3 JGG. Es wird dort ein Normalfall, eine durchschnittliche geistige und seelische Entwicklung fingiert. Beide Begriffe sind dementsprechend interpretationsbedürftig und - dies kann zum Problem werden (vgl. Arbeiterwohlfahrt 1996) - interpretationsfähig. Das Tabu der aktuellen Strafmündigkeitsgrenze und der sprachlichen Unterstützung, indem problematische Begriffe wie „Kinder-Kriminalität“ vermieden werden sollen, ist mit vermeintlichen jugendsoziologischen und entwicklungspsychologischen Argumenten nicht zu brechen.

Unbestritten nehmen Kinder heutzutage am Erwachsenenleben mehr teil. Ihnen sind über Konsum, Sexualität, Drogen usw. viele Zugänge eröffnet worden (über die den zugrundeliegenden Interessen der Erwachsenen soll an dieser Stelle keine Aussage gemacht werden). Sie erscheinen deshalb unter Umständen „reifer“. Ebenso kann nicht bestritten werden, daß die straffällig gewordenen Minderjährigen grundsätzlich die verletzten Normen kennen. Fraglich ist aber schon, ob sie über den vom Gesetz geforderten Willen verfügen, der abstrakten Einsicht nachzukommen. Hier fehlen - wie angedeutet - qualifizierte Forschungserkenntnisse, die aus wissenschaftlicher Sicht zu einer gesetzlichen Veränderung Anlaß geben könnten.

Die Entwicklungspsychologie, die faktisch die Grundlage für die Konzeption des Jugendstrafrechts darstellt, liefert jedenfalls keine Begründung für eine Reform. Die ‘Mindestausstattung’ eines Menschen, die mit der Strafmündigkeit erwartet wird, bezieht sich auf den intellektuellen (Wissen), emotionalen (‘Triebkontrolle’), moralischen (Verinnerlichung von Normen und Werten) und geistigen Bereich. Die Schwierigkeiten, im Sinne von erhöhter Vorwerfbarkeit aus den oben angedeuteten Gründen die Mündigkeit und Verantwortungsreife früher anzusetzen, ergeben sich vor allem aus der moralischen Perspektive. Moralisches Lernen verläuft nicht schlicht nach anthropologischen Gesetzmäßigkeiten und damit festlegbaren Altersstufen. Sozialisation und Entwicklung sind vielmehr als wechselseitiger Prozeß zu begreifen, der kulturell bedingt ist. Lernen findet immer in einem konkreten gesellschaftlichen Zusammenhang statt. Diese Rahmenbedingungen sind zu kennzeichnen mit kapitalistischer Wirtschaftsordnung, Leistungs- und Konkurrenzprinzip, Verknappung der Güter und Privilegien, zumindest aufgrund eingeschränkten Zugangs, Konsum und Prägung aller Beziehung im Sinne von Entfremdung beziehungsweise zweckrationalen Charakters.

Erziehung mag davon noch in begrenztem Maße Abstand nehmen können. Die reale Sozialisation vermittelt aber all diese Wirkungen. Das heißt, Entwicklung und Lernen sind diesen Einflüssen ausgesetzt. Moralische Entwicklung als elementarer Bestandteil von Mündigkeit und Verantwortungsreife unterliegt demnach Außenwirkungen. So kommt es, daß aus soziologischer Sicht Kinder und Jugendliche „viel wissen", viele Freiräume genießen und unter Umständen viel anrichten. Sie tun dies aber in einer Gesellschaft, deren herrschende Standards und Spielregeln die Geister hervorrufen, die dann bei dem Symptomträger Nachwuchs als Unheil betrachtet werden. Es bedarf - da unmittelbar plausibel - keiner umfassenden wissenschaftlichen Beweiswürdigung, um zu demonstrieren, welche *Lernwelt* die Erwachsenen und die von ihnen verantwortete 'Ordnung' repräsentieren und praktizieren. Folglich bedarf beziehungsweise bedürfte es erheblicher intellektueller Willens-Anstrengungen der nicht Volljährigen, sich von diesen belastenden und hemmenden Einflüssen zu befreien. Unter idealistischer Perspektive hat Rousseau diese gesellschaftliche Tatsache klar herausgearbeitet.

4. Was tun?

Vor voreiligen Schlußfolgerungen ist also Vorsicht geboten. Doch selbst wenn es einen statistischen, quantitativen und qualitativen Anstieg der Straftaten durch Kinder gäbe, bleibt die zentrale Frage: Was tun? Die folgende Betrachtung kommt überfälligen beziehungsweise notwendigen Forschungsaufgaben gleich. Sie sind von der (erkenntnisleitenden) Fragestellung geprägt: Was braucht der *kleine* Willy? (vgl. Plewig 1991). Zum Bezugsrahmen dieser Fragen gehören mindestens vier *Perspektiven*:

- Die Familie,
- die öffentliche Erziehung,
- das Strafgesetzbuch und
- die Gesellschaftspolitik.

Diese Ebenen sind jeweils zu untersuchen *aus der Sicht*:

- des Kindes beziehungsweise der Eltern,
- der Beteiligten/Verantwortlichen und
- der Gesellschaft.

Ihnen liegen *zwei Thesen* zugrunde: Erstens die registrierten Auffälligkeiten von Kindern werden politisch instrumentalisiert und zweitens die Sorge um den Nachwuchs und damit um die Zukunft schwindet.

Aus dem Komplex notwendiger analytischer Schritte werden hier nur einige Aspekte herausgegriffen. Pädagogisch gesprochen haben wir es mit der Bestimmung von Schutz und Schonraum zu tun. Das Äußerste, was die Erziehung anzubieten hat, ist die Grenzziehung. Sie birgt stets die Gefahr in sich, entweder nur äußerlichen Zwang zu praktizieren oder vorhandene Bindungen zu gefährden. In der Diskussion um die Strafe in der Pädagogik wird deshalb zutreffend zwischen der Disziplinar- und der Erziehungsstrafe unterschieden. Aus erziehungswissenschaftlicher Sicht kann eindeutig formuliert werden, daß alle Reaktionen auf abweichendes beziehungsweise straffälliges Verhalten bei Kindern und Jugendlichen unter dem Vorbehalt personaler Nähe stehen müssen. Diese Argumentation läßt sich mit Hilfe entwicklungspsychologischer Erkenntnisse über das Entstehen moralischen Urteilens und Handelns stützen. Nur verinnerlichte (internalisierte) Werte und Normen sind tragfähig. Zu ihrer Vermittlung bedarf es entsprechender Grundlagen. Distanz, gar Angst, gelten als kontraproduktiv.

Allem voreiligen Wechsel der Verantwortung ist deshalb entschiedener Widerstand zu leisten. Für die Erziehung bleiben die Sorgeberechtigten zuständig. Es muß zukünftig als eine gesellschaftliche Teilaufgabe akzeptiert werden, daß Eltern nicht vorschnell aus ihrer Pflicht entlassen werden dürfen (Art. 6 GG). Für die Sozialisation ist die öffentliche Debatte erst noch zu führen. Denn alle Moral-Debatten und Empörungen können nicht ernsthaft davon ablenken, daß die Erwachsenen genau die Welt schaffen, die schon Rousseau als Gefährdung der Kinder erkannt hat. Die Durchkapitalisierung menschlichen Daseins kann nicht ohne die entsprechenden Auswirkungen bleiben.

Im Ergebnis geht es darum, Bewahrenswertes zu schützen und zugleich neue Sichtweisen zu übernehmen. Bewahrenswert ist der Gedanke des Schutzes, das Verständnis von Gefährdung für die Entwicklung von Kindern (die Geschichte des Kinder- und Jugendschutzes zeigt, wie die Umsetzung dieser Idee zusammengebrochen ist). Erhalten bleiben muß die Verantwortung der Erwachsenen für die Welt, in die hinein sozialisiert und in der erzogen werden soll. Neu betrachtet werden muß das Modell von Erziehung. Denn selbst wenn personale Nähe wieder wachsen würde, so sind die jungen Menschen doch zunehmend mit Zumutungen (vgl. Arbeiterwohlfahrt 1996) konfrontiert, mit denen sie sich direkt auseinandersetzen müssen. Darum empfiehlt es sich, hier den Begriff des Befähigens zu verwenden. Dies bedeutet, ein patriarchalisches Verständnis von Schutz und Kindeswohl aufzugeben zugunsten eines emanzipatorischen Erziehungsverständnisses.

Einmal unterstellt, das auffällige und straffällige Verhalten Strafunmündiger würde zunehmen - und dafür gibt es ja plausible Gründe - so erweisen sich weder wiederbelebte Wege der institutionellen Repression noch Tendenzen des Nicht-Eingreifens als legitimierbar. Erfolgreiche Sozialisation beginnt erst dort, wo außer angemessenen materiellen Rahmenbedingungen auch der menschliche Bezug stimmt. Sei es im Wohnumfeld, in der Schule oder in der Öffentlichkeit: Erwachsene tragen die Verantwortung für die erforderliche Sach- beziehungsweise Personen-Autorität. An den einzelnen *Lernorten* ist sie zu praktizieren.

WILLY - elf Jahre alt - braucht eine Gesellschaft(sordnung), in der er die Chance erhält, sich behaupten zu können. Legale Wege stehen zukünftig in immer eingeschränkterem Maße zur Verfügung. Die der Kindheit und dem Jugendalter zugeschriebenen konfliktträchtigen Verhaltensweisen bekommen aufgrund der sich entfaltenden radikalen Ökonomie Bedingungen übergestülpt, die Erziehung, Sozialisation und Bildung verhindern. An jedem Praxisort in Deutschland ist es erfahrbar, wie WILLY und seine 'Freunde' die Orientierung genommen bekommen. Bewaffnung und gewalttätige Übergriffe besitzen dann eine gewisse Logik. Hieran nehmen seine Schwester VIVIANE und andere Mädchen im übrigen zunehmend teil. VIVIANE bestreitet längst ihren Konsum aus den Einnahmen, die sie aus der Bedrohung und Erpressung kleinerer Kinder erzielt.

WILLY braucht zwei Konsequenzen:

- Ernstgemeinte Zuwendung, die auf einem Interesse aneinander beruht. Hier liegen die *Grenzen aller öffentlichen Erziehung und sogenannter Professionalisierung.*

- Energischen Widerspruch bei allen Grenzüberschreitungen, insbesondere denen, die Straftatbestände erfüllen. Dieses Entgegentreten ruft aber nur dann eine positive Wirkung hervor, wenn es von glaubwürdigen Erwachsenen demonstriert wird in einer Welt, in der nicht laufend entgegengesetzte Signale gesetzt werden.

An den realen Zugangschancen und an den Moral-Vorbildern kann abgelesen werden, welchen Stand an gesellschaftlicher Anpassung und Verinnerlichung moralischer Normen WILLY erreichen kann. „Mein Vater ist arbeitslos und trinkt. Meine Mutter sehe ich wegen ihrer Arbeit den ganzen Tag überhaupt nicht. Also, sie sind nicht gerade Vorbilder. Wenn ich mal erwachsen bin, möchte ich es zu etwas bringen und nicht so wie mein Vater enden. Ich will kein looser sein.“

Literaturverzeichnis

Arbeiterwohlfahrt (Hg.) 1996: Jugend ohne Zukunft? Befähigen statt Strafen. Diskussionspapier der AWO-Kommission Jugendhilfe und Jugendkriminalrecht, 2. Aufl., Bonn
Eisenberg, U. 1990: Kriminologie, Köln u.a.
Gillis, J.R. 1980: Geschichte der Jugend, Weinheim/Basel
Goffman, E. 1967: Stigma, Ffm
Lemert, E.M. 1975: Der Begriff der sekundären Devianz, in: Lüderssen, K./Sack, F. (Hg.): Seminar: Abweichendes Verhalten I, Ffm, S, 433-476
Plewig, H.-J. 1991: WILLY, 17 Jahre alt ... Warum Jugendliche kommen, in: das baugerüst, H. 4, S. 282-287
Quensel, S. 1970: Wie wird man kriminell?, in: Kritische Justiz, 3. Jg, H. 3, S. 375
Rousseau, J.J. 1762: Emile oder über die Erziehung (Emile ou de l'éducation), Stgt
Schumann, K.F. u.a. 1987: Jugendkriminalität und die Grenzen der Generalprävention, Neuwied/Darmstadt

Thomas Krüger

Macht Armut kriminell – und was kann man dagegen tun?

Die Position des Deutschen Kinderhilfswerkes

Die Kriminalität von Kindern in Deutschland hat in einem besorgniserregenden Maße zugenommen. Dies hat eine aktuelle Umfrage des Deutschen Kinderhilfswerkes ergeben. Danach ist festzustellen, daß allein in 1996 dem Deutschen Kinderhilfswerk 133.018[1] tatverdächtige Kinder genannt wurden (vgl. Deutsches Kinderhilfswerk 1997). Angesicht dieser erschreckenden Zahlen fordert das Deutsche Kinderhilfswerk, daß Kinderkriminalität endlich als gesamtgesellschaftliche Aufgabe zu begreifen ist. Hierbei ist insbesondere die Zusammenarbeit zwischen den Kommunen, den Ländern und der Bundesregierung gefordert. Als Ursachen für den alarmierenden Anstieg der Kinderkriminalität sind Arbeitslosigkeit der Eltern, der rasante Anstieg der Zahl der Sozialhilfeempfänger, fehlende Freizeitmöglichkeiten für Kinder, der sich weiter verstärkende Konsumdruck und unzureichende Angebote der Jugendhilfe zu nennen.

Ursache ist aber auch, und darauf möchte das Deutsche Kinderhilfswerk besonders hinweisen, die Armut von Kindern in einem der reichsten Länder der Erde. Hier soll ein Thema aufgegriffen werden, das immer noch Tabu in unserer Gesellschaft ist. In diesem Zusammenhang darf daran erinnert werden, daß das Bundesjugendministerium noch Anfang der 90er Jahre leugnete, daß es in Deutschland obdachlose Kinder und Jugendliche gibt. Fragt man nach dem Maßstab, wo Armut beginnt, und wer nicht mehr zu den Armen gezählt wird, ist festzuhalten: Unter Armutsverhältnissen lebt, wer auf staatlichen Transfer zur Bestreitung seines Lebensunterhaltes angewiesen ist.

Die Caritas (vgl. Hauser/Hübinger 1993) hat die Wahrheit bereits 1993 auf den Tisch gelegt. In Deutschland besteht das größte Armutsrisiko darin, ein Kind zu bekommen. Wenn von Kindern und Jugendlichen in Deutschland die Rede ist, richtet sich das Interesse der Medien oft auf die

---

1 Unserer Umfrage von 1998 zufolge gab es bundesweit 1997 genau 143.399 tatverdächtige Kinder (vgl. Deutsches Kinderhilfswerk 1998).

Techno-Freaks oder auf rechtsradikale junge Menschen, die mit erschrekkend gewalttätigen Handlungen auf sich aufmerksam machen wollen. Jugend, oft auch Kindheit, wird in den deutschen Medien täglich skandalisiert, auf einen negativen Kern reduziert. Gleichzeitig werden mit dem Lehrstellenmangel und der Jugendarbeitslosigkeit Begründungen geliefert. Viel zu selten wird jedoch von der Marginalisierung der heranwachsenden Generation gesprochen, die der gleichzeitigen Verherrlichung von Jugend in der Werbe- und Marketingbranche gegenübersteht. Schaut man allerdings noch genauer hin, muß man sogar den Begriff von der Infantilisierung der Armut einführen. Dahinter verbirgt sich eine dramatische Entwicklung, die mit einem Satz beschrieben werden kann: „Armut wird immer jünger" (Möhle 1996: 4).

Betrachten wir heute die Lebenswelt von Kindern und Jugendlichen so wird deutlich, daß sie in verstärktem Maße von nicht kindgemäßen und kindgerechten Einflüssen dominiert wird. Sowohl die Vereinzelung der Kinder innerhalb und außerhalb der Familie aufgrund sinkender Geburtenzahlen bei gleichzeitig steigender Scheidungsrate als auch die massiven Einflüsse der Wohn- und Erlebniswelt, des Straßenverkehrs und der Umweltbelastungen spielen dabei eine wichtige Rolle in unserer kinderfeindlichen Gesellschaft. Auf der einen Seite werden Kinder als Zukunftspotential beschworen, auf der anderen Seite wird ihnen gedankenlos und vorsätzlich das Leben schwer gemacht. Immer intensiver auf die kindliche Entwicklung wirkt sich nach Überzeugung des Kinderhilfswerkes die massive Konsum- und Leistungsorientierung der gesamten modernen Industriegesellschaft mit all ihren Ausgrenzungsprozessen aus. Sie beginnen für Kinder und Jugendliche genau da, wo sie in ihrer Umgebung, Schulklasse und Clique nicht mehr die nötige Anerkennung finden, weil sie bestimmte Kleidung von Markenherstellern nicht kaufen können oder glauben, ungewöhnliche Wege zur Geldbeschaffung gehen zu müssen. Andererseits entsteht auch für junge Familien nicht selten ein Finanzdruck, der durch die Identifikation von Kindheit mit bestimmten Markenprodukten verschärft wird, dem sich die Betroffenen nicht aussetzen können. So entstehen Ausgrenzungsprozesse, die junge Familien und Kinder in ihrer freien Entwicklung einschränken.

1992 waren im Westen jede sechste und im Osten jede dritte Person in einem alleinerziehenden Haushalt einkommensarm. Bei Familien mit drei und mehr Kindern betrug die Armutsquote in Westdeutschland 16,3% und in Ostdeutschland sagenhafte 45,5% und lag somit doppelt so hoch wie der Gesamtanteil der Bevölkerung (vgl. Simnacher 1996: 9). Unter den in Deutschland lebenden Ausländern waren 1992 16,7% einkommensarm, mehr als 5% der Einwohner in Deutschland sind auf Sozialhilfe angewiesen, fast die Hälfte davon auf ständige Hilfe zum Lebensunterhalt - mit steigender Tendenz (vgl. ebd.). Von den Sozialhilfeempfängern in Deutschland sind heute rund ein Drittel - oder anders ausgedrückt 1,5 Millionen - Kinder und Jugendliche (vgl. Statistisches Bundesamt 1995).

1992 trat auch in Deutschland die UN-Kinderrechtskonvention in Kraft. Artikel 3 (Wohl des Kindes), Absatz 1 hält ausdrücklich fest: Bei allen Maßnahmen, die Kinder betreffen, gleichviel, ob sie von öffentlichen oder privaten Einrichtungen der sozialen Fürsorge, Gerichten, Verwaltungsbehörden oder Gesetzgebungsorganen getroffen werden, ist das Wohl des Kindes ein Gesichtspunkt, der vorrangig zu berücksichtigen ist. Soweit die Theorie. Betrachtet man jedoch den Wandel der Armut in der Bundesrepublik Deutschland in den letzten 10 bis 15 Jahren, so muß festgehalten werden, daß Armut nicht nur nicht ausgemerzt ist, sondern daß es Indizien dafür gibt, daß immer größere Teile der Bevölkerung von zunehmender Verarmung betroffen sind. Seit Anfang der 80er Jahre zeigt sich deutlich, daß zunehmend Erwerbslose, Ausländer und Ausländerinnen und insbesondere Familien unter Armut zu leiden haben. Wenn die Förderung der Familien seitens des Staates nur diejenigen meint, die sich aus eigener Kraft helfen können, kann von einem Familienlastenausgleich auch nicht mehr die Rede sein.

Betrachtet man die Gestaltung der Freizeit durch Kinder und Jugendliche aus ärmeren Familien, so unterscheidet sie sich wesentlich von der aus Familien mit höherem Status: Die regelmäßige Wahrnehmung von Freizeitveranstaltungen mit kulturellen und attraktiven Bildungsinhalten pro Woche nimmt mit wachsendem Status zu. 60% der Kinder und Jugendlichen aus Familien mit hohem Status haben drei oder mehr Termine pro Woche. Dagegen haben knapp 30% der ärmeren Kinder und Jugendlichen keinen festen Termin. Bei Bessergestellten kommt dieses so gut wie nie vor, was natürlich auch mit den zunehmenden finanziellen Aufwendungen zum Beispiel für Musik- und Volkshochschulangebote zu tun hat (vgl. Büchner/Fuhs/Krüger 1996: 135). Konsequenterweise heißt dies, daß die Freizeit von ärmeren Kindern und Jugendlichen weniger durchgeplant ist. Ähnlich sieht es mit Vereinsmitgliedschaften aus. Von den ärmeren Kindern und Jugendlichen ist ca. die Hälfte in keinem Verein. Bei Kindern und Jugendlichen mit höherem Status ist dies nur bei jedem fünften der

Fall. In der Freizeit sind Fernsehen, Video und Computerspiele für Kinder aus ärmeren Haushalten wichtiger als für Kinder aus Familien mit hohem Status: Fernsehen ist billiger als die Mitgliedschaft in einem Verein.

Kinder und Jugendliche aus ärmeren Familien erleben ihren Schulalltag häufig auch als belastender als Kinder mit höherem Status. So ist eindeutig belegt, daß die soziale Herkunft bei der subjektiven Belastung im Schulalltag eine wichtige Rolle spielt (vgl. Möhle 1996: 7). Die Chancenungleichheit ärmerer Kinder zeigt sich also nicht nur im Zugang zu höheren Schularten, sondern setzt sich auch im subjektiven Bereich fort. Das Gefühl der Benachteiligung kann so einen Teufelskreis in Gang setzen: Konzentrationsmängel führen zu schlechteren Leistungen und so zur Verminderung der Zukunftschancen von Kindern und Jugendlichen.

Aus der Parallelität von Armutswachstum und Kriminalität kann nicht notwendigerweise eine Kausalität beider Phänomene geschlußfolgert werden. Dennoch gibt es interessante gemeinsame Facetten, die die Straffälligkeit von Kindern erklären. Entscheidend ist hier jedoch die soziale Intergration des Kindes, erst an zweiter Stelle ist die finanzielle Situation ausschlaggebend. Unsere konsumorientierte Gesellschaft macht es Kindern aus finanziell schwachen Familien schwer, im alltäglichen Konkurrenzkampf um den materiellen Status zu bestehen. Wenn Kinder den Eindruck gewinnen, für sie und insbesondere auch ihre arbeitslosen Eltern ist kein Platz, wenn kein soziales Netzwerk vorhanden ist, dann ist die Gefahr der Kinderkriminalität größer. Wie bereits eingangs beschrieben, hat eine aktuelle Umfrage des Deutschen Kinderhilfswerkes ergeben, daß die Kinderkriminalität allein in Westdeutschland seit 1992 insgesamt um ein Drittel zugenommen hat. Spitzenwerte liegen bei 80%, insbesondere in den Flächenländern Bayern und Rheinland-Pfalz (vgl. Deutsches Kinderhilfswerk 1997). 100.000 Delikte von Kindern, Ladendiebstahl wurde hier als häufigstes Delikt genannt, machen deutlich, daß dies ein wachsendes Problem unserer Gesellschaft ist. Die fehlende Bindungskraft der Autoritäten hat zu einer Entsicherung von Angstpotential beim Begehen krimineller Handlungen geführt. Das Motto greift um sich: Was ich nicht bekomme, und was sich sogar immer wieder von mir entfernt, nehme ich mir und zwar sofort. Bei einer Betrachtung der Gewaltbefürwortung durch Kinder und Jugendliche zeigt sich, daß 64% aller Kinder und Jugendlichen mit niedrigem Sozialstatus Gewalt befürworten, während dies nur bei 33% der Kinder und Jugendlichen aus Familien mit hohem Status der Fall ist (vgl. Büchner/Fuhs/Krüger 1996: 95).

Hier sind präventive Maßnahmen gefragt, die Kindern und Jugendlichen wieder eine Perspektive in unserer Gesellschaft aufzeigen. Vorbeugen und Vorbildwirkung bedürfen eines höheren Stellenwertes in unserer Gesellschaft. Ein Warnzeichen übrigens für alle, die präventive Arbeit im Jugend- und Sportbereich für überflüssigen Luxus halten. Denn besonders hier kann dringend benötigte Sozialisations- und Bindungsarbeit hervorragend geleistet werden. Jedoch ist effektive Präventionsarbeit nicht zum Nulltarif zu haben. Institutionen und Behörden müssen bei ihren präventiven Maßnahmen enger und flexibler zusammenarbeiten. Eine Ausweitung des Jugendstrafrechtes auf unter 14-jährige Kinder lehnt das Deutsche Kinderhilfswerk ab. Das geltende Strafrecht hat sich eindeutig bewährt.

Angesichts der Ausmaße, die die Kinderkriminalität insbesondere auch in den Großstädten erfahren hat, fordert das Deutsche Kinderhilfswerk die Bildung von Jugendkommissariaten, den Einsatz von jungen Polizisten als Kontakt- und Ansprechpartner sowie kind- und jugendgemäße Reaktionen der Justiz. Unter dem Motto „Sicherheit fängt vor der eigenen Haustür an“ ist insbesondere ein dezentraler Konzeptansatz gefordert, der Kinder und Jugendliche dort anspricht, wo sie wohnen. Darüber hinaus muß das Thema Kriminalität von Kindern auch in Schulen thematisiert werden. Kinder und Jugendliche müssen durch eine gezielte Schulsozialarbeit, die intensiv ausgebaut werden muß, ernst genommen und anerkannt werden.

Je mehr Straftaten von Kindern und Jugendlichen in Deutschland verübt werden und je intensiver darüber berichtet wird, desto attraktiver wird es auch für Kinder und Jugendliche, selbst Straftaten zu begehen. Dahinter steckt das gefährliche Problem des Sich-Selbst-Aufschaukelns. Hier appelliert das Deutsche Kinderhilfswerk insbesondere an die Medien, durch eine zurückhaltende und sachliche Berichterstattung, die nicht nur auf Effekthascherei aus ist, die Ursachen von Kinderkriminalität aufzuzeigen und Alternativen darzulegen.

Bei der Bekämpfung der Kinder- und Jugendkriminalität sind jedoch nicht nur Kommunen und Länder gefordert. Die rasante Zunahme von Delikten von Kindern in den letzten 10 Jahren stellt eine Herausforderung an Staat und Gesellschaft dar, der sich die Politik nicht dadurch entziehen kann, daß sie einseitig nach Mitteln und Möglichkeiten des Strafrechts ruft. Das Vertrauen allein auf repressive Maßnahmen hat sich bereits in der Vergangenheit immer wieder als nicht gerechtfertigt erwiesen. Zwar läßt sich die durch Umfrageergebnisse belegte Kriminalitätsfurcht (vgl. Institut für Demoskopie 1996) der Bevölkerung vorübergehend durch aktionistische Verschärfungen des Jugendstrafrechts besänftigen, notwendiger scheint dem Kinderhilfswerk jedoch eine wirklich umfassende Ursachenanalyse und ein darauf aufbauendes Handlungskonzept zu sein.

Trotz Warnungen zahlreicher Politiker und Politikerinnen, Fachleute und Fachverbände, Lösungsmöglichkeiten allein im Strafrecht zu sehen, sucht die Bundesregierung genau in diesem Punkt ihr Heil. Dagegen steht die Forderung, strukturellen Mißständen in unserer Gesellschaft entgegenzuwirken und in diesem Zusammenhang vor allem bei der wirtschaftlichen Situation junger Menschen anzusetzen, denn die Armut in Deutschland hat in den vergangenen 10 Jahren am stärksten bei Kindern und Heranwachsenden zugenommen und die neuesten Zahlen zur Jugendarbeitslosigkeit belegen ebenfalls eine stetige Zunahme.

Der besorgniserregende Anstieg der Kinderkriminalität stellt eine große Herausforderung dar. Deshalb sind alle politisch Handelnden aufgefordert, ressortübergreifend das Problem anzupacken und Kindern in Deutschland wieder eine lebenswerte Zukunft zu ermöglichen. Eine der reichsten Nationen der Welt zeigt sich besonders armselig, wenn sie solche Entwicklungen weiterhin zuläßt. Wir brauchen die Kräfte des Solidarischen und Sozialen gegen die Arroganz der Besitzstandswahrung.

Literatur

Büchner, P./Fuhs, B./Krüger, K.-H. 1996: Vom Teddybär zum ersten Kuß. Wege aus der Kindheit in Ost- und Westdeutschland, Opladen

Deutsches Kinderhilfswerk 1997: Aktuelle Umfrage vom Februar/März 1997 bei allen Innenministerien der Bundesländer, Berlin

Deutsches Kinderhilfswerk 1998: Aktuelle Umfrage vom Februar/März 1998 bei allen Innenministerien der Bundesländer, Berlin

Hauser, R./Hübinger, W. 1993: Arme unter uns (hgg. vom DCV), Freiburg i.Br.

Institut für Demoskopie 1996: Umfrage zur Kriminalitätsfurcht, Allensbach

Möhle, M. 1996: Die Armut wird immer jünger, in: jugend & gesellschaft, Heft 3-4, S. 4-8

Simnacher, G. 1996: Das Soziale ist der Maßstab für die Kultur eines Landes, in: jugend & gesellschaft, Heft 3-4, S. 9-11

Statistisches Bundesamt (Hg.) 1995: Empänger(innen) von laufender Hilfe zum Lebensunterhalt außerhalb von Einrichtungen, Wiesbaden

Hermann Lutz und Rüdiger Holecek

„Was tut die Polizei - was täte sie am liebsten ?"

Die Jugendgewalt hat sich seit Ende der 80er Jahre auf Bundesebene verdoppelt. Auch immer mehr Kinder geraten mit dem Gesetz in Konflikt: Mehr als 130.000 straftatverdächtige Kinder wurden 1996 registriert. Täter, aber auch Opfer, werden immer jünger. In einigen Bundesländern ist das Risiko für männliche Jugendliche, Opfer eines Raubes zu werden, in den letzten beiden Jahren um das Dreifache gestiegen. Keine Kriminalitätsform ist in den letzten Jahren ähnlich drastisch angestiegen. Wir reden nicht einer Dramatisierung der Diskussion um die gestiegene Kinder- und Jugendkriminalität das Wort. Wir sind allerdings - sicher im Gegensatz namhafter Jugendexperten - nicht der Auffassung, daß die Kinder- und Jugendkriminalität als „normales Phänomen" zu betrachten und damit zu vernachlässigen sei. Die Prognose, daß sich kriminelles Verhalten auf eine „altersbedingte Phase" reduziere und sich „auswächst", halten wir für gewagt. Außerdem spricht die polizeiliche Alltagserfahrung häufig genug dagegen: Kriminelle Karrieren können recht früh und bereits mit einem Ladendiebstahl beginnen.

Zunächst zur Klarstellung: Vor Monaten machte eine Meldung Schlagzeilen: „Die Polizeigewerkschaft" fordere eine Herabsetzung der Strafmündigkeit von 14 auf 12 Jahre. In der Bundesrepublik Deutschland gibt es eine Gewerkschaft der Polizei (GdP) mit 200.000 Mitgliedern. Sie steht als Einzelgewerkschaft unter dem Dach des Deutschen Gewerkschaftsbundes. Es gibt auch eine „Deutsche Polizeigewerkschaft im deutschen Beamtenbund", die auch Polizeibeschäftigte vertritt - wieviele, darüber sind uns keine verläßlichen Zahlen bekannt. Die Forderung zur Herabsetzung der Strafmündigkeit jedenfalls stammt nicht von der Gewerkschaft der Polizei, die wir vertreten.

Für die Gewerkschaft der Polizei besteht nämlich kein Zweifel an der gängigen Einschätzung, daß bei Kindern aufgrund des Standes ihrer Persönlichkeitsentwicklung, die moralische Urteilsfähigkeit, also das Norm- und Unrechtbewußtsein noch nicht ausgeprägt ist. Genau aus diesem Grunde sind Kinder im Alter bis zu 14 Jahren nicht schuldfähig, unter acht Jahren werden sie noch nicht mal in der polizeilichen Kriminalstatistik berücksichtigt. Daran soll sich nichts ändern.

Dennoch darf die wachsende und sehr bedrohliche Tendenz, daß auch immer mehr Kinder immer mehr Straftaten begehen, nicht unbeantwortet bleiben. 130.000 Kinder sind 1996 straffällig geworden oder wären es zumindest, wenn sie schuldfähig wären. Das ist eine Steigerung um 12,3%. Zum Vergleich: die Jugendkriminalität hat um 9,1% zugenommen. Der Rektor der Fachhochschule für Polizei in Baden Württemberg, Thomas Feltes, ist überzeugt, daß die Kriminalitätsentwicklung „längst noch nicht das Ende erreicht hat". Ein höheres Entdeckungsrisiko, zügigere Verfahren und eine auf Wiedergutmachung und Schadenausgleich angelegte Bestrafung wären die adäquaten und dringlichsten Antworten auf die steigende Jugendkriminalität. Aber die Probleme reichen tiefer.

Die Diskussion um die Herabsetzung der Schuldfähigkeit verwundert nicht. Kinder und Jugendliche verfügen heute über mehr Rechte und mehr Möglichkeiten - auch materielle - als Kinder und Jugendliche früherer Generationen oder in anderen Ländern der Welt. Sie sind - und auch das ist eine Tatsache - Erwachsenen längst nicht mehr so hilflos ausgeliefert, wie das in der Vergangenheit der Fall war und in anderen Ländern noch ist. In vielen Bereichen haben sie Wahl- und Entscheidungsmöglichkeiten erhalten, wie z. B. in der Schule oder auch in Sorgerechtsverfahren. Kinder finden - und wer das ignoriert, lebt nicht in dieser Welt - mit ihren Anliegen ein stärkeres öffentliches Gehör als Kindergenerationen vor ihnen es erfuhren. Die Einrichtung von Kinderparlamenten wird diskutiert, ebenso wie eine weitere Herabsetzung des Wahlalters und auch der Führerschein mit sechzehn. Es ist auch noch nicht lange her, daß die Altersgrenzen für die volle zivilrechtliche Geschäftsfähigkeit und für das aktive Wahlrecht gesenkt wurden.

Ein altes Lebensprinzip fordert die Konkordanz von Rechten und Pflichten, Freiheit und Verantwortung. Nach unserer persönlichen Überzeugung erfährt ein Recht erst durch die Pflicht seinen Wert, wird die Freiheit durch Grenzen erst genießbar. In der Kinder- und Jugendpolitik, aber auch in der Einstellung unserer Gesellschaft zu Kindern und Jugendlichen, werden Pflichten und Verantwortung zunehmend nicht eingeklagt. Bei Verkehrskontrollen beispielsweise begegnen Kolleginnen und Kollegen immer mehr Führerscheinbesitzer, die zwar die Straßenverkehrsordnung offenbar nicht kennen, dafür aber alle Rechtsmittel, um den Bußgeldbescheid abzuschmettern.

Wären uns in unserer Kindheit und Jugend keine Pflichten abverlangt worden, wir hätten uns nicht ernst genommen gefühlt. Wir haben den starken Verdacht, daß Kinder und Jugendliche heute sich aus eben diesem Grund nicht ernst genommen fühlen. Auch das ist Entmündigung - und sie ist verletzend. „Aggressivität und Gewalt bei Jugendlichen sind letztlich immer Reaktionen darauf, nicht beachtet und nicht gewürdigt zu werden“, meint der Bielefelder Jugendforscher Klaus Hurrelmann. Schlechtes Benehmen, Regelverletzungen und letztlich Straftaten bei Kindern und Jugendlichen nicht zu beachten hieße, sie als Personen auch von dieser Seite nicht ernst zu nehmen. Die gerichtliche Praxis schreibt dieses Verhalten sogar bis ins Erwachsenenalter hinein fort. Heranwachsende, also Personen im Alter von 18 bis 20 Jahren, auf die das Erwachsenenstrafrecht anzuwenden wäre, werden zum weitaus überwiegenden Teil nach den für Jugendliche geltenden Vorschriften behandelt. Jugendliche wiederum werden in zunehmenden Maße zu Ausgleichsmaßnahmen herangezogen und kein vernünftiger Mensch käme auf die Idee, ein Diversionsverfahren, also die Herbeiführung eines Täter-Opfer-Ausgleichs, als Strafe zu bezeichnen.

Ab dem 8. bis zum vollendeten 13. Lebensjahr werden Straftaten von Kindern zwar registriert, es werden jedoch keinerlei Maßnahmen getroffen. Nur in Ausnahmefällen finden sich Eltern auf freiwilliger Basis bereit, zu einem gemeinsamen Gespräch zwischen dem Jugendsachbearbeiter der Polizei, dem Vertreter des Jugendamtes oder der Sozialen Dienste zu erscheinen, und bringen darüber hinaus die Bereitschaft mit, eventuell gewisse erzieherische Maßnahmen gemeinsam mitzutragen. In diesen Fällen gelingt es sogar hin und wieder, beginnende kriminelle Karrieren zu stoppen.

„Eltern haften für ihre Kinder“ ist ein Hinweis, den wir alle täglich irgendwo lesen. Offenbar nimmt ihn keiner mehr ernst. Deshalb sind wir der Meinung, daß auch Erziehungsberechtigte (erziehungsberechtigt meint auch erziehungsverpflichtet) mehr als bisher bei straffällig gewordenen Kindern in die Verantwortung genommen werden müssen: Natürlich kann niemand für eine Tat bestraft werden, die ein anderer begangen hat. Wurde die Tat aber erst möglich, weil Eltern die Aufsichtspflicht verletzt haben, so können sie schon wegen dieses Tatbestandes bestraft werden. Es ist doch heute fast üblich geworden, daß Minderjährige bis tief in die Nacht auf der Straße sind. Sie treiben Dinge, die auch den Eltern nicht verborgen bleiben. Wir müssen daran erinnern, daß man auch nach unseren Gesetzen nicht einfach Kinder in die Welt setzen und sie dann sich selbst oder der Gesellschaft überlassen kann. Wir halten es für notwendig, auch bei Kindern geeignete Maßnahmen - wir reden nicht von Strafen - mit den Eltern verpflichtend vereinbaren zu können. Desweiteren müßte auch unterhalb der Strafmündigkeitsgrenze die Verpflichtung zum Täter-Opfer-Ausgleich und zur Schadenswiedergutmachung bestehen. In Kalifornien werden Eltern bei Straftaten ihrer Kinder z.B. dazu verurteilt, Kurse über eine „richtige Kindererziehung" zu besuchen.

Das zeigt, daß auch in anderen demokratischen Ländern die Gesellschaften es nicht mehr akzeptieren, daß Eltern sich ihren Verpflichtungen gegenüber den eigenen Kindern und der Gemeinschaft folgenlos entziehen können. Natürlich wissen wir, wie schnell Eltern oder auch Alleinerziehende unverschuldet in Ausnahmesituationen kommen können oder einfach überfordert sind. Hier brauchen sie Hilfe - auch immaterielle Hilfe - um mit Erziehungsproblemen klar zu kommen. Eltern, die unter vielerlei Einschränkungen und in echter Sorge Kinder großziehen, dürfen nicht bestraft werden, wenn sie Fehler machen oder die Kinder ihnen entgleiten. Sie brauchen im Gegenteil unser aller Unterstützung und Solidarität. Wir zielen auf Eltern ab, die Kinder bewußt vernachlässigen und verwahrlosen lassen. Es darf zum Beispiel nicht folgenlos bleiben, wenn Eltern wissen und tolerieren, daß ihre Kinder Messer, Schlagwerkzeuge und andere Waffen ständig bei sich haben oder - und das ist gar nicht so selten - sie ihnen sogar noch besorgen, um ihre Ruhe zu haben. Das gilt auch, wenn Eltern feststellen, daß ihr Kind teuere Kleidung trägt, die sie nicht gekauft haben und von dem Taschengeld des Kindes nicht hätte gekauft werden können.

Die Strafhäufigkeit von Kindern und Jugendlichen wird immer höher, die Straftaten werden schwerer und dort, wo Gewalt im Spiel ist, wird Gewalt immer brutaler. Nach den Stimmenverlusten für die SPD bei den Wahlen zum Hamburger Senat im September 1997 diskutierte die Partei, ob es vom damaligen Spitzenkandidaten klug gewesen sei, das Thema Innere Sicherheit, insbesondere die Ausländer- , Kinder- und Jugendkriminalität aufzugreifen, ob es sich nach diesen Erfahrungen als Wahlkampfthema für die anstehende Bundestagswahl eigne. Wenn es denn sein muß, so Spitzenpolitiker der SPD, dann sollten stärker die sozialen Ursachen für diese Entwicklung betont werden. Der Wähler in Hamburg und anderswo war irritiert: Entweder eine Partei nimmt ein Thema ernst, auch wenn es nicht die erhofften Stimmengewinne bringt oder sie entlarvt ihr

Engagement als taktisches Kalkül, wenn sie das Thema rasch wechselt, weil es im Wahlkampf nicht zu den erhofften Ergebnissen geführt hat. Der Gedanke, daß eine Regierungspartei im Wahlkampf schlecht Mißstände beklagen kann, obwohl es in ihrer Macht gelegen hätte, sie zu beseitigen, ging in der Diskussion unter.

Der Leiter des Kriminologischen Forschungsinstituts Niedersachsen, Christian Pfeiffer, benennt als Grund für die wachsende Gewalt auch eine zunehmende gesellschaftliche Spaltung in arm und reich. Aus einer für Hamburg erstellten Studie (1997) erschließt sich, daß die Jugendkriminalität besonders dort wächst, wo die Jugendarmut zunimmt und immer mehr Jugendliche auf Sozialhilfe angewiesen sind. Nach Feststellungen des Statistischen Bundesamtes hat sich in Westdeutschland zwischen 1988 und 1995 die Zahl der Haushalte mit einem Nettoeinkommen von über 10.000 DM um knapp das Dreifache erhöht. In der selben Zeit ist die Zahl der Sozialhilfeempfänger um 57% angestiegen.

Zwar stimmt der Hinweis, daß soziale Mißstände einen Nährboden für Kriminalität liefern - aber entschuldigen soziale Mißstände kriminelles Handeln? Unsere Kolleginnen und Kollegen wissen aus der polizeilichen Alltagspraxis, daß die Gleichung: „arbeitslos gleich sozialschwach gleich kriminell“ erstens nicht aufgeht und zweitens all diejenigen diskriminiert, die auf der sozialen Leiter unten stehen. Wenn Kindern und Jugendlichen immer mehr Raum genommen wird, elterliche Nähe und Zuwendung verweigert und mit ihnen gemeinsam weniger Perspektiven erarbeitet werden, hat das nicht ausschließlich Gründe, die in den wirtschaftlichen und sozialen Rahmenbedingungen zu suchen sind. Natürlich wäre es wünschenswert, wenn insbesondere die sozialen Einrichtungen unserer Gesellschaft bei kindlichem Fehlverhalten rascher mit geeigneten Maßnahmen reagieren könnten. Völlig richtig ist, daß es darum geht, Kinder von strafbarem Tun abzuhalten und nicht darum, Kinder zu kriminalisieren. Auch die Gewerkschaft der Polizei hätte gern mehr Dienststellen und Kommissariate speziell für Jugendstrafsachen und Jugendschutz. Seit langem fordert sie die Einrichtung kriminalpräventiver Räte auf kommunaler Ebene.

Wir haben uns immer grundsätzlich gegen Gesetzesverschärfungen ausgesprochen und uns für die Anwendung der Diversionsrichtlinien und für die Beschleunigung der Bearbeitung von Jugendstrafsachen eingesetzt. Wir wünschten uns mehr Jugend- und Kinderbetreuung und Eltern- und Familienberatung. Der Schutz der Kinder und Jugendlichen vor Gewalt, und wir fügen hinzu, auch vor Werbung in den Medien, ist notwendig.

Mit Kommunikations- und Konfliktbewältigungstrainings zur gewaltfreien Konfliktlösung an allen allgemeinbildenden Schulen könnte versucht werden, die anwachsende und immer brutaler werdende Gewalt auf den Schulhöfen, auf dem Nachhauseweg und in den Jugendfreizeitstätten zu begrenzen. Wir wünschten uns schließlich wesentlich mehr finanzielle Mittel und Personal für die Vorbeugung.

So weit, so gut. Was aber, wenn das Geld nicht da ist, diese Wünsche zu erfüllen? Was geschieht, wenn die wirtschafltiche Lage sich verschlimmert, die sozialen und kulturellen Konflikte sich verschärfen? Sind alle Regeln des menschlichen Zusammenlebens aufgehoben, wenn keine Butter mehr aufs Brot kommt? Begründet dies eine Neuauflage des dreißigjährigen Krieges, da jeder sich nun nimmt, was, wie er meint, die Gesellschaft ihm vorenthält? Und was, wenn trotz aller Präventionsanstrengungen die Tat nicht verhindert werden kann? Und schließlich: Was verstehen wir unter Prävention? Quer durch die ideologischen Lager setzt sich allmählich die Erkenntnis durch, daß die liberale Praxis der 70er Jahre für die Realitäten der 90er Jahre kaum mehr taugt. Die Auflösung sozialer Bindungen und sozialer Kontrolle durch Familie und Schule geht zu einem nicht geringen Teil auf das Konto dieser Praxis. Mit der Überbetonung des Rechts auf Selbstverwirklichung ging paradoxerweise eine wachsende Anspruchshaltung gegenüber der Allgemeinheit einher.

Die Jungen holen sich mit Gewalt, was ihnen die Gesellschaft freiwillig nicht gibt - schlußfolgert mancher Autor über die sozialen Ursachen der Kinder- und Jugendkriminalität. Eine solche Schlußfolgerung kann schnell auch als Entschuldigung für Gewalt und Kriminalität mißverstanden werden. Die Gruppe der Betroffenen jedenfalls nimmt solche Signale gerne auf. In den Polizeiwachen und auf den Gerichtsfluren hört man kriminelle Jugendliche teils grinsend ihre Untaten mit soziologischen Termini begründen oder kann beobachten, wie die, die sich in der Schule als hochgradig bildungsresistent bewährt haben, ganze Passagen aus dem Abschlußbericht der Enquete-Kommission zur Jugendgewalt auswendig können. Der ständige Hinweis auf die sozialen Ursachen, so kritisiert Dr. Rolf Geffken, Fachanwalt für Arbeitsrecht und Mitbegründer des Instituts für Internationale Arbeitsbeziehungen in „Mut - Forum für Kultur, Politik und Geschichte", führe weder objektiv noch subjektiv zur Beseitigung der beschriebenen Mißstände. Sondern: „Was bleibt, ist die mit der objektiven Erklärung verbundene Entschuldigung: Die Tat ist aus sozialen Umständen erklärbar. Solange diese sind, wie sie sind, muß der Täter 'verstanden' werden. In der Praxis führt das Verstehen zur 'Ent-schuldigung', ja zur Entlastung des Täters, zur Relativierung subjektiver Schuld und zur Begrenzung staatlichen Strafens. Auf diese Weise verliert das Verhältnis Täter-Opfer jede Balance. Das Opfer wird zum 'bloß gesellschaftlichen Opfer, der Täter ist ent-schuldigt. Über die Ängste des Opfers, seiner Angehörigen, seine Verzweiflung, auch angesichts der 'Milde' staatlicher Sanktionen, wird nicht mehr reflektiert“ (Geffken 1997: 70). Diese fehlende Balance zwischen Tat und Opfer, so Geffken weiter, signalisiere dem Täter, daß eine Wiederholung entweder gefahrlos oder aber kalkulierbar sei.

Uns hat niemand die Frage beantworten können, was eine Gesellschaft ihrer Jugend im konkreten Einzelfall zu geben hat. Reichen Lehrstellen allgemein aus, oder nur solche in bestimmten stark nachgefragten Modeberufen? Reicht die Möglichkeit zum Schulbesuch aus, oder kommen nur Schulen in Betracht, die auch Spaß machen? Was geschieht mit denen, die nicht annehmen, was die Gesellschaft anbietet, die Schule schwänzen, die Lehrstellen ausschlagen und Lehren abbrechen?

Daß man sich nicht nur in Deutschland, sondern auch in anderen (und älteren) Demokratien zunehmend den Kopf darüber zerbricht, was sich eine Gesellschaft von ihrer Jugend nicht bieten lassen und was sie von ihr auch verlangen darf, zeigt das Beispiel England. Jugendliche, denen keine Lehrstelle angeboten werden kann, erhalten ein staatliches Salär, wenn sie Ausbildung und Aufnahme in einer Umweltschutzgruppe oder in einer anderen gemeinnützigen Organisation finden. Wer alles ablehnt, erhält auch keine staatliche Unterstützung. Blairs Credo lautet: „Wir wollen hart gegen das Verbrechen sein, aber ebenso hart gegen dessen Ursachen“ (Klingst 1997: 3). Kinder, die bei Einbruch der Dunkelheit herumstreunen, werden aufgefordert, nach Hause zu gehen oder werden mit dem Streifenwagen nach Hause gebracht. Jugendliche, die in Parks oder Anlagen herumlärmen, bekommen ebenfalls den Druck der Polizei zu spüren. Auch in Großbritannien hat man die Erfahrung gemacht, daß neun von zehn jugendlichen Strafgefangenen nach ihrer Entlassung wieder rückfällig geworden sind und setzt auf Diversionsverfahren (die man von Deutschland abgeschaut hat).

Über Kinder- und Jugendkriminalität hinwegzusehen ist die bequemste Lösung, aber auch die mit den schwerwiegendsten Folgen für die Zukunft unserer Gesellschaft. Kinder und Jugendliche auch bei ihren Verfehlungen ernst zu nehmen, ihnen Grenzen aufzuzeigen und es auszuhalten, als kleinbürgerlich, konservativ und repressiv zu gelten, erfordert mehr Mut. „Bequemlichkeitsliberalismus" benannte es Ulrich Greiner in der Wochenzeitschrift DIE ZEIT (vgl. Greiner 1997). Dieser Bequemlichkeitsliberalismus trifft nicht nur Kinder und Jugendliche, sondern die gesamte Gesellschaft. Wer nämlich der Meinung ist, daß Erziehung einen Sinn macht, darf bei Kindern und Jugendlichen nicht stehenbleiben. Sie ahmen nach oder überzeichnen nur, was die Alten ihnen vormachen. Deshalb fordert Greiner auf, ein bißchen genauer hinzugucken: „auf die Verwahrlosung öffentlicher Räume, auf die Verwilderung der Umgangsformen, kurz: auf die Vergleichgültigung dieser Gesellschaft. Jeder abendliche Rundgang durch die dreißig Fernsehkanäle erweckt den Eindruck, als wäre die Geschmacklosigkeit zum Stilprinzip und die Formlosigkeit zur herrschenden Ästhetik geworden und als gäbe es zwischen gesund und krank, richtig und falsch, normal und verrückt nicht nur keinen Unterschied mehr, sondern als wäre jeder, der darauf beharren wollte, ein Konservativer oder ein Depp oder beides" (Greiner 1997).

Wo die Regelverletzung zur Regel wird, hat natürlich niemand das Recht, von einer Teilmenge der Gesellschaft die Einhaltung von Regeln zu verlangen. Wie so oft, wenn die Alten sich über die Jungen beklagen, bekommen sie zu hören: „Faßt Euch an die eigene Nase". Da spätestens dieser Vorgang - wie wir wissen - dann auch regelmäßig unterbleibt, kann die Antwort auf die ausufernde Kinder- und Jugendkriminalität - die Polizeibeamte wie wir geben können - nur ein sicherheitspolitisches Konzept sein, das alle Teile der Gesellschaft umfaßt und das den Schutz der öffentlichen Ordnung wieder stärker in den Mittelpunkt der staatlichen Aufgaben rückt. Das heißt: Regelverletzungen, die die öffentliche Ordnung beeinträchtigen, dürfen nicht mehr bagatellisiert werden. Die New Yorker Polizei hat mit ihrer Unnachgiebigkeit gegenüber öffentlicher Unordnung auch in den USA bislang nicht für möglich gehaltene Erfolge bei der Eindämmung der Kriminalität geerntet. In diesem Prozeß liegt unter anderem die Erklärung für ein Phänomen, das auch in Deutschland Sicherheitsexperten Rätsel aufgab: das Kriminalitätsfurchtparadoxon. Seit dem Fall der Mauer geht laut Umfragen von Meinungsforschungsinstituten das Sicherheitsgefühl der Deutschen kontinuierlich in den Keller, obwohl die objektive Sicherheitslage keinen Grund für diese Panik liefert. Es fürchteten sich zudem die Gruppen in der Bevölkerung am meisten vor Verbrechen, die - zumindest laut Kriminalstatistik - am wenigsten davon betroffen sind: Frauen und Alte. Viel häufiger werden junge bis mittelalte

Männer Opfer - aber die haben keine Angst davor. Auch New York City kannte dieses Phänomen. Die Stadt stand Ende der 80er Jahre in der Kriminalstatistik der amerikanischen Großstädte an 22. Stelle, aber in der Kriminalitätsfurcht mit an der Spitze. Wer also das schwindende Sicherheitsgefühl gleichsetzt mit der Angst vor schweren Straftaten, begeht offenbar einen Irrtum. Folglich wirken auch die vorzeigbaren Erfolge in der Bekämpfung der Schwerkriminalität nicht so beruhigend auf die Gemüter der Menschen, wie die Polizei das gerne hätte. Vermutungen, wonach sich die wachsende Kriminalitätsfurcht oder das Unsicherheitsgefühl aus ganz anderen Quellen speist als aus spektakulären Kriminalfällen, gab es recht früh. Läßt man Zukunfts- und Existenzängste, wie die Angst um den Arbeitsplatz, der Versorgung bei Krankheit und im Alter außen vor, so sind es vor allem gravierende Veränderungen innerhalb der vertrauten Umgebung, die Irritationen hervorrufen und in nackte Angst umschlagen können.

Die Beziehung zwischen öffentlicher Unordnung und Kriminalitätsentwicklung konnte auch in anderen amerikanischen Städten nachgewiesen werden. Eine Studie über Portland/Oregon ergab, daß Dreiviertel der befragten Erwachsenen auf die andere Straßenseite wechselten, wenn ihnen eine Gruppe von Jugendlichen entgegenkam. Das ist auch in deutschen Städten nichts Neues mehr.

Vorbei sind die Zeiten, in denen eine kaputte Telefonzelle im Handumdrehen durch eine neue ersetzt wurde, der wild entsorgte alte Kühlschrank einen Großeinsatz der Stadtreinigung ausgelöst hätte. Seit in den öffentlichen Kassen Ebbe herrscht, wird ein zerstörtes Blumenbeet eben nicht mehr am anderen Tag neu aufgepflanzt, sondern bleibt und spricht Bände. Erhebungen von 1996 schätzen den bundesweiten Vandalismusschaden zum Beispiel im öffentlichen Personennahverkehr (ÖPNV) auf mindestens 70 Millionen Mark, der damit fast doppelt so hoch lag, wie der im Jahr 1979 durch Vandalismus verursachte Schaden. So registrieren die Bürger den Verfall durch Gewalt und Nachlässigkeit immer häufiger und sie ahnen dunkel, daß sie es sind, die die Zeche zahlen – und nicht nur durch höhere Fahrpreise, Steuern oder Versicherungsprämien. Gravierender ist nach Ansicht der amerikanischen Forscher James Q. Wilson und George L. Kelling das „unausweichliche Wissen, daß die Umgebung, der sie für eine Stunde oder mehr am Tag ausgesetzt sind, unkontrolliert und unkontrollierbar ist und daß jeder, der will, hier eindringen kann, um jede erdenkliche Art von Schaden und Unfug anzurichten“ (Glazer 1996: 126).

Die Bibel des New Yorker „community policing" ist ein schlichter Aufsatz, der vor 15 Jahren unter dem Titel „The police and neighbourhood safety: Broken Windows" im „The Atlantic Monthly" (1982: 29-39) und als Übersetzung von Bettina Paul im vergangenen Jahr im „Kriminologischen Journal" des Arbeitskreises Junger (und rechten Tendenzen bislang unverdächtiger) KriminologInnen erschien. Die Autoren, James W. Wilson und George L. Kelling: „Die Konfrontation mit einem lärmenden Jugendlichen oder einem betrunkenem Bettler kann für eine wehrlose Person ebenso mit Angst besetzt sein, wie die Begegnung mit einem wirklichen Raubtäter. In der Tat sind diese beiden Begebenheiten für eine wehrlose Person oft nicht voneinander zu unterscheiden. Darüberhinaus ist die geringere Viktimisierungsrate älterer Personen bereits eine Folge der von ihnen unternommenen Schritte - wie z.B. sich überwiegend hinter der verschlossenen Türe aufzuhalten -, um mögliche Risiken gering zu halten. Junge Männer werden wesentlich öfter Opfer von Kriminalität als ältere Frauen, nicht weil sie einfachere oder lukrativere Ziele darstellen, sondern weil sie sich mehr auf der Straße aufhalten" (Wilson/Kelling 1996: 126).

Kein Wunder, daß die „Broken-Windows-Theorie", nach der eine weggeworfene Bierdose rasch zu einer wilden Müllkippe mutiert, wenn sie nicht umgehend beseitigt wird, einleuchtet – weil sie sich tagtäglich bestätigt.

Literatur

Geffken, R. 1997: „Politik ohne Worte", in: MUT, Nr. 359

Greiner, U. 1997: Von der Vergleichgültigung – Wenn die Regelverletzung zur Regel wird ist das Zusammenleben gefährdet, in: Die Zeit, Nr. 19

Klingst, M. 1997: Der Preis der Sicherheit, in: Die Zeit, Nr. 39

Piffer, C./Brettfeld, K./Delzer, I. 1997: Jugenddelinquenz und jugendstrafrechtliche Praxis in Hamburg (hgg. vom kriminologischen Forschungsinstitut Niedersachsen), Hannover

Wilson J.Q./Kelling, G.L. 1996: Polizei und Nachbarschaftssicherheit: Zerbrochene Fenster, in: KrimJ, 28. Jg., S. 121-137

Thomas Feltes

Die über-forderte Polizei
Kinder, Kriminalität und Polizei

1. Die Freunde, die Straße - und die Bullen

An alle Eltern, Bullen und an all die anderen, die uns vielleicht verachten.
Manchmal bist Du ganz alleine inmitten von Tausenden, die sich Freunde nennen. Liegt es an dem Joint, den Du vorhin geraucht hast? Oder etwa daran, daß es AUF DER STRASSE eben doch keine richtigen Freunde gibt? Und überhaupt, AUF DER STRASSE, wie hört sich das denn an? Ist es so, wie es ist, oder ist alles anders? Stimmt alles, was über GHETTOS gesagt wird, in Wirklichkeit doch? Aber Du bist hier groß geworden, hast hier das erste Mal richtig gelebt, geliebt, gehaßt und geträumt, hast hier Freunde gefunden.
Stimmt das? Was ist mit den Drogen? Haben Sie Euch nicht auseinandergebracht? Spätestens wenn Dein Freund mehr Dope verkauft als Du, seid ihr keine FREUNDE mehr. Oder? Du klammerst Dich fest an Deine Illusionen. Wer sind Deine FREUNDE?
Was ist mit den ganzen Gerichtsterminen wegen Überfällen, Autoklau und versuchten Totschlags? Was empfindest Du, wenn jemand, dem Du nahestehst, in den Knast muß und trotzdem nicht aufhört, Scheiße zu bauen und KOKS zu nehmen? Was willst Du denn tun? Ihn anflehen (unter Tränen), damit aufzuhören? Doch was nützt es? Du bist einmal drin in der ganzen Scheiße und kommst nie wieder raus. So sehr Du es auch versuchst. Es ist schließlich Dein LEBEN,- Deine FREUNDE. Willst Du, kannst Du das alles aufgeben?
Kannst Du das alles vergessen?
Zersplitternde, krachende Scheiben, das Adrenalin wenn Du rennst („Beeil Dich, die Bullen! ... Lauf doch endlich, Du Straßenkind!“, das Blut, das Du sahst, kannst Du es vergessen?

Irgendwie sind das doch alles FREUNDE: Sie haben alle das gleiche Schreckliche mit Dir durchgemacht („Ich hab' kein Bock mehr, daß mein Vater, der Hurensohn, Ma und mich kaputtkloppt, ich knall ihn ab, ICH KNALL IHN AB!!! ... gib mir den Joint...“), sie teilen alles, fühlen sich genauso alleine und ohne Hoffnung wie Du. Woran glaubst Du? Woran kannst Du noch glauben, nachdem Du das alles gesehen hast? An Deine Eltern?! An Gerechtigkeit?! An GOTT?! NEIN. Wofür hoffst Du? An ein Leben ohne das alles? An ein Leben, das gerecht ist, ohne Geschäfte, Drogen, ohne Blut, Blut auf deinen Händen, ohne heimliche Tränen auf Deinem Gesicht? An ein Leben mit wirklichen FREUNDEN, voller Vertrauen? An ein Leben, in dem Du eine Chance hast, auch als“ Straßenkind“, „ Ghettokind“? An ein Leben ohne den Kampf ums Fressen oder Gefressen-werden? An ein Leben mit Verständnis? JA!

Aber Du bist gefangen in all den Vorurteilen Deiner Umwelt. Und Du bist trotz all der FREUNDE so allein. Nur Du allein kannst es schaffen, den Absprung. Aber Du hast Angst. Das, all das hier, ist schließlich Dein LEBEN. Deine FREUNDE sind Deine Hoffnung und Dein Vertrauen. Du brauchst sie. Sie sind Dein einziger Halt. Doch gleichzeitig ziehen sie Dich (und Du sie) immer wieder in die Scheiße rein. Warum ist das alles so? Warum baut man Scheiße? Aggressionen, Haß, Unzufriedenheit und Unsicherheit. Um auf sich aufmerksam zu machen: Hallo, hier sind wir! - Habt Ihr uns denn ganz vergessen? Haß auf die Gesellschaft, die uns verachtet. Aus Trotz, denn so kommen wir wenigstens mal in die Zeitung. Um Macht zu haben. Über Schwächere, über Bullen, die es so oft nicht schaffen uns abzupacken. Jeder hat Angst vor uns GHETTOKIDS.

Man fühlt sich stark, sicher, frei und ungebunden.

Doch dann kommen die Zweifel. Wenn die kleinen Geschwister schon rauchen, kiffen, saufen, Scheiße bauen. Du denkst: „Es ist Deine Schuld. Du warst das Vorbild, so cool, unnahbar und unberechenbar“. „Du fühlst Dich schlecht. Und dann kommen die Sehnsüchte. Nach einer heilen Familie, nach Liebe und Trost. Doch wo sollst Du Liebe herkriegen, ist ja keiner da.

Nur Deine FREUNDE und DIE STRASSE.

Es ist nicht allein unsere Schuld![1]

1 Die Autorin ist Tochter eines Hinz & Kuntz-Verkäufers. Der Beitrag wurde veröffentlicht in: Hinz & Kuntz - Das Hamburger Strassenmagazin, Nr. 54, August 1997.

Die Freunde, die Straße - und die Bullen. Für viele Kinder und Jugendliche, die mit „dem Gesetz in Konflikt geraten", sind „die Bullen" wichtige, manchmal auch die einzigen Bezugspersonen. Polizeibeamtinnen und Polizeibeamte begleiten ihr Leben, Polizeibeamtinnen und -beamte erleben sie in (auch extremen) Konfliktsituationen, Polizeibeamtinnen und Polizeibeamte sind für sie oftmals die einzigen Ansprechpartner - zumindest dann, wenn z.B. nachts oder am Wochenende keine „Gehirnklempner" oder „Sozialheinis" vom Sozial- oder Jugendamt erreichbar sind. Und Polizisten sind Partner in einem Spiel, das man durchaus als „Räuber und Gendarm-Spiel" beschreiben könnte. Viele (sicherlich nicht alle) Kinder und Jugendliche, die häufiger Kontakt mit Polizeibeamten haben, akzeptieren diese Rollenverteilung - zumindest so lange, wie auch die Gegenseite bestimmte Spielregeln einhält. Die erste Erfahrung, von einem Polizeibeamten erwischt zu werden, prägt - weitere Kontakte verstärken Sichtweisen und Beziehungen auf beiden Seiten. Vielfach ist das, was zwischen einem Jugendlichen und einer Polizeibeamtin oder einem Polizeibeamten in einer solchen Konfliktsituation abläuft, prägender und für den Jugendlichen subjektiv wichtiger als spätere Gespräche mit Sozialarbeitern, Therapeuten oder Bewährungshelfern. Das Jugendstrafverfahren erlangt für viele Jugendliche eine subjektiv geringere Bedeutung, weil es meist Monate später stattfindet und oftmals eine Sanktion verhängt wird, die für ihn in keinerlei Beziehung zur ursprünglichen Tat mehr steht weil inzwischen wieder viel Neues, vielleicht Positives, meist aber Negatives passiert ist.

Daß die Polizei insgesamt, ebenso wie die einzelnen Polizeibeamtinnen und -beamten in diesen Interaktionen mit Kindern und Jugendlichen häufig überfordert sind, liegt auf der Hand. Zum einen gebietet es das Legalitätsprinzip, auch kleinere Straftaten unnachgiebig zu verfolgen; nur die Staatsanwaltschaft ist befugt, ein Verfahren einzustellen - obwohl der Polizeibeamte in vielen Fällen viel besser beurteilen könnte, ob ein formelles Strafverfahren sinnvoll und notwendig ist oder ob andere, informelle Maßnahmen angemessen sind. Zum anderen erkennen die meisten Polizisten, daß die Straftat oder der Konflikt, in den sie einbezogen werden, (in den Fällen, die tatsächlich für alle Beteiligten von Bedeutung sind) oftmals nur die Spitze eines Eisbergs sozialer Probleme ist. Im Ergebnis verschließen sie dann die Augen, um nicht vor der eigenen Hilflosigkeit und der Begrenztheit polizeilicher und strafrechtlicher Maßnahmen kapitulieren zu müssen. Manche bauen dann auch ein individuelles Schutzschild um sich hemm auf, weil sie glauben, die verschiedensten Anforderungen und Probleme des polizeilichen Alltags, die bei Fanlilienstreitigkeiten, Suiziden, schweren Verkehrsunfällen und letztlich auch Straftaten an sie herangetragen werden, anders nicht bewältigen zu können (vgl. Feltes 1995d). Daß sich dieser Schutzschild auch in Form von Zynismus, Frustration und Aggression darstellen kann, liegt auf der Hand, auch wenn neuerdings gerade innerhalb der Polizeien der Länder im Bereich der Aus- und Fortbildung vieles getan wird, um die Polizistinnen und Polizisten auf solche Situationen besser vorzubereiten und sie in diesen Konflikten angemessener reagieren zu lassen.

2. Zum Umfang der Kontakte zwischen Polizei und Kindern und Jugendlichen

1996 wurden insgesamt 131.010 Kinder unter 14 Jahren sowie 277.479 Jugendliche zwischen 15 und 18 Jahren (12,3% beziehungsweise 9,1% mehr als im Vorjahr) von der Polizei als „Tatverdächtige" registriert (PKS 1996: 76). In all diesen Fällen kam es zu mindestens einem unmittelbaren Kontakt zwischen Polizeibeamtinnen oder Polizeibeamten und diesen Kindern und Jugendlichen. Dazu kommen noch die Kontakte, die sich bei anderen Gelegenheiten ergeben:

- bei Verhaltensweisen „in strafrechtlichen Grenzbereichen", wo die Polizei zwar einschreitet, aber keine Straftat im eigentlichen Sinne feststellt (Ruhestörungen, Belästigungen),
- bei Familienstreitigkeiten, die immerhin drei Viertel aller Funkstreifeneinsätze wegen „Gewalt" beziehungsweise Körperverletzungen ausmachen (vgl. Feltes 1995a), und bei denen in vielen Fällen Kinder und Jugendliche passiv beteiligt, als Opfer betroffen oder selbst Täter sind (vgl. Steffen/Polz 1991),
- bei Verkehrskontrollen und
- bei Präventionsmaßnahmen z.B. im schulischen Bereich.

Während bei den letztgenannten Kontakten Kinder und Jugendliche aus allen gesellschaftlichen Schichten betroffen sind, dürften bei Kontakten im Zusammenhang mit Straftaten, mit Verhaltensweisen in strafrechtlichen Grenzbereichen oder auch mit Familienstreitigkeiten, Kinder und

Jugendliche aus unteren sozialen Schichten oder gesellschaftlichen Randgruppen überrepräsentiert sein.

3. Die Gewalt spielt sich in der Familie ab

Gewalt(-kriminalität) wird in der Regel mit öffentlichem Raum und Fremden als Tätern assoziiert. Dabei ist die am häufigsten auftretende Form interpersoneller Gewalt in der Gesellschaft die Gewalt in der Familie. Sie ist häufiger als alle anderen Formen von Gewalt gegen Personen zusammengerechnet. Dies gilt auch dann, wenn man auf die der Polizei zur Kenntnis gebrachten und in der Polizeilichen Kriminalstatistik (PKS) erfaßten Taten abstellt und das erhebliche Dunkelfeld außer Acht läßt. Eine Auswertung von den im zentralen Einsatzrechner der Landespolizeidirektion Stuttgart II (Stadtgebiet Stuttgart) im Verlaufe eines Jahres registrierten Funkstreifeneinsätzen hat ergeben, daß von insgesamt rund 119.000 Einsätzen etwa 6.500 in Verbindung mit Körperverletzungsdelikten standen, wobei genau 4.877 (oder 74,6% dieser Einsätze) im häuslichen Bereich stattfanden (vgl. Feltes 1995a). Dies bedeutet, daß sich dreimal so viel Gewalt in der Familie ereignet wie im öffentlichen Raum. Auch wenn der Gewaltraum Familie somit statistisch betrachtet größere Bedeutung hat als andere Bereiche, wird er in der öffentlichen Meinung nicht entsprechend wahrgenommen.

So ist z.B. auch die offizielle Opferbelastung (polizeilich registrierte Straftaten je 100.000 Einwohner der betreffenden Altersgruppe) beim vollendeten sexuellen Mißbrauch von Kindern mit 145 Fällen sechsmal so hoch wie die Opferbelastung bei Vergewaltigung von Jugendlichen und Heranwachsenden und höher als die Opferbelastungszahl jeder Altersgruppe beim Raub. Das Risiko für ein Kind, sexuell mißbraucht zu werden, ist also deutlich größer als das eines Erwachsenen, Opfer eines Raubes zu werden. Dabei muß hier noch davon ausgegangen werden, daß die Dunkelziffer beim sexuellen Mißbrauch wesentlich höher ist als beim Raub, das heißt daß hier wesentlich weniger Fälle der Polizei gemeldet werden.

4. Polizeilich registrierte versus verurteilte Jugendliche: Ein Widerspruch?

Vergleicht man die Zahl der polizeilich registrierten Jugendlichen mit der Zahl derjenigen, die von Gerichten verurteilt wurden, so wird deutlich, daß viele der strafrechtlich relevanten Polizeikontakte nicht zu einer Verurteilung führen.

1996 wurden insgesamt 15.998 Jugendliche zwischen 14 und 16 Jahren von deutschen Gerichten verurteilt. Dabei erfolgen mehr als die Hälfte dieser Verurteilungen wegen Diebstahl und Unterschlagung, rund ein Drittel wegen einfachem Diebstahl (in der Regel Ladendiebstahl, vgl. Abb. 1).

Abbildung 1: Verurteilte Jugendliche zwischen 14 und 16 Jahren, 1996

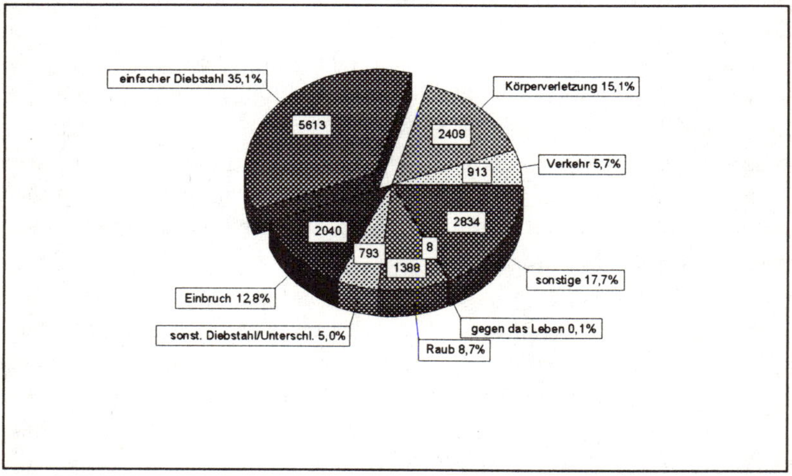

Quelle: PKS 1996: 81f.

Im gleichen Jahr wurden aber insgesamt 134.290 Jugendliche dieser Altersgruppe von der Polizei als Tatverdächtige registriert. Selbst wenn man die zeitliche Verschiebung zwischen polizeilicher Registrierung und Verurteilung berücksichtigt, bleibt eine „Schwundquote" von über 85%. Auch wenn sich die Zahlen der polizeilichen und der gerichtlichen Statistik nur schwer miteinander kombinieren lassen, so bedeutet dies dennoch, daß von 100 tatverdächtig registrierten Jugendlichen zwischen 14 und 16 Jahren lediglich 12-15 von Gerichten verurteilt werden. Die restlichen Verfahren werden entweder von der Staatsanwaltschaft oder dem Gericht eingestellt oder es werden Verfahren miteinander verbunden. Diese Zahl ist aber bei Jugendlichen keineswegs deutlich geringer als bei anderen Altersgruppen. Insgesamt erfolgten z.B. 1996 bei 2.213.293 Tatverdächtigen lediglich 511.818 Verurteilungen (ohne Straftaten im Straßenverkehr). Bei einzelnen Delikten liegt die „Verurteiltenquote" sogar unter 10% (vgl. Statistisches Bundesamt 1997: 16f.).

5. Warum man den Zahlen der Polizeilichen Kriminalstatistik nicht trauen sollte

In den letzten Jahren ist die Zahl der Kinder und Jugendlichen, die von der Polizei als Tatverdächtige registriert wurden, teilweise beträchtlich angestiegen. Während z.B. 66.309 Kinder und 157.360 Jugendliche 1984 von der Polizei als Tatverdächtige registriert wurden, waren es 97.093 Kinder (+ 46,4%) und 202.995 Jugendliche (+ 29,0%) im Jahre 1996 (jeweils alte Bundesländer, 1996 mit Gesamt-Berlin). Zwischen 1993 und 1996 stieg die Zahl der im gesamten Bundesgebiet (einschl. Ostländer) registrierten tatverdächtigen Kinder um 48,4% und die der Jugendlichen um 33,4% an (jeweils Absolutzahlen, die nur bedingt aussagekräftig sind; bei den Tatverdächtigenbelastungsziffern - berechnet auf jeweils 100.000 der betreffenden Altersgruppe - liegen die Werte sogar bei 57,9% für deutsche Kinder beziehungsweise 33,3% für deutsche Jugendliche).

Dabei zeigen diese Zahlen (vgl. PKS 1996: 81f.), daß es vor allem die deutschen Kinder und Jugendlichen sind, die für diesen zahlenmäßigen Anstieg verantwortlich sind. Diese Werte sind auch in Abb.2 übernommen worden, da nur für deutsche Tatverdächtige eine Berechnung auf jeweils 100.000 der Wohnbevölkerung möglich ist.

Allerdings muß man berücksichtigen, daß die Polizeiliche Kriminalstatistik eine äußerst unzuverlässige Grundlage für empirische Aussagen ist. Zum einen sind die Erfassungsgrundlagen häufig mangelhaft: Nach einer Hamburger Studie liegen bei mehr als der Hälfte der PKS-Daten Fehlerfassungen vor (vgl. Gundlach/Menzel 1992). Besonders bei ausländischen Tatverdächtigen ist die PKS absolut unbrauchbar (vgl. Steffen u.a. 1992). Ein Zeitreihenvergleich anhand von PKS-Daten berücksichtigt vor allem nicht den Umstand, daß es sich bei dieser Statistik um eine Anzeigestatistik handelt, das heißt, daß (zu mehr als 90%) nur solche Taten „erfaßt" werden, die von betroffenen Opfern, Zeugen oder anderen Personen der Polizei (formell oder informell) angezeigt werden.

Abbildung 2: Von der Polizei registrierte tatverdächtige deutsche Kinder und Jugendliche, 1984 bis 1996

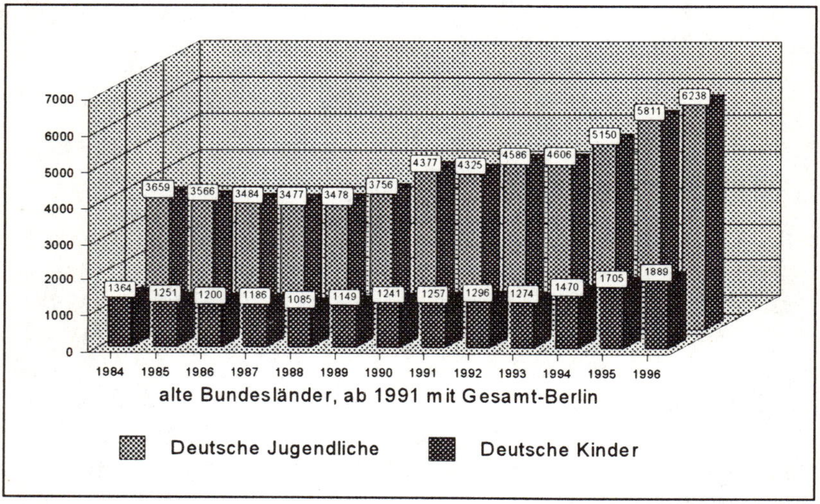

Quelle: PKS 1996: 81f.

Damit sind diese Personen die entscheidenden Filter, die aus einer Straftat, die begangen wird, eine polizeilich registrierte Tat werden lassen.

Dort, wo nicht nur die polizeilich registrierten Taten erfaßt werden, sondern auch (über eine repräsentative Opferbefragung) das tatsächliche Opferwerden, zeigen sich aber unter Umständen gegenläufige Entwicklungen: Während z.B. in den USA die polizeilich registrierten Straftaten in den letzten 20 Jahren beständig angestiegen sind, ist die Zahl der bei den Opferbefragungen erfaßten Personen beziehungsweise Haushalte, die Opfer einer Straftat wurden, rückläufig gewesen. So stieg z.B. zwischen 1978 und 1992 die Arrestrate (verhaftete Personen) um 11% an, während der Anteil der Personen und Haushalte, die Opfer einer Straftat wurden, um über 30% zurückging (vgl. Feltes 1995b). Das (durchschnittliche) Opferrisiko war somit in den USA in diesem Zeitraum deutlich gesunken, ohne daß dies in der öffentlichen Diskussion wahrgenommen wurde.

Diese Entwicklung läßt sich zum einen mit einem veränderten Anzeigeverhalten der Bevölkerung erklären, aber auch damit, daß immer weniger Bürger beziehungsweise Haushalte, diese dafür aber immer öfter, Opfer von Straftaten werden, das heißt daß sich auch hier eine Differenzierung der Gesellschaft zeigt, die möglicherweise ihre Parallelen in anderen (sozialen und ökonomischen) Bereichen findet. Bei der Anzeigeerstattung geht es aber oftmals weniger um moralische oder strafrechtliche Verurteilung des Angezeigten als vielmehr um eine unmittelbare formelle oder informelle polizeiliche Disziplinierung (vgl. Hanak 1984). Daraus läßt sich der Schluß ziehen, daß wir es auch bei der Entwicklung der bundesdeutschen Zahlen zur Kinder- und Jugendkriminalität möglicherweise nicht mit einer tatsächlichen Veränderung in diesem Bereich zu tun haben, sondern daß sich die Einstellungen der Bürger insofern verändert haben, als eine zunehmend größere Sensibilität an den Tag gelegt und zunehmend nach staatlichen Institutionen gerufen wird, um Probleme zu lösen.

Auch andere, vorliegende empirischen Befunde sprechen gegen eine generelle unspezifische Zunahme der Jugendgewalt im Vergleich zu früheren Generationen (vgl. Scherr 1994) - zumindest wenn man dazu einen längeren Vergleichszeitraum als einige Jahre wählt. Dem widerspricht nicht eine als solche wahrgenommene Zunahme von Gewalt in bestimmten Lebensabschnitten: „Dieser Fokussierung der - vermeintlichen - Jugendgewalt durch die Erwachsenenwelt scheint eine wichtige Rechtfertigungs- und Entlastungsfunktion zuzukommen. Verschleiert wird damit, daß die Bedingungen zur Entstehung von Jugendkriminalität - das kriminogene gesellschaftliche Klima - zu einem wesentlichen Teil von der durch Erwachsene konstruierten und beherrschten Lebenswelt geschaffen werden. Verschleiert wird weiter die Zunahme der subtilen, in gesellschaftlichen Strukturen angelegten Gewalt der Erwachsenen, sichtbar als strukturelle Gewalt, als Gewalt gegen Ausländer, gegen Arbeitslose, und gegen die Jugend" (Schneider/Stock 1995: 58).

6. Jugendliche werden immer häufiger Opfer von Straftaten

Auf der anderen Seite zeigen aktuelle Studien zum Opferwerden, daß Jugendliche offensichtlich in den letzten Jahren zunehmend Opfer von Straftaten werden beziehungsweise solche (bei Opferbefragungen) berichten. In den USA richtet sich bereits jedes vierte Gewaltverbrechen gegen Kinder und Jugendliche, und dort sterben inzwischen mehr Kinder durch Gewaltverbrechen (begangen zumeist von Altersgenossen oder den eigenen Eltern) als im Straßenverkehr. In der Britischen Opferbefragung (vgl. Tab. 1) berichteten 34% der 12 bis 15-jährigen, daß sie in den letzten 6-8 Monaten Opfer einer Körperverletzung geworden waren und 23% gaben an, bestohlen worden zu sein. Die entsprechenden Werte für 16 bis 19-jährige oder ältere Personen liegen hingegen wesentlich niedriger:

Tabelle 1: Opfer eines Diebstahls oder einer Körperverletzung außerhalb der eigenen Wohnung in den letzten 6-8 Monaten

Altersgruppe	Diebstahl	Körperverletzung
12-15 Jahre		
alle Ereignisse	23%	34%
als Straftat empfunden	11%	7%
16-19 Jahre	6%	9%
20-59 Jahre	2%	1%

Quelle: British Crime Survey (vgl. Maung 1995)

Dabei zeigt sich, daß die Mehrzahl der Taten gegen Jugendliche von Personen der gleichen Altersgruppe, also ebenfalls von Jugendlichen begangen werden. Lediglich 40% der Taten werden im übrigen von den Jugendlichen den Eltern berichtet, und sogar nur 12% werden der Polizei bekannt.

Auch bei der von der „Forschungsgruppe Kommunale Kriminalprävention in Baden-Württemberg" (1995) durchgeführten repräsentativen Bevölkerungsbefragung in drei Städten stellte sich heraus, daß junge Menschen wesentlich häufiger als andere Altersgruppen davon berichten, Opfer einer Straftat geworden zu sein (vgl. Tab. 2). So gaben bis zu 58,5% der (männlichen) 14 bis 24-jährigen an, in den letzten 12 Monaten Opfer geworden zu sein. Besonders auffällig ist dabei, daß die hohe Belastung der 14 bis 24-jährigen Männer zur Hälfte auf Gewaltdelikte zurückgeht, wobei darauf hinzuweisen ist, daß auch die bekannte Alters- und Geschlechtsverteilung der Täter hier ihr Maximum hat (vgl. Heinz/Spieß 1995).

Tabelle 2: Opferwerdung nach Alter und Geschlecht in drei baden-württembergischen Städten 1994 - Auswahl einiger Altersgruppen

Alter Gemeinde	14-24 Jahre	30-34 Jahre	55-64 Jahre	Total
Calw				
Alle	35,0%	29,9%	15,0%	17,4 %
Männer	37,3%	36,1%	16,1%	15,7%
Frauen	32,5%	21,7%	12,7%	18,4%
Freiburg				
Alle	53,5%	40,8%	23,6%	18,5%
Männer	58,5%	46,7%	26,4%	18,4%
Frauen	38,9%	36,2%	21,6%	18,3%
Ravensburg/ Weingarten				
Alle	46,3%	41,7%	19,5%	12,7%
Männer	53,8%	53,6%	23,9%	16,5%
Frauen	40,2%	30,7%	13,8%	9,0%

Quelle: Forschungsgruppe Kommunale Kriminalprävention 1995

Zudem stellte die Forschungsgruppe fest, daß (mit einer Ausnahme) Jugendliche im Vergleich zu (jungen) Erwachsenen relativ häufig Angst vor einer Opferwerdung in der Wohngegend haben (vgl. Obergfell-Fuchs/Kury 1995) - ein Ergebnis, das sich mit anderen bundesdeutschen Untersuchungen deckt (vgl. Abb. 3).

Insofern wundert es nicht, daß gerade Jugendliche ein häufigeres Streifegehen der Polizei im eigenen Wohngebiet befürworten (59% der männlichen 14 bis 24-jährigen und 54% der weiblichen Personen dieser Altersgruppe plädieren dafür, im Gegensatz z.B. zu lediglich 49% beziehungsweise 43% der 30 bis 34-jährigen). Die relativ hohe Viktimisierungsrate und Kriminalitätsfurcht scheint sich in einer überwiegend positiveren Einstellung zur Polizeipräsenz niederzuschlagen. Bei der Frage nach der Bewertung der Polizeiarbeit geben die Jugendlichen im übrigen eine deutlich schlechtere Bewertung ab als andere Altersgruppen (vgl. Heinz/Spieß 1995; Dölling/Hermann/Simsa 1995). In Verbindung mit der Tatsache, daß wesentlich mehr Jugendliche Kontakt mit der Polizei haben als oftmals angenommen wird (in England rund ein Drittel innerhalb der letzten 6 - 8 Monate), ist (auch hier) ein Um- beziehungsweise Nachdenken bei Polizei und Sozialarbeit erforderlich.

Abbildung 3: Verbrechensfurcht und Alter

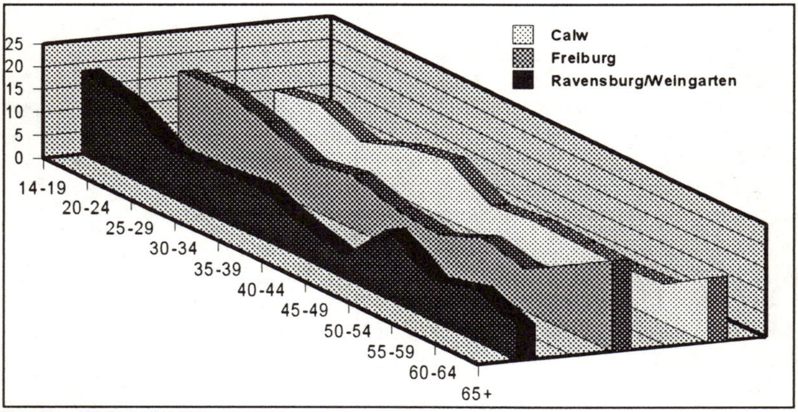

Quelle: Feltes 1998

7. Der Ruf nach mehr Polizei kommt auch von Kindern und Jugendlichen - ist er Lösung oder Illusion?

Fast alle meinen, daß „mehr Polizei auf der Straße" geeignet sei, die öffentliche Sicherheit zu verbessern. Gleichzeitig setzen die Bürger aber bei der Analyse der Ursachen der Kriminalität andere Schwerpunkte. Hier werden eine verfehlte Sozial-, Wohnungs- oder Arbeitspolitik genannt sowie fehlende Freizeitmöglichkeiten, gleichzeitig wird aber nach der Polizei zur „Beseitigung" dieser Probleme gerufen (vgl. Forschungsgruppe Kommunale Kriminalprävention 1995; Feltes 1995; Abb. 4 und 5).

Obwohl z.B. 30% der von uns in Ravensburg/Weingarten befragten Bürger gar nicht wissen, ob ihre nächste Polizeiwache nachts besetzt ist, und fast ein Viertel noch nie eine Polizeistreife in ihrem Wohngebiet gesehen hat, sind fast 60% dafür, daß Polizisten in ihrem Wohngebiet häufiger Streife gehen sollten. Dieses Ergebnis ist auch deshalb paradox, weil wir aus dieser wie aus anderen Studien wissen, daß sich die Bürger in ihrem eigenen Wohngebiet in der Regel sicher fühlen und sich in anderen Bereichen der Stadt (zumeist innerstädtischen Bereichen) deutlich mehr fürchten.

Abbildung 4: Gründe für angenommene Zunahme der Kriminalität

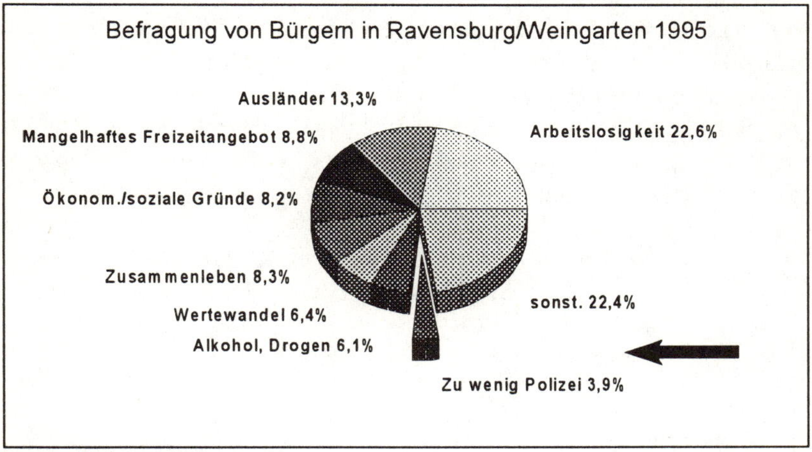

Quelle: Feltes 1998

Als Gründe für die (von über 70%) angenommene Zunahme der Kriminalität werden vornehmlich die (Jugend-)Arbeitslosigkeit, die ökonomische und soziale Entwicklung, ein unzureichendes Kultur- und Freizeitangebot (vor allem für junge Menschen) und anderes mehr genannt - nur 4% der Nennungen (hier in Ravensburg/Weingarten) sehen in „zu wenig Polizei" die Ursachen für eine (angenommene) ungünstige Kriminalitätsentwicklung (vgl. Heinz/Spieß 1995; Abb. 5).

Unter den Nennungen der Befragten in Ravensburg und Weingarten zu den drei dringendsten Problemen ihrer Gemeinde entfällt nur etwa jede zehnte auf Kriminalität. Die Jugendkriminalität wird dabei nur von 0,2% der Befragten eigens genannt. Weitaus häufiger genannt (zwei Drittel der Nennungen) wurden dagegen Probleme der allgemeinen gemeindlichen Infrastruktur, hier allen voran das Verkehrsproblem, auf das 29% der Problemnennungen entfallen sowie Wohnungsnot, Arbeitsplatzmangel und unzureichendes Freizeit-, Kultur- und Sportstättenangebot (vgl. Forschungsgruppe Kommunale Kriminalprävention 1995).

Auf der anderen Seite glauben 28% der Befragten, daß durch polizeiliche Kontrolltätigkeit die Kriminalität in der Stadt verhindert werden könnte. Damit wird ein Dilemma (oder sogar ein Paradoxon) deutlich, daß von den Bürgern als Ursachen für die (vermutete) Zunahme von Kriminalität vor allem ökonomische und strukturelle Ursachen genannt werden, während zur Beseitigung dieser Kriminalitätsprobleme am häufigsten der Ausbau der polizeilichen Präsenz vorgeschlagen wird. Wenn man so will, haben die Bürger die gebetsmühlenartig vorgetragenen Forderungen der Polizeigewerkschaften und der Politiker internalisiert, wonach mehr Polizei und härtere Strafen (alle) Kriminalitätsprobleme lösen könnten, obwohl ihre eigene Analyse der Situation, die wohl auch richtig liegt, in ganz andere Richtungen weist.

Abbildung 5: Maßnahmen gegen Kriminalität:
Was erwartet der Bürger?

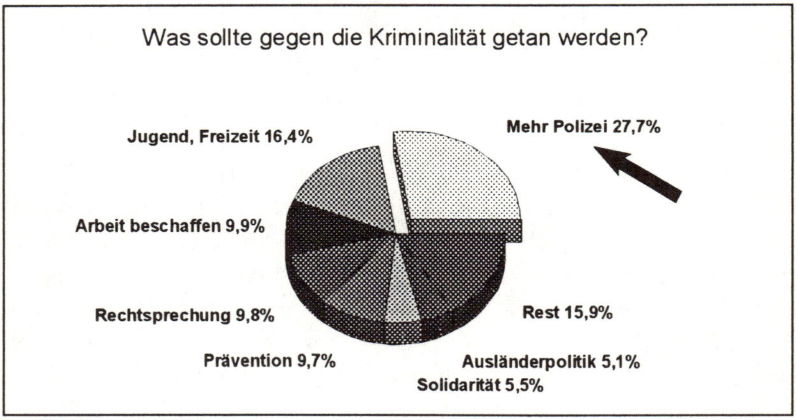

Quelle: Feltes 1998

Daß im übrigen die gewünschte polizeiliche Präsenz kaum finanzierbar ist, sei nur am Rande bemerkt. Wenn eine Gemeinde auch nur einen einzigen Polizeibeamten mehr rund um die Uhr verfügbar haben will, so kostet dies (unter Berücksichtigung entsprechender Ausfälle durch Schichtdienst, Urlaub, Ausbildung etc.) pro Jahr ca. 1 Mio. DM. Dabei wird zudem verkannt, daß die Chancen für einen Polizeibeamten, einen „Täter in Aktion" zu erleben, äußerst gering sind. In der größten baden-württembergischen Stadt muß ein Schutzpolizeibeamter im Schnitt 1.500

Schichten (oder mehr als fünf Jahre) absolvieren, um eine Festnahme nach einem Einbruch zu tätigen. Selbst in einem mit Kriminalität hoch belasteten Gebiet in New York konnten bei einer Anfang der 80er Jahre durchgeführten Studie von 156 Schutzpolizeibeamten 40% innerhalb eines Jahres nicht eine einzige Verhaftung im Zusammenhang mit einer Straftat durchführen. Befragungen von Straftätern, die als wiederholte Einbrecher aufgefallen waren, erweisen es zudem als fraglich, ob solche Täter ein erhöhtes Risiko des Entdeckt-werdens bei Veränderungen im Streifendienst befürchten würden. Eine englische Studie zeigte, daß der Durchschnittsbürger nur alle 42 Jahre tatsächlich einen Einbruch, während er begangen wird, wahrnimmt. Entsprechend wenig erfolgsversprechend dürften in dieser Beziehung Bemühungen sein, Nachbarn aufzufordern, Wahrnehmungen der Polizei mitzuteilen oder verstärkt Wohnungen oder Häuser von Nachbarn zu beobachten. Verschiedenste Forschungen konnten nachweisen, daß 50% und mehr der polizeilichen Arbeit für Verwaltungs- beziehungsweise Schreibtätigkeiten aufgewendet werden muß (vgl. Feltes 1995c).

„Auch - oder gerade - bei Diskussionen auf kommunaler Ebene ist spürbar, daß sich - neoklassizistischen Tendenzen in der Gesellschaft folgend gerade in jüngster Zeit wieder Stimmen mehren, die in einer Verstärkung insbesondere staatlicher Repression das probate Mittel im Kampf gegen (vermeintlich) direkt oder indirekt wahrgenommene (Alltags-)Aggression und - ständig steigende ? - Kriminalitätsraten sehen. Auch im westlichen Ausland vollzieht sich ähnliches: Unter dem Motto: „Mehr verurteilen, weniger verstehen“ nahm die konservative Londoner Regierung die Straftat zweier 10-jähriger zum Anlaß, die Ausweitung des Strafrechts für unter 15-jährige anzustreben. Selbst in den als liberal geltenden Niederlanden ist die Rede von Arbeitslagern für 16 bis 23-jährige Jugendliche, welche als therapieresistent beleumundet sind. Hierzulande zeigen sich politisch links anzusiedelnde Kräfte hinsichtlich der Brauchbarkeit strenger strafrechtlicher Maßnahmen merklich gespalten angesichts der Tatsache, daß die Opferperspektiven gerade von Sexualdelinquenz und rassistisch motivierter Gewalt sich mehr und mehr öffentliches Gehör verschaffen. Gegenläufige Plädoyers hingegen laufen mehr und mehr Gefahr, bestenfalls als naives Festhalten an gescheiterten Konzepten, wenn nicht gar als Beiträge zur Verharmlosung der Lage gebrandmarkt zu werden. Entsprechende Argumentationen kranken demzufolge daran, daß sie gerade nicht als Reflex auf Volkes Stimme mit diesem Beifall rechnen können" (vgl. Schneider/Stock 1995: 56).

Anfang 1998 machte dann auch (wieder einmal) die Diskussion die Runde, ob nicht doch geschlossene Heime notwendig sind. „Kinderknäste werden wieder salonfähig" und „Problemkids hinter Gitter" titelte die taz vom 26. Februar 1998 auf Seite 3 und spricht von „verunsicherten Pädagogen", denen die „Sicherheitsexperten" der Polizei und der Justiz beispringen. Interessanterweise waren es vor allem auch sozialdemokratische Landesregierungen beziehungsweise Innenminister (z.B. von Berlin, Niedersachsen und Sachsen-Anhalt), die diese Heime befürworteten. Die zumindest teilweise dahinterstehende „Einsperren-und-den-Schlüssel-Wegwerfen"-Mentalität wird bei dem folgendem Zitat deutlich (Antwort eines Innenministers auf die Frage, ob sich denn in geschlossenen Heimen gewalttätige Verhaltensmuster nicht noch verschärfen): „Manche Jugendliche können durch eine Heimunterbringung gar nicht mehr verdorben werden. Da gibt es 13-jährige, die schon über fünfzig Straftaten haben. Wie wollen Sie die wieder resozialisieren? An die kommt man nicht mehr ran, und die können auch nichts mehr dazulernen" (Manfred Püschel, Innenminister von Sachsen-Anhalt, im taz-Interview vom 26.2.1998, S.3).

Dabei ist einer der wenigen in der kriminologischen Forschung kaum mehr umstrittenen Befunde, daß für die weit überwiegende Zahl jugendlicher Delinquenten der episodenhafte und somit vorübergehende Charakter der Deliktsbegehung im Jugendalter typisch ist. Angesichts dessen und der Gewißheit, daß (zusätzliche) Stigmatisierung durch Repression, insbesondere Inhaftierung zumindest für den Resozialisierungsaspekt keinerlei Nutzen haben kann, wäre es höchst kontraproduktiv, auf repressive Maßnahmen zu setzen, wie dies im Ausland gegenwärtig vermehrt getan wird.

8. Von der Konsequenz der Moderne: Leben mit der Gewalt

Moderne Gesellschaften sind gekennzeichnet durch zunehmende Individualisierung von Lebensstilen, zunehmende und unterschiedlich betriebene (Sekten, Drogen- und Alkoholabhängige, „workaholics"), Suche nach Lebenssinn, zunehmende Marginalisierung und Filtering-Down-Prozesse, das heißt eine zunehmende Ausdifferenzierung innerhalb der Gesellschaft mit dem Ergebnis, daß die Reichen immer reicher und die Armen immer ärmer werden, zunehmende Entfremdung innerhalb der Deutschen und gegenüber, aber auch innerhalb der Ausländer untereinander, Kommunikationsverarmung und daraus resultierend geringere Interaktionsintensität, niedrigere Toleranzgrenzen und geringere Bereitschaft, Konflikte informell zu lösen, eine zunehmende „Unwirtlichkeit der Städte" Mitscherlich). Aus dieser Entwicklung folgen Unsicherheit, Mißtrauen, Angst und verstärkte Isolierung. Die Ursachen für vom Einzelnen als negativ empfundene Entwicklungen werden wahrnehmbaren Gruppen zugeschrieben (Jugendliche, Ausländer) mit dem Ergebnis, daß hier „Sündenböcke" für gesellschaftliche Entwicklungen gesucht und gefunden werden. Beispiel hierfür sind die Tendenzen in den USA, das Problem der Jugendkriminalität mit abendlichen Ausgangssperren oder radikalen Strafbestimmungen (lebenslängliche Freiheitsstrafe bei der dritten Verurteilung „three strikes and you are out") zu lösen. Im Ergebnis wird damit aber weniger eine Reduzierung von Kriminalität als eine Verschärfung der Situation und eine weitere Verödung innerstädtischer Bereiche erreicht.

Statt dieses alles zu berücksichtigen, basiert die offizielle Sicherheitspolitik aber (wie immer in Zeiten, die als „krisenhaft" empfunden werden) auf einem grundlegenden Irrtum, Man glaubt, daß der „innere Frieden" und das Sicherheitsgefühl der Bürger durch mehr Polizei und mehr und härtere Strafen positiv beeinflußt werden könne. „Mehr vom selben" bringt aber auf Dauer keine Lösung; dies hat schon Watzlawick (1988) überzeugend dargelegt. Wenn den Kindern heute größere Handlungsspielräume und mehr Entscheidungsmacht über ihre eigenen Lebensverhältnisse zugewiesen werden, dann liegen darin auch erhebliche Hindernisse und Risiken (vgl. Funke 1994). Wenn von den 15 Millionen Bundesbürgern unter 18 Jahren bereits jetzt eine Million selbst oder mittelbar auf Sozialhilfe angewiesen sind und Städte, in denen bis zu 20% und mehr der dort lebenden Kinder unter den Bedingungen der Lebensgestaltung durch Sozialhilfe aufwachsen müssen und dies in einem System, das nach wie vor Armut als individuelles Versagen interpretiert, so liegen die Auswirkungen auf der Hand. Die Kinder geraten „zwischen die Fronten ihrer Eltern" (vgl. Funke 1995). Die Ohnmachtserfahrung, die Kinder arbeitsloser Eltern machen (können), führt zu einer gefährdeten Identitätsbildung, mit dem Ergebnis, daß abweichende Identitätsangebote leichter angenommen werden. Polizistinnen und Polizisten geraten dann oftmals entweder in eine Sündenbock-Rolle, oder aber sie werden zum Problemlöser für allfällige gesellschaftliche Probleme: Beides kann und darf nicht befriedigen.

„Der räuberische, jede Form der Solidarität und der Gefühlswelt des Mitleidens beschädigende Kampf um Erfolg, dieser Sozialdarwinisinus, bei dem nur die Bestausgestatteten überleben, hat jetzt jene erfaßt, die bei diesem Kampf auf der Strecke geblieben sind. Sie sind Kinder dieser Gesellschaft, Opfer und blutige Täter in einem" (Negt 1994: 81). Diese Aussage des Soziologen Oskar Negt, von ihm auf rechtsradikale Täter bezogen, dürfte auch für viele andere Bereiche gelten. Dort, wo die Kriminalität tatsächlich gewalttätig wird, sind Täter und Opfer oftmals austauschbar. Wer heute Täter ist kann morgen Opfer sein und umgekehrt. Polizeibeamtinnen und -beamte wissen und erkennen dies oftmals, können diese Erkenntnis aber aufgrund struktureller Bedingungen nicht in Handeln umsetzen.

„Prävention, die sich auf die Kriminalität Jugendlicher konzentriert, ohne den gesamtgesellschaftlichen Kontext zu berücksichtigen, läßt sich im Sinne der oben beschriebenen Verschleierungsmechanismen instrumentalisieren. Zudem darf in diesem Zusammenhang nicht unerwähnt bleiben, daß eine solche Vorbeugung von der ‚Kriminalität der Braven' (Roth) ablenkt, nämlich von der auf der moralischen Ächtungsstufe von Kavaliersdelikten stehenden, die Volkswirtschaft oft erheblich schädigenden Wirtschafts-, Steuer- und Umweltstraftaten" (Schneider/Stock 1995: 58).

Literatur

Dölling, D./Hermann, D./Simsa, C. 1995: Kriminalität und soziale Probleme im räumlichen Vergleich - Analysen anhand der Bevölkerungsbefragungen in den Projektstädten, in: Feltes (1995: 69 ff.)

Feltes, T. (Hg.) 1995: Kommunale Kriminalprävention in Baden-Württemberg. Erste Ergebnisse der wissenschaftlichen Begleitung von drei Pilotprojekten. (Reihe Empirische Polizeiforschung, Bd. 9), Holzkirchen

Feltes, T. 1995a: Die Polizei zwischen den Anforderungen von Krisenhilfe und Strafverfolgung im Konfliktbereich familialer Gewalt. Erscheint in englischer Sprache in der Schriftenreihe „Prevention and Intervention in Childbood and Adolescence" des Sonderforschungsbereiches 227 der Universität Bielefeld „Gewalt bei Kindern und Jugendlichen", Berlin

Feltes, T. 1995b: Mitverantwortung der Gesellschall in: Glavic, J. (Hg,): Handbuch für das private Sicherheitsgewerbe, Stgt, S. 79-103

Feltes, T. 1995c: Effizienz der Straftatenbekämpfung, in: Kube, K. (Hg.), Handbuch für polizeiliche Führungskräfte, Stgt, S. 573-602

Feltes, T. 1995d: Alltagshandeln und Polizei., in: Neue Praxis, 25. Jg., S. 306-309

Forschungsgruppe Kommunale Kriminalprävention in Baden-Württemberg 1995: Opfererfahrungen, Kriminalitätsfurcht und Vorstellungen zur Delinquenzprävention. Ergebnisse von Bevölkerungsbefragungen im Rahmen des Begleitforschungsprojekts „Kommunale Kriminalprävention“ in Baden-Württemberg, in: Trenczek, T./Pfeiffer, H. (Hg.), Kommunale Kriminalprävention. Paradigmenwechsel und Wiederentdeckung alter Weisheiten, Bonn, S. 118- 140

Funke, E. H. 1995: Subjekt oder Objekt: Anmerkungen zu gesellschafts- und sozialstrukturellen Entwicklungen und zur Dynamisierung von Gewalt, in: Wölfing, W. (Hg.): „Was ist nur mit unserer Jugend los“, Schriftenreihe des Instituts für Weiterbildung der Pädagogischen Hochschule Heidelberg, Kontakt Band Nr. 18, Weinheim

Gundlach, T./Menzel, T. 1992: Fehlerquellen der PKS und ihre Auswirkungen am Beispiel Hamburgs. Ergebnisse einer empirischen Untersuchung. Schriftenreihe der Polizeiführungsakademie, Münster, S. 60 ff.

Hanak, G. 1984: Kriminelle Situationen. Zur Ethnographie der Anzeigenerstattung, in: KrimJ, 16. Jg., S. 161-190

Heinz, W./Spieß, G. 1995: Viktimisierung, Anzeigeerstattung und Einschätzung der Arbeit der Polizei durch die Bürger - Analysen anhand der Bevölkerungsbefragung in den Projektstädten, in: Feltes (1995: 93-122)

Maung, N. A. 1995: Young People, Victimisation, and the Police: Summary Findings. Home Office Research and Statistics Department, Research Findings No. 17

Negt, 0. 1994: Kältestrom, Göttingen

Obergfell-Fuchs, J./Kury, H. 1995: Verbrechensfurcht und kommunale Kriminalprävention Analysen anhand der Bevölkerungsbefragung in den Projektstädten und der bundesweiten repräsentativen Bevölkerungsumfrage, in: Feltes (1995: 31-68)

Polizeiliche Kriminalstatistik (PKS) 1996 der Bundesrepublik Deutschland, Wiesbaden 1997

Schneider, H./Stock, J. 1995: Kriminalprävention vor Ort. Möglichkeiten und Grenzen einer von Bürgern getragenen regionalen Kriminalprävention unter besonderer Würdigung der Rolle der Polizei (Reihe Empirische Polizeiforschung, Bd. 8), Holzkirchen

Schwind, H.-D. 1997: Kriminologie, 7. Aufl., Heidelberg

Scherr, A- 1994: Kulturelle Jugendbildung - ein Instrument der Gewaltprävention in: Neue Praxis, 24. Jg., S. 427-434

Statistisches Bundesamt (Hg.) 1997: Strafverfolgungsstatistik 1996, Wiesbaden

Steffen, W. u.a. 1992: Ausländerkriminalität in Bayern. Eine Analyse der von 1983 bis 1990 polizeilich registrierten Kriminalität ausländischer und deutscher Tatverdächtiger. Kriminologische Forschungsgruppe der bayerischen Polizei (Landeskriminalamt), München

Steffen, W./Polz, S. 1991: Familienstreitigkeiten und Polizei, Bayerisches Landeskriminalamt, München

Watzlawick, P. 1988: Münchhausens Zopf oder Psychotherapie und „Wirklichkeit“, München

Autorinnen und Autoren

Dr. Tilman Allert, Privatdozent am Institut für Soziologie der Universität Tübingen

Dr. Lothar Böhnisch, Professor für Sozialpädagogik an der Universität Dresden

Hans Brinke, Leitender Angestellter der Firma „Dedektei und Sicherheitsservice Mario Krupp" in Braunschweig

Dr. Micha Brumlik, Professor für Sozialpädagogik an der Universität Heidelberg

Dr. Helga Cremer-Schäfer, Pofessorin für Sozialpädagogik an der Johann-Wolfgang-Goethe-Universität Frankfurt am Main

Dr. Thomas Feltes, Professor, Rekor der Hochschule für Polizei in Villingen-Schwenningen

Jürgen Fischer, Erster Kriminalhauptkommissar und Leiter des Kommissariats „Vorbeugung" beim Polizeipräsidium Bielefeld

Rüdiger Holecek, Pressesprecher der Gewerkschaft der Polizei in Hilden

Thomas Krüger, MdB, Präsident des Deutsches Kinderhilfswerk in Berlin

Mario Krupp, Inhaber und Geschäftsführer der „D/S/Service" (Dedektei und Sicherheitsservice Braunschweig), anerkannter Dedektivausbilder

Dr. Christian Lüders, Deutsches Jugendinstitut e.V. in München
Hermann Lutz, Bundesvorsitzender der Gewerkschaft der Polizei in Hilden

Ulrich Meier, Diplom-Psychologe, Wissenschaftlicher Mitarbeiter im Projekt „Gewalt an Schulen" der Universität Bielefeld

Ulrike Meier, Rechtsreferandarin, Landgericht Dresden

Dr. Siegfried Müller, Professor für Sozialpädagogik an der Universität Tübingen

Dr. Hilmar Peter, Leiter des Jugendhofs Vlotho, Bildungsstätte des Landschaftsverbandes Westfalen-Lippe

Gertrud Oelerich, Erziehungswissenschaftliches Seminar der Universität in Heidelberg

Dr. Hans-Joachim Plewig, Professor für Devianzpädagogik an der Universität Lüneburg

Dr. Lydia Seus, Sonderforschungsbereich 186, FVG an der Universität Bremen

Dr. Dres. h.c. Hans Thiersch, Professor für Sozialpädagogik an der Univrsität Tübingen

Elmar G. M. Weitekamp, Ph.D., Kriminologisches Institut an der Universität Tübingen